1

Aus dem stahlgrauen Novemberhimmel über Manhattan nieselte es. Die rabenschwarze Nacht wurde hin und wieder von fernen Blitzen zum Tag gemacht, dann donnerte es dumpf und grollend. An einem Fenster seines Sprechzimmers stehend, starrte Dr. Simon Ellerbee hinunter auf die noch belebte Straße, doch er erkannte nichts außer dem eigenen Gesicht mit dem verzweifelten Ausdruck, das sich im Fenster spiegelte.

Er hätte nicht angeben können, wann alles begonnen hatte oder weshalb. Er, der Zweifel an sich selber nie gekannt hatte, fühlte sich plötzlich hilflos wie ein Blatt im Wind, konnte nicht verhindern, daß er am ganzen Leib bebte …

In allen Herzen gibt es finstere Winkel, in denen der Wunsch lebt, ein geliebter Mensch möge sterben. Gelächter kann tödlich kränken, der Anblick von Schönheit als Vorwurf empfunden werden.

Er trat an seinen Schreibtisch, auf dem sich Papiere und Tonbandkassetten türmten – die Krankengeschichten seiner Patienten. Er starrte auf diese Anhäufung von Ängsten, Wut, Begierden und Furcht. Jetzt gehörte seine eigene Lebensgeschichte ebenfalls dorthin, sein Dasein war nicht mehr wie ehedem geordnet und heiter, sondern Teil dieses Chaos.

Die Hände tief in den Hosentaschen, wanderte er gesenkten Kopfes durch die Praxis. Er bedachte die schlimme Lage, in der er war, erwog, welche Möglichkeiten ihm noch blieben; es wurden immer weniger. Flüchtig ging ihm die Frage durch den Kopf: Kann ich, als Therapeut, einen anderen Therapeuten um Rat bitten?

Die Seele sehnt sich nach Reinheit, und doch gieren wir allesamt nach dem Ausgefallenen, Abartigen. Das Böse ist nichts als ein Wort, und was niemand sieht, weiß auch keiner – es sei denn, Gott wäre wirklich ein ruheloser Geschaftelhuber.

Er streckte sich auf dem Kanapee aus, das einige seiner Patienten unbedingt benutzen wollten, während er dieses klassische Möbel des Psychotherapeuten selber für Firlefanz, ja, oft genug für schädlich hielt. Aber da lag er nun selber und suchte Ordnung in die einander jagenden Gedanken zu bringen, doch es gelang ihm ebensowenig wie den vielen anderen, die es zuvor auf diesem Prokrustesbett schon probiert hatten.

Er stand ächzend wieder auf und nahm von neuem die rastlose Wanderung auf. Er starrte wieder aus dem Fenster, aber außer der regennassen Finsternis sah er auch jetzt nichts.

Worauf es nun ankam, das wurde ihm klar, war, sich mit der Ungewißheit abzufinden. Er, ein bislang einzig von der Vernunft geleiteter Mensch, würde sich zurechtfinden müssen in einer Welt, in der es keine Gewißheiten gab, die vom Zufall bestimmt wurde. Es mußte gar nicht unbedingt schlimm, es mochte manchmal sogar befriedigend sein, wie blind einem nur geahnten Ziel zuzutreiben. Was anders, wenn nicht dies, war schließlich die Kunst?

Die Klingel der Haustüre schrillte dreimal – das mit spät kommenden Patienten ausgemachte Signal. Er schreckte zusammen, ging eilig ins Vorzimmer, drückte auf den Türöffner, schob den Riegel der Tür ins Treppenhaus zur Seite und löste die Sperrkette.

Ein Blick in den Spiegel über dem Waschbecken. Das sandfarbene Haar mit den feuchten Handflächen geglättet, den Schlips zurechtgerückt, so trat er an die Korridortür, um seinen Besucher mit dem gewohnten Lächeln zu begrüßen. Doch als die Tür aufging und er sah, wer da

LAWRENCE SANDERS

DIE VIERTE TODSÜNDE

Aus dem Amerikanischen übersetzt
von Emil Bastuk

BASTEI LÜBBE

BASTEI-LÜBBE-TASCHENBUCH
Band 11348

Titel der Originalausgabe:
THE FOURTH DEADLY SIN
erschienen bei C. P. Putnam's Son, New York

Lizenzausgabe:
1988 by Gustav Lübbe Verlag GmbH, Bergisch Gladbach
Printed in West Germany, Dezember 1988
Einbandgestaltung: Graupner & Partner
Satz: Kremer-Druck-Hartegasse GmbH, Lindlar
Druck und Bindung: Ebner Ulm
ISBN 3-404-11348-9

draußen stand, kam nur ein ersticktes Ächzen aus seiner Kehle, er schlug die Hände vors Gesicht, um seine entsetzte Miene zu verbergen, und wandte sich mit hängenden Schultern ab.

Der erste wuchtig geführte Schlag traf seinen Hinterkopf und ließ ihn vorwärtstaumeln, die Knie schon eingeknickt. Der zweite Schlag warf ihn um, er biß in den dikken Teppichboden.

Wieder und wieder sauste die Waffe auf ihn herab und zertrümmerte seinen Schädel total. Da war Dr. Simon Ellerbee aber schon tot, waren seine Träume vergangen, alle Zweifel zerstreut, alle Fragen beantwortet.

2

Am Montag erschien der Himmel gereinigt; Straßenpassanten trugen den Mantel geöffnet, die Sonne lachte. Zwar ging ein etwas beißender Wind, doch der frühe Wintertag war heiter, die Auslagen waren weihnachtlich dekoriert, Straßenhändler boten heiße Brezeln und geröstete Kastanien feil.

Edward X. Delaney, ehedem Chef der New Yorker Kriminalpolizei, spürte diese Belebung sehr deutlich. Die Stadt, seine Stadt, hatte ein flotteres Tempo eingeschlagen, gewissermaßen von ›andante‹ zu ›con anima‹ gewechselt. Die Luft roch nach Geld. Die Jahreszeit verlockte zu Ausgaben, und wer jetzt etwas zu verkaufen hatte und es nicht in den kommenden sechs Wochen schaffte, der blieb gewiß für alle Ewigkeit darauf sitzen.

So stapfte er schweren Schrittes die 2. Avenue entlang, den Wintermantel über die breiten Schultern gehängt. Der Homburg saß korrekt auf seinem Schädel, die großen Plattfüße steckten in Schnürstiefeln aus schwarzem Känguruhleder. Eher hätte man ihn für einen höheren katholischen Geistlichen gehalten als für einen ehemaligen Polizisten. Allerdings gab es keine ›ehemaligen‹ in dieser Branche ...

Die scharfe Luft stimmte ihn heiter, und mit Vergnügen sah er die unzähligen Läden, die in Manhattan dieser Tage aus dem Boden schossen wie Pilze. Täglich ein neuer koreanischer Gemüsehändler, eine französische Patisserie, ein Japaner, der über die Straße verkaufte. Und lauter gute Dinge – zarte Pilze, saftiges Ost, wohlschmeckendes Fleisch.

Und das Gebäck! Zahllose Brotsorten, die hatten es Delaney am meisten angetan. Er litt förmlich – und seine Frau zum Glück ebenfalls – an ›altersbedingter Gier nach Sandwiches‹, und betrachtete das schier unübersehbare Angebot von Brot wie der Goldgräber den endlich entdeckten Schatz.

Brioches, Muffins, Pita, helle Challah und bleischwerer Pumpernickel, manche Laibe nicht größer als eine Faust, dann wieder deutsches Roggenbrot, groß wie eine Granate. Teig, der auf der Zunge zerfiel, und Körner, die mit einem Plumps im Magen landeten.

Er betrat ein halbes Dutzend Geschäfte, kaufte dies und das, trat dann aber reumütig den Heimweg an, als ihm einfiel, was seine Frau zu dieser Verschwendung sagen würde. Dabei sah er vor seinem geistigen Auge eine funkelnagelneue Kreation: Räucherfisch mit einer Scheibe Zwiebel und etwas Mayonnaise auf einem Croissant.

Dieser breitschultrige, etwas schwerfällig einherstapfende Mann schien ganz mit sich beschäftigt, und doch entging ihm nichts. Als er das 21. Polizeirevier passierte – sein altes Revier! – und sich seinem aus Sandstein gebauten Reihenhaus näherte, bemerkte er sogleich den schwarzen, ungekennzeichneten Buick im Halteverbot und die beiden uniformierten Polizisten auf den Vordersitzen. Die ihrerseits nahmen ihn kaum zur Notiz.

Monica saß vor dem Küchentisch und blätterte in Rezepten. »Du hast Besuch«, begrüßte sie ihn.

»Schon gesehen. Das ist Ivar. Wo hast du ihn hingesetzt?«

»In dein Arbeitszimmer. Kaffee wollte er keinen. Er sagte, er wollte warten, bis du kommst.«

»Warum ruft er nicht vorher an?« knurrte Delaney und wuchtete das Einkaufsnetz auf den Tisch.

»Was hast du denn da angeschleppt?«

»Och, bloß ein paar Kleinigkeiten.«

Sie beugte sich vor und rümpfte die Nase. »Was stinkt denn da so?«

»Die Blutwurst vielleicht.«

»Blutwurst? Was denn noch!«

»Warte ab, bis du sie probiert hast.«

Er küßte sie auf den Nacken. »Räum das Zeug bitte weg, Schatz, ich sehe mal nach, was er will.«

»Woher weißt du, daß er was will?«

»Wäre er denn sonst hier? Der will nicht bloß mal ›Guten Tag‹ sagen.«

Er hängte Hut und Mantel an die Garderobe und ging durchs Wohnzimmer in sein nach hinten hinaus gelegenes Arbeitszimmer. Als er die Tür leise aufmachte und wieder hinter sich schloß, glaubte er zunächst, der stellvertretende Commissioner Ivar Thorsen sei eingeschlummert. »Ivar«, sagte er darum laut, »wie nett, daß Sie mal vorbeikommen!«

Thorsen – im Präsidium ›der Admiral‹ genannt –, klappte die Lider auf und erhob sich aus dem Sessel neben dem Schreibtisch. Matt lächelnd reichte er Delaney die Hand.

»Prächtig sehen Sie aus, Edward«, sagte er dabei.

»Dasselbe würde ich gern von Ihnen sagen«, Delaney betrachtete seinen Besucher mißbilligend, »nur sehen Sie leider aus wie durch die Mangel gedreht.«

»Tja, das stimmt wohl«, seufzte Thorsen, »aber Sie wissen ja, wie es bei uns zugeht, ich habe letzthin kaum geschlafen.«

»Gegen Schlaflosigkeit ist dunkles Bier am besten.

Übrigens ist die Mittagszeit schon vorbei, und wir könnten einen Kleinen zur Brust nehmen …«

»Glänzende Idee, Edward. Einen winzigen Schluck würde ich wohl vertragen.«

Delaney holte aus der Hausbar zwei Gläser und eine Flasche Glenfiddich, setzte sich auf den Drehstuhl hinter dem Schreibtisch, goß ein und stieß mit seinem Besucher an.

Der ließ sich in den Sessel zurücksinken. »Ahhh – danach könnte ich richtig süchtig werden.«

Er war ein gepflegter, ordentlicher Mann, das silberweiße Haar glatt zurückgekämmt, scharf blickende hellgraue Augen unter silbernen Brauen. Normalerweise war sein Gesicht straff und glatt und rosig wie das eines Kindes, im Profil allerdings scharf geschnitten, mit vorspringender Nase und starkem Kinn. Jetzt jedoch wies es tiefe Falten auf, die Tränensäcke waren gequollen, die Wangen hingen schlaff.

»Monica hat kürzlich mit Karen in der Stadt gegessen«, bemerkte Delaney. »Karen sieht angeblich blendend aus?«

Thorsen blickte abwesend auf: »Wie? Was?«

Delaney versetzte sanft: »Von Karen ist die Rede. Ihrer Frau.«

»Richtig. Entschuldigen Sie.« Thorsen lachte verwirrt. »Ich habe nicht zugehört.«

»Da stimmt doch was nicht«, behauptete Delaney und beugte sich besorgt vor.

»Zwischen mir und Karen, meinen Sie? Da könnte es nicht besser sein. Nur – im Präsidium, da könnte es nicht schlechter sein.«

»Was denn – politischer Druck?«

»Ja, nur diesmal nicht von oben, sondern innerhalb unseres Ladens. Möchten Sie davon hören?«

Das mochte Delaney eigentlich nicht. Der Bürointrigen in den höheren Rängen wegen hatte er sich vorzeitig pensionieren lassen. Mit Dieben und Mördern war er fertig geworden, aber die geradezu byzantinische Intrigenspinnerei innerhalb der Behörde, die Kabalen und die Cliquenbildung, der nackte Ehrgeiz, der blanke Haß zwischen den Karrieristen, das alles war ihm unerträglich geworden.

Anfangs, zu Beginn seiner Karriere, als Sergeant, als Leutnant und Captain, da hatte er es noch ertragen, hatte sich herausgehalten oder Kompromisse gemacht, wenn es nicht anders ging.

Aber schon als Inspektor hatte ihm die heimliche Konkurrenz arg zugesetzt, und als er dann stellvertretender Chef der Kripo wurde, fand er sich in einer Lage, in der ein einziger Mißgriff neidischen Konkurrenten die Möglichkeit gegeben hätte, ihn nach zwanzig Dienstjahren von einem Monat zum anderen absägen zu lassen, schließlich kam man als Chef auch kaum noch zur Arbeit, die aber trotzdem erledigt sein wollte, weil man dauernd hinter sich blicken mußte, um rechtzeitig den Mann mit dem Messer zu entdecken. In dieser Situation verschlang jedermann Beruhigungstabletten wie Halbwüchsige Pralinen.

Es war sein Wunsch gewesen, als Chef der Kriminalpolizei jene Arbeit zu tun, von der er sehr gut wußte, daß er sich darauf verstand, aber statt dessen mußte er seine Zeit damit verbringen, nervösen Vorgesetzten das Händchen zu halten und auf der Hut zu sein vor Kommunalpolitikern, die genug Einfluß hatten, ihm das Leben zur Hölle zu machen, falls er nicht umgehend den Bösewicht fand, der dem Töchterchen die Handtasche geraubt hatte.

All dies war ihm zuviel gewesen, und er hatte sich pensionieren lassen. Später gab er gelegentlich zu, daß es auch an ihm gelegen haben mochte, er war einfach nicht der Mensch ›mitzumachen‹. Vielmehr reagierte er eher wütend, achtete bewußt auf seine persönliche Würde und kannte keinerlei Zweifel an seiner Befähigung. Ändern konnte er sich nicht, und die Behörde konnte er ebenfalls nicht ändern. Also schied er aus, bevor er Magengeschwüre bekam. Manchmal allerdings grübelte er darüber nach, wie es wohl geworden wäre, wäre er geblieben …

Jetzt also sagte er widerstrebend, aber liebenswürdig: »Gewiß doch, Ivar, schießen Sie los.«

Thorsen nahm einen kleinen Schluck. »Sie kennen Murphy? Einen Ihrer Nachfolger?«

»Wir waren zusammen auf der Polizeischule. Sehr tüchtiger Mann, wenn auch etwas schwerfällig.«

»Der scheidet Ende des Jahres aus. Prostatakrebs.«

»Na, so ein Jammer! Ich muß ihn unbedingt besuchen.«

»Tja …« Der Admiral blickte nachdenklich in sein Glas. »Murphy glaubt, er hält noch bis Jahresende durch. Ich bezweifle das aber sehr. Er war jetzt schon so oft krank geschrieben, daß wir jemand anderen auf seinen Posten setzen mußten. Im Laufe des Monats will der Commissioner ihn endgültig neu besetzen.«

Das fand Delaney nun doch interessant. »Wer schmeißt denn den Laden im Moment?«

Thorsen streckte die Beine von sich und holte etwas aus. »Sie erinnern sich bestimmt noch daran, daß es früher hieß, in New York stellten die Iren die Polizisten, die Juden die Lehrer und die Italiener die Straßenreinigung? Na ja, das ist alles vorbei, wenn auch nicht gänzlich. Bei uns gibt es noch eine alte Garde von irischen Beamten, die für ihresgleichen sorgen, die wollen einfach nicht wahrhaben, daß die Zusammensetzung der Bevölkerung sich geändert hat. Schwarze, Hispanics, Orientalen zählen einfach nicht für die. Als der Alte einen Ersatz für Murphy suchte, habe ich einen Puertoricaner vorgeschlagen, Michael Ramon Suarez heißt er. Weil ich der Meinung bin, daß wir das dem puertoricanischen Bevölkerungsteil schuldig sind. Suarez unterstehen fünf Reviere in der Bronx, und er kommt damit glänzend zurecht. Conklin – den kennen Sie noch – hat einen gewissen Riordan vorgeschlagen, dem neun Reviere in Brooklyn unterstehen. Es kam zu einer hübschen Rauferei.«

»Kann ich mir vorstellen.« Delaney goß nach. »Wer hat gewonnen?«

»Ich«, sagte Thorsen, »Suarez wurde vorläufig zum Chef gemacht, und ich habe mir gedacht: Wenn die Zeit kommt, wird der Alte ihn ernennen, und wir haben einen tüchtigen Leiter der Kripo. Die Puertoricaner werden begeistert sein, und dem Bürgermeister geht es glatt runter.«

»Sie sind der geborene Politiker, Ivar.«

»Stimmt«, grinste der.

»Aber was weiter? Sie sind doch nicht hergekommen, um mir zu erzählen, wie Sie die Iren aufs Kreuz gelegt haben? Worum geht es?«

»Sie haben nicht zufällig die Zeitungen vom Wochenende gelesen? Oder das Regionalfernsehen gesehen? Sie wissen nicht, daß dieser Psychiater – Ellerbee oder so heißt er – umgebracht worden ist?«

»Doch, ich hab's gelesen. In seiner Praxis, oder? Ganz hier in der Nähe. Ich habe gedacht, das war ein Süchtiger, auf der Suche nach Drogen.«

Thorsen nickte beistimmend. »Richtig, das haben alle gedacht. Passiert ja auch oft genug. Bloß, Ellerbee hatte nie Drogen in seiner Praxis,und weder an der Haus- noch an der Korridortür sind Spuren von Gewaltanwendung festgestellt worden. Ich weiß die Einzelheiten nicht, nur, daß es aussieht, als ob er jemand reingelassen hat, den er kannte und erwartete.«

Delaney runzelte die Stirn. »Was hat das alles zu bedeuten, Ivar? Weshalb interessieren Sie sich für einen einzelnen Mordfall, wenn es täglich vier bis fünf Fälle in der Stadt gibt?«

Thorsen stand auf und ging ruhelos im Zimmer umher. »Es ist nicht bloß ein gewöhnlicher Mordfall, Edward. Es könnte aus mehreren Gründen sehr unangenehm werden, wenn wir ihn nicht aufklären. Ellerbee war ein wohlhabender, gebildeter Mensch, der mit, wie man so sagt, einflußreichen Leuten Umgang hatte. Er hatte eine soziale Ader, hat zum Beispiel Patienten kostenlos in städtischen

Krankenhäusern behandelt. Nebenbei ist seine Frau nicht nur Psychologin, sondern eine Schönheit, und sie macht uns die Hölle heiß. Und der Punkt auf dem ›i‹ ist, daß der Vater des Opfers jener Henry Ellerbee ist, dem der Ellerbee-Wolkenkratzer auf der 5. Avenue gehört und mehr Häuser in Manhattan, als unsereins Socken hat. Und der zetert aller Welt die Ohren voll, angefangen beim Gouverneur.«

»Hm ..., da haben Sie aber wirklich Probleme.«

»Probleme? Daß ich nicht lache! Es kommt nämlich noch hinzu, daß dies der erste große Fall ist, den mein Kandidat Suarez auf den Tisch bekommen hat.«

»Sieh an.« Delaney lehnte sich in seinem Sessel zurück und wippte hin und her. »Jetzt lassen Sie die Katze aus dem Sack.«

»Ganz recht«, bestätigte der Admiral fast wütend. »Ich lasse die Katze aus dem Sack. Falls nämlich Suarez jetzt patzt, wird er unter gar keinen Umständen Kripochef.«

»Und Sie sehen dann recht alt aus, weil Sie ihn empfohlen haben.«

»Ganz recht«, wiederholte sich Thorsen. »Wenn er den Fall nicht rasch klärt, sitzt er in der Scheiße – und ich mit ihm.«

»Das ist ja alles sehr fesselnd, aber was soll ich dabei?«

Thorsen ließ sich grunzend in den Sessel zurückfallen. »Sie machen es mir nicht gerade leicht, Edward.«

»Was mache ich Ihnen nicht leicht?« fragte Delaney gespielt arglos.

Nun brach der Damm. »Sie sollen sich der Sache Ellerbee annehmen, Edward. Wie das gehen soll, habe ich noch nicht im einzelnen überlegt, ich wollte zuvor mit Ihnen reden. Sie haben mir auch schon früher aus der Klemme geholfen, mindestens zweimal schon. Ich weiß, daß ich Ihnen da oft einen Haufen Quatsch serviert habe, ›ich will Ihnen einen Gefallen tun, damit Sie nicht als Frührentner versauern‹ und lauter solchen Blödsinn, oder: ›Sie würden sich verdient machen um die Behörde‹, aber diesmal mache ich Ihnen nichts vor, ich bitte Sie als Freund. Ich bitte Sie um einen Gefallen. So, jetzt ist es heraus.«

»Sie kassieren alte Schulden, Ivar«, sagte Delaney nachdenklich. »Ich schulde Ihnen nämlich wirklich allerhand. Das wissen Sie genau, und Sie wissen, daß ich es weiß.«

»Drücken Sie es aus, wie Sie wollen«, wischte Thorsen das weg, »es geht einfach darum, daß ich Ihre Hilfe brauche, und ich bitte Sie darum.«

Delaney schaute eine Weile stumm seine Hände an, die auf der Tischplatte lagen. »Ich bekomme Leberflecken«, bemerkte er abwesend und dann aufblickend: »Haben Sie schon mit Suarez gesprochen?«

»Ja, habe ich. Er macht ohne jeden Vorbehalt mit. Er weiß sehr wohl, daß dieser Fall für ihn ein paar Nummern zu groß ist. Seine Leute sind nicht schlecht, aber mit so was fehlt ihnen die Erfahrung. Er nimmt nur allzugern jede Hilfe an, egal, von wem.«

»Leitet er denn im Fall Ellerbee die Ermittlungen persönlich?«

»Seit das große Geschrei angefangen hat, ja. Er muß. Aber außer einer Leiche hat er bislang nichts vorzuweisen. Sagt er.«

»Passiert ist es doch Freitag abend?«

»Ja, so gegen neun. Jedenfalls sagt das der Arzt.«

»Das ist schon mehr als 48 Stunden her. Und die Fährte wird von Minute zu Minute kälter, was bedeutet, daß die Wahrscheinlichkeit, den Fall aufzuklären, ebenfalls abnimmt.«

»Weiß ich doch!«

»Mordwaffe?«

»So was Ähnliches wie ein Hammer.«

Delaney war überrascht. »Was denn, kein Messer? Keine Pistole? Jemand hat einen Hammer mitgebracht?«

»Scheint so. Und damit wurde Ellerbees Schädel zertrümmert.«

»Das deutet eigentlich auf einen Mann als Täter. Frauen

bevorzugen meist Gift oder ein Messer. Aber man weiß ja nie ...«

»Wollen Sie uns also helfen, Edward?«

Delaney rutschte unbehaglich herum. »Falls ich zusage – und beachten Sie das Falls! – müßte ich wissen, wie das gehen soll. Ich bin kein aktiver Polizeibeamter mehr, ich habe keine Marke, ich kann nicht umhergehen und die Leute verhören, mit einem Wort, ich bin ein elender Zivilist, Ivar!«

»Das wird sich alles finden«, beharrte Thorsen. »Zunächst mal möchte ich wissen, ob Sie bereit sind, den Fall zu übernehmen.«

Delaney holte tief Luft und atmete ebenso tief aus, bevor er sagte: »Ich mache Ihnen einen Vorschlag: Lassen Sie mich mit Suarez reden, bevor ich mich entscheide. Komme ich mit dem nicht zurecht, wird aus der Sache nichts. Vertragen wir uns gut, überlege ich es mir. Ich weiß, das ist nicht das, was Sie hören wollten, aber mehr kann ich im Moment nicht sagen.«

»Ich bin damit zufrieden«, versetzte Thorsen prompt. »Ich mache einen Termin mit Suarez aus und rufe Sie an. Schönsten Dank, Edward.«

»Dank für was?«

»Für den Scotch selbstverständlich, was sonst?«

Als der Admiral das Haus verlassen hatte, begab Delaney sich in die Küche, wo er seine Frau zwar nicht mehr vorfand, aber einen Zettel, den sie mit einem Magnet am Kühlschrank befestigt hatte:

›Gebratene Ente mit Walnüssen zum Abendbrot, plus Cassis. Bin in zwei Stunden zurück. Iß nicht so viele Sandwiches unterdessen.‹

Darüber mußte er lachen. Es war jetzt kurz vor halb zwei, und bei Delaneys wurde meist gegen 19 Uhr gegessen. Ein Sandwich würde seinen Appetit auf die Ente nicht verringern. Auch zwei nicht, genau betrachtet.

Er begnügte sich dann aber doch mit einem – seinem United-Nations-Spezial: norwegische Sardinen in italienischem Olivenöl auf deutschem Schwarzbrot samt einer Lage hauchdünner Zwiebelscheiben, beträufelt mit Vinaigrette. Diese Schöpfung verzehrte er über den Ausguß gelehnt, um eventuell tröpfelnde Bestandteile leicht wegspülen zu können. Zum internationalen Sandwich leerte er eine Flasche kanadisches Bier. Nach dieser Mahlzeit beseitigte er alle Spuren und stieg hinab in den Keller, wo die alten Zeitungen aufbewahrt wurden. Er las gründlich alles über den Mord an Dr. Ellerbee.

Als seine Frau Monica kurz nach Mitternacht ins Schlafzimmer im oberen Stock ging, machte Delaney die gewohnte Runde ums Haus, prüfte Fenster und Türen und knipste die Lampen aus. Er schloß die Türen der Schlafzimmer, in denen die beiden Kinder gewohnt hatten, die er von seiner ersten, verstorbenen Frau Barbara hatte, später Monicas zwei Töchter. Dann wandte er sich dem ehelichen Schlafzimmer zu. Monica saß nackt vor dem Spiegel und bürstete ihr starkes, schwarzes Haar. Delaney ließ sich auf der Bettkante nieder, rauchte seine Zigarre zu Ende und sah ihr wohlgefällig zu. Dabei unterhielten sie sich in vertrauten Kürzeln.

»Was von den Mädchen?« fragte er.

»Morgen vielleicht.«

»Solltest du anrufen?«

»Noch nicht.«

»Mmmm ...«

»Bald ist Weihnachten.«

»Ich kaufe gern die Karten, wenn du sie schreibst.«

»Willst du erst duschen?«

»Geh du nur.«

»Massierst du mir den Rücken?«

»Nachher. Laß mir ein trockenes Handtuch übrig.«

Nur die Nachttischlampe brannte. Ihr seidener Schirm verbreitete ein rosiges Licht. Delaney beobachtete das wechselnde Spiel des Lichtes auf den Armen und dem Rücken seiner Frau, während sie unbeirrt ihre hundert Striche mit der Haarbürste vollführte. Sie war eine stattliche Person und versuchte nicht, das zu verbergen: Schultern und Hüften ausladend, die Brüste voll, die Taille keineswegs wespenhaft. Die muskulösen Beine endeten in schlanken Fesseln. Alles in allem wirkte sie warm und verläßlich, und das war Delaney gerade recht. Nicht zum ersten Mal empfand er, daß er mit seinen beiden Ehen das große Los gezogen hatte. Erst Barbara, nun Monica – wirklich, er hatte Glück gehabt.

Sie legte den Morgenmantel um die Schultern, ging zur Tür des Badezimmers und warf ihm einen Blick über die Schulter zu. Als er hörte, daß sie die Dusche anstellte, begann auch er, sich langsam auszukleiden. Er schnürte die Stiefel auf, streifte die weißen Baumwollsocken ab. Dann löste er die goldene Uhrkette, die seinem Großvater gehört hatte, von der Weste. Die Uhr selbst stammte von seinem Vater und war vor etwa fünfzig Jahren stehengeblieben. Delaney dachte gar nicht daran, sie reparieren zu lassen.

Dann entledigte er sich des Anzugs aus solidem Cheviot, des weißen Hemdes mit dem gestärkten Kragen. Sein Schlips war von einem stumpfen Rot, das an farbige Kirchenfenster erinnerte. Im Unterhemd und seinen großzügig geschnittenen Boxershorts stapfte er gemächlich im Schlafzimmer umher und hängte alles sorgfältig weg.

Monica nannte ihn gelegentlich »Mein Mammut«, und das war wohl nicht ganz verkehrt. Über den Bauchmuskeln hatte er Fett angesetzt, das war nicht zu leugnen, aber die Beine waren noch gut in Form, Schultern und Arme steckten voller Kraft und hätten ihm jederzeit erlaubt – wäre es notwendig –, sogar einen tödlichen Schlag zu führen.

Er haderte nicht mit dem Alter. Auf seinen Verstand wirkte es sich jedenfalls nicht nachteilig aus, der war beweglich wie eh und je, eher noch schärfer. Dafür sorgten Erfahrung und ständiges Trainung. Der Körper hingegen, das war unbestreitbar, verfiel. Aber warum der Zeit nachweinen, da er als junger Streifenpolizist mühelos Feuerleitern erklettert und Lüftungsschächte übersprungen hatte, in Raufereien mit Kriminellen Sieger geblieben war?

Das Gesicht wirkte nun härter, wie mit stumpfem Beil aus einem Holzklotz herausgehackt, die Poren vergrößert, voller Falten und Runzeln. Doch das ›en brosse‹ geschnittene eisengraue Haar war noch voll, und sein Hausarzt versicherte ihm einmal jährlich, daß die alte Pumpe unermüdlich weitermache.

Monica kam aus dem Bad, setzte sich im Morgenrock auf die Bettkante und kremte ihr Gesicht ein. Nun ging er ins Bad und berührte im Vorübergehen ihre Schulter mit einem Finger. Nichts als ein winziges Streicheln.

Er trödelte nicht herum, unterließ es aber nicht, die Haare zu waschen, stieg in seinen altmodischen Schlafanzug, verknotete das Band um den Bauch und knöpfte die bequeme Jacke zu. Monica war bereits im Bett, als er zurückkam, sie hatte ein Kissen im Rücken und saß aufrecht. Neben ihr auf dem Nachttisch stand eine Flasche Rémy Martin, aus der sie für ihn und für sich einen Cognac in kleine Kristallgläser füllte.

»Glänzender Einfall«, lobte er.

»Du riechst gut.«

»Bloß nach Seife.«

Er stellte den Thermostat herunter und öffnete das Fenster einen Spalt weit. Dann kroch auch er ins Bett und setzte sich aufrecht, wie sie.

»Nun erzähl mal«, verlangte sie.

»Was soll ich erzählen?« Er riß in gespieltem Erstaunen die Augen auf.

»Tu nicht so, du Lump. Du weißt genau, was ich meine. Was wollte Ivar von dir?«

Er berichtete, und sie hörte aufmerksam zu.

»Ich habe Ivar viel zu verdanken«, schloß er.

»Er dir aber auch.«

»Ach was, wozu eine Rechnung aufmachen? Wir sind Freunde.«

»Diese Diane Ellerbee, ich meine die Frau von dem Mann, der ermordet wurde, die kenne ich.«

Er war baff. »Was denn? Du kennst sie?«

»Na ja, kennen ist vielleicht zuviel gesagt, aber sie hat mal vor einer unserer Frauengruppen einen Vortrag gehalten. Und zwar darüber, daß junge Mädchen sich zu Pferden hingezogen fühlen.«

»Zu Pferden?«

»Das ist kein Witz, Edward. Junge Mädchen haben wirklich was für Pferde übrig. Sie reiten nicht nur gern, sie pflegen die Tiere auch gern.«

»Und welche Erklärung hatte Mrs. Ellerbee dafür?«

»Wenn du willst, suche ich meine Notizen raus. Soweit ich mich erinnere, kam sehr oft Freud vor und auch sonst noch dies und das.«

»Mach dir nicht die Mühe. Aber sag mal, was für einen Eindruck hattest du von ihr?«

»Sehr gescheit, eine gute Rednerin. Außerdem eine Schönheit.«

»Das meint Ivar auch.«

Sie schwiegen ein Weilchen und nuckelten an ihren Gläsern.

»Tust du Ivar den Gefallen?« fragte sie dann.

»Tja, zunächst mal muß ich mit Suarez sprechen. Falls wir gut miteinander auskommen, und falls es sich machen läßt, daß ich so was Ähnliches wie eine beratende Funktion bekomme, dann wohl. Es könnte interessant sein, meinst du nicht?«

Sie wandte sich ihm zu. »Sag mal, Edward, würden Ivar und das Präsidium sich auch so große Mühe geben, wenn es sich bei dem Ermordeten um einen Niemand handelte?«

»Wohl kaum«, gestand er. »Das Opfer ist in diesem Fall ein wohlhabender, gesellschaftlich prominenter Weißer, seine Witwe gibt keine Ruhe, und sein Schwiegervater – ein sehr einflußreicher Millionär – schreit Zeter und Mordio. Deshalb mobilisiert die Behörde alle Kräfte.«

»Und findest du das richtig?«

Er erklärte ihr geduldig: »Angenommen, ein Junkie, voll bis obenhin, wird ermordet auf einem Schutthaufen gefunden. Er ist polizeibekannt, weil er schon eine Menge Vorstrafen hat, dazu verdächtigt man ihn, an Raubüberfällen, Vergewaltigungen und ähnlichem Zeitvertreib beteiligt gewesen zu sein. Soll die Behörde dann große Anstrengungen machen, seinen Mörder zu finden? Also komm! Sie ist froh und dankbar, daß er die Straßen nicht mehr unsicher macht.«

»Tja ..., das ist wohl so ..., aber richtig finde ich es trotzdem nicht, daß ihr euch bloß um die Reichen kümmert.«

»Willst du die Welt verändern? Das ist doch immer schon so gewesen, und das bleibt auch so. Im übrigen, mal abgesehen von arm und reich, du meinst, alle Menschen sind gleich, und das sind sie ja möglicherweise auch – vor Gott. Aber du mußt bedenken, daß es Menschen gibt, die sich bemühen, ein anständiges Leben zu führen, und andererseits solche, die alles andere tun als das. Für die Polizei, die ja mit beschränkten Geldern und einem festgelegten Personalbestand auskommen muß, gibt es da gar keine Frage. Daß die lieber die Engel schützt als die Teufel, das sollte dir doch einleuchten.«

»Ich weiß nicht, ich weiß nicht, das klingt irgendwie elitär ... Woher willst du außerdem wissen, daß dieser Ellerbee zu den Engeln gehört hat?«

»Das weiß ich selbstverständlich nicht, nur klingt es vorerst mal danach.«

»Gib zu, daß du jetzt schon ganz wild darauf bist, den Fall zu übernehmen.«

»Mmm – es wäre mal was anderes«, tat er lässig.

»Ich wüßte auch was anderes«, gurrte sie und klapperte mit den Augendeckeln.

»Von mir aus jederzeit.«

3

Das schmalbrüstige Reihenhaus in der 84. Straße zwischen der York Avenue und der East End Avenue war gemeinsames Eigentum von Diane und Simon Ellerbee. 1976 hatten sie es erworben und mehr als 100 000 Dollar in die Renovierung gesteckt, vor allem die wunderbare hölzerne Treppe von unzähligen Farbanstrichen befreien und die Stockwerke gänzlich umgestalten lassen. Es gab hier jetzt vier abgeschlossene Wohnungen.

Das Erdgeschoß, zu dem vom Bürgersteig drei Stufen führten, nahm die Galerie Piedmont ein, die frühe amerikanische Töpfer-, Web- und ähnliche Arbeiten ausstellte. Profitabel war dieses Unternehmen gewiß nicht, doch die beiden altjüngferlichen Inhaberinnen betrieben es wohl mehr zu ihrem Spaß, waren jedenfalls finanziell unabhängig und auf Gewinn nicht angewiesen.

Im ersten Stock befand sich die Praxis von Dr. Diane Ellerbee, die ihres Mannes im zweiten. Im ersten Stock gab es überdies Wohn-, Speisezimmer und Küche, zwei Schlafzimmer im Stockwerk darüber und auch einen kleinen Salon. Jedes Stockwerk hatte zwei Badezimmer. Die Praxisräume im ersten und zweiten Stock waren nahezu identisch: ein kleines Empfangszimmer für die Sprechstundenhilfe, anschließend ein großes Sprechzimmer für den Therapeuten. Die Sprechzimmer waren ihrerseits durch eine Gegensprechanlage miteinander verbunden. Das dritte Stockwerk, das oberste also, diente einem Filmproduzenten als ›pied-à-terre‹, der normalerweise in Kalifornien wohnte und es nur selten benutzte.

Abgesehen von diesem Stadthaus besaß das Ehepaar Ellerbee ein geräumiges Landhaus unweit Brewster im Staate New York. Es war im Tudorstil gehalten, aus Backstein erbaut, lag inmitten eines großen Grundstückes, das von einem Bach durchflossen wurde, hatte im Erdgeschoß zwei große, im Oberstock zwei weitere, für Gäste bestimmte, kleinere Schlafzimmer, ferner eine Garage für drei Wagen, einen weitläufigen geplättelten Patio und ein beheizbares Schwimmbecken.

Die Ellerbees waren beide leidenschaftliche Gärtner, und ihr englischer Garten war eine Sehenswürdigkeit. Ein polnisches Immigrantenpaar, das nicht im Haus wohnte, besorgte die üblichen Instandhaltungsarbeiten, die Frau kochte gelegentlich auch.

Diane und Simon Ellerbee verbrachten normalerweise die Wochen – selten auch noch den Samstag – in der Stadt; von dort fuhren sie fast immer am späten Nachmittag hinaus aufs Land und kamen am Sonntagabend zurück. Den August verbrachten beide ganz auf dem Land.

Außer Simon Ellerbees flaschengrünem Jaguar und dem silberfarbenen Mercedes seiner Frau gab es noch einen Jeep, der aber nur auf dem Land benutzt wurde und deshalb ständig draußen war, während die beiden anderen Fahrzeuge die Woche über in einem Parkhaus in Manhattan standen.

An jenem Freitag, an dem Dr. Simon Ellerbee ermordet worden war, hatte er – ihrer vor der Polizei gemachten Aussage zufolge – seiner Frau eröffnet, daß er noch spät einen Termin in seiner Praxis habe. Er schlug vor, sie möge vorausfahren, sobald sie frei sei, und er werde dann später nachkommen. Um 21 Uhr spätestens werde er Schluß machen.

Seine Frau gab an, gegen 18 Uhr 30 losgefahren zu sein, und beschrieb ihre Fahrt als »fürchterlich« wegen des herrschenden Wetters – Sturmböen und Regen. Gegen 20 Uhr sei sie angekommen und habe ihren Mann, eben des Wetters wegen, nicht vor 22 Uhr 30 oder 23 Uhr erwartet. Als er um 23 Uhr 30 noch nicht eingetroffen sei, habe sie sich Sorgen gemacht und in seiner Praxis angerufen. Dort habe niemand abgenommen, auch nicht, als sie es zwei weitere Male versucht habe. Gegen Mitternacht habe sie den Polizeiposten in Brewster angerufen und gefragt, ob man etwas von einem Unfall wisse, in den ein grüner Jaguar verwickelt sei? Nichts dergleichen.

In steigender Sorge habe sie alsdann im Parkhaus angerufen, wo beide ihren Wagen stehen hatten, und vom Nachtgaragisten erfahren, daß ihr Mann seinen Wagen noch nicht abgeholt habe – der stehe immer noch an seinem Platz.

»Da bekam ich es mit der Angst«, berichtete sie der Polizei, »er war schon einmal auf dem Weg zur Garage in der Dunkelheit überfallen worden, und ich fürchtete etwas Ähnliches.«

Deshalb rief sie gegen 1 Uhr 15 einen ihr gut bekannten Kollegen an, einen Dr. Samuelson, der häufig draußen ihr Hausgast war. Samuelson war der Vorsitzende der Psychiatrischen Gesellschaft von New York und bewohnte eine Eigentumswohnung Ecke 79. Straße und Madison Avenue.

Der Anruf riß Dr. Samuelson nicht aus dem Schlaf, vielmehr war er gerade erst aus einem Konzert des Stuttgarter Kammerorchesters in der Carnegie Hall heimgekehrt. Er war sogleich bereit, mit einem Taxi in die 84. Straße zu fahren und nachzusehen, was mit Dr. Ellerbee los war.

Samuelson sagte aus, er sei gegen 1 Uhr 45 dort angelangt und habe den Taxifahrer angewiesen zu warten. Es habe noch immer heftig geregnet. Er sei die Vortreppe hinaufgerannt und habe die Haustür angelehnt gefunden.

»Nicht weit offen, nur einen Spaltbreit«, wie er sagte.

Trotz seiner 56 Jahre und seines zierlichen Körperbaues fehlte es ihm nicht an Mut, und er erstieg fest auftretend die Treppe zum zweiten Stock. Die Treppenhausbeleuchtung brannte gedämpft. Die Wohnungstür stand offen, ganz weit, und er stieß sogleich auf die Leiche seines Kollegen. Eine sofort unternommene Prüfung überzeugte ihn, daß Ellerbee tot war. Er rief vom Vorzimmer aus die Polizei an; sein Anruf wurde um 1 Uhr 54 aufgezeichnet.

Die genannten Fakten fanden sich vollständig in den Tageszeitungen und wurden auch im Regionalfernsehen mitgeteilt, sobald die Mordtat bekanntgeworden war.

4

Delaney betrachtete ein Weilchen das Haus in der 87. Straße, unweit der Lexington Avenue, in welchem der vorläufige Chef der Kriminalpolizei Suarez wohnte; es war ein älteres Mietshaus, und Delaney wußte genau, wie es darin aussah, war er doch selber in einem ähnlichen Haus aufgewachsen.

Es hatte fünf Stockwerke, die Vortreppe zählte acht Stufen, und er wußte, daß auf jedem Stockwerk zwei Wohnungen lagen, deren Zimmer sämtlich auf einen langen Korridor mündeten. Man nannte das ›Kaltwasserwohnungen‹, nicht unbedingt, weil es da kein heißes Wasser gab – dies konnte durchaus der Fall sein, wenn der Hausbesitzer großzügig war –, sondern weil sich die – gedeckte – Badewanne in einer Ecke der Küche befand und für beide Wohnungen nur eine einzige Toilette vorhanden war, im Treppenhaus.

Von dieser Sorte Mietshäuser gab es in Manhattan nicht mehr viele. Entweder waren sie abgerissen und durch Appartementhochhäuser ersetzt worden, oder aber sie waren total umgebaut worden und wurden zu Wahnsinnspreisen vermietet. Ob das nun als Fortschritt zu bezeichnen war, war Delaney nicht ganz klar, geändert hatte sich auf jeden Fall einiges, und wer gegen Veränderungen war, der sollte sich eben wehmütigen Erinnerungen an die Zeit überlassen, da ganz Manhattan weiter nichts war als Weideland. Immerhin fühlte er sich nicht ganz frei von einer gewissen Wehmut, als er sich an seine Kindheit erinnerte.

Es fiel sogleich ins Auge, daß die Bewohner dieses Hauses sich tapfer darum bemühten, die üblichen Verfallserscheinungen zu verhindern; alle Fenster waren blankgeputzt, die Hauswände wiesen keinerlei Schmierereien auf, die Gardinen waren sauber, und auf der Vortreppe standen Blumenkübel, angekettet ans Geländer. Die Mülleimer aus Kunststoff waren sauber und hatten Deckel. Insgesamt durchaus ein einladender Anblick, der von einer mäßigen Wohlhabenheit zeugte.

Delaney stapfte über den Fahrdamm und dachte dabei, daß dies doch eine etwas ungewöhnliche Wohngegend sei für den angehenden Chef der New Yorker Kriminalpolizei; die leitenden Beamten der Behörde bevorzugten im allgemeinen Queens oder Staten Island.

Das Messingschild an der Tür war blankgeputzt, und die Haussprechanlage funktionierte wunderbarerweise. Als er auf die Klingel gedrückt hatte, vernahm er eine piepsende Kinderstimme: »Ja? Wer ist da?«

Er lehnte sich etwas vor und sagte in das vergitterte Mikrofon: »Edward X. Delaney hier.«

Es knackte, dann ertönte der Summer, und Delaney drückte die Tür auf. Als er bis zum zweiten Stock gestiegen war, begrüßte ihn auf dem Treppenabsatz eine Gestalt, die an Don Quichotte erinnerte – hochgewachsen und spindeldürr – und ihm eine knochige Hand hinhielt. »Mr. Delaney? Ich bin Michael Ramon Suarez.«

»Freut mich sehr, Chefinspektor. Es ist nett von Ihnen, daß Sie mich bei sich zu Hause empfangen.«

Suarez erwiderte mit formeller Höflichkeit: »Es ist mir eine Ehre, daß Sie sich herbemüht haben. Ich hoffe, es bedeutet für Sie keine Umstände, ich wäre selbstverständlich jederzeit zu Ihnen gekommen.«

Das war Delaney durchaus bekannt, Thorsen hatte das schon vorgeschlagen. Delaney lag jedoch daran, Suarez in seinen eigenen vier Wänden kennenzulernen, er wollte sehen, wie dieser Mann außerhalb des Dienstes lebte. Das war immerhin eine Möglichkeit, sich einen Eindruck von ihm zu verschaffen.

In der Wohnung wimmelte es von Kindern, fünf an der Zahl, im Alter zwischen drei und zehn, die Delaney sämtlich vorgestellt wurden. Michael Jr., Maria, Joseph, Carlo und Vita. Und als Frau Suarez erschien, hatte sie noch eines auf dem Arm, Thomas.

»Da haben Sie ja eine eigene Baseballmannschaft«, scherzte Delaney, »noch dazu mit einem Ersatzspieler.«

»Rosa möchte Fußball spielen«, verkündete Suarez trccken, »aber das geht mir entschieden zu weit.«

Der Gast mußte im bequemsten Stuhl sitzen und trotz seines Protestes Kaffe trinken, zu dem es in Puderzucker gewälztes Gebäck gab. Sämtliche Suarez' tranken ebenfalls Kaffee, und zwar mit Dosenmilch, während Delaney seinen schwarz nahm. Nach dem ersten Schluck blickte er die Hausfrau an: »Köstlich. Eine Spur Zichorie, Mrs. Suarez?«

»Ja, nur eine Spur.« Sie errötete ein wenig bei diesem Lob.

»Und das Gebäck? Selbstgemacht?«

Sie nickte stumm.

»Ein Genuß. Italiener, Franzosen und Polen machen sonderbarerweise ganz ähnliches Gebäck.«

»Es ist bloß Brandteig«, sagte Suarez, »aber Rosa macht ihn wirklich gut.«

»Ich bin ganz Ihrer Meinung.« Delaney nahm sich noch ein Stück. Er stellte den Kindern Fragen nach der Schule, und als sie losschnatterten, fand er Zeit, sich umzusehen. Die Wohnung war alles andere als luxuriös, dafür aber blitzblank, die Wände waren grün, an einer ein großes Kruzifix, an einer anderen ein Wandbehang aus dunklem Samt mit einer aufgemalten Landschaft – wohl der Strand von Waikiki. Auf dem Boden gemustertes Linoleum, hölzerne, in Orange gehaltene Möbel, offenbar als Garnitur gedacht.

Das alles entsprach nicht Delaneys Geschmack, aber darauf kam es nicht an. Ein ehrlicher Polizist mit sechs Kindern kann sich weder Stilmöbel noch einen Aubusson-Teppich leisten, wichtig war nur, daß es warm und sauber war und die Kinder satt und ordentlich gekleidet waren. Delaney bekam den Eindruck, daß er eine glückliche Familie vor sich hatte, in der keiner über Mangel an Liebe zu klagen hatte. Die Kinder baten um Erlaubnis, eine Stunde fernzusehen, danach wollten sie Hausaufgaben machen.

Der Vater erlaubte es und führte dann seinen Gast in die nach hinten hinausgelegene Küche. »Da sind wir ungestört«, erklärte er.

»Kinder stören mich nicht«, bemerkte Delaney. »Ich habe selber zwei und dazu zwei Stieftöchter. Ich mag Kinder gern.«

»Das war zu merken«, bestätigte Suarez.

Die Küche war groß genug, um einen Tisch aufzunehmen, an dem die ganze Familie Platz fand; außerdem war sie reichlich mit Töpfen, Pfannen und Tiegeln ausgestattet, und es fehlte auch nicht an modernen Küchengeräten. Delaney schloß daraus, daß gutes Essen hier großgeschrieben wurde. Er setzte sich auf einen der soliden Holzstühle.

Suarez fragte: »Es kränkt Sie hoffentlich nicht, daß ich Sie mit Ihrem Namen anrede statt mit Ihrer Dienstbezeichnung?«

»Keine Spur. Das ist längst vorbei. Ich bin ein schlichter Bürger.«

Suarez verzog ein wenig das Gesicht. »Sie wissen, eine ganze Menge ehemalige Beamte bestehen darauf, bei ihrem früheren Dienstgrad genannt zu werden.«

»Zu denen gehöre ich nicht, da können Sie ganz beruhigt sein.«

Sie saßen einander am Tisch gegenüber, und Delaney musterte unauffällig diesen Mann mit den aus der hohen Stirn zurückgekämmten rabenschwarzen Haaren, dem hängenden Schnauzbart, der olivfarbenen Haut und den Augen, so schwarz und glänzend wie feuchter Anthrazit. Die Zähne waren vollständig und strahlend weiß. Ihm entgingen aber auch nicht der Ausdruck von Bedrücktheit und die Anzeichen von übermäßiger Anspannung, die sich in einem gelegentlichen Zucken des linken Mundwinkels kundtaten, in den tiefen Stirnfalten und den geschwollenen Tränensäcken. Suarez stand unter Druck, und man merkte es ihm an. Delaney fragte sich, wie der Mann wohl derzeit schlief und ob überhaupt?

Gleich zu Beginn des Gespräches gab er eine Erklärung ab, die er für unbedingt erforderlich hielt: »Sie wissen wahrscheinlich, daß ich seinerzeit in der Behörde den Ruf eines Dickschädels gehabt habe. Ich habe nie ein Blatt vor den Mund genommen und mir nicht wenige Feinde gemacht.«

»Ja, davon habe ich gehört.«

»Ich mache auch jetzt aus meinem Herzen keine Mördergrube, und deshalb möchte ich Ihnen sagen: Einerlei, was Thorsen Ihnen gesagt und wie stark er Sie möglicherweise gedrängt hat, mich hinzuzuziehen – Sie sollen mir rundherum sagen, ob es Ihnen recht ist, daß ich mitmache. Falls nicht, sagen Sie es unverblümt, das kränkt mich nicht die Spur, ich versichere es Ihnen. Sagen Sie es mir, wenn Sie den Fall allein bearbeiten wollen. Dann lasse ich Sie in Ruhe, bedanke mich für die Einladung und den Kaffee, den ich in jedem Fall genossen habe, und die Sache ist erledigt.«

»Der stellvertretende Commissioner hat sehr viel für mich getan«, versetzte Suarez leise, »mehr, als Sie ahnen.«

»Blödsinn. Thorsen handelt in seinem ureigensten Interesse, und das wissen Sie auch ganz genau.«

»Das ist schon richtig«, gab Suarez zu, »aber es ist nicht alles. Es dürfte doch jetzt ungefähr fünf Jahre her sein, seit Sie in Pension gegangen sind ...?«

»Länger sogar.«

»Dann können Sie unmöglich wissen, was sich unterdessen in der Behörde alles geändert hat. Etwa ein Drittel unserer Außenbeamten hat weniger als fünf Jahre Berufserfahrung. Die Vorschrift betreffend Mindestgröße ist aufgehoben, wir haben jetzt kleine Leute, farbige, weibliche, hispanische, orientalische, schwule sogar. Zugleich ist der Anteil von Beamten mit Collegeabschluß erheblich gestiegen, und fast alle unserer Leute sprechen mindestens eine Fremdsprache. Das ist eine Umwälzung, und ich bin ganz dafür.«

Delaney hörte schweigend zu.

»Diese jungen Leute sind stark motiviert, sie sind gesetzeskundig, sie bilden sich weiter in Soziologie und Psychologie, und das hilft dem Betrieb bei uns enorm – können Sie mir folgen?«

»Nun ja, schaden tut es gewiß nicht. Die Stadt verändert sich unentwegt, und wenn die Behörde sich nicht ebenfalls ändert, kann sie den Laden dichtmachen.«

»Genauso ist es.« Suarez lehnte sich zurück. »Thorsen begreift das sehr gut, und deshalb tut er alles, was er kann, um die Behörde den neuen Umständen anzupassen. Er drängt darauf, daß mehr Beamte aus den Minderheitsgruppen kommen und daß die auch befördert werden, wenn sie geeignet sind. Sehen Sie mich an. Glauben Sie, ich hätte meinen derzeitigen Rang, wenn nicht Thorsen all seinen Einfluß in dieser Richtung geltend gemacht hätte? O nein! Wenn Sie also sagen, er handelt im ureigensten Interesse, wenn er Sie in der Sache Ellerbee zu Hilfe ruft, dann entgegne ich Ihnen: Das stimmt, aber er tut es auch, um etwas vor Schaden zu bewahren, woran ihm sehr viel gelegen ist.«

»Thorsen ist ein Überlebenskünstler«, versetzte Delaney schroff. »Und ein ganz gewiegter Politiker. Machen Sie sich seinetwegen keine Sorgen. Ich schulde ihm gewiß ebensoviel wie Sie, und ich weiß genau, wie kitzlig seine Situation ist. An jedem Tag, den Gott werden läßt, muß er sich mit der irischen Mafia herumschlagen. Diese Kerle sehen die Behörde immer noch so, wie sie vor dreißig Jahren mal war, und so wollen sie sie auch erhalten – ein irisches Fürstentum. Ich darf das sagen, schließlich bin ich selber Ire, aber Ärger habe ich ebenfalls mit denen gehabt. Im übrigen bin ich mit allem einverstanden, was Sie sagen, nur wiederhole ich: Wenn Sie den Fall allein lösen wollen, nehmen Sie keine Rücksicht auf Thorsen, und denken Sie keinen Moment, daß Sie mich kränken. Sagen Sie, was Sie möchten. Sie werden den Fall lösen, vielleicht auch nicht, aber einerlei, wie es ausgeht, es ist dann einzig Ihr Fall. Und bedenken Sie: Es ist doch gar nicht gesagt, daß ich Ihnen wirklich helfen kann, weder Ihnen noch Thorsen, noch der Behörde.«

Nach einem ausgedehnten Schweigen sagte Suarez: »Ich gebe zu, daß ich gekränkt war, als Thorsen mir den Vorschlag machte, Sie hinzuzuziehen. Selbstverständlich kenne ich Ihren Ruf, die Quote der von Ihnen gelösten Fälle, und trotzdem war mir so, als ob Thorsen sagen wollte, er traue mir nicht zu, daß ich mit der Sache fertig werde. Um ein Haar hätte ich ihm gesagt, ich wolle keine fremde Hilfe, egal, von wem, doch zum Glück habe ich mir das noch im letztem Moment verkniffen. Zu Hause habe ich gründlich darüber nachgedacht und es auch mit meiner Frau besprochen.«

»Das war wirklich gescheit«, bemerkte Delaney. »Frauen verstehen zwar nichts von den Personalintrigen in der Behörde, aber sie haben meist eine ausgeprägte Menschenkenntnis, und darauf kommt es am Ende an.«

»Nun ja ..., Rosa machte mir klar, daß ich aus gekränkter Eitelkeit reagierte. Sie sagte: Wenn du den Fall Ellerbee verpatzt, wird es überall heißen, der ›Chilifresser‹ ist eben doch nicht gut genug. Sie sagte, ich solle Hilfe annehmen, woher ich sie auch bekäme. Und noch was. Löse ich den Fall Ellerbee, werde ich Murphys Nachfolger als Chef der Kriminalpolizei, sobald der in Pension geht. Dafür sorgt Thorsen. Wußten Sie das?«

»Ja, das hat er mir gesagt.«

»Sie sehen, ich habe gleich mehrere Motive. Politische, ethnische, persönliche, und dabei kann ich nicht einmal genau sagen, welches davon das stärkste ist. Folglich habe ich lange darüber gebrütet.«

»Das kann ich mir gut vorstellen. Es ist bestimmt schwierig, die richtige Entscheidung zu treffen.«

»Kommt noch hinzu, daß ich bei mir im Laden eine Menge wirklich guter Leute habe«, fuhr Suarez fort.

»Das ist mir bekannt. Manche habe ich selber ausgebildet.«

»Das weiß ich wohl. Aber keiner verfügt über Ihre Begabung und Ihre Erfahrung. Ich sage das keineswegs, um Ihnen zu schmeicheln, es ist nun mal so. Und die Leute, die früher mit Ihnen zusammengearbeitet haben, sagten mir ohne jede Ausnahme: Wenn du Delaney kriegen kannst, Mann, dann nimm ihn um Himmels willen! Und das hat den Ausschlag gegeben. Wenn Sie sich bereit erklären, mir im Fall Ellerbee zu helfen, nehme ich diese Hilfe vorbehaltlos und mit aufrichtiger Dankbarkeit an.«

Delaney schaute ihn scharf an. »Das ist endgültig?«

»Endgültig.«

»Sie wissen, daß ich das Ding auch in den Sand setzen kann? Es wäre nicht das erste Mal!«

»Ich weiß.«

»Gut. Dann kommen wir gleich zur Sache. Soweit ich es den Zeitungen und dem Fernsehen entnehmen konnte, haben Sie wenig in der Hand.«

»Wenig? Nichts!«

»Ich sage Ihnen jetzt, was ich weiß, und Sie korrigieren mich dann und ergänzen meine Kenntnisse gegebenenfalls. Einverstanden?«

Delaney faßte knapp zusammen, was er wußte. Suarez unterbrach ihn mit keinem Wort und sagte, als Delaney fertig war: »Ja, so ungefähr sieht es aus. Die angegebenen Uhrzeiten sind nicht in allen Fällen ganz korrekt, aber diese Erkenntnisse haben uns auch nicht weitergebracht.«

Delaney nickte. »Und nun erzählen Sie mal, was nicht in die Medien gekommen ist.«

»Einiges«, begann Suarez. »Ob es was zu bedeuten hat, weiß ich nicht. Zunächst mal hat Ellerbee ja – wie Sie wissen – seiner Frau gesagt, er erwarte noch einen späten Patienten, sie solle schon vorfahren. In seinem Terminkalender ist aber für den letzten Freitag kein später Patient vermerkt. Keiner mehr nach 17 Uhr. Aber die Sprechstundenhilfe meint, das war nicht ungewöhnlich, denn Ellerbee wurde häufig von Patienten angerufen, die sich in einer Krise befanden. Die verlangten dann sofort einen Termin. Ellerbee gab ihnen einen, ohne es seiner Sprechstundenhilfe zu sagen. Jedenfalls ist sie Freitag um 17 Uhr gegangen, nachdem der letzte vorgemerkte Patient gekommen war.«

»Klingt ganz plausibel ...«

»Zweitens: Der Polizeiarzt meint, daß die Tatwaffe ein sogenannter Treibhammer war, das ist ein Hammer, dessen Kopf in einer Kugel endet.«

»Ich weiß. Karosserieschlosser benutzen so was, um Kotflügel auszubeulen.«

»Ganz recht. Ellerbee nun wurde mit solch einem Hammer wiederholt auf den Schädel geschlagen; die rundlichen Löcher beweisen das.«

»Wiederholt? Auch noch, nachdem er schon tot war?«

»Ja. Der Polizeiarzt spricht von einem ›wilden Angriff‹. Er wurde mit dem Hammer viel öfter getroffen, als notwendig war, um ihn umzubringen. Und das ist nicht alles. Der Mörder hat den Toten offenbar auf den Rücken gedreht und ihm noch zwei Schläge versetzt – auf jedes Auge einen.«

»Das ist ja reizend«, wunderte sich Delaney. »Beide mit dem kugelförmigen Ende?«

»Ja, Dr. Samuelson hat den Toten auf dem Rücken liegend vorgefunden, mit zerschlagenen Augäpfeln.«

»Hm. Haben Sie den Medien sonst noch was vorenthalten?«

»Ja. Samuelson rief, als er Ellerbee fand, sofort die Polizei an und wartete vor der Haustür auf ihr Eintreffen. Und da haben wir insofern etwas Glück, als die Besatzung des zuerst eintreffenden Streifenwagens sich präzise nach dem Lehrbuch verhielt. Der eine blieb bei Samuelson und seinem Taxichauffeur und forderte über Funk Verstärkung an. Der andere ging nach oben, um sich davon zu überzeugen, daß ein Mord vorlag. Sie erinnern sich vielleicht, daß es Freitag nacht stark regnete? Nun, der Kollege, der raufging, sah gleich nasse Fußabdrücke auf der Treppe, und um die nicht zu verwischen, hat er sich ganz am Rand der Stufen nach oben bewegt.«

»Sehr gescheit. Wer war denn das?«

»Ein ungemein großer Schwarzer«, sagte Suarez. »Ich habe mich mit ihm unterhalten und kam mir vor wie ein Zwerg.«

»Sagen Sie bloß nicht, es war Jason T. Jason«, rief Delaney.

»Eben der. Kennen Sie ihn?«

»Na klar. Der hat öfters mit mir zusammengearbeitet. ›Doppeljason‹ wird er genannt. Ein gewitzter Bursche. Der geborene Kriminalist, wenn mir je einer untergekommen ist. Der würde niemals wie ein Elefant im Porzellanladen herumtrampeln.«

»Nein, das hat er auch nicht. Die Spurensicherung konnte also seine Schuhabdrücke gleich einmal beiseite lassen, sowohl auf der Treppe wie im Vorzimmer, und am Tag drauf wurden auch Samuelsons Spuren identifiziert. Er trug ganz leichte Schuhe und hat einen sehr kleinen Fuß. Und nun kommt das Eigentliche: Übrig blieb nicht ein Satz Fußspuren sondern zwei.«

»Zwei?«

»Ohne jeden Zweifel. Die Fotos beweisen das. Ellerbee hat Freitag abend zwei Besucher gehabt. Beide trugen Überschuhe, die Spuren sind also ganz unscharf, aber es steht fest, daß sie von zwei verschiedenen Besuchern stammen.«

»Donnerwetter! Mann oder Frau?«

Suarez hob die Schultern. »Wie kann man das bei Überschuhen schon sagen? Nur eben, daß außer Samuelsons und Jasons Abdrücken zwei Sorten Abdrücke vorhanden sind.«

»Wie erklären Sie sich das?«

»Überhaupt nicht. Wissen Sie eine Erklärung?«

»Nein.«

»Also das ist alles an Informationen, was wir zurückgehalten haben. Könnten wir jetzt vielleicht festlegen, in welcher Form Sie sich an der Untersuchung beteiligen wollen, Mr. Delaney?«

Das dauerte eine gute halbe Stunde. Man kam überein,

nicht zwei Untersuchungen parallel zueinander zu führen. »Da treten wir eineinander bloß auf die Füße«, sagte Delaney. Es sollte eine einzige Untersuchung unter Leitung von Suarez geben; Delaney sollte nur mit Rat und Vorschlägen helfen, wann immer ihm etwas einfiel. »Außerdem brauche ich für eventuelle kleine Privaterkundigungen einen unmarkierten Dienstwagen, und als Helfer und Verbindungsmann zu Ihnen Sergeant Boone. Der ist derzeit in Manhattan Nord stationiert, und ich brauche ihn unbedingt.«

»Ich kenne ihn, er ist ein guter Detektiv, also wenn Sie ihn unbe …«, Suarez brach etwas unschlüssig ab. Delaney schaute ihn scharf an.

»Stimmt«, sagte er, »Boone hat mal an der Flasche gehangen, aber er ist weg davon, seit er geheiratet hat. Zwei Jahre ist er jetzt schon absolut trocken. Zwei-, dreimal im Monat kommt er mit seiner Frau zu uns oder wir zu ihnen, und Sie dürfen mir glauben: er ist absolut sauber.«

»Da bin ich sehr erleichtert. Also Boone wird für Sie abgestellt.«

»Außerdem hätte ich diesen Doppeljason gern, dem möchte ich mal eine Chance geben, er hat sie nämlich verdient.«

»In Uniform?« fragte Suarez.

Delaney dachte einen Moment nach. »Nein, Zivil ist besser. Ich brauche die beiden, weil die ihre Hundemarke vorweisen können und mich mitnehmen, wo ich sonst nicht rein dürfte. Außerdem brauche ich Fotokopien von allem Material, was anfällt, einerlei, was es ist. Absolut alles.«

»Das geht. Aber Sie verstehen, daß ich das erst mit dem stellvertretenden Commissioner abklären muß?«

»Selbstverständlich. Tun Sie das. Dann ist er beschäftigt, und ich hab' ihn vom Hals.«

»O ja, dafür tritt er mir auf die Füße«, sagte Suarez bekümmert.

Delaney lachte. »Das gehört nun mal zu Ihrem Job.«

Beide Männer lehnten sich entspannt zurück, da dies nun alles geregelt war.

»Jetzt erzählen Sie mir noch, was Sie bislang unternommen haben«, verlangte Delaney.

»Weil es erst so aussah, als wäre es ein Süchtiger gewesen, haben wir uns unter unseren Spitzeln auf der Szene umgehört. Da ist aber nichts herausgekommen. Dann haben wir in weiterm Umkreis die ganze Gegend nach der Mordwaffe abgesucht. Ebenfalls nichts. Und Augenzeugen haben wir auch keine aufgetrieben. Schließlich haben wir die Besitzer der in der Gegend geparkten Autos ermittelt und die befragt – wieder nichts. Die Ehefrau und Dr. Samuelson sind so gut wie unverdächtig, beide haben ein Alibi. Jetzt wollen wir uns die Patienten aus der Kartei von Ellerbee vornehmen. Auch ehemalige. Das sind fast hundert Stück. Eine schöne Arbeit.«

»Muß aber sein«, bestätigte Delaney düster. »Freunde, Bekannte und Kollegen ebenfalls.«

»Ganz recht, auch die. Bislang haben wir nichts als Nieten gezogen, Sie werden das ja bald alles nachlesen können. Manchmal glaube ich wirklich, der Fall ist aussichtslos.«

»O nein«, widersprach Delaney, »kein Fall ist aussichtslos. Oft genug bietet sich die Lösung, wenn man sie überhaupt nicht erwartet. Davon kann ich ein Lied singen, werde das aber nicht tun. Ich will bloß sagen, auch im Fall Ellerbee sollten wir so was nicht ausschließen.«

»Dafür können wir nur beten«, murmelte Suarez düster.

Nach einem Weilchen vereinbarten sie, daß Suarez noch am gleichen Tag alles mit Thorsen klären und Delaney am folgenden Vormittag anrufen sollte. Dann brach Delaney auf. Suarez verabschiedete ihn überraschend feierlich: »Ich danke Ihnen für Ihre Aufrichtigkeit und Ihre Bereitwilligkeit. Ich glaube, wir werden sehr gut miteinander auskommen.«

»Und ob wir das werden«, versicherte Delaney, »wir

werden uns bestimmt mal in die Haare kriegen, aber das macht nichts. Wir wollen schließlich beide das Gleiche.«

Mrs. Suarez saß vor dem abgeschalteten Fernsehgerät und strickte. Delaney bedankte sich für den Kaffee und schlug vor, sie und ihr Mann sollten doch mal ihn und seine Frau daheim besuchen.

»Das wäre reizend«, sagte sie zögernd, »aber mit den Kindern ...«

»Überlegen Sie's«, redete Delaney ihr zu, »mir ist ganz so, als würden Sie sich sehr gut mit meiner Frau vertragen.«

Sie schaute ihren Mann an, doch falls zwischen den beiden ein Signal gewechselt wurde, entging es Delaney. Sie brachte ihn mit an die Tür, umfaßte hier seinen Arm und sagte: »Haben Sie recht herzlichen Dank. Sie sind ein guter Mensch.«

»Na, da bin ich nun nicht so sicher.«

»Aber ich«, behauptete sie.

5

Zum Frühstück gab es Rührei mit Zwiebeln und Räucherlachs. Delaney mampfte mit gutem Appetit.

»Hast du heute was vor« fragte er seine Frau.

»Rebecca und ich wollen einkaufen gehen. Wir bleiben den Tag über in der Stadt und essen irgendwo was. Ich besorge Weihnachtskarten und Geschenke für die Kinder.«

»Sehr schön.«

»Was wünschst du dir eigentlich zu Weihnachten?«

»Ich? Du weißt doch, ich bin der Mann, der alles hat.«

»Denkst du. Wie wäre es mit einem schönen Zigarrenetui von Dunhill?«

Er bedachte diesen Vorschlag. »Nicht übel. Meins geht allmählich kaputt. Dunkles marokkanisches Leder könnte mir gefallen. Und du? Was wünschst du dir?«

»Eine Überraschung. Nicht wieder Parfüm aus der nächsten Drogerie. Willst du denn auch einkaufen gehen?«

»Nein, nein. Ich bleibe hübsch zu Hause. Suarez will irgendwann anrufen, und das möchte ich nicht verpassen.«

»Und worauf hättest du zum Abendessen Appetit?«

»Wie wäre es mit Huhn in Sahnesoße? Oder Schweinefilet ...«

»... mit Kartoffelbrei und jungen Erbsen?« unterbrach sie ihn. »Eine hübsche, koschere Mahlzeit.«

»Ah bah – hab ich nicht gerade eben erst ein echt jüdisches Frühstück runtergewürgt? Überwinde dich mal.«

»Gewürgt?« höhnte sie. »Verschlungen trifft es wohl eher!«

Gerade da klingelte das Telefon, und er ging an den Apparat.

»Delaney ..., Morgen, Suarez ... So? Haben Sie? Und wie hat er reagiert? ... Gut. Sehr gut. Hab ich mir gedacht. Ich warte hier auf die beiden. Bis später dann.«

Er legte auf und wandte sich an Monica. »Thorsen ist mit allem einverstanden. Ich kriege den Wagen, und Doppeljason und Boone werden ebenfalls für mich abgestellt. Im Moment fotokopieren sie die Akten und kommen noch am Vormittag damit her.«

»Darf ich Rebecca sagen, daß ...«

»Boone hat es ihr bestimmt schon gesagt.«

»Freust du dich, Edward?«

»Freuen?« fragte er überrascht. »Na, sagen wir, ich bin zufrieden. Oder ja, ich gebe es zu, es freut mich, daß ich wieder mal richtige Arbeit bekomme.«

»Du wirst gebraucht, Edward.«

»Aber ich kann für nichts garantieren, das habe ich Thorsen und Suarez gesagt.«

»Trotzdem, du hörst schon wieder die Trompete, du altes Schlachtroß.«

Er zuckte die Achseln.

»Du wirst den Fall schon lösen.«

»Den Fall lösen? Da kannst du mal sehen, wie altmodisch du bist. ›Fälle‹ werden nicht mehr ›gelöst‹. Journalisten machen keine Schlagzeilen mehr. Das ist lange her.«

»Na, wenn du mich für so altmodisch hältst, kann ich ja gehen. Und du darfst dafür abwaschen.«

»Gib ordentlich Geld aus. Amüsier dich.«

Und schon machte er sich ans Aufräumen. Als sie ging, rief er ihr noch einen Gruß hinterher, trudelte dann in sein Arbeitszimmer, wo er sich der Morgenzeitung und seiner Zigarre widmete.

Die Zeitung legte er allerdings bald weg und verfiel in ein nicht unangenehmes Brüten. Trompete? Altes Schlachtroß? Schon, schon, aber das war denn doch nicht alles.

Täglich sterben Hunderte, ja Tausende eines gewaltsamen Todes, überlegte er, durch Krieg, Aufruhr, terroristische Anschläge, Verkehrsunfälle und weiß Gott was alles, weshalb also bin ich so darauf versessen, den Mord an einer einzelnen Person aufzuklären? Ellerbee ist doch nur einer von vielen. Aber es gibt da einen Unterschied: Ich kann Kriege und Gewalt im Großen nicht verhindern, doch den Tod eines einzelnen, den kann ich rächen. Niemand sollte durch Mord sein vorzeitiges Ende finden.

Dann fragte er sich aber doch, ob das nicht an den Haaren herbeigezogene Rechtfertigungen für sein Verhalten waren? Wurde er nicht ebenso wie Suarez von einem ganzen Bündel von Motiven geleitet? Ach was, sagte er sich dann, lassen wir mal den ganzen Schmus beiseite. Es blieb doch die Tatsache, daß jemand umgebracht worden, daß er, Delaney, ein Bulle war und daß es ihn juckte, den Täter aufzuspüren. Damit war seine Rolle klar und eindeutig umrissen, und damit durfte er sich wohl zufriedengeben.

Er wurde mit Zigarre und Zeitung etwa zur gleichen Zeit fertig. Im Lokalteil der Times hatte er gelesen, daß Henry Ellerbee, der Vater des Opfers, und Dr. Diane Ellerbee, seine Witwe, Vorwürfe gegen die Kriminalpolizei richteten, weil die Aufklärung des Falles keine Fortschritte mache. Der derzeitige Chef der Kriminalpolizei, Suarez, wurde zitiert; er hatte von »vielversprechenden Hinweisen« gesprochen und erwartete »in Kürze einen positiven Abschluß« der Ermittlungen. Delaney wußte nur zu gut, daß dies die Verlautbarung einer ratlosen Behörde war und im Klartext bedeutete: »Wir haben nicht die geringste Ahnung und stochern mit der Stange im Nebel herum.«

Die beiden Detektive trafen kurz nach 12 Uhr ein, beladen mit vier Kartons voller Fotokopien. Delaney führte sie ins Arbeitszimmer und stapelte die Akten übereinander. Erst dann folgte die herzliche Begrüßung. Beide Männer trugen Zivil, und Delaney hängte ihre Mäntel und Mützen an die Garderobe. Als er in sein Arbeitszimmer zurückkehrte, traf er beide noch stehend an.

»Nun setzt euch um Himmels willen endlich hin. Boone, Sie habe ich erst vergangene Wochen getroffen, brauche Sie also nicht zu fragen, wie es Ihnen geht. Ihre Frau ist übrigens einkaufen mit der meinigen. Aber Sie, Jason, Sie habe ich das letzte Mal gesehen vor ... na, zwei Jahre ist es bestimmt her. Sind Sie etwa dünner geworden?«

»Vielleicht ein bißchen, Sir, aber sehen tut man eigentlich nichts davon.«

»Na, Sie sehen jedenfalls aus, als ginge es Ihnen gut. Was machen Frau und Kinder?«

»Keine Klagen, Sir. Meine Jungens wachsen wie Unkraut. Und reden von nichts anderem als Baseball.«

»So muß es auch sein, Jason. Hm ...«

Keiner der beiden fragte, weshalb sie hierhergeschickt worden waren, und Delaney wußte, daß sie es auch nicht tun würden, deshalb hielt er es für richtig, sie kurz ins Bild zu setzen: Ihr derzeitiger Chef, Suarez, sei im Moment mit Arbeit überhäuft, und deshalb habe der stellvertretende Commissioner Thorsen ihn, Delaney, gebeten, im Mordfall Ellerbee auszuhelfen; man müsse bei der Aufklärung rasche Fortschritte machen, weil einflußreiche Leute die Behörde öffentlich bedrängten.

Von den innerbehördlichen Intrigen, dem unerbittlichen Kleinkrieg innerhalb der Hierarchie sagte er nichts, und Boone wie auch Jason schienen ihm seine Darstellung abzunehmen.

»Es ist nur vorübergehend, bis der Fall entweder aufgeklärt ist oder wir auf den Bauch gefallen sind. Sie, Boone, sind der Verbindungsmann zu Suarez und bleiben ständig bei mir, während Sie, Jason, alles andere übernehmen. Und vergeßt nicht, ich bin hier nur als so eine Art Berater tätig, nicht etwa als Polizeibeamter, sondern als reiner Zivilist. Klar?«

»Alles klar, Sir«, bestätigte Doppeljason.

»An einem einzigen Fall zu arbeiten, wird eine rechte Erholung sein, Sir«, bemerkte Boone.

»Erholung? Na, ihr werdet ganz schön ins Schwitzen kommen. Zunächst nehmen wir uns mal diese Unterlagen hier vor, lesen gründlich jedes Protokoll, sehen uns genau sämtliche Fotos an. In einer Stunde machen wir Mittag, es gibt Sandwiches und was zu trinken, und anschließend machen wir weiter, bis wir durch sind. Danach halten wir eine Besprechung ab und überlegen, wie wir am besten vorgehen.«

Delaney nahm die Kopien als erster zur Hand und reichte sie, nachdem er sie gelesen, an Boone weiter, der sie seinerseits nach Lektüre an Jason gab. Es waren meist kurze Protokolle, mit denen wurde man ziemlich schnell fertig. Der Obduktionsbefund jedoch und die Ergebnisse der Spurensicherung bedurften eines recht zeitraubenden Studiums. Der Qualm von Delaneys Zigarre und den ungezählten Zigaretten seiner Helfer wurde so dicht, daß Delaney den Ventilator in einem der Fenster anstellte. Gesprochen wurde nicht. Erst nach einer guten Stunde machten sie eine Pause und nahmen den versprochenen Lunch ein. Delaney, die Füße auf dem Tisch und eine Bierdose in der Hand, beglückwünschte Jason.

»Sehr schlau von Ihnen, daß Sie die Fußabdrücke auf

dem Treppenläufer und im Vorzimmer nicht zertrampelt haben. Ihr eigenes Protokoll ist vermutlich komplett? Oder haben Sie was ausgelassen?«

»Soweit ich weiß, nichts, Sir.«

Delaney gab sich damit nicht zufrieden. »Haben Sie vielleicht irgendwas gerochen, als sie die Treppe raufgingen und ins Vorzimmer kamen?«

»Gerochen, Sir? Nun, was war eine elend feuchte Nacht, und im Haus roch es ausgesprochen muffig.«

»Weiter nichts? Parfüm? Räucherstäbchen? Essensgerüche – irgendwas Auffälliges?«

Der riesige Schwarze dachte mit gerunzelter Stirn nach. »Nein, außer diesem Geruch wie nach Schimmel oder so fällt mir nichts ein.«

»War die Tür zu der Galerie im Erdgeschoß abgeschlossen?«

»Ja, Sir. Auch die zur Praxis von Mrs. Ellerbee im ersten Stock. Ebenfalls die zu der Wohnung im dritten Stock. Offen stand bloß Ellerbees Tür.«

»Und der lag also auf dem Rücken?«

»Ganz recht. Und übel aussehen tat er auch.«

Delaney wandte sich Boone zu. »Sergeant, was fällt Ihnen zu den Verletzungen der Augen ein, die Ellerbee erst beigebracht wurden, als er schon tot war?«

»Das scheint mir ziemlich eindeutig. Eine symbolische Handlung sozusagen. Der Mörder wollte ihn blenden?«

»Schön und gut, aber erst nachdem Ellerbee tot war? Das ist doch wohl ziemlich weit hergeholt?«

»Tja, wenn man bedenkt, daß Ellerbee es als Psychiater mit einem Haufen Verrückter zu tun hatte ... Es könnte doch ein Patient gewesen sein, der geglaubt hat, der Doktor sieht zu viel.«

Delaney starrte Boone an. »Ein hübscher Einfall – und recht einleuchtend. Es sind noch drei Sandwiches da und Bier auch noch. Wir können schließlich auch arbeiten beim Essen. Um so eher werden wir fertig.«

Kurz nach 15 Uhr war das letzte Aktenstück gelesen, der

Haufen wurde wieder aufgeschichtet, und die drei Männer schauten einander erwartungsvoll an.

»Na?« fragte Delaney. »Was halten Sie davon?«

Boone holte tief Luft, bevor er begann. »Ich möchte niemandem einen Vorwurf machen«, sagte er zögernd, »aber mein Eindruck ist, daß da einiges verpatzt worden ist ... Zum Beispiel hat Mrs. Ellerbee ausgesagt, daß sie gegen 1 Uhr 15 mit Dr. Samuelson telefoniert hat. Der Kollege, der das überprüfen sollte, geht nun einfach zu Samuelson und fragt: ›Stimmt es, daß Mrs. Ellerbee Sie gegen 1 Uhr 15 angerufen hat?‹ Und der Doktor sagt: ›Ja, das stimmt.‹ Das ist doch die pure Stümperei! Kann doch sein, die beiden stekcen unter einer Decke und haben das Ding gemeinsam gedreht. Weiter: Sie sagt, sie hat von Brewster aus angerufen. Das ist ein Ferngespräch, und darüber hat die Telefongesellschaft eine Unterlage. Weshalb hat das niemand nachgeprüft?«

»Ganz meiner Meinung«, stimmte Jason zu. »Und das gleiche gilt für ihren Anruf im Parkhaus. Der Nachtgaragist sagt: ›Ja, sie hat angerufen.‹ Aber keiner hat sich davon überzeugt, daß das Gespräch von Brewster aus geführt wurde. Ziemlich schludrige Arbeit, wenn Sie mich fragen.«

»Sie haben beide recht. Und ebenso hat niemand sich die Mühe gemacht nachzuforschen, ob Samuelson wirklich in der Carnegie Hall war, als Ellerbee umgebracht wurde«, sagte Delaney, »oder hat einer von Ihnen in diesem Stapel Protokolle etwas Derartiges gesehen? War er allein im Konzert oder in Begleitung? und wenn er allein war, hat ihn jemand da gesehen? Hat er noch die abgerissene Eintrittskarte? Kann jemand vom Personal der Carnegie Hall bestätigen, daß er da war? Suarez sagt, Samuelson und die Witwe schieden als Verdächtige ziemlich sicher aus. Das ist Blödsinn. Bis wir die beiden eliminieren können, bleibt noch massenhaft zu tun. Man soll Suarez vielleicht keinen Vorwurf machen, der weiß nicht, wo ihm der Kopf steht vor lauter Arbeit, aber eines ist gewiß: Die Ermittlungen sind bisher schlampig geführt worden.«

«Und was machen wir nun?« fragte Boone.

Delaney richtete seinen dicken Zeigefinger auf Jason: »Sie übernehmen die Witwe. Prüfen Sie nach, ob ihre Anrufe in Manhattan wirklich aus Brewster kamen. Und wenn sie schon dabei sind, fragen Sie den Polizeiposten dort, ob sie wirklich angerufen und nach dem Jaguar gefragt hat, ob ihr Mann vielleicht in einen Unfall verwickelt war. Und was für einen Eindruck sie am Telefon machte – gelassen, aufgeregt, wütend, na, Sie wissen schon. Boone, Sie klopfen Samuelsons Alibi ab. Irgendwer hat ihn vielleicht zur Tatzeit in der Carnegie Hall gesehen.«

»Sie glauben also, daß Samuelson und die Witwe möglicherweise lügen?« fragte Jason.

»Mann, Sie lügen, ich lüge, Boone lügt, alle lügen. So sind die Menschen nun mal. Meist haben Lügen nichts zu bedeuten, man erleichtert sich damit das Leben, aber hier geht es um Mord, und da nehme ich an, es ist nicht ausgeschlossen, daß alle beide lügen, auch wenn das nicht heißen muß, daß sie Ellerbee beseitigt haben. Kann sein, sie lügen aus anderen Gründen. Das müssen wir jedenfalls rauskriegen.«

»Und was wollen Sie selber unternehmen, Sir, wenn ich mal fragen darf?« Das kam von Boone.

»Sergeant, ich nehme mir alles vor, was sich auf den Streit zwischen der Mordkommission und Dr. Samuelson bezieht, nämlich darüber, ob die Patienten von Ellerbee vernommen werden dürfen. Es geht um die berühmte ärztliche Schweigepflicht. Die Behörde sagt, in einem Mordfall müssen die Patienten vernommen werden können, und Samuelson sagt, nein, der Terminkalender mit den Namen der Patienten gehört schon zu den vertraulichen Unterlagen von Ellerbee. Darüber streiten sie wie die Geier, und soweit ich weiß, steht ein Kompromiß bevor: Wir dürfen die Patienten überprüfen, aber nicht vernehmen, es sei denn, sie sind einverstanden, weil bei einer Vernehmung vielleicht ihre Krankheit zur Sprache käme – also weshalb sie überhaupt Patienten von Ellerbee waren. Eine ganz bezaubernde juristische Haarspalterei, und darüber können sich zehn Advokaten ein Jahr lang streiten. Wenn es so läuft, wie es im Moment aussieht, dürfen wir nachforschen, wo jeder einzelne Patient zur Tatzeit war, doch befragen dürfen wir sie nur, wenn sie zustimmen. Ein schöner Schlamassel, wenn Sie mich fragen.«

»Glauben Sie, daß die Patienten zustimmen?« fragte Boone.

»Ich glaube, daß ein Patient, der Ellerbee hingemacht hat, ganz gewiß zustimmt, weil er nämlich glaubt, andernfalls mit Sicherheit verdächtigt zu werden.«

»Auwei«, lachte Jason. »Können Verrückte wirklich solche Schlußfolgerungen ziehen, Sir?«

»Wie verrückt seine Patienten sind, wissen wir ja noch nicht, Jason. Im übrigen kann auch ein total Ausgeflippter scharfsinnig denken, mindestens so scharfsinnig wie ein sogenannter Normaler. Ich hatte mal einen Fall, da war der Täter ein Computerexperte, ein mathematisches Genie, bloß leider hatte er eine Schwäche: er schändete kleine Mädchen. Abgesehen davon war er, wie gesagt, ein Genie. Also dürfen wir nicht von der Überlegung ausgehen, Ellerbees Patienten wären samt und sonders Esel.«

»Wann fangen wir mit der Liste der Patienten an, Sir?«

Delaney beachtete Jasons Frage nicht. »Ist Ihnen übrigens aufgefallen, daß weder die Witwe noch das Opfer, noch Samuelson oder Ellerbees Vater vom Zentralcomputer überprüft worden sind?«

»Sie glauben doch wohl nicht, daß diese Leute vorbestraft sein könnten?« verwunderte sich Sergeant Boone.

»Nein, das glaube ich nicht, trotzdem muß es gemacht werden, denn man kann nie wissen. Das gleiche gilt für die beiden Praxishelferinnen der Ellerbees, für die alten Damen, denen die Galerie gehört, und den Filmfritzen im Oberstock. Alle sind zu überprüfen. Nehmen wir uns zunächst mal nur alle Bewohner des Hauses in Manhattan vor, und die, die dort gearbeitet haben. Dazu Dr. Samuelson und Ellerbees Vater. Sind die negativ, gehen wir auf die Bekannten und die Patienten los.« Es wurde noch erörtert, wer wann den Wagen benutzen und wie man untereinander Verbindung halten sollte. Delaney wies seine Gehilfen an, ihn anzurufen, sobald sie was Wichtiges gefunden hätten, einerlei, ob bei Tage oder bei Nacht.

Als die beiden fort waren, ließ er sich mit dem stellvertretenden Commissioner Thorsen verbinden und bekam ihn auch gleich an den Apparat.

»Es geht los, Ivar«, sagte er.

»Gott sei Dank. Falls ich Ihnen irgendwie helfen kann, sagen Sie Bescheid.«

»Das können Sie gleich. Die Behörde hat doch einen eigenen Psychiater, soweit ich weiß?«

»O ja, Dr. Murray Walden. Der arbeitet mit Drogensüchtigen und Alkoholikern und berät Angehörige von Beamten im Bedarfsfall. Ein sehr energischer und einfallsreicher Bursche.«

»Dr. Murray Walden«, notierte Delaney. »Würden Sie den mal anrufen und ihm meinen Besuch ankündigen?«

»Wird gemacht.«

»Kann ich auf seine Hilfe zählen?«

»Absolut. Haben Sie sich schon die Akten angesehen?«

»Der erste Durchgang ist geschafft.«

»Sehr schön. Ist Ihnen was aufgefallen?«

»Ein Haufen Löcher.«

»Das hatte ich befürchtet. Ich hoffe, Sie können die stopfen?«

»Dafür bezahlen Sie mich schließlich. Da fällt mir ein, wer bezahlt mich eigentlich, und wieviel bekomme ich?«

»Sie kriegen einen Kasten Glenfiddich von mir. Und vom Bürgermeister einen Orden. Vielleicht.«

»Auf den verzichte ich gern. Den Whisky will ich unbedingt.«

Delaney versprach Thorsen noch, ihn auf dem laufenden zu halten, und legte auf. Anschließend räumte er Teller, Gläser und Bierdosen vom Lunch weg.

Wieder im Arbeitszimmer, beäugte er die Kartons voller Akten mit einigem Mißmut. Ihm war klar, daß all dieser Kruscht irgendeinmal systematisch geordnet und in Mappen abgelegt werden mußte. Damit könnte er Jason oder Boone oder eventuell beide beauftragen, doch war das schiere Plackerei, und er wollte ihren Enthusiasmus dadurch nicht abstumpfen. Er brauchte sechs Minuten, die beiden Kopien des Schriftwechsels zwischen Dr. Julius K. Samuelson und den Justitiaren der Behörde, die ärztliche Schweigepflicht betreffend, sowie die Ablichtung des Terminkalenders von Ellerbee zu finden.

Nachdem er den Schriftwechsel nochmals gelesen hatte, war er davon überzeugt, daß der ins Auge gefaßte Kompromiß nichts wert war. Jemanden überprüfen ohne ihn befragen zu können, war einfach ausgeschlossen. Er nahm sich vor, diesen Streit weiter nicht zu beachten; trat er jemand auf die Füße, und erhob der ein Geschrei, konnte man immer noch sehen, was daraus wurde.

Interessant war immerhin, daß Samuelson seinen Schriftverkehr in seiner Funktion als Vorsitzender der Psychiatrischen Vereinigung von New York geführt hatte, also als Arzt, der sich auf das ärztliche Ethos berief.

Samuelson war aber auch Zeuge in einem Mordfall und mit dem Ermordeten befreundet. Es fand sich jedoch in diesem Schriftwechsel nichts, was auf seine persönliche Einstellung hinsichtlich einer Überprüfung der Patienten zum Zwecke der möglichen Überführung eines möglichen Täters hätte schließen lassen. Auch sah Delaney mit Interesse, daß Samuelson nicht erwähnte, welche Haltung etwa Mrs. Ellerbee in dieser Frage einnahm. Als Psychologin war sie zwar keine Ärztin, daß sie aber, anders als Dr. Samuelson, sich einer Befragung der Patienten augenscheinlich nicht widersetzte, ließ nur den Schluß zu, daß sie, ganz im Gegenteil, die Einvernahme der Patienten befürwortete.

Delaney schob die Unterlagen weg und lehnte sich zurück, die Hände im Genick verschränkt. Er gestand sich ein, daß er gegen Ärzte und Advokaten eine unbegründete Abneigung hegte. In seiner jahrelangen kriminalistischen Arbeit hatten sie ihn allzuoft behindert, gelegentlich gar zu Fall gebracht. Seiner ersten Frau Barbara gegenüber hatte er sich einmal folgendermaßen geäußert: »Verflucht noch mal, wie können Menschen nur Ärzte oder Anwälte, meinethalben auch Leichenbestatter werden und ihr Geld am Unglück ihrer Mitmenschen verdienen wollen? Hab ich etwa nicht recht? Ich meine, Geld kriegen die doch bloß, wenn andere Menschen Ärger mit den Gerichten haben, krank sind oder sterben!«

Barbara hatte ihn abschätzig angesehen und gesagt: »Und verdienst du etwa dein Geld nicht bei der Polizei?«

Er starrte sie an und lachte dann reumütig: »Wie recht hast du doch, und was für ein Idiot bin ich!«

Doch wie auch immer, Ärzte und Juristen waren nun mal nicht gerade seine Lieblinge. »Aasgeier«, nannte er sie für sich.

Eine eingehende Betrachtung von Ellerbees Terminkalender erwies sich als recht ergiebig. Delaney begann damit, die Namen aller Patienten aufzuschreiben, die seit dem 1. Januar im Kalender verzeichnet waren. Er vermerkte in Spalten auf seinem Block die Zahl der Besuche und ebenso die Zahl der Absagen eines jeden. Das war eine lästige Arbeit, und als er erst nach über einer Stunde damit fertig war, betrachtete er das Ergebnis durch seine Lesebrille und wußte nicht recht: Hab ich da nun was oder nicht? Manche Patienten waren in unregelmäßigen Abständen gekommen, manche alle zwei bis drei Monate einmal, andere einmal monatlich, wieder andere alle vierzehn Tage. Viele zwei, dreimal die Woche, und zwei gar fünfmal!

Es gab Patienten, deren Namen nur ein- oder zweimal im Kalender erschienen, dann nicht wieder. Ferner gab es lakonische Eintragungen, welche schlicht ›Klinik‹ lauteten. Ellerbee hatte für gewöhnlich um 7 Uhr den ersten Patienten empfangen und um 18 Uhr den letzten, und das an fünf Tagen in der Woche. Manchmal arbeitete er länger und manchmal auch an Sonntagen. Kein Wunder also, daß durch den ganzen Monat August ein dicker Strich lief mit dem Vermerk ›Urlaub!!!‹

Delaney wußte aus den Akten, daß Ellerbee für eine 45minütige Sitzung 100 Dollar verlangte. Seine Frau verlangte für die gleiche Behandlungsdauer 75 Dollar.

Delaney machte eine Rechnung auf. Ging man von 50 Behandlungen pro Woche sowohl bei ihm wie auch bei ihr aus, kam man auf ein Jahreseinkommen von 420000 Dollar, was eine hübsche Summe war, aber kaum ausreichte, das Haus in der Stadt, den Landsitz und das Drumherum zu bezahlen, die drei Autos zum Beispiel.

Doch war der Ermordete immerhin Henry Ellerbees Sohn gewesen, dem ein schönes Stückchen von Manhattan gehörte; möglich, daß Papa dem Jungen eine Apanage ausgesetzt hatte, vielleicht hatte der Ermordete auch noch andere Einkünfte – ererbte Wertpapiere oder ähnliches. Möglich war auch, daß seine Frau vermögend war. Von deren Verhältnissen wußte Delaney ja ohnehin so gut wie nichts.

Er dachte an den alten Alberto Di Lucca, einen spaghettiverschlingenden Detektiv, der ihm viel beigebracht hatte. Das war schon lange her, der Große Al und Delaney gingen damals Streife in Little Italy. Als sie eines Tages nach einem überreichlichen Mahl mit Pasta und weißer Krabbensoße, den Zahnstocher im Mund, die Mott Street hinaufstapften, gab Delaney seinem Mitgefühl mit den schäbig gekleideten Passanten Ausdruck: »Die sehen alle aus, als hätten sie keinen Topf, um reinzupinkeln.«

Big Al hatte ihn nur ausgelacht. »Das kommt dir so vor, was? Siehst du den alten Kauz da an der Tür zur Bäckerei? Seine Hosen sind so dünn, daß man die Zeitung durch lesen könnte, aber dem gehört die Bäckerei und die ist eine Goldgrube. Zufällig weiß ich, daß er Aktien von AT & T für mehr als drei Millionen besitzt.«

»Du nimmst mich wohl auf den Arm!«

»Nicht die Spur, Jungchen. Geh nie nach dem Aussehen. Nichts ist irreführender.«

Big Al hatte damit sehr recht. Wenn es um Geld geht, ist alles irreführend. Ein Bettler entpuppt sich als Millionär, ein feiner Mann, der im teuersten französischen Restaurant für ein Dutzend Leute eine Party schmeißt, ist in Wahrheit bankrott.

Es mochte gut sein, daß Ellerbees Einkünfte aus Quellen zogen, welche Suarez' Leute noch nicht entdeckt hatten. Wieder ein Loch, das gestopft werden mußte.

Edward X. Delaney fand Suarez sympathisch, auch dessen Frau und Kinder, aber was Suarez hier bislang als Leiter der Ermittlung im Fall Ellerbee zu bieten hatte, war schlicht eine Katastrophe. Delaneys Sinn für gute Arbeit fühlte sich beleidigt. Auch war ihm klar, daß er mit seinen beiden Gehilfen ganz von vorn würde beginnen müssen.

Er trank das inzwischen schal gewordene Bier aus und deckte in der Küche den Tisch. Hoffentlich hat Monica an das Filet gedacht, ging es ihm durch den Kopf.

6

»Hier Edward X. Delaney«, sagte er.

»Und hier Doktor Murray Walden«, grunzte es vergnügt zurück. »Thorsen sagt, Sie wollen mich sprechen – was gibt es denn?«

»Hätten Sie mal eine Stunde Zeit für mich?«

»Lieber pumpe ich Ihnen Geld! Ich kenne Sie ja nicht mal. Und heute soll es wohl auch noch sein?«

»Wenn es irgend geht, ja.«

Nach kurzem Überlegen sagte die Stimme: »Ich mache Ihnen einen Vorschlag: Ich habe heute früh vor einer Kommission auszusagen, angeblich soll das um eins zu Ende sein. Vermutlich dauert es aber bis zwei, und das heißt, ich kann dann vor lauter Hunger nicht mehr aus den Augen gucken. Warum treffen wir uns nicht zum Essen?«

»Gewiß.« Das paßte Delaney durchaus nicht.

»Delaney ist doch wohl ein irischer Name?«

»Stimmt.«

»Dann essen Sie vielleicht gern Irisches?«

»Manchmal schon«, entgegnete Delaney. »Gegen Kohl und Corned beef bin ich aber allergisch.«

»Wer wäre das nicht! Kennen Sie Dorans Kneipe auf der Ostseite?«

»Ja. Mit der bin ich sehr einverstanden. Wenn man da bekannt ist, kriegt man sogar Bushmills Black Label. Und das Ale ist ausgezeichnet.«

»Sagen wir um halb drei? Da ist es ziemlich leer, und wir können ungestört reden.«

»Gern. Und vielen Dank.«

»Erkennen werden Sie mich leicht. Unter all den prächtigen Lockenköpfen bin ich der einzige mit Glatze.«

Und damit hatte er durchaus recht. Als Delaney sich im Hinterzimmer von Dorans Kneipe umsah, erblickte er einen dürren Kahlkopf allein an einem Tisch für zwei Personen; der kleine schwarze Schnurrbart entschädigte keineswegs für den Mangel an Haupthaar.

»Sie sind Doktor Walden?« fragte Delaney.

»Und Sie sind Delaney.« Der Mann stand auf und streckte ihm die Hand hin. »Es ist mir ein Vergnügen. Ich habe schon Ale für uns bestellt.«

Die Herren nahmen Platz und musterten einander. Doktor Walden schmunzelte und zeigte dabei ein Gebiß, das zu schön war, um echt sein zu können. Dann strich er über seine Glatze.

»Yul Brynner oder Telly Savalas bin ich zwar nicht, aber das bißchen Gras, das noch am Rande wucherte, habe ich der Einfachheit halber abrasiert.«

»Wie wär's mit einem Toupet?«

»Ach wo! Wer braucht schon ein Toupet? So was tragen nur Menschen, denen es an Selbstbewußtsein fehlt. Ich bin sehr zufrieden mit meinem Kahlkopf. Daran erinnern sich die Leute.«

Die Kellnerin brachte Bier und die Speisekarte. Der Polizeipsychiater hielt die Armbanduhr nahe vors Gesicht und sagte: »Eine Stunde habe ich Ihnen versprochen, und mehr gibt es nicht. Bestellen wir also und kommen gleich zur Sache.«

»Mir recht.« Delaney bestellte Steak mit Bratkartoffeln, Zwiebeln und Tomaten.

»Für mich auch«, sagte Walden und an Delaney gewandt: »Worum geht es überhaupt? Thorsen hat es sehr dringend gemacht.«

»Um den Mord an Dr. Simon Ellerbee. Kannten Sie den?«

»Zwei-, dreimal bin ich ihm wohl begegnet, befreundet waren wir nicht.«

»Und welchen Eindruck hatten Sie von ihm?«

»Sehr gescheit, ausnehmend sogar, möchte ich sagen. Ein Denker. Als ich ihn das letzte Mal gesehen habe, kam er mir vor, als wäre er bedrückt. Aber wer ist das nicht gelegentlich«, sagte der Arzt.

»Was ihn bedrückt haben könnte, ahnen Sie selbstverständlich nicht?«

»Wie sollte ich? Er war sehr schweigsam und brütete vor sich hin. Ganz anders als sonst, da war er umgänglich und liebenswürdig. Vielleicht hatte er aber auch bloß einen schlechten Tag.«

»Es ist wohl nicht ganz einfach, tagtäglich mit … nun ja, gestörten Leuten umzugehen?« fragte Delaney.

»Gestört?« Walden grinste. »Sie wollen nicht zufällig sagen, mit Bekloppten, Ausgeflippten, Bescheuerten oder so was?«

»Na ja«, gestand Delaney, »ich war drauf und dran.«

»Sagen Sie mal, habe Sie je Schuldgefühle und Depressionen gehabt, getrauert oder gehaßt?«

Delaney blickte ihn an. »Klar, habe ich.«

Der Psychiater nickte zustimmend. »Sie und ich, wir

alle kennen das. Der Laie glaubt häufig, wir Psychiater müßten uns unentwegt mit rasenden Irren befassen. In Wahrheit sind unsere Patienten in der Mehrzahl ganz normale Personen, die Empfindungen von der Art haben, die wir eben erwähnten. Nur sind diese Empfindungen stärker als üblich. Und zwar so stark, daß sie damit nicht fertig werden. Deshalb begeben sie sich in Behandlung – falls sie das Geld dazu haben. Als Irre kann man sie jedenfalls nicht bezeichnen.«

»Sie gehen also davon aus, daß Ellerbees Patienten in der Regel solche ganz normalen Personen waren?«

»Hm, ich kenne die Krankengeschichten nicht, aber ich würde fast darauf wetten, daß es so war. Gewiß waren schwere Fälle dabei, sagen wir, schizoide Personen, solche mit psychosexuellen Beschwerden, gespaltene Persönlichkeiten, also eher ausgefallene Sachen. Aber in der Mehrzahl dürften es Fälle der schon erwähnten Art gewesen sein, emotionelle Traumata, mit denen die Leute nicht fertig wurden.«

»Ich wäre Ihnen dankbar, wenn Sie mir den Unterschied zwischen Psychologen und Psychiatern erklären würden, Doktor Walden. Ellerbees Frau ist ja, wie Sie sicher wissen, Psychologin.«

»Erstens war er als Psychiater regulärer Mediziner, sie ist das nicht. Die Ausbildung ist ebenfalls nicht die gleiche. Soweit mit bekannt, behandelt sich hauptsächlich Kinder, macht Gruppentherapie mit deren Eltern. Während er auf Analyse spezialisiert war. Kein Freudianer im strengen Sinn, aber er neigte in diese Richtung. Sie müssen wissen, daß es Dutzende von Therapietechniken gibt. Der Psychiater kann sich entweder streng an eine solche Technik halten, er kann sich aber auch aus mehreren Techniken seine eigene entwickeln, die er für die wirkungsvollste hält. Also eine sehr persönliche Angelegenheit, wie Sie sehen. Und Ellerbees Technik ist mir nicht bekannt.«

»Eh ich es vergesse«, sagte Delaney, als die Kellnerin mit der Rechnung kam, »Sie sind mein Gast, Doktor.«

»Das habe ich keinen Moment bezweifelt«, stimmte Walden munter zu.

»Sie sagten vorhin, Ellerbees Patienten dürften in der Regel als ganz normal zu betrachten sein. Schließt das aus, daß sie eventuell zu Gewalttätigkeiten gegenüber ihrem Therapeuten fähig gewesen wären?«

Dr. Walden lehnte sich zurück, zog ein silbernes Zigarettenetui aus der Tasche und klappte es auf. »So was kommt vor, wenn auch selten. Mit dieser Möglichkeit muß man rechnen. Im Jahre 1981 wurden innerhalb von sechs Wochen bundesweit vier Psychiater von ihren Patienten ermordet. Da kriegt man es mit der Angst. Gründe dafür gibt es jede Menge. Eine Psychoanalyse kann ausgesprochen quälend sein für den Patienten. Schlimmer als eine Wurzelbehandlung am Zahn. Der Therapeut bohrt unentwegt. Der Patient wehrt sich. Der Bursche hinter dem Schreibtisch versucht nämlich, Dinge ans Tageslicht zu bringen, die man jahrelang verdrängt hat, weil sie weh tun. Der Patient greift dann den Arzt gelegentlich an, weil der ihm Schmerzen zufügt. Das wäre einer der Gründe. Ein weiterer könnte sein, daß der Patient den Verdacht hat, der Therapeut lernt ihn allzugut kennen, wenn er in seinem Seelenleben herumstochert.«

»Was ich Ihnen jetzt sage, ist vertraulich, Doktor, davon weiß noch niemand, weil wir den Tatbestand bislang verheimlicht haben: Nachdem Ellerbee schon tot war, hat der Mörder ihn umgedreht und beide Augen mit einem Treibhammer verstümmelt. Einem meiner Assistenten ist dazu eingefallen, daß dies geschehen sein könnte, weil Ellerbee zuviel sah oder gesehen hatte. Könnte da was dran sein?«

»Keine schlechte Beobachtung. Und durchaus möglich«, stimmte Walden zu. »Meiner Meinung nach greifen beinahe nur totale Psychopathen ihren Analytiker an, es kommt zu solchen Vorfällen aber meist eigentlich nur in geschlossenen Heilanstalten. Andererseits passiert es gelegentlich auch sehr teuren Analytikern, mit Patienten aus den feinsten Kreisen. Schlimmer noch, hin und wieder werden auch die Angehörigen des Therapeuten bedroht.«

Delaney dachte ein Weilchen nach. »Könnte man so was in Zahlen ausdrücken? Ich meine, wieviel Prozent der Therapeuten werden tätlich angegriffen?«

»Das kann ich nur schätzen. Sagen wir, ein Viertel.«

»Ist Ihnen selber so was mal passiert?«

»Einmal. Ein Mann bedrohte mich mit einem Jagdmesser.«

»Und was machen Sie in solch einem Fall?«

»Ich habe eine Pistole. Sie würden sich wundern, wenn Sie wüßten, wie viele Psychiater eine Waffe haben. Gemeinhin nützt geduldiges, gutes Zureden, aber eben nicht immer.«

»Weshalb hat der Kerl Sie mit dem Messer bedroht?«

»Wir waren in der Therapie auf den kritischen Punkt gestoßen. Der Bursche war scharf auf seine 15jährige Tochter und konnte oder wollte sich das nicht eingestehen. Dabei nahm er ihre Kleider zu Prostituierten mit und ließ sie von denen tragen. Ein bedauerlicher Fall.«

»Und hat er es dann am Ende zugegeben?« fragte Delaney fasziniert.

»Am Ende schon. Ich war der Meinung, er würde sehr gute Fortschritte machen. Aber etwa drei Wochen später hat er sich dann eine Schrotladung in den Schädel geschossen. Ich denke ungern an diesen Fall.«

Delaney war verblüfft. »Lieber Himmel, wie halten Sie so was aus?«

»Tja, wie? Wie hält man es aus, täglich Herzoperationen zu machen? Man greift zum Messer, hofft und betet. Übrigens fällt mir noch ein weiterer Grund ein, weshalb Patienten ihren Therapeuten angreifen. Dabei geht es um die sogenannte Übertragung. Nehmen wir an, der Patient wurde als Kind mißhandelt oder haßt seine Eltern aus anderen Gründen. Er überträgt dann diesen Haß auf den Therapeuten, der ihn zwingt, sein Seelenleben aufzudekken und darüber zu sprechen. Auch umgekehrt ist denkbar, daß der Patient sich mit dem aggressiven Elternteil identifiziert und versucht, den Therapeuten wie ein hilfloses Kind zu behandeln. Es gibt, wie gesagt, mehrere Gründe, die ein solches Verhalten des Patienten verursachen können. Und damit Ihre Verwirrung komplett wird, füge ich hinzu, daß es Fälle gibt, die absolut unerklärlich bleiben.«

»Für mich ist das Wichtigste die Auskunft, daß Gewalttaten seitens der Patienten durchaus vorkommen, und daß Ellerbee sehr wohl von einem seiner Patienten umgebracht worden sein kann.«

»Durchaus möglich.«

Delaney sah den Arzt auf seine Uhr blicken und fügte rasch an: »Ich will Sie warnen, Doktor. Sollte ich Ihren Rat noch mal brauchen, werde ich Sie schamlos belästigen.«

»Jederzeit, solange Sie mir ein Steak dafür spendieren«, stimmte Walden zu, und sie standen auf und verabschiedeten sich.

»Herzlichen Dank«, sagte Delaney, »Sie haben mir sehr geholfen.«

»So? Meinen Sie?« Walden strich über seine Glatze. »Ich muß Ihnen aber zur Vorsicht raten. Falls Sie vorhaben, Ellerbees Patienten zu befragen, tun Sie es sehr behutsam. Vermeiden Sie jedes laute Wort. Und vor allem: keine Drohungen. Die Leute fühlen sich bedroht genug, auch ohne noch von Fremden eingeschüchtert zu werden.«

»Ich werde es mir merken.«

»Andererseits«, setzte Walden nachdenklich hinzu, »gibt es auch solche, mit denen Sie gar nicht scharf genug umspringen können, um Erfolg zu haben.«

»Herr im Himmel«, rief Delaney verzweifelt, »gibt es denn in diesem Geschäft überhaupt keine Gewißheiten?«

»Ganz gewiß nicht.«

7

»Sie fangen an, Jason«, befahl Delaney, als die drei Männer sich in seinem Arbeitszimmer versammelt hatten. Der Schwarze blätterte die Seiten seines Notizblockes um, auf der Suche nach dem Anfang.

»Die Witwe ist sauber, was die Telefongespräche aus Brewster betrifft. Sie hat zur angegebenen Zeit die beiden Ferngespräche nach Manhattan geführt. Das geht aus den Unterlagen der Telefongesellschaft hervor. Ferner: Der Kollege, bei dem sie anrief, um festzustellen, ob der Wagen ihres Mannes etwa in einen Unfall verwickelt worden war, sagt, hysterisch war sie nicht, aber besorgt. Ängstlich. Um die Angelegenheit abzurunden, habe ich mich auch noch bei dem Garagenwärter im Parkhaus erkundigt, wann die Dame ihren Wagen am Freitagnachmittag geholt hat.«

»Schlau, schlau«, nickte Delaney.

»Sie ist um 18 Uhr 22 damit weggefahren. Das stimmt ziemlich genau mit ihren eigenen Angaben überein. Also keine Löcher, Sir.«

»Gute Arbeit. Nun Sie, Sergeant.«

Boone schaute ebenfalls in seine Notizen. »Auch Samuelson scheint eine saubere Weste zu haben. Vor dem Konzert hat er mit zwei Bekannten im Russian Tearoom gegessen. Die schwören, daß er dort war. Er bezahlte mit einer Kreditkarte. Ich habe mir die abgezeichnete Rechnung angesehen, auch die Kopie, die das Restaurant aufbewahrt. Da sieht alles koscher aus. Alle drei gingen anschließend ins Konzert, und seine beiden Begleiter behaupten, er ist keinen Moment weggegangen. Das dürfte auch stimmen, denn anschließend haben sie zu dritt im St. Moritz noch was getrunken. Das alles zur Tatzeit. Man kann den Doktor Samuelson deshalb wohl vergessen.«

Delaney bemerkte dazu nichts.

»Jetzt kommen wir zum Zentralcomputer ...«, fuhr Boone fort. »Von den fraglichen Personen – da sind Ellerbee, seine Witwe und sein Vater, die beiden Praxishelferinnen, die beiden alten Damen, denen die Galerie gehört, der Hausbesorger und der Bursche, der ganz oben wohnt – ist nur letzterer polizeibekannt. Er heißt J. Scott Hergetson, und was ihm zur Last gelegt wird, sind Kleinigkeiten: Verkehrsvergehen, Erregung von öffentlichem Ärgernis – er hat mal im Suff auf den Bürgersteig gepißt –, und einmal wurde er bei einer Drogenrazzia in einer Disco zusammen mit ein paar Dutzend anderer Leute vorübergehend festgenommen. Keine Anklage.«

»Das ist alles?« fragte Delaney.

»Nicht ganz.« Boone blätterte um. »Laut Obduktionsbefund ist der Tod von Ellerbee gegen 21 Uhr eingetreten. Um diese Zeit waren alle eben genannten Personen ihren Angaben zufolge:

Die Witwe in Brewster. Wartete auf ihren Mann.

Der Vater bei einer Wohltätigkeitsveranstaltung im Hotel Plaza. Ich habe mich vergewissert, daß er um 21 Uhr herum anwesend war.

Doktor Samuelson im Konzert in der Carnegie Hall. Ebenfalls bezeugt.

Eine der Praxishelferinnen saß daheim mit ihrer Mutter vor der Glotze. Mama bestätigt das, ob es stimmt, weiß man nicht.

Die andere behauptet, sie lag bei ihrem Freund in dessen Wohnung im Bett. Er sagt das auch. Frage ist, ob das reicht.

Der Hausmeister hat in seinem Keller mit drei Kumpanen Binokel gespielt, was alle drei bestätigen.

Die beiden alten Damen von der Galerie waren bei Bekannten zum Essen, insgesamt waren acht Personen da. Alle bestätigen das. Außerdem sind die beiden so gebrechlich, daß sie kaum imstande sind, einen Hammer zu schwingen.

Der Filmfritze von ganz oben war in Südfrankreich auf einem Filmfestival. Belegt durch Fotos. Und damit bin ich am Ende.«

Delaney betrachtete seine beiden Gehilfen bewundernd und meinte: »Ich weiß gar nicht, wozu Suarez mich braucht. Ihr könnt das genausogut. Und jetzt solltet ihr noch hören, was ich herausgebracht habe. Viel ist es nicht.« Und er faßte knapp seine Resultate zusammen. »Doktor Walden meint, so etwa ein Viertel aller praktizierenden Analytiker wird irgendwann mal von ihren Patienten angegriffen, zumindest bedroht. Das sieht für uns nicht übel aus, und ich meine, nach dem, was Sie rausgefunden haben, ist die Liste der Patienten noch am meistversprechendsten.«

Er vergaß auch nicht zu erwähnen, daß Walden die Vermutung von Boone, Ellerbees Augen seien zerstört worden, weil der Mörder glaubte, sein Opfer habe zuviel gesehen, für sehr einleuchtend gehalten hatte.

»Aber er hat das erst gemacht, als Ellerbee schon tot war«, gab Jason zu bedenken.

»Ja, Walden sagt, die Angreifer sind meist Psychopathen. Von den zwei Sorten Fußspuren habe ich übrigens nichts erwähnt. Könnte ja sein, zwei solche Typen haben sich die Sache geteilt, oder Ellerbee hat abends nicht einen, sondern zwei Patienten empfangen. Fällt jemand was dazu ein?«

Jason und Boone wechselten einen Blick und schüttelten dann die Köpfe.

Delaney sagte forsch: »Also dann mal los, Leute. Ich muß mir das Haus ansehen, und ich will mit der Witwe reden. Vielleicht läßt sich das verbinden. Rufen Sie gleich mal bei ihr an, Sergeant. Sagen Sie, wegen der Ermittlungen im Falle ihres Mannes wollten Sie sie möglichst bald sprechen. Erwähnen Sie mich nicht.«

Boone suchte nicht in den Akten nach Mrs. Ellerbees Telefonnummer, sondern gleich im Telefonbuch von Manhattan. Er wollte sich zu ihr durchstellen lassen, was aber fehlschlug, da sie gerade jemand therapierte. Er hinterließ Delaneys Nummer und bat um Rückruf.

»Warten wir also«, entschied Delaney. »Länger als 45

Minuten dürfte es nicht dauern. Unterdessen ist mir noch was eingefallen. Kennen Sie einen Kollegen namens Parnell? Vorname ist, glaube ich, Charles.«

»Und ob ich den kenne«, grinste Boone. »Sein Spitzname ist Daddy Warbucks, und er ist noch nicht pensioniert.«

»Genau den meine ich.« Delaney wandte sich an Jason. »Sie wissen wohl, daß manche unserer Leute ihre Karriere dadurch befördern, daß sie sich spezialisieren. Dieser Parnell ist so eine Art Finanzgenie. Wenn man die finanziellen Verhältnisse eines Verdächtigen durchleuchtet haben möchte, braucht man sich bloß an ihn zu wenden. Er hat enge Beziehungen zu Banken, Kreditbüros, Wertpapierhändlern, Buchprüfern und möglicherweise sogar zu Finanzämtern. Er versteht was von Testamenten, Bilanzen, Stiftungskapitalien und so fort, mit einem Wort, er ist genau der, der uns über die Vermögensverhältnisse beider Ellerbees ins Bild setzen kann. Boone, Sie berichten Suarez über unsere bisherige Tätigkeit. Lassen Sie nichts aus. Und er soll bitte Parnell beauftragen, die Ellerbees unter die Lupe zu nehmen. Alle beide.«

Er dachte ein Weilchen nach. »Er soll auch Dr. Samuelson durchleuchten. Wir wollen doch mal sehen, was der so auf der Bank hat.«

Boone machte sich eine entsprechende Notiz.

»Würden Sie mir bitte erklären, wofür das gut sein soll, Sir?« fragte Jason etwas zögernd.

»Cui bono«, erwiderte Delaney prompt. »Wer profitiert von Ellerbees Tod? Ich will nicht sagen, daß Geld hier das Motiv ist, aber ausgeschlossen ist es trotzdem nicht. Jedenfalls spielt es in sehr vielen Fällen eine Rolle, wo sich herausstellt, daß der Täter ein Angehöriger war. Oder sonstwer, der sich durch den Tod seines Opfers bereichern wollte. Man muß das grundsätzlich immer nachprüfen.«

Boone klappte den Mund auf, um was zu bemerken, wurde aber vom Telefon unterbrochen.

»Das könnte die Witwe sein, Boone«, sagte der Hausherr. »Gehen Sie mal ran.«

Nach einem knappen Wortwechsel legte Boone auf und meldete: »Heute um 18 Uhr. Dann ist der letzte Patient durch.«

»Wie klang sie am Telefon?« wollte Delaney wissen.

»Wütend, wenn auch beherrscht. Ich freue mich nicht gerade auf heute abend, Sir.«

»Muß aber sein«, sagte Delaney unerbittlich. »Wenn das ein Trost ist: angeblich ist die Dame eine Schönheit. Bis dahin bleiben uns noch acht Stunden. Boone, Sie setzen Ihren Chef ins Bild und sorgen dafür, daß Parnell sich beide Ellerbees vornimmt. Jason, Sie nehmen den Wagen und fahren nach Brewster. Dort knöpfen Sie sich den Mann vor, der bei Ellerbees als so eine Art Hausmeister und Gärtner fungiert. Es ist anzunehmen, daß der irgendwo eine kleine Werkstatt, einen Geräteschuppen oder sonstwas in der Art hat.«

»Ich soll wohl herauskriegen ob er einen Treibhammer besitzt?«

»Vor allem, ob er ihn noch hat, wenn er einen besitzt, Jason. Ist das der Fall, bringen Sie den Hammer mit.«

»Wird gemacht, Sir.«

»Und wenn Sie schon dabei sind, sehen Sie sich den Laden da mal an. Haus und Grundstück meine ich. Ich möchte wissen, was Sie für einen Eindruck davon haben.«

»Schon unterwegs, Sir.«

»Ich ebenfalls«, sagte Boone.

»Sergeant, wir treffen uns um 17 Uhr 30 vor dem Haus der Ellerbees. Das läßt uns Zeit, uns in der Nachbarschaft etwas umzusehen, bevor wir uns an die Witwe wagen.«

»Verstanden, Sir.«

Als beide fort waren, betrachtete Delaney mit Grauen die Aktenstapel auf seinem Schreibtisch. Es mußte sein, aber ihn schauderte bei dem Gedanken.

Er machte sich daran, die Unterlage in beschriftete Hefter zu ordnen: je einen für Simon Ellerbee, für dessen

Frau und für Dr. Samuelson, für Berichte und Fotos der Obduktion, der Spurensicherung und die Zeugenaussagen. Alsdann hielt er die Ergebnisse seiner Unterredung mit Dr. Walden fest, ferner alles, was Jason und Boone berichtet hatten.

Das alles ging rascher vonstatten, als er gehofft hatte, und um halb eins war alles, was bislang über den Mord an Dr. Ellerbee bekannt war, hübsch säuberlich geordnet. Zeit für ein Sandwich.

Ein Blick in den Kühlschrank belehrte ihn über die Möglichkeiten: ein steinhartes Brötchen, das immerhin getoastet werden konnte, etliche Scheiben Schweinebraten, ein Rest Kartoffelsalat, frische Zwiebeln, etwas Rettich.

Über das Spülbecken gebeut, verzehrte er dieses Potpourri und war sich sehr wohl bewußt, daß seine Frau bei diesem Anblick in die Luft gegangen wäre, aber sie war ja zum Glück nicht daheim. Heute war ihr Krankenhaustag; sie half einmal in der Woche unentgeltlich dort aus. Wegen seiner Sandwichsucht nörgelte sie oft genug an ihm herum, aber recht hatte sie ja damit, er wurde allmählich zu dick. Daß der Earl of Sandwich einer der großen Pioniere der Zivilisation gewesen ist, war ihr nur schwer beizubringen.

Wieder im Arbeitszimmer, betrachtete er versonnen den Stapel Papier, der den Fall Ellerbee darstellte. Dabei beschlich ihn die unwillkommene Ahnung, dieser Fall könnte sich zu einem entwickeln, den er einen Fall ›mit lauter losen Enden‹ zu nennen pflegte, worunter er verstand, daß die Ermittlungen nichts Handfestes ergaben, nichts, woran man sich halten konnte. Lauter Verdächtige, zahllose Alibis, niemand, der ja sagte oder nein.

Auch mit solch einer Konfusion mußte man sich abfinden, es galt, das Unbedeutende vom Wichtigen zu unterscheiden und sich ganz auf dieses zu konzentrieren. Aber wie soll man das machen? Spuren, die nirgendwohin führten, Zeit vertan mit der Suche nach Anhaltspunkten, die sich in Luft auflösten. Unterdessen zählte Thorsen darauf, bis zu den Feiertagen den Mord aufgeklärt zu haben, weil er seinen Kandidaten endlich befördert sehen wollte.

Zwei Sorten unidentifizierter Fußspuren, zwei Schläge auf die Augen des Ermordeten. Hatte das nun etwas zu bedeuten oder nicht? Hatte es etwas zu bedeuten, daß Ellerbee seiner Frau gesagt hatte, er erwarte einen späten Patienten, was wohl nach 18 Uhr hieß, daß er aber erst gegen 21 Uhr umgebracht worden war? Hätte er wohl so lange auf einen späten Patienten gewartet? Jemanden, der so gegen 20 Uhr gekommen sein mochte?

Die Haustür war nicht gewaltsam geöffnet worden, Ellerbee hatte also den Besucher selbst eingelassen, jemanden, den er erwartete. War das nun eine Person, oder waren es etwa doch zwei? Und warum hatten die dann die Haustür offengelassen, statt sie hinter sich zuzuziehen?

»Es war der Gärtner«, gab Delaney sich die klassische Antwort, zog seinen Block heran, setzte die Lesebrille auf und notierte, was alles er nicht wußte. Das war eine lange, niederschmetternde Liste. Er stierte darauf und hatte das unbehagliche Gefühl, etwas zu übersehen, das offenkundig war.

Ihm fiel ein Fall ein, den er vor Jahren bearbeitet hatte: In der Amsterdam Avenue hatten sich mehrere Raubüberfälle ereignet, im Laufe von zwei Monaten waren sechs kleinere Läden ausgeraubt worden. Es schien, daß in allen Fällen der gleiche Täter am Werk gewesen war, ein Halbstarker mit Fu-Manchu-Schnurrbart, der mit einer vernikkelten Pistole herumfuchtelte.

Unter den angeblich ausgeraubten Läden befand sich einer unweit der 78. Straße, ein typischer Tante-Emma-Laden, betrieben von einem ältlichen Ehepaar, das hinter dem Laden wohnte. Die Frau öffnete regelmäßig um 7 Uhr 30, und der Mann, der eine Schwäche für Slivowitz hatte, gesellte sich etwa eine halbe Stunde später zu ihr. Der Mann sagte aus, am fraglichen Tag habe seine Frau wie stets pünktlich aufgemacht. Während er sich angezogen habe, habe er einen Schuß gehört, sei in den Laden gelaufen und habe seine Frau hinter der Theke liegend gefunden. Die Kasse habe offengestanden und es hätten so um die 30 Dollar in Scheinen und Münzen gefehlt.

Die alte Frau war tot, ein Geschoß aus einer Pistole vom Kaliber 38 steckte in ihrer Brust. Delaney und sein Kollege, ein Kriminalanwärter namens Loren Pierce, schrieben die Tat auf das Konto des Halbstarken mit der Nickelpistole. Eine gründliche Überwachung der gefährdeten Läden konnten sie zwar nicht vornehmen, aber immerhin durchstreiften sie auch in ihrer freien Zeit in Zivil die Gegend auf der Suche nach dem Bürschchen mit dem Schnurrbart.

Schließlich hatten sie Glück. Der Räuber hatte sich einen Delikatessenladen vorgenommen und ahnte nicht, daß der Sohn des Inhabers für ihn unsichtbar, hinter einem Stapel Kartons stehend, Waren einsortierte. Der junge Mann versetzte dem Räuber mit einer schweren Konservendose einen Schlag auf den Kopf, und damit verebbte die Welle der Raubüberfälle. Es stellte sich dann heraus, daß der Halbstarke Koks schnupfte und die Verbrechen verübte, um sich Geld zu beschaffen. Der Koks kostete ihn täglich 500 Dollar. Wichtig war noch, daß seine Pistole Kaliber 22 hatte und daß er sie nicht hätte abfeuern können, ohne sich selbst zu verletzen, denn der Lauf war total verrostet.

Delaney und Pierce waren also genötigt, den Mord im Tante-Emma-Laden neuerlich zu untersuchen. Nachdem Erkundigungen ergeben hatten, daß der Mann der Erschossenen einen Waffenschein besaß, der auf eine 38er lautete, nahmen sie ihn ins Gebet, und er legte denn auch gleich ein Geständnis ab.

»Sie hat dauernd an mir herumgenörgelt«, erklärte er seine Tat.

Genau dies war es, was Delaney meinte, als er sich ermahnte, das Augenfällige nicht zu übersehen. Er und Pierce hätten damals sofort feststellen müssen, ob der Ladenbesitzer eine Waffe besaß. Es konnte niemals schaden, die einfachsten Sachverhalte gleich anfangs zu klären. Es war verkehrt anzunehmen, Verbrecher seien gewitzt – die meisten sind dumm.

Doch alles Grübeln brachte ihn nicht weiter: er konnte und konnte nicht erkennen, daß er im Fall Ellerbee irgend etwas übersehen hatte. Es sah doch ganz so aus, als läge der Schlüssel zur Lösung des Falles im Charakter des Opfers und in dessen Beziehung zu seinen Patienten verborgen.

Weiteres Grübeln bescherte ihm die Einsicht, zugeben zu müssen, gegen Leute voreingenommen zu sein, die mit ihren emotionellen Schwierigkeiten nicht fertig wurden. Er selbst würde, davon war er überzeugt, als Betroffener niemals fremde Hilfe in Anspruch nehmen wollen. Nach dem Tod seiner ersten Frau, Barbara, war er lange Zeit schwer depressiv gewesen, doch hatte er sich am eigenen Schopf aus dem Sumpf gezogen.

Eine andere Sache schien ihm, im Fall organischer Beschwerden Hilfe zu suchen. Plagte ihn ein Virus, schmerzte die Leber, wollte eine Blessur nicht heilen, schon war er auf dem Weg zum Arzt. Warum also verachtete er Leute, die Schäden ihres Innenlebens von einem Fachmann heilen lassen wollten?

Weil, so gestand er sich ein, sein Vorurteil nicht zuletzt auch aus Angst entstanden war. Seelenklempner befaßten sich mit Dingen, die nicht zu sehen waren. Das war etwas Geheimnisvolles, Furchterregendes. Wie wenn man sein Hirn einem Zauberer ausliefern würde. Es war Delaney aber klar, daß, wollte er den Fall Ellerbee aufklären, behutsamerer Umgang mit eben jenen Kunden von Zauberern geboten war.

Er ging zeitig aus dem Haus, ein Fußmarsch zur Residenz Ellerbee schien angebracht. Der Tag war grau, der Himmel wie mit Elefantenhaut bezogen. Es roch nach Schnee, und ein heftiger Nordwestwind nötigte ihn mehrmals, den Hut festzuhalten.

Auf der 1. Avenue betrat er, einer Eingebung folgend,

eine Werkzeughandlung. Zum Glück waren die Verkäufer beschäftigt, und er konnte ungestört in den Regalen nach einem Treibhammer suchen. Er nahm einen zur Hand, schwang ihn versuchsweise. Wie viele Werkzeuge eigneten sich nicht als Waffen? Was war wohl zuerst dagewesen? Er neigte zu der Annahme, Werkzeuge hätten sich aus Waffen entwickelt.

Schlug man mit ausreichender Kraft zu, konnte das runde Ende des Hammerkopfes durchaus eine Schädeldecke durchschlagen. Da gab es keinen Zweifel. Nicht nur ein Mann konnte leicht einen solchen Schlag ausführen, das konnte ebensogut eine kräftige, entschlossene Frau. Er legte den Hammer wieder ins Regal. Dieser Versuch hatte ihn nicht weitergebracht, um keinen Millimeter.

Boone erwartete ihn auf dem Bürgersteig gegenüber Ellerbees Haus. Er hatte sich ganz in seinen Parka verkrochen, die Hände tief in den Taschen.

»Ein elender Wind, mir fallen bald die Ohren ab«, klagte er.

»Und mir die Füße«, bestätigte Delaney. »Typisches Polizistenleiden. Als erstes wollen die Füße nicht mehr. Haben Sie mit Suarez gesprochen?«

»Telefoniert, Sir. Er hatte offenbar eine Menge um die Ohren.«

»Kann ich mir denken.«

»Er war ausgesprochen höflich und geduldig. Ich soll Sie grüßen. Er hat sich ausdrücklich bedankt.«

»Und was ist mit Parnell?«

»Den setzt er gleich an Ellerbees Finanzen. Ich glaube, es ist ihm etwas peinlich, daß er nicht selber auf die Idee gekommen ist.«

Delaney starrte gedankenverloren über die Fahrbahn. »Er hat wohl auch ohnedies alle Hände voll zutun. Ist das das Haus da drüben?«

»Ja, Sir, das graue.«

»Kleiner, als ich vermutet hatte. Na, sehen wir uns mal etwas um.«

Sie machten sich auf den Weg zur East End Avenue und musterten dabei die Häuser beiderseits der 84. Straße. Es gab hier Appartementhäuser mit gepflegter Lobby, Reihenhäuser aus bröckligem Sandstein, eine Schule, behäbige Privathäuser, verfallende Mietskasernen und jeweils an den Straßenecken ziemlich schäbige Ladengeschäfte.

Nach einem Blick auf den East River kehrten sie um.

»Reichlich Hinterhöfe«, bemerkte Boone, »außerdem offenstehende Haustüren. Der Täter könnte sich praktisch überall vor dem Regen untergestellt haben.«

»Schön und gut, aber wie ist er bei Ellerbees reingekommen? Kein Zeichen von Gewaltanwendung. Mich interessiert eigentlich mehr, was er nach der Tat gemacht hat. Ist er einfach weggegangen und hat die Tür offen gelassen? Hatte er nahebei einen Wagen stehen? Oder hat er sich ein Taxi genommen?«

»Ich hoffe, Sie beabsichtigen nicht, die Fahrtenbücher der Taxifahrer für die fragliche Nacht zu überprüfen, Sir?«

»Nicht gleich, aber es könnte erforderlich werden. Außerdem dürfte es weniger Arbeit machen, als Sie annehmen, denn in der Freitagnacht hat es nicht nur geregnet, es war eine wahre Sturzflut. Na, dann gehen wir mal die Witwe besichtigen, hier auf der Straße werden wir auch nicht klüger.«

Die Tür zur Straße war offen, man betrat eine Art Vestibül und stand vor der Tür zum Treppenhaus. Die wiederum war verschlossen. Seitlich waren Briefkästen angebracht, Namensschilder und Klingelknöpfe.

»Diese Tür stand offen, als Samuelson in der Tatnacht ankam«, bemerkte Boone.

»Schöne Tür. Eiche, mit geschliffenem Glas. Klingeln Sie mal, Sergeant.«

Boone drückte auf den Knopf neben *Dr. Diane Ellerbee,* und eine Frauenstimme ließ sich überraschend laut vernehmen:

»Wer ist da?«

»Sergeant Boone vom Präsidium. Wir haben mittags miteinander telefoniert.«

Der Summe ertönte. Boone drückte die Tür auf, und beide traten ins Treppenhaus. Delaney probierte versuchsweise die Tür zur Galerie Piedmont, doch die war verschlossen. Sie blickten sich neugierig um. Das Treppenhaus samt der Stufen war mit einem dicken Teppich ausgekleidet, ein kleiner Kronleuchter aus Kristall verbreitete gedämpftes Licht.

»Sehr hübsch«, sagte Delaney. »Sehen Sie sich mal das Geländer an, ausgezeichnet restauriert. Na, dann wollen wir mal. Sie übernehmen das Reden, Sergeant.«

»Achten Sie bitte darauf, daß ich nichts vergesse, Sir«, bat Boone. Delaney grunzte bloß.

Die Frau, die sie auf dem Treppenabsatz im ersten Stock bei geöffneter Tür erwartete, war hochgewachsen und hielt sich kerzengerade. Die um den Kopf gewundenen flachsblonden Zöpfe ließen sie noch größer erscheinen.

Das ist ja eine Walküre! fuhr es Delaney durch den Kopf.

»Darf ich um Ihren Dienstausweis bitten«, sagte sie knapp.

»Selbstverständlich.« Boone reichte ihr seine Hundemarke und den Dienstausweis. Sie prüfte beides aufmerksam und wandte sich sodann an Delaney, wobei sie Boone seine Utensilien zurückgab.

»Und wer sind Sie?«

Ihre Barschheit irritierte ihn nicht im mindesten, im Gegenteil, er bewunderte ihre Vorsicht. Die meisten Leute hätten sich mit Boones Ausweis begnügt und ihn, Delaney, unbehelligt gelassen.

»Mein Name ist Delaney, Madam«, sagte er deshalb freundlich, »die Polizeibehörde hat mich beauftragt, bei der Aufklärung des Mordfalles mitzuarbeiten. Bitte rufen Sie im Präsidium an, falls Sie irgendwelche Zweifel haben. Der Sergeant und ich warten derweil draußen.«

Sie starrte ihn unverwandt an und sagte nach kurzem

Bedenken: »Das erübrigt sich. Ich glaube Ihnen. Nur bin ich eben besonders vorsichtig, seit ...«

»Das ist sehr gescheit von Ihnen«, stimmte Delaney zu.

Beide Männer beobachteten, daß Mrs. Ellerbee die Wohnungstür verriegelte und die Kette vorlegte, bevor sie ins Vorzimmer weiterging.

»Ist die Wohnung hier ebenso geschnitten wie die darüber?« fragte Boone.

»Ach, die kennen Sie gar nicht? Ja, die Praxisräume sind hier und im zweiten Stock identisch. Das heißt selbstverständlich, dem Grundriß nach, nicht was die Dekoration und die Möbel angeht.«

Sie ging in ihr Sprechzimmer voran und ließ die Tür zum Vorzimmer offen. Den beiden Besuchern bot sie mit Cretonne bezogene Sessel an und nahm selbst hinter dem Schreibtisch Platz.

»Nicht sehr bequem, wie?« fragte sie, und zum ersten Mal verzogen sich ihre Lippen zur Andeutung eines Lächelns. »Das ist Absicht. Ich möchte vermeiden, daß meine jüngeren Patienten einschlafen. In diesen Sesseln rutschen sie unentwegt herum, und ich halte das für eine recht produktive Maßnahme.«

Boone drückte ihr sein und Delaneys Beileid zum Tode ihres Mannes aus, den er »eine bedeutende Persönlichkeit, nach allem, was wir jetzt von ihm wissen« nannte.

»Ich danke Ihnen«, sagte sie, hinter ihrem Schreibtisch förmlich thronend. »Ich schätze Ihr Mitgefühl. Noch mehr würde ich es schätzen, wenn Sie den Täter fänden.«

Delaney betrachtete derweil verstohlen das Sprechzimmer, das ihm ein nicht nur perfekt aufgeräumter, sondern geradezu steriler Raum zu sein schien. Die Wände in gebrochenem Weiß gehalten, der Teppich in hellem Beige. Ein geflochtener Korb beherbergte ein Feigenbäumchen, das künstlich wirkte, und einzig zwei gerahmte Rorschachtest-Bilder an einer Wand dienten zur Dekoration. Sie sahen ziemlich japanisch aus.

Boone fuhr derweil fort: »Wir haben das Protokoll Ihrer

Aussage vor der Polizei mehrfach sorgsam gelesen, Madam, brauchen also nicht noch einmal von vorn zu beginnen, nur möchte ich sagen, daß Zeugen nach einem solchen Schock manchmal erst Tage, ja Wochen später sich noch an manches erinnern, das sie schon vergessen hatten. Es wäre also sehr liebenswürdig von Ihnen, wenn Sie, falls Ihnen noch etwas Neues eingefallen ist oder einfallen sollte, uns das mitteilen würden.«

»Ich möchte doch hoffen, daß es nicht wochenlang dauert, bis Sie den Mörder meines Mannes finden?«

Beide Männer betrachteten sie ungerührt, und sie reagierte mit einem freudlosen Lachen.

»Ich weiß schon«, fuhr sie dann fort, »daß ich mich bei Ihnen unbeliebt gemacht habe, und Henry ebenfalls. Ich meine meinen Schwiegervater, Henry Ellerbee. Ich bin offenbar außerstande, meinen Zorn zu beherrschen. Dabei habe ich, seit ich diesen Beruf ausübe, nichts anderes getan, als meine Patienten darin zu beraten, wie man die Ungerechtigkeiten dieser Welt mit Fassung erträgt, aber nun, da ich selbst davon betroffen bin, fällt es mir schwer, meinem eigenen Rat zu folgen. Dieses Erlebnis hat womöglich zur Folge, daß ich eine bessere Therapeutin werde. Ich sage Ihnen aber ehrlich, daß ich im Moment hauptsächlich wütend bin und den Wunsch verspüre, mich zu rächen – so etwas geschieht mir zum ersten Mal, und es scheint, als könnte ich diese Gefühle nicht beherrschen.«

»Das ist durchaus begreiflich, Madam«, sagte Boone. »Und Sie dürfen mir glauben, daß wir ebenso interessiert daran sind, den Mörder zu finden, wie Sie. Deshalb haben wir Sie um dieses Gespräch gebeten, in der Hoffnung nämlich, wir könnten etwas von Ihnen erfahren, das uns bei unseren Ermittlungen weiterhelfen könnte. Fällt es Ihnen schwer, über Ihren Mann zu sprechen?«

»Durchaus nicht. Ich werde den Rest meines Lebens an Simon denken und von ihm sprechen.«

»Was war er für ein Mensch?«

»Ein sehr hochstehender Mensch. Gütig, taktvoll, von großem Mitgefühl für leidende Menschen. Ich glaube, alle Kollegen, die ihn kennengelernt haben, erkannten seine Gaben an. Außerdem war er ein sehr scharfer Denker. Er verstand es, sich dem Kern phsychischer Probleme so rasch zu nähern, daß manche Kollegen ihm eine schier übernatürliche Intuition zubilligten.«

Delaney hörte nicht nur zu, er musterte Mrs. Ellerbee auch genau. Thorsen und Monica hatten schon recht: diese Mrs. Ellerbee war eine ausgesprochene Schönheit. Das Profil war gemmenhaft, das Blau der Augen schien mit ihrem jeweiligen Gemütszustand eine andere Schattierung anzunehmen. Der Blick war direkt, herausfordernd, der Teint wie Porzellan, der Mund generös, wie gemacht, um zu lächeln und zu küssen.

Sie trug ein streng geschnittenes Nadelstreifenkostüm, doch verbarg das nicht ihre Formen, und ihre Bewegungen wirkten fließend.

Beunruhigend, fast beängstigend war das Vollkommene der ganzen Komposition. Walküre ist falsch, stellte Delaney fest, eher eine Plastik von Brancusi, welche das Auge mit ihrer Heiterkeit bezauberte, mit Form und Oberfläche beglückt. ›Wunderbar‹ fiel ihm dazu ein, und er dachte dabei wirklich an ein Wunder. Etwas Übernatürliches.

»Verstehen Sie mich nicht falsch«, sagte sie soeben und starrte auf den Kugelschreiber, mit dem sie spielte. »Ich will Simon nicht als den Inbegriff der Perfektion hinstellen. Das war er keineswegs. Er hatte Launen. Manchmal redete er kaum. Hin und wieder war er jähzornig. Aber meist war er doch ein sonniger, milder Mensch. Deprimiert war er eigentlich nur, wenn er das Gefühl hatte, einem Patienten nicht wirklich helfen zu können. Er steckte sich sehr hohe Ziele, und wenn er meinte, sie nicht erreichen zu können, bedrückte ihn das.«

»Ist Ihnen aufgefallen, ob er sich verändert hatte – sagen wir im letzten halben Jahr oder so?«

»Verändert? Wie meinen Sie das?«

»Nun, in seinem Verhalten, seinem Gebaren. Merkte man ihm vielleicht an, daß er Sorgen hatte, verhielt er sich wie jemand, der sich bedroht fühlt, in Lebensgefahr vielleicht?«

Sie überlegte. »Nein«, sagte sie dann, »eine derartige Veränderung ist mir nicht aufgefallen. Auch keine andere.«

»Etwas anderes, Mrs. Ellerbee«, fuhr Boone fort, »im Moment gehen wir daran, die Patienten Ihres Mannes zu überprüfen. Es gibt da einen Kompromiß, der zwischen der Behörde und Dr. Samuelson ausgehandelt wurde. Ich nehme an, Sie wissen darüber Bescheid?«

»Julie, Doktor Samuelson, hat mir davon erzählt.«

»Halten Sie es für möglich, daß der Täter einer von den Patienten Ihres Mannes war?«

»Ja, das ist möglich.«

»Sind Sie selber jemals von Patienten angegriffen worden?«

»Gelegentlich.«

»Und wie verhalten Sie sich dann?«

»Vergessen Sie nicht, meine Patienten sind fast nur Kinder«, lächelte sie leicht. »Immerhin ist meine erste Reaktion, mich zu wehren. Und ich bin ziemlich kräftig. Auf keinen Fall lasse ich mich herumkommandieren und schon gar nicht körperlich mißhandeln.«

»Sie schlagen also zurück?«

»Richtig. Und Sie glauben gar nicht, wir wirkungsvoll das ist.«

»Haben Sie und Ihr Mann, wenn sie miteinander allein waren, oft Geschäftliches besprochen?«

»Geschäftliches?« Ihr Lächeln wurde jetzt breiter und machte sie sehr anziehend. »Wenn Sie unter ›Geschäftliches‹ Berufliches verstehen, treffen Sie es. Das geschah dauernd. Er befragte mich um meine Reaktionen zu seinen Fällen und um meinen Rat, und umgekehrt tat ich das gleiche. Sie dürfen nicht vergessen, Sergeant, in unserem

Beruf kann man nicht Schlag vier die Kelle aus der Hand legen und an nichts mehr denken.«

»Ich frage aus einem bestimmten Grund. Ihr Mann hatte sehr viele Patienten, selbst wenn man mal diejenigen außer acht läßt, die zuletzt nicht mehr in Behandlung waren. Alle zu überprüfen, ist eine zeitraubende Arbeit, und deshalb hoffen wir, Sie können uns einiges davon abnehmen, indem Sie aus unserer Liste diejenigen heraussuchen, die Sie für gewalttätig halten. Aber das können Sie eben nur, wenn Ihr Mann Ihnen davon erzählt hat. Deshalb habe ich gefragt.«

Sie starrte beide Männer wortlos an und spielte mit ihrem Kugelschreiber. Endlich sagte sie: »Ich weiß nicht recht. Da ist die ärztliche Ethik betroffen. Ich weiß einfach nicht, wie weit ich gehen darf. Ich kann Ihnen darauf im Moment nicht antworten, ich muß mich erst beraten, in erster Linie mit Dr. Samuelson. Wenn ich meinem Impuls folgen dürfte, würde ich sagen: Nur los, ich will alles tun, um Ihnen die Arbeit zu erleichtern, aber ich darf mich nicht davon leiten lassen. Ich sage Ihnen in ein paar Tagen Bescheid.«

»Je eher, desto besser, Madam.« Bonne warf Delaney einen verstohlenen Blick zu, womit er anzeigte, daß er fertig war. Delaney war sehr zufrieden mit ihm; jetzt rutschte er in seinem Sessel nach vorn, legte die Hände auf die Oberschenkel und faßte Mrs. Ellerbee ins Auge.

»Ich möchte Ihnen eine persönliche Frage stellen, Madam, über die Sie sich womöglich ärgern werden, es muß aber sein. War Ihr Mann Ihnen treu?«

Sie schleuderte den Kugelschreiber weg, straffte den Rücken, und ihre Kiefermuskeln traten vor. Die himmelblauen Augen verdunkelten sich, und sie stierte Delaney wütend an.

»Mein Mann«, sagte sie dann laut, »war mir treu, vom ersten bis zum letzten Tag unserer Ehe. Ich weiß sehr wohl, daß man sagt, die Ehefrau erfahre immer erst als letzte von den Fehltritten ihres Mannes, aber ich versichere Ihnen, ich weiß, daß mein Mann mir treu war. Unsere Ehe war etwas, was wir beide gehütet haben, sie war glücklich. Ich war Simon treu und er mir.«

»Kinder habe Sie nicht?«

Sie verzog den Mund – war das Schmerz oder Ekel?

»Sie streuen kräftig Salz in die Wunde, nicht wahr? Nein. Kinder haben wir nicht. Ich kann keine bekommen. Wird diese Auskunft es Ihnen leichter machen, den Mörder meines Mannes zu finden?«

Delaney stand auf, und Boone beeilte sich, es ihm gleichzutun.

»Ich möchte Ihnen für Ihre Hilfsbereitschaft danken, Mrs. Ellerbee«, sagte er. »Ob uns das hilft, was Sie gesagt haben, kann ich noch nicht sagen, aber so was kann man nie wissen. Es wäre uns sehr nützlich, wenn Sie die Namen der Patienten heraussuchten, denen Sie Gewalttätigkeiten zutrauen würden.«

»Ich spreche mit Julie«, nickte sie. »Ist er einverstanden, mache ich es. Auf jeden Fall bekommen Sie in Kürze Bescheid.«

Boone überreichte ihr seine Karte. »Sie erreichen mich unter dieser Nummer. Sie können da auch was für mich hinterlassen. Und nochmals vielen Dank für Ihre Hilfsbereitschaft.«

Auf der Straße angelangt, wandten sie sich Richtung York Avenue, die Hände tief in den Taschen, die Schultern hochgezogen zum Schutz vor dem schneidenden Wind.

»Sie haben Ihre Sache sehr gut gemacht«, lobte Delaney.

»Was für eine schöne, schöne Person«, meinte Boone versonnen, »aber was haben wir erreicht? Nada.«

»Na, das möchte ich nicht so ausdrücken. Es war recht interessant. Und eine Schönheit ist sie wirklich.«

»Glauben Sie, es stimmt, daß ihr Mann ihr immer treu gewesen ist, Sir?«

»Weshalb sollte er nicht? Sie sind Rebecca treu, ich meiner Monica. Nicht alle Ehemänner rutschen durch alle erreichbaren Betten, Sergeant. Übrigens sollten Sie so bald wie möglich eine Zusammenkunft mit Dr. Samuelson vereinbaren. Vielleicht können wir ihn dazu bringen, daß er ihr erlaubt, aus der Patientenliste ihres Mannes die gefährlichen Typen rauszusuchen.«

»Offenbar gibt sie auf die Meinung von Samuelson sehr viel.«

»Das ist Ihnen also auch aufgefallen.«

Sie trennten sich an der York Avenue; Boone ging stadtwärts in Richtung seiner Wohnung. Delaney stracks nach Hause.

Er hatte für Monica einen Zettel hinterlassen, auf dem stand, er könne sich verspäten, sie möge nur schon anfangen mit dem Essen, doch erwartete sie ihn, im Backofen eine Kasserolle voll Rindfleisch mit Zwiebeln.

Beim Essen berichtete er über die Sitzung mit Mrs. Ellerbee, weil er hören wollte, was Monica dazu meinte.

»Tja, nach dem, was du da erzählst, kann man nur annehmen, daß sie übermäßig verbittert ist.«

»Ganz gewiß. Der Tod ihres Mannes hat sie schwer mitgenommen, und deshalb sitzt sie uns auch im Genick: Wenn sie uns keine Ruhe läßt, hat sie wenigstens das Gefühl, sie tut was in der Angelegenheit. Übrigens hatten sowohl Boone als auch ich den Eindruck, daß sie sehr großen Wert auf die Meinung von Dr. Samuelson legt. Er ist zwar der Präsident eines wichtigen Berufsverbandes, aber, daß sie ohne sein Einverständnis keinen Schritt tun will, finde ich übertrieben. Boone will versuchen, mit Samuelson eine Besprechung zu vereinbaren, vielleicht erfahren wir da mehr.«

»Glaubst du, daß ihr Mann ihr so treu war, wie sie sagt?«

Delaney war vorsichtig. »Ich habe keinen Grund, das Gegenteil anzunehmen.«

»Und ich habe nie auch nur den geringsten Klatsch über die beiden aufgeschnappt. Solche Sachen kommen doch immer irgendwie raus.«

»Tja, das ist wohl so. Diese Ellerbee ist jedenfalls eine sehr komplexe Person, und man wird sich gründlich mit ihr befassen müssen.«

»Verdächtigst du sie etwa, Edward?«

Er seufzte. »Ich verdächtige jeden. Und ich kenne schließlich die Zahlen: Die meisten Kapitalverbrechen werden von Verwandten begangen oder von nahen Freunden. So betrachtet ist die Witwe grundsätzlich verdächtig. Ich gebe aber zu, daß ich bislang nicht den geringsten Grund habe, ihre Schuldlosigkeit zu bezweifeln. Aber wir sind ja auch erst am Anfang.«

Er half seiner Frau mit dem Geschirr und goß sich dann im Arbeitszimmer einen kleinen Cognac ein, setzte die Lesebrille auf und schrieb ein Gedächtnisprotokoll der Befragung von Mrs. Ellerbee nieder. Das kam in die Mappe mit ihrem Namen. Dabei wurde er zweimal unterbrochen, das erste Mal von Boone, der für sieben Uhr am nächsten Tag eine Verabredung mit Dr. Samuelson zustande gebracht hatte.

»Um sieben Uhr früh! Da schlafe ich ja noch!«

»Ich auch«, bestätigte Boone kummervoll, »aber diese Psychiater stehen früh auf, weil sie Patienten behandeln wollen, bevor die ins Büro gehen.«

»Na, meinethalben. Wir werden es auch um sieben schaffen. Wo wohnt er?«

Der zweite Anruf kam von Jason, der eben aus Brewster zurück war.

»Kein Treibhammer. Der Pole sagt, er hat keinen und auch nie einen gehabt. Und ich glaube ihm.«

»Es war ja nur ein Versuch. Aber wir mußten ihn machen.«

»Ellerbee selbst scheint sich auf Handwerkliches nicht verstanden zu haben«, fuhr Jason fort, »mehr als einen Schraubenzieher und ein Hämmerchen hatte er nicht, beides mehr Spiel- als Werkzeug. Wenn was kaputt war, auch wenn bloß eine Dichtung ausgewechselt werden mußte, hat er die Handwerker kommen lassen.«

»Haben Sie das Haus gesehen?«

»O ja, Sir. Nicht so sehr groß, dafür aber besonders schön. Jetzt ist zwar kein Laub an den Bäumen, aber man kann sich gut vorstellen, wie das im Frühjahr aussieht und im Sommer. Massenhaft Land rundrum, und dann dieser hübsche kleine Bach mittendurch. Dazu noch Patio, Sccwimmbecken und Garten. Alles komplett.«

»Klingt ja gut«, knurrte Delaney, »ich muß mir das selber mal ansehen. Hier sieht es so aus: Parnell durchleuchtet Ellerbees und Samuelsons Finanzen, und ich möchte, daß Sie sich in Ellerbees Vergangenheit mal ganz allgemein umsehen – Familie, Ausbildung und so weiter. Das alles finden Sie in ›Who is Who‹, in Handbüchern von Universitäten, Jahrbüchern der Psychiater- und Psychologenvereinigungen und was weiß ich noch, wo. Machen Sie's so gründlich, wie Sie es für nötig halten.«

»Ja, Sir, bloß ..., ich hab so was noch nie gemacht, Sir!«

»Dann wird es höchste Zeit, daß Sie damit anfangen. Machen Sie es mit leichter Hand. Erschrecken Sie niemanden. Sie kriegen auf diese Weise Verbindungen, die Sie vielleicht mal brauchen können.«

»Gleich morgen früh fange ich an, Sir. Wann brauchen Sie das Zeug?«

»Vorgestern. Und jetzt schlafen Sie sich aus.«

Kurz nach Mitternacht ging er rauf, duschte als erster, während Monica noch das Haar bürstete, und als sie ins Bad ging, ertappte sie ihn dabei, wie er vor dem großen Spiegel stehend den Bauch einzog.

»Na, jetzt weiß ich doch, daß du die Ellerbee heute wirklich kennengelernt hast«, neckte sie ihn.

Er grinste säuerlich. »Du verstehst es großartig, immer an den wundesten Punkt zu rühren.«

Sie lachte nur und tätschelte seine Schulter. »Du gefällst mir so, wie du bist, Alterchen.«

»Alterchen? Ich werde dir schon Alterchen geben!« versetzte er mit gespieltem Ingrimm.

Beide mußten kichern, balgten sich ein bißchen herum, und die Balgerei endete in einer Umarmung.

Später, als sie im Bett lagen, bemerkte er: »Es stimmt

schon, sie sieht wirklich bemerkenswert aus. Aber sag mal: Kann so was nicht auch ein Unglück bedeuten? So was wie einen Fluch?«

»Wie denn das?«

»Na, überleg doch mal. Warum sollte ein so ungewöhnlich gutaussehendes junges Mädchen sich auch noch die Mühe geben, etwaige Begabungen zu entwickeln oder große geistige Anstrengungen zu machen? Sie wird doch ohnedies von allen und überall bevorzugt. Irgendein reicher Knilch schnappt sie sich und kauft ihr alles, was sie sich wünscht. Warum also sollte sie noch dazu ehrgeizig sein? Sie denkt doch, ihr Glück ist verdient, und ihr gutes Aussehen wird ihr in alle Ewigkeit bleiben.«

»Auf die Ellerbee paßt das jedenfalls nicht. Die ist beruflich sehr erfolgreich, und Grips hat sie eher zuviel. Es kann ja sein, daß, was du sagst, auf manche gutaussehende Frauen zutrifft, auf die aber keinesfalls. Die kann sich ihren Erfolg sehr wohl selber zugute halten. Ich sage doch, ich habe sie reden gehört. Sie war einfach brillant.«

»Fandest du sie nicht eher kalt und abweisend?«

»Kalt und abweisend? Nicht die Spur.«

»Ich habe mich vielleicht schlecht ausgedrückt, sagen wir also sehr selbstsicher und durchsetzungsfähig.«

Monica überlegte. »Das dürfte schon eher zutreffen. Aber in ihrem Beruf muß sie das schließlich sein, mindestens muß sie diesen Eindruck erwecken können. Wenn du ebenso neurotisch wirkst wie deine Patienten, dann laufen sie dir allesamt sehr bald weg.«

»Damit hast du wohl recht«, gab er zu. »Trotzdem – irgendwas an ihr stört mich. Es ist das gleiche Gefühl, das ich habe, wenn ich im Museum ein besonders beeindrukkendes Bild oder eine Skulptur sehe. Angenehm anzusehen, aber irgendwie geheimnisvoll. Wieso das so ist, habe ich nie herausbekommen. Wenn ich ein Gemälde betrachte, kann es passieren, daß es mich traurig stimmt, obwohl ich es bewundere. Ich muß dann an den Tod denken.«

»Was denn, Schönheit erinnert dich an den Tod?«

»Manchmal schon.«

»Hast du je erwogen, dich von einem Psychiater behandeln zu lassen?«

»Nie im Leben!« versicherte er. »Meine Therapeutin bist du!«

»Aber die Ellerbee gefällt dir besser als ich, nicht wahr?«

»Keine Spur«, sagte er, ohne zu zögern. »Für mich bist und bleibst du die Schönste.«

»Ah, dann weißt du also, was gut für dich ist, Freundchen.«

»Das darfst du laut sagen.« Und er langte nach ihr.

8

Dr. Samuelson hatte Ecke 79. Straße und Madison Avenue eine Eigentumswohnung im 18. Stock. Im Parterre des gleichen Gebäudes unterhielt er seine Praxis. Es war gar nicht ungewöhnlich, ihm in Pantoffeln und Strickjacke im Fahrstuhl auf dem Weg von oder zur Praxis zu begegnen.

Delaney und Boone standen einen Moment frierend unter der über dem Hauseingang aufgespannten Markise, die sie vor dem Schneeregen schützte, der während der Nacht zu fallen begonnen hatte.

»Wir könnten ihn uns eigentlich mal so richtig vornehmen«, überlegte Delaney laut. »Nur so zum Spaß. Es wäre mal was anderes. Kurze, treffende Fragen ohne jeden Zusammenhang. Piff, paff, puff! Wir decken ihn von allen Seiten ein.«

»Damit er nicht zum Überlegen kommt?« fragte Boone.

»Ja. Einmal das, aber auch, weil er mich an einem so jämmerlichen Tag so früh aus dem Bett geholt hat.«

Dr. Samuelson machte selber auf, überhaupt sah es nicht so aus, als beschäftige er eine Praxishelferin. Er nahm ihnen die nassen Mäntel ab und hängte sie eigenhändig weg, führte sie alsdann in sein Sprechzimmer, das ziemlich chaotisch wirkte.

Es sah hier aus, als wäre die Möblierung eher dem Zufall als überlegter Auswahl zu verdanken. Es roch etwas muffig, und die wenigen guten antiken Stühle bedurften dringend der Aufarbeitung. Auf einem Bücherregal schimmelte eine ausgestopfte Eule vor sich hin.

Außer einem Roßhaarsofa gab es noch zwei lädierte Korbstühle, und die bot der Doktor seinen Besuchern an, während er selber sich an seinen Schreibtisch setzte, und zwar in einen abgewetzten ledernen Sessel.

Sergeant Boone wies sich als Kriminalbeamter aus und erklärte Delaneys Rolle bei den Ermittlungen.

»Ja, ja«, quiekte der Doktor mit überraschend hoher Stimme, »nach unserem gestrigen Gespräch habe ich vorsichtshalber einige Erkundigungen eingezogen. Man hat Sie alle beide sehr empfohlen. Ich bin also durchaus bereit, Ihnen behilflich zu sein, nur habe ich der Polizei ja schon alles gesagt, was ich weiß.«

»Alles, was sich zur Tatzeit ereignet hat, ja, aber wir brauchen unbedingt noch weitere Informationen, die aus Ihrer Aussage nicht zu entnehmen sind«, sagte Delaney.

»Zum Beispiel«, setzte Boone fort, »wie gut Sie mit dem Ermordeten bekannt waren?«

»Wir standen uns ausgesprochen nahe, und zwar schon, seit er bei mir in Boston studierte.«

Delaney: »Waren Sie auch mit seiner Frau gut bekannt?«

»Selbstverständlich. Hier in New York waren wir häufig zusammen, und ich war oft als Hausgast bei ihnen in Brewster.«

Boone: »Halten Sie es für möglich, daß Ellerbee von einem Patienten umgebracht worden ist?«

»Durchaus denkbar. Tätliche Angriffe auf Psychiater kommen nicht selten vor.«

Delaney: »War die Ehe der Ellerbees gut?«

»Sehr gut, möchte ich sagen. Sie waren nicht nur durch

große Zuneigung miteinander verbunden, sondern auch durch eine berufliche Interessengleichheit.«

Boone: »Welche Sorte Patient würde dazu neigen, ihren Therapeuten tätlich anzugreifen?«

»Ein Psychopath zweifellos. Oder jemand, der im Laufe der Analyse ein schweres Trauma erleidet. Das kann gelegentlich ein sehr schmerzhafter Prozeß sein.«

Delaney: »Wenn Sie ›der‹ Täter sagen, heißt das soviel wie, daß Sie als Täter einen Mann vermuten?«

»Nicht unbedingt. Man sagt eben in solchen Fällen ›der‹ Täter, auch wenn es ebensogut eine Frau sein könnte.«

Boone: »Hat auch Mrs. Ellerbee bei Ihnen studiert?«

»Nein, sie wurde von ihrem Mann ausgebildet – auf diese Weise haben sie sich kennengelernt.«

Delaney: »Hat er ihr zugeredet, selber zu praktizieren?«

»Man könnte es so ausdrücken. Es war eine Art Pygmalion-Galatea-Beziehung, und wir haben oft darüber gelacht.«

Boone: »Wollen Sie sagen, sie war sein Geschöpf?«

»Das nun wieder nicht, aber er hat ihre Begabung erkannt und gefördert. Soweit ich weiß, war sie, bevor sie seine Schülerin wurde, noch eher dilletantisch. Er hat ein Potential in ihr vermutet, daß er für förderungswürdig hielt, und damit hatte er recht. Sie ist eine ausgezeichnete Psychologin.«

Delaney: »Wie erklären Sie die Augenverletzungen an der Leiche, durch Hammerschläge?«

Samuelson zeigte zum ersten Mal Wirkung, unter diesem Bombardement von Fragen. Er fummelte mit einem Bleistift herum, und den Kriminalisten fiel auf, daß seine Hände etwas zitterten.

Von Gestalt war er zierlich; auf einem stengeldünnen Hals saß ein unproportioniert großer Kopf, der Teint sah eher grau aus, und die dicken Brillengläser steckten in einer Nickelfassung. Daß er eine dichte braune wohlfrisierte Haartolle hatte, wirkte eher überraschend. Er nahm aus der vor ihm stehenden Kaffeetasse einen Schluck und fragte:

»Könnten Sie das noch mal wiederholen?«

Boone: »Könnte es sein, daß die der Leiche beigebrachten Augenverletzungen symbolische Bedeutung haben – daß man Ellerbee sozusagen ›blenden‹ wollte?«

»Das ist denkbar.«

Delaney: »Glauben Sie, Ellerbee war seiner Frau treu?«

»Keine Frage. Umgekehrt ebenfalls. Ich sagte doch, es war eine sehr gute Ehe. So was gibt es nämlich. Ich möchte mal wissen, wozu eigentlich diese Fragen dienen? Sollen die ihnen vielleicht helfen, diejenige Person zu finden, die diese gemeine Untat begangen hat?«

Boone: »Mrs. Ellerbee ist jünger als ihr Mann?«

»Etwa acht Jahre. Kein sehr bedeutender Altersunterschied.«

Delaney: »Sie ist eine auffallend gutaussehende Frau. Sie wissen bestimmt, daß sie ihm treu gewesen ist?«

»Soweit man das wissen kann. Klatsch, Gerüchte in dieser Hinsicht hat es nie gegeben. Und mir, als ihrem engsten Freund, wäre derartiges bestimmt nicht verborgen geblieben.«

Boone: »Ist Ihnen in den letzten sechs bis zwölf Monaten an Ellerbee irgendeine Veränderung aufgefallen?«

»Nein. Keine Veränderung.«

Delaney: »Nervosität vielleicht? Angst? Anfälle von Schweigsamkeit, plötzliche Wutausbrüche, irgendwas in dieser Richtung?«

»Nein, nichts.«

Boone: »Hat er je gesagt, daß Patienten ihn bedroht hätten?«

»Nein. Er war als Therapeut außerordentlich geschickt. Und gewiß wäre er mit Drohungen fertig geworden, vorausgesetzt, sie haben überhaupt stattgefunden.«

Delaney: »Waren Sie selber je verheiratet?«

»Einmal, meine Frau ist vor zwanzig Jahren an Krebs gestorben, und ich habe nicht noch einmal geheiratet.«

Boone: »Kinder?«

»Mein einziger Sohn kam bei einem Autounfall ums Leben.«

Delaney: »Ellerbees waren dann also für Sie so was wie Ihre Familie?«

»Ich habe noch Geschwister. Immerhin waren Ellerbees meine engsten Freunde. Und zwar alle beide.«

Boone: »Streit gab es nie zwischen den beiden?«

»Selbstverständlich haben sie gestritten. Welches Ehepaar streitet nicht hin und wieder? Aber niemals erbittert.«

Delaney: »Haben Sie in der bewußten Nacht in Ellerbees Haus irgendwelche Geräusche gehört oder sonst welche Anzeichen bemerkt, die darauf hindeuteten, daß außer ihnen noch jemand anderer im Hause war?«

»Ich habe nichts Derartiges bemerkt.«

Boone: »Aber vielleicht was gerochen? Parfüm? Räucherkerzen? Einen starken Körpergeruch?«

»Nein. Die Nacht war feucht, und es roch etwas muffig.«

Delaney: »Die Haustür weist keine Anzeichen von Gewaltanwendung auf, wir müssen also annehmen, daß Ellerbee selber jemandem geöffnet hat, den er erwartete. Das bringt uns wieder zu seinen Patienten, von denen einer oder eine die Tat begangen haben könnte. Wir möchten, daß Mrs. Ellerbee die Liste seiner Patienten durchgeht und diejenigen bezeichnet, von denen sie glaubt, sie könnten eventuell in Frage kommen.«

»Das hat sie mir gestern abend schon erzählt.«

Boone: »Sie macht das von Ihrer Zustimmung abhängig. Wollen Sie die geben?«

»Das habe ich bereits getan. Sie hat nicht das Recht, Ihnen die Krankengeschichten der Patienten ihres Mannes auszuhändigen, doch bin ich der Meinung, daß ein legitimes öffentliches Interesse daran besteht, daß sie mindestens jene Patienten namentlich bezeichnet, die sie für fähig hält, gewalttätig zu werden. Sie haben die vollständige Liste, und ich nehme an, Sie überprüfen alle darauf Verzeichneten?«

Delaney: »Es dürfte beinahe unmöglich sein, das zu tun, und deshalb freut es mich sehr, daß Sie Mrs. Ellerbee zugeredet haben, uns die gewünschten Informationen zu geben. Augenscheinlich legt sie auf Ihre Meinung großen Wert. Sind Sie eine Art Vaterfigur für sie?«

Dr. Samuelson hatte sich unterdessen völlig gefaßt und lehnte sich nun ungezwungen zurück. Hinter den dicken Gläsern glänzten seine Augen.

»Das bezweifle ich denn doch sehr«, erklärte er. »Diane ist eine sehr kompetente Person. Zwar erwärmt ihr Anblick einem das Herz, aber das ist keineswegs alles. Sie ist sehr gescheit und befähigt. Simon hatte großes Glück, sie gefunden zu haben. Ich habe ihm das oft gesagt, und er war ganz meiner Meinung.«

»Ich danke Ihnen für Ihre Auskünfte.« Delaney erhob sich mit einem Ruck. »Ich hoffe, wir dürfen, falls nötig, Ihre Hilfsbereitschaft wieder in Anspruch nehmen.«

»Selbstverständlich, jederzeit. Glauben Sie, es gelingt Ihnen, den Täter zu finden?«

»Mit etwas Glück schon.«

Sie rannten über die Madison Avenue und suchten Zuflucht in einem Imbiß, der noch nicht von Frühstückshungrigen überlaufen war, bestellten Kaffee und Gebäck und begaben sich damit zu einem Stehtischchen an einer der gekachelten Wände.

»Ich bin richtig stolz auf Sie, Sergeant«, sagte Delaney.

»Wie das, Sir?«

»Weil Ihnen Pygmalion und Galatea bekannt sind.«

Boone lachte. »Kreuzworträtsel, Sir. Die beliefern einen massenhaft mit nutzlosen Informationen.«

»Komisch – gestern abend noch habe ich mich mit meiner Frau darüber unterhalten, daß viele gutaussehende Frauen aus ihrem guten Aussehen eine Karriere machen. Nach dem, was Samuelson da eben gesagt hat, muß man aber schließen, daß Ellerbee seine spätere Frau davon überzeugt hat, daß sie nicht nur gut aussieht, sondern auch Grips hat.«

»Ich nehme an, der gute Onkel Doktor ist in sie verliebt.«

»Das wäre kein Kunststück. Aber hat er Aussichten, erhört zu werden? Sie wissen doch von den Fotos bei den Akten, wie Ellerbee aussah. Ein hochgewachsener, kräftiger Mann, verglichen mit ihm wirkt Samuelson wie ein Gartenzwerg.«

»Vielleicht hat er deshalb Ellerbee hingemacht«, gab Boone zu bedenken.

»Ist das Ihr Ernst?«

»Nein.«

»Mir will das auch nicht einleuchten, aber in diesem Fall leuchtet mir überhaupt nichts ein«, klagte Delaney. »Als ich Samuelson fragte, ob er an Ellerbee Perioden von Schweigsamkeit oder Wutanfälle bemerkt hat, war das fast wörtlich, was seine Witwe uns erzählt hat. Sie sagte doch, er sei ein herrlicher Mensch, nur gelegentlich schweigsam und auch mal jähzornig. Und dieser engste Freund der Familie behauptet, ihm sei das niemals aufgefallen?«

»Vielleicht hält er es für unwichtig. Oder er will dem Toten nichts Übles nachsagen«, schlug Boone vor.

»Im Moment sieht es mir ganz so aus, als könnten wir Samuelson und die Witwe streichen, es sei denn, Parnell oder Jason fördern was Belastendes zutage. Bleiben uns im wesentlichen nur noch die Patienten. Wollen Sie die Witwe anrufen und vereinbaren, wann wir uns die von ihr ausgewählten Namen abholen können?«

»Mache ich, Sir. Ich werde mich auch im Präsidium erkundigen, ob Suarez' Leute sich schon welche von den Patienten vorgenommen haben und wen.«

»Gut. Ist Ihnen übrigens klar, Boone, daß bislang alles nichts ist als eine dicke Qualmwolke? Keinerlei Handhabe? Nichts Faßbares?«

»Leider ja, Sir.«

»Nichts Definitives«, grübelte Delaney. »Der Anfang solcher Ermittlungen ist immer am schlimmsten, da läuft einem alles durch die Finger wie Wasser.«

»Nun, Sir, so arg unter Druck sind wir bei der Aufklärung doch nun auch nicht – unter Zeitdruck, meine ich.«

Delaney wollte ihm nicht verraten, daß es sich anders verhielt, daß Thorsen den Fall unbedingt bis zum Jahresende abschließen wollte, um Suarez daraufhin zum Chef der Kriminalpolizei befördern lassen zu können; immerhin war Boone alles andere als ein Trottel und wohl auch bis zu einem gewissen Grade über die Behördenintrigen im Bilde.

»Mir liegt daran, den Fall entweder bald zu lösen oder ihn hinzuschmeißen und mich wieder ins Pensionistendasein zurückzuziehen«, bemerkte er deshalb lässig. »Können Sie mich zu Hause absetzen?«

»Selbstverständlich, Sir, vorausgesetzt, der Schlitten springt an.«

Der Sergeant bezog sich auf seinen Privatwagen, einen recht alten Buick, den er bei einer Versteigerung abgeschleppter Wagen von der Stadt gekauft hatte. Doch dessen Räder drehten sich willig, und Boone setzte Delaney vor der Haustür ab. »Ich rufe Sie an, Sir, sobald ich mit Mrs. Ellerbee was abgemacht habe.«

»Schön. Und vergessen Sie nicht, Suarez über unsere Unterhaltung mit Dr. Samuelson zu berichten; ich habe versprochen, ihn auf dem laufenden zu halten.«

Monica war im Wohnzimmer und sah sich eine Frauendiskussion im Fernsehen an.

»Worum geht es heute vormittag?« erkundigte sich Delaney liebenswürdig. »Ejaculatio praecox?«

»Sehr witzig. Wie ist es mit Dr. Samuelson gegangen?«

Delaney war versucht, ihr von Pygmalion und Galatea zu erzählen, unterließ es dann aber, weil er fand, es klinge, als wolle er sich mit seinen Kenntnissen brüsten.

»Wir haben nichts, wo man seinen Hut dranhängen könnte. Nur ganz allgemeines Zeug. Ich erzähle dir heute abend davon.«

Damit ging er ab ins Arbeitszimmer und schrieb das

Protokoll des Gespräches mit dem Doktor nieder. Er gab sich große Mühe, den Wortlaut möglichst exakt wiederzugeben.

Irgendwas an den Äußerungen des Arztes ließ ihm keine Ruhe, nur konnte er um die Welt nicht sagen, was. Auch mehrmaliges Durchlesen dessen, was er da niedergeschrieben hatte, half nicht. Und doch blieb er überzeugt davon, es müsse da etwas geben.

Diese nebulösen Ahnungen waren überhaupt bezeichnend für die Ermittlungen in diesem Fall. Bislang gab es nichts als subtile Färbungen, undeutliche Umrisse. Das Ganze war wie ein zerlaufenes Aquarell. Dagegen waren die meisten Mordfälle wie Ölgemälde – große Farbflächen, aufgetragen mit dem Pinsel oder auch dem Messer. Morde waren im allgemeine brutale, eindeutige Angelegenheiten. Resultat auf die Spitze getriebener Leidenschaften oder Gier. Diese Mordaffäre aber roch nach der Bibliothek, nach Literatur, bürgerlichem Salon, die Handlung war wie von Henry James erfunden.

Daß ihm das so vorkam, mochte allerdings auch daran liegen, daß der Tatort ein so elegantes kleines Stadthaus war und nicht eine vergammelte Mietskaserne, das gestand Delaney sich ein. Oder auch, weil die Beteiligten zum gebildeten Bürgertum gehörten, klug genug, sich überzeugende Lügen auszudenken, falls es ihren Zwekken diente.

Immerhin, Mord blieb Mord, und in einem delikaten, von Höflichkeit geprägten Milieu bedurfte es vielleicht gerade eines dickköpfigen alten Elefanten im Porzellanladen, um alle Schnörkel plattzuwalzen und einen listenreichen, gescheiten und raffinierten Mörder zu überführen.

9

Beim Frühstück sagte Monica: »Wir müssen daran denken, daß demnächst Thanksgiving ist. Ehe du dich versiehst, ist es da ... Sollten wir nicht einen Truthahn ...?«

»Na, ich weiß nicht recht.«

»Dann eine Gans?«

»Hm ... Gänsebraten«, sagte er träumerisch, »mit unpoliertem Reis vielleicht und einer Apfelfüllung? Das klingt nicht übel. Übernimmst du die Gans, lege ich die Äpfel in Brandy ein.«

»Abgemacht.«

»Kommen die Mädchen?« fragte er.

»Nein. Sie fahren mit einer Freundin zu der nach Hause. Aber Weihnachten sind sie da.«

»Wie wäre es, wenn du Abner und Rebecca Boone zum Essen einladen würdest. Mit der Gans werden du und ich allein nicht fertig.«

»Das könnte ganz nett werden. Und sie hätten bestimmt Lust. Was würdest du davon halten, wenn auch Jason mit seiner Frau käme?«

»Der verdrückt ganz alleine eine Gans. Aber ich werde ihn wohl einladen müssen, wenn Boone kommt. Vermutlich sagt er aber nicht zu, denn bestimmt wird er daheim essen wollen, mit den Kindern. Ich rufe ihn aber mal an und sage dir dann Bescheid.«

»Und was hast du heute vor, Edward?«

»Ich warte erst mal, bis Boone anruft. Dann haben wir eine Verabredung mit der Ellerbee. Du gehst wohl aus?«

»Immer noch Einkäufe. Die will ich endlich erledigen, damit ich auch was von Weihnachten habe.«

»Amüsier dich. Die Rechnungen kommen zum Glück ja erst später.«

Im Arbeitszimmer widmete er sich der Zeitung und seiner Zigarre und war mit beidem etwa zur Hälfte fertig, als das Telefon klingelte.

Er erwartete Boone am anderen Ende der Leitung, doch meldete sich statt dessen Parnell.

»Sieh an«, sagte Delaney, »Parnell, wie geht es Ihnen denn?«

»Glänzend, Sir. Und Ihnen?«

»Na, soso, lala. Sie haben es wahrscheinlich schon vergessen, wir sind uns aber einmal begegnet. Auf der Abschiedsparty für Sergeant Schlossman.«

»Und ob ich mich erinnere, Sir! Da habe ich mich doch versehentlich so furchtbar besoffen, daß ich Captain Rogers die neue Uniform vollgekotzt habe. Seitdem bin ich nicht mehr befördert worden. Aber was ich fragen wollte ... Boone sagt, Sie wollen den Finanzbericht über Ellerbee und Samuelson so rasch als möglich haben, stimmt das?«

»Sagen Sie bloß, Sie haben das schon erledigt?«

»Na, gut bin ich vielleicht nicht, aber schnell allemal. Es ist weiter nichts als pro Kopf eine Schreibmaschinenseite. Nicht das, was Sie von einer Auskunftei bekommen würden, aber alles, was Sie brauchen. Ich könnte eben vorbeikommen, und wir gehen die Aufstellungen kurz mal durch. Falls Ihnen dann noch was unklar ist, könnte ich es Ihnen erläutern.«

»Ausgezeichnet. Ich erwarte Sie. Sie kennen meine Adresse?«

»Klar. In einer halben Stunde bin ich da.«

Delaney brannte die erloschene Zigarre erneut an und las die Times zu Ende. Gerade, als er sie gefaltet hatte und für Monica zurechtlegte, klingelte es.

Parnell trug eine schwarze Melone zu einem mausgrauen zweireihigen Wintermantel aus Gabardine. Eine Aktenmappe aus glänzendem schwarzem Leder hatte er unter den Arm geklemmt. Als er Delaneys verblüfften Gesichtsausdruck sah, lachte er. »Das ist meine Dienstkleidung. Wenn ich mit Bankmenschen und Behörden zu tun habe, lohnt es, so auszusehen wie einer von ihnen. Außer Dienst trage ich Jeans und Sweatshirts.«

»Eine Melone habe ich seit Jahren nicht mehr gesehen«, sagte Delaney bewundernd, »und Ihnen steht sie sogar.«

Als Hut und Mantel an der Garderobe hingen, erstrahlte der Detektiv in seiner ganzen konservativen Eleganz: dreiteiliger Anzug aus marineblauem Flanell mit weißen Nadelstreifen, hellblaues Hemd mit gestärktem weißem Kragen und Manschetten, großzügig gemusterte Krawatte, matt glänzende schwarze Schuhe.

»Manchmal komme ich mir in dieser Verkleidung vor wie ein Clown«, sagte er, als er Delaney ins Arbeitszimmer folgte, »aber die Leute, mit denen ich zu tun habe, lassen sich davon beeindrucken. Hübsches Haus haben Sie hier.«

»Ja, das finde ich aus.«

»Gehört es Ihnen?«

»Ja.«

»Falls Sie je daran denken sollten, ein Stockwerk zu vermieten, lassen Sie es mich bitte wissen. Meine Frau und ich hausen mit zwei Kindern in einer Wohnung auf der West Side wie Sardinen in der Büchse.«

Das sagte er aber ohne Bitterkeit, und Delaney schloß daraus auf einen eher gutmütigen Charakter.

»Wo tragen Sie denn Ihren Dienstrevolver?« fragte er Parnell neugierig. »Der müßte bei diesem eleganten Kostüm doch auftragen?«

Parnell kehrte ihm den Rücken und hob die Jacke. Der kurzläufige Revolver steckte in einem Halfter, das ihm auf dem Rücken hing.

»Man kommt zwar nicht gut dran, aber er ist so eine Art Notbremse. Gehen Sie denn bewaffnet?«

»Nur selten. Möchten Sie eine Erfrischung? Kaffee? Eine Cola?«

»Der Kaffee kommt mir heute vormittag schon bei den Ohren raus.«

Delaney bot ihm einen Sessel an. »Machen Sie es sich gemütlich.«

»Ich rieche Zigarrenrauch, darf ich mir eine Zigarette anzünden?«

»Selbstverständlich.«

Delaney betrachtete sich derweilen den Mann. Kurz geschnittenes eisengraues Haar, Pferdegesicht mit tiefen Furchen, auch Lachfalten um die Augen. Große Zähne. Offener Gesichtsausdruck. Ein häßliches Gesicht, aber nicht ohne Charme. Würde sich jederzeit als Gast auf einer Party gut ausnehmen.

»Wie wollen wir es machen?« Parnell öffnete die Aktenmappe. »Wollen Sie erst lesen, oder soll ich Ihnen eine Zusammenfassung geben?«

»Tun Sie das. Falls ich dann noch Fragen habe, kann ich die hinterher stellen.«

»Einverstanden. Beginnen wir mit Dr. Samuelson, Julius K. Ist eine runde Million wert. Sehr vorsichtig mit Geld. Schatzanweisungen, steuerfreie Schuldverschreibungen. Besitzt eine Eigentumswohnung und eine eigene Praxis. Hat immer zuviel auf seinem Girokonto, aber ich sagte schon, er ist vorsichtig. An Aktien traut er sich nicht ran, jede Spekulation ist ihm zuwider. Er hat drei unwiderrufbare Stiftungen eingerichtet. Nutznießer sind drei Kliniken mit psychiatrischen Forschungsabteilungen. Nichts Ausgefallenes, nichts irgendwie Ungewöhnliches. Haben Sie dazu Fragen?«

»Mir fallen keine ein. Sein Testament haben Sie nicht zufällig gesehen?«

»Nein, an so was ist nicht ranzukommen. Es war schon ein Glücksfall, daß ich von den Stiftungen erfahren habe. Mir kommt es vor, als wäre für Sie an Samuelson nichts zu gewinnen – was seine finanzielle Lage angeht, meine ich. Er ist nicht gerade schwerreich, aber darben tut er auch nicht.«

»Sie haben wohl leider recht«, seufzte Delaney. »Und die Ellerbees? Was ist mit denen?«

»Tja, da wird es schon interessanter. Sollte Ihnen der Gedanke gekommen sein, die Frau könnte ihren Mann wegen seiner Kohlen umgebracht haben, dann können Sie's vergessen. Er hat nicht schlecht verdient, aber sie ist sowieso steinreich.«

»Ach nein!« Delaney war verblüfft. »Woher denn das?«

»Ihr Vater hat ihrer Mutter bei seinem Tode ein schönes Vermögen hinterlassen. Zwei Jahre später starb die Mutter, die auch etwas eigenes Vermögen hatte. Das alles hat die kleine Ellerbee geerbt. Ein Jahr drauf beerbte sie eine unverheiratete Tante, und damit fiel sie förmlich in eine Goldgrube. Fast drei Millionen allein von dieser Tante.«

»War sie ein Einzelkind?«

»Sie hatte einen Bruder, der in Vietnam umgekommen ist. Weil der unverheiratet war und auch keine Kinder hatte, hat sie die Kohlen allesamt in den eigenen Keller geschaufelt.«

»Und wieviel könnte das alles zusammen ausmachen?«

»Noch ist nicht bekannt, was sie von Ihrem Mann erbt, das Testament wurde noch nicht eröffnet, aber abgesehen einmal davon, schätze ich sie auf um die fünf Millionen.«

»Auwei! Schön und reich! Und blitzgescheit!«

»Ja«, stimmte Parnell zu, »das ist sie auch, sie verwaltet ihr Vermögen nämlich selber. Die braucht keine Anlageberater, um ihr Geld zu vermehren. Sie versteht sich auf Diversifikation, hat von allem etwas: Aktien, Wertpapiere, steuerfreie Schuldverschreibungen, Grundbesitz – kurz, was Sie wollen.«

»Da schlag doch einer lang hin.«

»Und Schneid hat sie auch. Sie hat ausgesprochene Risikopapiere gekauft – unter anderem selbstverständlich –, aber ich muß zugeben, sie hat öfter gewonnen als verloren.«

»Und was ist mit Ellerbee selber?« fragte Delaney. »Wie stand der finanziell da?«

»Ungefähr wie Samuelson. Darben tat er nicht gerade, aber mit seiner Frau nicht zu vergleichen. Ich schätze, daß er nach Abzug der Erbschaftssteuer eine halbe Million hinterläßt. Eines ist immerhin interessant: Seine Frau hat für ihn das Geld investiert.«

»Ach, was Sie nicht sagen. Das ist wirklich interessant.«

»Mag sein«, sagte Parnell, »ihm fehlte es an Zeit, oder er hatte keine Lust, Reichtümer anzuhäufen. Wie auch immer, sie hat für ihn ebenso weise investiert wie für sich selber. Gemeinsame Bankkonten sind keine da, jeder wirtschaftete für sich. Nicht mal eine gemeinsame Einkommensteuererklärung haben sie abgegeben.«

»Und der Vater Ellerbees? Hat der seinem Sohn zugeschossen?«

Parnell grinste. »Henry Ellerbee? Der große Grundstücksmakler? Das wäre zum Lachen. Vor einem halben Jahr habe ich ihn mal in anderem Zusammenhang etwas durchleuchtet. Das ist ein echter Cowboy. Steckt bis zum Hals in Geschäften, besitzt aber keinen Pfennig. Seinen Wolkenkratzer ist er los, und alles übrige ist mit Hypotheken belastet. Werden die mal gekündigt, kann er sich mit Zeitungen zudecken. Sie und ich verfügen über mehr Bargeld als der. Seinem Sohn was zuzustecken, dazu war der gar nicht in der Lage. Eher schon umgekehrt. Und damit wären wir auch schon am Ende. Ist noch irgendwas unklar?«

Delaney dachte nach. »Nein, ich glaube nicht. Jedenfalls im Moment nicht. Lassen Sie mir die Berichte da, ich lese sie noch mal durch. Falls sich dann was ergeben sollte, kann ich Sie ja anrufen«

»Jederzeit. Und nach der Testamentseröffnung gebe ich Ihnen die Einzelheiten, die den Nachlaß von Ellerbee betreffen.«

»Sehr schön.« Delaney schaute sein Gegenüber scharf an. »Haben Sie eigentlich Spaß an dieser Art Arbeit?«

»Und wie«, antwortete Parnell, ohne zu zögern. »Sie wissen ja, wie hoch, oder besser niedrig, mein Gehalt ist, und wenn ich meine Nase in anderer Leute Vermögensverhältnisse stecke, dann regt das meine Phantasie ungeheuer an. Reichtum fasziniert mich, und ich male mir aus, was ich mit dem Geld täte, wenn ich es hätte.«

»Haben Sie derzeit einen interessanten Fall?«

»Einen sehr interessanten sogar. Dabei geht es um Scheckbetrug per Computer. Der Täter war in der Computerzentrale einer Großbank in Manhattan angestellt; er versteht aber nicht nur was von Datenverarbeitung, sondern auch was vom Bankwesen. Er hat sich falsche Personalpapiere besorgt, bei mehreren Banken Girokonten unter falschem Namen eröffnet und ungedeckte Schecks ausgestellt. Mit ungefähr zehntausend Piepen hat er angefangen, und nach sechs Monaten hatte er schon eine Viertelmillion, einfach, indem er sich die Zeit zunutze machte, die zwischen Abbuchung und Gutschrift im Verkehr zwischen den Banken vergeht ...«

»Gütiger Himmel, ich denke, da gibt es eine ausreichende Kontrolle?«

»Eben nicht!« rief Parnell. »Was in der fraglichen Zeitspanne passiert, ist eben nicht zu kontrollieren! Der Kerl konnte allerdings, wie die meisten Scheckbetrüger, den Hals nicht vollkriegen. Statt sich mit einem Profit nach Brasilien zu verdrücken, hat er alles auf eine Karte gesetzt, weil die Sache sich doch so gut anließ. Er hat auch außerhalb Konten eingerichtet und weil da die Überweisungszeiten noch länger sind, war auch seine Beute größer. Und dann hat er sich nicht mehr mit Konten in den angrenzenden Bundesstaaten begnügt, sondern ist im Urlaub nach Kalifornien geflogen und hat sein Spielchen auch da gedreht. Dabei hat er die gleichen falschen Namen benutzt wie hier, und die hiesigen Banken als Referenz angegeben. Schön, was?«

»Tja, ganz wie Sie gesagt haben – faszinierend.«

»Am Ende hatte er so viele Schecks bei so vielen Banken umlaufen, daß er die Übersicht verlor. Um dem abzuhelfen, hat er ein eigenes Computerprogramm aufgestellt und in einen der Computer der Bank eingegeben, bei der er angestellt war. Das Programm konnte nur mit einem Codewort abgerufen werden, das selbstverständlich außer ihm keiner kannte. Er benutzte also die Datenverarbeitungsanlage seiner eigenen Bank dazu, seine Scheckbetrügereien zu vertuschen. Als er gefaßt wurde, hatte er schon so um die zwei Millionen in Form von Überweisungen zwischen verschiedene Banken umlaufen.«

»Und wie wurde er erwischt?« fragte Delaney neugierig.

»Durch puren Zufall. Eine Sachbearbeiterin in einer Bank in Arizona, die ein Auge auf Überweisungen aus fremden Bundesstaaten zu halten hatte, war wegen Krankheit zehn Tage nicht im Büro, und als sie wiederkam, stapelten sich die Überweisungen auf ihrem Schreibtisch. Die hat sie nach Kontonummern geordnet, und dabei fiel ihr auf, daß ein bestimmter Kunde ungewöhnlich viele Geldbewegungen auf seinem Konto hatte, und weil sie nicht auf den Kopf gefallen ist, hat sie Alarm geschlagen. Bis dieses ganze Chaos aufgeklärt wird, vergeht mindestens ein Jahr, und unterdessen sitzt der Gierschlund im Knast, weil er nicht mal Geld genug hat, Kaution zu erstellen. Dabei hätte er sich mit seinen zwei Millionen noch vor ein paar Wochen zur Ruhe setzen können. Meiner Meinung nach ist er ein Opfer seiner Spielleidenschaft geworden. Er wollte unbedingt wissen, wie weit er es treiben kann.«

»Ein wirklich spannender Fall«, stimmte Delaney zu.

»Schon, bloß im Moment ist es ein wüstes Chaos, weil alle möglichen Leute ihn gern haben möchten – die Banken, die Steuerfahndung, die Bundespolizei und wer weiß, wer. Am lustigsten an der Sache ist, daß in Wirklichkeit kein Mensch einen Pfennig eingebüßt hat, im Gegenteil, die Banken haben mit den ihm gutgeschriebenen Geldern, die es ja gar nicht gab, gearbeitet, bis er seine fiktiven Guthaben anderswohin transferiert hat. Einzig er selbst hat Geld dabei verloren. Und nicht mehr, als die ursprünglich eingesetzten 10000. Diese Geschichte muß eine Moral haben, ich kann bloß nicht dahinterkommen, welche.«

Delaney bot seinem Gast ein Bier an, doch Parnell

lehnte mit Bedauern ab: Er war über Mittag in der Wallstreet mit zwei cleveren Devisenhändlern zum Essen verabredet. So überreichte er Delaney die drei Vermögensaufstellungen und seine Karte mit seiner Telefonnummer, für den Fall, daß doch noch Auskünfte benötigt würden. Auf dem Korridor half Delaney ihm in den Mantel.

Parnell schaute sich nochmals um und lobte: »Wirklich ein wunderbar gemütliches Haus. So eines könnte mir gefallen. Na ja, eines Tages vielleicht …«

»Machen Sie bloß nicht ebenfalls Scheckbetrügereien«, verwarnte Delaney ihn.

»Ich doch nicht«, lachte Parnell. »Erstens fehlt mir dazu die Chuzpe, und zweitens kann ich nicht mit Computern umgehen.«

Delaney bedanke sich, man gab einander die Hand, und Parnell verließ das Haus, den steifen Hut verwegen in die Stirn gedrückt, die Mappe unterm Arm.

Delaney begab sich wohlgelaunt in die Küche. Der Besuch von Parnell hatte ihn aufgeheitert. Fälle, mit denen Kollegen befaßt waren, interessierten ihn immer, zumal, wenn es sich dabei um solche handelte, in denen der Täter sich was Neues hatte einfallen lassen.

Über den Ausguß gelehnt, verzehrte er ein ›feuchtes‹ Sandwich: Corned beef belegt mit Sauerkraut und Kartoffelchips, darauf französischer Senf. Das alles auf Roggenbrot und heruntergespült mit Dosenbier.

Danach nahm er sich die von Parnell gelieferten Vermögensaufstellungen vor. In diesen fand er nichts, was Parnell ihm nicht bereits berichtet hatte. Der Mann hatte wirklich recht: Der Einfall, Mrs. Ellerbee könnte ihren Mann aus Gewinnsucht umgebracht haben, war einfach absurd. Sie war mindestens zehnmal reicher als er, und außerdem hatte sie auf Delaney keinen Moment den Eindruck einer besonders habgierigen Person gemacht.

Damit war man auch hier am Ende angelangt. Wenn Jason jetzt nicht in den Lebensläufen der Ellerbees oder Samuelsons fündig wurde, blieb nichts übrig, als sich die

Patienten des Ermordeten anzusehen. Und wie aufs Stichwort klingelte denn auch das Telefon, und diesmal war es wirklich Sergeant Boone, der meldete, Mrs. Ellerbee sei bereit, die Herren um 21 Uhr zu empfangen.

»Soll ich Sie eine Viertelstunde vorher abholen, Sir?« fragte Boone.

»Lieber eine halbe Stunde vorher. Parnell war da, und ich möchte Sie über die Ereignisse seiner Nachforschungen ins Bild setzen.«

10

Delaney, der auf dem Beifahrersitz saß, wandte sich Boone zu, während er ihn wissen ließ, was Parnell herausgebracht hatte. Der Wagen parkte unweit dem Hause Ellerbee.

Boone ware ein großgewachsener, schlaksiger Mann mit schlaksigem Gang, dessen Manschetten und Hosenaufschläge um einiges zu kurz waren. Er hatte leicht rötliches Haar, Sommersprossen und ein Pferdegebiß. Er sah eigentlich aus wie ein Provinzjockel, doch wußte Delaney, daß dies täuschte: Boone war blitzgescheit und überdies ungemein empfindsam.

Als Delaney zu Ende war, sagte er: »Die Dame ist ja das reinste Kraftwerk! Haufenweise Geld, zwei Häuser, eine beneidenswerte Karriere. Aber wissen Sie, wer mich in diesem Fall am meisten fasziniert, Sir?«

»Der Ermordete?« mutmaßte Delaney.

»Ganz recht. Auf den kann und kann ich mir keinen Vers machen. Angeblich war er ein brillanter Seelenklempner. Das mag ja sein, aber ich sehe ihn nicht vor mir – nicht, wie er sich kleidete, wie er redete, was er außerhalb seiner Praxisstunden gemacht hat. Nach allem, was wir von Samuelson und der Witwe über ihn gehört haben, muß er ein wahres Musterexemplar gewesen sein.«

»Na ja, was erwarten Sie von diesen beiden? Die können unmöglich schlecht von ihm reden. Ich hoffe, seine Patienten können uns ein zutreffenderes Bild von ihm geben – falls die überhaupt den Mund aufmachen. Übrigens – es wird Zeit. Wir dürfen nicht zu spät kommen.«

Mrs. Ellerbee bat die Herren über das Türmikrofon in den zweiten Stock und ließ sie ein. Den Hut in der Hand, stapften sie nach oben, wo sie mit einem kräftigen Händedruck begrüßt wurden.

»Es wird ein Weilchen dauern«, sagte sie sogleich, »deshalb habe ich Sie heraufgebeten; im Wohnzimmer ist es bequemer.«

Sie trug einen langärmeligen Springeranzug aus schwarzer Seide mit einem langen Reißverschluß vom Kragen bis zur Taille. Das blonde Haar fiel gelöst bis auf die Schultern. Als sie ihnen voran ins Wohnzimmer ging, hatte Delaney Gelegenheit, neuerlich ihre aufrechte stolze Haltung und die Geschmeidigkeit ihrer Bewegungen zu bewundern.

Das Wohnzimmer war hell, aber behaglich erleuchtet; eine Wand wurde von einem bis zur Decke reichenden Bücherregal eingenommen, was vollgestellt war mit Lederbänden, Taschenbüchern und Zeitschriften. Hier und dort standen Nippes, gerahmte Fotos und dergleichen und ließen das Zimmer bewohnt und gemütlich erscheinen.

»Sie sehen, hier ist es weniger steril als unten«, sagte sie mit einem kleinen Lächeln. »Auch nicht so aufgeräumt. Hier haben Simon und ich abends meist gesessen. Man kann sich hier wirklich entspannen. Geben Sie mir Ihre Mäntel, meine Herren. Und möchten Sie vielleicht irgend etwas zu sich nehmen? Kaffee? Einen Drink?«

Beide lehnten höflich ab.

Delaney und Boone wurden Sessel angeboten, während Mrs. Ellerbee auf einem Gebilde aus Rohr mit steiler Lehne Patz nahm. Da saß sie denn sehr aufrecht, die Hände züchtig im Schoß gefaltet, den Kopf aufgereckt.

»Julie, das heißt Dr. Samuelson, hat mir geraten zu tun,

was Sie wünschen, und doch habe ich da meine Bedenken. Zwischen meinem Wunsch, den Mord an meinem Mann gerächt zu sehen, einerseits, und dem, seine Patienten unbedingt zu schützen, werde ich gleichsam hin- und hergerissen.«

»Vielleicht hilft es, wenn ich Ihnen versichere, daß alles streng vertraulich bleibt, was wir über ehemalige Patienten Ihres Mannes erfahren?« schlug Delaney vor.

»Hmmm ...,auf mehr darf ich wohl nicht hoffen ... Übrigens sind es nur sechs aus einer großen Zahl von Patienten, die ich ausgewählt habe und denen ich zutraue, gewalttätig zu werden.«

»Das macht nichts, Madam, alle können wir ohnehin nicht überprüfen, und dies wäre ein Anfang«, versicherte Boone.

»Das leuchtet mir ein. Bedenken Sie aber auch, daß ich mich irren kann, daß mein Urteil nicht unbedingt zutreffend sein muß. Es waren schließlich die Patienten meines Mannes, nicht meine eigenen. Ich kann mich also nur an seine Krankengeschichten halten und an das, was er mir jeweils mitgeteilt hat. Es ist mithin möglich – ja geradezu wahrscheinlich –, daß der Täter sich nicht unter den sechs ausgewählten Patienten befindet, sondern unter denen, die ich übergangen habe, während die von mir bezeichneten Personen völlig unschuldig sind.«

»Mrs. Ellerbee, Sie dürfen nicht denken, daß wir die von Ihnen bezeichneten Personen automatisch verdächtigen. Sie werden allerdings sorgfältig überprüft werden, doch wenn sich gegen sie keine Verdachtsmomente ergeben, werden wir notgedrungen zu anderen Patienten Ihres Mannes übergehen müssen. Sie dürfen also nicht glauben, indem Sie uns die Namen von den sechs Patienten geben, wären diese bereits so gut wie überführt. Die Ermittlungen in einem Mordfall werden mit großer Umsicht gehandhabt.«

»Das erleichtert mich etwas. Sie müssen sich vor Augen halten, daß Psychologie keine exakte Wissenschaft ist, sondern eine, ja sagen wir ruhig, eine Kunst. Wenn zwei geschickte und erfahrene Therapeuten sich einen Patienten vornehmen, können sie durchaus zu entgegengesetzten Resultaten kommen. Wenn Sie mal nachlesen, was psychiatrische Gutachter in Strafprozessen aussagen, werden Sie sofort verstehen, was ich meine.«

»Zu meiner Zeit nannte man sie Konfusionsräte, denn sie stifteten in der Verhandlung mehr Verwirrung als Klarheit.«

»Ich fürchte, das ist gar nicht so abwegig«, sagte sie bedauernd lächelnd, »denn auf diesem Gebiet gibt es kaum objektive Kriterien. Nun aber genug der Vorrede, ich zeige Ihnen jetzt, was ich für Sie habe.«

Sie ging zu einem kleinen Schreibtisch und nahm zwei mit der Maschine beschriebene Blätter.

»Sechs Patienten, vier Männer, zwei Frauen. Hier stehen Namen, Alter und Anschriften drauf. Ferner eine kurze Beschreibung, die sich auf die Notizen meines Mannes stützt und auf das, was er mir dazu gesagt hat. Zwar habe ich die Beschwerden der Patienten aufgeführt, aber auf terminologische Etiketten habe ich verzichtet – sie also nicht als Psychopathen, Manisch-Depressive oder Schizoide oder sonstwie bezeichnet. Es waren, wie gesagt, nicht meine Patienten, und ich weigere mich, eine Diagnose zu stellen. Also jetzt geht es los.«

Sie setzte eine Lesebrille mit Nickelrahmen auf, und die Brille verlieh ihrem Gesicht ganz überraschenderweise einen besonderen Charme; das altmodische Gestell ließ ihre Züge weicher wirken.

»Eine Rangfolge habe ich nicht getroffen«, erklärte sie, »anders ausgedrückt, der als erster aufgeführte Patient ist nicht der, den ich für den gefährlichsten halte. Alle sechs scheinen mir das Potential von Gewalttätern zu haben ... Ich lese Ihnen nicht alles vor, was ich geschrieben habe, sondern nur die wichtigsten Punkte ...

Nummer eins: Ronald J. Bellsey. Ronald ist 43 Jahre alt und kam dreimal die Woche zur Behandlung. Augenscheinlich ein ungemein jähzorniger, auch zur Gewalttätigkeit neigender Mensch. Suchte zum ersten Mal meinen Mann auf, nachdem er seine Frau schwer mißhandelt hatte. Immerhin war er gescheit genug einzusehen, daß er Hilfe benötigte.

Nummer zwei: Isaac Kane, 28 Jahre alt. Einer jener Patienten, die von meinem Mann kostenlos behandelt wurden, und zwar einmal in der Woche in einem städtischen Krankenhaus. Isaac ist, was man einen ›idiot savant‹ nennt, wenngleich ich diesen Terminus verabscheue. Er ist keineswegs ein Idiot, aber er ist retardiert. Er malt sehr schöne Landschaften in Kreide, ausgesprochen professionelle Arbeiten. Es ist aber mehrmals vorgekommen, daß er Klinikpersonal tätlich angegriffen hat.

Nummer drei: Sylvia Mae Otherton, 46 Jahre alt. Sylvia kam regelmäßig zweimal die Woche, häufig aber außerdem zu allen möglichen anderen Zeiten. Leidet unter schweren Angstzuständen, von Platzangst angefangen bis zu Angst vor Männern mit Bart. Wagte sie sich, was selten genug vorkam, auf die Straße, attackierte sie ohne jeden Anlaß bärtige Männer.«

»Trug Ihr Mann einen Bart, Madam?« fragte Boone.

»Nein, das tat er nicht. Nummer vier: L. Vincent Symington, 51 Jahre alt. Vincent leidet offenbar an ausgeprägtem Verfolgungswahn. Griff häufig Personen an, von denen er sich verfolgt glaubte, darunter auch seine alten Eltern. Kam dreimal die Woche.

Nummer fünf: Joan Yesell, 35 Jahre alt. Joan, eine sehr zurückgezogen lebende, schwer deprimierte Person, wohnt bei ihrer verwitweten Mutter. Drei Selbstmordversuche, deshalb führe ich sie auf. Fehlgeschlagene Selbstmordversuche verkehren sich häufig in Mordlust.

Als letzter Harold Gerber, 37 Jahre alt. Diente in Vietnam und wurde hoch dekoriert. Harold leidet unter schweren Schuldkomplexen, nicht nur, weil er im Krieg zahllose Menschen getötet hat, sondern weil er lebendig zurückkam, während viele seiner Freunde gefallen sind. Diese Schuldgefühle treiben ihn dazu, in Kneipen Schlägereien mit Fremden anzufangen, von denen er behauptet, sie hätten ihn beleidigt.

Das wäre alles. Auf den beiden Listen finden Sie weitere Details. Haben Sie noch Fragen?«

Delaney und Boone schauten einander an.

»Eine vielleicht, Mrs. Ellerbee«, sagte Delaney, »können Sie uns sagen, ob von diesen Patienten welche mit Medikamenten behandelt wurden?«

»Keiner«, sagte sie sofort, »mein Mann hat keinen seiner Patienten jemals mit Psychopharmaka behandelt, denn er hielt das für falsch. Er war der Meinung, solche Medikamente überdeckten nur die Symptome, ohne die Ursachen zu beseitigen. Ich bin, nebenbei gesagt, der gleichen Meinung, wenn ich sie auch nicht so rigoros vertrete, wie mein Mann es getan hat. Ich verschreibe meinen Patienten gelegentlich etwas, vorausgesetzt, ihr Allgemeinzustand erlaubt es.«

»Sind Sie denn berechtigt, Medikamente zu verschreiben?« fragte Delaney.

Sie blickte ihn herausfordernd an. »Nein. Aber mein Mann war es.«

Boone warf hastig ein: »Was aber wohl nicht ausschließt, daß Patienten Ihres Mannes sich auf eigene Faust Drogen beschafft und sie auch benutzt haben könnten?«

»Das ist durchaus möglich«, versetzte Mrs. Ellerbee in ihrem bestimmten Ton, »das gilt aber für alle und jeden. Nun, wer von Ihnen nimmt diese Liste an sich?«

»Sie haben nur dieses eine Exemplar, Madam?« fragte Delaney sanft.

»Das ist richtig. Einen Durchschlag davon besitze ich nicht.«

»Haben Sie vielleicht ein Kopiergerät in der Praxis? Zwei Exemplare zu haben, wäre für uns von Nutzen.«

»In der Praxis meines Mannes steht eines. Ich mache rasch eine Kopie.« Sie stand auf.

»Wenn es Ihnen recht ist, kommen wir gleich mit.« Die beiden Männer erhoben sich.

»Falls Sie um meine Sicherheit besorgt sind, so ist das überflüssig. Ich wohne hier seit Simons Tod, und wenn auch tagsüber andere Menschen im Hause sind, bin ich doch des Nachts allein. Ich fürchte mich nicht, ich erlaube mir nicht, Angst zu haben. Ich bin hier schließlich und endlich zu Hause!«

»Falls Sie es gestatten, möchten wir doch gern mitkommen«, insistierte Delaney, »wir hätten dann Gelegenheit, den Tatort zu sehen.«

»Wie Sie wünschen«, fügte sie sich tonlos.

Sie zog ein Schlüsselbund aus der Schreibtischlade ab und ging voran in die Diele, schloß die Tür zur Praxis ihres Mannes auf und machte das Licht an. Im Vorzimmer sah man die blanken Dielen.

»Ich habe den Teppich beseitigen lassen. Er war voller Blutflecken. Man hätte ihn reinigen können, doch das wollte ich nicht.«

»Haben Sie sich schon überlegt, was Sie mit den unbenutzten Räumen anfangen wollen, Madam?« fragte Boone.

»Nein, das habe ich nicht«, entgegnete sie knapp.

Dann trat sie an das in einer Ecke stehende Kopiergerät und knipste es an. Während die Liste kopiert wurde, sahen die Detektive sich um. Nur gab es kaum etwas zu sehen. Der Grundriß des Vorzimmers entsprach dem des darunter gelegenen, möbliert war es mit einem Tisch, Stühlen und einem Aktenschrank aus Stahl. Nichts deutete darauf hin, daß hier eine Bluttat verübt worden war.

Mrs. Ellerbee reichte jedem die zweiseitige Liste und sagte dabei streng:

»Ich möchte nicht, daß dies in unbefugte Hände gerät.«

»Sie dürfen beruhigt sein«, versicherte Delaney und fuhr fort: »Haben Sie etwas dagegen, daß wir uns auch das Sprechzimmer Ihres Mannes ansehen?«

»Wozu?«

»Das ist das Übliche. Wir möchten über Ihren Mann soviel als möglich wissen, und die Wohnung wie auch der Arbeitsplatz eines Menschen geben manchmal Hinweise darauf, was für eine Art Person er gewesen ist.«

Sie zuckte nur die Achseln – augenscheinlich glaubte sie ihm kein Wort, aber ebenso augenscheinlich war es ihr einerlei.

»Bitte, bedienen Sie sich.«

Und sie wies auf die Tür.

Während die Männer eintraten, setzte sie sich an den Schreibtisch im Vorzimmer. Boone knipste das Deckenlicht an. Ein strenger Raum, fast kahl. Weiße Wände ohne jede Dekoration. Nirgends ein Kunstgegenstand, überhaupt nichts Persönliches. Dieses Zimmer definierte sich durch das, was nicht darin war. Sogar das schwarze Ledersofa wirkte steril wie das Untersuchungsbett in einem Spital.

»Kalt«, sagte Boone leise.

»Sie wollten sich doch einen Vers auf den Mann machen. Jetzt können Sie es: systematisch, logisch, gefühllos. Fällt Ihnen auf, daß alle geraden Gegenstände parallel oder im rechten Winkel zueinander liegen? Ein pedantischer, disziplinierter Mensch. Stellen Sie sich vor, Sie sollten zwölf Stunden am Tag in dieser Zelle zubringen. Nur weg hier, mich friert schon beim Hinsehen.«

Sie holten Mäntel und Hüte und verabschiedeten sich von Mrs. Ellerbee mit der Versicherung, sie vom Fortschritt der Ermittlungen zu unterrichten, und bedankten sich.

Delaney rang sich ein Lächeln ab: »Ich muß Sie warnen – wir benötigen Ihre Hilfe gewiß noch öfter.«

»Ja, ich verstehe. Wann immer es nötig ist.« Das klang recht müde.

Auf dem Weg zum Parkplatz bemerkte Boone: »Eine mutige Frau, das muß man ihr lassen. Die meisten würden doch anderswohin gezogen sein, mindestens bei Bekannten wohnen oder sich eine Freundin ins Haus holen, wenn so was passiert ist.«

»Hmmm ..., sie behauptet, sich nicht zu fürchten, und ich glaube ihr das sogar. Ist Ihnen übrigens aufgefallen, daß sie von den Patienten mit Vornamen sprach, sie quasi duzte. Ich möchte mal wissen, ob das alle Zickzack-Ärzte so machen. Mich erinnert das an Bullen, die aufgegriffene Verdächtige gleich duzen, um ihnen zu zeigen, wie klein sie sind.«

»Und ich dachte, sie macht das, weil sie Mitgefühl hat mit den Patienten.«

»Das mag schon sein, doch denken Sie an das Verhältnis zwischen Polizisten und Verdächtigen. Duzt man die einfach, raubt man ihnen jegliche Würde und zeigt ihnen, daß man sie für einen Dreck hält. Man demonstriert Autorität. Wenn Sie einen Mafioso beim Vornamen anreden und duzen, während er sonst für seine Umgebung Mr. Sowieso ist, dann fühlt er sich wie eine Null, bestenfalls wie ein Straßenhändler. Na ja, das ist lauter Unfug und nützt uns nicht die Bohne. Stellen Sie morgen früh fest, ob Suarez' Leute schon mit jemand von unserer Liste gesprochen haben, und dann überprüfen wir sinnvollerweise als erstes die Alibis für die Tatzeit.«

»Sollten Suarez' Männer schon bei dem einen oder dem anderen gewesen sein, würden Sie doch in jedem Fall selber noch mal nachfragen, Sir, oder?«

»Selbstverständlich. Was mich angeht, beginnen die Ermittlungen erst jetzt. Und sehen Sie mal nach, wie Jason mit seinen Ausgrabungen von der Stelle kommt. Der soll sich etwas beeilen, denn wenn wir jetzt Klinken putzen gehen, brauchen wir seine Hilfe.«

Sergeant Boone brachte Delaney mit dem Wagen heim und fragte unterwegs:

»Was halten Sie von der Auswahl, die die Ellerbee uns präsentiert hat, Sir? Mir kommt es so vor, als wäre jedem dieser sechs Patienten alles zuzutrauen.«

»Nicht ausgeschlossen. Als ich mich mit Doktor Walden unterhielt, wollte er mir einreden, daß die meisten Leute, die zu Psychiatern gehen, keineswegs verrückt sind, sondern bloß bedauernswerte Normalbürger, die mit ihren Gefühlen nicht recht fertig werden. Aber die auf unserer Liste kommen mir ganz und gar nicht so vor.«

Der Wagen hielt mittlerweile, und Delaney wünschte Boone eine gute Nacht.

Monica saß im Wohnzimmer über dem Kreuzworträtsel der Times und blickte den eintretenden Delaney über den Rand ihrer altmodischen Brille hinweg an.

»Na, wie war es?«

»Ich brauche erst mal was zu trinken. Einen Scotch vielleicht, mit viel Wasser und viel Eis.«

Er machte für sie beide in der Küche Drinks zurecht und brachte die Gläser ins Wohnzimmer. Monica hielt ihres gegen das Licht.

»Mit dem Scotch warst du nicht gerade sparsam, Jungchen«, bemerkte sie und nahm vorsichtig einen Schluck. »Ich will dir aber noch mal verzeihen. Und nun erzähle bitte.«

Delaney ließ sich ächzend in den mit grünem, abgewetzten Leder bezogenen Sessel sinken, lockerte den Schlips, öffnete den Kragen.

»Schlechtgegangen ist es nicht gerade«, begann er. »Sie hat uns die Namen von sechs Patienten ihres Mannes genannt, von denen sie glaubt, die könnten als Täter in Frage kommen.«

»Weshalb bist du dann so unzufrieden?«

»Wer sagt, ich bin unzufrieden?«

»Ich. Du legst die Stirn in Falten und knirschst mit den Zähnen. Das ist ein sicheres Zeichen.«

»So. Na ja. Das alles führt zu nichts.«

»Was führt zu nichts?«

»Meine Ermittlungen. Meine, wohlgemerkt. Jetzt müssen wir sechs Leute überprüfen, und dafür habe ich nur Boone und Jason. Ich selber kann auf eigene Faust überhaupt nichts unternehmen, weil ich keine Hundemarke habe. Es läuft also darauf hinaus, daß zwei Leute es mit sechs

Verdächtigen zu tun haben. Hätten wir reichlich Zeit zur Verfügung, wäre das weiter nicht schlimm, aber Thorsen will bis spätestens Ende des Jahres den Fall aufklären.«

»Na, dann bitte ihn doch einfach, mehr Personal für dich abzustellen.«

»Ich weiß zwar nicht, wie Suarez darauf reagieren würde. Zwar hat er mir jede erdenkliche Unterstützung zugesichert, aber ich habe so ein Gefühl, er betrachtet mich immer noch als Konkurrenten.«

»Dann bitte nicht Ivar um mehr Leute, sondern Suarez. Dann ist er unmittelbar beteiligt. So kann er sich einen Teil des Verdienstes zuschreiben, wenn du den Mordfall aufklärst.«

Er betrachtete sie nachdenklich. »Daß ich eine große Schönheit geheiratet habe, war mir schon immer klar. Jetzt stellt sich heraus, daß du nicht nur schön bist, sondern auch ausnehmend gescheit.«

Sie rümpfte die Nase. »Das merkst du erst jetzt? Geh, ruf Suarez gleich an.«

»Dafür ist es zu spät, ich würde bloß die Kinder wekken. Morgen früh reicht auch noch. Jetzt muß ich noch mein Pensum erledigen; geh schon zu Bett, warte nicht auf mich.«

Er erhob sich mühsam und watschelte schwerfällig zu ihr, um ihr einen Kuß auf die Wange zu drücken. Mit dem Glas in der Hand verzog er sich daraufhin in sein Arbeitszimmer und machte die Verbindungstür zu, um ungestört zu sein, falls seine Frau noch fernsehen wollte.

Er ließ sich am Schreibtisch nieder, setzte die Lesebrille auf und nahm sich die Liste vor, die er von Mrs. Ellerbee bekommen hatte. Als er sie durchgelesen hatte, las er gleich noch ein zweites Mal. In ihren Notizen war mehr enthalten als das, was sie ihm und Boone gesagt hatte. Die sechs Krankheitsbeschreibungen zeigten, daß es sich bei den Patienten um schwer gestörte Personen handelte, die außerstande waren, ihre Aggressionen zu beherrschen. Delaney bekam bei der Lektüre den Eindruck, daß jede dieser sechs Personen Gefahr lief, sich jederzeit zu einer Gewalttat hinreißen zu lassen.

Er lehnte sich zurück und stieß behutsam mit dem Rande des Whiskyglases gegen die Zähne. Das machte ein leises ›Bing‹. Er fragte sich, wie der ermordete Ellerbee es ausgehalten haben mochte, jahrelang Patienten zu behandeln, deren Denkprozesse nur als chaotisch bezeichnet werden konnten.

Vermutlich, so dachte er, hat Ellerbee sich gefühlt wie jemand, der in einem fremden Land unter lauter feindseligen Eingeborenen lebt, die eine ihm unverständliche Sprache sprechen, einem Land zudem, das schon rein geographisch für ihn ein Buch mit sieben Siegeln bleiben muß. Er stellte sich vor, daß jemand, der es unternimmt, in einem solchen Land zu leben, ein Opfer seiner Ratlosigkeit und Verwirrtheit werden muß; auf alle Fälle ist er genötigt, eiserne Selbstdisziplin zu üben, um vom Chaos um sich herum nicht fortgerissen zu werden.

Als er sich den Anblick des zellenartigen Sprechzimmers von Ellerbee ins Gedächtnis rief, verstand er plötzlich, warum der Psychiater das Verlangen gehabt hatte, an einem Platz zu arbeiten, der geometrisch geordnet war, mit Parallelen, die sich nicht schnitten, und rechteckigen Kanten, die ihn in dem Glauben bestärkten, daß es wirklich Ursache und Wirkung gibt, daß die Logik nicht aus der Welt verschwunden war.

11

Isaac Kane war regelmäßig mittwochs in die Klinik gegangen. Hier unterwarf man ihn endlosen Tests. Manchmal verabreichte man ihm mit Genehmigung seiner Mutter Pillen oder Tropfen, die er schlucken mußte. Er mußte mit Bauklötzen spielen, und das wurde auf Videokassetten aufgezeichnet. Anschließend hatte er bei Dr. Ellerbee seine Sitzung.

Kane hatte nichts dagegen, mit Ellerbee zu sprechen. Der war ein liebenswürdiger, stiller Mensch und schien sich wirklich zu interessieren für das, was Kane zu sagen hatte. Genaugenommen war Ellerbee der einzige, der Kane jemals zuhörte; seine Mutter weigerte sich, das zu tun, und andere Leute lachten ihn aus, wenn er etwas erzählen wollte. Und Kane hätte gern und viel erzählt, es drängte ihn sehr danach, sich mitzuteilen, so sehr, daß er manchmal nichts weiter als sinnloses Stottern zustande brachte, und dafür wurde er dann ausgelacht.

Seit Dr. Ellerbee nicht mehr in die Klinik kam, ging auch Kane nicht mehr dorthin. Man suchte ihn dazu zu bewegen, wie üblich mittwochs zu erscheinen, doch weigerte er sich rundheraus. Als man ihm keine Ruhe ließ, wußte er sich nicht anders zu helfen, als um sich zu schlagen. Danach ließ man ihn in Ruhe.

Seither verbrachte er seine Tage im Gemeindezentrum auf der 79. Straße. In der Klinik war alles weiß gewesen – was Kane sehr mißfiel –, im Zentrum hingegen gab es Farben: Rosa und Grün, Blau und Gelb. Es war hier angenehm warm, und man ließ ihn ungestört seine Landschaften in Pastell malen.

Einige dieser Landschaften wurden von der Leiterin des Zentrums, einer gewissen Mrs. Freylinghausen, verkauft, und das Geld bekam Kanes Mutter. Allerdings behielt sie genug zurück, um damit für Kane eine wunderbare Schachtel Pastellfarben zu kaufen, mindestens hundert verschiedene Farbtöne, dazu eine Staffelei und Papier. Gingen seine Vorräte zu Ende, besorgte Mrs. Freylinghausen ihm neues Material – Kane verstand sich nicht gut darauf, selber Besorgungen zu machen –, und wenn das Zentrum um 21 Uhr geschlossen wurde, verwahrte sie sorgsam alle seine Sachen in einem verschließbaren Schrank.

Die meisten Besuches des Zentrums waren alte Leute; manche kamen im Rollstuhl oder an Krücken. Es gab allerdings auch jüngere, und die waren keineswegs alle nett. Sie machten Isaacs Stottern nach, stellten ihm ein Bein, stießen ihn an, wenn er malte, oder versuchten, ihm Farbstifte zu klauen. Ein Mädchen war darunter, das ihn überall betastete.

Manchmal versetzten sie ihn so sehr in Zorn, daß er zuschlagen mußte. Er war kräftig, und wenn er es darauf anlegte, konnte er einen Widersacher gehörig in Bedrängnis bringen.

Eines Nachmittags – Kane hätte den Tag nicht angeben können –, suchte ihn Mrs. Freylinghausen begleitet von zwei Männern in dem Winkel auf, wo er seine Staffelei unter einem Dachfenster aufgebaut hatte. Die Männer waren beide groß; einer trug einen schwarzen Wintermantel, der andere einen grünen Parka. Beide hatten den Hut in der Hand.

»Hier sind zwei gute Bekannte von mir, Isaac, die sich für deine Bilder interessieren«, machte Mrs. Freylinghausen bekannt, »dies ist Mr. Delaney und der andere ist Mr. Boone.«

Isaac gabe beiden folgsam die Hand, eine mit Farbe beschmierte Hand allerdings. Beide Männer sahen freundlich aus, und Mrs. Freylinghausen zog sich zurück.

Mr. Delaney eröffnete die Unterhaltung. »Wir haben einige Ihrer Landschaften angesehen, Mr. Kane, und sie gefallen uns sehr.«

»Sie sind ganz hübsch«, erwiderte Kane bescheiden. »Manchmal werden sie nicht so, wie ich möchte. Manchmal kriege ich ..., ich kriege die Farben nicht richtig hin.«

»Kennen Sie Gemälde von Turner?« fragte Delaney.

»Turner? Wer ist das?«

»Ein englischer Maler. Der hat Öl- und Wasserfarben benutzt. Er hat oft Landschaften gemalt, und Ihre Manier, mit dem Licht umzugehen, erinnert mich an Turner.«

»Ja, Licht!« rief Kane. »Licht ist ganz, ganz schwer!« Und weil er gern über Licht geredet hätte, begann er in seinem Übereifer zu stottern. Beide Männer verloren nicht die Geduld, sondern warteten, ohne zu unterbrechen, bis er sich soweit erholt hatte, daß er sagen konnte, was er über das Licht sagen wollte. Sie nickten verständnisvoll.

»Übrigens haben wir einen gemeinsamen Bekannten, Mr. Kane«, sagte Boone. »Sie kennen doch Mr. Ellerbee?«

»Nein, kenne ich nicht.«

»Dr. Simon Ellerbee?«

»Ah, Sie meinen Dr. Simon. Klar kenne ich den. Von der Klinik her. Aber er kommt nicht mehr hin.«

Die beiden Männer tauschten einen Blick.

Delaney sagte: »Wir haben leider schlechte Neuigkeiten für Sie, Mr. Kane. Dr. Simon Ellerbee ist umgebracht worden.«

»Ach, das ist aber schade. Er war so ein netter Mann. Ich habe mich gern mit ihm unterhalten.«

Er wandte sich wieder der Staffelei zu, auf der körniges graues Papier auf einem Stück Pappe stand. Er arbeitete gerade an einer idyllischen Landschaft mit Windmühle, Strohdachkate und munter dahinplätscherndem Bach. Am Himmel sah man im Vordergrund dicke weiße Wolken, im Hintergrund drohende Regenwolken. Die Art, wie Licht und Schatten verteilt waren, bewahrte das Bild davor, kitschig zu wirken.

»Und worüber haben Sie sich mit Dr. Simon unterhalten?« fragte Delaney.

»Ach …, alles mögliche …« Isaac war dabei, das Bächlein mit weißer Kreide aufzuhellen. »Er hat mir ein Loch in den Bauch gefragt.«

Jetzt erkundigte sich Boone: »Können Sie sich vorstellen, wer Dr. Simon das angetan haben könnte?«

Kane schaute die beiden voll an. Sie sahen vor sich einen etwas primitiv wirkenden, aber doch recht ansehnlichen jungen Mann in fleckigem Overall, einem roten Hemd und ausgelatschten Laufschuhen. Das Haar war so kurz geschnitten, daß die Kopfhaut rosig durchschimmerte. Die dunklen Augen blickten ausdruckslos, doch seine Miene wirkte liebenswert und arglos.

»Manche Leute sind nun mal so. Die wollen einem weh tun«, sagte er.

»Tut Ihnen irgendwer weh, Mr. Kane?« fragte Delaney.

»Manche versuchen es, aber ich lasse sie nicht. Ich schlage sie, und dann hören sie auf. Gemeine Menschen mag ich nicht.«

»Hat Dr. Simon Ihnen jemals weh getan?«

»Überhaupt nicht, er war ... er war nett ... und wir ... wir haben geredet und ...« Er wollte wiederum mehr auf einmal sagen, als er vermochte, und geriet neuerlich ins Stottern. Die beiden Männer warteten geduldig, aber danach kam nichts mehr.

»Nun, es wird Zeit für uns. Es hat uns sehr gefreut, Mr. Kane«, sagte Delaney. Er betrachtete sich die Schuhe des Jungen und sagte: »Ich hoffe, Sie haben Überschuhe? Draußen schneit es nämlich.«

»Das macht mir nichts aus«, versicherte Kane. »Ich wohne gleich um die Ecke.«

Sie verabschiedeten sich mit Händedruck. Delaney und Boone kamen beim Ausgang an einem jungen Mädchen vorbei, das auf dem Boden hockte und sich an die Wand lehnte. Sie sah ausgesprochen verwahrlost aus, blickte aus glasigen Augen vor sich hin und sagte leise: »Oink, oink.«

»Die hat uns durchschaut«, sagte Boone draußen.

»Total hinüber«, bestätigte Delaney ingrimmig. »Was die wohl schießt?«

Boone hatte den Wagen auf der 80. Straße in der zweiten Reihe abgestellt und das Schild *Polizei im Dienst* angeheftet, und tatsächlich hatte sich das für diesmal bewährt: Seine Radkappen waren noch dran. Sie stiegen ein, ließen Motor und Heizung an und schauten ein Weilchen ins Schneetreiben hinaus.

»Der arme Kerl ist nicht ganz da«, bemerkte Boone.

»Stimmt«, sagte Delaney nachdenklich. »Man kann aber nie wissen. Es scheint doch, daß er ziemlich flink mit den Fäusten ist, wenn er meint, jemand will ihm was.«

»Und wie sollte Ellerbee das wohl gemacht haben?«

»Vielleicht hat er eine Frage zuviel gestellt. Denkbar wäre es.«

»Was wollten Sie denn mit den Überschuhen?«

»Ich dachte an die unidentifizierten Fußabdrücke auf Ellerbees Teppich.«

»Herr im Himmel«, rief der Sergeant, voll Zorn auf sein kurzes Gedächtnis, »die hatte ich doch total vergessen!«

»Nun ja, wir wissen aber immer noch nicht, ob Kane welche besitzt. Gesagt hat er nur, daß er keine braucht. Na, wir sollten wohl besser bei mir daheim auf Suarez warten; er wollte gegen Mittag anrufen, und ich habe so das Gefühl, daß er pünktlich ist.«

»Glauben Sie, daß er sich mit Thorsen abstimmt, Sir?«

»Selbstverständlich, Sergeant. Ich an seiner Stelle würde Thorsen ungefähr folgendes sagen: ›Delaney verlangt sechs Leute mehr. Ich habe nichts dagegen, möchte ihm aber keine von meinen geben, denn das verlangsamt meine eigenen Ermittlungen in diesem Fall. Deshalb schlage ich vor, Sie stellen sechs andere für ihn ab‹.«

»Und Sie glauben, Thorsen läßt sich darauf ein?«

»Klar! Was bleibt ihm denn übrig?«

Wegen des verstärkten Autoverkehrs vor Erntedank und des anhaltenden Schneetreibens brauchten sie fast eine halbe Stunde bis zur East Side. Boone parkte auf dem Platz, der dem 25. Revier vorbehalten war, und stellte wieder sein Schild gegen die Windschutzscheibe. Von dort trampelten sie durch den Schnee zum Haus von Delaney.

»Wie wäre es mit einem Sandwich«, schlug dieser vor. »Wir haben Roastbeef, süßsaure Gurken, schöne Zwiebelchen. Auch Rettich ist da. Was halten Sie davon, Sergeant?«

»Eine Menge, Sir. Und heißer Kaffee dazu wäre nicht übel.«

Delaney breitete alte Zeitungen über die Platte des Küchentisches, und beide Männer mampften ihren Lunch.

»Sie sagten doch, Suarez' Leute haben sich vier von den Patienten auf unserer Liste schon vorgenommen«, begann Delaney.

»Ja, vier. Sie haben die Alibis für die Tatzeit nachgeprüft. Bei der Otherton und bei Gerber waren sie heute vormittag noch nicht angelangt.«

»Na, wir müssen das sowieso noch mal machen. Bekommen wir die neuen Leute, kann sich jeder einen Patienten vornehmen. Außerdem will ich selbst mit allen persönlich sprechen. Was bedeutet, daß entweder Sie oder Jason mich mitnehmen müssen – wegen der Hundemarke.«

»Jason sagt, heute abend ist er mit seinen Ausgrabungen fertig. Er wird Sie anrufen.«

»Gut. Ich möchte, daß Sie dann da sind. Heute nachmittag nehmen wir uns die Otherton vor. Da rufen wir nicht vorher an, sondern fallen mit der Tür ins Haus. Die vier anderen müssen wir abends heimsuchen oder am Wochenende. Ist Ihnen inzwischen irgendwas eingefallen, was wir sonst noch tun müßten und bisher unterlassen haben, Sergeant?«

Boone schluckte den letzten Bissen runter und setzte eine Zigarette in Brand.

»Ich würde mich gern mal um den Treibhammer kümmern, sehen, ob wir die Mordwaffe nicht doch finden können. Den Kane haben wir nicht gefragt, ob er einen besitzt.«

»Macht nichts. Mit dem sind wir ohnehin noch nicht fertig. Die beiden Frauen auf unserer Liste haben sicher keinen, aber wissen tut man es nie. Bei den vier Männern müssen wir rumhorchen. Vielleicht ist darunter ein Heimwerker oder einer, der sein Auto selber ausbeult.«

»Wie wird man einen Hammer los?« überlegte Boone. »Verbrennen ist nicht, den Stil ja, aber den Kopf nicht. Und unser erstes Suchkommando hat sämtliche Mülltonnen, Gullis und so weiter abgesucht.«

»Wäre ich der Mörder, würde ich das Ding in den Hudson schmeißen, da kommt es doch nie ans Licht.«

»Trotzdem, der Täter könn ...«

Da ging das Telefon. »Hoffentlich ist das Suarez.« Delaney ging an den Apparat. »Ja? Delaney hier ... gut, das ist in Ordnung, Montag früh geht ausgezeichnet ... Selbstverständlich. Vielleicht sehen wir uns ja nächste Woche mal ... ja, mir paßt es eigentlich immer ... Danke Ihnen für die Unterstützung, Suarez.«

Er legte auf. »Na, besonders glücklich klang er nicht gerade, aber Montag früh treten hier sechs neue Leute an. Ich möchte, daß Sie dann hier sind, vielleicht kennen Sie den einen oder anderen. Noch Kaffee?«

»Gerne. Ich taue allmählich auf.«

»Na, trinken Sie. Und dann beglücken wir Sylvia Mae Otherton. Bei solchem Wetter geht bestimmt keine Frau aus, die an Platzangst leidet.«

Mrs. Otherton wohnte in einem riesigen alten Appartementhaus auf der 72. Straße zwischen der Park Avenue und der Lexington Avenue. Boone umrundete den Block auf der Suche nach einem Parkplatz zweimal vergeblich und gab dann auf. Er hielt vor dem Eingang, und als ein empörter Türsteher sich auf ihn stürzte, beschwichtigte er ihn, indem er seine Dienstmarke vorwies.

Die höhlenartige Lobby enthielt viel braunen Marmor, der dringend einer Säuberung bedurfte, und die Tür des reich ornamentierten Fahrstuhles hätte dringend poliert werden müssen. Der Läufer war zerschlissen, und es roch nach Schimmel.

»Das reinste Mausoleum«, murmelte Delaney.

Hinter dem Tresen mit der Marmorplatte saß ein uralter Portier, der ein Hörgerät trug, dessen Kabel in seiner Weste verschwand. Boone fragte nach Miss Sylvia Otherton.

»Und wen darf ich melden?« fragte der Greis mit Grabesstimme.

Der Sergeant wies wieder die Dienstmarke vor, der Greis zog die Brauen hoch, griff zum Haustelefon und wählte mit zitterndem Zeigefinger eine dreistellige Zahl. Dann kehrte er ihnen den Rücken, und sie verstanden nichts von dem, was er ins Telefon murmelte. Er kehrte sich ihnen wieder zu und sagte: »Miss Otherton möchte wissen, was Sie herführt?«

»Sagen Sie, wir haben einige Fragen an sie. Es dauert nicht lange.«

Wieder Gemurmel.

»Miss Otherton sagt, es geht ihr nicht gut, Sie möchten ein anderes Mal wiederkommen.«

»Wir werden nicht ein anderes Mal wiederkommen«, versetzte Boone, der langsam die Geduld verlor. »Fragen Sie, was ihr lieber ist: In Ihrer Wohnung mit uns zu sprechen oder im Präsidium.«

Die weißen Brauen wurden noch höher gerunzelt. Weiteres Murmeln. Dann legte der Greis auf. »Miss Otherton läßt jetzt bitten. Appartement 12 C.« Dann lehnte er sich mit glitzernden Augen vor: »Geht es um den Arzt, der erschlagen worden ist?« wisperte er verschwörerisch. Beide Männer wandten sich weg, ohne zu antworten.

»Sie war niedergeschmettert! Absolut niedergeschmettert!« rief er ihnen nach.

»Elende alte Klatschbase« empörte Boone sich im Fahrstuhl. »Spätestens heute abend weiß das ganze Haus, daß die Otherton Besuch von der Polizei gehabt hat.«

»Na, na, Boone, beruhigen Sie sich. Alle Welt liebt einen Mordfall, schon gar einen unaufgeklärten. Sie halten dem Mörder allesamt den Daumen und hoffen, daß er entwischt.«

»Das glauben Sie wirklich, Sir?« fragte Boone neugierig.

»Klar, das macht die Phantasie an«, erwiderte Delaney munter, »man malt sich aus, wie man selber ungestraft die Ehefrau, den Mann, den Chef, den Liebhaber oder auch bloß den Mann mit dem Klavier von nebenan ins Jenseits befördert. Das ist nur menschlich.«

Boone klingelte an der Tür zum Appartement 12 C. Sie warteten. Und warteten. Endlich hörten sie, wie Riegel zurückgeschoben wurden, und die Tür öffnete sich spaltbreit. Die Kette lag noch vor.

Eine dumpfe Stimme sagte: »Zeigen Sie Ihren Ausweis.«

Der Sergeant schob folgsam seinen Dienstausweis durch den Schlitz, und wieder warteten sie. Dann schloß sich die Tür, und die Kette wurde entfernt. Nun ging die Tür weit auf.

»Füße abtreten, bevor Sie reinkommen«, sagte die dumpfe Stimme. Sie gehorchten.

In der Wohnung war es so düster – die schweren Vorhänge waren zugezogen –, daß man kaum etwas erkennen konnte. Immerhin ahnte man wuchtige Möbel an den Wänden, und mit Mühe konnte man ausmachen, daß um eine Art Couchtisch zwei Sessel und eine riesige gepolsterte Ottomane gruppiert waren. Delaney schnupperte den Geruch von Sandelholz, und als seine Augen sich an die Düsternis gewöhnt hatten, erkannte er orientalische Wandbehänge sowie einen ramponierten japanischen Wandschirm, der den Raum unterteilte.

Die Frau, der sie sich gegenübersahen, wirkte mit dem gesenkten Kopf und dem zu einem Klumpen zusammengedrückten Papiertaschentuch in einer Faust beinahe ebenso exotisch wie ihre überheizte Wohnung.

Sie trug ein Gebilde aus schwarzen Spitzen über einem rosa Untergewand aus Satin, dessen Saum ihr bis auf die Füße fiel, zierliche Füße übrigens, die in silbernen Abendsandalen steckten.

Dazu trug sie unzählige Ketten um den Hals, manche aus Glasperlen, andere aus Muscheln, wieder andere aus kleinen hölzernen Kugeln. Manche schienen sie fast zu würgen, andere reichten ihr bis zur nur zu vermutenden Taille. Auch die gut gepolsterten Finger waren nicht ohne Schmuck, auf jedem saß mindestens ein Ring, auf manchen sogar zwei oder drei. Und als wäre das nicht genug, umspannten beide Unterarme Armreifen vom Gelenk bis zu den Ellenbogen.

»Sie sind Miss Sylvia Otherton?« fragte Boone.

Der gesenkte Kopf nickte kaum merklich.

»Dürfen wir vielleicht die Mäntel ablegen? Wir wollen nicht lange bleiben, aber es ist hier sehr warm.«

»Machen Sie, was Sie wollen«, sagte die Frau mürrisch.

Beide zogen die Mäntel aus, setzten sich auf die Ottomane und hielten die Mäntel auf den Knien. Die Ottomane war wie eine Art Federbett, in dem sie schier versanken.

Die einzige Beleuchtung im Raum war eine blaugefärbte Glühbirne, die in einer bronzenen Stehlampe steckte, welche die Form einer züngelnden Cobra hatte. In diesem ungewissen Licht war es fast ausgeschlossen, die Züge von Miss Otherton auszumachen, die sich nunmehr in einem der Sessel niederließ. Dafür rochen sie aber deutlich ihr Parfüm, es war noch stärker als der Sandelholzgeruch.

Boone begann sehr sanft: »Miss Otherton, Sie können sich wohl denken, daß unser Besuch im Zusammenhang mit dem Mordfall Ellerbee steht. Wir sprechen rein routinemäßig mit allen seinen Patienten. Ich bezweifle keinen Moment, daß Sie uns helfen werden, seinen Mörder zu finden.«

»Ein Heiliger war er«, rief sie, »ein Heiliger!« Dabei hob sie endlich den Kopf, und man konnte erstmals ihr Gesicht erkennen.

Es war ein sehr volles Gesicht, und im Moment zeigte es die Miene tiefster Betrübnis. Daran änderte auch der dick aufgetragene weiße Puder nichts, nicht die runden Flecken Rouge, nicht die dick geschminkten Lippen. Das schwarze Haar hing in Strähnen, ungekämmt, in den Ohrläppchen baumelten lange gläserne Ohrgehänge. Unter den ausgezupften Brauen starrten die Augen geschwollen und verweint.

»Miss Otherton«, fuhr Boone fort, »wir müssen wissen, wo Doktor Ellerbees Patienten sich aufgehalten haben, als er ermordet wurde. Wo waren Sie an jenem Freitag abend?«

»Hier war ich. Ich gehe so gut wie nie aus dem Haus.«

»Hatten Sie an diesem Abend vielleicht Besuch?«

»Nein.«

»Sind Sie vielleicht jemandem im Korridor oder auf der Treppe begegnet – einem Nachbar oder sonst jemandem?«

»Nein.«

»Haben Sie Telefongespräche geführt?«

»Nein.«

Boone gab auf. Nun war Delaney dran.

»Wie haben Sie den Abend verbracht, Miss Otherton? Haben Sie vielleicht gelesen, ferngesehen?«

»Ich schrieb an meiner Autobiographie. Doktor Ellerbee hat mich dazu angehalten. Er meinte, falls ich mich an alles erinnere und es niederschreibe, würde mir das helfen.«

»Und haben Sie das, was Sie zu Papier brachten, dem Doktor gezeigt?«

»Ja, wir haben dann darüber gesprochen. Er war so mitfühlend. So verständnisvoll. Ah, was für ein herrlicher Mensch war er doch?«

»Sie gingen zweimal wöchentlich zu ihm?«

»Für gewöhnlich ja. Manchmal, wenn ich es nicht aushalten konnte, auch öfter.«

»Seit wann waren Sie Patientin von Doktor Ellerbee?«

»Seit vier Jahren. Vier Jahre und drei Monate genau.«

»Und hatten Sie das Gefühl, er konnte Ihnen helfen?«

»Aber gewiß! Meine Angstanfälle kommen viel seltener. Und diese ... diese Sachen mache ich auch nicht mehr so oft. Was ich jetzt ohne ihn anfangen soll, weiß ich nicht. Seine Frau – ich meine, seine Witwe, sieht sich nach jemand anderem für mich um, aber das ist bestimmt nicht dasselbe wie mit Doktor Ellerbee.«

»Was meinen Sie mit Sachen? Solche Sachen machen Sie nicht mehr so oft, sagten Sie«, fragte Boone ziemlich schroff. »Was meinen Sie damit?«

Sie hob das runde Kinn. »Wenn ich auf der Straße bin, gehe ich manchmal auf Passanten los.«

»Ohne Grund?«

»Ja.«

»Einerlei, wer sie sind?« fragte Delaney. »Egal, ob auf der Straße oder, sagen wir, in einem Lokal?«

»Auf Männer mit Bart«, hauchte sie und ließ den Kopf

wieder hängen. »Nur auf Männer mit Bart. Mit elf Jahren hat mich mein Onkel vergewaltigt.«

»Und der hatte einen Bart.«

Sie hob den Kopf und sah ihn trotzig an. »Er nicht. Aber es passierte in seinem Büro, und an der Wand hing ein Stich von General Grant.«

O je, dachte Delaney, jetzt geht der Zirkus los. Und er schämte sich dafür, daß sie dieser hilflosen Person ein solches Geständnis entrissen hatten.

»Seit Sie Doktor Ellerbees Patientin waren, sind also solche ... solche Angriffe seltener vorgekommen?«

»Ja, doch. Er hat den Zusammenhang zwischen der Vergewaltigung und dem bärtigen Mann aufgedeckt.«

»Wann haben Sie zuletzt einen Fremden angegriffen?«

»Ach ..., das ist Monate her.«

»Wie viele Monate?«

»Einen oder zwei.«

»Es war für Sie doch gewiß sehr schmerzhaft, als Doktor Ellerbee Ihnen den Zusammenhang zwischen bärtigen Männern und ihrem ... Erlebnis erklärte?«

»Er hat es mir nicht erklärt. So etwas tat er nie. Er hat mich dahingebracht, das selber zu erkennen.«

»Aber auch das muß doch schmerzhaft gewesen sein?«

»Ja«, flüsterte sie, »ich habe ihn dafür gehaßt, daß er mir das in Erinnerung gerufen hat.«

»Wann hat sich das zugetragen? Kürzlich?«

»Nein, vor Monaten schon.«

»Vor wie vielen Monaten?«

»Vor einem oder zweien«, sagte sie wieder.

»Vorhin nannten Sie Doktor Ellerbee einen Heiligen. Ihr Haß war demnach nicht von Dauer?«

»Nein. Ich wußte ja, daß er mir helfen wollte.«

Delaney blickt den Sergeant an.

»Waren Sie mit anderen Patienten von Doktor Ellerbee bekannt, Miss Otherton?« fragte der.

»Nein. Ich habe nur ganz selten welche gesehen, und gesprochen wurde dabei überhaupt nicht.«

»Kennen Sie Doktor Ellerbees Frau?«

»Zweimal bin ich ihr begegnet, und einmal habe ich mit ihr telefoniert.«

»Und welchen Eindruck hat sie auf Sie gemacht?«

»Oh, keinen besonderen eigentlich. Ziemlich mager und kalt. Kein solcher Charakter wie ihr Mann. Das war ein mitfühlender Mensch.«

»Wissen Sie, ob jemand ihm schaden wollte? Ob er bedroht wurde?«

»Nein, nichts dergleichen. Wer möchte schon einem Arzt etwas antun? Er war doch nur darauf aus zu helfen.«

»Haben Sie selbst ihn jemals tätlich angegriffen?«

»Einmal habe ich ihn geohrfeigt«, schluchzte sie.

»Und warum das?«

»Das weiß ich nicht mehr.«

»Wie hat er darauf reagiert?«

»Geohrfeigt hat er mich. Er hat zurückgeschlagen. Aber nicht sehr. Und dann sind wir uns in die Arme gesunken und mußten lachen.«

Sie schien nicht nur bereit, sondern geradezu darauf zu brennen, noch weiterzureden, doch der Geruch nach Sandelholz und Parfüm in Verbindung mit der feuchten Hitze waren für die beiden Kriminalisten zuviel. Delaney rappelte sich hoch.

»Haben Sie vielen Dank, Miss Otherton. Sie haben uns sehr geholfen. Bitte versuchen Sie, sich an Kleinigkeiten zu erinnern, die Ihnen im Moment entfallen sein könnten, einen Namen vielleicht, den er erwähnte, irgendein unbedeutendes Vorkommnis. Ja, noch etwas: Ist Ihnen vielleicht aufgefallen, daß er sich im, sagen wir, letzten halben Jahr verändert hat?«

»Komisch, daß Sie das fragen. Ja, ich fand, er war stiller geworden, merklich nachdenklicher. Nicht etwa deprimiert, verstehen Sie mich nicht falsch, aber ... irgendwie in sich gekehrt? Ich habe ihn gefragt, ob er Sorgen hat, aber er sagte nein.«

»Sie waren sehr hilfsbereit, Miss Otherton«, sagte

Boone. »Möglich, daß wir Ihnen noch weitere Fragen stellen müssen. Ich hoffe, Sie fühlen sich nicht belästigt.«

»Durchaus nicht«, sagte sie verloren, »viel Besuch bekomme ich nicht.«

»Ich lasse Ihnen meine Telefonnummer da, damit Sie anrufen können, falls Ihnen noch etwas einfällt.«

Im Fahrstuhl sagte Delaney: »Ulkig, sie beschreibt ihn als ausgesprochen warm und herzlich. Wenn ich an sein Sprechzimmer denke, kann ich mir das nicht vorstellen.«

»Und ich möchte wissen, was ihn neuerdings besorgt gemacht hat. Falls es stimmt, was sie sagt.«

»Die Frage lautet doch«, dachte Delaney laut nach, ohne auf Boone zu achten, »hat sie ihn so sehr gehaßt, als er sie zwang, sich die Vergewaltigung in Erinnerung zu rufen. Es könnte schließlich sein, daß er da noch was ausgegraben hat, was ihr den letzten Schub versetzte.«

»Ja, halten Sie die Dame denn für kräftig genug, solch eine Tat auszuführen, Sir?«

»Wenn der Adrenalinspiegel hoch genug ist, kann das sogar ein Fliegengewicht, und sie ist doch ziemlich massiv.«

»Deshalb fahre ich jetzt nach Hause und rasiere mir die Bartstoppeln ab. Ich möchte nämlich kein Risiko eingehen.«

12

Samstag früh warnte Delaney seine Frau: »Das Wochenende wird etwas chaotisch werden. Ich will mir die anderen vier Patienten vornehmen, ehe die neue Mannschaft am Montag ihren Dienst antritt. Und heute nachmittag kommt Jason; er hat eben angerufen.«

»Vergiß nicht, Boone und Jason zu Thanksgiving einzuladen.«

»Ich werde dran denken«, versprach er.

An seinem Schreibtisch entwarf er einen Fahrplan, nach

dem er vorgehen wollte, falls es sich machen ließ: Bellsey und Symington noch am Samstag, Joan Yessel und Gerber am Sonntag.

Vorsorglich schrieb er auch noch ihre Adressen auf seinen Zettel.

Dann wollte er sich noch mit Boone und Jason treffen, um zu hören, was Jason etwa ans Licht gefördert hatte. Es war ja auch möglich, daß er weder Bellsey noch Symington daheim antraf. Ging hingegen alles wie geplant, würde er den Sonntagabend dazu verwenden können, seine Unterlagen zu komplettieren, an Hand derer er Montag früh die neuen Leute einweisen wollte.

Als Boone eintraf, war der Plan also schon fertig, nur das Wetter konnte Delaney nicht mit seinem Vorhaben abstimmen. Es war scheußlich; die Wolken hingen tief, Regenböen fegten durch die Straße, und der Wind war feuchtkalt und schneidend. Er kam aus Nordwest.

Bellsey wohnte in der 28. Straße. Sie fuhren die 2. Avenue in südlicher Richtung hinunter. Der Scheibenwischer funktionierte nicht richtig, und die eher antike Heizung kam gegen die Kälte nicht auf.

»Ich hoffe immer, jemand klaut mir den Schlitten«, klagte Boone, »aber der ist wohl nicht mal mehr für einen Ausschlachter interessant. Eines Tages gewinne ich vielleicht im Lotto und kann mir einen anständigen Wagen kaufen. Übrigens habe ich mit dem Kollegen gesprochen, der das Alibi von Bellsey überprüft hat. Der behauptet, am Freitagabend zu Hause gewesen zu sein, und seine Frau bestätigt es. Viel wert ist das nicht.«

»Nein. Hat er festgestellt, womit Bellsey sein Geld verdient?«

»Ja. Er ist Geschäftsführer bei einem Fleischgroßhändler auf der 18. Straße. Offenbar ein hochkarätiger Laden, verkauft bloß an Luxusrestaurants und Hotels.«

»Da fällt mir ein, Monica läßt fragen, ob Sie nicht mit Ihrer Frau an Thanksgiving zum Gänseessen kommen wollen?«

»Ich hätte große Lust, Sir, aber da muß ich erst Rebecca fragen. Vielleicht hat die schon andere Pläne.«

»Sie soll einfach Monica anrufen, sollen sich doch die Frauen einigen«, schlug Delaney vor.

Ronald J. Bellsey wohnte in einem neuen Appartementhochhaus Ecke 3. Avenue. Sie fanden in der 29. Straße einen Parkplatz und kämpften sich, die Hüte festhaltend, gegen Wind und Regen an ihr Ziel, nur um vom Portier hören zu müssen, daß Bellsey und Gattin ausgegangen seien, vor knapp einer Viertelstunde.

»Scheiße«, schimpfte der Sergeant auf dem Rückweg, »aber man darf wohl nicht erwarten, daß man jedesmal Glück hat.«

»Heute nachmittag probieren wir's noch mal. Kein Mensch bleibt bei diesem Wetter den ganzen Tag in der Stadt. Vielleicht haben wir bei Symington mehr Glück. Der wohnt in Murray Hill, in der 31. Straße, östlich der Park Avenue. Haben Sie über den auch schon etwas erfahren?«

»Junggeselle. Angestellt bei einem Anlageberater in der Wall Street. Behauptet, zur Tatzeit im Hilton gewesen zu sein, da war ein großer Ball. Er wurde da auch wirklich gesehen, aber das Gedränge war so groß, daß er ohne weiteres hätte verschwinden können, Ellerbee ermorden, und wieder zurückkommen können. Keiner hätte was gemerkt. Na ja, man kriegt die Lösung eben nie auf dem Tablett präsentiert.«

»Fast nie«, pflichtete Delaney ihm bei. »Irgendwo bleiben meist lose Enden. In der Kriegsmarine nennt man so etwas irische Wimpel. Und genauso ist es in unserem Fall, lauter irische Wimpel.«

Symington bewohnte in einem eigenen Stadthaus die beiden unteren Stockwerke. Das Mansardendach war mit Kupfer beschlagen und hatte Grünspan angesetzt. Über der Haustüre baumelte eine Laterne, offenbar von Tiffany.

»Das stinkt ja nach Geld«, stellte Delaney fest. »Wahrscheinlich geht die Wohnung durch zwei Stockwerke.«

Er hatte recht. Auf den blinkenden Messingschildern an

den Türen standen nur fünf Namen. *L. Vincent Symington* in altmodischer Schrift gegenüber der dritten Klingel. Boone drückte den Knopf und beugte sich zum Mikrofon der Gegensprechanlage hinunter.

»Wer ist da?« flötete eine Stimme.

»Sergeant Boone. Kriminalpolizei. Spreche ich mit Mr. Symington?«

»Ja.«

»Haben Sie ein paar Minuten Zeit für uns, Sir?«

»Von welchem Revier kommen Sie?«

»Manhattan Nord.«

»Warten Sie bitte einen Moment.«

»Vorsichtiger Bursche. Erkundigt sich erst mal beim Revier, ob es mich wirklich gibt«, sagte Boone leise.

Delaney zuckte nur die Achseln. »Sein gutes Recht.«

Es vergingen fast drei Minuten, bevor der Summer die Tür freigab. Sie traten ein und kletterten teppichbelegte Stufen hinauf. Der Mann, der sie im zweiten Stock erwartete, mochte zwar mißtrauisch genug sein, das Revier anzurufen, aber Boones Dienstausweis zu sehen, fand er überflüssig.

»Es handelt sich wohl um Ellerbee«, sagte er und ging voran in die Wohnung. Er wirkte etwas nervös und blieb gleich an der Tür stehen. »Ich habe schon eine Aussage dazu gemacht.«

»Das wissen wir, Sir, nur sind da noch einige Fragen offen.«

Symington seufzte und sagte schmollend: »Na ja, wenn es denn sein muß ... ich hoffe nur, daß die Fragerei damit ein Ende hat.«

»Dafür kann leider niemand garantieren«, entgegnete Boone.

Die Wohnung war sorgfältig dekoriert und wirkte so bewohnt und gemütlich wie der Ausstellungsraum eines Möbelgeschäftes. Alles stimmte hier: die Farben, die staubfreien, blinkenden Oberflächen des Mobiliars. In den Aschenbechern keine Stummel, auf den Samtpolstern keine Flecke. Überhaupt keine Anzeichen dafür, daß hier Menschen lebten.

»Ein wunderschöner Raum«, sagte Delaney zu Symington.

»Ach, finden Sie wirklich? Das höre ich gern. Alle meine Besucher glauben, ich hätte einen Innenarchitekten beschäftigt, aber alles und jedes habe ich selbst ausgesucht und arrangiert. Ich wußte genau, was mir vorschwebte, aber es hat eine Ewigkeit gedauert, das alles aufzutreiben.«

»Ein richtiges Kunstwerk«, trug Boone noch dicker auf, »übrigens, mein Name ist Boone, und das hier ist Mr. Delaney.«

»Es ist mir ein wirkliches Vergnügen. Bitte entschuldigen Sie, daß ich Ihnen nicht die Hand gebe, aber darin bin ich leider etwas eigen.«

Er nahm ihnen mit spitzen Fingern Mäntel und Hüte ab, als fürchte er eine ansteckende Krankheit, gleichzeitig wies er sie zu modernen, mit Leder bespannten stählernen Sitzmöbeln.

Er selbst lehnte malerisch an der eichenen Kamineinfassung.

Angetan war er mit einem kirschroten, samtenen Springeranzug, der seinen Bauch durchaus nicht verbarg. Auf der Brust hing ihm ein goldenes Medaillon, und wenn er gestikulierte, klirrte ein schweres goldenes Armband am rechten Handgelenk. Seine Füße waren bloß.

»Nun denn«, begann er mit einem etwas trillernden, sinnlosen Lachen, »ich nehme an, Sie wissen schon alles über mich?«

»Wie bitte?« fragte Boone verständnislos.

»Ich will sagen, Sie haben gewiß in Ellerbees Krankengeschichten geblättert und kennen alle meine schmutzigen kleinen Geheimnisse.«

Delaney mimte den Entrüsteten. »Wo denken Sie hin, Mr. Symington. Nichts dergleichen. Außer Ihrem Namen und Ihrer Adresse wissen wir so gut wie nichts!«

»Nun, das zu glauben, fällt mit schwer. Sie haben da doch

Möglichkeiten ... Doch habe ich nichts zu verbergen. Seit sechs Jahren habe ich Doktor Ellerbee regelmäßig dreimal in der Woche aufgesucht. Wäre er nicht gewesen, ich wäre jetzt mit Sicherheit ein tobender Irrer. Als ich von seinem Tod erfuhr, war ich niedergeschmettert. Einfach niedergeschmettert.«

Der Portier in Miss Othertons Appartementhaus hatte sich ebenso ausgedrückt, fiel Delaney ein, niedergeschmettert sei sie gewesen, absolut niedergeschmettert. Aber wohl doch nicht ganz so, wie Doktor Ellerbee selber ...

Boone fuhr unterdessen fort: »War Ihre Beziehung zu Doktor Ellerbee freundlicher Natur?«

»Freundlich?« Symington verzog theatralisch das Gesicht. »Lieber Himmel! Keinesfalls. Man kann zu seinem Inquisitor keine freundliche Beziehung haben. Er hat mich gequält. Immer wieder. Ich mußte Dingen ins Auge sehen, die ich mein Lebtag vor mir verborgen gehalten hatte. Das war sehr schmerzhaft.«

»Ich möchte hier ganz klarsehen, Mr. Symington«, ließ Delaney sich vernehmen. »Könnte man sagen, Sie beide hätten eine Art ... eine Art Duell ausgefochten?«

Symington bedachte sich ein Weilchen.

»Ja, das kommt dem schon recht nahe. Jedenfalls ist es alles andere als ein Spaß. Ja, man könnte es wirklich ein Duell nennen.«

Boone fiel rasch ein: »Haben Sie den Doktor jemals tätlich angegriffen?«

Das goldene Armband klirrte bedeutend, als Symington mit einer großen Gebärde abwehrte: »Niemals! Ich habe ihn nie angerührt, obschon der Himmel weiß, daß ich mehr als einmal versucht war, es zu tun. Sie müssen sich klarmachen, daß die meisten Patienten zu ihrem Analytiker eine Haßliebe entwickeln. Will sagen, mit dem Verstand begreift man wohl, daß dieser Mensch einem helfen will, aber dabei verletzt er dauernd die Gefühle seines Patienten. Da meint man manchmal, er tut es mit Absicht, und das führt zu

Haß. Man mißtraut ihm. Man mutmaßt, er könne unsachliche Motive haben, die ihn bewegen, einen zu etwas zu nötigen. Er könnte einen ja gegebenenfalls auch erpressen, nicht?«

»Haben Sie wirklich geglaubt, Doktor Ellerbee wäre imstande, Sie zu erpressen?«

»Manchmal schon.« Symington zappelte nervös herum. »Überrascht hätte es mich jedenfalls nicht. Die Leute sind ja so gemein. Man vertraut ihnen, man liebt sie geradezu, und dann kehren sie einem den Rücken und ..., Geschichten könnte ich Ihnen erzählen, ganze Ro ...«

»Und doch haben Sie es sechs Jahre bei ihm ausgehalten?«

»Selbstverständlich. Ich brauchte ihn doch. Ich war echt abhängig von ihm. Und das verstärkte meinen Widerwillen noch. Aber umbringen? Ist es das, woran Sie denken? Das hätte ich nicht getan. Ich liebte ihn geradezu. Wir standen uns sehr nahe. Er wußte so viel von mir.«

»Haben Sie andere von seinen Patienten gekannt?«

»Ich wußte von manchen, die zu ihm gingen. Freunde waren das nicht, sagen wir flüchtige Bekanntschaften. Auf Parties stellt sich so was leicht raus. Da heißt es, ›ich gehe zu Doktor Soundso, sind Sie auch in der Analyse?‹«

»Haben Sie je davon gehört, daß er von anderen Patienten bedroht worden ist?«

»Nein. Er selber hätte das auch mir gegenüber nie erwähnt.«

»Ist Ihnen an Doktor Ellerbee eine Veränderung aufgefallen«, fragte Delaney, »sagen wir im letzten halben Jahr oder so?«

Symington antwortete nicht sogleich. Er ging zu der dreiteiligen Couch, die den Sesseln gegenüberstand, streckte sich aus, stopfte ein Kissen in rohseidenem Bezug unter den Kopf und starrte seine Besucher an.

Sein Teint sah teigig aus, die Augen darin wie Rosinen. Die Lippen waren voll und auffallend rot. Er hatte schon viel Haar verloren, und auf der Kopfhaut zeigten sich braune Altersflecke. Delaney kam er vor wie eine gealterte Stoffpuppe, und er stellte sich Symingtons Extremitäten wie Würste vor, prall, aber ohne Knochen.

»Ich habe ihn geliebt«, sagte er jetzt dumpf, »richtig geliebt. Er war nie ... wie eine Christusfigur. Nichts konnte ihn schockieren, er vergab alles. Einmal, das ist Jahre her, bin ich außer mir geraten und habe meine Eltern bestraft. Ich habe ihnen dabei wirklich weh getan. Ellerbee brachte mich dahin zu begreifen, was ich angerichtet hatte. Aber verurteilt hat er mich deshalb nicht. Das tat er nie. O Gott, was soll nun aus mir werden?«

Delaney ermahnte ihn streng: »Sie haben nicht auf meine Frage geantwortet. Haben Sie in letzter Zeit eine Veränderung an ihm bemerkt?«

»Nein. Keine Veränderung.«

Ganz plötzlich begann Symington zu weinen. Tränen rannen über die dicklichen Wangen und tropften auf das kostbare Kissen. Das ging so einige Minuten lang.

Delaney sah Boone an, und beide standen auf.

»Vielen Dank für Ihre Hilfsbereitschaft, Mr. Symington«, sagte Delaney, und auch Boone bedankte sich. Und so ließen sie ihn da liegen, auf seiner samtbezogenen Couch in seinem kirschroten Springeranzug, das nasse Gesicht zur Decke gekehrt.

Draußen standen tiefe Pfützen, durch die sie notgedrungen zum Auto waten mußten. Boone setzte eine Zigarette in Brand.

»Halten Sie ihn für andersrum?«

»Wer weiß das schon«, grollte Delaney. »Ein richtiges Eichhörnchen jedenfalls. Ich habe einen Mordshunger. Nicht weit von hier auf der Lexington Avenue gibt es einen jüdischen Delikatessenladen. Erstklassiges Corned beef und Pastrami. Massenhaft süßsaure Gurken. Haben Sie Lust?«

»Jederzeit. Und eine große Portion Kaffee dazu.«

Der Laden, in dem man auch an Stelltischchen essen konnte, war gerammelt voll und roch himmlisch nach allen

Gewürzen der Welt. Der Lärm war beträchtlich, und sie konnten sich dem Kellner fast nur schreiend verständlich machen.

Als ihre Teller gebracht wurden, fragte Boone neugierig: »Wie haben Sie denn diese Höhle entdeckt?«

»Daran denke ich nicht gerne. Als Streifenpolizist mußte ich mal einen Burschen beschatten, der befreundet war mit einem anderen Kerl, den wir im Verdacht hatten, einen Raubüberfall verübt zu haben. Der, dem ich folgte, ging hier rein, bestellte was zu essen, und als der Teller kam, ging er nach hinten. Da sind die Toiletten, und ich dachte, er muß mal, danach käme er wieder und ißt, was er bestellt hat. Als er nach fünf Minuten noch nicht zurück war, ging mir ein Licht auf, ich sah nach und entdeckte den Hinterausgang. Da war er selbstverständlich längst weg. Er hatte mich erkannt. Trotzdem aß ich noch meinen Teller leer. Und weil das Essen hier so gut ist, komme ich her, wenn ich in der Nähe bin.«

»Und haben Sie denjenigen welchen erwischt?«

»Nach einer Weile. Er beging den Fehler, seine Frau einmal zu oft zu verprügeln, und die hat ihn dann verpfiffen. Er hat sich schließlich mit dem Staatsanwalt geeinigt, sich schuldig bekannt und ist mit einem blauen Auge davongekommen. Das ist Jahre her, und er müßte jetzt schon wieder draußen sein.«

»Und wieder Raubüberfälle verüben.«

»Das bezweifle ich keinen Moment, denn was anderes hat er ja nicht gelernt«, sagte Delaney mit einem Anflug von Humor.

»Dieser Symington«, sagte Boone versonnen, »kommt mir nicht vor wie jemand, der einen Treibhammer besitzt.«

»Überschuhe auch nicht. Aber es würde mich nicht überraschen, wenn er Cowboystiefel besäße. Eine sonderbare Kundschaft, die wir im Moment haben. Haben gute Jobs, verdienen so viel, daß sie sich mehrmals die Woche einen Seelenklempner leisten können. Das heißt, auf einer Ebene funktionieren sie tadellos. Aber dann fangen sie an zu reden, und man merkt, wie es im Getriebe knirscht. Die denken, wenn A gleich B und B gleich C, dann ist X auch gleich Y. Wir müssen uns angewöhnen, ebenso zu denken, Sergeant, wenn wir Resultate sehen wollen. Es hat keinen Sinn, hier mit Logik zu operieren.«

Sie betrachteten schweigend den Trubel ringsumher, sahen Kunden kommen und gehen, hörten die schwitzenden Kellner Bestellungen zum Tresen schreien, hinter dem mehrere Weißkittel mit langen Fleischermessern hantierten wie umnachtete Samurais.

»Ich könnte mir denken«, sagte Boone, »daß Symington sich wirklich in Ellerbee verliebt hat.«

»Denkbar ist es. Denkbar ist sogar, daß Ellerbee diese Liebe erwiderte. Mag sein, der gute Onkel Doktor ist das Opfer eines Eifersuchtsdramas geworden. Aber daran können Sie sehen, wie weit ich mich schon auf die Verrücktheiten dieser Welt eingelassen habe. Gehen wir jetzt lieber. Jason wollte gegen eins da sein.«

»Ich hoffe, er hat was Substantielles gefunden.«

»Hoffen Sie bloß nicht zu sehr«, riet Delaney.

Monica war wieder in ihrem Hospital gewesen und sah bei ihrer Rückkehr Jason am Steuer des ungekennzeichneten Polizeiwagens vor dem Hause parken. Sie nahm ihn mit in die Küche, und als ihr Mann mit Boone hereinkam, saß sie mit ihm beim Kaffee. Die drei Männer verschwanden gleich im Arbeitszimmer, Jason mit einem großen braunen Umschlag unterm Arm.

»Und wie sind Sie zurechtgekommen, Jason?«

Der Schwarze wirkte wie ein Klotz, größer als zwei Meter, über zwei Zentner schwer, aber ohne alles Fett. Seine Haut glich rötlichem Korduanleder und glänzte wie poliert. Das Haar trug er ganz kurz, wie eine gestrickte Kappe, dafür reichte sein schmales Bärtchen von einer Wange zur anderen. Seine Hände glichen ganzen Schinken, und seine Füße übertrafen an Größe noch die von Delaney.

Doppeljason wohnte mit Gattin Juanita und zwei Söhnen

in Hicksville, Long Island. Seit sechs Jahren gehörte er der Behörde an, war zweimal wegen hervorragender Verdienste belobigt worden und hatte sich rundherum bewährt. Er hoffte auf Übernahme in die Kriminalpolizei, aber darin unterschied er sich nicht von Tausenden anderer Polizisten.

Jetzt machte er den Umschlag auf. »Ob ich was ausgerichtet habe, weiß ich nicht. Ich hab ja noch niemals vorher in einer Bibliothek nach einem Verbrecher gesucht. Drei Berichte habe ich hier, zwei über die Ellerbees, einen über Samuelson. Die hab ich auf der Maschine meines Ältesten getippt, mit zwei Fingern, es gibt also haufenweise handschriftliche Verbesserungen. Aber lesen kann man das Zeug wohl. Es ist im übrigen auch lauter trockener, abgestandener Kram, Daten, Alter, Bildungsgang, Familienverhältnisse, bestandene Examen und so was. Um ganz ehrlich zu sein, Sir, ich glaube, das ganze ist keinen Pfennig wert. Ich will sagen, es wird uns im Fall Ellerbee keinen Schritt weiterbringen.«

»Überhaupt nichts Auffälliges? Nichts, was Ihnen irgendwie bemerkenswert erschienen ist?« drängte Delaney.

»Nein ...«, sagte Jason gedehnt, »höchstens, daß Dr. Samuelson vor Jahren eine Art Nervenzusammenbruch hatte. Es kam mir seltsam vor, daß auch Psychiatern so was passiert. Angeblich Überarbeitung. Sechs Monate ungefähr war er arbeitsunfähig. Aber danach hat er in seiner Praxis weitergemacht.«

Delaney sagte zu Boone: »Uns hat er erzählt, daß seine Frau an Krebs gestorben ist und sein Sohn bei einem Autounfall. Das würde jeden aus den Schuhen stoßen. Sonst noch was, Jason?«

»Ich habe alles an Zahlen und Daten aufgeschrieben, was ich finden konnte, Sir, und das steht hier drin. Das meiste aus Zeitungen und Zeitschriften, einiges aus Büchern. Ich habe mich dann aber auch noch im Bekanntenkreis der drei umgehört und versucht, soviel wie möglich zu erfahren. Ulkig, wie bereitwillig die Leute zu reden anfangen, wenn sie hören, daß es sich um einen Mordfall handelt. Dabei habe ich einiges gehört, was möglicherweise von Bedeutung sein könnte. Aufgeschrieben habe ich es nicht in meinen Berichten, weil es ja sozusagen nur vom Hörensagen herstammt. Ich meine, als Beweis wäre es nicht zulässig.«

»Sehr gut, Jason. Wir brauchen jeden Krümel, den wir erwischen können. Also, was haben Sie gehört?«

»Zunächst mal hat jeder Mann, mit dem ich sprach, eine Bemerkung darüber gemacht, daß Mrs. Ellerbee eine Schönheit ist. Es klang ausnahmslos, als wären alle in sie verliebt. Ich hab sie ja nie gesehen, aber sie muß schon eine dolle Nummer sein.«

»Ist sie«, sagten Boone und Delaney wie aus einem Munde, und alle drei lachten.

»Alle sagten, Ellerbee hat unheimlich Glück gehabt, sie sich zu angeln, noch dazu, wo sie soviel Moos hat. Bloß einer hat behauptet, Ellerbee wäre gar nicht scharf darauf gewesen, sie zu heiraten, das wäre mehr von ihr ausgegangen. Manche gaben ganz offen zu, sie hätten versucht, mit ihr anzubändeln, als sie schon verheiratet war, aber es wäre nichts zu machen gewesen.«

»Hat man auch von ihm gesagt, daß er es hier oder da mal versucht hat?«

»Nada. Offenbar war er ein kalter, echt disziplinierter Typ. Ich meine, er war so im Umgang liebenswürdig, gut auf jeder Party und so, aber bei allem sehr verschlossen. Von sich hat er wohl nie was preisgegeben. Jedenfalls sagen das alle, die ich gesprochen habe. Die Sekretärin von dem Verein, wo er Präsident war, hat mir erzählt, ungefähr einen Monat bevor er ermordet wurde, hat sie ihn in einem Restaurant gesehen, und da ist er völlig verändert gewesen. Richtig glücklich hat er ausgesehen, gestrahlt und gelacht. Sagt sie.«

Delaney und Boone schauten einander an.

»Das ist ja wie verhext«, sagte Boone.

Delaney erklärte Jason, was ihnen so sonderbar vorkam,

daß die Otherton ebenfalls eine Veränderung an Ellerbee bemerkt habe, aber eine ganz andere. Er sei stiller gewesen, nachdenklicher,in sich gekehrt, wenn auch nicht gerade deprimiert.

»Das paßt alles nicht«, meinte Jason, »eine dieser Damen muß sich irren.«

»Nicht unbedingt«, widersprach Delaney, »kann sein, sie haben ihn jeweils in einer anderen Stimmung getroffen. Immerhin fanden beide, daß seit kurzem eine Veränderung stattgefunden hatte, und das ist doch interessant. Ich wüßte gern die Ursache dafür. Wahrscheinlich hat es nichts zu bedeuten, aber immerhin ... Sergeant, erzählen Sie Jason doch von den Patienten, die wir bislang befragt haben.«

Als Boone damit fertig war, lautete der Kommentar von Jason:

»Puh, das klingt ja ganz so, als ginge bei diesen Leuten der Fahrstuhl nur bis zur halben Höhe.«

»Etwas meschugge sind sie schon«, gab Delaney zu. »Manchmal ist es ganz vernünftig, was sie sagen, dann wieder ist man total perplex. Wir jedenfalls müssen unterscheiden lernen zwischen dem, was der Realität entspricht, und dem, was eindeutig in ihre Traumwelt gehört. Zu diesem Zweck müssen wir uns ihr ganzes Gelaber ruhig anhören und hinterher probieren, dem allen einen Sinn abzugewinnen. Ich muß den neuen Leuten, die am Montag kommen, das unbedingt einschärfen.«

»Wie wollen Sie sie eigentlich einteilen, Sir?« fragte Boone. »Soll jeder von ihnen einen der Patienten übernehmen?«

»Das war mein ursprünglicher Gedanke, und wenn wir es mit gewöhnlichen Ganoven zu tun hätten, ginge es so auch. Diese Leute aber sind intelligent und gebildet, auch wenn es bei ihnen im Kopf gelegentlich rappelt. Ich glaube, wir bekommen bessere Ergebnisse, wenn jeder Detektiv drei oder vier von ihnen befragt und sich dann denjenigen auswählt, mit dem er am besten zurechtkommt. Sie kennen das ja von Zeugenvernehmungen: Manchen unserer Leute gegenüber redet ein Zeuge, anderen gegenüber sagt er kein Wort. Eine Frage der spontanen Sympathie oder Antipathie. Also werden wir versuchen, Detektive und Patienten so aufzuteilen, daß wir optimale Ergebnisse bekommen.«

Sie besprachen, wie das praktisch zu machen wäre, möglichst unter Vermeidung von Doppelarbeit, ausgenommen natürlich Fälle, in denen eine Zweitüberprüfung geboten sein mochte.

Delaney entschied, daß Boone und Jason je drei der neuen Leute ›anlernen‹ und Delaney täglich über die Arbeit ihrer ›Anlernlinge‹ unterrichten sollten.

»Anfangs wird ein gewisses Maß an Konfusion unvermeidbar sein«, sagte er, »bemühen Sie sich, die Arbeit optimal zu koordinieren. Ich verfasse selber die Protokolle, in die Sie jederzeit Einblick nehmen können. Bestehen Sie darauf, daß Ihre Leute alles und jedes notieren, egal, wie blödsinnig es ihnen vorkommt. Und bevor wir überhaupt jetzt noch was anderes machen, möchte ich unsere sechs Patienten durch den Zentralcomputer laufen lassen. Sind sie wirklich so gewalttätig, wie Mrs. Ellerbee zu glauben scheint, müßten wir da Informationen über sie finden.«

Es wurde noch ein Weilchen hin und her geredet, dann blickte Delaney auf die altmodische Wanduhr, die aus einem abgerissenen Bahnhofsgebäude stammte.

»Es wird allmählich spät, warum versuchen wir drei, es nicht noch einmal bei Bellsey – ein kleiner Überraschungsbesuch. Der müßte doch längst wieder zu Hause sein. Wir nehmen Ihren Wagen, Jason, und hinterher setzen Sie uns wieder hier ab.«

Unterwegs fiel Delaney ein, daß er Jason fragen sollte, ob er Lust habe, Thanksgiving mit seiner Frau zum Essen zu kommen.

»Das ist sehr freundlich von Ihnen, Sir, aber wir sind schon bei meinen Schwiegereltern gebucht. Es soll ein großer Festschmaus werden, und die Kinder und auch die alten Leutchen würden mich in der Luft zerreißen, wenn ich jetzt alles umschmeiße.«

»Sehr verständlich, Jason. Wir machen das ein andermal. Ihre Jungen sollten so oft wie möglich mit den Großeltern zusammensein. Ich wollte, ich sähe meine Enkel öfter.«

Sie parkten in der zweiten Reihe vor dem Appartementhaus, in dem Bellsey wohnte, Boone zeigte dem Türsteher seine Dienstmarke und bat ihn, ein Auge auf den Wagen zu haben. Ein Haustelefon gab es hier nicht, sie mußten die Gegensprechanlage benutzen und sich so aufstellen, daß sie von einer Fernsehkamera aufgenommen werden konnten, die das Bild auf einem Schirm in Bellseys Wohnung erscheinen ließ.

»Gar nicht dumm das«, bemerkte Delaney.

»Zum ersten Mal, daß ich im Fernsehen auftrete«, scherzte Jason. »Vielleicht führe ich gleich einen Steptanz vor?«

Boone sprach gedämpft ins Mikrofon und hielt seinen Dienstausweis vor die Linse der Kamera. »Appartement 2407«, meldete er dann, »wir sollen heraufkommen. Aber sehr einladend klang es nicht.«

Im Fahrstuhl ermahnte Delaney den großen Schwarzen: »Fürchten Sie nicht, uns zu unterbrechen, wenn wir Bellsey befragen und Ihnen was einfällt. Je mehr Fragen, desto größer die Wirkung.«

Die Tür zum Appartement 2407 wurde von einem untersetzten, rotgesichtigen Mann aufgerissen, der eine großkarierte Sportjacke zu Hosen aus Whipcord trug. Hinter ihm sah man eine zierliche, grauhaarige Frau stehen, die Hände vor der Brust verschränkt. Sie machte einen verschüchterten Eindruck.

»Sie kommen sicher wegen Ellerbee«, schnaubte der Mann verärgert. »Ich habe den Polypen doch schon alles erzählt.«

»Das ist uns bekannt, Mr. Bellsey. Aber das war nur eine vorläufige erste Befragung«, sagte Boone. »Sie sind nun leider mal in die Ermittlungen in einem Mordfall verwickelt, und da ...«

»Was heißt hier verwickelt!« dröhnte Bellsey. »Ich war schließlich bloß Patient bei ihm! Woher soll ich wissen, wie er umgebracht wurde und von wem?«

»Mr. Bellsey«, fiel Delaney steinernen Gesichtes ein, »wollen Sie uns hier im Korridor stehenlassen und weiterschreien, damit die ganze Nachbarschaft zuhören kann?«

»Scheiß doch auf die Nachbarn! Ich sehe nicht ein, warum ich mir diese Belästigungen gefallen lassen soll.«

Doppeljason schob seine massige Gestalt dicht an Bellsey heran. »Niemand will Sie belästigen. Sie antworten uns auf eine Handvoll Fragen, und wir lassen Sie in Ruhe.«

Bellsey sah zu dem riesigen Schwarzen auf. »Scheiße«, sagte er angewidert, »aber kommen Sie meinethalben rein. Sie stören uns gerade beim Essen, damit Sie es wissen.«

Und an seine Frau gewendet: »Lorna, geh in die Küche. Das hier geht dich nichts an.«

Die Frau huschte davon.

»War das Ihre Frau?« fragte Delaney eintretend.

»Ja. Und ziehen Sie die gefälligst nicht in diese Sache herein.«

Er bat sie weder abzulegen, noch bot er ihnen an, sich zu setzen. Sie blieben also dicht beieinander stehen.

»Ich bin Sergeant Boone, das sind die Herren Delaney und Jason. Ihr Name ist Ronald J. Bellsey?«

»Stimmt. Das J. steht für James, falls es Sie interessiert.«

»Wann haben Sie Doktor Ellerbee zuletzt gesehen?«

»Donnerstag nachmittag, am Tag bevor er umgebracht wurde. Erzählen Sie mir nicht, daß Ihnen das nicht aus dem Terminkalender bekannt ist. Oder sind Sie noch nicht auf den Gedanken gekommen, da nachzusehen?«

»Seien Sie doch nett, Mr. Bellsey«, versetzte Delaney leise. »Wenn Sie mit Ihren Unverschämtheiten so weitermachen, dürfen Sie unsere Fragen auf dem Revier beantworten, und dann warten Sie sehr, sehr lange auf Ihr Abendbrot. Möchten Sie das?«

Er funkelte sie wütend, aber stumm an.

Bellsey hatte breite Schultern und einen starken Brustkasten. Auf dem kurzen, dicken Hals saß ein eckiger Kopf, gekrönt von einem schlecht passenden Toupet. Er lehnte sich angriffslustig vor, hielt die Fäuste geballt, den Kiefer vorgereckt.

»Sie behaupten, den Abend, an dem Doktor Ellerbee getötet wurde, zu Hause verbracht zu haben.«

»Stimmt.«

»Den ganzen Abend?«

»Ja. Gegen sieben kam ich heim und bin erst am Samstag wieder aus dem Haus gegangen. Meine Frau kann Ihnen das bestätigen.«

»Hatten Sie Freitag abend Besuch? Mit Nachbarn gesprochen? Telefoniert?«

»Nein.«

»Sind Sie vorbestraft, Mr. Bellsey?« Dies von Delaney. »Wir prüfen das selbstverständlich nach, es wäre also gescheit, es gleich zu sagen.«

Bellsey setzte zum Sprechen an, klappte den Mund aber wieder zu, probierte es ein weiteres Mal.

»Verhaftet worden bin ich nicht«, knurrte er dann. »Vorübergehend festgenommen wurde ich mehrmals. Ob das in meinem Vorstrafenregister steht, ahne ich nicht.«

»Weshalb?«

»Prügeleien. Ich habe mich gewehrt.«

»Wie oft?«

»Einmal, zweimal.«

»Oder öfter?«

»Kann schon sein. Ich erinnere mich nicht.«

»Haben Sie sich jemals mit Doktor Ellerbee gestritten?« fragte Boone. »Ihn gar tätlich angegriffen?«

»Quatsch! Der war schließlich mein Therapeut. Ein sehr netter Bursche. Ich konnte ihn gut leiden.«

»Wie lange waren Sie bei ihm in Behandlung?«

»So um die zwei Jahre.«

Delaney fragte überraschend: »Besitzen Sie ein Automobil?«

Bellsey schaute ihn befremdet an. »Klar habe ich eins.«

»Welche Marke?«

»Cadillac. Vorjähriges Modell.«

»Wo steht der Wagen?«

»In unserer Tiefgarage hier.«

»Führen Sie gelegentlich selber Reparaturen daran aus?«

»Schon, aber nur Kleinigkeiten.«

»Haben Sie Werkzeuge?«

»Einige.«

»Wo bewahren Sie die auf?«

»Im Kofferraum des Wagens.«

Delaney warf Boone einen Blick zu.

»Hat Doktor Ellerbee Ihnen gegenüber jemals erwähnt, daß er angegriffen oder bedroht worden ist?« fragte Boone.

»Nein.«

»Kannten Sie andere seiner Patienten?«

»Nein.«

»Ist Ihnen aufgefallen, daß Doktor Ellerbee in jüngster Zeit in seinem Betragen irgendwie verändert war?«

»Nein. Überhaupt nicht. Er war immer der gleiche.«

»Was heißt ›der gleiche‹?« fragte Jason. »Was für eine Sorte Mensch war er denn?«

»Ruhig, distanziert, gesammelt. Hat sich niemals erregt. Nie gebrüllt. Tadelloses Benehmen. Einmal habe ich ihn angeschrien und beschimpft, er hat es mir aber nicht verübelt.«

»Weshalb taten Sie das?«

»Weiß ich nicht mehr.«

»Was hatten Sie an, als Sie heute in die Stadt gingen?« fragte Boone.

»Was ich anhatte?« Bellsey war perplex. »Einen gefütterten Regenmantel. Dazu einen Regenhut.

»Stiefel? Überschuhe?«

»Ja, Überschuhe aus Gummi.«

»Sie sind bei einer Fleischgroßhandlung angestellt?« fragte Delaney.

»Stimmt genau.«

»Und was machen Sie da? Schneiden Sie Salami in Scheiben?«

»Na, hören Sie mal. Ich bin der Geschäftsführer!«

»Ihnen unterstehen also die Fleischer, die Fahrer, die Verladearbeiter – so etwa?«

»Ja.«

»Da haben Sie es mit ziemlich haarigen Burschen zu tun.«

»Die halten sich bloß dafür«, versetzte Bellsey grimmig. »Aber entweder spuren sie, oder sie fliegen.«

»Haben Sie je geboxt?« fragte Jason.

»Als ich bei der Marine gedient habe. Mittelgewicht.«

»Aber nie professionell?«

»Nein.«

»Sind Sie gut in Form?«

»Das dürfen Sie laut sagen«, prahlte Bellsey. »Zweimal die Woche Dauerlauf, fünf Meilen. Gewichtheben. Einmal die Woche trainiere ich in einer Turnhalle an den Geräten. Aber, was hat das alles mit Ellerbee zu tun. Himmelhergottnochmal?«

»Es sind ja bloß Fragen«, sagte Jason liebenswürdig.

»Sie stehlen mir meine Zeit. Sonst noch was?«

»Ich glaube, das war alles. Bis auf weiteres. Genießen Sie Ihr Abendessen, Mr. Bellsey.«

Weil auch andere Leute im Fahrstuhl mit herunterfuhren, sprachen sie nicht miteinander. Aber kaum waren sie in Jasons Wagen, sagte Boone:

»Was für ein Herzchen! Wie sind Sie gerade aufs Boxen gekommen, Jason?«

»Er sieht aus wie ein Boxer. Seine Beinstellung. Die Art, wie er sich bewegt.«

»Wir müssen uns den Kofferraum von seinem Cadillac

ansehen. Vergeßt nicht den Treibhammer«, mahnte Delaney. »Und die Frau nehmen wir uns mal vor, wenn er nicht da ist.«

»Könnte er der Täter sein?« fragte Boone.

»Bislang ist er unser bester Kandidat«, meinte Delaney. »Polizeibekannter Gewalttäter, jähzornig, neigt zu Schlägereien, ein ausgesprochener Streithahn. Den müssen wir uns wohl sehr viel genauer ansehen.

Als Delaney abends die Protokolle der Befragung von Symington und Bellsey niederschreiben wollte, hinderte ihn seine Frau daran. Sie hatte die Weihnachtskarten besorgt und verdonnerte ihn dazu, Adressen zu schreiben. Er gehorchte.

»Sie selber fügte jedem vorgedruckten Glückwunsch einige persönliche Worte an und saß dabei an seinem Schreibtisch. Nachdem er mit den Adressen fertig war, setzte er sich mit einem Cognac in den Sessel und berichtete über seine Besuche bei Symington und Bellsey.

»Der war's«, sagte sie entschieden. »Dieser Bellsey ist der Täter.«

Delaney lachte leise. »Wie kommst du darauf?«

»Na, der klingt wie ein richtiger Widerling.«

»Na ja, ein Widerling ist er schon, aber deshalb doch nicht unbedingt ein Mörder.«

Sie wandte sich wieder ihren Weihnachtskarten zu. Ein schmaler Lichtstrahl von der Arbeitslampe war die einzige Beleuchtung, und Delaney saß fast im Dunkeln, von wo aus er liebevoll und dankbar die Frau betrachtete, die ihm das Leben so schön machte.

Er sah, wie sie beim Schreiben die Lippen zusammenpreßte, sah den Glanz in ihren dunklen Augen. Das dichte schwarze Haar wurde im Nacken von einer goldenen Spange gehalten. Ein starkes Gesicht, eine starke Frau. Er stellte sich vor, wie sein Leben wohl aussähe, säße er allein in diesem düsteren Zimmer, müsse er auf ihre wärmende Anwesenheit verzichten; er ächzte unwillkürlich.

»Woran denkst du gerade?« fragte sie, ohne aufzublikken.

Er sagte es nicht, sondern fragte: »Hast du je ein Puzzle zusammengesetzt?«

»Als Kind schon.«

»Ich auch. Zuerst kippt man die einzelnen Teile aus der Schachtel auf die Tischplatte und hofft dabei, daß sie vollständig da sind. Dann dreht man die einzelnen Stücke mit der Bildseite nach oben und sucht die vier mit den rechtwinkligen Ecken. Danach setzt man aus den Teilen, die gerade Kanten haben, den Rahmen zusammen. Erst danach kann man das Bild nach und nach ausfüllen.«

»Heißt das der Fall Ellerbee als Puzzle?«

»So ungefähr.«

»Und ahnst du schon, was das Bild darstellen wird?«

»Nein. Aber ein paar gerade Kanten, die sehe ich schon.«

13

Für Harold Gerber war Sonntag der schönste Tag der Woche. Er brauchte weder andere Menschen zu sehen, noch mit ihnen zu sprechen. Sie Sunday Times kaufte er bereits in der Nacht zum Sonntag, dazu mehrere Sechserpackungen Bier. Mit der Zeitung, dem Bier und zwei Fußballübertragungen im Fernsehen war der Tag perfekt. Gerber setzte am Sonntag keinen Fuß vor die Tür.

In Vietnam hatte er viel von seinem Gewicht eingebüßt und seither nicht mehr zugenommen. Er hatte dort überhaupt alles mögliche eingebüßt, nicht nur seinen Appetit. Sein Sonntagsfrühstück bestand aus Saft, einem Stück Toast und zwei Tassen Kaffee mit Sahne und Zucker. Das reichte bis zum Abend. Dann wärmte er irgendeine Tiefkühlmahlzeit auf, die in Pappe verpackt verkauft wurde und auch so schmeckte.

Sonntags nahm er – warum, wußte er selber nicht – auch nie die Fotos zur Hand, um sie zu betrachten. All diese Gesichter – grinsend, wütend, grimassierend blickten sie in die Kamera –, die meisten mit Namenszug, geradeso wie Gerber seinen Namen auf Bilder gesetzt hatte, die andere von ihm machten. Ein Fotoalbum ..., das nährte seinen Zorn.

Weil er selber seine Gefühle nicht verstand, konnte Gerber es anderen nicht verdenken, daß sie ihn nicht verstanden, ihn nicht und nicht, was er tat. Gerber kam einfach nicht dahinter, und andere ebenfalls nicht.

Ellerbee war auf dem richtigen Weg gewesen, nahe daran, die Gründe aufzudecken, aber jetzt war Ellerbee tot, und Gerber dachte nicht daran, es mit einem anderen Therapeuten zu versuchen. Bevor er auf Ellerbee stieß, hatte er es bei zwei anderen probiert, doch die erwiesen sich als blanke Nieten, und Gerber wußte bereits nach wenigen Sitzungen, daß sie ihm nicht helfen konnten.

Mit Ellerbee war das was anderes gewesen. Der redete keinen Schmus, der nahm Gerber auseinander und setzte ihn neu zusammen. Aber nun hatte er sich hinmachen lassen, und Gerber blieb mit seinen Gespenstern allein.

An Geld fehlte es ihm nicht, zum ersten unterstützten ihn seine Eltern regelmäßig, zum zweiten bekam er eine Invalidenrente. Was ihm fehlte, war die Beziehung zum Leben, und er fragte sich oft, ob er dazu verdammt sei, als lebender Leichnam die nächsten fünfzig Jahre umherzugeistern, sich zu betragen wie ein verdammter Irrer, und im Grunde seines Herzens den Moment herbeizusehnen, da die ganze verfluchte Welt in die Luft gesprengt wurde – je eher, desto besser.

Auf dem Weg zu Gerbers Bude in Greenwich Village am Sonntagvormittag sagte Delaney zu Boone: »Ich habe ein schlechtes Gewissen, weil ich Sie am Wochenende mißbrauche. Ihre Frau hält mich wahrscheinlich für einen elenden Sklaventreiber.«

»Ach wo, Sir, die ist daran gewöhnt, daß ich eine unregelmäßige Arbeitszeit habe, das sind wohl alle Frauen, die mit Leuten wie uns verheiratet sind.«

»Jason wollte ebenfalls mit von der Partie sein, aber Sonntag ist der einzige Tag, an dem er mal länger mit seinen Jungen zusammensein kann, und das ist wichtig. Also habe ich ihm befohlen, daheim zu bleiben. Sobald wir die neuen Leute haben, können wir uns auf angemessene Arbeitsstunden beschränken. Haben Sie über diesen Gerber schon was in Erfahrung gebracht?«

»Bloß was Suarez' Leute schon wußten. Und was die Ellerbee in ihre Notizen geschrieben hat. 37 Jahre, ehemals in Vietnam, hochdekoriert und jede Menge Probleme. Gerät immer wieder in Schlägereien.«

»Was denn – noch ein Bellsey?«

»Das nun nicht. Gerber greift gelegentlich völlig Fremde ohne ersichtlichen Grund an. Einmal hat er eine Schaufensterscheibe eingeschlagen und mußte auf der Unfallstation zusammengeflickt werden.«

»Wie schön. Ein zorniger junger Mann also.«

»So was ähnliches«, pflichtete Boone bei.

Gerber wohnte in einer verkommenen Mietskaserne in der 7. Avenue nahe der Einmündung der Carmine Street. Im Erdgeschoß und im ersten Stock waren die Fenster verbrettert, und die Vortreppe lag voller Abfälle. Das Fassade des fünfstöckigen Gebäudes bröckelte, und was an bemalbarer Fläche erhalten war, wies jede Menge Graffiti auf. Beim Betrachten dieser Ruine dachten Delaney und Boone das gleiche: Wie kann jemand, der so wohnt, sich einen Seelenakrobaten wie Ellerbee leisten?

»Könnte sein, er zahlt keine Miete«, überlegte Delaney. »Sehen Sie den unbebauten Platz nebenan? Irgend so ein Spitzbube von Immobilienmakler wartet hier auf Abriß. Sobald er die letzten Mieter vergrault hat, stellt er ein Appartementhaus her.«

»Schon möglich. Im Moment sieht es eher wie eine Wanzenbude aus.«

Die Briefkästen im Flur waren samt und sonders aufgebrochen. Die Sprechanlage war aus der Wand gerissen und baumelte an einem einzigen Draht. Die Tür war so häufig aufgebrochen worden, daß man sie nicht mehr schließen konnte. Es stank nach Urin und irgendwas Faulendem.

»Jesusmaria«, ächzte Boone, »das sollten wir möglichst schnell hinter uns bringen!«

»Wissen wir, wo er wohnt?«

»Nein, wir müssen an alle Türen klopfen.«

Vorsichtig erklommen sie eine steile Holztreppe, deren Geländer mit Messer und Beil bearbeitet worden war. An den feuchten Wänden weitere Schmierereien. Die Türen im ersten Stockwerk waren sämtlich zugenagelt. Also probierten sie es im zweiten und dritten Stock. Hier erhielten sie die erste Antwort:

»Verschwindet, oder ich rufe die Bullen!«

»Wir sind die Bullen«, brüllte Boone zurück. »Wir suchen Harold Gerber. Wo wohnt er?«

»Nie gehört.«

Im vierten Stock stolperten sie über zerbrochene Fensterrahmen und große Brocken Putz. Hier waren zwei weitere Wohnungen bewohnt, doch wurde nicht aufgemacht. Und niemand kannte Harold Gerber – angeblich. Im fünften Stock hatten sie an der Tür der am weitesten rückwärts gelegenen Wohnung Erfolg. Auf ihr Pochen rief ein Mann:

»Wer ist da?«

»Polizei. Wir suchen Harold Gerber!«

»Weshalb?«

Delaney und Boone blickten einander an. »Ein paar Fragen im Zusammenhang mit der Mordsache Ellerbee!«

Riegel glitten zurück, die Tür ging auf, von einer starken Kette gesichert. Sie erblickten einen dürren Mann im Rollkragenpullover und einer dicken Wolljacke.

»Hundemarke«, krächzte er.

Boone zeigte sie ihm. Die Kette wurde weggenommen, die Tür geöffnet.

»Willkommen im Tadsch Mahal«, sagte der Mann. »Wenn ihr euch nicht den Arsch abfrieren wollt, behaltet lieber den Mantel an.«

Sie traten ein und sahen sich um.

Es sah übel aus hier drinnen, und der Bewohner hatte augenscheinlich nichts unternommen, um die Bude bewohnbar zu machen. Auf dem Feldbett, einer wackligen Kommode und dem Fußboden waren seine Besitztümer gestapelt. In dem verdreckten Spülbecken stand unabgewaschenes Geschirr, der zweiflammige Herd wies eine dicke Fettkruste auf. Und es war so kalt, daß auf der Innenseite der Fenster Eisblumen blühten.

»Klosett auf dem Flur, kann ich aber nicht empfehlen«, grinste der Mann.

»Sie sind Harold Gerber?« fragte Boone.

»Bin ich.«

»Könnten wir uns setzen? Das Treppensteigen hat mich angestrengt. Mein Name ist Delaney, und das da ist Sergeant Boone.«

»Sergeant Boone ... Sergeant war ich auch mal, aber dann wurde ich degradiert.«

Er fegte Kleidungsstücke von dem Feldbett, nahm eine Packung Bierdosen von einem Stuhl mit Spinnebeinen und von einem zweiten Stuhl ein tragbares Fernsehgerät.

»Strom und Wasser haben wir noch, bloß keine Heizung mehr. Das Arschloch von Hausbesitzer will uns rausfrieren. Vorsicht beim Hinsetzen, die Stuhlbeine wackeln.«

Sie setzten sich behutsam auf die Stühle, Gerber nahm Platz auf dem Feldbett.

»Glauben Sie, ich bin es gewesen?« fragte er grimmassierend.

»Was gewesen?«

»Na der, der Ellerbee erledigt hat.«

»Waren Sie es?« fragte Delaney.

»Ach wo. Aber gekonnt hätte ich's.«

»Weshalb? Weshalb hätten Sie ihn umbringen können?« fragte Boone.

»Dazu braucht man keinen Grund. Gefällt Ihnen mein Palast?«

»Mehr Scheißhaus als Palast«, versetzte Delaney.

Gerber lachte. »Genau so will ich es haben. Wird die Bude hier abgerissen, sehe ich mich nach was ähnlichem um. Einer von meinen Kumpeln – der wohnt in Idaho – hat versucht, da weiterzumachen, wo er aufgehört hatte, als er nach Vietnam mußte. Sechs Monate hat er es versucht, dann hatte er die Schnauze voll und verschwand splitternackt im Wald, ohne alles – keine Uhr, keine Waffe, keine Streichhölzer. Mein Wald ist Manhattan. Ich wohne gerne so.«

»Und was ist aus ihm geworden«, fragte Delaney, »aus Ihrem Kumpel, meine ich?«

»Den hat man zwei Jahre später zufällig entdeckt. Die Forstpolizei. Er hatte sich Kleidungsstücke aus Fellen gemacht, trug einen verfilzten Bart, wohnte in einem selbstgebauten Unterschlupf und hatte ein paar eßbare Pflanzen gesät. Pfeil und Bogen hatte er auch und Fallen. Fleisch reichlich. Es ging ihm glänzend. Er war mutterseelenallein, redete mit keinem Menschen. Ich wollte, ich hätte den Schneid dazu.«

Sie starrten ihn an. Sein Gesicht war hohlwangig, von drei Tage alten Stoppeln bestanden, die Haut ungesund bleich, die Nase knochig, die Augen flackerten. Unter dem schwarzen Barett wucherte ungekämmtes Haar. Gerber bewegte sich abrupt, wie eine schlecht geführte Marionette. Pullover und Wolljacke hingen an ihm herab wie an einem Kleiderbügel, auch die Finger wirkten skelettartig, die Nägel aber abgekaut. An den Füßen trug er schwere Stiefel.

»Tragen Sie die immer?« und Boone deutete auf die Stiefel.

»Klar. Die sind gefüttert. In denen schlafe ich auch. Sonst würde ich mir die Zehen erfrieren.«

»Seit wann kannten Sie Doktor Ellerbee?«

»Über Ellerbee zu reden habe ich keine Lust.«

»Sie wollen uns nicht helfen, seinen Mörder zu finden?«

»Tot ist tot. Von allen Menschen, die ich im Leben je gekannt habe, ist die Hälfte tot«, sagte Gerber achselzuckend.

»Er ist nicht gerade an Altersschwäche gestorben«, sagte Delaney wütend, »und auch nicht durch einen Unfall oder im Krieg. Jemand hat ihn vorsätzlich erschlagen.«

»Na, wenn schon.«

Delaney sah ihn scharf an. »Sie elender, mieser Lump«, sagte er tonlos. »Sie jämmerliches Stück Scheiße. Sie suhlen sich hier in Ihrem Saustall, bemitleiden sich, weil das Leben Ihnen übel mitgespielt hat und keiner weiß, wie empfindsam Sie sind, Sie Mimose, und wie fürchterlich Sie leiden. Ein anständiger Mensch, der zehnmal mehr wert ist als Sie, wird ermordet, aber Sie, Sie wollen keinen Finger rühren, den Mörder zu finden, weil es aller Welt ebenso erbärmlich gehen soll wie Ihnen! Ellerbees größter Fehler war, einem Haufen Scheiße wie Ihnen helfen zu wollen. Los, Sergeant, wir gehen. Auf die Hilfe von so einem Arschloch können wir zum Glück verzichten.« Sie erhoben sich von den wackeligen Stühlen und machten sich daran fortzugehen. Es fiel kein Wort. Als sie fast an der Tür waren, streckte Gerber den Arm aus. »He, Sie – wie heißen Sie gleich noch?«

»Delaney.«

»Sie gefallen mir, Delaney. Kein Schmus. Ellerbee machte auch keinen Schmus, bloß so reden wir Sie, das konnte er nicht. Also gut, ich spiele bei Ihnen mit. Was wollen Sie wissen.«

Delaney und Boone ließen sich wieder nieder. »Wann haben Sie Ellerbee zuletzt gesehen?«

»In der Zeitung steht, er hat gegen neun Uhr den Löffel abgegeben, stimmt's? Um vier Uhr Freitag nachmittag war ich bei ihm. Meine übliche Zeit. Müßte in seinem Terminkalender stehen.«

»Benahm er sich wie immer?«

»Wie immer.«

»Haben Sie in jüngerer Zeit irgendeine Art Veränderung an ihm bemerkt gehabt?«

»Was meinen Sie mit Veränderung?«

»So ganz allgemein. In seinem Gebahren, seinem Verhalten.«

»Nein, mir ist nichts aufgefallen.«

»Kennen Sie welche von seinen anderen Patienten?«

»Nein.«

»Hat Ellerbee je erwähnt, daß er bedroht oder angegriffen worden ist?«

»Nein.«

»Haben Sie ihn jemals tätlich angegriffen oder bedroht?« fragte Delaney.

»Weshalb hätte ich das um alles in der Welt tun wollen? Der Bursche hat sich doch Mühe gegeben, mir zu helfen.«

»Man sagt, die Analyse tut weh. Haben Sie ihn gelegentlich gehaßt?«

»Ja, schon, aber das ging gleich wieder vorbei. Das war nicht so, daß ich ihn hätte umpusten wollen. Er war doch meine Rettungsleine.«

»Und jetzt? Wollen Sie sich wieder eine suchen?«

»Nein.« Und grinsend: »Ich werde mich einfach weiter in meinem Saustall suhlen.«

»Haben Sie einen Treibhammer?« fragte Boone abrupt.

»Nein, hab ich nicht. Ich trinke jetzt ein Bier. Hat einer der Herren Appetit?«

Beide lehnten ab, und Gerber lehnte sich auf dem Feldbett zurück, gegen die feuchte Wand, eine Bierdose in der Hand.

»Wie oft suchten Sie Ellerbee auf?«

»Zweimal die Woche. Hätte ich es mir leisten können, ich wäre noch öfter gegangen. Er half mir wirklich.«

»Wann hatten Sie das letzte Mal Ärger?«

»Ah, davon wissen Sie also?« Gerber bleckte die Zähne. »Im vergangenen halben Jahr nicht mehr. Ellerbee sagte, falls ich je das Gefühl haben sollte, ich müßte unbedingt auf den Putz hauen, sollte ich ihn anrufen, egal ob tagsüber oder nachts. Das habe ich nie gemacht, es reichte mir, daß ich wußte, er ist da.«

»Wo waren Sie an dem Freitagabend zur Tatzeit?«

»Auf einer Sauftour durch's Village.«

»Bei dem Regen?«

»Bei dem Regen. Nach Hause kam ich erst so gegen Mitternacht. Da war ich stramm wie ein Pony.«

»Wissen Sie noch, wo Sie gewesen sind?«

»Wahrscheinlich in den Kneipen, in denen ich auch sonst immer bin.«

»Haben Sie Bekannte getroffen? Mit jemand geredet?«

»Bloß mit den Barkeepern. Die kennen mich und erinnern sich bestimmt an mich, weil ich die kleinsten Trinkgelder gebe – falls überhaupt welche. Meist gibt's nichts! Keeper haben für so was ein gutes Gedächtnis.«

»Können Sie sich erinnern, wo Sie so zwischen acht und zehn Uhr abends gewesen sind?«

»Nee, kann ich nicht.«

»Versuchen Sie's lieber mal«, riet Boone. »Machen Sie eine Liste der Kneipen, in denen Sie Freitagabend gewesen sind. Demnächst kommt ein anderer Kollege vorbei und fragt Sie danach.«

»Ach, Scheiße, ich habe euch doch alles gesagt, was ich weiß.«

»Das glaube ich keinen Moment«, sagte Delaney kalt. »Ich glaube vielmehr, daß Sie uns etwas verschweigen.«

»Klar verschweige ich Ihnen was. Mein dunkelstes Geheimnis. Nämlich einmal bin ich Ellerbees Frau begegnet und hatte große Lust, sie zu bespringen. Tolle Nummer, diese Dame. Sind Sie nun zufrieden?«

»Sie halten das alles für einen großen Witz, nicht wahr?« sagte Delaney. »Ich möchte Ihnen deshalb jetzt schon sagen, was wir mit Ihnen machen werden. Wir werden Ihre ganze Vergangenheit überprüfen, von Ihrem ersten Schrei als Baby bis heute. Wir werden Ihre Verwandten befragen, Ihre Freunde und Bekannten. Wir werden ihre militärische Vergangenheit durchleuchten und herausbekommen, weshalb man Sie degradiert hat. Dann nehmen wir uns die Leute hier im Haus vor, die Frauen, die irgendwann mal was mit Ihnen zu tun hatten, Kellner und Barkeeper, die Leute, die Sie tätlich angegriffen haben, und die Ärzte, die Sie zusammengeflickt haben. Wenn wir das erledigt haben, wissen wir mehr von Ihnen als Sie selber. Also spielen Sie nicht mit uns herum, Gerber, vor uns bleibt nichts verborgen. Und jetzt lassen Sie uns aufbrechen, Boone, ich brauche dringend frische Luft.«

Als sie vorsichtig die gebrechliche Stiege hinabgingen, fragte Boone leise: »Wollen Sie das wirklich alles machen, Sir, was Sie ihm da eben angedroht haben?«

»Ach wo. Dazu haben wir gar nicht die Zeit.«

Im Wagen stellten sie die Heizung an, und Boone rauchte eine Zigarette. »Meinen Sie wirklich im Ernst, daß er uns was verschweigt, Sir?«

Delaney äußerte Zweifel. »Ich weiß nicht recht. Ertragreich war diese Befragung wahrlich nicht. Er verfällt ja laufend von einer Stimmung in die andere. Eben noch zeigt er sich hilfsbereit, dann nimmt er alles bloß als Witz. Man darf allerdings nicht vergessen, daß er in einem sehr schmutzigen Krieg gekämpft und bestimmt viele Menschen umgebracht hat. Bei manchen – nicht bei allen – führt das dazu, daß sie sich am Ende nichts mehr dabei denken, einen Menschen zu töten. Haben sie erst mal einen erledigt, fällt es ihnen leicht und leichter. Es wird zur Gewohnheit. Ein Menschenleben – was ist das schon?«

»Mir tut er leid.«

»Mir auch«, sagte Delaney, »aber mit Ellerbee habe ich denn doch mehr Mitleid. Wir müssen in dieser Welt mit unserem Mitgefühl sparsam umgehen, Sergeant. Wir haben nämlich nur eine bestimmte Menge davon. Übrigens ist es noch früh; wir könnten unseren Lunch ausfallen lassen und nach Chelsea rüberfahren zu dieser Yesell, oder wie sie schon heißt. Haben wir die abgehakt, brauchen wir uns heute um weiter nichts mehr zu kümmern.«

»Damit bin ich sehr einverstanden. Also los.«

Joan Yesell wohnte im Westen in der 24. Straße, in einem Block aus fast identischen Reihenhäusern, die einen gepflegten Eindruck machten. Überhaupt wirkte die ganze Straße so. Es war sauber hier, die Abfälle verschwanden in Mülltonnen, der Rinnstein war gefegt. Die Fenster sahen blank aus, nirgends waren Wandschmierereien, es gab sogar Bäume, die jetzt allerdings kahl waren.

Delaney überblickte das alles mit dem erfahrenen Auge des vormaligen Streifenpolizisten, und sein Kommentar fiel dann auch entsprechend aus: »Hier gefällt es mir. Es erinnert an das alte New York. Irgendwo in der Nähe hat O'Henry gelebt, oder irre ich mich?«

»Etwas weiter im Osten, Sir. Beim Gramercy Park. Seine Stammkneipe ist immer noch in Betrieb.«

»Waren Sie je in McSorleys Alter Trinkstube – ich meine, als Sie noch getrunken haben?«

»Ich war in so gut wie jeder Kneipe, Sir.«

»Fehlt ihnen das?« fragte Delaney neugierig.

»Und wie, Sir. Es fehlt mir jeden Tag, den Gott werden läßt. Man erinnert sich nämlich nur an die Höhepunkte. Daß man das Bett näßt, hat man vergessen.«

»Wie lange sind Sie nun schon trocken Sergeant – vier Jahre?«

»Ungefähr. Aber Trinker rechnen nicht in Jahren, die zählen von einem Tag zum anderen.«

»Tja«, seufzte Delaney, »das ist wohl so. Wußten Sie übrigens, daß mein Alter eine Kneipe auf der 3. Avenue hatte?«

Boone spitzte die Ohren. »Nein, das ist mir unbekannt. Wann war das denn?«

»Das ist eine Ewigkeit her. Als ich zur Abendschule ging, zapfte ich dort nachmittags Bier. Da habe ich ausreichend Bekanntschaft mit Trinkern gemacht. Kann sein, daß das der Grund ist, weshalb ich mich mein Lebtag vor dem Suff gehütet habe, was ja, wie Sie wissen, nicht heißt, daß ich enthaltsam bin. Aber lassen wir das. Was wissen wir über die Yesell?«

»Die Infos stammen von Suarez' Leuten. Sie ist als Anwaltsgehilfin in einer großen Kanzlei auf der Park Avenue beschäftigt. Verdient recht gut. Ledig, nie verheiratet gewesen. Die drei Selbstmordversuche, die von Mrs. Ellerbee erwähnt werden, haben wirklich stattgefunden, das geht aus den Unterlagen der betroffenen Kliniken hervor. Will an dem bewußten Freitagabend daheim gewesen sein. Kam gegen sechs Uhr aus dem Büro und ging nicht mehr aus. Die Mutter bestätigt das.«

»Na schön. Dann spulen wir unser Sprüchlein noch mal ab – hoffentlich zum letzten Mal!«

Die geschnitzte Wandtäfelung des Hauseinganges war abscheulich übermalt worden – in schreiendem Orange. »Nun sehen Sie sich das mal an.« Delaney pochte mit dem Knöchel auf die Täfelung. »Bestimmt achtzehnmal überstrichen, wenn das reicht. Wenn man die Farbe entfernt, kommt garantiert das schönste Walnuß- oder Kirschholz zum Vorschein. Solche Täfelungen können Sie nirgends mehr kaufen. Hier hat jemand ganz elend gepfuscht.«

An der Klingel zum Appartement 3 C befanden sich zwei Namensschilder: *Blanche Yesell* und *J. Yesell.*

»Die Mutter darf ihren Namen ausschreiben, die Tochter muß sich mit dem J. begnügen«, bemerkte Delaney nachdenklich.

Boone gab sich über die Haussprechanlage zu erkennen, und der Summer ertönte prompt. Das Innere des Hauses war sauber, es roch leicht nach einem Desinfektionsmittel, aber auch hier waren die Farben von Wänden und Treppenläufern ausgesprochen grell. Als Schmuck diente eine Zwergpalme aus Plastik.

Die gewichtige Person, die die beiden Besucher an der Schwelle des Appartements 3 C erwartete, betrachtete sie mißtrauisch.

Mit schroffer Stimme erklärte sie: »Ich bin Mrs. Blanche Yesell, und Sie sehen mir keineswegs aus, als wären Sie Polizisten.«

Sergeant Boone reichte ihr stumm seinen Dienstausweis, sie hieb sich den Kneifer, der an einer schwarzen Schnur hing, auf die Nase und musterte Boones Ausweis samt Dienstmarke gründlich, was den Herren Gelegenheit gab, sie ihrerseits zu mustern.

Das blaugetönte Haar war aufgetürmt, die Züge wirkten grob und eher männlich. Boone sagte dazu später: »Sie sieht aus wie ein als Frau verkleideter Lkw-Fahrer.« Sie hatte breite Schultern, üppige Brüste und erschreckend breite Hüften. Alles in allem eine ziemliche Weibsperson auf großen Füßen in solidem Schuhwerk.

Jetzt reichte sie Boone seine Ausweise zurück. »Handelt es sich um Doktor Ellerbee?«

»Ganz recht, Madam. Darf ich Mr. Delaney vorstellen, Wir ...«

»Ich wünsche nicht, daß meine Joan belästigt wird. Das arme Ding hat schon genug mitgemacht. Außerdem hat sie alles gesagt, was sie weiß. Weitere Fragen können sie nur verstören, und das werde ich nicht zulassen.«

Delaney sagte milde: »Ich kann Ihnen versichern, daß wir nicht beabsichtigen, Ihre Tochter zu verstören. Wir sind aber mit der Aufklärung eines brutalen Mordes befaßt, und ich zweifle keinen Moment daran, daß Sie und Ihre Tochter bereit sind, uns dabei zu helfen, den gemeinen Mörder dingfest zu machen.«

Von dieser Suada verblüfft, warf Boone seinem Begleiter einen erstaunten Blick zu, doch schien Delaneys Technik sich zu bewähren, denn Mrs. Yesell sagte leicht schniefend:

»Nun, selbstverständlich sind ich und meine Tochter bereit, den Vertretern von Recht und Gesetz in jeder Weise zur Hand zu gehen.«

»Sehen Sie, das ist der richtige Geist«, strahlte Delaney. »Nur einige, wenige Fragen und dann sind wir weg, bevor Sie bis drei zählen können.«

Mrs. Yesell ließ die Herren eintreten in eine Wohnung, so übermäßig gepolstert wie sie selber. Die Menge an Kissen, Deckchen, Nippes und Quasten war schier atemberaubend. Ferner waren zwei schwarze Katzen zu sehen, gestopft wie Fußkissen.

»Das sind Perky und Jum-Jum«, stellte Mrs. Yesell sie nekkisch vor. »Sind sie nicht entzückend? Geben Sie mir Ihre Mäntel und machen Sie es sich bequem, meine Herren.«

Sie nahmen behutsam auf der Kante eines altmodischen zweisitzigen Sofas Platz und sahen zu, wie Mrs. Yesell sich in einem tiefen Sessel einrichtete, der über und über mit Schondeckchen bedeckt war.

»Nun denn, wie kann ich Ihnen behilflich sein?« Und sie lehnte sich erwartungsvoll vor.

Die Männer tauschten einen Blick.

Boone sagte zaghaft: »Madam, eigentlich möchten wir mit Ihrer Tochter sprechen. Sie ist doch zu Hause?«

»Ja, ja, aber sie ruht gerade, und ich möchte sie nicht stören. Übrigens kann ich Ihre Fragen ebensogut beantworten.«

»Das dürfte sich leider nicht machen lassen«, sagte Delaney scharf, »unsere Fragen richten sich ausschließlich an Ihre Tochter, und falls wir sie heute nicht sprechen können, müssen wir eben wiederkommen – so lange, bis das möglich ist. Oder sie vorladen.«

Sie funkelte ihn wütend an, doch machte ihm das keinen Eindruck.

»Meinethalben. Aber es ist völlig überflüssig.« Dann trällerte sie: »Joan, es ist Besuch da!«

Wie auf Stichwort, viel zu prompt für jemanden, der sich hingelegt hatte, um zu ruhen, erschien Joan Yesell, ein scheues Lächeln um den Mund. Die Herren erhoben sich, wurden vorgestellt, und man nahm wieder Platz, die Tochter auf einem Stuhl mit gerader Lehne, die Hände sittsam im Schoß gefaltet.

Boone begann. »Miss Yesell, wir können uns denken, welch ein Schock die Ermordung von Doktor Ellerbee für Sie gewesen ist.«

»Meine Joan war niedergeschmettert«, ließ die Mutter sich vernehmen, »absolut niedergeschmettert.«

Die also auch! ging es Delaney durch den Kopf.

»Sie werden aber begreifen«, fuhr Boone fort, »daß wir, um unsere Ermittlungen voranzutreiben, mit allen seinen

Patienten sprechen müssen. Möchten Sie uns sagen, wann Sie Doktor Ellerbee zum letzten Mal gesehen haben?«

»Am Mittwochnachmittag«, antwortete prompt die Mutter. »Am Mittwoch vor seinem Tod. Punkt 13 Uhr.«

Der Sergeant seufzte: »Mrs. Yesell, die Fragen richten sich an Ihre Tochter, und es ist notwendig, daß Ihre Tochter selber antwortet.«

Joan Yesell sagte fast unhörbar: »Am Mittwoch vor seinem Tod. Mittags um eins.«

Sie war kaum zu verstehen, hielt den Kopf gesenkt, starrte auf ihre Hände.

»Sie waren immer um diese Zeit bei ihm zur Behandlung?«

»Ja.«

»Wie oft war das?«

»Zweimal wöchentlich.«

»Und seit wann waren Sie bei ihm in Behandlung?«

»Seit vier Jahren.«

»Drei«, korrigiert Mrs. Yesell entschieden, »seit drei Jahren, mein Herzblatt.«

»Seit drei Jahren«, hauchte die Tochter, »ungefähr.«

»Hat Doktor Ellerbee Ihnen gegenüber jemals angedeutet, daß er von Patienten bedroht oder tätlich angegriffen worden war?«

»Nein.« Dann allerdings hob sie den Kopf und sah die Männer abwesend an. »Er ist einmal überfallen worden, abends auf dem Weg zur Garage. Aber das ist lange her.«

Jetzt übernahm Delaney: »Ich habe eine Frage, die Sie für zudringlich halten mögen, Miss Yesell, und wir haben alles Verständnis, wenn Sie nicht antworten möchten. Weshalb haben Sie sich von Doktor Ellerbee behandeln lassen?«

Darauf antwortete sie nicht sogleich, verknotete vielmehr die Finger im Schoß.

»Ich sehe nicht ein ...«, begann die Mutter, wurde aber von ihrer Tochter unterbrochen.

»Ich litt an Depressionen«, sagte sie mühsam, »an

schlimmen Depressionen. Ich versuchte, mir das Leben zu nehmen. Aber das wissen Sie vermutlich.«

»Und Sie hatten das Gefühl, daß Doktor Ellerbee Ihnen eine wirkliche Hilfe war?«

Sie belebte sich ganz überraschend. »Eine große, eine sehr große Hilfe!«

Auch ein nachsichtiger Betrachter hätte sie nicht hübsch nennen können. Häßlich war sie allerdings auch nicht, man hätte sie vielleicht als ›graue Maus‹ bezeichnen können. Mausfarbiges Haar und ein Gesicht ohne jedes Make-up. Das In-Pose-Setzen der Mutter, deren pures Volumen sie zu erdrücken schien, ging ihr völlig ab. Gekleidet war sie einfarbig langweilig – Pullover, Rock, Strümpfe und Schuhe in dumpfem Beige. Ähnlich ihr Teint. Sie sah nicht gerade krank aus, aber irgendwie flau und total besiegt. Ihre Bewegungen waren die einer Invalidin, der magere Körper ohne festen Umriß, ohne jede Lebenskraft.

Boone gab sich einen Ruck. »Ist Ihnen in letzter Zeit etwas wie eine Veränderung an Doktor Ellerbee aufgefallen, in seinem Verhalten allgemein, in der Art, wie er mit Ihnen sprach?«

»Nein. Nicht das geringste.« Dies war wieder die Mutter.

»Madam«, donnerte Delaney. »Sie werden ab sofort Ihre Tochter reden lassen, wenn Sie gefragt wird, und selber den Mund halten!«

Joan Yesell sagte zögernd: »Ja, doch, im letzten Jahr etwa ... er kam mir ... wie soll ich sagen ... er kam mir irgendwie glücklicher vor. Ja, glücklicher. Leichtherziger. Er scherzte gelegentlich.«

»Und zuvor hatte er das nie getan?«

»Nie.«

»Sie haben angegeben, daß Sie an jenem Freitag vom Büro direkt nach Hause gingen und das Haus vor dem nächsten Tage nicht wieder verlassen haben. Ist das richtig?«

»Ja.«

Delaney wandte sich düster lächelnd an Mrs. Yesell:

»Jetzt sind Sie dran, Madam. Können Sie das bestätigen? Ich meine, daß Ihre Tochter an jenem Abend nicht mehr ausgegangen ist?«

»Selbstverständlich.«

»Hatten Sie vielleicht Besuch? Haben Sie mit Hausbewohnern gesprochen oder telefoniert?«

»Nein«, sagte sie bestimmt, »wir waren allein.«

»Haben Sie gelesen? Ferngesehen?«

»Wir haben zweihändiges Bridge gespielt.«

»So?« Delaney stand auf. »Und wer hat gewonnen?«

»Mama«, piepste die Tochter. »Mama gewinnt immer.«

Die Herren bedankten sich höflich, ergriffen ihre Mäntel und zogen ab. Erst, als sie im Wagen saßen, sagte Delaney: »Daß die Tochter an Depressionen leidet, verwundert mich keinen Moment.«

»Die Alte ist ein echter Drachen«, stimmte Boone zu.

»Das ist sie wirklich. Einmal nur hat die Tochter ihr widersprochen, nämlich als sie behauptete, eine Veränderung an Ellerbee wahrgenommen zu haben. Das hat die Alte doch bestritten?«

»Und woher will sie das eigentlich wissen? Schließlich war nicht sie zweimal die Woche bei ihm.«

»Genau. Können Sie mich daheim absetzen, Sergeant? Wir machen dann für heute Schuß.«

Als Delaney im Begriff war auszusteigen, fragte Boone spontan:

»Wenn Sie einen von den sechsen als den Täter auswählen sollten, Sir, auf wen würde Ihre Wahl fallen?«

»Tja, da muß ich nachdenken. Bellsey vielleicht. Aber bloß, weil ich den Kerl nicht ausstehen kann. Auf wen tippen Sie?«

»Auf Gerber, aus dem gleichen Grunde. Und wir haben bestimmt alle beide unrecht.«

»Bestimmt« grunzte Delaney. »Schade, daß es in diesem Fall keinen Gärtner gibt. Bis morgen also, Sergeant. Grüßen Sie Ihre Frau.«

Monica stand in der Küche und zerschnipselte Hühnerflügel. Vor ihr standen vier Schälchen auf dem Tisch: Senf aus Dijon, Worcestershiresauce, Hühnerbrühe, gewürztes Semmelmehl. Als er hereinkam und ihr einen Kuß gab, blickte sie auf.

»Ein Sandwich, bitte«, bettelte er, »bloß eines. Ich hab den ganzen über nichts gegessen, und bis zum Abendbrot dauert es noch Stunden. Ein Sandwich verdirbt mir bestimmt nicht den Appetit.«

»Also gut, Edward, aber nur eines.«

Er wühlte im Kühlschrank und murmelte dabei: »Das habe ich mir redlich verdient. Was für ein Tag! Wußtest du, daß von allen Ärzten die Psychiater gleich nach den Augenärzten die höchste Selbstmordrate aufweisen?«

Er stand über den Spülstein gebeugt, drehte sich aber jetzt zu ihr um, das Sandwich in einer, ein Glas Bier in der anderen Hand.

»Sag bloß nicht, Ellerbee hat sich selber den Schädel mit dem Hammer eingeschlagen.«

»Nein, ich erwähnte das bloß, weil ich allmählich ein Bild davon bekomme, was so ein Zickzack-Doktor auszustehen hat. Kein Wunder, daß sie einen ganzen Monat Urlaub im Jahr brauchen, um ihre Batterie wieder aufzufüllen. Das sind vielleicht Typen, diese Patienten von Ellerbee! Die leben in einer Welt, die mir total fremd ist, ich kann mir einfach keinen Vers auf sie machen.«

Monica nickte verständnisvoll.

»Hältst du Frauen für empfindlicher als Männer?« fragte er.

»Empfindlich? Meinst du körperlich? Kitzliger zum Beispiel?«

»Nein, das doch nicht. Vielleicht sollte ich sagen empfindsamer. Für Gefühle. Für die … die Ausstrahlung von anderen. Ich erklär's dir. Wir haben alle Patienten befragt, ob sie an Ellerbee irgendwelche Veränderungen bemerkt haben, in den letzten sechs Monaten ungefähr. Wir möchten wissen, ob er sich bedroht gefühlt hat, erpreßt wurde oder so was. Alle von uns befragten Männer sagten nein, sie haben nichts an ihm bemerkt. Aber die Frauen meinten, doch, sie haben so was an ihm festgestellt. Sie stimmen nur nicht darin überein, wie er sich verändert hat, aber daß er sich im letzten halben Jahr verändert hat, darin sind sie sich einig. Deshalb frage ich, ob du Frauen für empfindsamer hältst als Männer.«

»Ja. Auf jeden Fall.«

Fünf Stunden später, er hatte seine Akten auf den neuesten Stand gebracht, man hatte gegessen und Monica war mit der Küche fertig, steckte er den Kopf ins Wohnzimmer und fragte: »Monica, kennst du wen, der eine Analyse macht?«

Sie schaute ihn an: »Ja, ich kenne zwei oder drei Frauen, die in Behandlung sind.«

»Würdest du die mal fragen, wie sie zahlen? Ich meine, legen sie nach jeder Stunde das Geld auf den Tisch, oder kriegen sie monatlich eine Rechnung? Ich möchte gern rausbekommen, wie die Seelenklempner zu ihrem Geld kommen.«

»Hat das mit dem Mord an Ellerbee zu tun?«

»Weiß ich nicht. Ich weiß überhaupt so gut wie nichts. Zum Beispiel nicht, woher ein Psychiater seine Patienten bekommt. Werden sie ihm von anderen Ärzten empfohlen? Oder suchen die Patienten sich selber ihren Kandidaten aus dem Branchenadreßbuch heraus? Ich weiß es einfach nicht.«

»Ich werde mich mal erkundigen. Vermutlich liegt jeder Fall anders.«

»Genau das vermute ich auch. Wie soll ich denn dann Ordnung und System in diese Angelegenheit bringen?«

Und als sie vier Stunden später zu Bett gingen, murrte er: »Nicht mal einen Blick in die Sunday Times habe ich tun können. Stand was über den Fall Ellerbee drin?«

»Mir ist nichts aufgefallen. Aber in der Beilage steht was sehr Interessantes über gefärbte Haare. Meinst du, rosa Streifen im Haar würden mir stehen?«

»Dann schon lieber jagdgrün. Aber tu, wozu du Lust hast.«

»Du bist ein Ungeheuer.«

»Weißt du, was ich glaube? Ich glaube, totales Irresein und totale Normalität sind Extremfälle, und nur wenige Leute gehören in diese Kategorien. Die meisten von uns liegen irgendwo dazwischen, angefangen bei leichten ›Eigenheiten‹ und aufgehört bei ausgesprochenen Psychosen. Nimm zum Beispiel diesen Artikel über gefärbte Haare. Ich wette, ein Haufen Weiber läßt sich morgen das Haar rosa färben oder orange oder purpurrot. Deshalb sind sie aber doch noch längst nicht verrückt.«

»Und was willst du damit sagen, Edward?«

»Heute nachmittag meinte ich, die Patienten, die wir befragen, leben in einer anderen Welt. Das stimmt aber nicht. Sie leben in genau der Welt, in der wir auch leben. Sie sind nur auf der Stufenleiter der Abnormitäten ein Stückchen über mir, deshalb fällt es mir so schwer, sie zu begreifen.«

»Mit anderen Worten, du meinst, wir sind allesamt gestört, der eine mehr, der andere weniger.«

»Das trifft's genau«, sagte er dankbar. »Ich muß mir immer vor Augen halten, daß ich einen Knacks habe wie die Patienten, wahrscheinlich nur eine Spur weniger.«

Sie starrte ihn an.

»Da wäre ich mir nicht so sicher, Freundchen«, sagte sie, worauf er laut losprustete und in ihr Bett kletterte.

14

»Ich bin auf dem Herweg im Revier gewesen«, sagte Boone am Montagmorgen, »habe mit dem Sergeanten gesprochen, der für Suarez den Papierkram bei unseren Ermittlungen erledigt. Die neuen Leute sollen angeblich um neun Uhr hier sein. Er hat mir eine Liste der Namen mitgegeben. Er maulte etwas, weil er sie abgeben mußte.«

»Kann ich mir denken«, sagte Delaney.

»Könnte es sein, daß Suarez uns sechs Nieten schickt?« fragte Jason.

»Sie meinen, ob er uns sabotieren will?« lächelte Delaney. »Das glaube ich eigentlich nicht. Schon gar nicht, wenn Thorsen ihm auf die Finger sieht. Sollten aber doch Nieten dabei sein, lassen wir sie ablösen.«

»Es sind übrigens nicht lauter Männer, Sir«, sagte Boone, »auch eine Frau ist dabei. Übrigens auch ein Farbiger – Robert Keisman heißt er. Kennen Sie den, Jason?«

»Klar kenne ich ihn. Ein hellwaches Bürschchen. Den brauchen Sie bestimmt nicht auszutauschen. ›Spielverderber‹ wird er genannt, seit er am Times Square mit illegalen Spielclubs aufgeräumt hat. Einer von den Typen, die er festnahm, hat ihm nämlich allen Ernstes vorgeworfen, daß er den Leuten da gründlich den Spaß verderben würde. Seither heißt er so. Kennen Sie welche von den anderen, Sergeant?«

»Mit zweien habe ich mal zusammengearbeitet; keine Überflieger, aber zuverlässig. Benny Calazo ist schon seit einer Ewigkeit bei der Polizei; er wird langsam alt, aber was er macht, hat Hand und Fuß. Dann kenne ich noch Konigsbacher: Er sieht aus wie ein Totschläger und hat auch Neigungen in dieser Richtung. Man muß aber anerkennen, daß er gewissenhaft arbeitet. Die anderen kenne ich nicht.«

»Na, dann wollen wir mal für Stühle sorgen – fünf sollten reichen.«

Die Stühle fanden sich in der Küche und im Wohnzimmer und wurden im Halbkreis vor Delaneys Schreibtisch aufgestellt. Auch an Aschenbecher wurde gedacht.

»Eigentlich wollte ich sie alle meine Protokolle über die Befragung der sechs Patienten lesen lassen«, sagte Delaney, »aber davon bin ich abgekommen. Ich möchte nicht, daß sie sich durch meine Beurteilung beeinflussen lassen. Wir weisen sie nur kurz ein, teilen jedem einen Verdächtigen zu und lassen sie machen. Mittags müßten wir spätestens so weit sein. Ihr beide sucht euch je drei der Neuen aus, die ihr dirigieren wollt, und je nachdem, wie sich das anläßt, könnt ihr in den nächsten Tagen wechseln.«

Kurz vor neun trafen die ersten ein. Boone nahm sie in Empfang und zeigte ihnen, wo sie ihre Mäntel lassen konnten. Dann führte er sie ins Arbeitszimmer und machte sie mit Jason und Delaney bekannt. Um 9 Uhr 15 war auch der letzte eingetrudelt, und Boone schloß die Tür. Delaney verzichtete auf seine Brille, fest davon überzeugt, daß ein kommandierender General mit Brille einfach unglaubhaft wirkt; er empfand das als Merkmal körperlicher Schwäche, die er verbergen wollte.

Er begann dann auch in forschem Ton: »Mein Name ist Edward X. Delaney, ehemals Reviervorsteher im 251. Revier, später Chef der Kriminalpolizei bis zu meiner Pensionierung. Es dürfte Ihnen bekannt sein, daß ich auf Wunsch des stellvertretenden Commissioners dem derzeit diensttuenden Chefinspektor Suarez bei den Ermittlungen in der Mordsache Ellerbee behilflich bin. Der Fall ist Ihnen allen vertraut.«

Alle nickten.

»Gut. Ich brauche also die Einzelheiten hier nicht zu wiederholen. Übrigens, falls Sie möchten, dürfen Sie rauchen.«

Er wartete, bis einige Zigaretten brannten. Ein gewisser Brian Estrella, dürr wie eine Bohnenstange, stopfte umständlich seine Pfeife.

Delaney kündigte an, erster Auftrag seiner »Sonderkommission«, wie er sich ausdrückte, sei die Überprüfung von sechs ehemaligen Patienten des Ermordeten, die bereits ein- oder mehrmals gewalttätig geworden seien. Er betonte, es handele sich nicht eigentlich um Verdächtige, sondern eher um Personen, die zu überprüfen sich lohnen könne. Möglich sei, daß man sich später mit weiteren ehemaligen Patienten Ellerbees werde befassen müssen.

»Als erstes sollten Sie feststellen, ob die Betreffenden polizeibekannt sind oder vorbestraft.«

Nach einer Weile fuhr er fort, werde möglicherweise jedem der Anwesenden einer der sechs Patienten fest zugeteilt, doch zunächst werde man ihnen willkürlich täglich jemand anderen zuweisen, mit dem sie sich zu beschäftigen hätten.

»Dies geschieht in der Hoffnung, daß es Ihnen gelingt, denjenigen Patienten zu finden, zu dem Sie den besten Kontakt herstellen können, der also beispielsweise zu einem von Ihnen freier spricht, mehr aus sich herausgeht als gegenüber den anderen. Und jetzt will ich Ihnen näher beschreiben, was das für eine Art Leute sind, mit denen Sie es zu tun haben.«

Er sah befriedigt, daß alle ihre Notizbücher und Kugelschreiber zückten, und gab dann eine kurze Darstellung der Krankengeschichten der sechs Patienten. Als er damit am Ende war, wandte er sich an Boone: »Haben Sie noch was anzufügen, Sergeant?«

»Nicht, was die Personen betrifft, Sir, aber ich möchte auf den Hammer hinweisen ...«

»Das wollte ich eben tun.«

Die Mordwaffe, so Delaney, sei höchstwahrscheinlich ein Treibhammer, bislang unauffindbar, und keiner der Befragten habe angegeben, einen zu besitzen. Die Suche nach diesem Hammer sei ein wichtiger Teil ihres Auftrages. Ferner erwähnte er die beiden Sorten Fußabdrücke und wies seine neuen Helfer an, ausdrücklich nach Überschuhen, Stiefeln, Galoschen oder sonstiger schützender Fußkleidung zu fragen.

»Können Sie die Schuhgrößen feststellen, um so besser. Die Abdrücke wurden fotografiert, und die Bilder sind hier einzusehen. Sonst noch was, Boone?«

»Nein, Sir.«

»Sie, Jason?«

»Nein, Sir.«

»Wie steht es mit Ihnen?« wandte er sich an die anderen, »irgendwelche Fragen?«

Die Detektivin Helen K. Venable hob die Hand. »Sind all diese Leute als ... als geistesgestört zu betrachten, Sir?«

Es folgte amüsiertes Kichern, doch Delaney verzog keine Miene. »Ihre Aufgabe erfordert von Ihnen nicht nur Geduld, sondern auch viel Einfühlungsvermögen. Es kann gut sein, daß Ihr erster Eindruck ist, es wirklich mit Verrückten zu tun zu haben, das darf Sie aber nicht verführen, diese Leute zu unterschätzen. Vergessen Sie nicht, daß sehr wahrscheinlich einer von diesen schlau, durchtrieben und entschlossen genug war, Doktor Ellerbee ins Jenseits zu befördern und dabei bislang unentdeckt zu bleiben.«

Benjamin Calazo, der Uraltbulle, hob seine fleischige Hand. »Ich würde gern Isaac Kane übernehmen, Sir. Ich habe einen behinderten Bruder. Er ist ein lieber Junge, es steckt nichts Böses in ihm, aber wie Sie schon sagten, Sir, er braucht Geduld und Einfühlungsvermögen. Ich habe mir im Lauf der Zeit beides angewöhnt, und wenn es Ihnen recht ist, Sir, würde ich, wie gesagt, diesen Kane gerne übernehmen.«

»Das ist mir sogar sehr recht. Hat sonst noch jemand einen diesbezüglichen Wunsch?«

Keisman, der ›Spielverderber‹, meldete sich: »Wenn keiner den Vietnamveteranen haben will – Gerber heißt er, glaube ich –, dann möchte ich den nehmen. Ich komme mit diesen Leuten im allgemeinen sehr gut aus.«

»Er gehört Ihnen«, verfügte Delaney. »Nur, geben Sie acht, der Junge könnte gefährlich sein. Sonst noch Wünsche?«

Niemand äußerte sich, und es begann die Zuteilung. Ein Arbeitsplan wurde aufgestellt, Telefonnummern ausgetauscht und dafür gesorgt, daß jeder jeden zu jeder Zeit irgendwie erreichen konnte, entweder unmittelbar oder durch Hinterlassen einer Nachricht.

Boone wählte für sich die Detektive Calazo, Konigsbacher und Venable, Jason bekam den Pfeifenraucher Estrella, ferner Keisman, und Timothy Hogan, einen kleinen, untersetzten Glatzkopf. Delaney ordnete an, täglich einen Bericht zu verfassen, so komplett wie nur möglich.

»Ich verlange, daß dieser Bericht alles enthält, einfach alles, so unbedeutend oder auch blödsinnig Ihnen manches vorkommen mag. Falls Sie auf etwas stoßen, was Ihnen wichtig erscheint, setzen Sie sich sofort mit Jason oder Boone in Verbindung. Klappt das nicht, rufen Sie mich an, egal, zu welcher Tages- oder Nachtzeit. Und jetzt ab. Die Fährte wird mit jedem Tag kälter, und im Präsidium will man den Fall unbedingt so schnell wie möglich klären. Falls Sie einen Wagen brauchen, Unterstützung, besondere Ausrüstung oder dergleichen, sagen Sie mir Bescheid.«

Er verabschiedete alle mit Handschlag, und zusammen mit Boone und Jason verließen sie das Haus. Delaney räumte die Stühle weg und leerte die Aschenbecher. Dann wollte er Suarez anrufen, bekam ihn aber nicht an den Apparat, weil er in einer Sitzung war. Er bat um Rückruf.

Endlich setzte er die Brille auf, steckte sich eine Zigarre an und legte mit Hilfe des von Boone gelieferten Namenverzeichnisses eine Liste seiner neuen Hilfstruppe an, die sich folgendermaßen las:

Abteilung Boone:

1. Ross Konigsbacher. Klotziger Kerl, blonder Schnauzer, schlägt gern zu. Alte Narbe über linker Augenbraue.
2. Benjamin Calazo. Erfahrener alter Streifengänger. Weißes Haar. Schwere Pranken mit Altersflecken auf dem Handrücken. Hat Isaac Kane gewählt.
3. Helen Venable. Klein, untersetzt, rotbraunes Haar, sehr eifrig, tiefe Stimme.

Abteilung Jason:

1. Brian Estrella. Lange Latte. Pfeifenraucher. Linkshänder. Großer Adamsapfel.
2. Robert Keisman – ›Spielverderber‹. Schwarz. Schlank. Elegant. Trägt Schulterhalfter. Wählt Harold Gerber.
3. Timothy Hogan. Bullig. Glatzkopf. Große Ohren. Nikotinbraune Finger. Winselnde Stimme.

Delaney überlas, was er da geschrieben hatte, und richtig, er konnte sich jeden einzelnen mühelos ins Gedächtnis rufen; sie erschienen als Individuen vor seinem geistigen Auge. Das hatte er bezweckt. Die Liste verwahrte er im obersten Schreibtischschubfach. Später konnte er die Leistung eines jeden auf dieser Liste festhalten. Gut möglich, daß der eine oder andere nach Abschluß der Ermittlungen einen positiven Vermerk in seine Personalakte bekam.

Nach einigem Kramen brachte er senkrecht liniierte Papierbogen zum Vorschein, wie sie von Buchhaltern benutzt werden. Die vierzehn vorhandenen Rubriken boten ihm genügend Platz für die Erstellung eines Ablaufplans der Ereignisse zur Tatzeit.

Oben notierte er die Namen, in die äußerste linke Kolumne die Stunden, angefangen mit 16 Uhr und endend mit dem Zeitpunkt des Auffindens der Leiche, mit 1 Uhr 54.

Das war öder Papierkram, aber nicht zu umgehen. Er mußte zu diesem Zweck seine Protokolle vornehmen, die Aussagen der Beteiligten, Ellerbees Unterlagen. Und trotzdem würden die Zeitangaben nicht völlig korrekt sein. Selbst der Zeitpunkt, zu dem der Tod eingetreten war, ließ sich nicht ganz genau bestimmen. Der Arzt hatte ihn mit 21 Uhr angegeben, doch konnte er sich sehr wohl um eine Stunde in der einen oder anderen Richtung geirrt haben. Delaney begann die erste Kolumne:

Dr. Simon Ellerbee
16 Uhr Termin mit Gerber.
17 Uhr Termin mit Lola Brizio. Nachprüfen, wer das ist.
18 Uhr Sagt seiner Frau, daß er einen späten Patienten erwartet, nennt aber weder Termin noch Namen. Kein Termin im Kalender. Praxishelferin weiß nichts darüber. Sagt seiner Frau, daß er um 21 Uhr nach Brewster fahren will. Der späte Patient dürfte demnach auf 19 Uhr oder 20 Uhr bestellt gewesen sein.
21 Uhr Tot.

Dr. Diane Ellerbee
18 Uhr Verläßt Büro nach Gespräch mit ihrem Mann.
18 Uhr 30 Abfahrt aus Manhattan, selbst am Steuer.
20 Uhr Ankunft in Brewster.
23 Uhr 30 Uhr Anruf in Praxis Manhattan. Keine Antwort. Danach noch zwei Anrufe daselbst, Zeit nicht angegeben.
24 Uhr Anruf bei Polizeiposten Brewster. Keine Unfallmeldung. Anruf Garage Manhattan, Zeit nicht angegeben. Resultat: Wagen ihres Mannes noch dort.
1 Uhr 15 Anruf bei Dr. Samuelson.

Dr. Julius K. Samuelson
19 Uhr bis ? Abendessen mit Bekannten im Russian Tea Room.
20 Uhr 30 bis 23 Uhr 30 Konzert in der Carnegie Hall.
23 Uhr 30 bis 0 Uhr 30 (?) in der Bar vom Hotel St. Moritz.
1 Uhr 15 Anruf von Diane Ellerbee.
1 Uhr 45 Eintreffen beim Haus Ellerbee 84. Straße.
1 Uhr 54 Findet Ellerbees Leiche. Ruft Polizei.

Als das Telefon klingelte, zuckte Delaney zusammen und machte versehentlich einen Strich über die Seite. »Sie werden von Chefinspektor Suarez verlangt«, sagte eine Stimme.

»Nun, wie geht es Ihnen?« erkundigte sich Delaney.

»Man lebt«, seufzte Suarez. »Hoffentlich haben Sie gute Neuigkeiten für mich?«

»So kann man das eigentlich nicht nennen, ich würde Sie aber gerne mal sprechen.«

»Tja, das wäre mir ebenfalls sehr lieb.«

»Ich bin den ganzen Tag zu Hause. Kommen Sie doch vorbei. Lange dauern wird es nicht.«

Suarez zögerte: »Heute ist ein böser Tag. Vor dem frühen Abend komme ich hier nicht weg. Ist Ihnen acht oder neun zu spät?«

»Ach wo. Ich bin, wie gesagt, zu Hause.«

»Dann komme ich auf dem Heimweg bei Ihnen vorbei. Ich rufe an, bevor ich hier aufbreche. Ist Ihnen das recht?«

»Durchaus recht. Bis heute abend also.«

Er legte den Hörer auf und fuhr in seiner Arbeit fort.

Henry Ellerbee
21 Uhr Wohltätigkeitsveranstaltung im Hotel Plaza. Anwesenheit bezeugt.

Praxishelferin
17 Uhr oder 18 Uhr weggegangen. Nachfragen.

Isaac Kane
21 Uhr Nach Schließung des Gemeindezentrums gegangen. Wohin?

Silvia Mae Otherton
21 Uhr Allein zu Hause. Keine Bestätigung.

L. Vincent Symington
21 Uhr Ball im Hilton. Könnte zwischendurch weggegangen sein.

Ronald Bellsey
21 Uhr Ganzen Abend zu Hause. Bezeugt von Ehefrau.

Harold Gerber
21 Uhr Sauftour, weiß nicht mehr wo. Keine Bestätigung.

Joan Yesell
21 Uhr Ganzen Abend zu Hause. Bezeugt von der Mutter.

Delaney fing gerade an, sein Kunstwerk erneut zu überlesen, als das Telefon wieder klingelte. Diesmal war es Boone.

»Ich bin mit Konigsbacher in der Garage von Bellsey. Sein Cadillac steht hier. Ich habe mich durch einen Anruf in seinem Laden davon überzeugt, daß er dort ist. Hier ist jetzt niemand, und ich könnte seinen Kofferraum mal aufmachen und reingucken. Passende Schlüssel habe ich.«

Delaney bedachte sich.

»Von wo telefonieren Sie, Sergeant?«

»Öffentlicher Fernsprecher.«

»Gut, schauen Sie nach und rufen Sie mich gleich zurück. Tun Sie noch nichts. Gibt es Ärger, sagen Sie, Sie haben Erlaubnis von Ihren Vorgesetzten. Nehmen Sie nichts auf Ihre eigene Kappe.«

»Kein Ärger zu erwarten, Sir. Hier ist kein Mensch, und Konigsbacher steht Schmiere.«

»Rufen Sie zurück«, wiederholte Delaney und legte auf.

Er versuchte sich wieder in seine Schreibarbeit zu konzentrieren, doch das ging nicht. Als das Telefon klingelte, riß er den Hörer förmlich hoch.

»Boone noch mal.« Der Sergeant klang geradezu aufgeregt. »Er hat einen Treibhammer im Kofferraum, Sir! Einen alten. Total mit Fett beschmiert.«

»Mitnehmen. Gleich ins Labor damit. Können Sie den Kofferraum wieder abschließen?«

»Leicht.«

»Gut. Bellsey wird nicht merken, daß der Hammer weg ist.«

Er legte auf, schmunzelte, weil er meinte, die Dinge kämen endlich in Bewegung. Besser: wurden in Bewegung gebracht.

Nun las er noch zweimal aufmerksam durch, was er geschrieben hatte, achtete auf jedes Wort. Dann schob er das Blatt von sich, lehnte sich zurück und setzte eine Zigarre in Brand.

Mehr als diese halb bestätigten oder unbestätigten Alibis interessierte ihn, was Dr. Ellerbee in den letzten drei Stunden seines Lebens wohl getan haben mochte.

War der geheimnisvolle Patient gekommen und länger geblieben als vorausgesehen? Das war nicht sehr wahrscheinlich; die Sitzungen dauerten in der Regel 45 Minuten. Arbeitete Ellerbee an seinen Krankengeschichten, während er auf den Patienten wartete? Oder hatte er gelesen? Musik gehört? Ferngesehen?

Delaney schaute auf die Uhr und spürte Appetit auf ein Sandwich. Essen! Wann aß dieser Mensch eigentlich? Seiner Frau hatte er gesagt, er werde voraussichtlich gegen 21 Uhr wegfahren. Selbst wenn er in Brewster gegen 22 Uhr 30 noch auf einen späten Imbiß rechnen konnte, mußte er bis dahin doch irgendwas zu sich nehmen! Delaney jedenfalls wäre unterdessen Hungers gestorben.

Er suchte den Obduktionsbefund in den Akten und blätterte darin, bis er fand, was er suchte. Die Bestimmung des Mageninhaltes hatte ergeben, daß Ellerbee etwa eine Stunde vor seinem Ableben noch gegessen hatte, und zwar gekochten Schinken, Schweizer Käse, Roggenbrot und Senf. Offenbar teilte Ellerbee den Geschmack von Delaney.

Einen Teil dieser drei Stunden hatte er also mit dem Verzehr eines Sandwiches verbracht. Hatte er das selber geholt? Bei dem sintflutartigen Regen? Eigentlich unwahrscheinlich. Vermutlich hatte er sich in der Küche im ersten Stock etwas zurechtgemacht. Aber auch das füllte die drei Stunden nicht aus. Diese Lücke in Ellerbees Zeitplan ließ Delaney keine Ruhe, sie störte seinen Wunsch nach Klarheit. Gewiß hatte Ellerbee die Zeit nicht einfach vertrödelt. Es gab einfach noch zu viele unbeantwortete Fragen:

1. Warum hatte Ellerbee seiner Frau nicht namentlich den Patienten oder die Patientin genannt?
2. Warum hatte er dessen oder deren Namen der Praxishelferin nicht genannt?
3. Erwartete er den Besuch um 19 Uhr, hätte er im Grunde um 20 Uhr nach Brewster aufbrechen können. Seiner Frau hatte er jedoch gesagt, er wolle um 21 Uhr abfahren. Daraus folgte eigentlich, daß der Patient von ihm um 20 Uhr erwartet wurde. Falls das aber richtig war, wie kam es dann, daß der Doktor laut Obduktionsbefund eine Stunde vor seinem Tode etwas gegessen hatte? Man konnte sich nicht gut vor-

stellen, daß er einem Patienten, der dringend um einen Termin gebeten hatte, ein Sandwich essend gegenübersaß?
4. Angenommen, der Patient war wirklich für 20 Uhr bestellt, wie hatte Ellerbee dann die zwei Stunden davor verbracht?
5. Die beiden Sorten Fußabdrücke – hatte Ellerbee etwa zwei Patienten empfangen?

Delaney gestand sich ein, daß er all diese Fragen wahrscheinlich viel zu wichtig nahm. Und doch nagte das an ihm, und er faßte den spontanen Entschluß, dieses Rätsel höchstselbst und allein anzugehen. Schließlich brauchte er nicht den ganzen Tag hier herumzusitzen und darauf zu warten, daß irgendwer von seinen Helfern anrief. Lieber schon wollte er sich in Bewegung setzen und sein eigener Spürhund sein.

Zu diesem Zweck suchte er Namen und Adresse von Ellerbees Praxishilfe heraus. Carol Judd, in der 73. Straße. Boones Vermerk über ihr Alibi zur Tatzeit war angeheftet. Angeblich lag sie bei ihrem Freund im Bett. Der bestätigte dies.

Delaney fand ihre Nummer im Telefonbuch und drückte sich selber den Daumen. Siebenmal ließ er es klingeln und wollte schon auflegen, als sie abhob.

»Ja, bitte?« Ganz außer Atem.

»Miss Carol Judd?«

»Ja. Wer spricht denn da?«

Er bemühte sich, das folgende langsam und deutlich in die Muschel zu sprechen.

»Mein Name ist Edward X. Delaney und ich bin ziviler Berater der Kriminalpolizei von New York. Ich bin mit Ermittlungen im Mordfall Ellerbee betraut und wüßte gern ...«

»He, Sie, Moment mal, lassen Sie mich erst mal die Tüten abstellen. Ich war nämlich gerade einkaufen.«

Er wartete geduldig, bis sie wieder an den Apparat kam.

»Also, noch mal, wer sind Sie?«

Er wiederholte. »Ich würde gern einmal mit Ihnen sprechen. Es wird nicht lange dauern. Es sind da einige Fragen aufgetaucht, die außer Ihnen niemand beantworten kann.«

»Na, ich weiß nicht recht …, seit mein Name in den Zeitungen war, rufen mich die komischsten Leute an, richtige Spinner und … na, Sie wissen schon …«

»Kann ich mir denken, Miss Judd. Ich mache Ihnen einen Vorschlag. Rufen Sie Mrs. Ellerbee an, sagen Sie, ich hätte bei Ihnen angerufen und würde Ihnen gern ein paar Fragen stellen. Sie wird Ihnen bestätigen, daß ich kein Spinner bin. Ich gebe Ihnen meine Nummer, und Sie rufen mich zurück. Würden Sie mir den Gefallen tun?«

»Na ja, das sollte ich wohl. Es wird aber eine Weile dauern, bis ich sie erreiche, sicher hat sie gerade einen Patienten.«

»Ich kann warten«, sagte Delaney und gab ihr seine Telefonnummer.

Er räumte den Schreibtisch auf, legte die Unterlagen in die zugehörigen Mappen, bis auf den Bogen mit der Zeiteinteilung, die er noch einmal ansah. Wieder fühlte er sich irritiert durch die Dreistundenlücke bei Ellerbee, und er hoffte inständig, Carol Judd wäre imstande, ihm da weiterzuhelfen.

Es vergingen gut zwanzig Minuten, bis sie anrief.

»Mrs. Ellerbee sagt, Sie sind in Ordnung.«

»Dann ist es ja gut. Könnte ich jetzt gleich zu Ihnen kommen? Ich wohne einigermaßen nahe.«

»Na, hören Sie mal, erst muß ich hier etwas aufräumen. Es sieht grauenhaft aus bei mir. Sagen wir in einer halben Stunde.«

»Tausend Dank. In einer halben Stunde also.«

Das ließ ihm genügend Zeit für ein Bier und ein ›feuchtes‹ Sandwich, das er über die Spüle gebeut verzehrte: Reste vom Huhn, Tomatenscheiben, Zwiebeln und darüber eine russische Salatsoße, alles in eine große Semmel gestopft.

Dann zog er den schweren Mantel an, setzte den Homburg auf und machte sich zu Fuß auf den Weg zu Carol Judd.

Das Wetter schien auf die Passanten anregend zu wirken, alles lief mit flottem Tempo. Es war kalt, aber klar, das Licht geradezu blendend, und der Wind biß. Die Stadt wirkte verjüngt und strahlend.

Er marschierte die 3. Avenue hinunter und betrauerte im Vorbeigehen das Hinsterben der alten irischen Kneipen, darunter auch die seines Vaters. An deren Stelle gab es jetzt einen Bioladen. Jawohl, das waren unbestreitbar Veränderungen, ob es aber auch Verbesserungen waren? Darauf wußte er keine Antwort.

Carol Judd wohnte in einem vierzehnstöckigen Appartementhochhaus, in dessen marmorgetäfelter Halle es stark nach Kohl roch. Delaney meldete sich über die Haussprechanlage und wurde sogleich eingelassen. Der Fahrstuhl, der ihn in den achten Stock brachte, quietschte beängstigend.

Sollte sie in der vergangenen halben Stunde wirklich aufgeräumt haben, so mußte in dem winzigen Appartement zuvor ein wahres Chaos geherrscht haben. Es sah hier aus, als sei eben erst ein Taifun durchgebraust und habe ein unentwirrbares Gemenge von Kleidern, Büchern, Schallplatten, Kassetten und einer Sammlung mechanischer japanischer Puppen hinterlassen. Die konnte man aufziehen, und dann hatte man tanzende Bären, musizierende Kaninchen und purzelbaumschlagende Clowns zur Gesellschaft.

Sie entschuldigte sich fröhlich lachend dafür, und er beruhigte sie: »Aber ich bitte Sie, da sieht man doch gleich, daß hier jemand richtig wohnt.«

»Ja. Und stellen Sie sich vor, ich habe hier mal eine Party für zwanzig Leute gegeben.«

»Das glaube ich Ihnen gern«, sagte er und dachte: Die armen Nachbarn!

Nachdem Sie einen Stapel Modezeitschriften aus einem segeltuchbezogenen Stuhl entfernt hatte, nahm er behutsam darauf Platz, immer noch im Mantel, den Hut auf den Knien. Sie selbst ließ sich, ohne sich mit den Händen abzustützen, überraschend im Schneidersitz auf den Fußboden sinken, und dafür bewunderte er sie aufrichtig. Er fand sie auch aus anderen Gründen bewundernswert. Sie war groß und schlank, und die eng sitzenden Jeans schienen fast nur Beine zu umspannen. Eine Schönheit im herkömmlichen Sinne war sie nicht, doch hatte sie ein kesses, aufgewecktes Gesicht und einen Schopf blonder Locken, was ihr alles zusammengenommen einen unbestreitbaren Charme verlieh. Ihr T-Shirt war vorne mit einem Porträt von Beethoven bedruckt.

»Ich will mich möglichst kurz fassen und Sie nicht unnötig aufhalten, Miss Judd«, begann er.

»Ach was, ich habe jede Menge Zeit. Ich muß mir doch einen neuen Job suchen, und bislang habe ich noch nichts Passendes gefunden. Vorhin, als ich mit Mrs. Ellerbee telefonierte, sagte sie mir, sie hat womöglich für mich was in Aussicht bei einem Psychiater, den sie kennt. Der will eine Klinik für betuchte Alkoholiker eröffnen.«

»Wie lange waren Sie eigentlich bei Doktor Ellerbee?« fragte er.

»Fast fünf Jahre. Das war vielleicht ein Traumjob, sage ich Ihnen. Wenig Arbeit und angenehme Arbeitszeit. Überhaupt kein Druck, wenn Sie verstehen, was ich meine.«

»Ich nehme an, Sie haben den Terminkalender geführt, Rechnungen geschrieben und solche Sachen?«

»Stimmt genau. Und meinen Lunch durfte ich mir in der Küche zubereiten. Im Sommer haben sie mich und meine Kollegin Edith Crawley – die ist bei seiner Frau angestellt – sogar immer über ein Wochenende nach Brewster eingeladen. Mann, das ist vielleicht ein Paradies da! Und den August über hatte ich selbstverständlich Urlaub.«

»Sie konnten Doktor Ellerbee also gut leiden?«

»Ein ganz wunderbarer Mensch war das. Ein Arbeitgeber, wie man ihn sich nur wünschen kann. Offen gestanden hatte ich ein Auge auf ihn geworfen, aber mir war klar, daß das zu nichts führen würde. Sie kennen ja seine Frau. Mit der kann so leicht keine konkurrieren.«

Sie lachte belustigt und wiegte sich, die Knie umklammernd, auf dem Fußboden.

»Wie war Ihre Arbeitszeit?«

»Von neun bis fünf. Meistens jedenfalls. Manchmal, wenn er es mit besonders schwierigen Patientinnen zu tun hatte, bat er mich auch schon mal, etwas früher zu kommen oder länger zu bleiben. Sie wissen ja, diese hysterischen Frauenzimmer kommen gelegentlich auf die Idee zu behaupten, sie wären vergewaltigt oder mindestens unsittlich belästigt worden.«

»Ist das tatsächlich vorgekommen – ich meine, daß Patientinnen so was behauptet haben?«

»Meinem Doktor ist das zum Glück nie passiert, aber einem befreundeten Kollegen, und deshalb hat er sich besonders in acht genommen.«

»Um auf den Freitag zu kommen, an dem er ermordet wurde …, ist an diesem Tag irgend etwas Ungewöhnliches passiert?«

Sie überlegte, sagte dann aber entschieden: »Nein, es war ein ganz gewöhnlicher Tag, bis auf das scheußliche Wetter. Den ganzen Tag über goß es in Strömen. Aber in der Praxis ist nichts Außergewöhnliches vorgefallen.«

»Wann sind Sie gegangen?«

»Kurz nach fünf. Gleich nachdem Mrs. Brizio kam.«

»Ah …, Mrs. Lola Brizio …, die stand als letzte für diesen Tag im Terminkalender.«

»Stimmt. Die kam immer freitags von fünf bis sechs.«

»Erzählen Sie mir was von ihr.«

»Von Mrs. Brizio? Nun, die dürfte mindestens sechzig sein. Und sehr, sehr reich. Einen Chincillamantel hat die – also der reinste Traum. Von dem, was der gekostet hat, könnte ich fünf Jahre leben. Dabei aber richtig nett. Ich meine, überhaupt nicht hochnäsig oder so. Sie erzählte meist das Neueste von ihren Enkeln.«

»Weshalb war sie denn in Behandlung?«

»Sie werden's nicht glauben, aber wegen Kleptomanie. Bei all ihrem Geld. Sie ging in die teuersten Geschäfte und stopfte sich da alles mögliche in die Taschen, was sie überhaupt nicht brauchte – Schals und Modeschmuck und lauter so Zeug, und das schon seit Jahren. Man kannte sie da und hielt ein Auge auf sie. Weil sie eine gute Kundin war – sie kaufte schließlich auch ein –, hat man ihr nie was getan, sondern sie machen lassen, was sie wollte, und alles, was sie klaute, stillschweigend auf die Rechnung gesetzt. Und sie zahlte immer anstandslos. Zu unserm Doktor kam sie vor etwa drei Jahren.« Carol Judd mußte plötzlich laut lachen. »Bei ihrer ersten Sitzung mit Doktor Ellerbee ließ sie einen Aschenbecher aus Kristall mitgehen. Von seinem Schreibtisch. Und er hat es erst gemerkt, als sie schon weg war. Können Sie sich so was vorstellen?«

»Und sechzig Jahre alt?«

»So ungefähr. Älter vielleicht.«

»Eine große, dicke Person?«

»I wo, keine Spur. Klein und zierlich. Dick allerdings. Rundlich sagen wir mal.«

Delaney strich im Geist Mrs. Brizio von der Liste der Verdächtigen.

»Sie gingen also gleich, nachdem die Dame gekommen war.«

»Stimmt.«

»Und Dr. Ellerbee hat Ihnen gesagt, daß er später noch einen Patienten erwarten würde?«

»Nein, hat er nicht.«

»War das nicht ungewöhnlich?«

»Nicht im mindesten. So was passierte häufig. Manchmal rief noch am Nachmittag jemand an, der unbedingt einen Termin haben wollte, und dann legte er mir einen Zettel auf den Tisch, ich sollte dafür eine Rechnung schreiben.«

»Hat seine Frau jemals auch noch spät Patienten?«

»Klar, beide haben spät noch gearbeitet.«

»Es scheint so, als ob Doktor Ellerbee seiner Frau gesagt hat, es käme noch jemand zu ihm, nachdem Mrs. Brizio gegangen war. Aber er hat nicht gesagt, wer und wann. Überrascht Sie das?«

»Eigentlich nicht. Das kam, wie gesagt, dauernd vor. Sie sagten dann einer dem anderen Bescheid, vor allem, wenn sie abends noch etwas vorhatten. Theater oder so, aber dabei wurden, soweit ich mich erinnere, die Namen der Patienten kaum je erwähnt. Das war ja auch überflüssig.«

Delaney saß ein Weilchen schweigend und auch niedergeschlagen da. So wie Carol Judd das erklärte, war an dem mysteriösen späten Patienten überhaupt nichts mysteriös, es war die reine Routine gewesen.

»Sie können sich auch nicht denken, wer dieser späte Patient am Freitag gewesen sein könnte.«

»Nein. Da müßte ich lügen.«

»Nun, wer immer das auch gewesen sein mag«, sagte er, in dem Bemühen, doch irgend etwas Brauchbares aus den vorangegangenen Befragungen der Patienten zu retten, »er – oder sie – hat jedenfalls Doktor Ellerbee als letzter lebend gesehen. Und war womöglich der Täter. Angenommen einmal, dieser Patient kam um sieben und ging um acht. Wäre ...«

»Um Viertel vor acht«, korrigierte sie ihn. »Die Stunde für den Patienten dauert nur 45 Minuten.«

»Was hat der Doktor in den übrigen 15 Minuten jeweils gemacht?«

»Er hat sich erholt. Hat telefoniert. Hat die Krankengeschichte des nächsten Patienten überflogen. Vielleicht einen Kaffee getrunken.«

»Gut. Nehmen wir also an, dieser letzte Patient kam um sieben und ging um Viertel vor acht. Könnte Doktor Ellerbee im Laufe des Abends noch von einem weiteren Patienten angerufen worden sein, der ebenfalls um einen Termin gebeten hat?«

»Aber ja, durchaus. So was kam oft genug vor.«

Damit stand Delaney wieder vor dem Nichts.

»Ich danke Ihnen sehr, Miss Judd«, sagte er und rappelte sich mit Mühe aus seinem Sitzgerät empor. »Sie waren sehr hilfsbereit.« Und dabei setzte er den Hut auf.

Sie erhob sich wieder ohne Hilfe der Hände vom Fußboden, sie schwebte gleichsam in die Höhe, ohne Anstrengung, wie es schien.

»Ich hoffe von Herzen, sie finden den Täter«, sagte sie plötzlich ernst und, wie es schien, auch etwas rachsüchtig. »In solchen Fällen wünschte ich, wir hätten die Todesstrafe. Doktor Ellerbee war ein wirklich liebenswerter, ein grundgütiger Mensch, und so wie er dürfte niemand sterben müssen. Zwei Tage und Nächte habe ich geheult, als es passiert war, und ich kann auch jetzt noch nicht glauben, daß er nicht mehr da ist.«

Delaney nickte wortlos und wandte sich der Tür zu. Doch hielt er noch mal an.

»Noch eines. Hat er Ihnen gegenüber je erwähnt, daß er von einem Patienten bedroht oder tätlich angegriffen worden ist?«

»Nein, nicht das ich wüßte.«

»Und haben Sie vielleicht im letzten Jahr oder im letzten halben Jahr bemerkt, daß irgendeine wie immer geartete Veränderung mit ihm vorgegangen ist?«

Sie starrte ihn an. »Ulkig, daß Sie das fragen. Ja, er hat sich verändert im letzten Jahr. Ich habe das sogar meinem Freund erzählt. Er war nicht mehr so ausgeglichen. Man merkte ihm seine Stimmungen an. Vorher war er immer freundlich zu allen, immer ausgeglichen. Seit ungefähr einem Jahr hatte sich das geändert. An manchen Tagen war er geradezu übermütig, er lachte, machte witzige Bemerkungen. Dann wieder war er ganz gedrückt. Verschlossen. Er machte den Eindruck, als trüge er die Last der ganzen Welt auf den Schultern.«

»Aha.«

»Vor einem Monat etwa kam er mal mit einer Blume im Knopfloch. Das war das erste und einzige Mal. Und er wirkte verträumt.«

»Ich danke Ihnen noch einmal ganz aufrichtig, Miss Judd.« Delaney lüftete den Hut zum Abschied.

Das Wetter war umgeschlagen. Tiefe Wolken trieben über Manhattan, der Wind war recht unangenehm, der

Himmel strahlte nicht mehr, sondern wirkte bedrohlich. Das paßte genau zu seiner Stimmung.

Er ärgerte sich über sich selbst, denn er hatte versucht, die Tatsachen seiner Theorie anzupassen, statt umgekehrt eine Theorie zu suchen, in der sich alle Tatsachen unterbringen ließen. An dieser Versuchung waren vor ihm schon unzählige Detektive gescheitert. Verführt worden war er dazu durch die beiden unterschiedlichen Fußabdrücke auf Ellerbees Teppichen, dadurch und durch die verflixte Lücke von drei Stunden in Ellerbees Tagesablauf. Beides deutete auf zwei späte Patienten hin, das war auch durchaus möglich, aber, was er da eben erfahren hatte, gab nicht den geringsten Anhaltspunkt, der ihn in seiner Annahme bestärken konnte.

Trotzdem war es erforderlich herauszubekommen, wer dieser späte Besucher gewesen war. Oder auch die Besucher. Einer davon war der letzte, der Ellerbee lebend gesehen hatte und der am dringendsten der Tat Verdächtige.

Während er schweren Schrittes die Straße entlangstapfte, erinnerte er sich, daß er zu seiner Frau von einem Bilderrätsel gesprochen hatte. Daß er behauptet hatte, einige Teile mit gerader Kante gefunden zu haben und dabei sei, den Rahmen auszulegen. Und daß er den dann nur noch ausfüllen müsse.

Jetzt fiel ihm aber ein, daß es Puzzles gibt, die gar kein Bild darstellen, daß es nur Farben sind, die da zu einem Ganzen komponiert werden müssen, daß man aus der Form der einzelnen Stücke nichts entnehmen kann, und daß diese Art Puzzle sehr viel schwerer zu lösen ist als ein übliches Bilderrätsel.

Als er ins Haus kam, hörte er eben noch das Telefon klingeln und rannte in die Küche. Da hatte aber seine Frau schon den Hörer in der Hand. »Wer bitte?« sagte sie und dann: »Einen Moment.« Sie deckte die Sprechmuschel zu und fragte ihn: »Ein Mann namens Hogan. Kennst du den?«

»Hogan? Ja, das ist einer von den Neuen. Gib mal her.«

Sie reichte ihm den Hörer.

»Ich hab weder Jason noch Boone erreicht«, winselte Hogan, »deshalb rufe ich Sie an.«

»Ja? Was ist passiert?«

»Ich bin doch auf diese Yesell angesetzt, und da stellt sich heraus, die war heute nicht im Büro. Zu Hause war sie auch nicht, und auch die Mutter nicht. Da hab ich mich bei den Nachbarn umgehört, und wissen Sie was? Gestern nachmittag hat sie versucht, sich umzubringen, aber es ist nicht geglückt. Hat sich bloß mit dem Küchenmesser ins linke Handgelenk geschnitten. Ein bißchen geblutet hat es, weiter nichts. Jetzt bin ich im St.-Vincent-Krankenhaus, wo sie eingeliefert worden ist. Sie war hier über Nacht zur Beobachtung, und die Mutter holt sie gerade ab. Soll ich sie mir vornehmen, Sir?«

»Nein, auf keinen Fall. Lassen Sie sie nach Hause fahren. Morgen ist auch noch ein Tag. Wissen Sie, wann das gestern passiert ist?«

»Eingeliefert wurde sie gegen halb fünf, ich nehme also an, so um vier.«

»Vielen Dank, Hogan. Sie haben sich goldrichtig verhalten. Machen Sie für heute Schluß.«

Er legte auf und berichtete seiner Frau, was passiert war.

»Die bedauernswerte Person«, sagte Monica düster.

»Wenn sie es gestern nachmittag probiert hat, dann kurz nachdem Boone und ich bei ihr waren. Ich hoffe nur, wir waren nicht das auslösende Moment.«

»Was machte Sie denn für einen Eindruck, als ihr gingt?«

»Na ja, sie ist eh so eine kleine graue Maus, noch dazu depressiv. Ganz still und in sich gekehrt. Die Mutter ein wahrer Drache. Aber geradezu selbstmörderisch wirkte sie nicht auf mich. Vielleicht hat sie irgendwas in den falschen Hals gekriegt, was wir gesagt haben.«

»Glaube ich nicht, Edward. Hör auf, dir Sorgen zu machen.«

»Heute früh noch habe ich geglaubt, es kommt Bewegung in die Angelegenheit, wir bringen das Ding zum

Rollen. Aber jetzt ... jetzt glaube ich nichts dergleichen mehr ...«

»Dies jetzt ist bestimmt nicht deine Schuld«, redete sie ihm zu. »Es ist doch nicht das erste Mal, daß sie so etwas versucht?«

»Dreimal schon.«

»Na, bitte. Mach dir also keine Vorwürfe.«

»So eine verdammte Scheiße!« knirschte er plötzlich. »Ich begreife es einfach nicht! Wir haben wirklich ganz sanft mit ihr geredet, es gab überhaupt keinen Streit, und kaum sind wir weg, versucht sie, sich umzubringen!«

»Es kann doch sein, daß allein der Umstand, daß sie wieder über den Mordfall sprechen mußte, ihr den Rest gegeben hat. Du sagst, sie ist ohnehin depressiv. Dann kann es sehr wohl sein, daß die Unterhaltung über den Tod eines Menschen, der ihr geholfen hat, sie zu der Meinung brachte, das Leben sei nichts wert.«

»Ja«, sagte er dankbar, »das könnte wohl hinkommen. Ich trinke jedenfalls erst mal einen Schnaps. Willst du auch einen?«

»Weißwein für mich. Heute abend gibt es Fisch. Mit einer Muschelsoße. In der habe ich eine Handvoll Kirschkerne mitgekocht.«

Das hörte er gern. »Dann trinke ich auch Weißen. Übrigens will Chefinspektor Suarez heute abend noch vorbeikommen. Wann, weiß ich nicht, er ruft vorher an. Ich möchte, daß du ihn kennenlernst. Er gefällt dir bestimmt.«

Nach dem Abendessen brachte Delaney seinen Schreibkram mit dem Protokoll seiner Unterhaltung mit Carol Judd auf den neuesten Stand. Gegen acht rief Suarez an, um zu sagen, er mache sich jetzt auf den Weg. Er kam allerdings erst kurz vor neun. Delaney führte ihn ins Wohnzimmer und machte ihn mit seiner Frau bekannt.

»Was kann ich Ihnen anbieten?« fragte er dann. »Sie sehen aus, als könnten Sie eine Transfusion gebrauchen.«

Suarez lächelte matt: »Der Tag war danach. Vielleicht einen ganz, ganz trockenen Martini mit Eis?«

»Selbstverständlich. Und was möchtest du, Monica?«

»Einen Cointreau, bitte.«

Delaney verschwand in der Küche und besorgte die Getränke; für sich brachte er einen Brandy mit.

Suarez lobte den Martini überschwenglich. Delaney nahm das Kompliment achselzuckend entgegen. »Ich sagte Ihnen ja schon am Telefon, daß ich keine Neuigkeiten für Sie habe. Aber Sie sollten wissen, was wir soweit unternommen haben.« Und er gab eine gedrängte Übersicht über seine bisherige Tätigkeit. Dabei ließ er nichts aus, was ihm wichtig erschien, ausgenommen den Treibhammer, den Boone gefunden hatte. Er klang bei alledem keineswegs optimistisch, wies aber darauf hin, daß längst nicht alle Wege erkundet waren, die durch das Gestrüpp führten, insbesondere nicht die halb oder gar nicht bestätigten Alibis der Patienten.

Monica und der Chefinspektor lauschten aufmerksam, und als er fertig war, bemerkte Suarez: »Ich glaube nicht, daß alles so düster aussieht, wie Sie zu meinen scheinen, Mr. Delaney. Sie haben mehrere recht vielversprechende Hinweise aufgenommen, mehr jedenfalls als meine Leute anfänglich. Der Gedanke, von Mrs. Ellerbee eine Liste der zu Gewalttätigkeiten neigenden Patienten aufstellen zu lassen, gefällt mir besonders gut. Hier ist aber vielleicht der Moment, Ihnen zu sagen, daß eben diese Dame und ihr Schwiegervater uns nach wie vor ganz erheblich zusetzen und eigentlich täglich eine Aufklärung des Falles verlangen.«

»Das ist Thorsens Problem«, versetzte Delaney kalt.

»Richtig. Er möchte es aber dadurch lösen, daß er es zu meinem macht.« Er sah sich im Zimmer um. »Mrs. Delaney, es ist bei Ihnen wirklich ungeheim behaglich.«

»Es freut mich, daß es Ihnen hier gefällt, und noch mehr würde es mich freuen, wenn Sie mal mit Ihrer Frau herkämen. Ein freundschaftlicher Besuch ohne alles Gerede von Mord und so.«

»Meine Rosa würde ganz gewiß gerne kommen. Haben

Sie herzlichen Dank.« Er blickte ein Weilchen schweigend in sein Glas. Das längliche Gesicht wirkte besonders hohlwangig, die olivfarbene Haut hatte einen grauen Ton, das Zucken in seinem linken Mundwinkel war nicht zu übersehen.

Dann sagte er scheu lächelnd: »Wissen Sie, seit dem Mord an Ellerbee haben wir ungefähr fünfzig weitere Kapitalverbrechen in der Stadt gehabt. Selbstverständlich konnten viele davon unverzüglich aufgeklärt werden, aber es sind doch eine ganze Menge noch nicht erledigt, mehr, als wir uns leisten dürften. Ich bin mir dessen sehr bewußt, und es setzt mir zu. Ich will nicht von Personalknappheit reden, Mr. Delaney, das kennen Sie aus Ihrer eigenen Zeit als Chefinspektor. Ich erwähne es nur, um zu begründen, wie dankbar wir Ihnen für Ihre Hilfe sind. Ich würde gern selber mehr Zeit für den Fall Ellerbee aufwenden, aber ich kann es einfach nicht. Und insofern verlasse ich mich notgedrungen ganz auf Sie.«

»Und ich habe Ihnen von Anfang an gesagt: Für die Aufklärung kann ich nicht garantieren.«

»Das versteht sich. Aber, daß ich Sie an der Arbeit weiß, erleichtert mich außerordentlich, und gibt mir die Zuversicht, die ich zur Zeit so dringend brauche. Mrs. Delaney, Sie setzen doch volles Vertrauen in Ihren Mann?«

»Absolut.«

»Sie glauben fest, daß er Ellerbees Mörder findet?«

»Ich bezweifle das keinen Moment. Wenn Edward sich was vornimmt, kann man es als erledigt betrachten. Er ist ein unerhört hartnäckiger Mensch.«

»He!« beschwerte sich Delaney. »Was soll denn das? Ihr könnt euch doch nicht gegen mich zusammentun!«

»Hartnäckig.« Suarez blickte Delaney forschend an. »Ja, damit haben Sie wohl recht, Mrs. Delaney. Ich halte nichts vom Wetten, aber wenn ich müßte, würde ich auf ihn setzen. Mir ist ganz so, als müßten Sie das Rennen gewinnen. Mr. Delaney. Darf ich Sie noch um einen Gefallen bitten?«

»Und der wäre?«

»Nennen wir uns doch beim Vornamen.«

»Selbstverständlich, Michael.«

»Ich danke Ihnen sehr, Edward.«

»Und mich nennen Sie bitte Monica.«

Sie lachten alle drei, und Delaney füllte in der Küche die Gläser neu. Nachdem Suarez gegangen war, ließ Delaney sich in seinen Sessel sinken und streckte die Beine von sich.

»Wie gefällt er dir?«

»Ein sehr sympathischer Mensch«, sagte sie. »Höflich und taktvoll. Nur sieht es leider so aus, als riebe er sich völlig auf. Glaubst du, er ist für diesen Job zäh genug?«

»Entweder er schafft es, oder er geht kaputt«, bemerkte Delaney rauh. »Die Polizeibehörde ist so was wie eine Stierkampfarena. Wer auch nur einen Moment unachtsam ist, wird aufgespießt. Aber sag mal, vorhin, als ich von unseren Ermittlungen sprach, hattest du da den Eindruck, daß irgendwas verkehrt war? Daß wir vielleicht was übersehen haben?«

»Nein«, sagte sie nachdenklich, »eigentlich nicht. Es klang alles recht kompliziert, Edward. Diese vielen Leute ...«

»Es ist leider wirklich so kompliziert.« Er rieb seine Stirn. »Bei jeder Ermittlung wird man anfangs mit Details zugedeckt, mit Tatsachen, Gerüchten, Vermutungen. Hat man Glück, ergeben die nach einer Weile ein verständliches Muster, und man weiß dann schon so ungefähr, wie sich alles abgespielt hat. In diesem Fall aber, das muß ich zugeben, bin ich noch total ratlos. Ich versuche System in die Ermittlungen zu bringen, ich lege Akten an, schreibe Protokolle, und doch rinnt mir alles durch die Finger. Ich stehe davor, und es kann gut sein, daß ich den Wald vor lauter Bäumen nicht sehe. Vielleicht werde ich doch allmählich alt.«

»Du wirst nicht nur älter, Edward«, sagte sie, »du wirst auch immer besser.«

»Das kannst du gar nicht oft genug wiederholen.«

15

Während der nun folgenden beiden Tage gab es erste Anzeichen dafür, daß die Konfusion im Fall Ellerbee, die Delaney so zu schaffen machte, sich lichten sollte.

»Es ist zwar immer noch ein Durcheinander«, sagte Delaney zu Sergeant Boone, »aber es ist ein organisiertes Durcheinander.«

Es gelang ihm, seine kleine Hilfstruppe so zu manövrieren, daß jeder Detektiv jeden der sechs Patienten zu Gesicht bekam, und Mittwoch abend waren er, Boone und Jason imstande, eine optimale Zuteilung vorzunehmen. Die sah folgendermaßen aus:

Benjamin Calazo – Isaac Kane,
Robert Keisman – Harold Gerber,
Ross Konigsbacher – L. Vincent Symington,
Helen K. Venable – Joan Yesell,
Timothy Hogan – Ronald J. Bellsey,
Brian Estrella – Sylvia Mae Otherton.

»Sollte es doch noch Schwierigkeiten geben, probieren wir eine andere Zusammenstellung«, sagte Delaney.

Estrella mit der Tabakspfeife hoffte inständig, daß er an Sylvia Otherton bleiben durfte. Diese Frau faszinierte ihn, und er meinte, daß er da ein gutes Werk würde tun können.

Am Morgen seines ersten Zusammentreffens mit ihr hatte sein Horoskop in der Daily News versprochen: ›Es wartet eine angenehme Überraschung auf Sie‹, und als wäre das noch nicht genug, rief ihn seine Frau Meg aus der Klinik an, um zu sagen, daß es ihr bessergehe, daß ihre Haare wieder wüchsen, und daß sie bald entlassen werden könnte. Das war, Estrella wußte es wohl, eine Lüge, aber eine tapfere, eine beglückende Lüge.

Sergeant Boone hatte ihn vorgewarnt, und doch war es für ihn ein kleiner Schock, als er die düstere, überheizte Wohnung betrat und sich einem Wesen gegenüber sah, dem eigentlich nur der Besenstiel fehlte, um über die Dächer reiten zu können. Sie war in ein voluminöses weißes Gewand gehüllt, das gut als Bettlaken hätte gelten können, nur war es mit dreieckigen, seidenen Fetzen besetzt. Es reichte fast bis zum Boden, ließ aber Othertons bloße Füße noch erkennen. Die waren zierlich und pummelig, die Zehennägel schwarz lackiert.

Boone hatte ihm vom Schmuck der Dame erzählt, auch das Parfüm und den Sandelholzgeruch nicht vergessen. Das alles war da. Ihn überraschte eigentlich nur ihre Geduld. Immerhin wurde sie bereits zum dritten Mal von der Polizei im Fall Ellerbee belästigt, und er hatte erwartet, sie ablehnend, ja feindselig reagieren zu sehen. Statt dessen hieß sie ihn willkommen und erwähnte mit keinem Wort, daß sie die Fragen, die er ihr stellte, bereits zweimal beantwortet hatte, und tat es klaglos auch ein drittes Mal. Das wußte er zu schätzen, und spontan beschloß er, ihr absolut aufrichtig zu begegnen und damit alles auf eine Karte zu setzen. Es war ja denkbar, daß sie darauf positiv reagierte.

»Wissen Sie«, sagte er, »am meisten ist uns daran gelegen, wirklich sicher zu wissen, wo Sie am Abend jenes Freitags gewesen sind. Sie sagen, Sie waren allein hier. Das mag ja stimmen, aber wenn es dafür irgendeine Bestätigung gäbe, wäre uns viel wohler. Sie sind nicht doch irgendwann aus dem Haus gegangen?«

»Nein, nein«, versicherte sie leise, »ich gehe doch so gut wie nie aus. Das gehört ja zu meinen Schwierigkeiten.«

»Und Sie hatten weder Besuch, noch haben Sie mit Hausbewohnern gesprochen und auch nicht telefoniert?«

Sie hob ratlos die Schultern.

»Genau so war es.«

»Tun Sie mir den Gefallen, Mrs. Otherton, und denken Sie noch einmal gründlich darüber nach. Vielleicht fällt Ihnen ja doch was ein, was Ihre Angabe bestätigen könnte.«

»Ich will es versuchen. Wirklich.«

Estrella blickte in das von Puder und Schminke entstellte Gesicht, und plötzlich erkannte er, daß ohne die kalkweiße Maske und mit sorgfältig hergerichteter Frisur diese Person zwar nicht gerade hübsch aussehen würde, aber doch sehr passabel. Zu seinem eigenen Entsetzen sagte er ihr das alles rundheraus ins Gesicht, er belehrte diese ihm doch ganz fremde Frau darüber, wie sie sich kleiden, zurechtmachen, herrichten sollte und das nicht, um Eindruck auf andere zu machen, sondern um ihrer eigenen Selbstachtung willen.

»Sie dürfen sich nicht hier einschließen«, sagte er eindringlich, »Sie müssen unter Menschen gehen.«

Sie starrte ihn an, und allmählich füllten ihre Augen sich mit Tränen. Er war tief betroffen, er glaubte, sie schwer gekränkt zu haben, doch sagte sie fast erstickt: »Ich bin Ihnen ja so dankbar ... es ist so freundlich von Ihnen, Anteil an mir zu nehmen. Sich wirklich zu interessieren. Die meisten Menschen lachen über mich. Doktor Ellerbee hat das nie getan. Und dafür habe ich ihn geliebt. Ich weiß ja, daß ich kein normales Leben führe, aber mit seiner Hilfe wurde es langsam besser. Doch jetzt, wo er tot ist, bin ich ganz ratlos ...«

Sie erzählte Estrella dann von dem Trauma, das sie erlitten, der Vergewaltigung durch den Onkel und den Haß, mit dem sie seither bärtige Männer verfolgte – was alles ihm längst bekannt war. Sie bezeichnete ihr Leben als ein wirres Durcheinander und sagte: »Ich werde in meinem Kopf wahrscheinlich nie Ordnung schaffen können.«

Estrella redete ihr zu und erzählte seinerseits von seiner todkranken Frau, und wie mutig diese sich verhielt. »Ihre geistige Einstellung zu all diesen Dingen ist sogar noch wesentlich wichtiger als Ihre Erscheinung. Ich glaube aber, daß in Ihrem Fall ein Zusammenhang besteht. Und daß Ihre geistige Verfassung sich bessert, wenn Sie sich entschließen, äußere Veränderungen vorzunehmen.«

Sie holte Sherrygläser, und es begann eine angeregte Unterhaltung, bei der sich herausstellte, daß beide sich für Astrologie, für außersinnliche Wahrnehmung und UFOs interessierten. Er fragte, ob er seine Pfeife rauchen dürfe, und sie erwiderte, ja, Männer, die Pfeife rauchten, habe sie immer schon bewundert.

Nach einer Weile bekam Estrella Gewissensbisse, weil er hier die Zeit vertrödelte, ohne zur Sache zu kommen; er hatte, seit seine Frau erkrankt war, keine Unterhaltung mit einer anderen Frau geführt, und in der Klinik durfte er immer nur kurze Besuche machen.

»Ich hoffe sehr, Miss Otherton, daß ...«

»Sagen Sie doch Sylvia zu mir«, unterbrach sie.

»Sylvia, das ist ein schöner Name. Er bedeutet so was wie Waldnymphe. Wußten Sie da? Ich heiße Brian, was der ›Starke‹, der ›Machtvolle‹ bedeutet, woran Sie schon sehen können, wie albern das ist. Ich wollte aber sagen, Sylvia, daß ich Sie sehr bitte, uns anzurufen, falls Ihnen doch noch etwas einfällt, was uns auf die Spur von Doktor Ellerbees Mörder bringen könnte. Ich lassen Ihnen meine Karte hier.«

Sie sah ihn starr an und sagte: »Ich weiß, wie man den finden kann.«

Er wurde ganz aufgeregt. »Wie denn?« fragte er heiser.

Sie stand auf und holte aus dem Alkoven, der durch den Wandschirm gebildet wurde, ein Ouija-Brett, wie man es bei spiritistischen Sitzungen benutzt.

»Glauben Sie an so etwas, Brian?« fragte sie.

»Schaden kann es nicht«, meinte er achselzuckend.

»Sie müssen daran glauben, sonst dringt die Botschaft nicht durch.«

»Gut«, sagte er hastig, »Sie haben recht. Und, offen gesagt, ich glaube wirklich daran.«

Sie stellte das Brett auf das runde Tischchen vor dem Sofa, beide zogen ihre Stühle heran und beugten sich darüber. Sie stützte die Fingerspitzen leicht auf das Brett und schloß die Augen.

»Stellen Sie jetzt die Frage«, sagte sie dumpf.

»Wer hat Doktor Ellerbee ermordet?« fragte Estrella.

»Nein, nein, Sie müssen die Frage an den Abgeschiedenen richten.«

»Doktor Ellerbee«, versuchte Estrella es nun und war froh, daß Delaney nicht sehen konnte, was er hier trieb, »wer hat Sie getötet?«

Sie warteten schweigend. Das Brett rührte sich nicht.

»Wer hat Ihnen den Schädel zertrümmert, Doktor Ellerbee?« fragte der Kriminalist leise.

Er sah fasziniert, wie das Brett, eine sogenannte Planchette, sich unter Sylvia Othertons Fingerspitzen bewegte, nicht gleichmäßig, sondern ruckhaft. Es dauerte lange, doch Buchstabe für Buchstabe bildete sich das Wort ›blind‹.

Otherton machte die Augen auf. »Was hat es gesagt?«

»Blind«, sagte Estrella, »es hat ›blind‹ buchstabiert.«

»Und was soll das heißen?«

»Ich weiß nicht.«

»Der Täter kann doch nicht ein Blinder gewesen sein?«

»Wohl kaum.«

»Wir könnten es noch mal versuchen«, schlug sie vor.

»Nächstes Mal vielleicht. Ich muß jetzt gehen.«

»Sie kommen wieder?«

»Selbstverständlich. Nur habe ich noch anderes zu erledigen.«

Er ließ sich von ihr die Namen der wenigen Bekannten geben, die hin und wieder bei ihr anriefen, und auch die Namen der Händler, die sie mit Lebensmitteln und Medikamenten belieferten. Dann bedankte er sich.

Sie stellte sich auf die Zehen und küßte ihn auf die Wange. »Ich muß mich bei Ihnen bedanken, Brian«, hauchte sie.

Im Fahrstuhl nach unten überlegte er, ob er die Episode mit dem Ouija-Brett in seinen Bericht aufnehmen sollte, und entschied sich schließlich dafür. Delaney hatte gesagt, er wolle alles wissen.

Und ›alles‹ war genau das, was Delaney in seinen Tagesberichten serviert bekam. Das stellte ihn zufrieden; lieber zuviel als nicht genug. Das meiste war unbrauchbar, aber hin und wieder fand sich durchaus Nützliches. Zum Beispiel:

Calazo meldete, kane habe zwar ausgesagt, am fraglichen Abend das Gemeindezentrum um 21 Uhr verlassen zu haben, gab aber auf Befragen zu, nicht sogleich nach Hause gegangen zu sein. Wo er gewesen war, konnte oder wollte er allerdings nicht sagen.

L. Vincent Symington war polizeibekannt, wie Konigsbacher feststellte. Vor einigen Jahren war er in einem Homosexuellenclub auf der 18. Straße bei einer Razzia festgenommen worden. Ob Anklage erhoben worden war, wußte der Computer nicht.

Hogan hatte sich mit etlichen Arbeitern der Fleischgroßhandlung bekannt gemacht, deren Geschäftsführer Ronald Bellsey war, und herausbekommen, daß dieser vor einem halben Jahr mit einem Arbeiter schwer aneinandergeraten war; beide waren mit Fleischerhaken aufeinander losgegangen, und Bellsey hatte seinen Widersacher erheblich verletzt. Dieser hatte ihn auf Schmerzensgeld verklagt, doch war es zu einem außergerichtlichen Vergleich gekommen.

Die Beamtin Venable meldete, daß Joan Yesell sich bei ihrem Selbstmordversuch schwerer verletzt habe als zunächst angenommen; die Sehnen am linken Handgelenk waren durchtrennt und hatten genäht werden müssen; sie würde während der kommenden vier Wochen nicht arbeitsfähig sein.

Keisman erfuhr, daß Gerber mehrmals wegen Schlägereien festgenommen worden war, ferner wegen Widerstandes gegen die Staatsgewalt und Erregung öffentlichen Ärgernisses. Anklage wurde mit Rücksicht auf seine Auszeichnungen in Vietnam nicht erhoben. Immerhin war Gerber nur mit Einschränkungen ehrenhaft aus der Armee entlassen worden, weil er sich einiges hatte zuschulden kommen lassen, darunter einen tätlichen Angriff auf einen Vorgesetzten.

Blieb noch der Bericht von Estrella, der den Versuch mit dem Ouija-Brett beschrieb; Delaney erzählte seiner Frau davon, weil er das für lustig hielt, doch mußte er zu seiner Verblüffung bemerken, daß die sonst so nüchterne Monica keineswegs darüber lachte.

Alles in allem war Delaney zufrieden. Es schien ihm, daß die Ermittlungen endlich in Schwung kamen. Er fühlte sich wie ein Archäologe bei einer Ausgrabung: jede abgetragene Schicht brachte ihn der Wahrheit näher.

Konigsbacher glaubte Symington zu durchschauen. Der Bursche war offenkundig schwul. Nicht nur wegen des Besuches in jenem Club war der Detektiv davon überzeugt, sondern seine Beobachtungen an Ort und Stelle schienen eindeutig: Die Art, wie Symington sich kleidete, wie er sich bewegte, ja, wie er eine Zigarette hielt, schienen ihm klare Indizien zu sein.

Jeder Detektiv entwickelt im Laufe der Zeit seinen eigenen Arbeitsstil, und Konigsbacher näherte sich einer verdächtigen Person wenn möglich in immer enger werdenden Kreisen. Erst wenn er überzeugt war, deren Gewohnheiten, Lebensumstände und sonstige einschlägige Details gründlich zu kennen, führte er eine Konfrontation herbei, um den Verdächtigen überrumpeln zu können.

So auch hier. Konigsbacher zog Erkundigungen über Symington beim Hausmeister ein, in der Nachbarschaft und in Läden, in denen Symington Kunde war; er befragte sogar den Personalchef in Symingtons Firma. Dies gelang ihm unter Verwendung einer ihm nicht gehörenden Geschäftskarte, und indem er vorgab, Symingtons Kreditwürdigkeit prüfen zu müssen, da jener angeblich an den Erwerb einer Eigentumswohnung denke. Der Personalchef lobte Symington in den höchsten Tönen, was auf Konigsbacher insofern keinen nennenswerten Eindruck machte, als er auch den Personalchef für schwul hielt.

Symington hatte die Angewohnheit, nach Büroschluß in der Stadt umherzuschlendern. Er speiste fast täglich in einem Restaurant zu Abend, und zwar immer in einem anderen, manchmal allein, dann wieder mit einem anderen Mann, doch niemals mit einer Frau.

Anschließend zog er durch die Nachtbars, landete aber unfehlbar gegen Mitternacht im Dorian Gray, einer Bar auf der Lexington Avenue, unweit der 40. Straße. Von außen wirkte dieses Lokal eher unscheinbar; in der mit Paneelen verkleideten Fassade befand sich nur ein einziges, ziemlich kleines Fenster, durch welches man in den matt von Kerzen erhellten Raum sehen konnte; es war hier immer gerammelt voll. Dezente Musik kam von einem Flügel. Konigsbacher, der Symington schon dreimal hierher gefolgt war, betrat am vierten Abend selber die Bar. Diese erwies sich als das eleganteste Etablissement dieser Art, in dem Konigsbacher je gewesen war, und er kannte zwischen Harlem und dem Village eine Menge.

Es war sehr leise, man sprach gedämpft, auch das Lachen klang gedämpft. Am Flügel war heute eine schwarze Pianistin, die mit rauher, aber leiser Stimme Cole Porter zelebrierte, und der Bartender – ein Typ wie Tyrone Power – hantierte geräuschlos mit Flaschen und Gläsern.

Der Detektiv blieb zunächst an der Tür stehen, um sich an das hier herrschende schummrige Licht zu gewöhnen. Er sah dann zwei oder drei Damen, alle übrigen waren Herren zwischen dreißig und vierzig Jahren. Fast alle trugen sehr konservative Anzüge mit Weste. Sie sahen aus wie Bankiers und Anlageberater, manche allerdings schon eher wie Leichenbestatter.

An den kleinen Tischen saß man zu zweit, wer allein gekommen war, stand an der Bar. So auch Symington. Weil der Hocker neben ihm unbesetzt war, nahm Konigsbacher hier Platz. Der Barmann war sogleich zur Stelle.

»Guten Abend, Sir. Was darf es sein?«

Konigsbacher hätte gern einen Whisky getrunken und mit Bier nachgespült, doch belehrte ihn der Blick in die Runde, daß man hier Mixgetränke in zierlichen Gläsern bevorzugte oder gar Likör.

»Einen Wodka-Martini bitte. Mit etwas Zitronenschale«, bestellte er dabei unwillkürlich im Flüsterton.

Während er wartete, schaute er in den getönten Spiegel hinter der Bar, und sein Blick traf den von Symington; beide Herren schauten rasch woandershin.

Er nahm einen Schluck aus seinem Glas, das mittlerweile gekommen war, und legte dann seine Zigaretten und sein Wegwerffeuerzeug vor sich auf die Bar. Der bildschöne Bartender plazierte sogleich einen kristallenen Aschenbecher vor ihm. Konigsbacher setzte eine Zigarette in Brand, ließ aber seine Rauchutensilien auf der Bar liegen.

Symington wartete nicht lange, bevor er ein silbernes Zigarettenetui zog und eine teure Zigarette mit Korkmundstück herausnahm. Zu Konigsbacher gewendet sagte er: »Verzeihen Sie, leider habe ich mein Feuerzeug verlegt. Dürfte ich ...«

Das war wie ein Menuett, und Konigsbacher kannte die Figuren genau.

»Aber selbstverständlich, gern.« Er gab Symington selbst Feuer, dieser ergriff die Hand des Detektivs, wie um die Flamme ruhig zu halten, zog den Rauch tief ein und schien ihn förmlich zu verschlucken.

»Danke Ihnen«, flötete er dabei. »Gräßliche Angewohnheit, finden Sie nicht auch?«

»Meinen Sie Sex?« fragte Konigsbacher, und beide lachten leise.

Zehn Minuten später hatten sie bereits an einem Tischchen Platz genommen und führten eine angeregte Unterhaltung. Sie lehnten sich dabei vor, so daß ihre Köpfe sich fast berührten. Unter dem Tisch preßten sie die Knie gegeneinander.

»Sie scheinen ungemein gut in Form zu sein, Ross«, sagte Symington.

»Ich tue auch etwas dafür, Vince. Jeden Morgen trainiere ich mit Hanteln.«

»Das müßte ich auch mal probieren.«

Und nach einer kurzen Pause: »Sind Sie verheiratet, Ross?«

»Meine Frau ist verheiratet. Ich weniger.«

»Nein, wie Sie sich ausdrücken! Köstlich!« Symington lehnte sich zurück und schaute Konigsbacher bewundernd an. »Meine Frau ... ich weniger ...! Das muß ich mir merken.«

»Und wie steht es mit Ihnen, Vince?«

»Jetzt nicht mehr. Früher mal. Sie hat mich aber verlassen. Wobei ich nicht verschweigen möchte, daß sie unser gemeinsames Konto plünderte, unseren Pudel mitnahm und eine Sammlung römischer Münzen.«

»Dann sind Sie also geschieden?«

»Soweit mir bekannt, bis heute nicht.«

»Aber darum sollten Sie sich kümmern, Vince. Eines Tages möchten Sie womöglich wieder heiraten.«

»Das bezweifle ich denn doch. Stark sogar.«

»Es ist schon eine schlimme, schlimme Welt«, klagte Konigsbacher etwas geziert. »Man muß alles mitnehmen, was sich bietet.«

»Ein wahres Wort.« Symington schnalzte mit den Fingern und deutete dem Bartender an, daß er nochmals Drinks bringen sollte.

Konigsbacher sagte: »Es ist so schwer, verständnisvolle Menschen zu finden, ganz zu schweigen von wahren Freunden.«

»Ach, geht es Ihnen auch so?« Symington strich über seine Glatze. »Ich kann Ihnen gar nicht sagen, wie einsam ich mich fühle.«

»Ich muß ihnen allerdings gestehen, daß ich kein einfacher Mensch bin«, fuhr Konigsbacher zielstrebig fort, »derzeit mache ich gerade eine Psychoanalyse durch.«

»Aber das ist doch nichts Schlimmes! Ich war Jahre in Behandlung.«

»War? Sind Sie fertig damit?«

»Nein.« Dies sehr bekümmert. »Mein Psychiater ist seit kurzem tot.«

»Was denn? Tot? Das ist ja furchtbar. War er krank?«

»Nein, er wurde ermordet.« Symington hatte sich wieder vorgelehnt und vertraute Konigsbacher dies im Flüsterton an.

»Ermordet! Wie ganz, ganz grauenhaft!«

»Sie haben davon vielleicht gelesen, Ellerbee hieß er.«

»Weiß man schon, wer der Täter ist?«

»Nein. Die Polizei war aber mehrmals bei mir. Man befragt seine ehemaligen Patienten.«

»Wie lästig. Wissen Sie denn überhaupt etwas?«

»Tja, ich mache mir so meine Gedanken, aber davon sage ich den Polypen nichts. Meine Devise ist: Nichts Böses hören, nichts Böses sehen, nichts Böses sagen.«

»Da haben Sie nur allzu recht, Vince. Halten Sie sich auf alle Fälle raus.«

»O ja, ganz gewiß. Ich habe ohnedies genügend Probleme.«

»War Ihr Therapeut tüchtig?«

»Nun ja,Sie wissen sicher selber, wie diese Leute sind – gelegentlich können sie richtig gemein sein.«

»Das ist leider allzu wahr. Meinen Sie, er wurde von einem seiner Patienten umgebracht?«

Symington blickte verstohlen um sich, als ob er befürchten würde, belauscht zu werden, lehnte sich noch weiter vor und wisperte verschwörerisch: »Vor einem halben Jahr ungefähr habe ich ihn gesehen, wie er an einer Verkehrsampel hielt. Ich ging über die 1. Straße, weil ich bei ›Lucky Pierre‹ gegessen hatte. Übrigens die weitaus besten Schnecken, eine wahre Delikatesse. Es war so gegen neun. Ellerbee saß in seinem neuen Jaguar, und ich sah ihn ganz genau, er mich aber nicht. Die Ampel sprang dann um, und er fuhr stadtwärts. Jetzt frage ich Sie: Worauf deutet das hin?«

Konigsbacher ahnte es nicht. »Meinen Sie ...? Vielleicht war er ...«

»Ganz recht. Er war irgendwo gewesen, und zwar nicht allein. Aber auch nicht mit seiner Frau. Die hätte im Wagen gesessen.«

»Tja, Vince«, sagte Konigsbacher enttäuscht, »das mag ja sein, aber er kann überall gewesen sein, in der Klinik, bei einem Patienten, was weiß ich, wo.«

»Das ist aber nicht alles«, Symington lehnte sich zurück und grimassierte schadenfroh, »ich könnte der Polizei schon Hinweise geben, aber sollen die doch ihre Arbeit selber erledigen.«

»Das ist sehr klug. Halten Sie sich raus.«

»Oh, das werde ich, das werde ich. Hineinziehen lasse ich mich nicht.«

Konigsbacher blickte auf die Uhr. »Lieber Himmel, es ist doch später geworden, als ich dachte, ich muß unbedingt aufbrechen.«

»Müssen Sie wirklich schon gehen, Ross?«

»Ja, leider, Vince.« Konigsbacher hatte sich vorgenommen, den Fisch mit äußerster Behutsamkeit an Land zu ziehen »Aber ich habe diesen Abend sehr genossen.«

»Ich gleichfalls. Hätten Sie Lust, wieder einmal herzukommen?«

»Sehr sogar. Vielleicht schon morgen?«

Sie strahlten einander an und schüttelten sich innig die Hand. Konigsbacher trollte sich und überließ es Symington, die Getränke zu bezahlen. Auf der Heimfahrt repetierte er so gut es ging die abendliche Unterhaltung mit Symington und beschloß, alles und jedes in seinen Bericht aufzunehmen. Sollte Delaney ruhig sehen, wie er damit zu Rande kam. Jedenfalls zeigte sich hier ein Lichtblick.

Delaney war von diesem Bericht nicht sehr angetan. Er durchschaute Konigsbachers Taktik sogleich und fand wenig Gefallen daran. Doch nach einigem Nachdenken beschloß er, den Mann gewähren zu lassen. Es kam ja am Ende vielleicht etwas heraus dabei. Delaney hatte keine Lust, sich in eine weitschweifige Debatte darüber einzulassen, ob der Zweck die Mittel heiligte. Da hatte er doch wirklich dringendere Dinge zu tun.

Der Laborbericht betreffend den von Boone aus Bellseys Kofferraum geklauten Treibhammer war total negativ. Es gab keine Blutspuren, und es schien auch ausgeschlossen, daß das verflixte Ding in jüngster Zeit überhaupt zu irgendwas benutzt worden war. Boone mußte den Hammer wieder in den Cadillac schmuggeln.

Delaney plagte nach wie vor der späte Patient. Er glaubte bereits der Lösung auf der Spur zu sein, stieß statt dessen aber nur auf ein noch größeres Rätsel:

Als er zum x-tenmal den Terminkalender von Ellerbee durchlas, fiel ihm auf, daß Patienten gelegentlich für 18 Uhr, für 19 Uhr, 20 Uhr, sogar 21 Uhr bestellt worden waren, und er versuchte herauszubekommen, ob dahinter ein System steckte, ob bestimmte Patienten es sich zur Gewohnheit gemacht hatten, späte Termine zu verabreden.

Ferner überlegte Delaney, daß späte Patienten, die nicht im Terminkalender aufgeführt worden waren, unter den Abrechnungen zu finden sein müßten. Miss Judd hatte doch gesagt, in solchen Fällen sei sie von Ellerbee durch eine Notiz angehalten worden, den Patienten solche unvermerkten Sitzungen in Rechnung zu stellen.

Das leuchtete ein, aber nirgendwo fand er Aufzeichnungen über die Abrechnungen. Nichts dergleichen in dem Wust von Unterlagen, die Suarez ihm herübergeschickt hatte. Gemeinsam mit Boone verbrachte er auf der Suche nach diesen Abrechnungen einen frustrierenden Nachmittag, hauptsächlich am Telefon.

Mrs. Ellerbee sagte, ja, ihr Mann habe eine Aufstellung seiner Einnahmen geführt, komplett mit Termin der Sitzung und Namen des Patienten. Sie vermute, daß diese Aufstellung von der Kriminalpolizei zusammen mit anderen Unterlagen in Verwahrung genommen worden sei. Auch Miss Judd bestätigte das Vorhandensein einer solchen Liste. Sie habe sie in der oberen Schublade ihres Schreibtisches verwahrt und ihr entnommen, wem was in Rechnung zu stellen sei.

Auf Bitten von Delaney erklärte Mrs. Ellerbee sich bereit, im Schreibtisch der Praxishelferin nachzusehen, fand die Aufstellung aber weder dort noch anderswo.

Boone fragte bei der Spurensicherung nach, doch konnte sich dort niemand erinnern, etwas mitgenommen zu haben, das so einem Journal geglichen hatte.

»Aha. Es fehlt also. Nicht aufzutreiben«, stellte Delaney fest. »Hat der Mörder es mitgenommen? Sehr wahrscheinlich. Weshalb? Weil sich darin nachlesen läßt, wie häufig er oder sie spätabends noch in die Praxis gekommen sind.«

»Ich verstehe nicht ganz ...«, sagte Boone.

»Mann, das liegt doch auf der Hand. Wir vergleichen die Eintragungen im Terminkalender mit denen des Journals. Hat ein Patient, sagen wir, hundert Dollar in einem Monat mehr bezahlt, als Termine im Kalender stehen, folgt daraus, daß er zusätzlich eine Sitzung hatte.«

»Aha.« Boone ging ein Licht auf. »Aber was nützt uns das, wenn wir diese elende Aufstellung nicht finden?«

Delaney erfuhr von seiner Frau einiges über das System, nach dem Analytiker ihre Patienten zur Kasse bitten; sie hatte sich bei Bekannten danach erkundigt, die eine Analyse machten.

Meistens bekommen sie monatlich eine Rechnung. Wenn die Krankenversicherung die Kosten einer Psychotherapie übernimmt oder der Arbeitgeber eine entsprechende Versicherung für seine Angestellten abgeschlossen hat, wird es mit der Abrechnung kompliziert.«

»Und was unternimmt der Psychiater, wenn ein Patient nicht zahlen will oder kann?«

»Dann behandelt er ihn nicht mehr. Es gibt da eine Theorie, derzufolge dem Patienten die Therapie nur wertvoll erscheint, wenn er dafür kräftig zahlen muß. Ist sie umsonst, ist sie seiner Meinung nach nichts wert. Mancher Therapeut behandelt auch weiter, wenn der Patient vorübergehend in Geldnöten ist, andere passen das Honorar den Vermögensverhältnissen der Patienten an oder lassen sich auf Teilzahlungen ein. Dabei fällt mir ein, was zahlt dir die Behörde eigentlich für deine Arbeit?«

»Die zahlt mit alten Knöpfen«, sagte Delaney.

Thanksgiving verschaffte eine willkommene Arbeitspause. Der Gänsebraten samt Füllung aus in Brandy marinierten Äpfeln war vortrefflich. Boones Frau hatte eine Rumtorte mitgebracht, für ihren Mann Kuchen ohne Alkohol. Mit diesen Leckereien machte man es sich im Wohnzimmer bequem, und der Fall Ellerbee wurde mit keinem Wort erwähnt – etwa drei Minuten lang.

Dann sagte Rebecca Boone:

»Ihr werdet mich auslachen, aber ich glaube, der Mörder war einer, den keiner kennt.«

»Ein toller Einfall«, kommentierte Boone. »Ellerbee läßt einen total Fremden ins Haus. So muß es nämlich gewesen sein, denn die Haustür wurde nicht gewaltsam geöffnet. Wie sollte er also reinkommen?«

»Ha, das ist doch kinderleicht! Er wartet irgendwo im Dunkeln auf den späten Patienten, versteckt sich hinter einem geparkten Wagen oder so, drängt sich hinter ihm ins Haus, bedroht ihn mit dem Hammer oder mit einer Waffe oder sonstwie und geht mit ihm rauf. Und deshalb habt ihr auch zweierlei Fußabdrücke gefunden«, schloß sie triumphierend.

»Sehr gut möglich«, gestand Delaney, »alles ist möglich. Aber warum sollte ein Fremder ihn umbringen wollen? Drogen hatte er keine im Haus, es fehlt nichts, ausgenommen dieses verdammte Rechnungsbuch. Und daß Ellerbee deswegen umgebracht worden ist, kann ich nicht glauben.«

»Der Mörder war wahnsinnig verliebt in Mrs. Ellerbee und wollte den Ehemann beseitigen, um die Witwe zu heiraten«, schlug Delaneys Frau vor.

»Ein ausreichendes Motiv, wenn wir nur den geringsten Anhaltspunkt dafür hätten, daß sie zugänglich war. Aber den haben wir nicht.«

»Das muß ja auch nicht so gewesen sein. Kann ja sein, sie ahnte gar nicht, daß der Mörder scharf auf sie war.«

»Weshalb begeht man denn einen Mord?« fragte Rebecca.

»Da gibt es massenhaft Motive«, sagte Delaney achselzuckend. »Habsucht, Angst, Wut, Eifersucht – die Liste ist unendlich. Manche Motive sind so läppisch, daß man es nicht für möglich halten möchte.«

»Ich hatte mal einen Fall, da hat jemand seinen Nachbarn erstochen, weil dessen Hund dauernd bellte«, sagte Boone, »und in einem anderen Fall hat jemand seine Frau erschossen, weil sie das Steak anbrennen ließ.«

»Hatten Sie vielleicht auch mal einen Fall, wo die Frau ihren Mann erschoß, weil er über die Spüle gebeugt feuchte Sandwiches aß?« fragte Monica.

Boones lachten, und selbst Delaney quälte sich ein Grinsen ab.

»Welches Motiv vermuten Sie denn hinter dem Mord an Ellerbee?« fragte Rebecca.

»Nichts so Läppisches. Das scheint mir gewiß. Irgendwas Kompliziertes. Was denken Sie, Sergeant?«

»Ich ahne es nicht, nur daß es um Geld ging, möchte ich ausschließen.«

»Dann kann es sich nur um Leidenschaft handeln«, versetzte seine Frau prompt.

Rebecca war eine kleine, rundliche Frau mit vollem schwarzem Haar, das ihr auf die Schultern fiel, und sehr hellem Teint. Ihre Augen blickten sanft, Sanftheit war überhaupt das beherrschende Merkmal ihrer Erscheinung. Das Jackenkleid, das sie trug, verbarg nicht ihre üppigen Formen.

Delaney merkte wohl, daß sie ihn mit großem Respekt behandelte, und das war ihm etwas peinlich. Seine Frau redete Boone unbefangen beim Vornamen an, doch wäre es Rebecca nie eingefallen, ihn, Delaney, Edward zu nennen. Und weil ihr andererseits Mr. Delaney zu förmlich klang, verzichtete sie gänzlich auf eine Anrede.

»Weshalb glauben Sie, das Motiv war Leidenschaft, Rebecca?«

»Ich habe das so im Gefühl.«

Der Sergeant lachte laut heraus. »Da haben Sie einen handfesten Beweis, Sir. Wir übergeben morgen die Akten der Staatsanwaltschaft.«

Als Delaney mit seiner Frau zu Bett ging, fragte er sie: »Meinst du auch, daß das Motiv für den Mord an Ellerbee Leidenschaft gewesen sein könnte?«

»Wenn Geld ausscheidet, halte ich es für sehr wahrscheinlich. Mindestens müßte es eine Rolle dabei gespielt haben.«

»Ich wollte, ich wäre meiner Sache so sicher wie du«, grollte er.

»Du hast mich gefragt, und ich habe geantwortet.«

»Falls ihr Frauen recht habt, sollten wir uns nicht mehr um die gewalttätigen Patienten kümmern, sondern um solche, die für eine starke Leidenschaft anfällig sind.«

»Du meinst, du findest welche unter denen von Ellerbee?«

»Weshalb nicht? Viele Männer wechseln von einer Frau zur nächsten, weil ihnen ihr Leben leer vorkommt, wenn sie nicht von immer anderen geliebt werden. Und bekanntlich gibt es Frauen, die verlieben sich von einer Sekunde zur nächsten, keiner weiß weshalb.«

»Die werden schon ihre Gründe haben.«

»Sag mal, hat Rebecca zugenommen?«

»Kann sein, ein oder zwei Pfund.«

»Schwanger ist sie doch wohl nicht?«

»Wie kommst du denn darauf?«

»Ich weiß nicht recht, sie hatte heute abend so einen ... einen Glanz um sich, ach was, ich weiß nicht, wie ich's ausdrücken soll ...«

»Sie hätte es mir bestimmt gesagt, wenn es so wäre.«

»Tja, das stimmt wohl. Aber wenn sie Kinder wollen, müssen sie sich allmählich beeilen. Keiner von beiden wird jünger.«

Er saß auf dem Bettrand, einen Stiefel in der Hand. Monica setzte sich ihm auf die Knie und legte einen Arm um seinen Hals.

»Ich wollte, du und ich hätten welche, Edward.«

»Haben wir. Deine Töchter sind für mich wie meine eigenen, und meine sind für dich wie deine, das weiß ich doch.«

»Es ist aber was anderes, wenn sie einem wirklich gehören.«

»Bißchen spät dafür, meinst du nicht?«

»Ach, ich träume ja bloß«, sagte sie betrübt.

»Und sag mal ehrlich: möchtest du Kinder von einem Mann, der feuchte Sandwiches überm Spülbecken ißt?«

Sie lachte. »Das mußt du mir schon verzeihen. Ich weiß, ich hätte das vorhin nicht erwähnen sollen, aber ich konnte es mir nicht verkneifen.«

Bevor sie sich von ihm löste, sah sie ihn forschend an und fragte: »Liebst du mich, Edward?«

»Ich liebe dich, Monica. Ich mag gar nicht daran denken, wie leer und sinnlos mein Leben ohne dich wäre.«

Sie küßte ihn auf die Nasenspitze und er fragte: »Wie kommst du überhaupt dazu, so was zu fragen?«

Ach, wegen all dem Gerede über Leidenschaft und Mord. Ich wollte mich vergewissern, daß beides nicht unbedingt zusammengehört.«

»Tut es nicht«, sagte er gedehnt, »nicht zwangsläufig jedenfalls.«

16

Detektiv Keisman bemühte sich um Harold Gerber, den Veteranen. Der schwarze Polizist, mager wie ein Bleistift und graziös wie ein Florettfechter, wußte sehr gut, was es bedeutet, wenn die Wut an einem nagt wie ein Magengeschwür; er ging von der Annahme aus, daß er und Gerber manches gemein hatten. Jedenfalls bis er Gerber kennenlernte, sah, in welchen Verhältnisse der hauste.

Da sagte er zu Jason: »Mann, das ist ja ein total ausgeflippter Typ.«

Nun hatte er sich ihn aber mal ausgesucht, und es half alles nichts. Er legte sich eine Kluft zu, von der er annahm, sie werde Gerber nicht irritieren – abgetragene Jeans, alte Kampfstiefel, eine abgewetzte Lederjacke mit Fransen, eine irre Mütze mit Ohrenklappen.

Er machte Gerber nichts vor, sondern gab sich sogleich als Bulle zu erkennen, der den Fall Ellerbee bearbeitete.

Bei ihrer ersten Begegnung stellte er die gleichen Fragen wie Delaney und Boone und bekam auch die gleichen Antworten. Der ›Spielverderber‹ tat aber so, als wäre es ihm einerlei, ob Gerber die Wahrheit sagte oder log.

»Ich schlage hier bloß die Zeit tot, Mann«, sagte er. »Wer Ellerbee umgenietet hat, kommt garantiert nie raus, was soll ich mich abstrampeln.«

Trotzdem vertauschte Keisman täglich wenigstens einmal seine eleganten italienischen Anzüge mit der ›Gerber-Kluft‹ und besuchte seinen Schützling. »Mann«, sagte er, »komm raus aus diesem Saustall, auf ein Bier.«

Und dann hockten sie in irgendeiner Kneipe und ratschten. Keisman brachte von sich aus nie die Rede auf den Mord an Ellerbee, doch wenn Gerber darüber sprechen wollte, hatte er nichts dagegen. Er hörte dann zu und stellte Fragen, welche die Unterhaltung am Kochen hielten.

»Bislang steh ich noch total im Regen«, sagte er zu Jason, »aber der Junge wird allmählich zutraulich. Wenn meine Leber das aushält, krieg ich vielleicht was raus.«

Als er eines Tages mit Gerber in einer wirklich finsteren Kneipe in der Hudsonstreet saß, fragte der ehemalige Soldat ihn unvermittelt: »Du bist doch ein Bulle, Mann, hast du je einen umgelegt?«

»Einmal. Einen Junkie, der mit dem Rasiermesser auf mich losging. Zwei Kugeln in die Brust. Dafür habe ich sogar eine Belobigung gekriegt.«

Was gelogen war. keisman war jetzt seit gut zehn Jahren bei der Polizei, aber seinen Dienstrevolver hatte er bislang nur auf dem Schießstand abgefeuert.

»Einmal bloß?« höhnte Gerber. »Du bist ja der reinste Amateur. In Vietnam habe ich so viele hingemacht, daß ich sie nicht zählen kann. Und nach einer Weile macht man sich nichts mehr draus.«

»Quatsch«, widersprach der ›Spielverderber‹, »egal, wie viele du umnietest, ganz ohne Wirkung bleibt das nie.«

»Das ist nun wirklich Quatsch. Ich sage dir doch, Mann, nach einer Weile denkst du dir nichts mehr dabei. Siehst du den Kerl da an der Theke, den Fettarsch, der sich an die alte Nutte ranmacht? Den habe ich im Leben noch nie gesehen, aber wenn ich jetzt einen Ballermann hätte und Lust darauf, würde ich mir nichts daraus machen, ihm die Glotzaugen in die Birne zu schießen, und deshalb bestimmt nicht schlechter schlafen.«

»Du nimmst mich auf den Arm.«

»Ich schwöre! Genau das würde ich fühlen, beziehungsweise eben nicht.«

»Du bist ja eine wandelnde Zeitbombe, Mann.«

»Stimmt genau. Der Ellerbee, der wollte mir wieder so eine Art Gewissen verpassen, damit ist er aber nicht weit gekommen.«

»Zu schade, daß er hingemacht wurde, er hätte dir vielleicht doch geholfen.«

»Kann sein, kann aber auch nicht sein.«

Gerber holte einen neuen Krug Bier von der Theke. »Hast du eine Knarre bei dir?« fragte er dann.

»Klar, ist doch Vorschrift.«

»Dan leih sie mir mal 'ne Minute, damit ich den Scheißkerl da von seinem Leiden erlöse.«

»Du bist wohl übergeschnappt?« protestierte Keisman, dem es unbehaglich wurde. »Meinetwegen kannst du machen, was du willst, aber wenn ich dir mein Schießeisen leihe, bin ich dran!«

»So ein widerliches Arschloch«, knurrte Gerber und beäugte den Typen an der Theke. »Wenn du es mir nicht geben willst, könnte ich ihn wenigstens verprügeln.«

»Nimm dich zusammen, Mann, ich bin im Dienst. Ich dürfte gar nicht mit dir trinken, wo du jederzeit Amok laufen könntest!«

»Na, meinetwegen«, fügte sich Gerber, »soll er die Luft ruhig weiter verpesten. Aber ich sage dir, mir würde es nichts ausmachen. Wäre ich jetzt allein hier, ich würde ihn einfach hinmachen, mich wieder vor mein Bier setzen und ruhig warten, daß die Bullen mich abholen.«

»Ich glaub es dir fast.«

»Kannst du ruhig. Es wäre nicht das erste Mal. Würdest du mir glauben, wenn ich sage, ich habe den alten Ellerbee erledigt?«

»Hast du?«

»Würdest du es glauben, wenn ich es sage?«

»Klar würde ich. Also hast du oder nicht?«

»Ich hab's gemacht«, behauptete Gerber, »der Kerl hat seine Nase zu tief in meine Angelegenheit gesteckt.«

Keisman berichtete Jason über dieses Gespräch, und beide kamen überein, daß er selber mit Delaney sprechen müsse. Für den war der Tag bislang alles andere als angenehm gewesen. Unentwegt klingelte das Telefon, wurde er bedrängt.

Es fing schon an, als er nach dem Frühstück an seinem Schreibtisch die Zeitung lesen wollte. Auf der ersten Seite wurde spaltenlang darüber berichtet, daß die Aufklärungsquote bei Kapitalverbrechen in der Stadt New York rückläufig und mithin höchst unbefriedigend sei. Keine sehr erheiternde Lektüre. Ausdrücklich wurde in diesem Zusammenhang Bezug genommen auf den immer noch nicht aufgeklärten Mordfall Ellerbee. Trotz intensiver Ermittlungen sei die Polizei haargenau so weit wie am Tage der Tat. Delaney hatte dies alles erst zur Hälfte gelesen, als das Telefon schrillte.

»Thorsen«, sagte er laut und nahm den Hörer ab.

»Edward X. Delaney hier.«

»Ivar. Haben Sie das Zeugs in der Morgenzeitung gelesen?«

»Bin gerade dabei.«

»So eine Scheiße! Das hat uns gerade noch gefehlt. Sind Sie schon da, wo der Kerl sich Suarez vornimmt?«

»Noch nicht.«

»Da wird er ausdrücklich noch als diensttuender Chefinspektor bezeichnet, und weiter heißt es, seine Chancen, endgültig ernannt zu werden, hingen wohl davon ab, ob er den Fall Ellerbee aufklären kann.«

»Das stimmt ja auch, oder? Was soll denn dieser Wirbel

um den Fall Ellerbee, Ivar? Suarez hat doch bestimmt noch ein ganzes Dutzend unaufgeklärte Morde auf seinem Schreibtisch.«

»Stellen Sie sich nicht dumm, Edward, Ellerbee war wer. Den betuchten Bewohnern im Osten ist es scheißegal, wenn irgendein Drogensüchtiger aus der Bronx umgepustet wird; aber Ellerbee war einer von ihnen, ein angesehener, vermögender Akademiker. Jetzt denken diese Leute, was Ellerbee passiert ist, könnte ihnen ebenfalls passieren, und sie machen vor Angst in die Hosen. Vier Anrufe habe ich schon gehabt, seit die Morgenzeitung erschienen ist. Wir können solche Propaganda einfach nicht gebrauchen!«

»Das weiß ich selber.«

»Macht ihr überhaupt irgendwelche Fortschritte, Edward?«

»Nein«, antwortete Delaney kurz angebunden. »Wir haben dies und das, aber nichts Weltbewegendes.«

»Ich will Sie ja nicht drängen, aber ...«

»Aber Sie tun es trotzdem.«

»Ich möchte nur, daß Sie sich ganz klar darüber sind, wie knapp die Zeit wird. Klären wir diese Angelegenheit nicht bis Jahresende auf, brauchen wir uns nicht mehr darum zu kümmern.«

»Was denn, dann wollen Sie die Suche nach Ellerbees Mörder einfach einstellen?«

»Nun spielen Sie doch nicht den Querkopf. Sie wissen genau, was ich meine. Die Akte Ellerbee wird selbstverständlich nicht geschlossen, aber ich kann nicht mehr soviel Personal dafür abstellen. Und Suarez übernimmt wieder seine Reviere – wenn er Glück hat.«

»Ich verstehe.«

»Ah, was ich noch sagen wollte, machen Sie sich darauf gefaßt, daß Ellerbees bei Ihnen anrufen, die Witwe und der Schwiegervater. Die bin ich bloß losgeworden, indem ich sagte, bei Ihnen läge die Ermittlung in den allerbesten Händen.«

»Da bin ich Ihnen aber aufrichtig dankbar, Ivar«, sagte

Delaney ironisch. »So habe ich mir unsere Zusammenarbeit immer vorgestellt.«

»Das dachte ich mir.« Thorsen lachte. »Sie hören wieder von mir.«

»Diese Mühe würde ich mir an Ihrer Stelle nicht machen«, knurrte Delaney.

Tatsächlich riefen beide Ellerbees an. Beide waren gereizt, als das Gespräch begann, und noch gereizter, als es endete. Delaney versprach nämlich nichts. Er sagte, er verfolge mehrere Spuren, doch sei eine ernstlich tatverdächtige Person bislang nicht in Erscheinung getreten, und es bleibe nach wie vor viel zu tun.

»Und wann erwarten Sie endlich einen Durchbruch?« wollte Henry Ellerbee wissen.

»Keine Ahnung.«

»Und wann glauben Sie, werden Sie den Mörder endlich gefunden haben?« wollte Mrs. Ellerbee wissen.

»Keine Ahnung«, beschied Delaney auch sie.

Die drei Anrufe irritierten ihn so sehr, daß er in Versuchung geriet, sich mit einem Sandwich zu trösten, doch widerstand er mannhaft. Statt dessen nahm er sich zum x-tenmal die Akten vor.

Zweck der Übung war es, sich die geringsten Kleinigkeiten einzuprägen. In diesem Stadium der Ermittlungen durfte er sich nicht verleiten lassen, einiges für wichtig, anderes für unwichtig zu halten. Alles, buchstäblich alles war von Bedeutung oder konnte es doch sein, die Verstümmelung von Ellerbees Augen durch Hammerschläge ebenso wie die spiritistischen Versuche von Miss Otherton.

Plötzlich fiel ihm ein sonderbares Zusammentreffen auf. Das Opfer war ›geblendet‹ worden und Othertons Ouija-Brett hat ›blind‹ buchstabiert. Hatte das nun was zu bedeuten? Ihm war, als versinke er immer tiefer in einer irrationalen Welt, die von Ellerbees Patienten bewohnt wurde.

Er saß jetzt vor einer Sammlung unzähliger Tatsachen, Vermutungen, vager Gerüchte, und täglich wurden es mehr. Detektivische Arbeit konnte jetzt nur darin bestehen auszuwählen. Seine Augen schmerzten bereits, als Jason mit Keisman anrückte und ihm eine willkommene Pause verschaffte.

Delaney hörte sich aufmerksam an, was Keisman zu berichten hatte. Als er geendet hatte, blickte Delaney ihn forschend an. »Wie schätzen Sie das ein?« fragte er den Schwarzen. »Könnte es stimmen, oder war er bloß betrunken und hat angeben wollen?«

»Das kann ich nicht mit Sicherheit sagen, Sir. Für möglich, ja sogar für wahrscheinlich halte ich es aber, denn der Kerl ist wirklich total wahnsinnig.«

»Bislang haben wir zehn falsche Geständnisse im Fall Ellerbee. Die Leute von Suarez haben jedes einzelne nachgeprüft, und jedes hat sich in Luft aufgelöst. Lauter Verrückte, Leute, die in die Zeitung und ins Fernsehen kommen wollten. Aber dieses könnte womöglich echt sein.«

»Sollen wir ihn verhaften?« fragte Jason.

»Lieber nicht. Stellt sich nämlich heraus, daß er es nicht war, ist Keismans Kontakt zu ihm wertlos. Gerber wird sich ausrechnen können, wer ihn hat hochgehen lassen.«

»Stimmt«, pflichtete Keisman bei. »Und der Gedanke, daß dieser Amokläufer es auf mich abgesehen haben könnte, ist mir überhaupt nicht lieb.«

»Dann müssen Sie die Sache selber aufklären. Stellen Sie fest, ob er Freitag abend am Tatort war. Ob er bestellt war. Ob er der berühmte späte Patient war. Wie er hingekommen ist, mit dem Bus, mit der U-Bahn, mit einem Taxi. Er weiß wahrscheinlich, daß Ellerbee mit einem Treibhammer erschlagen wurde, denn Boone hat ihn gefragt, ob er einen hat, und er sagte nein. Fragen Sie also, woher er den Hammer hatte, und prüfen Sie das nach. Fragen Sie, wo er den Hammer gelassen hat, nachdem er Ellerbee ermordete, und prüfen Sie auch das nach. Fragen Sie, wie oft er zugeschlagen hat, und wie Ellerbee gefallen ist – aufs Gesicht oder auf den Rücken. Und dann fragen Sie ihn, ob er irgendwas mit der Leiche gemacht hat. Die Medien wissen immer noch nichts von den Augenverletzungen, das kann nur der

Mörder wissen. Ich mag mich irren, aber mir ist ganz so, als ob Gerber bloß große Töne spuckt. Kann sein, daß er mal dran gedacht hat, aber wirklich getan hat er es meiner Meinung nach nicht. Gerber ist so gestört, daß er behaupten würde, den Präsidenten entführt zu haben, wenn ihm das einfiele.«

»Mir tut er leid«, sagte Jason.

»Ja, ja, aber nicht allzu leid. Er könnte sich doch als der herausstellen, hinter dem wir her sind. Übrigens interessiert mich seine Drohung, den Mann an der Theke einfach abzuknallen, mehr als sein Geständnis. Hat er das ernst gemeint, Keisman?«

»O ja, Sir, daran habe ich keinen Zweifel. Mindestens hätte er den Mann verprügelt, wenn ich ihn nicht auf ein anderes Thema gebracht hätte.«

»Na ja, es wäre nicht das erste Mal. Der Mann ist eine öffentliche Gefahr. Jason, am besten wird es sein, Sie nehmen sich Gerber ebenfalls vor. Wissen Sie unterdessen, wo Gerber zur Tatzeit gewesen ist, Keisman?«

»Leider nein, Sir. Ich habe mit mehreren Barkeepern gesprochen, in den Kneipen, wo er sich meist rumtreibt, aber keiner, auch die Kellner nicht, erinnert sich, ob er an dem Freitagabend dort war. Kennen tun sie ihn schon, weil er überall unbeliebt ist, aber schließlich ist das jetzt Wochen her.«

Delaney nickte und schaute auf seine gefalteten Hände. Er schwieg ziemlich lange und sagte dann, ohne die Stimme zu heben oder aufzublicken:

»Jason, tun Sie mir einen Gefallen. Irgendwo muß es Beratungsstellen für Vietnamveteranen geben. Vielleicht auch eine Klinik. Oder sonst einen Ort, wo die Veteranen zusammenkommen können. Sehen Sie mal zu, ob man ihm auf diese Weise vielleicht helfen kann. Ich will nicht einfach zusehen, wie der Junge total vor die Hunde geht. Auch wenn er den Mord an Ellerbee nicht begangen hat, dürfte er sich schon sehr bald auf andere Weise furchtbar in die Scheiße setzen.«

»Mache ich, Sir.«

Nachdem die beiden weg waren, vervollständigte Delaney das Dossier von Gerber durch ein Protokoll seiner Unterhaltung mit Keisman. Dieses sogenannte Geständnis war ein weiteres Faktum, das bedacht sein wollte. Delaney hielt es für reine Phantasie, nicht, weil er Gerber den Mord nicht zutraute, sondern weil Delaney sich nicht vorstellen konnte, daß der Fall Ellerbee eine so einfache Aufklärung fand. Er gestand sich ein, daß ihm dies nicht recht gewesen wäre. Das wäre so enttäuschend gewesen, als fiele ein Fußballspiel aus wegen Regens. Wenn er ganz ehrlich sein wollte, mußte er zugeben, daß ihm die Ermittlungen im Grunde eben doch Spaß machten. Was ja nur bewies, daß der alte Hund noch nicht tot war.

Delaney war nicht der einzige, der Spaß an diesen Ermittlungen fand. Die Kriminalpolizistin Venable genoß es ebensosehr. Zum ersten Mal durfte sie selbständig in einem Mordfall tätig werden, ohne einen männlichen Partner, der ihr ungebetene und unerwünschte Ratschläge erteilte, oder ihr zudringliche Fragen über ihr Liebesleben stellte. Kam hinzu, daß Joan Yesell ihr überaus sympathisch war. Venable war jünger als Yesell, hatte aber ebenfalls eine unerträgliche Mutter und im Moment keinen festen Freund. Manchmal hätte sie am liebsten geheult, weil sie sich so einsam fühlte, wenn es auch nie so schlimm wurde, daß sie daran gedacht hätte, sich die Pulsadern zu öffnen. Zweimal hatte sie jetzt länger mit Joan gesprochen und den Eindruck gewonnen, sie kämen prächtig miteinander aus, allerdings war beidemal diese unmögliche Mutter dabeigewesen und hatte sich immer wieder eingemischt. Auf die Fragen, die Boone und Delaney gestellt hatten, und die auch Venable stellte, bekam sie die gleichen Antworten. Ihr fielen aber auch noch andere ein.

»Haben Sie eigentlich je Doktor Ellerbees Frau kennengelernt, Joan?«

»Einmal, als ich auf den Doktor wartete, habe ich sie gesehen?«

»Sie soll doch so bezaubernd aussehen?«

»Ja, das tut sie.«

»Ziemlich abgebrüht, wenn Sie mich fragen«, warf die Mutter ein.

»Dann kennen Sie sie also auch?« Venable war erstaunt.

»Genaugenommen nicht«, wand die alte Yesell sich, »aber nach dem, was ich von meiner Tochter höre …«

»Ich kenne sie ebenfalls nicht. Können Sie sie beschreiben, Joan?«

»Groß. Schlank. Sehr elegant. Echtes Blondhaar. Als ich sie sah, trug sie das Haar aufgesteckt und wirkte richtig … majestätisch, könnte man sagen.«

»Pah, so toll wird es schon nicht sein«, sagte die Mutter wegwerfend.

Obwohl sie nicht glaubte, dies könne wichtig sein, nahm Venable auch diese Einwürfe der Mutter in ihren Bericht an Boone auf. Auch der maß dem keinen Wert bei, zeichnete den Bericht ab und reichte ihn an Delaney weiter, der ihn las und zu den Akten nahm.

An dem auf Thanksgiving folgenden Freitagabend beschloß Helen Venable spontan, nach Chelsea rüberzufahren und Joan Yesell einen Besuch zu machen. Sie war es einfach leid, in der Wohnung herumzusitzen und das törichte Geschwätz ihrer Mutter anzuhören.

Sie versuchte anzurufen, doch war der Anschluß besetzt, und sie fuhr einfach los. Mit ihrem kleinen Honda schlug sie die Richtung nach New York ein, denn so nennen die Bewohner von Brookleyn den Stadtteil Manhattan. Nicht, daß sie Joan Yesell etwas Besonderes zu fragen gehabt hätte, sie fühlte sich nur einsam und, wer weiß, es mochte bei einem Gespräch doch etwas herauskommen.

Zum Glück war die Mutter nicht anwesend. Joan freute sich aufrichtig über Helens Besuch. Sie kochte Tee, und es fand sich auch Gebäck. Die Unterhaltung kam mühelos zustande, nachdem Helen sich erkundigt hatte, wie es denn um die Verletzung am Handgelenk stehe?

»Ach, es ist schon viel besser. Ich kann die Finger ganz

gut bewegen. Nur sollte ich dauernd einen Gummiball zusammendrücken. Der Arzt nimmt nächste Woche den Verband ab, aber danach muß ich noch eine lederne Bandage tragen.«

»Falls Ihnen wieder mal so was einfällt, rufen Sie mich bitte vorher an.«

»Ja«, hauchte Joan, »ich verspreche es.«

»Ganz bestimmt?«

»Ganz bestimmt.«

Dann kam die Rede nicht ganz unerwartet auf besitzgierige Mütter, und sie überboten einander in der Schilderung ihrer despotischen Hausdrachen. »Ich muß unbedingt eine eigene Wohnung haben«, sagte Helen, »ich gehe daheim die Wände rauf. Bloß, wovon soll ichdie eine Wohnung bezahlen? Sie wissen, wie hoch die Mieten sind.«

»Ich würde auch gern ausziehen«, sagte Joan nachdenklich, und plötzlich lebhafter werdend: »Warum nehmen wir nicht zusammen eine Wohnung? Ich verdiene nicht schlecht.«

»Das ist ist eine Idee«, sagte die Venable vorsichtig. Sie mochte Joan, wie gesagt, gut leiden, glaubte auch, mit ihr auskommen zu können, aber abgesehen einmal davon, daß sie in diesen Mordfall verwickelt war, wenn auch nur als jemand, der überprüft werden mußte: Würde Helen mit einer Frau zusammenleben können, die immerhin arg gestört war?

Beide überlegten, wo man wohnen wollte – in Manhattan –, was es für eine Wohnung sein sollte – eine mit zwei Schlafzimmern –, und wie hoch die Miete äußerstenfalls sein durfte.

»Ich brauche einen Schreibtisch, an dem ich meine Berichte auf der Maschine schreiben kann«, sagte Venable.

»Und ich will mindestens eine Katze haben.«

»Ich besitze einige Möbel. Mein Bett zum Beispiel.«

Joan sah sich in der Polsterpracht um und meinte: »Von all diesen Sachen gehört mir nichts, und selbst wenn, mitnehmen würde ich davon nichts wollen. Ich finde das alles abscheulich. Ersticken tut man darin. Da müßten Sie mal Ellerbees Haus sehen. Ein Traum.«

»Seine Praxis auch?«

»Die war ..., na ja, eigentlich war sie leer. Ich meine, es fehlte nichts, aber sie war kahl. Weiß. Kalt.«

»War er auch so?«

»Nicht die Spur. Warmherzig war er, ein gütiger Mensch.«

»Dabei fällt mit ein: Sollten wir wirklich zusammen eine Wohnung nehmen, wie halten wir es dann mit den Männern? Angenommen, ich bringe mal einen mit, hätten Sie was dagegen, wenn er über Nacht bleibt?«

Joan zögerte. »Nicht, wenn wir zwei Schlafzimmer haben. Tun Sie das oft?«

»Einen Mann mit nach Hause nehmen? Sie machen wohl Witze. Wenn ich das wagte, würde meine Mutter sofort ihr berühmtes unstillbares Nasenbluten kriegen. Nein, mit Männern war ich immer nur in deren Wohnungen zusammen, im Auto und einmal auch in einem Motel.«

Joan schwieg und senkte den Kopf. Sie berührte leicht den Verband um ihr Handgelenk. Die beiden, die Schwestern hätten sein können, saßen eine Weile schweigsam; Venable betrachtete den gesenkten Kopf der anderen. »Du bist doch keine Jungfrau mehr, Joan?« fragte sie dann leise.

»Nein nein«, sagte diese hastig. »Ich war schon mal mit einem Mann zusammen.«

»Mit einem nur?«

»Ach wo. Mit mehr als einem.«

»Aber gedauert hat es nie?«

Joan schüttelte den Kopf.

»Ja, ja, so ist das meistens. Lumpenhunde sind das.« Als sie sah, daß Joan dieses Thema deprimierte, sagte sie schnell: »Ich wollte, ich hätte deine Figur. Aber ich werde leicht dick, und das Gebäck da dürfte ich gar nicht essen.«

Jetzt kam das Thema Diät zur Sprache, über Aerobic und Jogging kam man zu Kleidern und darauf, wie mühsam es sei, was hübsches zu einem erschwinglichen Preis zu finden. Als das Gebäck nach einer guten Stunde verzehrt war, stand Venable auf und verabschiedete sich. »Paß auf dich auf, Kleine.« Dabei gab sie Joan einen Kuß auf die Wange. »Ich muß bestimmt wiederkommen, das ist schließlich mein Job, ich weiß bloß noch nicht, wann. Aber wenn dir bis dahin mal die Decke auf den Kopf fallen sollte, hab keine Bedenken, mich anzurufen, klar? Wir können doch jederzeit ins Kino gehen oder mal eine Pizza essen irgendwo.«

»Ach ja, das wäre nett. Es war lieb von dir, daß du vorbeigeschaut hast, Helen«, sagte Joan dankbar.

An der Tür zog Helen die Strickmütze über die Ohren und fragte: »Wo ist denn Mama heute abend? Treibt die sich etwa mit Männern rum?«

Joan prustete laut los. »Die spielt Bridge. Unfehlbar jeden Freitagabend versammeln sich die Damen jeweils reihum. Sie sind alle aus der Nachbarschaft. Gegen elf, halb zwölf hören sie auf.«

»Ich wollte, meine alte Dame ginge auch öfter mal aus dem Haus«, klagte Helen. »Ein Abend ohne sie ist wie ein Wochenende auf dem Lande.«

Halb die Treppe hinunter traf es sie wie ein Blitz, und die Knie wurden ihr weich. Mit Mühe erreichte sie ihren Wagen, ließ sich auf den Fahrersitz fallen und holte tief Luft. So saß sie eine Weile im Dunkeln und grübelte nach über das, was sie eben gehört hatte.

Joan Yesells Alibi war ihr bekannt: Sie war am Freitagabend, als Ellerbee ermordet worden war, gegen sechs aus dem Büro nach Hause gekommen und nicht mehr weggegangen. Das hatte ihre Mutter bestätigt.

Aber die liebe Mama ging ›unfehlbar‹ am Freitagabend zum Bridge und kam vor elf, halb zwölf nicht heim. Ergo konnte Joan mit Leichtigkeit in die 84. Straße fahren und bequem wieder zu Hause sein, bevor ihre Mutter zurück war. Und weshalb hatte die gelogen? Weil sie Joan schützen wollte?

Moment, Moment, ermahnte Venable sich. Die Bridgespielerinnen trafen sich »reihum«, wie Joan gesagt hatte, das heißt jeweils in einer anderen Wohnung. Und folglich konnte an dem betreffenden Abend die Reihe an Mrs. Yesell gewesen sein, die Gastgeberin zu machen Aber falls dies stimmte, hätten die beiden Yesells das doch wohl erwähnt? Die Bridgedamen hätten dann doch ebenfalls die Anwesenheit von Joan bezeugen können? Nein, nein, der alte Drache hatte ganz gewiß außer Haus Bridge gespielt.

Und wenn das Spiel an jenem Tag nun doch aus irgendeinem Grunde ausgefallen war? Es hatte immerhin geschüttet. Möglich, daß das Spiel deshalb abgesagt worden war, daß die Mama wirklich daheim gewesen war und mit der Tochter zweithändig gespielt hatte.

Helen legte den Kopf aus Steuerrad und überlegte, was hier zu tun war. Zuerst einmal beabsichtigte sie keinen Augenblick, die arme Joan den Wölfen zum Fraß vorzuwerfen. Noch nicht jedenfalls. Zum zweiten erwog sie keinen Moment, diesen saftigen Brocken mit den Männern zu teilen, die dann doch das ganze Verdienst für sich reklamieren würden. Das war ihr schon öfter passiert. Sie machte bei ihren Ermittlungen wichtige Entdeckungen, und dann nahm man ihr den Fall weg, machte weiter mit dem, was schließlich sie zutage gefördert hatte, und alles mit der herablassenden Begründung: »Das hast du ja prima gemacht, Kindchen, aber jetzt müssen wir jemand mit mehr Erfahrung daransetzen.«

So ein Scheiß! Dieser Fall war ihr Fall, ihr eigener! Und diesmal würde sie höchstpersönlich und eigenhändig die Ermittlungen führen! Wofür war sie denn sonst bei der Kripo?

Die beschloß also, Boone keinen Bericht über das letzte Gespräch mit Joan Yesell zu liefern, ihm die Bridgeabende der Alten zu verheimlichen und auch, daß Mama gelogen hatte, um die Tochter zu schützen. Berichten würde die Kriminalpolizistin Venable erst, wenn sie alles schön säuberlich beisammen hatte und auf den Tisch legen konnte. Bis dahin sollten dieser Männer »mit größerer Erfahrung« sich ihretwegen zum Mond scheren.

An diesem Abend befand sich einer der Männer »mit größerer Erfahrung« in ausnehmend milder Stimmung, nämlich Edward X. Delaney. Die noch am Nachmittag bei ihm zu bemerkende Gereiztheit war dank eines Rostbratens mit in Butter gedünsteten Mohrrüben und Kartoffelbällchen, heruntergespült mit zwei Flaschen dunklen Löwenbräus, verflogen.

Monica tätschelte seinen Bauch und bemerkte: »Bis auf die gemalten Blumen auf deinem Teller hast du alles verschlungen, Edward. Geht es dir jetzt besser?«

»Sehr viel besser. Und jetzt laß bitte alles stehen und liegen und laß uns den Kaffee im Wohnzimmer trinken.«

»Es ist ja nichts mehr da, was ich abtragen könnte. Wir haben alles ratzekahl verputzt, wie die Heuschrecken.«

»Meine Mutter sagte immer: Eine gute Verdauung ist ein wahrer Segen. Wie recht hatte sie doch!«

»Du erwähnst deine Mutter selten, Edward«, sagte seine Frau, als sie im Wohnzimmer saßen.

»Du weißt, sie starb, als ich fünf Jahre alt war. Meine Erinnerung an sie ist also eher skizzenhaft. Auf dem Dachboden liegen Fotos von ihr. Irgendwann grabe ich die mal aus. Du wirst sehen, sie war eine sehr liebe Frau.«

»Und woran ist sie gestorben?«

»Bei der Geburt meines Bruders. Der starb dann auch.«

»Wurde er noch getauft?«

»Ja doch. Terry.«

»Wie dein Vater?«

»Ja. Und der hat nie wieder geheiratet. Wir beide sind also Einzelkinder.«

»Dafür haben wir uns ja nun.«

»Ja, man muß Gott danken.«

»Weshalb gehst du eigentlich nicht mehr in die Kirche, Edward?«

»Und warum gehst du nicht mehr in die Synagoge, Monica?«

Sie schmunzelten beide.

»Schöne Heiden sind wir beide, ein hübsches Paar«, sagte er.

»Bestimmt nicht. An Gott glaube ich«, verbesserte sie ihn. »Du etwas nicht?«

»O doch. Manchmal stelle ich mir vor, Er möchte der stellvertretende Commissioner Thorsen sein.«

»Alter Affe«, lachte sie. »Willst du die Nachrichten im Fernsehen anschauen?«

»Nein, danke vielmals. Ich möchte lieber einen geruh ...«

Das Telefon klingelte.

Er erhob sich schwerfällig. »Das ist nun mein geruhsamer Abend. Ich telefoniere im Arbeitszimmer.«

Es war Mrs. Ellerbee.

»Mr. Delaney, ich muß mich bei Ihnen für das Gespräch heute morgen entschuldigen. Mir ist erst hinterher aufgegangen, daß Sie all diese Arbeit ja ohne Not auf sich genommen haben, und es tut mir leid, daß ich so schroff war.«

»Machen Sie sich nichts draus, Madam. Ich weiß, wie Ihnen das alles zusetzt. Und ich weiß auch, wie schwer es ist, in solchen Fällen die Geduld nicht zu verlieren.«

»Ich bin im Begriff, über das Wochenende nach Brewster zu fahren, Mr. Delaney, und mir ist noch etwas eingefallen, was Ihnen eventuell weiterhelfen könnte. Haben Sie etwas dagegen, wenn ich auf ein paar Minuten bei Ihnen vorbeikomme?«

»Jederzeit gern, Madam. Wir haben schon gegessen.«

»Dann bis gleich.«

Er unterrichtete seine Frau, die nicht erbaut war.

»In der Küche sieht es aus wie ... Hängen in der Toilette im Flur frische Handtücher? Ist noch Zeit, daß ich mir was anderes anziehe?«

»Monica, du siehst tadellos aus. Und in der Toilette hängt bereits ein sauberes Handtuch. Vor allem beruhige dich, mein Schatz, es ist nicht die Königin von England, die hier Besuch macht.«

Doch als Mrs. Ellerbee dann kam, sah es nicht nur im

Wohnzimmer aufgeräumt aus, sondern auch passabel in der Küche, und beide Delaneys erwarteten ihren Gast etwas steif, fest entschlossen, sich unbeeindruckt zu zeigen – was ihnen aber mißlang.

Diane Ellerbee war die Liebenswürdigkeit in Person. Sie fand die Wohnung ungemein behaglich und lobte, was ihr unbeirrbarer Blick mit absoluter Gewißheit als das wertvollste Möbelstück erkannt hatte, einen antiken Schreibsekretär, der Duncan Phyfe zugeschrieben wurde, und versicherte Delaney in aller Aufrichtigkeit, nie und nirgendwo einen besseren Wodka Gimlet gekostet zu haben, als den von ihm zubereiteten.

Tatsächlich spielte sie die Rolle der großen Dame so breit aus, daß sich in Delaneys altem Polizistenhirn sogleich die Überzeugung festsetzte, diese Frau sei ungeheuer nervös und führe etwas Besonderes im Schilde. Von nun an war er ganz locker und beobachtete leicht amüsiert die Unterhaltung zwischen seiner Frau und Mrs. Ellerbee. Diese trug Rock und Pullover aus pilzfarbiger Wolle, dazu kniehohe Stiefel aus butterweichem Leder, außer dem Ehering aber keinen Schmuck und so gut wie kein Make-up. Das flachsblonde Haar fiel ihr auf die Schultern und ließ ihr Gesicht weich und verletzlich erscheinen.

Nun wandte sie sich ihm zu mit der Frage: »Ist die Liste der Patienten, die ich Ihnen gab, von irgendwelchem Nutzen für Sie gewesen, Mr. Delaney?«

»Von großem Nutzen, Madam. Sie alle werden derzeit überprüft.«

»Hoffentlich haben Sie nicht erwähnt, daß diese Liste von mir stammt?«

»Selbstverständlich nicht. Wir sagen allen, daß sämtliche Patienten Ihres Mannes überprüft werden. Was ja auch stimmt. Keiner hat etwas dagegen einzuwenden gehabt.«

»Nun, das beruhigt mich. Mir ist nämlich immer noch nicht ganz wohl bei dem Gedanken, daß ich diese Auswahl getroffen habe. Aber irgendwie wollte ich mich nützlich machen. Halten Sie einen der sechs für den Täter?«

»In gewisser Weise könnte es jeder von ihnen getan haben, aber, genau betrachtet, ist ja auch beinahe jeder normale Mensch fähig, einen Mord zu begehen, wenn nur die Umstände entsprechend sind.«

»Unter Überprüfung kann ich mir übrigens nicht so recht etwas vorstellen«, sagte sie und lächelte hilflos. »Heißt das, Sie befragen diese Leute gründlich?«

»Richtig. Und nicht nur die, sondern ihr ganzes Umfeld, die Angehörigen, Freunde, Bekannten, Nachbarn, Arbeitgeber und so fort. Und das nicht nur einmal, sondern mehrmals. Immer die gleichen Fragen. Und dann achten wir auf eventuelle Widersprüche.«

»Das klingt, als wäre es sehr langweilig.«

»Nein, das ist es nicht.«

»Edward hat die Geduld eines Heiligen«, warf Monica ein.

»Und ein geradezu teuflisches Glück, hoffe ich«, bestätigte er.

Mrs. Ellerbee lachte höflich. »Spielt denn das Glück eine so große Rolle bei der Aufklärung von Kriminalfällen?«

»Gelegentlich schon. Im allgemeinen geht es nur über unermüdliches Klinkenputzen. Manchmal hilft jedoch auch der Zufall, und man stößt ganz unerwartet auf die Lösung. Der Verbrecher hat keine Macht über den Zufall, verstehen Sie?«

»Aber gerade der Zufall kann ihn doch auch begünstigen?«

»Das kommt vor. Aber nur ein sehr dummer Verbrecher verläßt sich darauf. ›Die raffiniertesten Pläne sind …‹ Du weißt, von wem das stammt, Monica?«

»Von Shakespeare?«

»Von Robert Burns. Nicht alles stammt von Shakespeare. Und nun Sie«, wandte er sich an Mrs. Ellerbee. »Von wem ist: ›Welch feingewobnes Netz von Lügen spinnt der, der anfängt zu betrügen‹?«

»Das ist nun wirklich Shakespeare.«

»Das ist Sir Walter Scott«, schmunzelte er. »Sie wollten mir doch eigentlich etwas Wichtiges sagen?«

»Ach, wahrscheinlich werden Sie es für albern halten«, sagte sie zögernd, »aber es beschäftigt mich eben doch, und da dachte ich, Sie sollten es lieber wissen. Als Sie damals mit Ihrem Sergeanten zu mir kamen, haben Sie eine Menge Fragen gestellt, die ich so gut als möglich beantwortet habe. Als Sie weg waren, bin ich in Gedanken noch mal die ganze Unterhaltung durchgegangen, um sicher zu sein, daß ich Sie nicht durch eine falsche Antwort in die Irre geführt habe.« Sie machte eine Pause.

»Ja, und?« fragte er.

»Sie haben unter anderem gefragt, ob ich im letzten Jahr oder halben Jahr an Simon eine Veränderung bemerkt hätte, und ich verneinte das. Dies ist aber nicht ganz richtig, nur hat die Veränderung sich so allmählich vollzogen, daß sie kaum merklich war.«

»Aber jetzt ist es Ihnen klargeworden?«

»Richtig. Wenn ich es jetzt so bedenke, dann hat er sich im letzten Jahr eben doch verändert, er wurde ... nun, sagen wir, etwas abwesend. Wie mit den Gedanken woanders. Anfangs hielt ich das für eine Form der Überarbeitung, er gab sich immer sehr viel Mühe mit seinen Patienten. Aber das war es wohl doch nicht. Es muß etwas anderes gewesen sein. Und das wollte ich Ihnen sagen. Ob Sie etwas damit anfangen können, weiß ich nicht.«

»Es ist sehr gut, daß Sie mir das sagen. Obwohl ich ebensowenig wie Sie weiß, ob es was zu bedeuten hat. Aber auch der kleinste Hinweis kann hilfreich sein.«

»Nun, jetzt fühle ich mich richtig erleichtert. Ich bekam wegen dieser Sache nämlich allmählich ein schlechtes Gewissen.«

Sie trank aus, stand auf und verabschiedete sich. Als sie Monica die Hand gab, sagte sie: »Es gefällt mir sehr bei Ihnen. Und es würde mich freuen, wenn Sie mit Ihrem Mann einmal nach Brewster herauskämen. Im Winter zeigt es sich zwar nicht von der besten Seite, aber Simon und ich haben es mit viel Liebe eingerichtet, und ich möchte wirklich gern, daß Sie es mal sehen. Meinen Sie, Sie könnten das möglich machen?«

»Das ist sehr liebenswürdig von Ihnen. Wir kommen bestimmt gern.«

»Nun, dann verabreden wir uns doch zum ersten Wochenende, für das gutes Wetter vorhergesagt wird – einverstanden?«

»Wir haben keinen Wagen, wäre es Ihnen recht, wenn Sergeant Boone und seine Frau uns hinausfahren?« fragte Delaney.

»Es wäre mir nicht nur recht, ich würde mich freuen! Ich habe eine ausgezeichnete Köchin, und Simon hat einen guten Weinkeller angelegt. Ich habe gern Gäste, und, offen gestanden, da draußen fühle ich mich jetzt recht einsam. Also, abgemacht?«

»Abgemacht«, stimmte Monica zu. »Schade, daß Sie schon weg müssen. Fahren Sie vorsichtig!«

»Das tue ich immer«, erwiderte Mrs. Ellerbee leichthin, »also dann: Auf Wiedersehen.«

Delaney brachte sie hinaus und verriegelte die Haustür.

»Was für eine gescheite Person«, sagte seine Frau ganz begeistert, als er ins Wohnzimmer trat. »Findest du nicht?«

»O ja, gescheit ist sie.ü

»Du würdest das Haus in Brewster doch auch gern sehen?«

»Ganz bestimmt sogar. Boones sollen uns hinbringen. Das wird ein hübscher Ausflug.«

»Hilft dir das weiter, was sie da über ihren Mann gesagt hat?«

»Du, ich habe keine Ahnung.«

»Und ich finde sie wirklich schön.«

»So schön, daß man es mit der Angst bekommen könnte.«

»Na, vor mir scheinst du dich ja nicht zu fürchten, Freundchen.«

»Nein, damit hast du recht.« Er wollte ins Arbeitszimmer gehen.

»Na, hör mal, ich denke, für heute ist Schluß bei dir?« protestierte sie.

»Es dauert nicht lange«, sagte er stirnrunzelnd, »ich muß nur eben noch was nachsehen.«

17

Benjamin Calazo, einer von Delaneys sechs Gehilfen, stand kurz vor der Pensionierung, und es graute ihm davor. Er stammte aus einer Polizistenfamilie. Sein Vater war Polizist gewesen, sein jüngerer Bruder war ebenfalls einer, und auch zwei Brüder seines Vaters hatten bei der Polizei gedient. Diese Arbeit war für ihn nicht irgendein beliebiger Job, sie war sein Lebensinhalt.

Calazo angelte nicht, er spielte nicht Golf, sammelte keine Briefmarken, sein Interesse galt uneingeschränkt und ausschließlich seiner Arbeit. Was sollte er nach der Pensionierung nur anfangen? Mitsamt der Frau nach Florida ziehen? In einem Wohnwagen irgendwo am Wasser hausen und die Zeit mit albernen Spielen totschlagen?

Der Fall Ellerbee bot ihm zumindest Gelegenheit, seine Laufbahn würdig zu beschließen. Sergeant Boone kannte er von früher und schätzte ihn. Boones Vater war im Polizeidienst ums Leben gekommen. Calazo hatte an der Beerdigung teilgenommen. So was vergaß man nicht.

Der Patient Isaac Kane war Calazo auf eigenes Verlangen zugeteilt worden, und zwar hatte dieser seinen Wunsch so begründet: Sein Neffe sei geistig behindert, und er glaube sich auf den Umgang mit solchen jungen Menschen zu verstehen. Calazo hatte drei verheiratete Töchter, und wenn er gelegentlich bei seinen Schwiegersöhnen zum Essen eingeladen war, betrachtete er sie mit einem Anflug von Enttäuschung – allesamt geborene Verlierer, nicht ein einziger Polizist dabei.

Das erste Zusammentreffen mit Kane verlief einigermaßen zufriedenstellend. Calazo verbrachte ungefähr drei Stunden bei ihm im Gemeindezentrum, bewunderte seine Bilder und redete ungezwungen über dies und das. Hin und wieder flocht er eine Frage über Ellerbee ein, und Kane antwortete darauf spontan. Das Thema beunruhigte ihn augenscheinlich überhaupt nicht. Calazo erfuhr so, was schon Delaney und Boone von Kane gehört hatten, und das war nicht gerade viel.

Erst als Calazo ihn fragte, was er denn an jenem Freitagabend so getrieben habe, wurde der Junge unruhig.

»Es war ein Freitag, Isaac. Was hat du da abends gemacht?«

»Ich war hier bis zum Schluß. Da können Sie Mrs. Freylinghausen fragen.«

»Mache ich. Aber hinterher? Nachdem hier geschlossen wurde?«

»Bin ich nach Hause gegangen.«

»Aha. Dann warst du also kurz nach neun da, denn du wohnst ja gleich um die Ecke?

Kane blickte nicht von seinem Bild auf; er versah soeben einen Baum mit Blättern.

»Kann auch später gewesen sein, ich bin noch ein bißchen rumgelaufen.«

»Es hat aber doch gegossen wie verrückt! Da geht doch kein Mensch spazieren?«

»Ich weiß nicht mehr.« Kane brach ärgerlich seine Kreide in Stücke und warf sie weg. »Weshalb fragen Sie mich dauernd was? Ich sage nichts mehr. Sie wollen bloß ...«, und er begann zu stottern.

»Immer sachte, mein Junge. Wenn du nicht willst, brauchst du nicht zu antworten. Ich dachte bloß, du willst uns helfen, den Mörder von Doktor Ellerbee zu finden.«

Kane schwieg.

»Ich habe Hunger«, wechselte Calazo das Thema. »Du nicht auch? An der Ecke gibt es eine Giftküche, warum hole ich uns nicht was zu essen?«

»Meinetwegen«, stimmte Kane zu. Calazo besorgte Buletten, Pommes frites und Kaffee, und sie aßen miteinander. Eine alte Frau näherte sich ihnen im Rollstuhl und betrachtete gierig die Pappteller. Calazo schenkte ihr eine Bulette und sprach wohlweislich nicht mehr von Ellerbee, sondern fragte Kane, weshalb er denn immer nur Landschaften male?

»Landschaften sind schön. So sauber und friedlich. Nicht so wie hier.«

»Ja, das stimmt. Aber Menschen sehe ich da keine.«

»Nein, da sollen auch keine sein.« Kane schüttelte entschieden den Kopf. »Die gehören bloß mir.«

Auf Befragen bestätigte Mrs. Freylinghausen, daß Kane täglich ins Zentrum kam und bis zur Schließung blieb, also bis 21 Uhr. Calazo bedankte sich für die Auskunft und machte sich auf den Weg zu Kanes Wohnung. Dazu brauchte er selbst bei mäßiger Gehweise nicht mehr als zwei Minuten.

Kane bewohnte zusammen mit seiner Mutter eine Kellerwohnung in einem verkommenen Mietshaus in der 78. Straße. Gleich nebenan war ein Möbellager, das eine mit verrosteten Toren gesicherte Einfahrt für Lastwagen hatte. Die hochgelegenen Fenster waren total verdreckt. Beide Gebäude waren mit Graffiti beschmiert, und Müllbeutel aus schwarzem Plastik waren an den Zugängen aufgehäuft. Manche waren geplatzt oder aufgeschlitzt. Calazo begriff sehr gut, weshalb es Kane drängte, nur saubere, natürliche Landschaften zu malen, reinlich und friedlich.

Er nahm vorsichtig die drei Stufen, die nach unten führten. Auf der Türschwelle lag Unrat, der Name neben der Klingel war fast unleserlich. Er drückte auf den Knopf und wartete. Nichts. Er klingelte noch einmal, länger anhaltend diesmal. Hinter einer verschmierten Fensterscheibe wurde ein Gardinenfetzen zur Seite gerissen, und ein fast fratzenhaftes Gesicht blickte ihn an.

Calazo hielt seine Dienstmarke dicht ans Fenster, und die Frau blinzelte. Wieder wartete er. Dann hörte er einen Schlüssel sich im Schloß drehen, eine Kette klirren. Die Tür ging auf.

»Sind Sie Mrs. Kane?«

»Ja«, antwortete sie mit belegter Säuferstimme. »Was sollen Sie?«

Das hat mir gerade noch gefehlt, dachte er, eine Säuferin!

»Ich möchte mit Ihnen über Ihren Sohn sprechen.«

»Ist nicht da.«

»Das weiß ich«, sagte er geduldig. »Ich habe ihn eben noch im Zentrum gesehen. Ich möchte mit Ihnen über ihn sprechen.«

»Was hat er denn jetzt wieder angestellt?«

»Nichts, soweit ich weiß.«

»Er ist nicht richtig im Kopf. Hat 'nen Jagdschein.«

Jetzt seien Sie mal so nett und lassen mich rein, hier draußen ist es kalt. Es dauert nicht lange, das verspreche ich Ihnen.« Sie ließ ihn widerwillig ein. Er machte die Tür hinter sich zu und nahm den Hut ab. Es roch hier drinnen wie in einem Pissoir der U-Bahn, bloß daß hier noch Fuseldunst hinzukam. Auf dem Fußboden stand eine halbgeleerte Flasche, daneben ein Stapel Trinkbecher aus Pappe.

Sie folgte seinem Blick. »Ich bin erkältet. Krank bin ich.«

»Hm.«

Sie grimassierte, es sollte wohl ein Lächeln sein, ihr Gesicht sah aber bloß aus wie ein eingedrücktes Kissen. »Wolln Sie'n Schluck?«

»Nein danke. Aber tun Sie sich keinen Zwang an.«

Sie ließ sich auf einer durchgesessenen Couch nieder, goß ein, trank auch gleich aus, zerdrückte den Becher in der Faust und zielte auf einen alten Papierkorb. Volltreffer.

»Gut getroffen«, lobte Calazo.

»Ich hab auch Übung.« Dabei zeigte sie schwärzliche Zahnstummel.

»Ist Ihr Mann zufällig da?«

»›Da‹ ist er wahrscheinlich irgendwo. In Hongkong vielleicht. Der Lump. Immer weg mit Schaden.«

»Dann wohnen Sie hier nur mit Ihrem Sohn?«

»Na und?«

»Bekommen Sie Unterstützung?«

»Von der Wohlfahrt. Einen finanziellen Zuschuß«, sagte sie sehr von oben herab. »Wir haben Anspruch. Ich bin invalide und Isaac erwerbsunfähig. Kommen Sie von der Wohlfahrt?«

»Von der Kriminalpolizei. Ihr Sohn geht jeden Tag ins Gemeindezentrum?«

»Glaube schon.«

»Sie wissen es nicht?«

»Ist doch volljährig. Kann gehen, wohin er will.«

»Wann geht er morgens weg?«

»Weiß nicht. Ich schlafe lange. Wenn ich aufwache, ist er weg. Was soll'n das alles?«

»Sie sind aber auf, wenn er zurückkommt, nicht wahr? Wann ist das?«

Sie blinzelte ihn aus zusammengekniffenen Schweinsäuglein an, und er wußte genau: Jetzt überlegt sie, wie sie dich bescheißen kann. Nicht, daß es dafür einen Anlaß gegeben hätte, aber diese Frau würde einer wie auch immer gearteten Amtsperson prinzipiell nie die Wahrheit sagen – wenn es sich vermeiden ließ.

Sie verschaffte sich einen Aufschub, indem sie wieder Fusel eingoß, trank, den Becher zerdrückte und in Richtung Papierkorb warf. Diesmal kein Treffer.

»Nein, schlafen tu ich abends nicht. Er kommt mal früher, mal später.«

»Wann ungefähr?«

»Nach neun.«

»Wie lange nach neun?«

»Ist unter-unterschiedlich.«

»Jetzt hören Sie mir mal gut zu, Sie«, sagte der altgediente Polizist, ohne die Stimme zu heben. »Es handelt sich um einen Mordfall. Und wenn Sie glauben, Sie können mich hier an der Nase rumführen, sperre ich Sie in die Ausnüchterungszelle, bevor Sie sich versehen. Da können Sie in Ruhe in der passenden Gesellschaft darüber nachdenken, ob Sie meine Fragen beantworten wollen. Und zwar richtig?«

Sie verzog die Visage und fing an zu heulen. »So dürfense nicht mit mir umgehn!«

»Ich gehe mit Ihnen um, wie es mir paßt«, versetzte Calazo kalt. »Für mich sind Sie Abschaum.« Er griff sich blitzschnell die Fuselflasche und ging damit zum Spülstein in der Küche, wo es ekelerregend stank.

Heulend fuhr sie von der Couch hoch. »Was machense denn da!«

»Ich gieße Ihren Schnaps aus, und dann stelle ich die Bude auf den Kopf, und wenn ich noch welchen finde, geht der hinterher.«

»Bitte«, flehte sie, »machense das nicht, ich ... ich bin krank, ich bin 'ne alte Frau ... das Geld von der Wohlfahrt kommt erst ... warum wollense 'ne alte Frau kränken ...?«

»Eine alte Säuferin sind Sie. Und stinken tun Sie. Kein Wunder, daß Ihr Sohn jeden Tag die Kurve kratzt.« Er hielt die Flasche über den Ausguß. »Also, wann kommt er abends heim?«

»Um neun. Paar Minuten nach neun.«

»Jeden Abend?«

»Immer.«

Er ließ einige Tropfen Fusel in den Spülstein rinnen. Sie kreischte fürchterlich: »Bis auf Freitag! Freitags is es später, zehn, halb elf, so was!«

»Warum? Wo geht er dann hin?«

»Weiß ich nicht, ich schwöre, ich weiß es nicht!«

»Haben Sie nie danach gefragt?«

»Hab ich ja, bestimmt, aber er will es nicht sagen.«

Er starrte sie lange an, reichte ihr dann die Flasche, die sie mit bebenden Händen entgegennahm und an die Brust drückte wie einen Säugling.

»Besten Dank für Ihre Hilfsbereitschaft, Mrs. Kane«, sagte Calazo und beeilte sich wegzukommen. Er ging Richtung Broadway und atmete tief durch, um den Gestank loszuwerden. Er hatte zwar schon Schlimmeres gerochen in seinen Jahren bei der Polizei, aber schlimm genug war das da drinnen jedenfalls gewesen.

Von einer Zelle mit einem wunderbarerweise intakten Telefon rief er seine Frau an.

»Zum Abendessen bin ich zu Hause, Schatz, aber nachher muß ich noch mal weg. Soll ich was mitbringen?«

»Heute abend gibt es Bockwurst. Es ist noch ein Rest Senf da, aber du könntest trotzdem noch welchen kaufen. Du weiß schon, den scharfen, den du am liebsten hast.«

»Okay. Bis gleich.«

Er hängte erleichtert ein.

Um 20 Uhr 30, den Magen wohlgefüllt mit Bockwurst, Sauerkraut und gebackenen Bohnen, suchte er in der Umgebung des Gemeindezentrums auf der 79. Straße einen Parkplatz. Schließlich stellte er seinen Wagen in der Einfahrt zum Möbellager neben dem Keller von der alten Kane ab, ohne das Schild zu beachten, das ihm befahl: *Einfahrt jederzeit freihalten.*

Er verschloß den Wagen und bezog dem Zentrum gegenüber Posten. Um zu vermeiden, daß er eisige Füße bekam, stapfte er hin und her, ließ aber das noch erleuchtete Zentrum keinen Moment aus den Augen.

Der Polizeiarzt hatte den Zeitpunkt des Todes von Ellerbee mit 21 Uhr angegeben, doch war das notgedrungen eine Schätzung, es konnte Abweichungen von einer halben Stunde oder noch mehr geben. War Kane also wie üblich auch an jenem Freitagabend um neun hier weggegangen, konnte er sehr wohl zur 84. Straße gelaufen sein, dort Ellerbee den Schädel eingeschlagen haben und zwischen 22 Uhr und 22 Uhr 30 zu Hause eingetroffen sein. Leicht. Calazo glaubte nicht, daß der Junge der Täter war, aber er könnte es immerhin gewesen sein.

Im Zentrum gingen nacheinander die Lichter aus. Calazo lehnte an einem Laternenpfahl und kaute auf einer kalten Zigarre. Mehrere Personen verließen das Gebäude, darunter zwei auf Krücken. Nun erschien Kane. Calazo ging ihm nach. Kane hielt sich nirgendwo auf, sondern marschierte stracks nach Hause. Es war Mittwoch.

Am Donnerstag holte er Auskünfte in der Klinik ein, in

welcher der Junge von Doktor Ellerbee behandelt worden war. Die Krankengeschichte rückte man nicht heraus, doch zeigten sich einige Personen, die Kane kannten, bereit, über ihn zu sprechen.

Alle stimmten darin überein, daß dieser ein ruhiger, friedlicher Junge sei, gelegentlich aber unter Wutanfällen litt, während derer er auch gewalttätig werden konnte. Er hatte mehrfach Personal angegriffen, und einmal mußte man ihm eine Beruhigungsspritze geben.

Abends wiederholte Calazo sein Beschattungsmanöver mit dem gleichen Resultat.

Am Freitag war er zeitiger auf dem Posten, ganz in Erwartung der Dinge, die jetzt kommen sollten. Kane ging früher weg als gewöhnlich, wenn auch nur um wenige Minuten. Calazo sah zu seiner Verblüffung, daß er sich feingemacht hatte, eine Tweedmütze trug, einen sauberen Parka und Jeans. Unter dem Arm hielt er ein Paket. Calazo vermutete, es könnte sich um eines seiner Bilder handeln, in braunes Packpapier eingeschlagen. Calazo ging ihm auf dem Broadway bis zur 83. Straße nach, von dort links Richtung Fluß über die West End Avenue. Dann betrat Kane in der Mitte des Blocks ein Mietshaus.

Der Detektiv verlangsamte den Schritt, schlenderte am Haus vorüber und merkte sich die Nummer. Auf der gegenüberliegenden Straßenseite nahm er dann, eine Zigarre rauchend und fest aufstampfend, seine Wache auf. Er fragte sich, wie viele Meilen er wohl auf diese Weise in seinen Dienstjahren hinter sich gebracht haben mochte. Nun ja, vier Wochen noch, dann war das alles vorbei.

Gegen 22 Uhr 15 verließ Kane das Haus ohne Paket. Calazo folgte ihm zurück zur 78. Straße, sah ihn in den Keller gehen und machte sich unverzüglich auf den Heimweg.

Am folgenden Morgen parkte er schon um 8 Uhr gegenüber dem Haus auf der 83. Straße. Er ging davon aus, daß um diese Stunde am Samstag praktisch alle Welt daheim sein würde, betrat das Haus und betrachtete dann die Namensschilder. Im Haus gab es zwölf Wohnungen.

Er begann ganz oben, drückte alle Klingelknöpfe und sprach seinen Vers in jede Sprechanlage, sobald das Knakken ertönte, meist zusammen mit der unwirschen Frage: »Was wollen Sie?«

»Ich möchte mit Mr. Isaac Kane sprechen.«

Und dann hieß es: »Mit wem?«, »Nie gehört«, »Verpiß dich!«, »Da sind Sie hier falsch.«

Endlich, aus der Wohnung 4 B, fragte eine Frauenstimme besorgt: »Ist ihm etwas passiert?« Bingo! Auf dem Namensschild stand *Judson Beele* und *Evelyn Packard*.

Calazo sprach langsam und deutlich in das Türmikrofon: »Ich komme von der Kriminalpolizei und habe dringend mit Ihnen wegen Isaac Kane zu reden. Machen Sie bitte auf.«

Er mußte ziemlich lange auf eine Reaktion warten, aber darauf verstand er sich gut. Als der Summer schließlich das Türschloß freigab, erklomm er die Treppe bis zum dritten Stock und sah vor der Tür zur Wohnung 4 B einen Mann in Bademantel und Pantoffeln stehen. Er trug randlose Augengläser, hatte sehr schütteres Haar und auf der Oberlippe die Andeutung eines Schnurrbartes. Er wirkte, als würde eine kräftige Böe ihn ohne weiteres umpusten können. Calazo zeigte seinen Dienstausweis, den der Mann gründlich betrachtete.

»Mein Name ist Beele«, sagte er dann, »worum handelt es sich bitte?«

»Darf ich für einen Moment hereinkommen? Es wird nicht lange dauern.«

In dem gut geheizten, behaglichen Wohnzimmer waren noch zwei Frauen, beide in Morgenrock und Hausschuhen. Die eine, eine hagere Blondine, rauchte eine Zigarette aus einer langen Spitze und stand; die jüngere, mit weicheren Gesichtszügen, saß in einem Rollstuhl, die Knie in eine Mohairdecke gewickelt, so daß ihre Beine nicht sichtbar waren.

Beele stellte sie vor. Die Blondine war seine Frau Teresa, die junge Dame im Rollstuhl die Schwester seiner Frau,

Evelyn Packard. Calazo deutete höflich eine Verbeugung an; wie fast alle erfahrenen Polizeibeamten wußte er genau, wann er das Rauhbein zu spielen hatte und wann den Liebenswürdigen. Letzteres dürfte in diesem Haushalt wohl angebracht sein, überlegte er. Die Blondine sah allerdings aus wie eine harte Nuß.

»Es tut mir leid, daß ich Sie so früh störe«, entschuldigte er sich glattzüngig, »doch die Angelegenheit ist wichtig, und sie betrifft Mr. Kane.«

»Ist ihm etwa was zugestoßen?« fragte die junge Frau im Rollstuhl aufgeregt. »Er hat doch hoffentlich keinen Unfall gehabt?«

»Nein, nein, nichts dergleichen. Meines Wissens geht es ihm ausgezeichnet. Darf ich mich setzen?«

»Selbstverständlich«, sagte die Blondine, »wir sind gerade beim Frühstück, geben Sie mir Ihren Mantel und trinken Sie eine Tasse Kaffee mit uns.«

»Gern. Schwarz bitte.«

»Gieß mal Kaffee ein, Judson«, befahl die Blondine. Calazo machte eine Bemerkung über das Wetter und lobte die behagliche Atmosphäre im Wohnzimmer. Dabei bemühte er sich, ein zutreffendes Bild von den drei Anwesenden zu gewinnen. Als er sich verstohlen umblickte, gewahrte er sogleich fünf von Kanes Bildern an den Wänden. Alle waren geschmackvoll gerahmt.

»Ach«, sagte er, »Sie haben ja Bilder von ihm ... sehr hübsche noch dazu.«

»Wunderschön sind sie«, platzte Evelyn Packard heraus. »Isaac ist ein unheimlich talentierter Maler.«

Ihre Schwester lachte etwas gequält. »Ein Picasso ist er nun auch wieder nicht. Es sind gut verkäufliche Sachen, das gebe ich zu, und wenn man bedenkt, in welchen Verhältnissen er aufgewachsen ist, sogar sehr bemerkenswert.«

»Ich habe auch schon daran gedacht, ihm eins abzukaufen«, nahm Calazo den Faden auf. »Ist es erlaubt zu fragen, was Sie für die Bilder bezahlt haben?«

»Die haben wir doch nicht gekauft«, erklärte Mrs. Beele.

»Isaac hat sie Evelyn geschenkt. Er ist bis über beide Ohren verknallt in sie.«

»Du weißt genau, daß das nicht stimmt«, protestierte die junge Frau im Rollstuhl und errötete stark.

»Selbstverständlich stimmt es. Ich sehe doch, wie er dir Augen macht.«

»Isaac fühlt sich einsam«, beschwichtigte der Hausherr, »ich glaube nicht, daß er Freunde hat. Evelyn ist für ihn ...«, er vollendete den Satz nicht.

Calazo fragte die junge Frau im Rollstuhl:

»Wie haben Sie ihn überhaupt kennenlernen können, Miss Packard?«

»Im Gemeindezentrum. Teresa hat mich dort mal hingebracht, und ich will nie, nie wieder hin. Es ist ja fürchterlich deprimierend da. Aber dabei habe ich Isaac kennengelernt, und er hat gefragt, ob er mich mal besuchen darf.«

»Ihr gebt das ideale Paar ab«, murmelte die Schwester und führte eine frische Zigarette in die Spitze ein.

Du Rabenaas, dachte Calazo, fragte aber: »Und wie lange kennen Sie ihn schon, Miss Packard?«

»So ungefähr ein halbes Jahr, nicht wahr, Judson?«

»Ja, ungefähr.« Und zu Calazo gewendet: »Können Sie uns jetzt vielleicht sagen, worum es sich eigentlich handelt?«

»Einen Moment noch, bitte. Kommt er Sie jeden Freitagabend besuchen, Miss Packard?«

»Er macht ihr den Hof«, verbesserte die Schwester, und Calazo wurde klar, daß er diese Person verabscheute.

Evelyn Packard schob das Kinn vor und bestätigte sehr entschieden: »Ja, er besucht mich freitags.«

»Jeden Freitag? Hat er nie einen ausgelassen oder Sie an einem anderen Tag besucht?«

Sie schüttelte den Kopf. »Nein. Nur freitags. Und jeden Freitag. Stimmt's?« verlangte sie von den beiden anderen zu wissen. Sie bestätigten das. Isaac Kane komme regelmäßig am Freitag. Nie an einem anderen Tag. Und ausgelassen habe er ebenfalls noch keinen Freitag.

»Sie beide sind dann ebenfalls immer anwesend?« fragte Calazo. »Nie im Kino oder sonstwo?«

»Wo denken Sie hin«, wehrte die Blondine ab. »Wir würden Evelyn mit ... mit diesem Menschen doch nie im Leben allein lassen. Wenn man bedenkt, wie gestört er ist, wäre alles andere geradezu fahrlässig.«

Ihre Schwester sagte zornig: »Er hat sich immer einwandfrei benommen, Teresa, das weißt du auch ganz genau.«

»Man kann sich aber bei solchen Menschen nicht darauf verlassen.«

Calazo gab dem Gespräch eine andere Richtung. »In dem Haus, in dem Kane wohnt, ist ein Einbruch verübt worden, keine große Sache, aber ich muß das Alibi aller Bewohner zur Tatzeit überprüfen. Leider ist es schon vier Wochen her. Es war an einem Freitag gegen halb zehn abends.«

»Da war er hier«, sagte Miss Packard prompt und überzeugend. »Er kann es also nicht gewesen sein. Im übrigen würde Isaac niemals so was tun.«

»Sie können alle drei bezeugen, daß er hier war?«

Sie nickten.

Mehr konnte er nicht verlangen. »Damit wäre er aus dem Schneider«, sagte Calazo denn auch und stand auf, um zu gehen.

»Das will ich meinen«, bekräftigte Miss Packard noch und wiederholte, »Isaac würde niemals so etwas tun. Er ist ein lieber Kerl.«

»Ganz gewiß«, stimmte die Blondine skeptisch zu, und ihr Mann blinzelte dazu durch seine Gläser.

»Wie kommt es eigentlich, daß Sie uns mit ihm in Verbindung gebracht haben?« fragte Mrs. Beele neugierig.

»Ich bin ihm gestern abend hierher gefolgt. Und heute früh habe ich hier sämtliche Klingeln gedrückt, bis jemand antwortete, der ihn kennt.«

»Sie sind wirklich schlau«, sagte sie spöttisch.

»Gelegentlich schon.« Er starrte sie kalt an.

»Judson«, befahl sie, »bring dem Herrn von der Polizei Hut und Mantel.«

Calazo fuhr schnurstracks heim, setzte sich hin und schrieb seinen Bericht für Boone. Seine abschließende Bewertung des Falles: Isaac Kane sei der Mordtat nicht verdächtig, weitere Ermittlungen erübrigten sich.

Als er damit zu Ende war, las er alles noch mal durch und erging sich in müßigen Spekulationen über die Beziehungen zwischen dem Ehepaar Beele, Evelyn Packard und Isaac Kane, zwischen Teresa Beele und ihrer Schwester, zwischen Evelyn und ihrem Schwager Beele. Zu seiner Frau sagte er später: »Das Leben ist wirklich eine kitschige Operette, Schatz. Was gibt es bei uns zu essen?«

Calazo war nicht der einzige, der sich an diesem Samstag für das Essen interessierte. Detektiv Hogan fragte sich sogar, ob er überhaupt etwas zu essen bekommen würde.

Für ihn war es ein langer Tag. Von acht bis neun beobachtete er das Haus, in dem Ronald Bellsey wohnte, und als er sich endlich entschlossen hatte, trotz und alledem irgendwo im Stehen einen Kaffee zu trinken und etwas zu essen, sah er Bellseys weißen Cadillac aus der Tiefgarage kommen.

Bellsey saß allein im Wagen, und Hogan folgte ihm in seinen Fleischgroßhandel auf der 18. Straße. Bellsey verschwand, nachdem er den Wagen auf der Straße abgestellt hatte, in dem Gebäude, und obwohl Hogan nicht ahnte, wie lange Bellsey sich an diesem Samstagmorgen in seinem Büro aufhalten würde, fand er, jetzt sei der Zeitpunkt günstig, sich Bellseys Frau vorzunehmen – in Abwesenheit ihres Mannes.

Hogan war nicht gerade eine Leuchte, und das wußte er auch. Deshalb hielt er sich peinlich genau an die Vorschriften in der Meinung, dann könne er keine Fehler machen. Das war zwar ein Irrtum, doch unterlief ihm kein Schnitzer, der so grob gewesen wäre, daß man ihn wieder zum Streifendienst verdonnerte.

Man konnte ihn nicht eigentlich dumm nennen, es fehlte ihm nur an Phantasie und mithin an der Fähigkeit, kriminalistischen Spürsinn zu entwickeln. Auch schadete es ihm, daß er der landläufigen Vorstellung von einem Detektiv in keiner Weise entsprach, denn er war klein, rundlich, glatzköpfig und sprach in winselndem Ton. Seine dritte Frau nannte ihn Sherlock, was ihn nicht die Spur belustigte.

Kaum also war Bellsey in seiner Firma verschwunden, fuhr Hogan zurück, um sich die Frau vorzunehmen. Da er nun schon mal die Beschattung Bellseys aufgegeben hatte, hätte er auch noch irgendwo halten und etwas zu sich nehmen können, doch zwei Gedanken gleichzeitig in seinem Kopf zu verfolgen, war ihm nicht gegeben.

Mrs. Lorna Bellsey ließ ihn ohne große Umstände in die Wohnung. Sie war so verwirrt, daß sie nicht einmal seinen Dienstausweis sehen wollte. Hogan hatte sich vorgenommen, sie einzuschüchtern, nahm mithin nicht einmal den Hut ab, denn mit Hut sah er immer noch mehr wie ein Detektiv aus als mit Glatze.

Mrs. Bellsey machte einen bejammernswerten Eindruck; ihr Haar war grau und dünn, das Zusammenleben mit Bellsey hatte sie sichtlich um jede Widerstandskraft gebracht. Kam hinzu, daß sie in ein weites, formloses Gewand gekleidet war, das mit seinen langen Ärmeln und dem hohen Kragen soviel als möglich von ihrer Figur verbarg. Hogan überlegte, wie sie wohl im Bett sein mochte. Wahrscheinlich machte sie beim Sex – ähnlich wie seine zweite Frau – Äußerungen wie: »Die Decke muß endlich mal gestrichen werden.«

»Mrs. Bellsey«, begann er, so schroff er konnte, »Sie wissen, weshalb ich hier bin. Ihr Mann ist in den Mordfall Ellerbee verwickelt, und wir glauben ihm nicht, daß er zur Tatzeit hier war, wie er behauptet.«

»Doch war er«, widersprach sie nervös, »ich war ja auch hier, ich muß es schließlich wissen.«

»Von wann bis wann?«

»Den ganzen Abend. Und nachts auch.«

»Und er ist keine Minute aus dem Haus gegangen?«

Sie senkte den Blick. »Keine Minute.«

»Er hat Ihnen eingeschärft, daß Sie das aussagen sollen.«

»Nein, bestimmt nicht. Es ist wahr.«

»Und falls Sie es nicht tun, hat er Ihnen Schläge in Aussicht gestellt, stimmt's?«

Jetzt zeigte sie eine Spur Kampfgeist. »Überhaupt nicht. Sie haben da ganz falsche Vorstellungen.«

»Meinen Sie. Aber wir haben in den Kneipen nachgefragt, die Ihr Mann aufsucht, und wo er ihm völlig fremde Menschen verprügelt. Wir hören uns auch noch weiter um. Und wissen Sie, was wir mit Ihnen machen, wenn sich herausstellt, daß Sie uns belügen?«

Sie antwortete nicht, preßte vielmehr die Fäuste gegeneinander, daß die Knöchel weißlich schimmerten.

»Raus mit der Sprache, Mrs. Bellsey. Machen Sie sich nicht unglücklich! Er ist an jenem Abend doch weggegangen, nicht wahr?«

»Ich weiß nicht«, wimmerte sie.

»Was heißt ›weiß nicht‹?«

Keine Antwort.

»Muß ich Sie denn wirklich festnehmen? Wegen Beihilfe? Sie in Handschellen zum Haus herausführen, mit Nutten und Junkies zusammen in eine Zelle sperren? Also los, was heißt, Sie wissen es nicht?«

»Ich hatte Migräne, ich habe mich zeitig zu Bett gelegt.«

»Wann?«

»Ich glaube, so gegen halb neun.«

»An dem Freitagabend, an dem Ellerbee umgebracht worden ist?«

»Ja.«

»Ihr Mann war hier?«

»Ja.«

»Sie gingen ins Schlafzimmer.«

»Ja.«

»Haben Sie die Tür zugemacht?«

»Ja. Er saß vor dem Fernseher.«

»Haben Sie geschlafen?«

»Meine Medizin habe ich genommen. Und die macht mich schläfrig.«

»Also schliefen Sie?«

»Mehr dösen war das als Schlaf.«

»Wann standen Sie wieder auf?«

»Gegen elf. Ich ging ins Bad.« Dabei wich sie seinem Blick aus.

»Um elf also. War Ihr Mann da anwesend?«

»Ganz bestimmt«, behauptete sie fest, »da habe ich ihn gesehen.«

»Aber zwischen halb neun und elf haben Sie ihn nicht gesehen.«

Nun fing sie zu weinen an, kleine Tropfen rannen über ihre Wangen.

»Bitte«, sagte sie mit erstickter Stimme, »schreien Sie mich nicht an.«

»Antworten Sie gefälligst auf meine Frage, sonst nehme ich Sie fest.«

»Nein«, schrie sie verzweifelt, »zwischen halb neun und elf habe ich ihn nicht gesehen!«

Hab ich ihn also erwischt, dachte Hogan befriedigt.

Er fuhr wiederum in die 18. Straße in der Hoffnung, daß Bellsey unterdessen nicht entwischt war. Zum Glück stand der weiße Cadillac noch da. Hogan parkte in der Nähe, so daß er den Eingang im Auge behalten konnte. Er pinkelte in einen leeren Milchkarton, den er zu diesem Zweck stets dabei hatte, wenn er jemand beschatten mußte.

Da saß er nun Stunde um Stunde, wurde hungriger und hungriger und verfluchte sich dafür, daß er nichts zu essen besorgt hatte. Seine Zigaretten gingen ebenfalls zu Ende, und der Lump war immer noch nicht erschienen.

»Was kann er da bloß machen?« sagte er laut vor sich hin, und vor seinem geistigen Auge erschienen all die Herrlichkeiten, über die Bellsey in seiner Firma gebot: Steaks, Koteletts, Geflügel. Vor Hunger wurde ihm fast schwindelig. Mehrmals nickte er ein, aber wenn er mit einem Ruck zu sich kam, sah er den weißen Cadillac immer noch an seinem Platz stehen. Hogan blieb hartnäckig. Er hielt sich wach, indem er im Geiste – soweit möglich – noch einmal die Befragung von Bellseys Frau rekapitulierte und sich ausdachte, wie er seinen Bericht schreiben wollte; am besten war wohl eine kleine Akzentverschiebung, weg von seinen Grobheiten und hin zu einer Betonung der Raffinessen seiner Vernehmungstechnik.

Es war fast neun – die Straßenbeleuchtung brannte längst –, als Bellsey in Begleitung zweier Männer aus dem Gebäude kam. Sie waren augenscheinlich sehr aufgekratzt, und Hogan fragte sich, ob sie wohl getrunken hatten. Endlich setzte Bellsey sich in seinen Wagen und fuhr los. Hogan folgte ihm die 8. Avenue hinauf, und weil er ihn im dichten Verkehr nicht verlieren wollte, hielt er sich nahe hinter ihm. Schließlich hatte er stundenlang auf ihn gelauert und war dabei fast Hungers gestorben.

An der 53. Straße bog Bellsey links ab und durchfuhr ein menschenleeres Viertel, wo ein Lagerhaus sich ans andere reihte, Richtung Fluß. Hogan mußte notgedrungen etwas zurückbleiben. Er war völlig ratlos. Wo will der Kerl bloß hin? dachte er. Der Cadillac bog in die 11. Avenue ein und rollte langsam zwei Häuserblocks weiter, dann parkte Bellsey.

Eine wirklich tolle Gegend, fand Hogan – vorausgesetzt, man hatte die Prämien seiner Lebensversicherung pünktlich gezahlt.

Er beobachtete, daß Bellsey eine Kneipe betrat, und trotz der mangelhaften Straßenbeleuchtung konnte er das Schild entziffern: *Zum Walfischschwanz.* Reizend. Warum hieß es nicht gleich ›Mobys Schwanz‹?

Er stellte den Wagen ab und näherte sich dem Lokal. Die Fenster waren dank des drinnen herrschenden Qualms fast undurchsichtig. Es sah aus wie eine Seemannskneipe. Wer hier einen Martini mit Olive bestellt, den schmeißen sie raus, überlegte Hogan. So'ne Sorte Bums ist das.

Er wußte nicht, sollte er im Wagen warten, bis Bellsey

rauskam? Sollte er hineingehen oder einfach aufgeben und heimfahren? Zu einem Entschluß brachte ihn dann ein Schild, auf dem mehrere Schnellgerichte angepriesen wurden. Der Hunger trieb ihn in die Kneipe.

Drinnen war es, wie er vermutet hatte – fast ein richtiges Schlachthaus. Die Wände mannshoch gekachelt, und die weißen Kacheln waren fettverschmiert, das Fett trieb in Schwaden übelriechend vom Grilltisch herein. Entlang einer Seite verlief eine altmodische Bar aus Mahagoni, gegenüber von ihr standen Tische und Stühle. Von der blechbeschlagenen Decke baumelte an zwei Ketten ein Fernsehgerät. Musikbox und Zigarettenautomat vervollständigten die Einrichtung. Der Grilltisch stand im Hintergrund und wurde von einem feisten Schwarzen überwacht, dessen Schweiß auf die Bratwürste tropfte.

Bellsey saß an der Bar, im Gespräch mit zwei Männern. Alle hatten Bier und Schnaps vor sich stehen. Hogan suchte sich gegenüber einen Platz, nachdem er eine Schachtel Zigaretten gezogen hatte.

Für die Tageszeit war die Kneipe gut besucht. Gegen Mitternacht würde sie vermutlich gerammelt voll sein. Bellsey war der bestangezogene Gast hier, die anderen Kunden waren augenscheinlich Lagerarbeiter, Stauer, Seeleute, Streuner. Einer lag mit dem Kopf auf der Tischplatte und schlief seinen Rausch aus.

Hogan War Unerfindlich, Was Einen Gutsituierten Mann Wie Bellsey Veranlassen Konnte, Einen Solchen Schuppen aufzusuchen. Bis er sah, daß die Wand hinter der Bar mit gerahmten Fotos von Boxern schier tapeziert war. Fotos mit Autogrammen, von ehemaligen, verstorbenen, aber auch von noch aktiven Boxern – fast alle im Dress, mit Boxhandschuhen, in furchterregender Pose. Hogan erinnerte sich, daß Jason gesagt hatte, Bellsey habe ehedem geboxt, es war also möglich, daß er herkam, um sich über Boxer und Boxkämpfe zu unterhalten. Die Männer, mit denen er sich unterhielt, und auch der Barkeeper sahen allesamt wie ehemalige Boxer aus: breite Schultern, eingedrückte Nase, Blumenkohlohren. Sie wirkten jedenfalls so, als könnten sie Hogan ohne weiteres am Schlafittchen packen und durchs Fenster schmeißen.

Unterdessen war eine Bedienung an seinen Tisch getreten, eine ältliche Schlampe in elastischen Strümpfen, mit einer Warze am Kinn, aus der Haare wuchsen. Bei der bestellte er Flaschenbier und Buletten, vorsichtshalber gleich mehrere, die er aber nur mit Widerwillen herunterwürgte, so scheußlich schmeckten sie. Sogar die Gewürzgurke schmeckte grauenhaft – wie konnte man eigentlich eine Gewürzgurke verderben?

Bellsey stand jetzt nur noch allein an der Theke und schwatzte mit dem Wirt. Hogan nahm die zweite Flasche Bier samt Glas und hockte sich an die Theke. Bellsey und der Wirt stritten darüber, ob Dempsey oder Louis sich besser auf rechte Haken verstanden hatte.

Hogan nahm einen Schluck Bier und machte einen Anbiederungsversuch: »Wie wär's denn mit Marciano?«

Bellsey wandte sich zu ihm um. »Und wer hat dich um deine Meinung gefragt?«

»Na, man kann doch wohl ...«

»Nichts kann man. Wir führen hier ein Privatgespräch.«

Hätte Hogan etwas mehr Verstand besessen, er wäre aufgestanden, hätte bezahlt und wäre schleunigst gegangen. Er sah, daß er mit der Vermutung, Bellsey habe getrunken, durchaus richtig lag – Bellsey hatte vermutlich den ganzen Nachmittag schon schwer geladen.

Nicht, daß er getorkelt wäre oder auch nur Mühe gehabt hätte, sich zu artikulieren, doch die blutunterlaufenen Augen sprachen Bände, ebenso die drohende Haltung, die er eingenommen hatte. Es sah aus, als brenne er darauf, in den Ring zu steigen und zehn Runden zu kämpfen.

»Was glotzt du so, du Arschloch?« forderte er Hogan heraus.

Hogan vergewisserte sich, ob er den Dienstrevolver dabei hatte. Eigentlich war das überflüssig, er ging nie unbewaffnet. »Sachte, sachte«, sagte er zu Bellsey, »so redet man doch nicht.«

»Wenn dir das nicht paßt, du stinkender Haufen, dann scher dich gefälligst anderswohin«, knurrte Bellsey.

Der Wirt griff jetzt ein: »Langsam, Ron, immer mit der Ruhe. Ich will hier keinen Streit.«

Die übrigen Gäste waren unterdessen verstummt; sie schauten allesamt in ihre Gläser, hielten die Ohren aber gespitzt.

»Streit? Mit diesem kleinen Stinktier? Keine Sorge, Eddy«, prahlte Bellsey.

»Sie da«, sagte der Wirt, »tun Sie mir den Gefallen, trinken Sie aus und machen Sie die Fliege.« Hogan begriff endlich. Er trank sein Glas leer, zahlte und ging, nicht ohne zuvor gewinselt zu haben: »Schöne Bude haben Sie hier.«

»Arschloch!« rief Bellsey ihm nach. »Mieses Arschloch!«

Hogan dachte auf dem Weg zu seinem Wagen: Ein echter Psycho, der hat bestimmt Ellerbee hingemacht. So beschäftigt war er in Gedanken mit dem Bericht, den er für Jason schreiben wollte, daß er die leise Schritte nicht wahrnahm, die ihm folgten. Der erste Schlag traf ihn in die Nieren, wuchtig, wie mit einem Vorschlaghammer geführt. Er rang nach Luft, stolperte und fiel hin. Er machte den Versuch, sich an einer Mülltonne festzuhalten, doch traf ihn ein Haken in der Herzgrube, und er landete endgültig in der Gosse. Nun tastete er nach seinem Revolver, doch bevor er ihn zu fassen bekam, wurde er von zahllosen Tritten getroffen, von schweren Schuhen, im Gesicht, am Hinterkopf und auf dem ganzen Körper. Das ging so weiter, bis er Bier und Buletten ausgekotzt hatte und endlich das Bewußtsein verlor.

Jason wurde aus dem Roosevelt-Hospital angerufen und davon benachrichtigt, daß ein Kriminalbeamter namens Hogan mit schweren Verletzungen eingeliefert worden sei. Das war gegen drei Uhr früh, und Jason fuhr zusammen mit Boone hin. Sie befragten Hogan, der zwar einigermaßen zusammengeflickt, aber nicht recht bei sich war, weil er stark wirkende Medikamente gegen seine Schmerzen bekommen hatte. Gegen 5 Uhr beschlossen sie, Delaney zu informieren. Das war Sonntag in der Frühe. Delaney befahl sie unverzüglich zum Rapport und stellte ihnen Kaffee in Aussicht.

Seine Frau fragte schlaftrunken: »Was ist denn jetzt wieder los, Edward?«

»Ich erzähl es dir später, Boone und Jason sind im Anmarsch. Schlaf weiter, Schatz.«

Als die beiden eintrafen, ging er mit ihnen in die Küche, er hatte einen alten ausgefransten Bademantel angezogen, und sein kurzes Haar stand zu Berge. Sein Kopf glich einem Kaktus.

Die große Kaffeemaschine blubberte, und im Backofen wurden tiefgefrorene Heidelbeertörtchen aufgebacken. Sie nahmen am Küchentisch Platz, und der Sergeant berichtete.

Hogan war von der Besatzung einens Streifenwagens im Rinnstein liegend gefunden und per Ambulanz in die Unfallstation verfrachtet worden. Erst dort entdeckte man seinen Revolver und seine Dienstmarke.

»Die hat man ihm also nicht weggenommen?« fragte Delaney scharf.

»Nein, Sir. Seine Waffe auch nicht.«

»Und die Brieftasche hatte er auch bei sich«, fügte Jason hinzu. »Samt Inhalt. Er wurde also nicht beraubt.«

»Kommt er durch?«

»Klar, Sir. Er hat zwar eine Nierenquetschung, ein paar gebrochene Rippen und jede Menge Blutergüsse, aber durchkommen tut er auf jeden Fall.«

»Am schwersten hat es wahrscheinlich seinen Stolz getroffen«, mutmaßte Jason.

»Nicht mehr als recht und billig«, brummte Delaney. »Wie kann er sich auch einfach so niederschlagen lassen? Haben Sie ihn gesprochen?«

»Ja, aber viel ist dabei nicht herausgekommen, er war benommen von den Spritzen.«

Boone gab Delaney einen Überblick über das Ergebnis der Befragung Hogans: Er habe Mrs. Bellsey dazu gebracht zuzugeben, daß sie am fraglichen Abend zwischen 20 Uhr 30 und 23 Uhr geschlafen habe und deshalb nicht bestätigen könne, daß ihr Mann ständig zu Hause gewesen war; er sei Bellsey in eine Kneipe auf der 11. Avenue gefolgt und dort mit ihm in einen Wortwechsel geraten; nach Verlassen der Kneipe sei er unversehens niedergeschlagen worden. »Er schwört darauf, daß Bellsey es getan hat«, schloß Boone.

»Hat er ihn gesehen?« fragte Delaney. »Kann er ihn mit Sicherheit identifizieren?«

»Leider nein, Sir«, bedauerte Boone. »Er hat seinen Angreifer nicht gesehen, und gesprochen wurde dabei offenbar auch nicht.«

»Herr im Himmel, wie blöd kann man denn eigentlich sein!« Delaney war außer sich. »Hat sich jemand die Kneipe vorgenommen – wie heißt sie überhaupt?«

»›Zum Walfischschwanz‹, Sir. Ja. Unsere Leute haben sich da umgesehen, waren auch noch in anderen Kneipen in der Nähe, aber selbstverständlich hat keiner was gesehen und niemand kennt Bellsey. Ein totaler Reinfall, Sir.«

»Sollen wir Bellsey festnehmen, Sir?« fragte Jason.

»Wozu denn das?« Delaney war gereizt. »Der streitet doch alles ab. Und auch wenn die Gäste und der Wirt aussagen sollten, daß es in der Kneipe einen Wortwechsel gegeben hat, ist das noch lange kein Beweis dafür, daß Bellsey anschließend Hogan auf der Straße zusammengeschlagen hat. Ich rufe nachher Suarez an und sage, er soll den Vorfall vertuschen. Gegen Bellsey müssen wir mit anderen Methoden vorgehen.«

Boone überreichte Delaney mehrere gefaltete Bogen Papier. »Der Bericht von Calazo, Sir. Den hat er mir gestern abend noch gebracht. Seiner Meinung nach ist Kane sauber.«

»Und halten Sie seine Bewertung für zutreffend, Sergeant?«

»Absolut zutreffend. Wenn Calazo den Jungen für sauber hält, dann ist er das auch. Calazo macht in solchen Sachen keine Fehler, dafür ist er zu erfahren. Da fällt mir ein ... Hogan ist bestimmt nicht so bald dienstfähig, Sir. Könnten wir Calazo nicht auf Bellsey ansetzen? Wenn ihn jemand überführen kann, dann Calazo.«

»In Ordnung. Das ist ein guter Einfall. Machen Sie ihn vertraut mit unserem Material über Bellsey und warnen Sie ihn. Er soll diesem Lumpen ja nicht den Rücken zukehren. Jason, Sie arbeiten nach wie vor mit Keisman an Gerber?«

»Ja, Sir. Aber es gibt nichts Neues.«

»Nur nicht nachlassen, Jason. Hier, ein Törtchen ist noch übrig. Wer will das?«

»Ich, wenn Sie erlauben«, sagte Jason prompt, »an denen kann ich mich nicht satt essen.«

Delaney war zu aufgedreht, um wieder ins Bett zu gehen, nachdem die beiden weg waren. Er blieb in der Küche sitzen, schlürfte lauwarmen Kaffee, ging in Gedanken durch, was er da gehört hatte, und kam zu dem Schluß, daß er kein Mitgefühl für Hogan aufbringen konnte. Für Dummheiten mußte man in dieser Welt bezahlen. Das war nun mal so.

Er spülte Tassen und Teller, stellte alles zum Trocknen hin, verzog sich mit Calazos Bericht in sein Arbeitszimmer und setzte die Lesebrille auf. Er las langsam und mit Genuß, denn Calazo vermied das Behördenchinesisch und drückte sich anschaulich aus.

Delaney setzte eine Zigarre in Brand, legte den Bericht zur Seite und grübelte – nicht über die Richtigkeit von Calazos Bericht, sondern darüber, wie die Fakten ins Bild paßten. Calazo hatte sich den Rücken freigehalten, indem er anmerkte, selbstverständlich könne er irren, doch halte er Isaac Kane nicht für den Täter im Mordfall Ellerbee. Was darauf hinauslief, daß alles eine Frage der Bewertung war.

Das entsprach ganz und gar der Auffassung von Delaney. Bei der Aufklärung von Verbrechen spielte die Bewertung der Fakten eine große Rolle, sie wurde früher oder später förmlich zu einer Glaubensfrage. Was wiederum bedeutete, daß irgendwann jeder Kriminalist von Zweifeln und Ängsten geplagt wurde. Wer die nicht aushalten konnte, der sollte sich lieber nach einem anderen Beruf umsehen. Dies dachte Delaney wahrlich nicht zum ersten Mal.

18

Unter Zweifeln und Ängsten litt derzeit am meisten die Kriminalbeamtin Venable. Sie bezweifelte, daß es ihr ohne die Hilfe ihrer »erfahrenen Kollegen« gelänge herauszubekommen, ob das Alibi von Joan Yesell hieb- und stichfest war oder nicht.

Ängstlich war sie bei dem Gedanken, in ihrem Bericht nicht erwähnt zu haben, daß Joans Mutter möglicherweise zur Tatzeit nicht daheim gewesen war. Ängstlich auch, weil sie sich sagte, sie müsse womöglich Schritte zwecks Beantwortung dieser Frage unternehmen, die sie bislang versäumt hatte. Und daß noch eine ganze Woche verstreichen mußte, bevor sie imstande war festzustellen, was es mit dieser albernen Bridgerunde auf sich hatte.

Kam hinzu, daß sie sich einfach nicht mehr vorstellen konnte, Joan könnte mit dem Mord zu tun haben. Diese sanfte, ungemein friedfertige, schüchterne Person, die so sichtlich unter dem rücksichtslosen, lärmenden Getriebe von Manhattan litt, war ganz gewiß unfähig, einem von ihr aufrichtig bewunderten Mann den Schädel mit einem Hammer einzuschlagen. Jedenfalls kam Venable das so vor.

Der Schmutz und die Häßlichkeit ihrer Umgebung machten Joan geradezu krank. Gewalttätigkeit in jeder erdenklichen Form deprimierte sie zutiefst. Grausamkeit gegenüber Tieren war ihr unerträglich, beim Anblick eines toten Spatzen kamen ihr die Tränen. Bediente Venable sich der ordinären Ausdrucksweise, die unter den Kollegen üblich war, erduldete sie das zwar, aber sie litt darunter.

»Kindchen, du bist für diese Welt zu gut«, sagte Venable. »Engel gehen als letzte durchs Ziel.«

»Für einen Engel halte ich mich nicht, nicht annähernd. Ich tue törichte Dinge, ganz wie alle anderen. Manchmal bin ich auf Mama so wütend, daß ich schreien könnte. Du hältst mich für seelengut, aber das bin ich nicht.«

»Mit mir verglichen bist du eine Heilige.«

Im Laufe der Woche brachte Venable das Gespräch häufig auf Dr. Ellerbee, und es schien, daß Joan nicht nur bereitwillig darauf einging, sondern sogar sehr gern von ihm sprach.

»Er hat mir wirklich viel bedeutet. Außer ihm kenne ich keinen Therapeuten, und ich wußte von Anfang an, daß er mir helfen würde. Daß ich ihm unbedenklich alles anvertrauen konnte. Und er hörte mich immer aufmerksam an, in seiner stillen, freundlichen Art. Ich habe ihm nie was verschwiegen. Ich glaube, er ist der erste Mann oder Mensch überhaupt, dem ich vorbehaltlos vertraute. Ich habe mich ihm nahe gefühlt, gefühlt, daß auch ihn schmerzte, was mich verletzte. Wahrscheinlich verhalten sich alle Therapeuten so zu ihren Patienten, aber ich hatte doch die Überzeugung, er und ich, wir wären was Besonderes.«

»Das ist ja allerhand.«

»Ja. Ist es auch. Ich vertraue dir jetzt was an, was du unbedingt für dich behalten mußt. Manchmal habe ich mir vorgestellt, seine Frau wäre tot, gestorben, schmerzlos und überraschend selbstverständlich, und daß er mich dann heiraten würde. Ich malte mir aus, wie es wäre, Tag und Nacht mit ihm zusammenzusein, für den Rest meines Lebens.«

»Verliebt warst du in ihn!«

»Ja, das war ich wohl«, gestand Joan bekümmert. »Und seine anderen Patientinnen sicher auch ...«

Dann wieder kam Joan selber auf den Mord zu sprechen. »Kommt die Polizei eigentlich von der Stelle mit der Suche nach seinem Mörder?«

»Nur langsam«, gab Venable zu. »Bislang haben wir, glaube ich, keine heiße Spur, aber es sind eine Menge Leute auf der Suche. Wir fassen den Täter schon noch, keine Sorge.«

»Das hoffe ich von ganzem Herzen. Es war doch ein ganz abscheuliches Verbrechen.«

Auch die gemeinsame Wohnung verloren sie nicht aus den Augen. Sie redeten über ihre Mütter, über Kleider, über Gerichte, die sie mochten oder verabscheuten. Sie tauschten Erinnerungen an ihre Jungmädchenzeit, kicherten, wenn sie sich an Jungen erinnerten, verglichen ihre Meinungen über Fernsehstars und Schriftsteller. Diese Vertrautheit zwischen Kriminalisten und Verdächtigen ist nicht gar so ungewöhnlich, denn brauchen sie nicht einer den anderen? Sogar für einen Mörder ist es eine Genugtuung, daß sein Jäger besessen ist von dem Gedanken, seine Beute aufspüren zu wollen.

»Am Freitag abend muß ich meinen Papierkram erledigen, Kindchen«, beschied Venable ihren Schützling. »Samstag rufe ich dich an, und wir verabreden was, ja?«

»Fein. Ich freue mich immer, wenn du vorbeikommst oder mich anrufst.«

»Tu ich doch gerne.« Und dies war die reine Wahrheit, die gerade darum Venable zu schaffen machte.

Am Freitag gegen 19 Uhr saß sie unweit von Yesells Wohnung in ihrem Honda. Den Hauseingang hatte sie im Rückspiegel und das Radio auf eine Welle eingestellt, auf der Rockmusik gesendet wurde. So verging eine gute Stunde, während derer sie die Blicke nicht vom Hauseingang wandte, und es war fast Viertel nach acht, bevor Mrs. Yesell herauskam, in einen Pelz gewickelt, der aussah wie ein Bärenfell. Ein Irrtum war ausgeschlossen; sie war es, samt Hochfrisur, die sie noch bedrohlicher aussehen ließ als üblich.

Venable stieg aus und folgte ihr in einigem Abstand. Schon nach kurzer Zeit verschwand Mrs. Yesell in einem der Häuser, und Venable kam zu spät, um zu sehen, auf welchen Klingelknopf sie gedrückt hatte.

Sie stand auf dem Bürgersteig, total ratlos. Calazo würde

in einem solchen Fall auf sämtliche Klingelknöpfe gedrückt und nach Mrs. Yesell gefragt haben, und keine Stunde später hätte er die Aussagen der anderen Damen dieser Bridgerunde bezüglich des Aufenthaltes von Blanche Yesell zur Zeit des Mordes an Dr. Ellerbee zu Papier gebracht. Helen Venable zog ein derartiges Vorgehen jedoch gar nicht in Betracht. Sie überlegte vielmehr, wie sie eine Befragung dieser Damen vornehmen könnte, ohne daß Joan und ihre Mutter erfuhren, daß Joans Alibi überprüft wurde.

Wieder im Wagen, saß sie ein Weilchen da und ärgerte sich darüber, daß ihr nichts Gescheites einfallen wollte. Endlich kam sie zu dem Entschluß, einen Bericht zu schreiben, der auch das freitagabendliche Bridgespiel von Mrs. Yesell erwähnte, und alles weitere Boone zu überlassen. Sie gestand sich ein, daß dies ein persönliches Versagen bedeutete, und das machte sie wütend. Doch die Angst, himmelschreiend zu patzen und dafür in den uniformierten Streifendienst zurückversetzt zu werden, gewann die Oberhand. Und es sollte sich erweisen, daß diese Entscheidung gut für sie war.

Während Helen Venable unter Ängsten und Zweifeln litt, wurde Konigsbacher das Opfer seines übertriebenen Selbstvertrauens. Er war überzeugt davon, den dicken Fisch schon an der Angel zu haben, nämlich Vincent Symington, der ihm an einem Tischchen im Dorian Gray gegenübersaß und dessen Knie sich intim an den seinen rieben.

Symington hatte eine Flasche Frascati auffahren lassen, die im Eiskübel serviert wurde. Dem Detektiv war das nur recht. Symington würde gewiß zahlen. Das immerhin mußte man zu seinen Gunsten anführen: Geizig war er nicht.

»Ich habe einen fürchterlichen Tag hinter mir«, klagte Symington. »Einfach grauenhaft. Ein angenehmer Tropfen dies, finden Sie nicht, Ross? Also einfach eine Krise nach der anderen. Habe ich Ihnen erzählt, daß ich in der Wall Street arbeite? Nun, der Markt brach heute total zusammen. Was machen Sie eigentlich beruflich, Ross?«

»Import-Export«, log Konigsbacher, ohne zu zögern, er war auf eine solche Frage nämlich vorbereitet gewesen. »Plastik und Lederimitate. Sehr öde.«

»Kann ich mir vorstellen. Kaufen Sie gelegentlich Aktien?«

»Leider nein.«

»Nun, sollten Sie jemals Lust bekommen, am Aktienmarkt zu spekulieren, lassen Sie es mich vorher wissen. Es könnte sein, daß ich einen Tip für Sie habe.«

»Mache ich. Nur, meine Frau quengelt unentwegt, sie will einen neuen Pelzmantel haben, und da werde ich wohl in absehbarer Zeit weder in Aktien noch in sonstwas spekulieren können.«

»Zu schade, Ross. Frauen können einem manchmal wirklich auf die Nerven gehen. Machen Sie immer noch morgens Ihre Gymnastik?«

»Ganz recht. Mit Hanteln.«

»Das klingt ja geradezu aufregend. Was macht denn Ihre Frau währenddessen?«

»Die schnarcht.«

»Wie langweilig! Lassen Sie mich noch nachschenken. Der geht einem glatt runter, nicht wahr?«

»War übrigens die Polizei noch mal bei Ihnen? Wegen Ellerbee?«

»Nein, niemand. Doch ich glaube, ich glaube, die schnüffeln mir gründlich nach. Aber mögen sie – ich habe nichts zu verbergen.«

»Hoffentlich haben Sie für die Tatzeit ein gutes Alibi.«

»Das beste«, prahlte Symington, »ich war auf einer sehr feinen Veranstaltung im Hilton. Meine Firma gab einen Geburtstagsempfang für den Firmengründer, und da haben mich ein Dutzend Leute gesehen.«

»Aber Sie waren doch bestimmt nicht den ganzen Abend da? Auf einer so langweiligen Veranstaltung? Da gähnt man sich doch zu Tode, Vince. Haben Sie sich nicht zwischendurch mal verdrückt und irgendwo ein Gläschen gekippt?«

»Sie haben wirklich ein helles Köpfchen, Ross«, bewunderte ihn Symington. »Es stimmt schon, zwischendurch habe ich mich ein bißchen verabsentiert. Das ewige Gerede über Geschäfte geht mir ja sooo auf die Nerven. Ich flüchtete mich in eine ach so übel beleumdete Bar nahe der 8. Avenue. ›Zum Hengst‹ heißt sie. Wie finden Sie das, hihi? Da geht es hoch her, aber ich hab nur zugesehen. Still im Eckchen gesessen und mein Mineralwasser geschluckt. Aber was man da zu sehen kriegt ... Sie und ich, wir müssen unbedingt mal hingehen. Soviel schwarzes Leder auf einen Haufen habe ich noch nie gesehen.«

»Haben Sie interessante Bekanntschaften gemacht?« fragte der Detektiv wie nebenbei.

»Tja, wenn Sie es unbedingt wissen müssen ...« Symington drehte das Weinglas zwischen zwei Fingern und fuhr neckisch fort: »Das war ein ganz, ganz reizender Junge, dem habe ich was spendiert – ausgerechnet einen Bananenbrandy, denken Sie nur! –, und wir haben uns recht angenehm unterhalten. Nick nannte er sich. Hatte eine grauenhafte Artikulation, will aber unbedingt Schauspieler werden. Ich erwähnte Hamlet, aber das sagte ihm nichts. Dennoch, ein unterhaltsames Stündchen. Danach ging ich wieder ins Hilton, und dort hatte mich bestimmt niemand vermißt.«

»Na, ich kann nur hoffen, daß Sie nicht gerade zur Tatzeit unterwegs waren, Vince. Ganz blöde sind die Polypen nämlich nicht. Die werden schon herausbekommen, daß Sie nicht die ganze Zeit im Hilton waren, und dann geben sie keine Ruhe mehr.«

Symington war sichtlich verstört. »Halten Sie das wirklich für möglich? Wenn ich es mir überlege, war ich tatsächlich zwischen neun und zehn unterwegs, aber das kann doch unmöglich herauskommen?«

»Ich weiß nicht«, versetzte Konigsbacher düster, »die haben so ihre Methoden.«

»Um Himmels willen? Was soll ich denn da machen? Soll ich mich vielleicht bei den beiden Beamten melden, die mich befragt haben, und ihnen beichten, daß ich was verschwiegen habe? Das würde doch beweisen, daß ich nichts verbergen will.«

»Das täte ich auf keinen Fall«, sagte Konigsbacher hastig. »Nur nicht dran rühren. Einfach so tun, als wäre nichts. Und falls die Kerle ihnen doch draufkommen und zu stänkern anfangen, sagen Sie ganz kühl, das hätten Sie vergessen gehabt. Kommt es zum Schlimmsten, können Sie immer noch den Jungen – wie hieß er gleich?«

»Nick.«

»Können Sie immer noch diesen Nick als Zeugen dafür benennen, daß Sie in dem Bums waren.«

»Falls man ihn dann noch auftreiben kann«, klagte Symington. »Sie wissen doch, wie das ist mit diesen jungen Kerlen – eben noch waren sie da, und schon sind sie weg.«

»Trotzdem. Machen Sie sich keine Gedanken. Wenn Sie mit dem Mord an Ellerbee nichts zu tun haben, brauchen Sie auch keine Angst zu haben. Sie hatten doch nichts damit zu tun, oder?«

»Nein, nein, ich bin rein wie frisch gefallener Schnee.«

Darüber lachten beide laut.

»Haben Sie übrigens schon gegessen, Ross?«

»Nein. Sie?«

»Auch nicht, und ich bin halb verhungert. Ich weiß aber, wo es die absolut beste französische Küche gibt. Ein kleines Bistro. Himmlisch, sage ich Ihnen, besonders die Bouillabaisse. Würden Sie dort mein Gast sein wollen?«

»Klingt ja so, daß einem das Wasser im Munde zusammenläuft. A propos Wasser – besser als das, was ich zu Hause vorgesetzt bekomme, ist es bestimmt, denn meine Frau kann nicht mal Wasser kochen, ohne daß es anbrennt.«

»Haha, das ist wirklich Spitze! Nicht mal Wasser, ohne ... Sie sind der Größte, Ross!«

Symington zahlte, und sie machten sich auf den Weg zu jenem vielversprechenden Bistro. Konigsbacher sagte sich, daß er so schnell nicht wieder so luxuriös würde speisen können wie mit Symington, noch dazu auf dessen Kosten, und daß er diesen Zustand möglichst verlängern müsse. Es brauchte ja in seinen Berichten an Boone nicht unbedingt alles zu stehen, nicht wahr?

Delaney fühlte sich unterdessen in einem Wust unbrauchbarer Informationen untergehen.

Die Alibis von Otherton, Bellsey, Yesell und Symington waren das Papier nicht wert, auf dem sie standen, und was Gerbers Geständnis anlangte, so war es weder bestätigt noch widerlegt. Sah man davon ab, daß Kane als Täter ausschied, hatten die Ermittlungen ihn bislang keinen Schritt weitergebracht.

Es waren aber nicht so sehr die fragwürdigen Alibis, die Delaney zu schaffen machten, sondern andere ungelöste Rätsel, und methodisch, wie er nun mal war, brachte er sie zu Papier:

1. Wer war der späte Patient, den Ellerbee erwartete?
2. Weshalb wies der Teppichboden im Haus Ellerbee zwei unterschiedliche Arten von Fußabdrücken auf?
3. Was hatte es zu bedeuten, daß dem schon toten Ellerbee noch nachträglich mit dem Hammer die Augen verstümmelt worden waren?
4. Wer hatte Ellerbees Journal gestohlen, in dem seine Einnahmen verzeichnet standen, und zu welchem Zweck?
5. Was war die Ursache für die Veränderung in Ellerbees Persönlichkeit im letzten Jahr?

Und auch die weniger wichtig erscheinenden Fragen notierte er:

A. Hatte es etwas zu bedeuten, daß Symington an einem Freitagabend Ellerbee allein im Auto gesehen hatte?
B. Weshalb hatte Joan Yesell direkt im Anschluß an ihre Befragung einen Selbstmordversuch unternommen?
C. Was steckte wirklich hinter Mrs. Ellerbees Besuch bei Delaney, und weshalb hatte sie sich so außergewöhnlich liebenswürdig betragen?

Da hockte er nun an seinem Schreibtisch und hatte das Gefühl – besser gesagt, er hegte die Hoffnung –, die Antwort auf eine dieser Fragen würde auch zum Schlüssel für die Lösung der anderen Rätsel taugen, es werde sich eine Art Kettenreaktion einstellen und der ganze Fall in seinen tatsächlichen Zusammenhängen sichtbar werden. Er war davon überzeugt, daß es eine solche Antwort geben müsse, daß er nur nicht scharf genug hinsehe, um sie zu erkennen.

Er war noch mitten in seinen Grübeleien, als ihn ein Anruf von Parnell aufschreckte. Parnell sagte eingangs, er stecke bis über die Ohren in der Untersuchung eines großangelegten Schwindels in Brooklyn, »doch ich rufe aus einem anderen Grund an. Ich hatte Ihnen doch versprochen, Bescheid zu sagen, wenn Ellerbees Testament eröffnet wird? Das ist jetzt passiert.«

»Moment bitte, ich muß mir das aufschreiben.«

»Also, die Frau ist Universalerbin, abgesehen von einigen Legaten, 20000 an seine ehemalige Universität, 10000 an seinen Vater, 5000 an Dr. Samuelson, 1000 an seine Praxishelferin Carol Judd und etwas Kleingeld an den Hausmeister und das polnische Ehepaar in Brewster. Also weit und breit kein Mordmotiv.«

»Tja, sieht nicht so aus. Die Witwe hatte schon haufenweise Geld, und ganz gewiß hat sie ihn nicht deswegen umgebracht.«

»Ganz meine Meinung. Eins allerdings ist doch vielleicht von Interesse: Ellerbee hat in seinem Letzten Willen verfügt, daß denjenigen Patienten, die ihm noch Honorare schuldeten, diese Schulden erlassen werden sollten. Offenbar hat er unwillige Zahler behandelt, mag sein auch solche, die überhaupt nichts zahlten. Durch sein Testament sind die alle Sorgen los. Das finde ich sehr anständig von ihm.«

»Anständig schon«, sagte Delaney nachdenklich, »aber ist es nicht auch etwas ungewöhnlich?«

»Finde ich nicht. Alle Welt ist sich darin einig, daß Ellerbee ein sehr großzügiger Mensch war. Und von einer außerordentlichen Hilfsbereitschaft. Da scheint mir der Schuldenerlaß durchaus ins Bild zu passen.«

»Tja, so betrachtet schon ..., auf alle Fälle bedanke ich mich bei Ihnen herzlich, Parnell. Sie waren uns eine große Hilfe, und Suarez wird von mir entsprechend unterrichtet.«

»So was kann nicht schaden.« Damit legte Parnell auf.

Delaney stierte seine Notizen an, seufzte und langte wieder nach seinem ›Rätselheft‹. Unter D. fügte er an: Weshalb hat Ellerbee seinen Patienten noch ausstehende Honorarforderungen erlassen?

Dies getan, stapfte er umdüstert in die Küche in der Hoffnung, hier die Zutaten zu einem voluminösen Sandwich zu finden, mit dem er sich trösten wollte.

Auch Estrella dachte ans Essen. Seit seine Frau im Hospital lag, führte er ein Junggesellendasein und fand das alles andere als angenehm. Erstens mißfiel ihm, daß er allein war, und zweitens hatte er, was Küche und Haushalt anging, zwei linke Hände.

Da kam ihm ein, wie er meinte, genialer Einfall: Er rief bei Sylvia Otherton an und fragte, ob sie nicht am Freitagabend mit ihm zusammen essen wolle; schüchtern schlug er vor, er werde beim Chinesen für sie beide einkaufen, und Sylvia solle nichts weiter tun, als Tee zu bereiten. Sylvia war begeistert.

Estrella besorgte Frühlingsrollen, Rippchen, Nudeln, Wontonsuppe, Krabben, gebratenen Reis, süßsaures Schweinefleisch, Gebäck und Pistazieneis, alles in appetitlichen Behältern, dazu auch noch Plastikbestecke und Papierservietten.

Zusammen mit dem von Sylvia bereiteten Tee war das ein richtiges Picknick, was da auf dem niedrigen Tisch vor dem Sofa aufgebaut wurde, und beide fanden, für einen Wintertag sei das gerade das richtige Essen. Als Untermalung gab es Schneeflocken vor dem Fenster, und der Wind rüttelte an den Jalousien.

Estrella unterließ nicht, ausdrücklich anzumerken, wie

vorteilhaft Sylvia aussehe, denn sie hatte sich tatsächlich große Mühe gegeben. Ihr Haar lag frischgewaschen in kleidsamen Wellen ums Gesicht, von dem früher exzessiven Make-up war nur noch eine Spur geblieben, und statt einem ihrer abenteuerlichen Gewänder trug sie ein schlichtes Hemdblusenkleid.

Wichtiger war noch, daß ihr Auftreten sich gründlich verändert hatte. Es zeugte jetzt von Selbstvertrauen, sie wirkte ganz entspannt, lachte viel, und überdies war sie, wie sie erzählte, nachmittags zwei Stunden durch die Geschäfte gebummelt und hatte eingekauft, was seit dem Tod von Ellerbee nicht mehr vorgekommen war.

»Sehen Sie«, sagte Estrella, »Sie können schon, wenn Sie nur wollen. Sie sollten täglich einen Bummel machen, und wäre es nur ein kurzer Spaziergang.«

»Das beabsichtige ich auch. Ich nehme ab jetzt mein Leben selber in die Hand, und daß ich das kann, verdanke ich Ihnen.«

»Ach wo. Ich habe doch gar nichts dazu getan.«

»Sie haben Anteilnahme gezeigt. Und Sie ahnen nicht, wie wichtig das für mich gewesen ist.«

Sie verzehrten alles, was er mitgebracht hatte, und räumten die leeren Behälter weg. Sylvia erkundigte sich nach dem Befinden von Estrellas Frau, und er sagte, die Ärzte hätten keine Hoffnung mehr, doch sei Meg guter Dinge und spreche von ihrer baldigen Entlassung.

»Dabei glaube ich, daß sie es sehr wohl besser weiß und sich nur so munter gib, um es mir nicht allzu schwer zu machen«, sagte er düster.

»Sie muß eine wunderbare Frau sein.«

»Ja, das ist sie.«

Und ehe er recht merkte, wie es dazu kam, erzählte er von sich, von seiner Ehe, von dem Kind, das an Leukämie gestorben war, und er schloß damit, daß er sagte, er könne sich nicht vorstellen, für den Rest seines Lebens allein zu bleiben.

Während des Erzählens wurde ihm klar, wie einsam er

all die Zeit gewesen war, seit seine Frau im Hospital lag, und wie er sich danach gesehnt hatte, sich gründlich bei jemand auszusprechen. Und er fühlte, daß er auch seiner Frau damit etwas Gutes erwies – er erzählte jemand anderem, wie glücklich Meg ihn gemacht hatte.

Sylvia hörte still zu, stellte nur gelegentlich Fragen, die von aufrichtiger Anteilnahme zeugten. Sie saßen nahe beieinander auf dem Sofa, und im Verlauf seiner Erzählung nahm sie seine Hand und hielt sie fest in der ihren. Er mißverstand diese Geste keinen Moment, er war ihr dankbar dafür, daß sie ihm diese nahe Berührung anbot. Und als er geendet hatte, drückte er ihre Hand an seine Lippen.

»Nun, das also war die traurige Geschichte meines Lebens. Sie müssen mir verzeihen, daß ich das alles so vor Ihnen ausbreite, schließlich haben Sie Ihre eigenen Schwierigkeiten ...«

»Ich wünschte, ich könnte Ihnen helfen. Trinken wir jetzt nach dem Essen etwas?«

Sie nahm die geschliffene Karaffe von der geschnitzten koreanischen Truhe, stellte sie auf den Tisch und sagte unvermittelt: »Wenn Sie mich einen Moment entschuldigen? Ich muß einmal telefonieren.« Sie wählte auf der Scheibe des altmodischen Telefons drei Zahlen. »Charles? Hier ist Miss Otherton. Wie geht es Ihnen? ... Sehr schön ... Nichts da für mich heute? ... Danke. Gute Nacht.«

»Keine Post für mich«, teilte sie Estrella mit. »Nicht mal Rechnungen.«

Estrella starrte sie an, blickte auf die Uhr. 21 Uhr 14. Er legte die Pfeife aus der Hand. »War das der Portier, mit dem Sie gerade gesprochen haben, Sylvia?«

»Ja. Charles. Der hat Nachtdienst. Ich fragte ihn, ob Post für mich gekommen ist. Dann brauche ich nicht runterzugehen und selbst nachzusehen.«

»Rufen Sie ihn immer abends deshalb an?«

»Ja. Warum?«

»Und immer um diese Zeit?«

»Meistens. Weshalb?«

Sie verstummte, riß die Augen auf und legte die Hand an den Mund: »Ach herrje!«

»Und uns haben Sie gesagt, daß Sie an jenem Freitagabend nicht telefoniert haben.«

»Das habe ich völlig vergessen! Das ist reine Gewohnheitssache, Brian, es tut mir furchtbar leid. Aber daß ich damals angerufen habe, glaube ich ganz fest.«

»Dann warten Sie mal hier einen Moment und drücken mir die Daumen.«

Er rannte nach unten, wies sich aus und sprach fast fünf Minuten lang mit dem Nachtportier. Der war bereit zu beschwören, daß Miss Otherton unfehlbar zwischen 21 Uhr und 21 Uhr 30 nach ihrer Post fragte, telefonisch und jeden Tag.

»Das tun viele unserer Mieter, besonders die älteren. Es erspart ihnen den Weg zum Hausbriefkasten. Und mir macht das nichts aus. Hier ist es nachts ziemlich langweilig, und so rede ich doch von Zeit zu Zeit mit jemandem.«

»Und Sie wissen mit Bestimmtheit, daß Miss Otherton es niemals unterläßt, bei Ihnen nachzufragen?«

»Ich kann mich nicht erinnern, daß sie jemals nicht angerufen hätte. Pünktlich wie eine Uhr ist sie.«

»Und zwischen neun und halb zehn?«

»Genau.«

»Erinnern Sie sich, daß sie am Freitag vor vier Wochen angerufen hat? Da war der Abend, wo es so fürchterlich geregnet hat.«

»Daran erinnere ich mich nicht, nur daran, daß sie keinen Abend, seit ich hier arbeite, nicht angerufen hat. Und das geht jetzt an die drei Jahre.«

»Haben Sie vielen Dank, Charles.«

Wieder in der Wohnung, sagte er: »Sylvia, was mich betrifft, ist Ihr Alibi bestätigt. Und das schreibe ich auch in meinen Bericht.«

Er hatte geglaubt, daß sie das freuen würde, statt dessen sah sie aus, als wolle sie gleich in Tränen ausbrechen.

»Heißt das … wir sehen uns nicht mehr?«

»Das heißt es ganz gewiß nicht.«

Und dabei streichelte er zart ihre Schulter.

»Gott sei Dank. Und jetzt wollen wir es noch mal mit dem Ouija-Brett versuchen, Brian. Vielleicht kann es und doch helfen.«

»Gut, versuchen wir es.«

Sie stellten das Brett zwischen sich auf das Tischchen. Sylvia schloß die Augen und berührte es leicht mit den Fingerspitzen, und Estrella sagte mit hohler Stimme:

»Doktor Ellerbee, wer hat Sie umgebracht? War Ihr Mörder ein Fremder?«

Das Brett rührte sich nicht. Estrella wiederholte seine Frage.

Die Planchette geriet in wilde Bewegung und buchstabierte ›kgxftd‹.

Estrella versuchte es ein weiteres Mal: »Doktor Ellerbee, war der Mörder Ihnen unbekannt?«

Diesmal bewegte die Planchette sich sehr langsam, zeigte erst auf das n, dann auf i. Dann nichts mehr: ›ni‹.

»Ich glaube, so wird es nichts, Sylvia«, sagte er. »Wir haben als Antwort ›ni‹ bekommen.«

Die schlug die Lider auf. »Kann sein, er kommt heute nacht nicht zu mir durch. Vielleicht befragt ihn ein anderes Medium.«

»Das wäre möglich.«

»Wir geben doch nicht auf, Brian?«

»Auf keinen Fall«, versicherte er.

Samstag nachmittag hielten Delaney, Boone und Jason Kriegsrat. Sie blätterten in den Berichten, die im Laufe der Woche eingegangen waren, und überlegten, ob und wie sie die Arbeit neu verteilen sollten.

»Estrella behauptet, die Otherton ist sauber«, sagte Delaney. »Nehmt ihr zwei ihm das ab?«

»Ich bestimmt«, sagte Jason prompt. »Seine Berichte zeigen, daß er ihr Umfeld gründlich geprüft hat. Und daß er auf die Idee mit dem täglichen Anruf wegen der Post kam, war ein Glücksfall. Ich glaube ihr.

»Boone?«

»Ich stimme Jason zu, Sir.«

»Und was soll der Quatsch mit dem Ouija-Brett in seinen Berichten? Das ist nun schon das zweite Mal, daß er es erwähnt. Ist er vielleicht Spiritist?«

»Nein, Sir. Estrella ist ein nüchterner, gewissenhafter Mann. Aber seine Frau liegt im Sterben, und vielleicht erklärt sich daher ...«

»Das tut mir leid, davon wußte ich nichts. Will er vielleicht Urlaub nehmen?«

»Nein, er sagt, ihm liegt daran, weiterzuarbeiten.«

»Vermutlich das beste, was er tun kann. Also streichen wir die Otherton. Sie hat womöglich eine Schraube locker, aber als Mörderin sehe ich sie ebenfalls nicht. Jetzt kommen wir zu unserer Kollegin Venable ... Das ist wirklich interessant. Es sieht ganz so aus, als ob uns Mrs. Yesell vorsätzlich irregeführt hat.«

»Tja, da kriegen wir wohl was zu tun, Sir«, meinte Jason. »Jetzt, wo Otherton wegfällt, könnten wir Estrella mit auf den Fall Yesell ansetzen. Ich meine, er könnte Helen mit den Bridgespielerinnen helfen.«

»Richtig«, stimmte Delaney zu. »Das soll er machen. Boone, Sie sind zusammen mit Calazo hinter Bellsey her?«

»So oft ich kann, Sir.«

»Und Jason und Keisman haben Gerber in Arbeit.«

»Ganz recht, Sir. Bisher nichts Neues.«

»Und Konigsbacher weiß auch nichts Neues über Symington. Dafür habe ich was, was euch interessieren könnte. Doktor Ellerbee hat testamentarisch sämtliche ausstehenden Honorare gestrichen.«

Er schilderte kurz sein Gespräch mit Parnell. »Was halten Sie davon?« fragte er die beiden Beamten abschließend.

Beide wußten nicht, was davon zu halten sei.

»Keinen Schimmer«, sagte Boone.

»Wahrscheinlich nichts dran«, meinte Jason.

»Tja, so wird es wohl sein. Lauter Kram, mit dem sich nichts anfangen läßt«, klagte Delaney. »Ich kann also weiter nichts sagen als: Macht weiter und betet um einen glücklichen Zufall.«

Nachdem sie weg waren, wühlte er erbittert in den Berichten auf seinem Schreibtisch. Was hätte er den beiden schon sagen sollen, außer »Macht weiter«? In seinen eigenen Ohren klang das wie der reine Hohn.

Wieder einmal wurde Delaney der krasse Gegensatz deutlich zwischen der großen und wilden Passion, aus der viele Gewaltverbrechen entstehen, und der mühsamen Fieselei und Laufarbeit der Polizei bei der Aufklärung eines solchen Falles.

Es war vielleicht ein abwegiger Gedanke, doch kam sich Delaney vor wie jemand, der das Geheimnis eines Gemäldes von Rembrandt durch Untersuchungen der Farbpigmente, der Beschaffenheit der Leinwand und der Technik der Pinselführung zu analysieren versucht und, wenn er alles schön aufgelistet hat, ausruft: »Da! Seht, das ist das Geheimnis Rembrandts!« Das war barer Unfug. Ein Geheimnis bleibt ein Geheimnis, ohne rational Stück für Stück erklärbar zu sein.

Auch wenn er den Fall Ellerbee zum Abschluß bringen sollte, würde das, so befürchtete Delaney, kaum eine rein sachliche Erklärung bieten: das menschliche Verhalten bleibt bis zu einem gewissen Grade immer rätselhaft.

19

Noch zwei Wochen bis Weihnachten, und die Stadt wirkte gänzlich verzaubert, wobei unter ›Stadt‹ Manhattan zu verstehen ist, das Zentrum; die Straßen strahlten in glitzerndem Lichterschmuck, von überall her rieselten Weihnachtslieder auf die Kauflustigen nieder, und ihr Klang vermischte sich mit dem Klingeln der Ladenkassen.

Die alljährliche Kaufwut gelangt an ihren Höhepunkt; die Kaufhäuser waren völlig überlaufen, und es schien so, als schrien alle diese Menschen aus vollem Halse: »Bitte, bitte, nehmt unser Geld!«

Weiter südlich, auf der 7. Avenue, war von alldem allerdings nichts zu bemerken, hier fehlten der Lichterschmuck und die Musikberieselung, nur schmutzige Schneereste zierten die Fahrbahnränder und Gehsteige, gesprenkelt mit Abfällen und Hundekot. Auch das schäbige Mietshaus, in welchem Harold Gerber hauste, war nicht festtäglich geschmückt. Die Fassade bröckelte mehr und mehr ab, sie war von einer Art klebrigem Schleim überzogen, der stank wie Aussatz.

Keisman stimmte »Du liebes Städtchen Bethlehem« an, wogegen Jason protestierte und statt dessen »Kommt her, all Ihr Gläubigen« vorschlug.

Gemeinsam mit Gerber und einer Sechserpackung Dosenbier lungerten sie in Gerbers Bude herum, alle drei dick angezogen, Wollmützen auf dem Kopf, Handschuhe an den Händen. Es war kalt, und sie konnten ihren Atem als Dampfwolke betrachten.

Jason sagte: »Nun alles noch mal von vorn.«

»Herr im Himmel«, klagte Gerber, »muß das wirklich sein?«

»Aber gewiß doch, Junge«, entgegnete Keisman lässig. »Du bist doch bloß darauf aus, über den Winter eingesperrt zu werden und Weihnachten in einer geheizten Zelle zu verbringen, stimmt's? Du behauptest, du hast Ellerbee umgebracht, und das mag ja auch sein, aber ebensogut kann es sein, daß du bloß versuchst, uns zu verarschen.«

»Du mußt dir doch mal überlegen, Harold«, erklärte ihm Jason, »daß wir ziemlich arm aussehen, wenn wir dich einlochen, und dann stellt sich hinterher heraus, daß du uns angeschissen hast.«

»Na, dann setzt mal ein Geständnis für mich auf, egal, wie ihr das formuliert, ich unterschreibe unbesehen.«

Keisman wehrte ab: »Nein, Junge, so geht das nicht. Du

mußt es uns schon selber diktieren. Also, du bist damals mit dem Taxi zu Ellerbee gefahren?«

Gerber: »Ja.«

Jason: »Was für eine Sorte Taxi war das? Gelbe? Checker? Mini?«

Gerber: »Weiß ich nicht mehr.«

Keisman: »Wie lange hast du für die Fahrt gebraucht?«

Gerber: »Zwanzig Minuten vielleicht.«

Jason: »Wo hat das Taxi dich abgesetzt?«

Gerber: »Genau vor Ellerbees Haus.«

Keisman: »Und wie bist du reingekommen?«

Gerber: »Geklingelt hab ich. Und als er fragte, ›wer ist da‹, sagte ich: ›Gerber, Herr Doktor, ich muß Sie unbedingt sprechen.‹ Da hat er mich reingelassen.«

Jason: »Den Hammer hattest du schon dabei?«

Gerber: »Klar. Damit wollte ich Ellerbee doch kaltmachen. Es war eben vorsätzlicher Mord.«

Keisman: »Nun erzähl uns noch mal, wo du den Hammer herhattest.«

Gerber: »Den hab ich in dem Laden am Sheridan Square mitgehen lassen.«

Jason: »So einfach unter die Jacke gesteckt?«

Gerber: »Wie denn sonst?«

Keisman: »Wir haben uns da erkundigt. Es wird zwar viel geklaut bei denen, aber einen Treibhammer vermissen sie nicht.«

Gerber: »Die können ihren Arsch nicht von ihrem Ellenbogen unterschieden.«

Jason: »Na schön. Du bist jetzt in Ellerbees Haus, den Hammer hast du dabei. Was passiert als nächstes?«

Gerber: »Na, raufgegangen bin ich.«

Keisman: »In deinen Stiefeln?«

Gerber: »In diesen Stiefeln hier. Es schiffte doch wie verrückt. Denkst du, ich wäre barfuß gegangen?«

Jason: »Bist du im Haus jemandem begegnet?«

Gerber: »Bloß Ellerbee. Er machte mir die Tür auf.«

Keisman: »Er war allein?«

Gerber: »Allein, ja.«
Jason: »Hast du was zu ihm gesagt?«
Gerber: »Nee, bloß ›Hallo‹. Er fragte: ›Was gibt es denn?‹ Und da habe ich ihm auch schon eins übergebraten.«
Keisman: »Dabei stand er dir gegenüber?«
Gerber: »Er sah mich an.«
Jason: »Und wie oft hast du zugeschlagen?«
Gerber: »Zwei-, dreimal. Ich weiß nicht mehr genau.«
Keisman: »Und wo hast du ihn getroffen?«
Gerber: »Na, auf die Stirn, ziemlich weit oben. Nicht auf die Schädeldecke, sondern auf die Stirn.«
Jason: »Und er fiel um?«
Gerber: »Wie ein Sack.«
Keisman: »Auf den Rücken.«
Gerber: »Ja, auf den Rücken.«
Jason: »Und was hast du dann gemacht?«
Gerber: »Na, ich sah, der Bursche ist hin, da ...«
Keisman: »Du hast also nicht noch mal zugeschlagen, als er am Boden lag?«
Gerber: »Wozu sollte ich? Der Kerl war doch schon abgekratzt. Ich kenne mich da aus, ich hab reichlich Tote gesehen. Ich habe gleich kehrtgemacht und mir ein Taxi gesucht.«
Jason: »Und wo hast du den Hammer gelassen?«
Gerber: »Hab ich doch schon gesagt. In einem Mülleimer auf der 8. Straße.«
Keisman: »Und weshalb hast du ihn überhaupt hingemacht, Harold?«
Gerber: »Wie oft soll ich das noch sagen? Der Hund war einfach zu neugierig. Der wußte nach einer Weile zuviel von mir. Und jetzt gebt mal 'ne Dose Bier rüber.«
Die drei saßen schweigend; die beiden Beamten betrachteten aufmerksam Gerbers Gesicht mit den entzündeten Lidern. Wie gewöhnlich war er unrasiert, und unter dem schwarzen Barett ringelte sich sein Haar.
»Wollt ihr mich nun endlich mitnehmen?« fragte er schließlich.

»Das müssen wir uns noch überlegen.«

»Ich hab's gemacht! Warum geht das bloß nicht in eure dicken Köpfe? Ich bin ein Mörder! Ich bin schuldig!«

Darauf antworteten die beiden Schwarzen nicht.

Gerber strahlte plötzlich: »Ich muß hier sowieso weg. Ein Knilch von der Stadtverwaltung war hier mit einem Räumungsbefehl.«

»Was du nicht sagst. Und wohin soll die Reise gehen?« fragte Keisman.

»Woher soll ich das wissen? Ich muß mir irgendwoanders so eine Bruchbude suchen wie die hier.«

»Sollen wir dir beim Umzug helfen?« erbot sich Jason.

»Was gibt's denn da groß umzuziehen?« grinste Gerber wölfisch, »mein Zeug paßt in eine Plastiktüte. Das meiste ist sowie unbrauchbar und bleibt hier. Will einer von euch meine Bücher haben? Da drüben, unterm Spülstein liegt ein Haufen Taschenbücher. Ganz hübsche dabei. Könnt ihr gern haben.«

»Weshalb nicht?« versetzte Jason. »Ich sehe sie mir mal an. Vielleicht ist was für meine Frau dabei. Die steckt ihre Nase andauernd in Bücher.«

Er hockte sich beim Spülstein hin und wühlte in dem Bücherstapel.

Gleich darauf brachte er ein dickes Taschenbuch zum Vorschein. »Was ist denn das? Eine Bibel?«

»Ach das ...« Gerber tat das leichthin ab. »Habe ich aus der Mülltonne, hab's auch mal durchgeblättert. Richtig ulkig.«

Jason betrachtete sich die Bibel genauer.

»Das ist die Douay-Ausgabe, die katholische Fassung. Bist du Katholik, Harold?«

»War ich mal. In was für einem Verein bist du denn?«

»Baptist. Hast du was dagegen, wenn ich die Bibel mitnehme?« fragte Jason.

»Mit den besten Komplimenten des Hauses. Lies sie durch. Wie es ausgeht, verrate ich dir aber nicht.«

Nachdem sie noch ein Weilchen schweigsam herumgesessen hatten, verabschiedeten sich die beiden Beamten mit dem Versprechen, Gerber am folgenden Tag wissen zu lassen, ob er verhaftet werde oder nicht. In Jasons Wagen stellten sie sogleich die Heizung an, um sich etwas aufzuwärmen.

»Der Junge ist total übergeschnappt«, sagte Keisman.

»Stimmt genau. Er weiß nicht mal, wie Ellerbee umgebracht wurde.«

»Und weshalb will er unbedingt in den Knast?«

»Weiß ich nicht genau. Wahrscheinlich hat es was mit seinen Schuldgefühlen zu tun. Wegen Vietnam vermutlich. Ich blicke da nicht durch.«

»Weshalb hast du die Bibel mitgenommen?« fragte Keisman und deutete auf das zerlesene Taschenbuch.

»Sieh sie dir mal an. Voller Eselsohren. Die hat jemand gründlich gelesen. Und in der Mülltonne hat er sie bestimmt nicht gefunden. Bibeln schmeißt keiner auf den Müll.«

»Na ja, als Baptist kannst du dir so was vielleicht nicht vorstellen ...«

»Kann schon sein. Aber er hat gesagt, er war Katholik, und das hier ist schließlich die offizielle katholische Fassung. Es ist doch komisch, daß ausgerechnet ein ehemaliger Katholik eine katholische Bibel in der Mülltonne gefunden haben will.«

»Die Wege des Herrn sind wunderbar«, zitierte Keisman.

»Sieh mal an, du bist also doch nicht bloß eine Modepuppe.«

»Oh, ich habe eine strenge Erziehung genossen«, sagte Keisman, »abtrünnig wurde ich erst mit ... na, so ungefähr mit sechs Jahren.«

Jason sah die Bibel an und sagte dann nachdenklich: »Vielleicht ist es ja Quatsch, aber wir könnten doch mal den klassischen Versuch machen.«

»Was denn, in allen katholischen Kirchen in New York nachfragen?«

»Na, so weit möchte ich nicht gehen. Bloß hier in der

Nachbarschaft. Ich könnte mir vorstellen, daß der arme Hund an dem betreffenden Freitagabend irgendwo gebetet hat.«

»Mann, dich locken offenbar die unwahrscheinlichsten Möglichkeiten.«

Weil Gerber mehrmals festgenommen worden war, gab es eine Akte über ihn im Präsidium, die auch ein Bild enthielt. Jason ließ zwei Abzüge machen, einen für sich, den anderen für Keisman.

Detektiv Calazo hatte unterdessen ebenfalls mit Fotos zu tun, nur war das in seinem Fall mühsamer. Von Bellsey gab es im Polizeiarchiv nämlich keine Aufnahmen. Calazo hätte beantragen können, daß ein Bild von Bellsey durch einen Polizeifotografen ohne Bellseys Wissen mit dem Teleobjektiv geschossen würde, doch das bedeutete Papierkrieg und Warten.

Der alte, weißhaarige Plattfuß war lange genug im Geschäft, um zu wissen, wie man in solchen Fällen vorgeht; er suchte sich Namen und Adresse einer Fachzeitschrift für Fleischgroßmärkte heraus und marschierte schnurstracks in die Redaktion auf der 14. Straße. Und siehe da, im Archiv der Zeitschrift fand sich ein schönes Foto von Ronald J. Bellsey, das Calazo sich, nach Vorzeigen seiner Dienstmarke und dem Versprechen, es zurückzugeben, auslieh. Er machte sich nicht die Mühe, darum zu bitten, Bellsey hiervon nichts zu sagen. Mochten Sie es dem Lumpenhund ruhig verraten, es würde ihm guttun, sich den Kopf zu zerbrechen.

Dann beschattete Calazo, abgelöst von Sergeant Boone, wann immer dieser Zeit fand, den Fleischgroßhändler eine Woche lang. Dabei stellte sich heraus, daß Bellsey drei Kneipen bevorzugte: Den ›Walfischschwanz‹ auf der 11. Avenue, eine Taverne unweit vom Madison Square Garden und eine in der 52. Straße.

Ferner stellten sie fest, daß Bellsey zweimal die Woche eine chinesische Nutte frequentierte, die in einer Absteige auf der 23. Straße hauste. Die Chinesin war polizeibekannt, dazu nicht mehr die Jüngste, und Calazo kalkulierte, daß sie pro Freier nicht mehr als 20 Dollar verdiente. Zunächst ließ er sie in Frieden, vermerkte nur ihre Personalien samt Telefonnummer in seinem Bericht für Boone. Er lenkte seine Aufmerksamkeit ausschließlich auf die drei vorgenannten Kneipen.

Hier verkehrten vorzugsweise Leute, die mit dem Boxsport zu tun hatten, Trainer, Manager, Agenten, Buchmacher, Schlachtenbummler, und auch aktive Boxer. In allen drei Kneipen waren die Wände mit Fotos lebender und verstorbener Fighter tapeziert, ferner mit Andenken wie blutverschmierten Boxhandschuhen, Hosen, Schuhen und Bademänteln.

Calazo unterrichtete sich auf den zuständigen Polizeirevieren darüber, wie häufig und aus welchem Anlaß die Polizei dort hingerufen worden war. Normalerweise hätte das viel Zeit in Anspruch genommen, doch Benny Calazo hatte auf allen Revieren alte Freunde sitzen und bekam die gewünschten Auskünfte innerhalb zweier Tage. Nachdem er aus dem ihm überlassenen Material sämtliche Großschlägereien, Belästigungen durch Betrunkene, versuchte Vergewaltigungen und einen Fall von Exhibitionismus ausgesondert hatte, blieben ihm vier unaufgeklärte Fälle von Gewaltanwendung, die ähnlich verlaufen waren wie der Überfall auf den Kollegen Hogan.

In allen vier Fällen hatte man einen schwer zusammengeschlagenen Mann unweit einer der Kneipen auf der Straße aufgelesen, und keiner davon war imstande, seinen Angreifer zu identifizieren. Alle hatten zuvor in einer jener drei Kneipen etwas getrunken.

Indem er Bellseys Foto herumzeigte, bekam Calazo von Wirten, Kellnern und Stammgästen über Bellsey eine Menge zu hören, und nichts davon war gut. Calazo war davon überzeugt, daß Bellsey jene vier unaufgeklärten Überfälle ebenso verübt hatte wie den auf Hogan. Er bezweifelte allerdings, daß es jemals genügend Beweise geben würde, mit deren Hilfe man Bellsey zur Rechenschaft ziehen könnte.

Er verlor dabei nicht aus dem Auge, daß seine eigentliche Aufgabe war festzustellen, ob Bellsey zur Tatzeit des Mordes an Ellerbee wirklich daheim gewesen war, wie er behauptete. Seine Frau hatte Hogan immerhin gesagt, sie habe ihren Mann zwischen 20 Uhr 30 und 23 Uhr nicht wirklich gesehen. Was aber nicht bedeuten mußte, daß er unterdessen das Haus verlassen hatte. Calazo nahm sich nicht nur vor, dieses Rätsel zu lösen, sondern Bellsey einen Denkzettel dafür zu verpassen, daß er Hogan zusammengeschlagen hatte. Hogan war zwar kein großes Licht, aber er war immerhin ein Kollege, und Calazo bedeutete das was. Kam hinzu, daß er persönlich eine Abneigung gegen Leute wie Bellsey empfand, die glaubten, sie könnten sich mit ihren Ellenbogen auf die linke Tour durchs Leben boxen, ohne je die Rechnung präsentiert zu bekommen. Calazo, der die direkte Aktion in allen Fällen bevorzugte, dachte sich also aus, wie man es Bellsey heimzahlen könnte. In diesem Zusammenhang war es auch nützlich, daß ihn keine drei Wochen mehr von der Pensionierung trennten. Er würde seine Laufbahn krönen, indem er einem widerlichen Lumpenhund einen Denkzettel verpaßte, einen Kollegen rächte und mit etwas Glück gleich auch noch herausbekam, wer jenen Doktor Ellerbee so brutal mit einem Treibhammer erschlagen hatte.

Hätte Delaney von den Plänen seines Helfers Calazo gewußt, er hätte den Detektiv gut verstanden und seine Absichten als Privatmann sogar gebilligt, doch als Ermittler im Mordfall Ellerbee hätte er ihn von Stund an nicht mehr beschäftigt. Persönliche Abneigung konnte die Ermittlungen beeinträchtigen, und hier ging es nicht darum, Bellsey eine Lektion zu erteilen, sondern den Mörder von Ellerbee zu finden.

Delaney hatte im Moment andere Sorgen. Chefinspektor Suarez fragte bei ihm in einem geradezu verzweifelten Ton an, ob die Aufklärung nicht endlich Fortschritte mache. Delaney konnte ihm nur sagen, daß der Durchbruch auf sich warten lasse, daß eine oder zwei weitere unbedeutende Hinweise zu registrieren seien, und ihm vorschlagen, zwecks Erörterung des Standes der Ermittlungen mit ihm zusammenzutreffen. Dies sollte am Mittwoch um 21 Uhr bei Delaney zu Hause stattfinden.

»Falls Ihre Frau mitkommen möchte, Monica würde sich sehr darüber freuen, Mr. Suarez«, schloß er das Gespräch.

»Das ist sehr liebenswürdig von Ihnen, Mr. Delaney, wenn wir jemand für die Kinder besorgen können, begleitet sie mich gewiß gern in Ihr so behagliches Haus.«

Delaney erzählte alles seiner Frau und merkte an: »Der Bursche bringt die Kollegen im Präsidium mit seiner gewählten Ausdrucksweise, die er manchmal an den Tag legt, bestimmt noch auf die Palme.«

»Wir haben übrigens ebenfalls eine Einladung bekommen. Diane Ellerbee hat Boones und uns für den kommenden Samstag nach Brewster eingeladen. Ich sagte, ich müßte dich erst fragen. Boones würden gerne fahren. Soll ich Diane also sagen, daß du mit Samstag einverstanden bist?«

»Diane? Seit wann bist du so intim mit der?«

»Wir haben viele gemeinsame Interessen«, sagte Monica herablassend, »und ich sehe nicht ein, weshalb wir uns nicht beim Vornamen nennen sollten.«

»Ach nein, was verbindet euch denn so innig?«

»Sie ist eine ungemein gescheite Person.«

»Na, ich will lieber nicht weiterfragen. Meinetwegen sage ihr, wir nehmen dankbar an. Gibt es da etwas zu essen?«

»Selbstverständlich. Sie hat was von einem kalten Büfett am frühen Abend erwähnt.«

»Kaltes Büfett?« brummelte er. »Da kann ich ja gleich in eine Cafeteria gehen.«

Punkt neun Uhr am Mittwochabend traf das Ehepaar Suarez bei Delaneys ein, gekleidet in – wie Delaney sich später ausdrückte – »ihre Sonntagnachmittagsspaziergehkleider«. Man setzte sich im Wohnzimmer um den Kamin, in dem ein bescheidenes Feuer brannte, machte Konversation über das Wetter – derzeit kalt –, über Kindererziehung – durchaus nicht einfach –, die Fleischpreise – exorbitant. Anfangs war Mrs. Suarez recht schweigsam, doch verschwand ihre Schüchternheit nach zwei von Delaney bereiteten heißen Rum-Toddies, und sie glänzte förmlich.

Monica brachte etwas von ihren Weihnachtsleckereien zum Vorschein, Datteln gefüllt mit Mandelcreme, eingerollt in Blätterteig und gebacken. Rosa probierte eine und verdrehte hingerissen die Augen. »Bitte das Rezept«, verlangte sie.

Monica erhob sich lachend. »Kommen Sie mit in die Küche. Da können wir uns gegenseitig unsere Geheimnisse anvertrauen. Sollen diese alten Käuze hier allein krächzen.«

Delaney führte Suarez ins Arbeitszimmer und bot Zigarren an.

Suarez begann: »Ich will Ihnen gleich zu Anfang sagen, daß ich nicht mehr so viele Leute mit dem Mordfall Ellerbee beschäftigen kann wie bislang, Mr. Delaney. Das ist jetzt vier Wochen her, und vorzuzeigen haben wir nichts. Seither hat sich sehr viel Neues ereignet, womit wir uns befassen müssen. Ich will damit sagen, Sie und die Ihnen zugeteilten Beamten sind ab jetzt unsere einzige Hoffnung. Sie verstehen gewiß, daß ich nicht verhindern konnte, daß der Fall Ellerbee vom Präsidium aus nicht mehr weiterverfolgt wird?«

»Aber gewiß«, sagte Delaney, »ich schätze, daß Sie täglich vier Kapitalverbrechen neu zu verfolgen haben, und daß Sie nicht wochenlang in einem Fall wie dem von Ellerbee ermitteln können. Glauben Sie mir, Mr. Suarez, das ist schon immer so gewesen. Es ist ein Problem, mit dem jeder Chefinspektor sich herumschlagen muß.«

»Sie sagten am Telefon etwas von einigen wenigen Hinweisen ohne besondere Bedeutung?«

»Ja. Mehr haben wir noch nicht.« Und er sagte, Isaac Kane

und Sylvia Otherton seien definitiv als Tatverdächtige eliminiert worden.

»Bleiben noch vier der für gewalttätig geltenden Patienten übrig, von denen einer gestanden hat. Dieses Geständnis halte ich jedoch für wertlos. Immerhin muß man das noch überprüfen. Die Alibis der drei anderen werden noch untersucht. Im Moment scheint mir die Yesell noch die meistversprechendste. Wie es scheint, hat die Mutter gelogen, als sie sagte, sie sei den ganzen Abend über mit der Tochter zusammengewesen. Derzeit sind zwei meiner Leute dabei, Licht in die Angelegenheit zu bringen.«

»Man könnte also doch von gewissen Fortschritten sprechen?«

»Da habe ich meine Zweifel. Immerhin sondern wir aus den Möglichen die Wahrscheinlichen aus. Und das könnte man vielleicht wirklich als Fortschritt bezeichnen.«

Suarez paffte schweigend an seiner Zigarre. Endlich sagte er: »Und was geschieht, falls ...«

Delaney brachte ihn mit einer Handbewegung zum Schweigen. »Lassen Sie sich warnen, Chefinspektor, solche Fragen können Sie um den Verstand bringen. Meiner Meinung nach scheiden Kane und Otherton klar aus, und zwar aufgrund gewissenhafter Ermittlungen. Plus etwas Glück. Was aber, wenn Kane doch Ellerbee erschlagen hat und mit dem Taxi zu Beeles gefahren ist? Die erinnern sich selbstverständlich, daß er an jenem Freitagabend bei ihnen war, aber den genauen Zeitpunkt seiner Ankunft wissen sie nicht. Und falls die Otherton von außerhalb des Hauses bei ihrem Portier angerufen und nach der Post gefragt hat? Was, wenn sie Ellerbee ermordet und das Gespräch von seinem Apparat geführt hat? Bloß, um sich ein Alibi zu verschaffen? Ich will damit weiter nichts sagen, als daß Ihnen solche Was-wäre-wenn-Fragen tatsächlich den Rest geben können. Sicher, ein Spürhund muß Phantasie entwickeln, aber, wie meist immer, ist auch davon zuviel eher schädlich.«

Suarez lächelte bekümmert.

»Sie haben nur allzu recht, es ist eine Lektion, die ich

noch lernen muß. Es ist ein Fehler, anzunehmen, daß alle Verbrecher überdurchschnittlich intelligent sind. Die meisten sind zum Glück eher dumm.«

»So ist es«, stimmte Delaney zu, »nur gibt es eben auch einige sehr gescheite. Schließlich geht es um ihren Kopf. Ich bin der Meinung, daß wir in unserem Beruf auf einem sehr dünnen Strich balancieren, der die unbestreitbaren Tatsachen von den Was-wäre-wenn-Fragen trennt. Manchmal hilft da nur noch beten.«

»Aber Sie sind doch nach wie vor davon überzeugt, Edward, daß der Fall Ellerbee zu lösen ist?«

»Wäre das nicht so, ich hätte es sowohl Ihnen als auch Thorsen schon gesagt und mich zurückgezogen. Ich habe so ein Gefühl, als spitzten sich die Dinge merklich schneller zu. Zwei Verdächtige haben wir schon ausgesondert, und weitere werden folgen.«

Suarez fragte seufzend: »Und wenn alle sechs ausfallen, was wird dann?«

Delaney verzog grimmig den Mund. »Schon wieder eine Was-wäre-wenn-Frage. Falls alle sechs ausscheiden, weiß ich einfach nicht, was ich tun werde. Wir wissen, irgendwer hat Ellerbee getötet. Falls kein Patient der Mörder war, müssen wir uns anderswo nach ihm umsehen.«

Suarez blickte ihn neugierig an. »Ans Aufgeben denken Sie wohl nie?«

»Nein, nie. Nach allem, was wir wissen, war Doktor Ellerbee ein hochanständiger Mann, der ein sehr nützliches Leben geführt hat. Und der Gedanke, jemand könnte ihn umgebracht haben und dafür nicht zur Rechenschaft gezogen werden, der widerstrebt mir aufs äußerste.«

»Ich wollte nur, wir hätten mehr Zeit für die Aufklärung zur Verfügung.«

»Wir nehmen uns die Zeit, die wir brauchen«, versetzte Delaney entschlossen. »Ich habe zwei Jahre an der Aufklärung einer Vergewaltigung mit Todesfolge gearbeitet und den Täter endlich doch noch überführt. Mir ist bewußt, daß Ihre Karriere an der baldigen Aufklärung dieses Falles hängt, aber ich sage ihnen: Dauert es länger und nimmt man mir die Hilfskräfte, die Sie mir zugeteilt haben, dann suche ich den Mörder auf eigene Faust, egal, wie lange es dauert.«

»Was denn, egal, wie lange es dauert?«

»So lange nun auch wieder nicht; hartnäckig bin ich, aber kein Romantiker. Jedenfalls halte ich mich nicht für einen. Es mag der Moment kommen, an dem ich mich geschlagen geben muß. Das verkrafte ich dann schon. Aber jetzt sollten wir mal nach den Damen sehen.«

Die Damen saßen im Wohnzimmer nebeneinander auf dem Sofa und fanden augenscheinlich Gefallen aneinander.

»Sie müssen recht bald wiederkommen«, sagte Mrs. Delaney gerade. »Über die Feiertage paßt es schlecht, da kommen die Kinder, aber bald danach.«

»Und dann kommen Sie zu uns. Rosa macht eine Paella, einfach himmlisch«, sagte Suarez.

»Ich habe den Verdacht, daß diese Freundschaft dazu führt, daß wir unmäßig zunehmen«, sagte Delaney. »Wo habt ihr beiden euch eigentlich kennengelernt?«

»Rosas Eltern hatten in East Harlem eine Bodega. Die wurde überfallen, und damals hat man mich hingeschickt, um den Fall zu untersuchen. Und gleich anfangs habe ich zu Rosa gesagt: ›Rosa, ich will dich heiraten.‹ Stimmt's Rosa«

Sie nickte glücklich. »Und Sie beide, Monica?«

»Das war ähnlich. Mein erster Mann wurde ermordet, und Edward führte die Untersuchung.«

Rosa erschrak. »Wurde ... wurde der Mörder gefaßt?«

»O ja, Edward gibt niemals auf. Er ist störrisch wie ein Maulesel.«

»Das stimmt mich zuversichtlich«, bemerkte Suarez.

»Falls die Mordsache Ellerbee nicht aufgeklärt werden sollte, Mr. Suarez«, sagte Delaney, »wird man Sie vermutlich wieder ins Revier zurückversetzen. Meinen Sie, Sie halten das durch?«

Suarez zuckte die Achseln und spreizte die Finger. »Es

wäre eine große Enttäuschung, und ich müßte lügen, wollte ich sagen, ich würde mir daraus nichts machen. Ich würde es ertragen können, doch es wäre zweifellos eine Niederlage. Doch würde Thorsen mir noch mehr leid tun. Er hat sich die größte Mühe gegeben, Beamte aus den ethnischen Minderheiten zu fördern, und wenn ich versage, wird es auch für ihn eine Niederlage sein.«

Delaney riet ihm: »Nehmen Sie das nicht so schwer. Ivar fällt unweigerlich auf die Füße. Der kann sich im Dschungel der Politik behaupten. Ich konnte das nie. Aber Sie sind noch jung und haben Ihre Laufbahn vor sich. Haben Sie Beziehungen zu den spanisch-stämmigen Politikern in der Stadt?«

»Mit einigen bin ich selbstverständlich bekannt«, antwortete Suarez vorsichtig. »Aber ich kann nicht sagen, daß ich ihnen nahestünde.«

»Dann werfen Sie sich mal ran an die. Die haben schon erheblichen Einfluß, und ihr Einfluß nimmt zu. Machen Sie auf sich aufmerksam. Laden Sie sie zu sich ein. Politiker schätzen den persönlichen Kontakt zu ihren Wählern. Das ist ihr Geschäft. Falls Rosas Paella wirklich so gut ist, wie Sie sagen, wäre das schon eine geeignete Geheimwaffe.«

Rosa kicherte und wurde rot.

Delaney fuhr fort: »Ich meine es ganz ernst. Je höher Sie aufsteigen, desto mehr spielen politische Verbindungen eine Rolle, am Ende gar eine größere als die eigentliche Polizeiarbeit. Sie müssen das als Teil Ihres Jobs begreifen. Ich selbst habe das niemals geschafft, begehen Sie nicht den gleichen Fehler. Die Stadt ist ein wüster, tumultuöser Ort, und zusammengehalten wird sie durch die Politik, die ist wie Kleister. Manchmal stinkt der Kleister zum Himmel, zugegeben, aber können Sie sich ein besseres, humaneres Spiel ausdenken? Ich jedenfalls nicht. Wir müssen eben ruhig weitertapsen, so gut es geht, einen Fehler nach dem anderen machen, auch schlimme Fehler. Das macht einen manchmal mutlos, und doch ist es besser als alles andere. Also kümmern Sie sich um die Politik, Chefinspektor, lassen Sie sich wenigstens mal bei den Schwergewichtlern sehen. Das kommt Ihnen mit Sicherheit zustatten.«

»Da haben Sie gewiß recht«, sagte Suarez nachdenklich, »ich habe mich so in die Mechanismen meiner Arbeit verbissen, daß ich alles vernachlässige, was mir auf andere Weise den Weg erleichtern könnte. Ich danke Ihnen für Ihren Rat, Edward.«

»Bedanken Sie sich nicht – tun Sie etwas!«

Delaney gähnte beim Ausziehen: »Sehr, sehr nette Leute sind das.«

»Nicht wahr? Rosa ist entzückend. Hast du wirklich gemeint, er soll sich an die Politiker ranmachen, Edward?«

»Wenn er nicht auf den Bauch fallen will, unbedingt. Thorsen kann ihn bis zu einem gewissen Grade fördern und schützen, aber Suarez muß sich selber eine Art Hausmacht schaffen.«

»Tja, wenn er damit ernst macht, muß ich mich um seine Rosa kümmern. Die zieht sich ganz unmöglich an. Dabei könnte sie reizend aussehen, wenn sie was aus sich machen würde.«

»Soll das heißen«, fragte er ernsthaft, »du willst aus ihr ein Sexobjekt machen?«

»Ach, scher dich zum Teufel.«

Delaney dachte aber nicht daran.

»Gut kenne ich den Mann eigentlich nicht«, überlegte er. »Zweimal habe ich ihn getroffen, hin und wieder mit ihm telefoniert ... Trotzdem glaube ich, er ist der geborene Verwaltungsmensch. Ein guter Detektiv ist er, wie mir scheint, nicht. Dazu ist er zu ... zu ... also ihm fehlt die Begeisterung. Der Schwung. Die Besessenheit.«

»Und ein guter Detektiv muß nach deiner Meinung ein Besessener sein?«

»Darauf kannst du wetten. Boone ist besessen und Jason auch.«

»Und du?«

»Auch«, sagte er kurz. Er starrte sie an. »Schön siehst du aus, Weib, habe ich dir das schon einmal gesagt?«

»Seit kurzem nicht mehr.«

»Also, dann sage ich es jetzt.«

»Und was ist, bitte, der Grund für diese romantische Anwandlung?«

»Oh, ich dachte, es könnte dir gefallen.«

»Tut es«, sagte sie und lockte ihn mit dem Finger.

20

Die Kriminalbeamtin Venable hatte bisher nie mit dem Kollegen Estrella zu tun gehabt, doch stellte sich zur beiderseitigen angenehmen Überraschung heraus, daß sie gut miteinander arbeiten konnten. Er fand, sie sei eine gescheite, energische Person, die durchaus bereit war, ihren Teil der lästigen Ermittlungsarbeiten auf sich zu nehmen, und sie ihrerseits fand ihn zwar etwas umständlich, doch verständig und einfallsreich. Vor allem aber verzichtete er auf das ganze Macho-Gehabe, das sie von anderen Kollegen wohnt war. So setzte sie ihn denn vollständig ins Bild und legte dabei den Hauptakzent auf die regelmäßigen Bridgeabende, ausgerechnet am Freitag.

»Das Luder hat uns angelogen«, schloß sie.

»Kann sein, muß aber nicht. Vergessen Sie nicht, was an dem betreffenden Freitagabend draußen los war: die reinste Sintflut. Sehr gut denkbar, daß die Bridgepartie abgesagt wurde. Und falls das stimmt, war sie gewiß zu Hause, wie sie behauptet. Wie schätzen Sie Joan ein?«

»Ich halte sie keinen Moment für die Täterin, Brian. Die tut keiner Fliege was zuleide.«

»Sich selbst aber schon. Schließlich hat sie mehr als einmal versucht, sich umzubringen, oder?«

»Na ja, Selbstmord wäre ihr zuzutrauen, Mord aber nie.«

Er stopfte sich seelenruhig seine Pfeife, verschnürte den

Tabaksbeutel, strich ein Zündholz an und tat versuchsweise einige Züge. »Ich habe den Eindruck, daß Ihr Bild von dieser jungen Damen absolut feststeht. Sie gefällt Ihnen, nicht wahr?«

»Sehr sogar. Wir überlegen, ob wir nicht gemeinsam eine Wohnung mieten sollen.«

»Warten Sie damit lieber noch, bis Ihre Joan gänzlich entlastet ist«, riet er.

»Ach, sie ist ein solches Mäuschen, es ist nichts Böses an ihr. Ich versichere Ihnen Brian, Joan kann Ellerbee nicht ermordet haben und auch sonst niemanden. Um jeden streunenden Hund vergießt sie Tränen.«

»Hmmm ... Der grausamste Killer, den ich jemals geschnappt habe, züchtete nebenher Springmäuse.«

»Wollen Sie nicht selbst mit Joan sprechen und sich ein Bild von ihr machen?«

»Noch nicht. Machen Sie vorläufig so weiter, seien Sie lieb zu ihr, aber sagen Sie ihr nicht, daß ich jetzt ebenfalls an ihrer Überprüfung beteiligt bin.«

Er verbrachte das Wochenende damit, Helen Venable bei ihrer Beschattung von Joan Yesell seinerseits unauffällig zu beschatten, und fand an der Arbeit der Kollegin nichts auszusetzen. Ferner befragte er noch einmal das Personal im St.-Vincent-Hospital, Yesells Kollegen in ihrer Anwaltskanzlei, Nachbarn, Ladeninhaber, sogar den Briefträger, der ihre Post brachte. Und alles, was er in Erfahrung brachte, bestätigte nur das Resultat von Venables Überprüfung: Joan Yesell war eine schüchterne, stille Person, die ganz zurückgezogen lebte. Nur über die Mutter erfuhr er, wenn man so will, Nachteiliges: Sie galt als rechthaberische Knallbisse, die ihre Tochter wie einen Kretin behandelte, so als habe sie weder einen eigenen Willen, noch könne sie für sich selber irgendwas entscheiden.

An ihrem ersten gemeinsamen Freitagabend saßen Estrella und Helen unweit von Yesells Haus in Helens Wagen.

»Bestimmt findet die Bridgepartie ausgerechnet heute bei der alten Yesell statt«, bemerkte Helen pessimistisch.

»Das macht nichts. Kommen die Damen her, nehmen wir uns jeder eine von ihnen vor, wenn sie nach Hause gehen. Zunächst brauchen wir nur Namen und Adresse, das andere kommt später. Geht aber der alte Drachen aus dem ...«

Da erschien er bereits. Mrs. Yesell überquerte die Straße und ging flotten Schrittes in ostwärtiger Richtung.

»Da ist sie«, sagte Venable gespannt.

»Okay. Folgen Sie ihr und merken Sie sich die Nummer des Hauses, in dem sie verschwindet. Ich gehe derweil mal telefonieren. Wir treffen uns wieder hier.«

Helen wetzte hinter dem Drachen her. Brian wandte sich Richtung 8. Avenue und rief aus einer Kneipe bei Joan Yesell an.

»Ja, bitte?« meldete sich eine zaghafte Stimme.

»Ich möchte Mrs. Blanche Yesell sprechen.«

«Sie ist im Moment nicht da. Wer ist denn am Apparat?«

»Hier spricht Kriminalassistent Estrella vom Polizeipräsidium. Mit wem spreche ich bitte?«

»Ich bin Miss Joan Yesell, die Tochter.«

»Miss Yesell, es ist wichtig, daß ich Ihre Mutter noch heute abend erreiche. Sie muß eine Unterschrift unter ein Protokoll leisten. Eine neue Routineangelegenheit, aber Sie wissen schon, was sein muß, muß sein.«

»Ein Protokoll? Hat es was mit dem Tod von Doktor Ellerbee zu tun?«

»Ganz recht. Es handelt sich um ihre Aussage, ihr Zusammensein mit Ihnen im Laufe des fraglichen Freitagabends betreffend. Wo kann ich Ihre Mutter erreichen?«

»Sie ist zum Bridge gegangen.«

»Ist sie dort telefonisch erreichbar.«

»Heute ist Mrs. Ferguson dran.«

»Die Telefonnummer bitte«, beharrte er.

Sie gehorchte nach einigem Zögern, und er notierte die Nummer mit einem Kugelschreiber auf dem Handrücken. »Haben Sie vielen Dank, Miss Yesell.«

Kurz darauf traf er Helen beim Honda. »Die Adresse habe ich«, sagte sie.

»Und ich Namen und Telefonnummer. Jetzt können wir unser Geschäft eröffnen.«

Auch Delaney war in optimistischer Stimmung, als er am folgenden Morgen mit seiner Frau und dem Ehepaar Boone Richtung Brewster aufbrach, um Mrs. Diane Ellerbee den versprochenen Besuch abzustatten. »Sieht ja aus, als bekämen wir einen herrlichen Tag«, meinte er. Und so war es denn auch. Der Himmel blau und leicht wie ein Schmetterlingsflügel, die Sonne eine glühende Herdplatte, und im Osten konnte man bei genauem Hinsehen noch den Mond gewahren. Die Luft ging frostig scharf, und die ganze Welt sah überhaupt wie frisch lackiert aus.

Zwar herrschte dichter Verkehr, doch kamen sie überraschend gut voran; sie unterbrachen die Fahrt ein einziges Mal, nämlich an der Tankstelle in Brewster, wo sie nach der Lage von Ellerbees Haus fragten, die Damen sich frischmachten und Delaney seinem Sergeant beim Tanken zusah. Von nun an ging es auf schmalen Feldwegen weiter, vorbei an den obligaten Briefkästen, die je nach Geschmack die Form von Windmühlen, Burgen, Modellflugzeugen und so fort hatten.

»Sehr hübsch, diese Dinger«, bemerkte Delaney. »Was wohl Ellerbees für einen Briefkasten haben? Ich tippe auf eine schwarze Ledercouch mit roter Fahne.«

Ellerbees Briefkasten war aber ein völlig konventioneller Behälter aus Aluminium und markierte die Einmündung der Anfahrt, welche durch ein lichtes Gehölz zum Wohnhaus und den Nebengebäuden führte. Der Weg stieg leicht an, nicht so sehr, daß man hätte sagen können, das Haus stehe auf einem Hügel, aber doch soweit herausgehoben, daß man von dort einen weiten Blick über die bewegte Landschaft genoß.

Boone stellte den Wagen vor der Dreiergarage ab, wo bereits ein staubbedeckter VW und Ellerbees Jeep standen. Das Garagentor war geöffnet, und man sah drinnen den Jaguar des Doktors und den silbergrauen Mercedes seiner Frau.

»Den Mercedes muß ich mir genauer ansehen«, verkündete Delaney, »ein wahres Prachtstück.« Zusammen mit Boone ging er in die Garage, während die Damen sich gemächlich über die gekieste Auffahrt und einen plattierten Weg dem Hause näherten. Die Männer begutachteten beide Autos mit Bewunderung.

»Für mich den Jag«, sagte Boone dann und fügte lachend an: »Stellen Sie sich vor, Sir, ich rausche damit zum Revier. Dann wüßten alle sofort: Ah, der Boone, der hat sich kaufen lassen.«

Delaney verfolgte andere Gedanken. »Ich frage mich, warum sie den Jaguar nicht längst verkauft hat? Wer braucht schon einen Mercedes und einen Jaguar?«

»Vielleicht findet sich nicht so leicht ein Käufer. Ich zum Beispiel könnte mir nur den alten Käfer leisten, der da draußen steht. Wem mag der wohl gehören?«

Die Männer gingen nun auch zum Haus, die Tür stand offen. Auf der Schwelle begrüßte sie Doktor Samuelson.

»Jetzt wissen Sie, wem der Käfer gehört«, flüsterte Delaney dem Sergeant zu.

Im Haus war es behaglich warm, es roch nach gutem Essen und nach Kaminfeuer. Delaney schnupperte prüfend. »Ah, Knoblauch. Wie gut, wie gut.«

»Ihr Glück«, begrüßte Mrs. Ellerbee ihn lachend, »was da brutzelt, ist nämlich Boeuf bourguignon, und meine Köchin liebt Knoblauch über alles. Dafür gibt es aber im Salat frische Petersilie und insofern einen gewissen Ausgleich. Und jetzt darf ich uns allen einen Drink zurechtmachen, bevor wir mit der Hausbesichtigung beginnen, ja?« Und sie deutete auf eine mit Flaschen reich bestückte Anrichte.

Der Wohnraum war nicht übermäßig groß, doch geräumig genug für einen aus Natursteinen gemauerten Kamin; die sichtbaren Deckenbalken paßten gut dazu. Der Fußboden war mit unregelmäßig breiten Dielen belegt, die Rückwand bildeten verglaste Türen, die den Blick auf den geplätteten Patio und das Schwimmbecken freigaben. Der Pool war leer und abgedeckt.

Sowohl für das große Schlafzimmer im Parterre als auch für die beiden Gästezimmer im Oberstock gab es jeweils ein eigenes Bad; die Küche wirkte trotz hochmoderner Einrichtung wohnlich, besonders, da ein Gewächshaus darangebaut worden war.

Das Speisezimmer beherrschte ein mächtiger Tisch, dessen aus einer einzigen Planke bestehende Platte dick genug war, einer Kanonenkugel standzuhalten.

Man sah überall genau, wieviel Mühe und Geld für die Einrichtung des Hauses verwendet worden waren, und Delaney sagte später zu seiner Frau, er habe eigentlich nichts gesehen – Möbel, Teppiche, Gemälde und so fort –, was er nicht auch gern besitzen würde.

Am meisten allerdings beeindruckte die Gäste die formlose Behaglichkeit, die das alles ausstrahlte – die Mischung aus warmen Farben, poliertem Holz, Messing und Kupfer. Man begriff sofort, daß dieses Haus einem Großstadtbewohner als der wahre Himmel erscheinen mußte. Während er dies alles in sich aufnahm, wuchs Delaneys Verständnis für den Zorn und den Rachedurst von Mrs. Ellerbee, und dafür, welch furchtbarer Schlag der Mord für sie gewesen sein mußte. Er wußte nur zu gut, daß man an solch einem Besitztum nur Freude hat, wenn man seinen Zauber teilen kann, und hielt es für möglich, daß seit Ellerbees Tod auch das Haus seinen Reiz weitgehend eingebüßt hatte. Für Diane Ellerbee waren das, was sie jetzt sah, nur noch kalte Gegenstände.

Die Damen bemühten sich in ihre Mäntel und begaben sich in den Patio und den daran anschließenden Garten. Dr. Samuelson hielt sich nahe zum Kaminfeuer, aber Boone und Delaney benutzten ebenfalls die Gelegenheit, sich draußen umzusehen. Im Frühling durfte das hier ein wahres Paradies sein, überlegten sie.

Sie umrundeten das Wohnhaus, das Schwimmbecken und den Garten und näherten sich einem kleinen Gehölz, die Schultern hochgezogen, die Hände in den Taschen. Sie kamen an einen Bach, der sein an den Rändern von

Eis glitzerndes Wasserband mitten durch das Grundstück zog.

»Ob da Forellen drin sind?« fragte Boone.

»Könnte sein. Kommt darauf an, wo das Wasser herkommt und wo es hinfließt. Ich frage mich, ob man hier im Sommer auch baden kann?«

Er nahm einen kleinen Stein auf und warf ihn ins Wasser, dessen Tiefe sich gleichwohl nicht schätzen ließ.

Im Hause hatten derweil alle ihr zweites Glas genommen und umringten den Kamin. Noch war früher Nachmittag, doch der Himmel war schon grau und die Sonne matt.

»Ich hole uns jetzt ein paar Horsd'oeuvres«, kündigte Mrs. Ellerbee an. »Marta und Jan waren den ganzen Vormittag mit Kochen und Anrichten beschäftigt, und ich habe ihnen den Nachmittag freigegeben. Schließlich können wir ja für uns selber sorgen, meinen Sie nicht?«

Delaney war sogleich einverstanden. »Wir sind beide gut dressiert, Madam. Wie kann ich behilflich sein?«

»Überhaupt nicht. Sie sollen nur essen. Julie, kommen Sie mit in die Küche.« Sie ging voran, und Dr. Samuelson folgte willig. Was dann aufgetischt wurde, war ein Sortiment meist süßsauer eingelegten Gemüses, aber es gab auch gefüllte Oliven, geräucherten Lachs, verschiedene Sorten Käse, Salzgebäck, Hühnerleber in Weinsauce, papierdünne Scheiben Parmaschinken, Sardinen in Öl.

»Jetzt ist es um meine Diät geschehen«, seufzte Rebecca Boone.

»Lassen Sie bitte noch Platz für das Abendbrot«, ermahnte Diane Ellerbee lachend, worauf sie von Mrs. Delaney zu hören bekam: »Keine Sorge, mein Mann wird allen Erwartungen gerecht. Für solche Horsd'oeuvres würde er sein Leben geben.«

«Mögen wir leben und gedeihen«, bestätigte Delaney, »ein solcher Räucherlachs gibt mir den Glauben an das Gute zurück.«

Endlich waren alle gesättigt und machten abwehrende Handbewegungen.

Als Mrs. Ellerbee forsch sagte: »Nun, lassen Sie uns abräumen, Julie«, war Delaney bereits auf den Füßen, bevor Dr. Samuelson sich aufrappeln konnte. Delaney sagte denn auch zu ihm:

»Nun lassen Sie mich mal, Doktor. Verdauen Sie in aller Ruhe. Ich verstehe mich darauf. Das ist das Verdienst meiner Monica.« Zusammen mit der Gastgeberin räumte er ab, wobei er seine Fertigkeit demonstrierte, indem er drei bis vier Platten gleichzeitig davonschleppte.

In der Küche fand er Grund, Mrs. Ellerbees Tüchtigkeit zu bewundern. Die Reste verschwanden sämtlich säuberlich eingewickelt in separaten Behältern; Teller und Bestecke wurden rasch im Geschirrspüler untergebracht, und alles das mit anmutigen, aber durchaus sparsamen Bewegungen.

Sie trug heute schwarze Wolle – Pullover wie Rock –, das Haar aufgesteckt und mit einem exotischen Kamm aus Schildpatt gehalten. Als er sie im Profil sah, mußte er von neuem die klassische Schönheit ihres Gesichtes bewundern – es wirkte wie perfekt aus Marmor geschlagen.

»Das wäre es denn ja wohl«, sagte sie munter und schaute in der schon wieder aufgeräumten und blitzblanken Küche umher. »Vielen Dank für Ihre Hilfe. Wollen wir zurückgehen?«

Er hielt sie mit einer Handbewegung zurück: »Einen Moment noch, wenn Sie erlauben. Ich glaube, Sie haben Anspruch darauf zu erfahren, wie es mit unseren Ermittlungen steht.«

Sie starrte ihn an, jetzt nicht mehr die liebenswürdige Gastgeberin, sondern die rachsüchtige Witwe. »Ja. Ich hatte schon gehofft, Sie würden von sich aus darauf kommen.«

Also setzten sie sich auf die geradlehnigen Küchenstühle; weil die Tür nicht geschlossen war, hörten sie die gedämpfte Unterhaltung aus dem Wohnzimmer, ohne doch im einzelnen verstehen zu können, was gesagt wurde. Delaney setzte Mrs. Ellerbee ins Bild und schloß:

»Kane und die Otherton scheiden nach meinem Dafürhalten aus. Damit sind noch vier der von Ihnen benannten

Patienten übrig. Deren Alibis werden noch überprüft. Das dauert seine Zeit. Dumm ist, daß wir uns immer noch nicht erklären können, von wem die Fußabdrücke stammen.«

»Was soll denn das heißen?«

»Ihr Mann hat augenscheinlich zwei Besucher gehabt. Ob gleichzeitig oder nacheinander, wissen wir nicht. Noch nicht. Ich möchte Ihnen jetzt noch eine Frage stellen: Hat es Sie gewundert, daß Ihr Mann allen Patienten, die noch offene Rechnungen hatten, ihre Schulden erlassen hat?«

Sie schaute ihn im Dämmerlicht mit großen Augen an, den Mund leicht geöffnet:

»Woher wissen Sie denn das?«

Er erklärte geduldig: »Mrs. Ellerbee, wir untersuchen einen Mordfall. Und in einem solchen Fall muß alles als erheblich angesehen werden, bis bewiesen ist, daß es unerheblich ist. Selbstverständlich gehört dazu auch das Testament Ihres Mannes, denn es hätte ja einen Hinweis auf mögliche Tatmotive geben können. Waren Sie also überrascht davon, daß er ausstehende Honorare kurzerhand gestrichen hat?«

»Nein. Keinen Moment. Er war ein sehr großzügiger Mensch, das entsprach durchaus seinem Charakter.«

»Sie kannten den Inhalt seines Testamentes bereits vor seinem Tode?«

»Selbstverständlich. Er kannte auch mein Testament. Wir hatten voreinander keine Geheimnisse.«

»Sie hatten auch beide denselben Anwalt?«

»Nein, das nun nicht. Simon ließ sich von einem ehemaligen Kommilitonen beraten, den ich, offen gestanden, nicht leiden mochte. Ich habe meinen eigenen Anwalt.«

Delaney beließ es dabei. »Es ist ohnehin nicht von Bedeutung. Nur noch etwas, kennen Sie einen oder mehrere der für die Tat noch in Frage kommenden Patienten persönlich?«

»Was heißt kennen – ich bin vielen Patienten meines Mannes gelegentlich begegnet, meist zufällig und dementsprechend kurz. Haben Sie bei Ihrer Frage an jemand Bestimmten gedacht?«

»Ja. An Miss Joan Yesell.«

»Die mit dem Selbstmordversuch? Ja, der bin ich einmal begegnet. Warum fragen Sie?«

»Weil sie uns möglicherweise ein falsches Alibi untergeschoben hat. Welchen Eindruck hatten Sie von ihr?«

»Ich traf sie ja nur ganz flüchtig, da kann man sich kein Bild von einem Menschen machen. Ich fand sie nichtssagend, wenig attraktiv. Ohne alles ... sagen wir ... Feuer? Aber es war, wie gesagt, eine ganz flüchtige Begegnung. Mein Mann machte uns miteinander bekannt. Weiter war nichts. Und jetzt lassen Sie uns lieber wieder nach nebenan gehen.«

Doch vorher legte sie ihm noch die Hand leicht auf den Arm. »Es ist sehr nett von Ihnen, daß Sie mich auf dem laufenden halten, Mr. Delaney«, sagte sie etwas heiser. »Ich weiß, wie sehr Sie sich bemühen, und Sie sollen wissen, daß ich Ihnen dafür sehr, sehr dankbar bin.« Er nickte und hielt ihr die Tür auf. Sie strich nahe an ihm vorbei, und er roch etwas von ihrem Duft: eine Spur Moschus, die ihn erregte.

Im Wohnzimmer hatten die anderen es sich unterdessen bequem gemacht und saßen ziemlich ermattet in den Polstern.

Delaney fand, es müsse etwas geschehen, und stellte deshalb an Mrs. Ellerbee ebenso wie an Dr. Samuelson die Frage: »Ist Ihnen nie der Gedanke gekommen, daß der Detektiv eine ähnliche Rolle spielt wie der Psychologe? Wir benutzen ähnliche Untersuchungsmethoden – endlose Verhöre, das allmähliche Sammeln von Anhaltspunkten, die von Bedeutung sein mögen oder auch nicht, das Zusammensetzen eines Puzzles zu einem erkennbaren Bild. Würden Sie nicht auch sagen, daß Psychiater und Psychologen Detektive sind?«

Dr. Samuelson richtete sich, plötzlich interessiert, auf.

»Die Methode mag eine ähnliche sein«, sagte er mit seiner leicht quiekenden Stimme, »doch sind die zugrundeliegenden Motive völlig entgegengesetzter Art. Der Detektiv führt eine Kriminaluntersuchung. Er will Schuld nach- und zuweisen. Schuld ist aber ein Wort, das es in diesem polizeilichen Sinn im Lexikon des Psychiaters nicht gibt. Man kann den Patienten nicht für das bestrafen, was aus ihm geworden ist. Im allgemeinen ist er als Opfer zu betrachten, nicht als Verbrecher.«

»Meinen Sie damit, er ist schuldlos?« fragte Delaney absichtlich provozierend. »Ist der Psychopath, der jemand umbringt, völlig ohne Schuld?«

Mrs. Ellerbee meldete sich sehr bestimmt zu Wort: »Was Julie meint, ist nichts anderes, als daß ein Mord als solcher bereits auf das Vorhandensein geistiger oder emotionaler Störungen hindeutet.«

»Ach, ach – die bedauernswerten Buben und Mädchen, die andere Leute über den Haufen knallen, die sollen alle krank sein?« provozierte Delaney weiter. »Sie sollen behandelt, statt bestraft werden? Und wie steht es mit den Kerlen, die sich an Kindern vergreifen, ein bißchen krank, aber keineswegs schuldig?«

Jetzt fiel auch Boone ein, der geradezu in Feuer geriet. »Und was ist mit denen, die für Geld morden? Das ist doch unser tägliches Brot. Irgendein argloser Passant wird totgeschlagen und um eine Handvoll Dollar beraubt. Soll ein solcher Täter straflos ausgehen, bloß weil die Gesellschaft ihm kein Mindesteinkommen garantiert? Glauben Sie, der totale Wohlfahrtsstaat würde dazu führen, daß niemand mehr um Geldes willen mordet? O nein! Die Menschen werden einander immer umbringen, wenn ihnen das Profit einbringt. Und das nicht, weil sie krank sind, sondern unersättlich. Und dagegen hilft am besten die Todesstrafe.«

»Ich halte nichts von der Todesstrafe«, widersprach Rebecca Boone ihrem Mann entschieden.

»Einverstanden«, stimmte Mrs. Ellerbee zu, »Hinrichtung kann die Antwort nicht sein. Daß die Todesstrafe nicht abschreckt, beweist die Statistik.«

»Denjenigen, der hingerichtet wird, schreckt sie gewiß ab«, stichelte Delaney, »der kommt nicht auf Bewährung frei, nur um das nächste Opfer umzubringen. Was man gegen die Psychiater einwenden muß, ist dasselbe, was man auch den

Geistlichen vorwirft: Sie halten jeden für erlösungsfähig. Sie wollten was sagen, Sergeant?«

»Manche Menschen sind von Geburt an bösartig und bleiben es bis an ihr Lebensende. Fragen Sie irgendeinen Polizisten. Der Abschaum dieser Welt kann nicht erlöst werden.«

»Ganz richtig!« sagte Delaney heftig. Und zu Samuelson und Mrs. Ellerbee gewandt: »Was Sie nicht zugeben wollen, ist, daß manche Menschen moralisch so durch und durch verkommen sind, daß ihnen nicht zu helfen ist. Für die ist es ganz natürlich, böse zu sein. Sie suhlen sich förmlich darin! Und ohne solche Menschen wäre die Welt besser dran.«

»Und was gibt es für Verbrechen aus Leidenschaft?« gab Monica zu bedenken. »In einem spontanen Ausbruch unbeherrschbarer Leidenschaft?«

»Meinen Sie vorübergehende Unzurechnungsfähigkeit?« fragte Boone. »Wollen Sie darauf hinaus? Aber das hat ebenfalls sein Bedenkliches. Wir sollen der Bezeichnung Homo sapiens Ehre machen, als vernunftbegabte Wesen unsere primitiven Instinkte beherrschen können. Das versteht man schließlich unter Zivilisation. Ein Verbrechen aus Leidenschaft ist ebenfalls ein Verbrechen, Punktum. Und das Motiv sollte am Urteil nichts ändern.«

Nun wurde das Streitgespräch allgemein, es ging um Schuld, Verantwortung, Todesstrafe, Bewährungsfristen, den Konflikt zwischen Justiz und Gerechtigkeit. Delaney lehnte sich zurück, höchst zufrieden angesichts des heftigen Tumultes, den er da entfesselt hatte. Eine gelungene Party. Endlich ließ er sich selber wieder vernehmen: »Ist Ihnen nie aufgefallen, daß der Anwalt eines auf frischer Tat ertappten Killers unweigerlich auf momentane Unzurechnungsfähigkeit plädiert und zur Untermauerung seiner These eine ganze Kompanie ›freundlicher‹ Psychiater anheuert?«

»Und der Angeklagte verkündet aller Welt, er fühle sich endlich wie neugeboren und wolle fortan ein geläutertes Leben führen«, setzte Boone hinzu.

»Sie«, wandte Delaney sich an die beiden Seelenärzte, »Sie sind allzu bereit, Entschuldigungen für Ihre Patienten zu finden. Weshalb geben Sie nicht zu, daß das Böse in der Welt nun mal existiert? Was war denn ein Hitler Ihrer Meinung nach, ein böser Mensch oder nur geistig gestört?«

»Er war beides«, antwortete Dr. Samuelson. »Seine Krankheit nahm die Form des Bösen an. Wäre er aber rechtzeitig behandelt worden, so hätten Aussichten auf Heilung bestanden.«

Der Streit flammte von neuem auf, und allmählich gelangte man zum Problem des sogenannten Normalen, der jahrelang eine einwandfreie bürgerliche Existenz geführt hatte, dann aber, wie aus heiterem Himmel, eine unerklärliche, besonders grausige Tat beging.

»Ich hatte einmal einen solchen Fall«, erzählte Delaney. »Es handelte sich um einen Zahnarzt aus der Bronx ... Wie es schien, lebte er ohne besonderen gefühlsmäßigen Druck, auch ohne wirtschaftlichen ... ein braver Bürger, ein ruhiger Mensch. Der fing an, sich als Heckenschütze zu betätigen, das heißt, er stieg auf seinen Dachboden und nahm von dorther Passanten unter Feuer. Zwei Tote gab es dabei und fünf Verletzte. Das konnte sich niemand erklären, und ich glaube, er sitzt immer noch in einer geschlossenen Anstalt. Ich selber habe ihn nicht für übergeschnappt gehalten, aber wenn ich ihnen sage, welches Motiv ich bei ihm vermute, lachen Sie mich wahrscheinlich aus. Ich nehme an, er langweilte sich schlicht und einfach. In seinem Leben gab es keinerlei Höhepunkte. Da hat er mit seinem Jagdgewehr auf Passanten geschossen. Das war doch mal was anderes.«

»Eine sehr scharfsinnige Analyse«, bemerkte Dr. Samuelson nicht ohne Anerkennung, »im Fachjargon nennen wir das eine Anomie, einen Zustand der Desorientierung und der Vereinsamung.«

»Deshalb aber noch keine Rechtfertigung für seine Handlungsweise. So was ist und bleibt unentschuldbar. Er war ein kluger Mann und wußte sehr wohl, daß es für sein Tun keine Rechtfertigung gab.«

»Mag sein, er konnte sich gegen den Drang nicht wehren, so etwas kommt vor«, warf Mrs. Ellerbee ein.

Delaney blieb unbekehrbar. »Das ist keine Entschuldigung. Jeder von uns spürt irgendwann im Leben mal so was wie Mordlust, aber wir beherrschen diesen Drang. Ohne Selbstbeherrschung kehren wir in den Dschungel zurück. Die Zivilisation hängt an nichts anderem als an der Selbstdisziplin.«

Mrs Ellerbee sagte mit der Andeutung eines Lächelns: »Nicht alle sind so stark wie Sie, Mr. Delaney.«

»Stark? Ich? Ich bin ein wahrer Schnurrkater. Oder etwa nicht, Monica?«

»Ich verweigere die Aussage, weil ich mich andernfalls selber belasten könnte«, lautete die Antwort.

Mrs. Ellerbee lachte und begab sich in die Küche. Der Tisch wurde zum Abendessen gedeckt.

Das Boeuf bourguignon war in zwei gußeisernen holländischen Brätern angerichtet worden, die man nur mit Handschuhen anfassen konnte. Delaney und Boone trugen sie ins Speisezimmer und stellten sie auf einen passenden Ständer. Dr. Samuelson brachte den Salat und das noch heiße, in Scheiben geschnittene Weißbrot. Dazu gab es 78er kalifornischen Cabernet Sauvignon. Delaney betrachtete versunken das Etikett auf der Flasche. »Wie schön«, sagte er verträumt.

»Die letzten aus der Kiste«, sagte die Gastgeberin bekümmert. »Simon und ich hatten dafür eine große Schwäche. Wir hoben diesen Wein für besondere Anlässe auf. Würden Sie ihn bitte entkorken, Mr. Delaney?«

»Mit Vergnügen. Alle Flaschen?«

»Ja, alle«, sagte sie entschieden. »Wenn Sie den Wein erst mal probiert haben, werden Sie mich verstehen.«

An dem großen Tisch war reichlich Platz für alle; Mrs. Ellerbee verteilte das Fleisch, der Salat wurde in hölzernen Schüsselchen angerichtet.

»Es schmeckt himmlisch«, versicherte Monica, »und Sie werden mir nicht einreden können, daß dies ein gewöhnliches Stew ist.«

»Nun ja, es ist in Wahrheit zerkleinertes Steak. Wer noch etwas möchte, bediene sich bitte selber.«

Alle machten sich hingebungsvoll ans Essen, und doch kam dabei das Gespräch nicht zu kurz. Der Sergeant saß neben Delaneys Frau, seine Frau neben Dr. Samuelson, und Delaney zur Rechten von Mrs. Ellerbee.

Er beugte sich zu ihr und sagte: »Ich hoffe, die Unterhaltung vorhin, all das Gerede über Schuld und Sühne, hat Sie nicht irgendwie getroffen?«

»Ganz im Gegenteil, das Thema fasziniert mich. Es ist nützlich, so unterschiedliche Meinungen zu hören ...«

»Ich bin wohl ein bißchen hart ins Gericht gegangen mit den Analytikern«, gab Delaney zu, »in Wahrheit stehe ich Ihrem Beruf durchaus nicht so ablehnend gegenüber, wie es den Anschein gehabt haben mag, nur ...»

»Ich weiß schon, was Sie in Wirklichkeit beabsichtigten. Sie wollten ein wenig Schwung in die Runde bringen und dafür sorgen, daß nicht alle einschlafen. Das ist Ihnen ausgezeichnet gelungen, und dafür bin ich Ihnen dankbar.«

Er schmunzelte etwas verschämt. »Nun ja, ein bißchen so war es schon ... Übrigens hat mich sehr interessiert, wie ablehnend Sie sich über die Todesstrafe geäußert haben. In gewisser Weise, besonders wenn ich Ihre eigenen Erlebnisse bedenke, war ich davon überrascht.«

Sie antwortete etwas kurz: »Ich bin aus Prinzip dagegen. Simons Mörder soll gefaßt und bestraft werden, mit der momentan geltenden Höchststrafe. Aber im übrigen glaube ich nicht an die Gültigkeit des ›Auge um Auge, Zahn um Zahn‹.«
Delaney blieb die Antwort erspart, denn in diesem Moment hob Dr. Samuelson die Hand und fistelte: »Eine Frage, bitte, wenn es erlaubt ist!« Alle verstummten und wandten sich ihm zu. »Hat jemand etwas dagegen, wenn ich diese köstliche Sauce mit Weißbrot aufstippe?«

Niemand hatte etwas dagegen.

Ganz wie vorhergesagt, leerten sie die Weinflaschen überraschend schnell, auch vom Salat blieb nichts übrig. Nach dem Essen verschwanden die Frauen in der Küche und sperrten die Herren rücksichtslos aus. Es war derweil im Wohnzimmer etwas kühler geworden, und Dr. Samuelson legte neue Scheite ins Kaminfeuer. Dabei erklärte er: »Selbstverständlich gibt es hier auch Zentralheizung, doch Diane stellt den Thermostat gern niedrig ein und läßt das Feuer im Kamin brennen.«

»Ein guter Einfall«, lobte Boone, »ein offenes Feuer hat immer etwas Anheimelndes, mich wundert nur, daß sie kein Kamingitter benutzt wegen der Funken?«

»Irgendwo muß eines sein, ich weiß aber nicht, wo.«

Die Männer saßen um das Feuer herum und starrten in die Flammen.

»Ich hatte schon befürchtet«, sagte Delaney, »all das Gerede über Verbrechen könnte Mrs. Ellerbee verstört haben.«

»Sie ist ein sehr gefestigter Charakter«, meinte Dr. Samuelson, »und über das Trauma, das der Tod ihres Mannes für sie darstellte, ist sie überraschend schnell hinweggekommen. Ich merke ihr nur noch selten an, wie sehr sie dieser Tod getroffen hat. Manchmal sitzt sie reglos da und starrt vor sich hin, was ganz untypisch ist für sie. Doch ist das nur zu erwarten. Es war ein schlimmer Schock, und ganz hat sie ihn noch nicht verarbeitet.«

»Vermutlich hilft ihr dabei ihr Beruf?« sagte Boone.

»Ganz gewiß. Man wird mit den eigenen Problemen leichter fertig, wenn man sich der Schwierigkeiten von anderen annimmt. Das jedenfalls ist meine eigene Erfahrung. Ich meine nicht, daß dies einen völlig immun macht, immerhin ist es aber eine Linderung. Sagen Sie, Mr. Delaney, machen Ihre Ermittlungen Fortschritte?«

»Das möchte ich nicht gerade verneinen. Immerhin zeigen sich Ergebnisse bei der Überprüfung der Alibis, wie Sie sicher von Mrs. Ellerbee wissen. Übrigens habe ich mich noch nicht dafür bei Ihnen bedankt, daß Sie sie überredet haben, uns die Patientenliste zu überlassen.«

Samuelson wehrte ab. »Das habe ich gern getan, glauben Sie mir. Halten Sie denn jemanden, der auf dieser Liste steht, für fähig, einen Mord zu begehen?«

»Das zu sagen wäre verfrüht. Zwei Personen haben wir schon herausgenommen. Jetzt macht uns eine Patientin

Kummer, die uns mit einem falschen Alibi hereinlegen möchte.«

»Wissen Sie Näheres über deren Krankengeschichte?«

»Nur, daß sie depressiv ist und mehrmals versucht hat, sich das Leben zu nehmen. Zuletzt unmittelbar nach der Befragung durch uns.«

Der Psychiater blickte zweifelnd drein. »Hm ... es mag ja sein, daß sie diejenige ist, die Sie suchen, doch will mir das wenig einleuchten. Mir selber ist kein einziger Fall bekannt, in dem jemand, der ernstlich zum Selbstmord neigte, sich in einen Mörder verwandelt hätte. Ich will nicht behaupten, dies sei ausgeschlossen, aber prinzipiell haben der potentielle Mörder und der potentielle Selbstmörder wenig gemeinsam. Indessen, das menschliche Verhalten unterliegt unendlichen Variationen, lassen Sie sich also bei Ihren Nachforschungen nicht durch mich beeinflussen.«

»Nun, das werden wir nicht«, entgegnete Delaney, »wir machen weiter, bis wir ans Ziel kommen.«

Als die Frauen zurückkamen, wurde das Gespräch noch einmal allgemein, doch fing Delaney einen Blick seiner Frau auf und erklärte kurz darauf, es sei wohl an der Zeit aufzubrechen, man müsse am Samstag unter Umständen doch mit starkem Verkehr rechnen. Mrs. Ellerbee protestierte, aber nicht sehr. Sie bedankten sich herzlich bei ihr für die gastfreundliche Aufnahme, das vortreffliche Essen und beglückwünschten sie noch einmal zu ihrem sehr schönen Haus.

»Kommen Sie im Frühling oder im Sommer wieder«, drängte Mrs. Ellerbee, »dann ist es überall grün. Das wird Ihnen gefallen.«

»Ganz gewiß«, versicherte Monica. Sie und Rebecca umarmten Mrs. Ellerbee zum Abschied, und schon fuhren sie davon.

Unterwegs fragte Delaney: »Glaubt ihr, daß Samuelson das Wochenende draußen verbringt?«

»Was hast du denn dabei für schmutzige Gedanken, du lüsterner Greis! Warum sollte er nicht?« empörte sich seine Frau.

»Drei Dienstboten hat sie«, sagte Boone nachdenklich, »das polnische Paar und ihn, Samuelson.«

»Das ist Ihnen also auch aufgefallen. ›Julie, mach die Drinks zurecht‹, ›Julie, bring den Kaffee!‹ Und er springt.«

»Ich glaube, er liebt sie«, sagte Rebecca.

»Und warum nicht?« meinte Monica. »Schließlich ..., ein Witwer und eine Witwe, was könnte besser passen? Noch dazu, wo sie gemeinsame Interessen haben, schon rein beruflich?«

»Der ist doch viel zu alt für sie«, lehnte Boone ab.

»Meinen Sie? Ich finde, auf ihre Art ist sie älter als wir alle zusammen. Aber ein wunderbares Haus ist es schon«, sagte Delaney.

»Für meinen Geschmack etwas zu gestylt«, widersprach Rebecca. »Haben Sie bemerkt, daß sie unentwegt die Aschenbecher leerte? Es war wie ... wie ein Bühnenbild.«

»Tja, wenn Sie sich nach überquellenden Aschenbechern sehnen, sollten Sie noch auf einen Sprung zu uns hereinkommen«, forderte Delaney sie auf.

21

Konigsbacher mußte sich eingestehen, daß er in seinen vierzehn Dienstjahren keinen so guten Job gehabt hatte wie derzeit mit Symington. Der erwies sich als durchaus nicht so übel. So verfügte er allem Anschein nach nicht nur über reichlich Geld, nein, er gab es auch großzügig aus. Er bezahlte anstandslos in allen Lokalen, welche sie besuchten, die Rechnung. Wo immer sie auch hinfuhren, bestellte er ein Taxi, und sei es auch nur für eine Strecke, die man bequem hätte zu Fuß zurücklegen können. Zudem gab er generöse Trinkgelder, und seit neuestem machte er Konigsbacher Geschenke.

Zunächst drängte er ihm eine Flasche Frangelico auf, die Ross unbedingt probieren müsse; es folgten ein schweres

Armband mit Namensschild aus Silber, ein Pullover aus Kaschmirwolle, eine Krawatte, entworfen von der Gräfin Mara, ein Gürtel aus Eidechsenleder, ein schwerer Schal aus feinstem Foulard. Nun war es bereits die Regel, daß Symington seinen Beschatter bei jedem Zusammentreffen mit einem geschmackvollen Präsent beglückte.

Auch in Symingtons Wohnung war Konigsbacher gewesen, und die hatte ihn fürwahr außerordentlich beeindruckt. Einmal hatte Symington dort ein Essen für sie bereitet – ein Filet mignon, wie es der Detektiv nie zuvor gekostet hatte.

Weil er keine Lust hatte, von diesem Posten abberufen zu werden, fütterte Konigsbacher Sergeant Boone mit Berichten, die von getürkten Behauptungen nur so strotzten, im Grunde aber nichts besagten. Allein, der Sergeant war so leicht nicht aufs Kreuz zu legen, und zuletzt hatte er Konigsbacher befohlen, endlich mit Resultaten aufzuwarten: entweder bestätige er das Alibi von Symington, oder er widerlege es. Punkt. Ross begab sich dementsprechend an die Arbeit, wenn auch unwillig.

Bei seinem ersten Besuch im *Hengst* – bislang hatte er dort keinen Fuß hineingesetzt – bestellte er an der Bar ein Bier und schaute sich um. Symington hatte recht – eine solche Ansammlung von schwarzem Leder dürfte einmalig sein. Die Typen, die sich hier herumtrieben, wollten ausnahmslos den Anschein erwecken, sie gehörten zu Motorradbanden; ihre Lederkleidung knarrte bei jeder Bewegung, und noch an den Manschetten blinkten Reißverschlüsse.

Konigsbacher fragte den Keeper, der sein Haar rot gefärbt trug, lässig: »War Nick mal wieder da?«

»Welcher Nick, Schatz? Ich kenne mindestens drei Nicks?«

»Na, der Junge, der unbedingt Schauspieler werden will.«

»Ah, der! Der ist immer mal wieder hier.«

»Ich suche Statisten für einen Werbefilm. Wenn er vorbeikommt, sag ihm Bescheid, okay?«

»Wie kann er dich erreichen?«

»Mein Name ist Ross, und ich bin in nächster Zeit öfter mal hier.«

Der Keeper nickte. Vornamen reichten hier aus, Adressen, Telefonnummern und ähnliches waren tabu.

Der Detektiv verbrachte nunmehr den größten Teil seiner Zeit im *Hengst,* nuckelte an seinem Bier und traf sich erst spät am Abend mit Symington – zum Essen. Konigsbacher fühlte sich allmählich recht wohl in der ungewohnten Umgebung. Man wurde schon angetörnt, wenn man bloß tief Luft holte, und wäre ihm daran gelegen gewesen, sich einen Namen als Rauschgiftfahnder zu machen, im *Hengst* hätte er sich einige Sporen verdienen können.

Erst nach fünf Tagen schlenderte ein Bürschchen an seinen Tisch, dessen Bürzelschnitt so stark pomadisiert war, daß es ausgereicht hätte, damit die Queen Elizabeth zu schmieren. Er trug hautenge, abgeschabte Jeans, ein T-Shirt mit abgeschnittenen Ärmeln und ein lockeres, breites Lederarmband, das mit Nieten beschlagen war.

»Du, Ross?« näselte er mit halbgeschlossenen Augen, offenbar in der Überzeugung, den jugendlichen Marlon Brando darzustellen.

»Stimmt.« Der Detektiv betastete seinen blonden Schnurrbart: »Du, Nick?«

»Könnte sein. Sidney sagt, du machst 'nen Werbefilm?«

»Setz dich. Willst du ein Bier oder lieber einen Banana-Brandy?«

Der Junge glotzte. »Woher weißt du das mit dem Banana-Brandy?«

»Ein kleiner Vogel hat's mir ins Ohr gesungen. Also, setzt dich.« Nick zog mißtrauisch einen Stuhl heran.

»Du siehst mir überhaupt nicht aus wie'n Filmfritze.«

»Bin ich auch nicht. Ich bin Bulle.« Als Nick Anstalten machte aufzustehen, packte er ihn am mageren Handgelenk und zwang ihn zurück auf den Stuhl. »Sei brav, Jungchen. Du hast ein feststehendes Messer bei dir, man sieht es deutlich in deiner Hosentasche. Schon allein deshalb könnte ich dich festnehmen. Kann sein, dir passiert nichts, aber auf alle Fälle hättest du einen Haufen Ärger. Womöglich sitzt du eine Nacht im Käfig, und was die Typen, die da versammelt sind, mit dir machen, kannst du dir ja denken. Also, was meinst du dazu?«

So leicht war der Junge indessen nicht einzuschüchtern.

»Zeig mal deine Hundemarke.« Konigsbacher ließ ihn einen Blick darauf werfen, vorsichtig, damit niemand von den anderen Gästen etwas bemerkte.

»Okay, du bist also Bulle. Was willste?«

Symington hat nicht übertrieben, als er die Artikulation des Burschen ›grauenhaft‹ genannt hatte.

»Antwort auf ein paar Fragen. Geht ganz schnell. Erinnerst du dich an den Freitagabend im November, als es so fürchterlich geregnet hat? Und gestürmt? Du warst an diesem Abend hier.«

»Soll das 'ne Frage sein, oder is das 'ne Behauptung?«

»Eine Frage. Unwetter im November. Ein Freitagabend. Ein Kunde kam rein und hat für dich mehrere Banana-Brandys ausgegeben. So zwischen neun und zehn.«

»So? Un wie sah er aus?«

Konigsbacher beschrieb Symington: spärliches Haar, schlaffe Züge, kleine Augen, Neigung zu Fettleibigkeit, vermutlich ein schweres goldenes Armband am Handgelenk.

»Was hat er'n gedreht?«

»Erinnerst du dich an so einen Kerl?« wiederholte Konigsbacher geduldig.

»Weiß nich.« Der Jüngling zuckte die Achseln. »Ich lerne hier jede Menge Leute kennen.«

Der Detektiv beugte sich breit lächelnd vor und sagte leise zwischen den Zähnen hindurch: »Jetzt hör mal gut zu, Jüngelchen, wenn du mich verarschen willst, nehme ich dich mit, in Handschellen. Aber nicht aufs Revier, sondern bloß in die nächste Gasse. Und da trete ich dir in die Zwölf, daß du für den Rest deiner Tage Sopran singst. Wenn du es nicht glauben willst, mach die Probe.«

»Na ja«, gestand der ›Jungschauspieler‹ unlustig, »ich hab so 'ne Tunte getroffen. Alt und fett. Hat was ausgegeben.«

»Wie hieß er?«

»Weiß ich nich mehr.«

»Gib dir Mühe. Aber richtig.«

»Victor ...?« schlug der Jüngling vor.

»Noch mehr Mühe.«

»Vince ...?«

Konigsbacher tätschelte ihm die Wange. »Braver Junge.«

Für den Detektiv war nunmehr klar, daß Symington ein Alibi besaß, zumal er keinen Augenblick an dessen Täterschaft geglaubt hatte. Mit einem Hammer würde Vince nie im Leben jemanden erschlagen. Er könnte, falls überhaupt, zum Messer greifen, der Waffe einer Frau. Aber niemals zu einem Hammer.

Damit, so überlegte er, wären wir am Ende. Jetzt muß ich meinen abschließenden Bericht schreiben, und es ist aus mit dem schönen Leben. Ein neuer, öder Fall, keine Kaschmirpullover mehr und keine köstlichen Mahlzeiten in exklusiven Lokalen, keine Besuche in Symingtons toller Wohnung. Aber mußte es wirklich so enden? Gab es nicht doch noch Möglichkeiten, diese Freuden auch weiterhin zu genießen? Symingtons Alibi wollte er bestätigen, das war er ihm schon schuldig, aber das brauchte nicht unbedingt das Aus zu bedeuten. Mit wiedererwachter Zuversicht machte Konigsbacher sich auf den Weg zum ›Dorian Gray‹. Was Vince ihm wohl diesmal mitgebracht hatte?

Keisman und Jason hielten Harold Gerber für total verrückt, aber nicht für den Mörder von Dr. Ellerbee. Keisman bezeichnete Gerbers Geständnis zutreffend als »vier Pfund Schiet in einer Zweipfundtüte«.

Der Vietnamveteran kannte die unveröffentlichten Begleitumstände der Mordtat nicht genug, um ein glaubhaftes Geständnis zu fabrizieren. Delaney indessen bestand darauf, daß Gerbers Unschuld positiv nachgewiesen werde, und um diesen Nachweis zu führen, machten die beiden Beamten sich auf den Weg.

Die katholische Bibel bot nur eine sehr dürftige Spur. Keiner von beiden sah mehr als einen nebulösen Hinweis darin, und wenn sie sich überhaupt damit befaßten, dann einzig, weil sie außer der Bibel überhaupt keinen anderen Anhaltspunkt besaßen.

Im Branchenadreßbuch von Manhattan fanden sie unter ›Kirchen römisch-katholisch‹ 103 Eintragungen, manche recht sonderbar, etwa ›Kirche vom köstlichen Blute‹ oder ›Zur Lieben Frau, unserer Hilfreichen Madonna‹ und so fort. 103 Kirchen aufzusuchen schien eine gewaltige Anstrengung zu fordern, doch als sie erst mal diejenigen im Umkreis von Greenwich Village herausgesucht hatten, sah die Sache schon anders aus.

Keisman nahm sich die östlich der 6. Avenue gelegenen vor, Jason die westlichen. Ausgerüstet mit ihrem Foto von Harold Gerber wandten sie sich an Priester, Küster, Hausmeister und überhaupt an jeden, der Gerber hätte gesehen haben können, falls er zur Tatzeit hier irgendwo seine Andacht verrichtet haben sollte.

Es war stumpfsinnigste Routine, Pflastertreten, Klingeln, Fotos herzeigen, die immer gleichen Fragen stellen: »Kennen Sie diesen Mann? Besucht er Ihre Kirche? Haben Sie schon mal den Namen Harold Gerber gehört?«

Manche Kirchen waren verschlossen, dann mußten die beiden Männer so oft zurückkommen, bis sie sie geöffnet fanden und jemandem ihre Fragen stellen konnten. Sie beschränkten sich gleichwohl auf einen Achtstundentag und trafen sich um 17 Uhr auf einige Gläser Bier mit Gerber. Sie sagten ihm nicht, womit sie sich beschäftigten, und er wiederholte klagend die immer gleiche Frage: »Wann nehmt ihr Kerle mich endlich fest?«

»Bald, Harold«, trösteten sie ihn. »Bald.«

Nach vier Tagen glaubten sie schon, sie würden niemals fündig werden. Dann hatte Keisman Glück. Er traf in einem mehr einer Kapelle ähnelnden Gebäude in der 11. Straße auf einen ältlichen kleinen Mann, der die Messingbeschläge und ähnliches zu polieren und darauf zu achten hatte, daß die elektrischen Kerzen brannten. Nachdem er Keismans Ausweis betrachtet hatte, richtete er seine Aufmerksamkeit auf das Foto von Gerber und fragte krächzend: »Weshalb wird der Mann gesucht?«

»Er wird nicht gesucht, nicht in dem Sinn, in dem Sie es meinen. Er ist als vermißt gemeldet, und seine Eltern möchten wissen, wo er steckt. Das leuchtet Ihnen gewiß ein?« log Keisman geläufig.

»O ja, o ja«, versicherte der kleine Mann, ohne die Augen auch nur einmal von dem Foto zu wenden, »ich habe selber Söhne, ich kann es ihnen gut nachfühlen. Was macht dieser Junge denn?«

»Was heißt, was macht er?«

»Na, er wird doch einen Job haben.«

»Im Moment ist er, soweit wir wissen, erwerbsunfähig. Ein Veteran aus Vietnam, im Kopf etwas wirr.«

»Versteht sich, versteht sich. Vietnam sagten Sie?«

»Hm, ja.«

»Und katholisch ist er?«

»Stimmt.«

Der Alte seufzte. »Da wenden Sie sich am besten an den Geistlichen. Also ein richtiger Priester ist er nicht, oder besser, er hat keine eigene Gemeinde. Aber Gottesdienst halten darf er.«

Keisman hörte geduldig zu.

»Dieser Geistliche«, der kleine fand an seiner langwierigen Erklärung mehr Gefallen als Keisman, »dieser Geistliche, Pater Gautier heißt er oder Grollier, der hat ein Heim für Vietnamveteranen aufgemacht. Da können sie rumsitzen, wenn es draußen kalt ist, bekommen etwas zu essen und manchmal auch ein Feldbett. Nicht, daß ich ihm was Schlechtes nachsagen will, er tut Gutes, aber es hat nicht die richtige Ordnung, wenn Sie mich verstehen ...«

»Woher hat er denn das Geld? Ich meine für Essen, Heizung, Feldbetten und so? Zahlt das die Kirche?«

»Sie scherzen wohl, guter Mann! Das sammelt er. Hier und da und was weiß ich wo. Irgendwie bringt er es zusammen.«

»Sehr interessant. Wo ist denn dieses Heim?«

»Genau weiß ich es nicht. Irgendwo bei der Houston Street. Im Süden. Die genaue Adresse kenne ich nicht.«

Keisman bedankte sich, und er und Jason waren sich darüber einig, daß sie hier die erste und bisher einzige brauchbare Spur gefunden hatten. Sie hängten sich ans Telefon. Doch weder bei der Diözese, noch bei katholischen Hilfsorganisationen oder Veteranenvereinigungen konnte man ihnen Näheres über einen Priester sagen, der auf eigene Faust ein Heim für Vietnamveteranen in der Gegend südlich der Houston Street unterhielt.

Bis dann doch der Hinweis kam: Ein Pater Frank Gautier hatte einen ehemaligen Laden in der Mott Street gemietet, einen Block von der Houston Street entfernt.

»Das ist in Little Italy«, sagte Jason. »Da bin ich früher Streife gegangen.«

Sie fanden den Laden, der aussah wie ein Vereinslokal der Mafia: Die Schaufensterscheibe mit grüner Farbe zugekleistert, nirgendwo ein Schild, kein Name. Die Tür allerdings war unverschlossen, und die beiden schoben sich hinein. Der Laden war sehr geräumig, es mochte ein Fleischergeschäft gewesen sein, die Wände waren gekachelt, der Fußboden gedielt, die Decke mit Blech beschlagen.

Immerhin war es warm, ja überheizt. Anwesend waren etwa ein Dutzend Männer, die Hälfte Farbige, sie lasen Taschenbücher, dösten, spielten Karten. Alle sahen sehr heruntergekommen aus, bei vielen fehlten die Schnürsenkel in den Stiefeln, ihre Jeans und die alten Feldjacken waren zerrissen, einer war offensichtlich Transvestit, er trug Frauenkleider und eine Federboa.

Niemand blickte auf, als die beiden eintraten, und Keisman erkundigte sich bei einem Mann, der ein uraltes Exemplar des Wall Street Journal studierte, ob Pater Gautier anwesend sei.

Der Mann blickte schweigend auf, schaute die Neuankömmlinge an und rief ins Nebenzimmer hinüber: »He, Papa! Zwei neue Fische für dich!«

Der Mann, der von dort herauswatschelte, hatte den Umriß einer reifen Birne. Seine langärmelige schwarze Bluse endete in einem weißen Priesterkragen, und die Jeans wurden von einem breiten Cowboygürtel mit schwerer Schnalle gehalten. Er hatte dichtes pfeffer- und salzfarbenes Kopfhaar und trug dazu einen mächtigen Bart.

»Sind Sie Pater Gautier?« fragte Jason.

»Der bin ich«, seufzte der Kleriker, »wer hat nun wieder was wem angetan?«

»Unseres Wissens niemand.« Keisman hielt ihm Gerbers Foto hin. »Kennen Sie den?«

Gautier sah sich Gerber an, blickte die beiden Beamten an und fragte: »Haben Sie Geld?«

Beide schauten verdutzt.

»Geld«, wiederholte der Pater ungeduldig, »Kies, Kohle, Sie wollen Informationen. Gut. Aber nix Kohle, nix Auskunft. Glauben Sie mir, es dient einem guten Zweck, und belohnt werden Sie dafür im Himmel – oder sonstwo.«

Jason und Keisman zückten ihre Brieftaschen und boten jeder eine Fünfdollarnote. Gautier griff eifrig danach.

»Du da, Jizzy!« rief er einem der dösenden Farbigen zu. »Lauf zu Vic und schaff uns einen Schinken her! Sag ihm, der ist für uns, und wenn er wieder so fett ist wie der letzte, demolieren wir ihm seine Bude!«

»Yassa, Massa«, sagte der Schwarze und salutierte mit dem Zeigefinger.

»Und ihr beide kommt mit mir.« Er ging voran ins Nebenzimmer, eine Art Büro, chaotisch und kaum größer als ein begehbarer Schrank. Er machte die Tür zu und sagte ohne Umschweife: »Ja, ich kenne ihn. Harold Gerber ist das. Hat er was ausgefressen?«

»Das kann man noch nicht sagen, Pater. Wir haben nur den Auftrag festzustellen, wo er an einem bestimmten Tag gewesen ist, an einem Freitagabend im November nämlich.«

»Da war er hier.«

»Moment mal«, sagte Jason, »Sie wissen ja gar nicht, welchen Freitag wir meinen!«

Der Priester schüttelte den Kopf. »Brauche ich auch nicht.

Harold ist jeden Freitagabend hier. Und zwar jetzt schon seit mehr als einem Jahr.«

Die Beamten wechselten einen Blick.

»Weshalb gerade freitags?« fragte Keisman.

Gautier gab Keismans Blick zurück. »Weil ich freitags die Beichte höre.«

»Wollen Sie behaupten, Gerber hätte seit länger als einem Jahr jeden Freitagabend gebeichtet?«

»Ich will das nicht behaupten, ich behaupte es. Jeden Freitagabend. Das können Sie glauben oder auch nicht. Tun Sie es nicht, ziehe ich einen Talar an, gehe zum nächsten Gericht und gebe eine eidesstattliche Erklärung dieses Inhalts ab.«

»Das wird kaum nötig sein, Pater«, beruhigte ihn Keisman. »Um welche Zeit kommt er für gewöhnlich her?«

»Um neun so was. Ich höre die Beichte von acht bis zehn. Er bleibt meist noch nachher eine Weile mit den Jungs zusammen, und wenn er kann, läßt er mir ein paar Dollar da.«

»Sie wußten, daß er in psychiatrischer Behandlung war, Pater?«

»Klar wußte ich das. Ich hab ihm dazu geraten.«

»Wozu brauchte er Sie dann noch, wenn er doch zu einem Psychiater ging, verzeihen Sie die direkte Frage.«

»Weil er katholisch erzogen worden ist, Das wird man nicht so leicht los.«

»Hat er durch diese Therapie Fortschritte gemacht?«

Der Priester wurde ärgerlich. »Fortschritte! Fortschritte! Machen Sie welche? Mache ich welche? Was soll dieser Scheiß überhaupt! Wir sind doch alle schon zufrieden, wenn wir überleben, oder?«

Jason entgegnete sanft: »Da mögen Sie recht haben, Pater. Wir sind ihnen sehr dankbar dafür, daß Sie uns Ihre Zeit geschenkt haben, und im übrigen wissen wir nun, was wir wissen wollten.« An der Tür drehte Keisman sich um. »Wer kocht eigentlich bei Ihnen?«

»Ich selbstverständlich«, sagte der Pater. »Warum, glauben Sie, bin ich so fett? Ich muß abschmecken.«

Jason hob schmunzelnd einen Arm. »Friede sei mit dir, Bruder.«

»Und mit euch«, erwiderte der Geistliche feierlich. »Und Dank für den Schinken. Damit ersparen Sie uns ein weiteres Abendbrot mit Erdnußbuttersandwiches.«

Auf dem Weg zum Wagen bemerkte Jason: »Ein netter Kerl. Oder meinst du, er hat uns angeschmiert? Um Gerber zu schützen?«

»Der kann gar nicht lügen«, behauptete Keisman. »Gerber tut bestimmt genau, was Gautier sagt – jeden Freitag beichtet er.«

»Eine verrückte Welt.«

»Und sie wird jeden Tag verrückter. Übernimmst du den Bericht für Delaney?«

»Mach ich gleich heute abend. Was passiert jetzt?«

»Jetzt gehen wir auf ein paar Bier mit Gerber. Der arme Hund!«

Benjamin Calazo lümmelte sich in der übelriechenden Halle einer Absteige auf der 23. Straße. Er wartete auf Betty Lee, die chinesische Nutte, mit der Ronald Bellsey es zweimal wöchentlich trieb; Betty Lee war wie jeden Tag ihre Mutter besuchen gegangen. Mama-san wohnte in der Pell Street und sah aus, als wäre sie mindestens hundert Jahre alt.

Calazo hatte Betty Lee etliche Tage beschattet und meinte, ihren Fahrplan nun genau zu kennen. Gegen 9 Uhr verließ sie das Hotel, frühstückte in einem nahe gelegenen Delikatessenladen und nahm von hier ein Taxi nach Chinatown. Den Vormittag verbrachte sie bei Mama, der sie gelegentlich Blumen brachte oder auch eine Peking-Ente. Eine brave Tochter, wie man sieht.

Um die Mittagszeit war sie wieder im Hotel, und dann kam auch schon der erste Freier, offenbar in seiner Mittagspause. Es folgte bis gegen 16 Uhr ein Kunde auf den anderen; dann ließ das Geschäft nach, und Betty Lee ging zum Essen aus. Nach 17 Uhr wurde der Verkehr wieder lebhafter, und gegen 2 Uhr früh machte Betty Lee Feierabend.

Soweit Calazo gesehen hatte, ging sie nicht auf die Straße, sondern bediente eine Art Stammkundschaft, meist ältliche Knaben mit Bauch und Zigarre. Hin und wieder traten auch junge Bürschchen in Erscheinung, die sich möglichst unauffällig verhielten und ihren Auftritt rasch hinter sich brachten, offenbar von der Angst getrieben, jeden Moment einer Razzia zum Opfer zu fallen.

Betty Lee entsprach in keiner Weise dem Bild, das Calazo sich von der idealen Hure machte. Sie war klein und beleibt, ihre Kleider sahen aus, als stammten sie von der Heilsarmee. Immerhin mußte sie über verborgene Qualitäten verfügen, welche ihrer Kundschaft zusagten. Calazo dachte sich aus, daß sie neckische Spiele mit Eßstäbchen vollführte, möglich ist alles.

Als sie hereinkam, faltete Calazo die Zeitung, hievte sich aus dem Sessel und folgte ihr in den Fahrstuhl. Der Lift setzte sich in Bewegung. Calazo wußte, daß sie das Appartement 8 D hatte. Er grüßte höflich: »Guten Tag.«

Sie lächelte stumm zurück.

Auf ihrem Stockwerk angelangt, folgte er ihr bis zu ihrer Wohnungstür. Sie drehte sich zu ihm herum und sagte schroff: »Hau ab!« Darauf zeigte er seinen Dienstausweis vor.

»Scheiße«, seufzte sie, »schon wieder? Wieviel soll es heute sein?«

»Ich will kein Geld von dir, Betty.«

»Soll ich dir einen blasen?« fragte sie hoffnungsvoll.

Er lachte. »Nein, ich will mich bloß ein bißchen mit dir unterhalten.«

»In einer Viertelstunde kommt ein Kunde.«

»Soll er warten. Wollen wir uns hier im Korridor unterhalten, oder lieber in deiner Wohnung?«

Die kleine Wohnung sah ungemein proper aus, nirgends lag Staub, was aus Metall war, blinkte frisch poliert. Es gab einen kleinen Kühlschrank, und an der Wand hing ein Foto von Kennedy, gerade über dem Bett. Das verblüffte Calazo.

»Willst du ein Bier?« fragte sie.

»Gern, ein Bier wäre mir sehr recht.«

Mit der Bierdose in der Hand, in seinem alten Wintermantel und dem zerbeulten Hut auf dem Kopf saß er im Sessel und bemerkte nachdenklich: »Du hast hier ein hübsches Geschäft, Betty. Wohnen deine Kunden alle in der Nachbarschaft?«

Erstaunt darüber, daß er eine solche Frage stellte, sagte sie: »Wo denn sonst? Dazu der Lump da unten am Empfang und der Kerl, dem die Bude hier gehört. Anders geht es nun mal nicht.«

»Hm, hm. Da hast du wohl recht. Ich beobachte dich jetzt seit Tagen. Du hast lauter Stammkunden?«

»Meistens. Hin und wieder Laufkundschaft. Auch Bekannte von Bekannten.«

»Unter deinen Stammkunden ist ein gewisser Ronald Bellsey?«

»Die Nachnamen kenne ich nicht.«

»Versteht sich. Bleiben wir also bei Ronald. Kommt zweimal wöchentlich. Ein bulliger Kerl. Ehedem Boxer.«

»Schon möglich«, antwortete sie zurückhaltend.

»Was für 'ne Sorte ist er?«

»Ein Schwein ist er«, platzte sie heraus.

»Und was für eins!« bestätigte Calazo heiter. »Er tut dir weh, was?«

»Woher weißt du?«

»Er ist ganz der Typ, und ich möchte ihn mir vorknöpfen, Betty. Mit deiner Hilfe.«

»Willst du ihn verhaften?«

»Keine Spur.«

»Ihn totmachen?«

»Nichts dergleichen. Er soll lernen, sich anständig zu benehmen.«

»Und das willst du ihm hier beibringen?«

»Genau.«

»Dann macht er mich hin. Wenn du ihn dir hier vornimmst, ohne ihn umzubringen, kommt er zurück und bringt mich um.«

»O nein, Puppe. Wenn ich mit ihm fertig bin, kommt er dir

garantiert nicht mehr unter die Augen. Allerdings verlierst du damit einen Freier.«

»Das Ganze gefällt mir nicht.«

»Es wird dir aber gefallen müssen, Betty. Ich will dein Geschäft nicht ruinieren, glaube mir. Ich will weiter nichts, als diesem Haufen Scheiße eine Lehre erteilen. Sollte er wirklich jemals wiederkommen, kannst du immer noch sagen, die Bullen haben dich dazu gezwungen.« Darüber dachte sie ein Weilchen nach, nahm auch eine Flasche Süßwein aus dem Kühlschrank und nippte an ihrem Glas. Calazo wartete geduldig.

»Wenn er mir wirklich lästig fällt, kann ich noch immer nach Baltimore verschwinden. Da hab ich 'ne Schwester. Sie ist auch freiberuflich tätig.«

»Na, um so besser, aber glaub mir, der traut sich bestimmt nicht wieder her. Nicht, wenn ich ihn mir vorgeknöpft habe.«

Sie holte tief Luft. »Wie willst du das denn anstellen?«

Er erläuterte ihr, was er beabsichtigte. Sie hörte aufmerksam zu.

»Das könnte gehen. Und nimm ihn richtig in die Mangel.«

Venable und Estrella tauchten unangemeldet bei Mrs. Gladys Ferguson auf, denn sie wollten vermeiden, daß Mrs. Ferguson ihre Freundin Blanche Yesell anriefe und fragte, was es denn zu bedeuten habe, daß zwei Polizeibeamte sich nach der Bridgerunde erkundigten.

Mrs. Ferguson war eine hochgewachsene, sehr würdige Dame so um die Achtzig. Sie benutzte einen Gehstock und trug einen orthopädischen Schuh; sie behandelte ihre Besucher, nachdem sie sich ausgewiesen hatten, zwar höflich, doch distanziert.

»Dürfen wir Ihnen einige Fragen im Zusammenhang mit einer Ermittlung stellen, Madam?« begann Estrella.

»Was ist das für eine Ermittlung? Ich bin in keinen Kriminalfall verwickelt.«

»Selbstverständlich nicht, es handelt sich darum zu überprüfen, wo gewisse Zeugen sich zur Tatzeit aufgehalten haben.«

»Weiter wollen Sie mir nichts sagen?«

»Ich fürchte, das ist alles.«

»Wird man mich bei einer Gerichtsverhandlung als Zeugin benennen?«

Helen Venable versicherte hastig: »Davon kann keine Rede sein, Mrs. Ferguson. Wir brauchen auch kein Protokoll von Ihnen. Nur eine Information.«

»Nun gut. Was wollen Sie wissen?«

»Stimmt es, Madam«, fragte Estrella, »daß Sie regelmäßig freitags mit Bekannten Bridge spielen?«

Mrs. Ferguson bezwang mit Mühe ihre Gereiztheit. »Seit wann gilt regelmäßiges Bridgespielen als kriminelle Tätigkeit?«

Helen Venable war ebenfalls gereizt.

»Wenn Sie uns Fragen stellen, statt unsere zu beantworten, Mrs. Ferguson, müssen wir Ihre Zeit unnötig lange in Anspruch nehmen. Bitte haben Sie die Güte zu antworten. Spielen Sie mit Bekannten regelmäßig freitags abends Bridge?«

»Ja, das tue ich.«

Estrella: »Jeden Freitag?«

»Richtig.«

Venable: »Seit wann kommt dieser Kreis zusammen?«

»Seit fast fünf Jahren. Anfangs spielten wir an zwei Tischen, aber einige Damen sind gestorben oder weggezogen. Jetzt sind wir nur noch vier.«

Estrella: »Und in all dieser Zeit ist niemals ein Bridgeabend ausgefallen?«

»Niemals. Darauf sind wir sehr stolz.«

Venable: »Und sind alle derzeitigen Mitspielerinnen schon von Anfang an dabei?«

»Nein. Es hat da einige Veränderungen gegeben, doch wir vier, die wir jetzt zusammenkommen, spielen seit ... seit über zwei Jahren regelmäßig.«

Estrella: »Darf ich davon ausgehen, daß der Abend jeweils in einer anderen Wohnung stattfindet?«

»Ja, Sie dürfen. Sie sollten mir endlich sagen, was Sie wirklich wissen wollen!«

Estrella: »Erinnern Sie sich an einen Freitagabend im November, Anfang November – wir hatten damals ein sehr übles Unwetter?«

»Mein Gedächtnis funktioniert ausgezeichnet, junger Mann, ich erinnere mich an jenen Freitag sehr gut, weil wahre Sturzbäche niedergingen.«

Venable: »Und trotz des Unwetters kamen Sie auch an diesem Freitag wie gewöhnlich zusammen?«

»Sie hören mir offenbar nicht zu, junge Dame. Ich sagte bereits, daß wir in fast fünf Jahren keinen Bridgeabend haben ausfallen lassen.«

»Und in wessen Wohnung fand an diesem Abend das Spiel statt?«

»Hier bei mir. Eben deshalb erinnere ich mich so genau daran. Eigentlich wollten wir in einer anderen Wohnung spielen, aber weil das Wetter so miserabel war, habe ich die anderen Damen gebeten, hierher zu kommen.« Sie stieß mit dem Stock gegen den orthopädischen Schuh. »Bei solchem Wetter kann ich schlecht auf die Straße gehen. Die Damen waren einverstanden; es war nicht zuviel verlangt, denn alle wohnen in Gehnähe.«

Venable: »Wo sollte der Bridgeabend ursprünglich stattfinden?«

»Bei Mrs. Blanche Yesell.«

Venable: »Die dann statt dessen herkam.«

»Muß ich denn alles zweimal sagen? Ja, sie kam her, ebenso wie die beiden anderen Damen.«

»Entschuldigen Sie, Mrs. Ferguson, uns liegt außerordentlich viel daran, daß es keine Mißverständnisse gibt. Um welche Zeit treffen die Damen für gewöhnlich ein?«

»Das Spiel beginnt pünktlich um halb neun. Die Damen kommen aber meist schon etwas früher. Punkt halb elf ist Schluß. Danach reicht die jeweilige Gastgeberin Tee und Gebäck. Und gegen elf gehen wir für gewöhnlich auseinander.«

Helen Venable holte ein Notizbuch hervor. »Wir wissen,

daß Sie selbst und Mrs. Blanche Yesell an dieser Runde teilnehmen. Würden Sie uns freundlicherweise die Namen der beiden anderen Damen nennen?«

»Muß das sein?«

Estrella: »Ja, es muß sein. Sie sind uns bei der Aufklärung eines Kapitalverbrechens behilflich, Madam. Da werden die Ermittlungen sehr gewissenhaft geführt, wie Sie sich denken können.«

»Sehr sonderbar – die ›Vier Musketiere‹ in ein Kapitalverbrechen verwickelt – so nennen wir uns nämlich, die ›Vier Musketiere‹.

»Bitte nennen Sie uns Namen und Adressen.«

Die beiden nächsten Tage gingen damit hin, die anderen Bridgedamen zu befragen, zwei ältliche Witwen, von augenscheinlich tadellosem Lebenswandel. Sie bestätigten die Aussage von Mrs. Ferguson in allen Punkten.

Estrella klappte sein Notizbuch zu und sagte zu seiner Partnerin: »Wenn die ›Vier Musketiere‹ keine Verschwörerbande sind, dann hat die alte Yesell uns ganz schön angeschmiert. Sie war zur Tatzeit jedenfalls nicht zu Hause, und die Tochter hat damit kein Alibi.«

Venable reagierte verbittert: »Verdammt! Aber ich kann und kann mir nicht vorstellen, daß Joan was mit dem Mord zu tun haben soll, Brian, sie ist einfach nicht der Typ dafür!«

»Wer ist schon der Typ für so was? Sie ist ein Mensch, Helen, und Menschen sind bekanntlich zu allem fähig.«

»Aber weshalb bloß? Sie redet immer nur in den höchsten Tönen von Doktor Ellerbee.

»Wer kann das schon wissen! Soll Delaney sich den Kopf zerbrechen. Jetzt besorgen wir uns eine Schreibmaschine und fassen gemeinsam den Bericht ab. Boone soll ihn heute abend haben. Ich bin noch mit einem Ouija-Brett verabredet.«

»Dabei hatte ich mich schon so auf die gemeinsame Wohnung gefreut«, maulte Helen.

»Betrachte es mal anders – du hättest dich ja auch mit Jack the Ripper einlassen können.«

22

»Ich hoffe, Sie haben was Gutes für mich«, sagte Ivar Thorsen, »Ich könnte endlich mal was brauchen.«

Er lag mehr im Ledersessel in Delaneys Arbeitszimmer, als er saß, und hielt ein Whiskyglas in der Hand. Er starrte in die goldgelbe Flüssigkeit, als läge darin die Auflösung aller ihm aufgegebenen Rätsel.

Delaney saß auf seinem Drehstuhl und betrachtete Thorsen mißbilligend. »Sie sehen ausgesprochen schlecht aus, Ivar.«

»So fühle ich mich auch. Der Tag war schlimm, doch schlimm sind in letzter Zeit eigentlich alle Tage. Aber es heißt ja: Wer die Hitze nicht verträgt, soll sich aus der Küche scheren.«

»Ganz recht, so heißt es. Und Sie fühlen sich wohl in der Küche.«

»Tja, so muß es wohl sein, sonst hätte ich es längst aufgesteckt. Wenn ich mit Ihnen hier fertig bin, muß ich ins ›Waldorf‹ zu einem Bankett für den ausscheidenden Staatsanwalt. Anschließend dann eine Besprechung mit dem Chef und zwei Mitarbeitern des Bürgermeisters. Endlich kriegen wir eine Finanzspritze, nur weiß noch niemand, was damit anfangen.«

»Das ist doch ganz einfach. Mehr Fußstreifen auf die Straße.«

»Schon, aber wo? Alle Reviere wollen mehr Personal.«

»Das drehen Sie schon.«

»Tja, das werde ich wohl. Aber um wieder auf meine Frage zu kommen, gibt es gute Neuigkeiten?«

»Hmm ... es tut sich einiges, ob gut oder nicht, weiß ich nicht recht ... Von den Patienten haben wir jetzt vier aus dem Rennen genommen, vier von sechsen. Teils dank guter Arbeit, teils hatten wir Glück. Die Alibis dieser Leute stehen. Jedenfalls halte ich sie für wasserdicht.«

»Bleiben also noch zwei Verdächtige?«

»Zwei mögliche Verdächtige, bitte. Einer ist Bellsey, ein übler Schläger, auf den ist Calazo angesetzt. Der will in ein paar Tagen abschließend berichten. Calazo ist ein alter, erfahrener Detektiv, dem ich unbedingt vertraue. Die andere mögliche Verdächtige ist Joan Yesell, und die ist eigentlich die interessantere. Leidet unter Depressionen, neigt zum Selbstmord. Die Mutter gibt ihr für die Tatzeit ein Alibi, aber Estrella und Venable haben herausbekommen, daß sie Alte schwindelt. Die war zur Tatzeit anderswo, kann ihrer Tochter also kein Alibi geben.«

»Nehmen Sie die beiden fest?«

»Mutter und Tochter? Nein, noch nicht. Ich lasse die Tochter jetzt von allen Hilfstruppen, ausgenommen Calazo, rund um die Uhr beschatten, und zugleich versuchen wir zu rekonstruieren, was sie am Tag des Mordes gemacht hat.«

»Weshalb soll die Mutter gelogen haben?«

»Nun, um die Tochter zu schützen. Sie muß also was wissen. Das muß allerdings nicht zwangsläufig mit Doktor Ellerbee zu tun haben. Die Kleine könnte bei einem Freund auf der Bude gewesen sein, und die Mutter will ihren guten Ruf schützen – oder auch den des betreffenden Mannes.«

Thorsen nahm einen kräftigen Schluck und musterte Delaney scharf. »Schön, das könnte sein. Aber Sie machen mir ganz den Eindruck, als wüßten Sie die Lösung schon. Sie haben dann so einen gewissen Ausdruck um die Nase, so was wie unterdrückte Erregung in der Miene. Sie glauben wirklich, daß diese Yesell die Fingerchen im Kuchenteig hat, nicht wahr?«

»Ich will Ihnen keine Hoffnung machen, doch Sie haben recht, irgend was stimmt da nicht. Ich habe den ganzen Nachmittag damit verbracht, mir in den Akten alles anzusehen, was mit der Yesell zu tun hat. Geht man mal davon aus, daß sie die Mörderin ist, lesen sich manche Stellen in den Protokollen, die auf den ersten Blick harmlos scheinen, schon sehr anders. So könnte man den Selbstmordversuch, den sie nach unserer ersten Befragung unternahm, durchaus als Schuldgeständnis interpretieren.«

»Aber das Motiv?«

»In Fällen wie diesen, wo wir es mit gestörten Leuten zu tun haben, muß man die Frage nach dem Motiv anders bewerten. Mag sein, Ellerbee ist in ihrer Vergangenheit auf etwas gestoßen, das so schmerzlich für sie war, daß sie es nicht ertragen konnte, einen Mitwisser zu haben – also Ellerbee. Und hat ihn deshalb umgebracht.«

»Möglich wäre es wohl. Das heißt, früher oder später müssen Sie sich die Kleine vornehmen.«

»Unbedingt. Und die Mutter ebenfalls. Zuvor aber muß ich meine Schularbeiten machen, muß genau wissen, was sie wie, wo, wann getan hat am Mordtag. Vielleicht war sie wirklich bei einem Freund. Das muß ich vorher wissen.«

»Und unterdessen läuft unsere Uhr ab, Edward. Noch zehn Tage bis Silvester. Dann wird der neue Chefinspektor ernannt.«

Delaney bot seinem Gast eine Zigarre an, doch der lehnte ab. Delaney beschnitt seine mit einem goldenen Zigarrenabschneider, den seine erste Frau ihm vor zwanzig Jahren zu Weihnachten geschenkt hatte.

»Immerhin«, sagte er und paffte dabei große Rauchwolken, »hat unsere Untersuchung den Druck auf die Behörde einigermaßen verringert. Die Witwe und der Vater von Ellerbee geben Ruhe. Stimmt's? Und ich weiß gar nicht, wann ich die letzte Erwähnung des Falles in der Zeitung gesehen habe.«

»Und ich würde gern in der Zeitung lesen *›Polizei löst Mordfall Ellerbee‹*. Das würde Suarez mächtig helfen.«

»Wie geht es dem überhaupt? Ich höre seit Tagen nichts mehr von ihm. Vielleicht rufe ich ihn heute abend mal an.«

»Suarez ist als Verwaltungsmann besser als bei der eigentlichen Verbrechensaufklärung«, sagte Thorsen. »Aber damit sage ich Ihnen sicher nichts Neues, Edward?«

»Na, zehn Tage bleiben uns noch, und wenn ich eine Prognose stellen sollte, würde ich sagen: Bis dahin klären wir den Fall, oder er wird durch die nächsten Jahre mitgeschleppt und nie geklärt.«

»Sagen Sie bloß so was nicht, Edward. Na, vielen Dank für den Whisky jedenfalls. Ich muß los.«

»Moment noch, Ivar. Wie stehen Sie derzeit mit der Staatsanwaltschaft?«

»Meinen Sie, wie ich persönlich mit denen stehe, oder wie die Behörden miteinander stehen?«

»Sie persönlich.«

»Nicht übel. Man schuldet mir dort kleine Gefälligkeiten. Weshalb fragen Sie?«

»Mir ist ganz so, als müßten wir sowohl gegen die Yesell als auch gegen Bellsey eine Anklage so gut wie ausschließlich auf Indizien stützen. Würde die Staatsanwaltschaft auch anklagen, wenn die Aussichten für eine Verurteilung sehr mäßig sind?«

»Da machen Sie schon die nächste Pandorabüchse auf, Edward. Im Prinzip würden sie das wohl kaum wollen, aber gerade dieser Fall hat soviel Aufsehen gemacht, daß sie es vielleicht doch tun, allein der Publicity wegen. Die sind nämlich ebenso heiß darauf, ins Fernsehen zu kommen, wie unsereins.«

Delaney nickte. »Dann klopfen Sie doch vorsichtshalber mal auf den Busch.«

Thorsen sah ihn scharf an. »Sie halten also doch die Yesell für die Täterin, Edward?«

»Sagen wir mal so: Im Moment haben wir weiter niemand als sie und Bellsey. Sie könnten eine Kerze für uns anzünden, Ivar.«

»Eine? Mann, ich setze eine ganz Kiste in Brand, wenn das hilft.«

Als sein Besucher weg war, versuchte Delaney wie versprochen, Suarez zu erreichen, doch war der nicht daheim. Delaney benutzte die Gelegenheit, Rosa Suarez ein schönes Fest zu wünschen, und bat, sie möge ihrem Mann ausrichten, daß er angerufen habe – es sei aber nichts wirklich Dringendes.

Dann nahm er sich alles vor, was er in seinen Unterlagen über Roland Bellsey fand. Calazo hatte berichtet, daß Bellsey verdächtig sei, in der näheren Umgebung seiner Stammkneipen vier Personen brutal zusammengeschlagen zu haben.

Zog man Delaneys persönliche Abneigung gegen Bellsey in Betracht, so konnte es nicht wundernehmen, daß vor seine Augen sehr deutlich das Bild eines Mannes trat, dem es Genuß bereitet, auf Schwächere brutal loszuschlagen, nicht zu vergessen den Polizeibeamten Hogan. Zweifellos ein sadistischer Psychopath. Blieb die Frage: ein mörderischer Psychopath?

Da war noch einiges unklar. Jemand, dem es Vergnügen machte, ein wehrloses Opfer zu mißhandeln, der es genoß zu sehen, wie ein Mitmensch sich in Schmerzen wand, der griff nicht unbedingt zum Hammer, um den Qualen dieses Opfers ein Ende zu setzen.

Wäre Ellerbee an Mißhandlungen gestorben, die der Täter ihm zugefügt hatte, die Tat wäre Bellsey schon viel eher zuzutrauen gewesen.

Delaney ächzte, als ihm klar wurde, daß er wieder mal dabei war, an die Handlungsweise eines Gestörten den Normalmaßstab anzulegen. Das ging einfach nicht an, man mußte das Irrationale in Betracht ziehen, das die Krankheit dieser Leute ausmachte. Tat man das, war es durchaus denkbar, daß Bellsey, einmal von seinem Wahn gepackt, sehr wohl einen Treibhammer benutzte oder einen Eispickel, wenn nicht gar einen Bulldozer.

Joan Yesell hingegen litt unter Depressionen, neigte zu Selbstmordversuchen, zeigte aber keinerlei sadistische Neigungen, vergleichbar mit denen von Bellsey. Aber wer wollte schon sagen, was sich hinter ihrem schüchternen, scheuen Auftreten in Wahrheit verbarg?

Von diesen beiden hielt Delaney gleichwohl Joan Yesell für die wahrscheinlichere Täterin, aber nur, weil ihr Alibi erschwindelt war.

Wie dürftig dies alles war, wußte er nur allzugut. War er mit sich selbst ganz ehrlich, mußte er zugeben, daß er bei der Aufklärung des Mordfalles Ellerbee fast keinen Schritt vorangekommen war, seit Thorsen ihn damit beauftragt hatte.

Er betrachtete abwesend die Stöße von Papier auf seinem Tisch, diese Notizen, Protokolle, Berichte – Zeugnis vor allem von Wirrnissen, Ängsten, Aggressionen, Frustrationen und Haß.

Mit den Händen in den Hosentaschen stapfte er ins Wohnzimmer, wo seine Frau in das neueste Buch von Germaine Greer vertieft saß. Sie spürte seine Stimmung, schaute ihn über die Brillengläser hinweg an und fragte: »Na, Edward, hast du dich festgefahren?«

»Ach was, die Menschheit ist schon ein jämmerlicher Haufen!« brach es aus ihm hervor. »Da strampeln wir uns ab, treten einer dem anderen auf die Füße, stoßen uns gegenseitig die Ellenbogen in den Bauch, und keiner weiß, wozu das alles gut sein soll.«

»Aber Edward, du kannst dich doch unmöglich darüber aufregen, daß das Leben nicht geordnet ist, sondern ein Chaos?«

»Klar kann ich, wenn ich will«, knurrte er.

»Aber das ist deine Sache, etwas Ordnung in das Kuddelmuddel zu bringen.«

»Jawohl, Sinn in das Sinnlose.« Es klang bitter. »Als wir da draußen bei der Ellerbee waren, sagte ich, Detektive sind ganz ähnlich wie Psychiater. Und das stimmt auch. Bloß haben die den lieben Papa Freud und jede Menge Forschungsergebnisse, an die sie sich halten können – wir dagegen haben bloß unsere Erfahrung und fragwürdige Statistiken. Noch dazu müssen wir oft genug in einem einzigen Fall ein ganzes Dutzend Leute analysieren. Wie eben jetzt in der Sache Ellerbee. Ich habe die größte Lust, Ivar den Kram vor die Füße zu schmeißen. Soll der doch sehen, wie er damit zurechtkommt.«

»Das wirst du nicht tun, Edward. Das läßt schon dein Stolz nicht zu. Aufgeben tust du nicht.«

»Nein, nein, tu ich auch nicht.« Er stampfte wütend mit dem Fuß auf. »Ich habe bloß so ein Gefühl, als ob der Mörder Katz und Maus mit mir spielt, und das kann ich auf den Tod nicht leiden. Daß ich nicht mit dem Finger auf ihn zeigen kann, macht mich wütend. Es beleidigt mein ästhetisches Bedürfnis.«

»Und deinen Ordnungsfimmel.«

»Auch den.« Er lachte kurz. »Weißt du was? Ich weiß überhaupt nicht, was ich jetzt noch unternehmen soll!«

»Mach dir doch ein Sandwich«, schlug sie vor.

»Was für ein blendender Einfall!«

An diesem Abend flegelte sich Detektiv Konigsbacher auf dem kostbaren Sofa in Symingtons Wohnung, rauchte eine von dessen Selbstgedrehten und schlürfte Asti Spumante.

»Derzeit ist Asti Spumante ›in‹, kein Mensch trinkt mehr Champagner«, hatte Symington behauptet.

Konigsbacher kam sich also vor wie ein Jet-setter mit seinem italienischen Pritzelwasser und der Haschzigarette. Zudem schwoll ihm im Bewußtsein seiner Tugendhaftigkeit das Herz, denn er hatte den Bericht für Sergeant Boone abgefaßt, mit welchem Symingtons Alibi bestätigt wurde. Das zu tun, war seine Pflicht gewesen. Und ganz wie erwartet, hatte man ihm daraufhin einen höchst beschissenen Job gegeben – acht Stunden mußte er vor der Wohnung der Yesells im Wagen sitzen und aufpassen, ob Joan herauskäme – das war sie jedoch nicht.

»Es hat wunderbar geschmeckt, Vince, wirklich himmlisch.«

»Ich hab mir schon gedacht, daß Ihnen das Restaurant gefallen wird, Ross, und die geräucherte Gänsebrust ist da ganz köstlich.«

Nach dem Essen begaben sich die beiden in Symingtons Wohnung, und der Hausherr kleidete sich leger in einen aprikosenfarbigen Springeranzug, mit durchgehendem Reißverschluß.

Konigsbacher hielt es für angezeigt, sich auch noch einmal für die seidene Unterwäsche zu bedanken, die er von seinem Gastgeber geschenkt bekommen hatte, doch wehrte dieser großmütig ab.

»Wozu hat man Freunde?« sagte er. »Wir sind doch Freunde, Ross?«

»Gewiß sind wir das.« Weil er aber merkte, daß er von dem reichlichen, guten Essen, den Getränken und den Haschzigaretten mehr und mehr benommen wurde, ermahnte er sich, jetzt gleich zum Streich auszuholen, den er ausgeheckt hatte.

»Ich muß Ihnen etwas gestehen, Vince. Ich weiß, es wird Sie hart treffen, und mir ist dabei alles andere als wohl, aber es muß heraus.«

»Haben Sie bitte Vertrauen zu mir, Ross, ich werde Ihnen nichts übelnehmen, einerlei, was es ist.«

»Hören Sie lieber erst, was ich zu sagen habe, Vince. Ich bin von der Kriminalpolizei und habe den Auftrag, im Mordfall Ellerbee Ihr Alibi zu prüfen, Vince. Hier sehen Sie meinen Ausweis.«

Er zog seine Brieftasche, und Symington betrachtete den Dienstausweis.

»Ach«, sagte er dann mit erstickter Stimme, »wie konnten Sie mir das nur antun, Ross.«

»Ich hatte den Auftrag, mich näher mit Ihnen bekannt zu machen und herauszubekommen, was Sie an jenem Abend getan haben, als Ellerbee ermordet wurde, Vince«, sagte Konigsbacher eindringlich. »Das war meine Pflicht. Ich gebe zu, daß ich Ihnen anfangs nicht über den Weg getraut habe, aber je länger unsere Bekanntschaft dauerte, desto mehr war ich davon überzeugt, daß Sie einer so brutalen Gewalttat nicht fähig sind.«

»Das ist lieb von Ihnen«, sagte Symington leise.

»Indessen«, sagte Konigsbacher, nachdem er tief durchgeatmet hatte, »indessen offenbarten Sie mir, daß Sie sich von jener Party im Hilton verdrückt hatten, und das ausgerechnet zur Tatzeit.«

»Aber doch nur für kurze Zeit und nur, um an die frische Luft zu kommen«, widersprach Symington ängstlich. »Ich habe Ihnen doch auch gesagt, wo ich war.«

»Weiß ich, weiß ich alles.« Der Detektiv tätschelte Symington die Patschhand. »Aber Sie müssen verstehen, daß das für mich die Angelegenheit kompliziert machte.«

Der andere nickte stumm.

»Für mich stellte sich da ein sehr unerfreuliches Problem, Vince. Einerseits war ich von Ihrer Unschuld überzeugt, andererseits war es meine Pflicht, Ihre Abwesenheit während der Tatzeit in meinem Bericht zu erwähnen, verstehen Sie? Ich habe mir lange den Kopf darüber zerbrochen, wie ich Ihnen am wenigsten schaden könnte, und wissen Sie, wozu ich mich endlich durchgerungen habe? In meinem Bericht steht kein Wort davon. Soweit ich weiß, waren Sie die ganze Zeit über im Hilton. Folglich können Sie mit Mord nichts zu tun haben. Sie sind also außer Verdacht, Vince.«

Symington bedankte sich zutiefst gerührt. Er war den Tränen nahe. »Wie kann ich Ihnen nur danken, Ross?«

»Nun, da wird uns schon was einfallen.«

Zwei Tage vor Weihnachten stapfte Edward X. Delaney, den Homburg auf dem Kopf, die Hände in den Taschen seines Wintermantels, bei leichtem Schneefall zum Markt, um einen Weihnachtsbaum zu besorgen. Eins schottische Fichte sollte es sein. Als er sah, wie teuer solche Bäume waren, hätte er sich ums Haar für eine weniger üppige Sorte entschieden. Doch ist schließlich nur einmal im Jahr Weihnachten, und er brachte ein besonders prächtiges Exemplar mit nach Hause, stellte es im Wohnzimmer ab und machte sich ans Werk. Er holte den altmodischen Christbaumständer vom Dachboden, ebenso den Baumschmuck, einzelne Stücke noch von vor dem Krieg. Nicht zu vergessen die elektrischen Kerzen. Lametta und anderes, was über die Jahre immer wieder sorgfältig verwahrt worden war, sobald der Baum abgeputzt wurde.

Er war noch dabei, die Lichter am Baum zu befestigen, als Monica nach Hause kam und in ihrem geschorenen Lammfellmantel ins Wohnzimmer trat, zwei große Einkaufstüten in den Händen, aus denen hübsch verpackte Geschenke ragten. Ihre Wangen waren von der frischen Luft gerötet und auch vom Eifer, mit dem sie das Geld ausgegeben hatte. Sie blieb in der Tür stehen und machte große Augen.

»Glückliches Chanukah«, grüßte er sie schmunzelnd, worauf sie ihm ein fröhliches Weihnachtsfest wünschte und den Baum bewunderte.

»Was für ein Prachtexemplar, Edward!«

»Nicht wahr? Ich sage dir aber nicht, was er gekostet hat, das würde dir nur die Freude verderben.«

»Es ist mir ganz egal, wie teuer er war, ich finde ihn wunderbar. Ich ziehe nur schnell meinen Mantel aus und bringe diese Sachen an die Seite, dann helfe ich dir, den Baum zu schmücken. Was für ein herrliches Stück! Das ganze Haus riecht schon danach, Edward.«

Zur Musik von Vivaldi schmückten sie während der folgenden beiden Stunden den Baum; als letztes wurde der gläserne Stern an der Spitze befestigt, zu welchem Zweck Delaney die Trittleiter erkletterte. Dies getan, ließen sie die elektrischen Kerzen aufleuchten und prüften die Wirkung.

»Ach, Edward, der ist so schön, ich könnte heulen.«

»Ja, schön ist er wirklich.« Er tätschelte ihr die Wange. »Ich hoffe, er gefällt auch den Mädchen. Wann kommen die überhaupt?«

Benjamin Calazo war nicht eben erst von den Bäumen gestiegen, er war seit vielen Jahren im Dienst, zweimal verwundet, und einmal hatte er einen Dealer in den East River geworfen und ihn jede Menge Dreck schlucken lassen, bevor er ihn herauszog. Er wußte sehr wohl, daß er von einigen jungen Kollegen seiner weißen Haare und seines bärenhaften Ganges wegen amüsiert und etwas abschätzig betrachtet wurde, doch das war soweit okay – er selbst hatte in ihrem Alter nicht anders von älteren Kollegen gedacht. Bis er dahinterkam, daß man von ihnen eine Menge lernen konnte.

Calazo war also, was man einen guten Polizisten nennt, und obwohl er in all den Jahren ziemlich viel Übles gesehen hatte, nicht nur auf seinen Streifengängen, sondern auch innerhalb der Behörde, war er in seinem anfänglichen Eifer und seiner Begeisterung eigentlich nie erlahmt; er hielt seine Arbeit immer noch für notwendig und wichtig. Ähnlich wichtig etwa wie die Arbeit der Müllabfuhr, ohne die die Bürger der Stadt in einem Meer von Abfällen ersticken müßten.

Im allgemeinen hielt er sich gewissenhaft an die Vorschriften, doch wie alle erfahrenen Polizisten wußte er, daß man das nicht immer konnte. Die Bösewichter hielten sich ebenfalls an keine Regeln, und wenn man sich in gewissen Fällen nicht seine eigenen Regeln machte, hatte man das Nachsehen.

Ronald Bellsey war einer von den Bösewichtern, auf die das zutraf. Calazo war überzeugt, daß Bellsey die unaufgeklärten Körperverletzungen in der Nähe seiner Kneipen begangen und auch den Kollegen Hogan niedergeschlagen und schwer verletzt hatte. Und ebenso wußte Calazo, daß es keine Möglichkeit gab, Bellsey diese Verbrechen nachzuweisen.

Er mußte also wählen: entweder blieben diese Übeltaten ungerächt, oder Calazo mußte sich selbst zum Ankläger und zum Richter ernennen und auch noch die Strafe vollstrekken.

Daß Bellsey sich in psychiatrische Behandlung begeben hatte, um sich von seiner Neigung zu Gewalttätigkeiten kurieren zu lassen, beeindruckte Calazo nicht die Spur, und er bereitete die Vernichtung dieses Mannes ohne die geringsten Gewissensbisse vor. Calazo empfand vor Bellsey auch keine Angst; wäre dies der Fall gewesen, er hätte seine ganze Laufbahn im nachhinein als komplette Pleite empfinden müssen.

Als das Polizeipräsidium vor Jahren noch in dem alten Gebäude in der Centre Street untergebracht gewesen war, hatten sich in der Nähe Kleinunternehmer angesiedelt, die herstellten und verkauften, was Polizisten im Außendienst benötigten; da gab es Büchsenmacher, Schneider, Lederwerkstätten, die Revolverhalfter herstellten, welche nicht scheuerten, auch ausgefallene Sachen wie Unterschenkelhalfter, Messerscheiden, Schlagringe und ähnliches. Bei einem solchen Hersteller, der sich auf Totschläger jeder Größe und jeden Gewichts verlegt hatte, hatte Calazo vor 18 Jahren ein Prachtexemplar erworben, 35 cm lang, aus weichem Rindleder, gefüllt mit Schrotkugeln, doppelt vernäht, mit einer Schleife fürs Handgelenk. Der hatte ihn nie im Stich gelassen, und Calazo gebrauchte ihn nicht selten.

Vor seiner Begegnung mit Ronald Bellsey verstaute er also diesen Totschläger als erstes in einer Segeltuchtasche, ferner Handschellen und zwei Rollen Klebeband. Seinen Dienstrevolver trug er an der Hüfte, weiter brauchte er nichts.

Bellsey besuchte Betty Lee regelmäßig donnerstags um 15 Uhr. Calazo erschien eine Viertelstunde früher in ihrer Absteige, rief von unten aus bei ihr an, um sicherzugehen, daß oben alles okay war, und begab sich hinauf.

»Du weißt, was du zu tun hast?« Er legte Hut und Mantel ab. »Wenn er klopft, läßt du ihn rein, alles andere ist meine Sache. Du verdrückst dich bei erster Gelegenheit und bleibst mindestens eine Stunde weg. Lieber zwei. Dann ist er ganz gewiß verschwunden.«

»Du glaubst also, es funktioniert?« fragte sie nervös.

»Wie Seide«, versicherte er. »Keine Sorge, du bleibst draußen.«

Bellsey verspätete sich etwas, doch beunruhigte das Calazo nicht. Als es klopfte, nickte er Betty zu und stellte sich so auf, daß die Tür, wenn sie geöffnet wurde, ihn verdeckte.

»Wer ist da?«

»Ronald.«

Sie öffnete, und er trat ein, zum Glück ohne Hut. Calazo machte einen Schritt vorwärts und traf Bellsey mit dem Totschläger hinter dem linken Ohr. Ein wohlberechneter, oft geübter Schlag, unter dem die Haut nicht platzte, der aber hinreichte, Bellsey zu Boden zu strecken.

»Besten Dank, Betty, und jetzt raus mit dir.«

Sie riß ihren Mantel vom Haken und trollte sich. Calazo schloß hinter ihr ab, tastete Bellsey nach Waffen ab, fand aber nichts. Das einzige, was er ihm wegnahm, war sein Taschentuch – etwas beschmutzt, doch machte das Calazo nichts aus.

Es war ziemlich mühsam, ihn in den Korbsessel zu bugsieren, doch gelang es schließlich. Mit dem Klebeband befestigte er Bellseys Knöchel an den Beinen des Sessels, die Unterarme auf den Lehnen. Ein Band um die Brust verhinderte, daß er vom Sessel fiel. Bewegen können würde er nur noch die Hände, sobald er zu sich kam.

Zum Schluß stopfte er ihm sein Taschentuch in den Mund, wobei er sorgsam darauf achtete, daß Bellsey noch Luft bekam. Als er sah, daß dieser ungehindert durch die Nase atmen konnte, holte er aus dem Badezimmer ein Glas Wasser und schüttete es Bellsey ins Gesicht. Es dauerte aber noch drei Minuten und erforderte einen weiteren Wasserguß, bevor er zu sich kam. Nun sah er sich mit glasigem Blick um.

»Einen schönen guten Morgen«, begrüßte ihn Calazo, »wir haben wohl leichte Kopfschmerzen?« Er betastete Bellseys Kopf und fühlte die Schwellung hinter dem linken Ohr. Bellsey zuckte bei der Berührung schmerzhaft zusammen.

»Kein Blut.« Er zeigte Bellsey seine Finger.

Dieser versuchte verzweifelt das Taschenbuch auszuspucken.

»Merken Sie sich gleich mal folgende Regel: Der Knebel wird entfernt, wenn Sie versprechen, nicht zu schreien. Ein Schrei, und der Knebel ist wieder drin. Einen einzigen Schrei beachtet in dieser Herberge kein Mensch. Kapiert? Also was ist? Soll der Knebel raus?«

Bellsey nickte heftig, und Calazo zog am Taschentuch. Bellsey leckte die Lippen und betrachtete seine gefesselten Unterarme. Versuchsweise bewegte er die Hände, prüfte die Festigkeit des Bandes über seiner Brust, seiner Beinfesseln. Erst danach blickte er zu Calazo auf, der über ihm aufragte und lässig mit einem Totschläger spielte.

»Wer sind Sie?« wollte Bellsey wissen.

»Scarlet Pimpernell – erkennen Sie mich nicht?«

»Wieviel wollen Sie?«

»Nicht besonders viel – nur einige Auskünfte.«

Bellsey suchte seine Fesseln zu sprengen, sah aber ein,

daß dies unmöglich war, und wiegte sich im Sessel hin und her.«

»Aufhören«, befahl Calazo.

»Lecken Sie mich am Arsch!«

Calazo versetzte Bellsey einen Schlag auf den rechten Handrücken. Bellsey öffnete den Mund, um zu schreien, doch Calazo schob ihm das Taschentuch rein.

»Haben Sie unsere Abmachung schon vergessen? Geschrien wird hier nicht. Wollen Sie das Maul halten?«

Bellsey saß einen Moment schwer atmend, bevor er nickte. Calazo zog am Taschentuch.

»Ich rate Ihnen, mich umzubringen«, keuchte er, »denn wenn ich hier lebend rauskomme, sind Sie dran!«

»Das bezweifle ich sehr«, wehrte Calazo ab. »Ich werde Ihnen nämlich etwas weh tun, ich meine richtig weh tun, ganz so, wie Sie es mit Ihren Opfern gemacht haben. Danach sind Sie nicht mehr der Alte, glauben Sie mir. Wenn Ihnen mal richtig weh getan worden ist, verändert sich Ihr Leben total.«

Bellseys Augenausdruck wurde ein anderer – Zweifel spiegelten sich darin, womöglich Angst – es war nicht recht zu erkennen.

»Weshalb wollen Sie mir was antun?«

»Das ist leicht gesagt: Ich kann Sie nicht leiden.«

»Was habe ich Ihnen denn getan?«

»Was haben die vier Männer Ihnen getan, die Sie zusammengeschlagen haben.«

»Welche Männer?«

Calazo versetzte Bellsey wiederum einen Schlag auf den Handrücken, den linken diesmal. Bellsey warf den Kopf zurück, riß den Mund auf, verbiß aber sein Wehgeschrei.

»Der Handrücken«, erklärte Calazo wohlwollend, »eignet sich für solche Sachen besonders gut. Es gibt da viele Knöchelchen ... Werden die kaputtgeschlagen, ist das kein Spaß. Auch noch nach vielen Operationen funktionieren sie nie wieder richtig. Nun erzählen Sie mir von den vier Männern.«

»Wovon?« Bellsey sah, wie sein Peiniger von neuem den Totschläger hob, und sagte hastig: »Ja, ja, ich sag's ja schon. Ich bin auf der Straße in Schlägereien geraten. Aber es waren faire Kämpfe, das schwöre ich.«

»Sieh mal an. Besonders der vor dem ›Walschwanz‹. Ein Schlag in die Nieren von hinten. Und dann immer drauf mit den Stiefeln. Das war wirklich fair.«

Bellsey stierte Calazo an. »Sie sind ein Bulle, was?«

Calazo versetzte ihm einen zweiten Schlag auf den rechten Handrücken, beide hörten etwas brechen. Bellsey blickte glasig.

»Geben Sie es zu? Die vier Leute im Umkreis Ihrer Kneipen, und der Polizist vor dem ›Walschwanz‹? Geht alles auf Ihr Konto?«

Bellsey schaute auf die anschwellende Hand und nickte.

»Na, sehen Sie. Hab ich mir es doch gedacht. Ein Schlägertyp wie Sie. Es macht Spaß, andere zusammenzuschlagen, was? Mir jedenfalls.«

»Lassen Sie mich gehen. Ich geb es zu. Was wollen Sie noch?«

»Aber Ronald, wir haben noch eine hübsche Weile weiterzumachen. Das war erst der Anfang.«

»Was wollen Sie denn noch, Mann? Ich schwöre, sobald ich hier raus bin, schneide ich Ihnen den Schwanz ab und stopfe Ihnen damit Ihre Fresse!«

Wieder schlug ihn Calazo auf den rechten Handrücken, und als Bellsey davon ohnmächtig wurde, belebte er ihn mit Wasser.

»Nur so weiter, Jungchen«, sagte er, »ich werde Ihnen die Hände zu Brei schlagen. Und ohne Hände kein Box-Box, he? Vielleicht kriegen Sie Prothesen.«

»Als Polizist dürfen Sie das gar nicht machen«, winselte Bellsey.

»Trotzdem mache ich es. Sehen Sie mich gut an, damit Sie mich später identifizieren können. Ihr Schlägertypen kommt nie auf den Einfall, daß ihr es mal mit einem Stärkeren zu tun bekommen könntet. Aber das haben Sie jetzt. Und bevor wir miteinander fertig sind, heulen Sie Rotz und Wasser und pinkeln sich in die Hosen. So, jetzt kommen wir zur Preisfrage: Wo waren Sie, als Ihr Psychiater abgemurkst wurde?«

»Was denn, darum geht es? Ich war zu Hause. Das habe ich doch schon ausgesagt. Und meine Frau kann es bezeugen.«

»Womit haben Sie sich denn den ganzen Abend über amüsiert? Kreuzworträtsel geraten? Die Bibel gelesen?«

»Vor der Glotze gesessen hab ich.«

»So? Und was gab es da zu sehen?«

»Das weiß ich noch genau. Wir haben Kabelanschluß, und von neun bis elf gab es ein Sonderprogramm, einen Zusammenschnitt aller Schwergewichtskämpfe von 1930 bis 1980. ›Fünfzig Jahre große Kämpfe‹ hieß die Sendung.«

Calazo beäugte ihn nachdenklich. »Die habe ich auch gesehen. Gar nicht schlecht übrigens. Sie können aber durchaus Ellerbee hingemacht und sich in der Fernsehzeitung informiert haben.«

»Sie Arschloch! Ich habe ...«

Diesmal traf es seinen linken Handrücken, und der Gefesselte wand sich vor Schmerzen, soweit es ging. Tränen kamen ihm in die Augen.

»Da haben wir es. Sie heulen schon. Beschimpfen Sie mich nicht, Ronald, das gehört sich nicht.« Dabei starrte er seinen Gefangenen unverwandt an. Die Hände waren bereits stark geschwollen, sie glichen rohen Fleischklößen. Sie lagen unbeweglich auf den Sessellehnen, man sah, daß Blutgefäße geplatzt waren, Blutergüsse verfärbten die Haut.

»Ich würde Ihnen lieber nicht glauben, dann könnte ich noch ein Weilchen so weitermachen, aber so leid es mir tut, ich glaube, Sie sagen die Wahrheit.«

»Es ist wirklich die Wahrheit! Wirklich! Weshalb sollte ich Ellerbee denn was tun wollen? Der Mann war schließlich mein Arzt, Herrgott noch mal!«

»Schon, schon, aber die anderen haben Sie ja auch ohne jeden Grund zusammengeschlagen. Nun ja, bevor ich mich vom Schauplatz entferne, möchte ich Ihnen noch was sagen.

Betty Lee hat Sie nicht reingerissen. Der habe ich gedroht, ich nehme sie hopp, falls sie nicht spurt. Verstehen wir uns?«

Bellsey nickte heftig.

»Sollte ich hören, daß Sie unfreundlich zu ihr sind, nehme ich Sie mir noch mal vor, aber dann geht es weniger sanft zu. Dann sind nicht mehr Ihre Patschhändchen dran, sondern ihr dicker Kopf. Ist das Klar?«

Wieder nickte Bellsey, schon sehr matt.

»Und falls Sie Verlangen haben sollten, mich zu sehen: Mein Name ist Benjamin Calazo vom Revier Mitte-Nord, und dann unterhalten wir uns noch mal, nur Sie und ich. Ich schieße Ihnen den Kürbis weg und lasse mich mit Freuden festnehmen. Haben wir uns verstanden?«

Bellsey betrachtete ihn furchtsam. »Sie sind irre«, sagte er unsicher.

»Ganz recht, ich bin irre. Völlig verrückt.«

Dann führte er mit aller Kraft zwei schnelle Schläge auf Bellseys Hände. Es klang, als trete man ein Obstkörbchen zusammen. Bellsey verdrehte die Augen und verlor das Bewußtsein. Es stank nach Urin, und ein feuchter Fleck breitete sich auf Bellseys Hose aus.

Calazo packte seine kleine Tasche, in der Totschläger und der Klebestreifen verschwanden, auch das Band, mit dem er Bellsey gefesselt hatte. Er zog den Mantel an, setzte den Hut auf, inspizierte die kleine Wohnung. Er nahm nun auch noch das Glas mit, aus dem er Bellsey Wasser ins Gesicht geschüttet hatte, rieb die Türklinke mit Bellseys Taschentuch ab und warf dies neben den Sessel. Der Fahrstuhl brachte ihn hinunter, der Portier in seiner Loge blickte gar nicht auf, und von der nächsten Sprechzelle auf der Straße rief er in der Absteige an.

»Auf 8 D liegt ein Kranker. Kümmern Sie sich mal um den. Am besten rufen Sie einen Krankenwagen.«

Auf der Heimfahrt überlegte er, wie er seinen Bericht für Sergeant Boone formulieren wollte; seiner Meinung nach hatte Ronald J. Bellsey mit dem Mord an Dr. Ellerbee wirklich nichts zu schaffen.

Heiligabend am Nachmittag trafen die beiden Mädchen daheim bei Delaneys ein. Mary und Sylvia, zwei strotzende junge Damen, die auf die Mutter hinauszukommen schienen. Beim Anblick des Weihnachtsbaumes brachen sie in Jubelrufe aus.

Kaum legte sich dieser Jubel, teilten sie ihren Eltern aber auch schon mit, daß sie am Abend bei Tisch fehlen würden; sie seien nämlich mit zwei ganz reizenden jungen Herren verabredet.

»Was heißt hier junge Herren?« fragte Monica streng. »Wo habt ihr die kennengelernt?«

Mutter und Töchter gerieten daraufhin in einen aufgeregten Wortwechsel, bei dem heftig gestikuliert wurde, und Delaney sah erheitert zu.

Es kam heraus, daß die beiden Mädchen auf der Fahrt von Boston im Zug zwei reizende höhere Semester vom Brown-College kennengelernt hatten, die in Manhattan daheim waren und Mary und Sylvia zum Dinner ins ›Plaza‹ geladen hatten, von wo aus sie anschließend zu Händels Messias in die St.-Patricks-Kathedrale gehen wollten, dann noch in de Mitternachtsmesse.

Monica jammerte: »Ihr kennt die beiden doch aber überhaupt nicht! Ihr gabelt in der Eisenbahn zwei wildfremde Männer auf und geht mit denen aus? Edward, verbiete ihnen das gefälligst! Wer weiß, was das für Unholde sind.«

»Na, ih weiß nicht«, sagte er lässig. »Unholde pflegen selten die Mitternachtsmesse zu besuchen. Werdet ihr hier von ihnen abgeholt?«

»Um acht schon«, sagte Sylvia, »einer von beiden leiht sich den Wagen seines Vaters aus.«

»Du brauchst dich wirklich nicht zu sorgen, Mama, es sind zwei sehr respektable junge Männer. Sie haben tadellose Manieren.«

»Richtig altmodische Kavaliere«, schwärmte Sylvia, »sie halten einem sogar die Tür auf!«

»Ich schlage vor, ihr bittet sie auf einen Drink, wenn sie euch abholen kommen«, sagte Delaney. »Eure Mutter und ich werden sie in Augenschein nehmen, und wenn sie auf uns einen guten Eindruck machen, verschwindet ihr. Falls sich herausstellt, daß ihr es mit gierig sabbernden Unholden zu tun habt, fällt euer Ausflug ins Wasser.«

»Es sind wirklich keine Unholde«, behauptete Sylvia, »im Gegenteil, sie sind eher schüchtern. Jedenfalls mußten Mary und ich den größten Teil der Unterhaltung in der Bahn bestreiten.«

»Außerdem kommen Unholde nicht im Smoking«, kicherte Mary, »deshalb wird es höchste Zeit für uns, daß wir uns umziehen. Los, Sylvia, wir müssen noch auspacken.«

»Nur zu«, versetzte Delaney mit gespielter Verbitterung, »geht nur euren egoistischen Vergnügungen nach. Eure Mutter und ich warten schließlich erst seit ein paar Monaten darauf, euch zu sehen, aber was macht das schon? Amüsiert euch im ›Plaza‹, eßt Fasan und trinkt Champagner. Eure Mutter und ich bescheiden uns unterdessen mit Kartoffelsalat und Würstchen, wenn es hochkommt, genehmigen wir uns sogar ein Bier. Nehmt nur keine Rücksicht auf uns.«

Die Mädchen schauten ihn entsetzt an, doch gleich darauf wurde ihnen klar, daß er scherzte, und sie umarmten und küßten ihn. Er half ihnen, die Koffer hinaufzutragen, und als er wieder herunterkam, sah er, daß seine Frau gerade den Kalbsbraten in die Röhre schob.

»Was hältst du davon?« fragte sie besorgt.

»Wir sehen uns diese ›jungen Herren‹ mal an«, meinte er achselzuckend, »immerhin wollen sie die Mädchen daheim abholen, das kann allemal als Positivum verzeichnet werden.

Da klingelte es an der Haustür. »Wer kann denn das sein? Sag bloß nicht, die brünstigen Freier kommen schon drei Stunden früher.« Durch den Spion erblickte er jedoch einen livrierten Boten mit einem enormen Blumenbukett.

Er öffnete.

»Mr. und Mrs. Delaney?«

»Ja.«

»Ich wünsche ein schönes Fest.«

»Ebenfalls.«

Er unterschrieb den Lieferschein, gab dem Jungen einen Dollar Trinkgeld und schleppte das Arrangement in die Küche. »Jetzt sieh dir das mal an.«

Das ist ja ein ganzes Blumenbeet! Soll das für die Mädchen sein?«

»Nein. Angeblich ist es für die alten Herrschaften, für dich und mich.«

Monica entfernte das Seidenpapier, mit dem die Blüten bedeckt waren, und bestaunte Nelken, Teerosen und Flieder, alles sehr kunstvoll arrangiert. »Was für eine Pracht!«

»Hm. Sehr hübsch. Wo kriegt man um diese Jahreszeit Flieder her? Lies mal die Karte.«

Monica riß den Umschlag auf und deklamierte: »›Die besten Wünsche für die Feiertage sendet Mrs. und Mr. Delaney Diane Ellerbee.‹ Ist das nicht reizend von ihr, Edward?«

»Sehr aufmerksam. Das muß sie ein Vermögen gekostet haben.«

»Möchtest du vielleicht eine Nelke für dein Knopfloch?« fragte sie schelmisch.

Er lachte. »Hast du mich je mit einer Blume im Knopfloch gesehen?«

»Nie. Nicht mal an unserem Hochzeitstag.«

»Und was würdest du sagen, wenn ich plötzlich mit einer Rose im Knopfloch erschiene?«

»Ich hätte sofort den Verdacht, daß du dich verliebt hättest, Edward.«

Sie verzehrten ein geruhsames Mahl in der Küche, tranken dazu einen kalifornischen Chablis, der allerdings hätte trockener sein können. Dabei sprachen sie ausführlich darüber, wie prächtig die beiden Mädchen aussähen und wann sie spätestens zu Hause sein müßten.

»Sagen wir um zwei Uhr früh«, meinte Delaney. »Ich weiß nicht mehr, wie lange die Mitternachtsmesse dauert, aber anschließend wollen sie bestimmt noch irgendwohin gehen, auf einen Schlummertrunk.«

»Zwei Uhr früh?« Monica traute ihren Ohren nicht. »In ihrem Alter mußte ich spätestens um zehn zu Hause sein.«

»Und das ist erst wenige Jahre her«, neckte er.

Sie versetzte ihm einen Klaps. »Ich gehe mal rauf und sehe nach, was die beiden da treiben.«

Delaney räumte auf und inspizierte anschließend seine Hausbar; was konnte er den ›jungen Herren‹ eigentlich anbieten? Er entschloß sich für etwas ausgesprochen Altmodisches, eine Mischung aus Gin, süßem und trockenem Wermut, und Orangensaft. Das schmeckte gerade richtig. Den Krug damit stellte er in den Kühlschrank, ging dann ins Wohnzimmer, ließ die Kerzen am Weihnachtsbaum erstrahlen und setzte sich andächtig davor. Das täuschte jedoch, denn in Wahrheit grübelte er darüber nach, wie der alte Calazo seiner Sache so sicher sein konnte: Ronald Bellsey sei, so behauptete er kategorisch, nicht der Mörder von Ellerbee.

Zu dieser Bewertung dürfte ihn mehr bewogen haben als das Ergebnis einer freundschaftlichen Unterhaltung. Immerhin mußte man den Bericht als solchen zu den Akten nehmen. Bellseys Alibi war von Calazo bestätigt worden. Blieb noch Joan Yesell ...

Als er die Haustürglocke hörte, war es kurz nach acht. Jedenfalls kamen die Verehrer pünktlich. Er stapfte in den Korridor und rief ins Treppenhaus: »Eure ›jungen Herren‹ sind da!«

Und jung waren sie wirklich! Aber in Delaneys Augen waren heutzutage auch Streifenpolizisten blutjung, und schlimmer noch, man wählte nun auch schon Präsidenten, die jünger waren als er.

Im Smoking sahen die beiden höchst präsentabel aus, auch wenn gerüschte Hemden und Schleifen nicht ganz nach seinem Geschmack waren, doch mußte man wohl mit der Zeit gehen. Zu schaffen machte ihm, daß er die beiden nicht auseinanderhalten konnte, sie ähnelten sich zu sehr. Ebenso wußte er nicht, wie er sie anreden sollte.

»Vielleicht trinken wir etwas, bis die Damen kommen?« schlug er vor.

»Machen Sie sich bitte keine Mühe, Sir«, sagte der eine.

»Wir haben für neun einen Tisch bestellt«, der andere.

»Das reicht allemal«, beruhigte Delaney sie. »Es ist alles schon fertig.« Er holte den Krug mit den Cocktails und goß ein.

»Auf ein schönes Weihnachtsfest!«

»Auch Ihnen ein gutes Fest, Sir«, sagten sie einstimmig und nahmen einen Schluck. Danach wechselten sie einen Blick.

»Schmeckt wie ein Screwdriver«, sagte der eine.

»Aber mit Wermut drin«, der andere. »Nicht wahr, Sir?«

»Ja.«

»Egal, was drin ist, es schmeckt hervorragend. Ich hätte Lust, das ›Plaza‹ sausenzulassen und hierzubleiben.«

»Es ist ein ganz altmodischer sogenannter Bronx-Cocktail: Gin, süßer und trockener Wermut und Orangensaft.«

»Den sollte man auf Flaschen füllen, damit ließe sich ein gutes Geschäft machen.«

Delaney fand beide recht nett. Nicht, daß sie besonders gut ausgesehen hätten – Gott allein wußte, was Frauen an Männern gefiel! –, aber sie waren alert, witzig, behandelten ihn mit Achtung. Sie hatten auch gegen einen kleinen Plausch nichts einzuwenden, die Unterhaltung plätscherte also unbeschwert dahin.

Als erste erschien Monica, bei deren Auftritt die beiden sich sogleich erhoben, ein weiterer Pluspunkt. Delaney schenkte ihr ein und hörte sich an, wie sie innerhalb von fünf Minuten von ihnen erfuhr, wie alt sie waren, wo in Manhattan sie wohnten, was die Väter für einen Beruf hatten, was sie selbst für Absichten in dieser Hinsicht hätten, und wann sie gedachten, Monicas Herzblättchen unversehrt wieder abzuliefern.

Als Mary und Sylvia hereinkamen, war Delaney von ihrem Anblick hingerissen. Er bot ihnen zu trinken an, sagte aber schon sehr bald: »Ihr solltest jetzt lieber losgehen. Sonst ist euer Tisch weg. Und vergeßt nicht: Zapfenstreich um zwei. Falls ihr nicht um fünf nach zwei da seid, alarmiere ich das FBI, okay?«

Die Mädchen verabschiedeten sich mit einem Küßchen.

»Ich hoffe bei Gott, sie amüsieren sich gut«, sagte Ihre Mutter.

»Das tun sie bestimmt.« Delaney verschloß die Haustür. »Es sind recht nette Jungs«, sagte er zurückkehrend.

»Peter will Medizin studieren«, berichtete Monica, »Jeffrey Architektur.«

»Hab ich alles mitgekriegt. Eine schwere Enttäuschung. Zur Polizei will keiner von beiden.«

Es war noch etwas im Krug. Delaney holte Eiswürfel und goß die Gläser nochmals voll. »Meinst du, wir bauen die Geschenke heute abend noch auf? Oder sollen wir damit bis morgen früh warten?«

»Lieber morgen früh. Geh schon schlafen, Edward, ich warte, bis die beiden zurück sind.«

»Ich habe nichts anderes erwartet«, schmunzelte er, »und ich werde dir dabei Gesellschaft leisten.«

Er ließ sich in den blankgescheuerten grünen Ledersessel sinken. Monica betrachtete das Blumenbukett von Mrs. Ellerbee, das auf dem antiken Sekretär abgestellt war. Sie ändere ein wenig das Arrangement und sagte zum wiederholten Male: »Es ist wirklich eine Pracht, Edward.«

»Tja, es ...«, er verstummte und erhob sich langsam aus dem Sessel. »Was hast du da gesagt?« Seine Stimme klang fremd.

Seine Frau starrte ihn an. »Daß es eine wahre Pracht ist, habe ich gesagt. Was hast du denn bloß, Edward?«

»Nein, nein«, sagte er unwirsch, »ich will wissen, was du gesagt hast, als die Blumen gebracht wurden. Als ich damit in die Küche kam.«

»Was ist denn nur los, Edward?«

»Was du da gesagt hast, will ich wissen!« brüllte er förmlich, »los, wiederhole es!«

»Ich habe gesagt, ›die sind aber schön‹, und ob sie für die Mädchen sind, und da hast du gesagt, ›nein, für uns beide‹.«

»Und weiter?«

»Ob du eine Nelke für dein Knopfloch willst. Und du sagtest nein.«

»Richtig! Ich fragte dich, ob du mich je mit einer Blume im Knopfloch gesehen hättest, und du sagtest, nie, nicht mal an unserem Hochzeitstag. Und als ich fragte, was du denken würdest, wenn ich mir eine Blume ins Knopfloch stecken würde, was hast du da geantwortet?«

»Mir würde sofort der Verdacht kommen, daß du dich verliebt hast.«

Er schlug sich mit der flachen Hand vor die Stirn. »Ich Idiot!« heulte er. »Was war ich nur für ein Idiot!«

Damit rannte er ins Arbeitszimmer und knallte die Tür zu. Seine Frau schaute verständnislos, ließ sich dann aber achselzuckend vor dem Fernsehgerät nieder und sah sich das Weihnachtsprogramm an. Fast eine Stunde widerstand sie der Versuchung, bei ihm reinzuschauen. Dann aber schlich sie sich hin, öffnete die Tür spaltbreit und sah ihn vor seinem Aktenregal fieberhaft Berichte durchblättern. Sie fand, es sei besser, ihn in Ruhe zu lassen. Als er nach einer weiteren Stunde aber immer noch nicht wieder erschienen war, meinte sie jedoch, nun sei es genug, und marschierte schnurstracks in sein Arbeitszimmer. Sie sah ihn in sich zusammengesunken am Schreibtisch sitzen, die Brille auf der Nase, ein Blatt Papier in Händen.

»Jetzt sag mit gefälligst, was du da treibst, Edward«, verlangte sie.

Er schaute verwundert auf. »Ich hab's. Ellerbee war verliebt.«

23

Es sollte ein festlicher Tag werden. Zunächst versammelten sich alle im Wohnzimmer, nur Morgenröcke oder einen Bademantel über dem Schlafanzug und packten die Geschenke aus, die liebevoll unter dem Baum arrangiert waren. Delaney hatte für Monica eine Halskette aus Zuchtperlen gekauft, die sie sogleich anlegte.

Es folgte das große Weihnachtsfrühstück am Küchentisch. Delaney ließ dies alles mit glasigem Blick über sich ergehen. Um zehn schlich er sich ins Arbeitszimmer und rief bei Ellerbees Praxishelferin an. Carol Judd meldete sich nicht. Auch nicht eine Stunde später und auch zwei Stunden später nicht. Wo steckte die verflixte Person nur? Nun ja, seufzte er innerlich, es ist immerhin Weihnachten, und da wird sie bei ihrem Freund sein. Ist schließlich ihr gutes Recht.

Zwischendurch riefen die ›jungen Herren‹ an und schwatzten mit Mary und Sylvia. Das verschlang ebenfalls mindestens eine Stunde. Es folgte der obligate Weihnachtsspaziergang entlang der 5. Avenue, wo man die Dekorationen bewunderte, den Weihnachtsbaum vor dem Rockefeller Center anstaunte und bei ›Rumpelmayer‹ den Lunch nahm. Zurück ging es über die Madison Avenue, und die Mädchen blieben alle Augenblicke entzückt vor den Auslagen stehen. Wieder daheim, stürzte Delaney sich ans Telefon. Carol Judd meldete sich immer noch nicht.

Der Nachmittag verging mit einer ausgedehnten, freundlichen Unterhaltung, an der Delaney, innerlich vor Ungeduld schier zerplatzend, teilnahm: er hoffte, man merkte es ihm nicht an. Nach dem Abendessen versuchte er es wieder bei Carol Judd, wieder ohne Erfolg. Endlich, gegen zehn, bekam er sie an den Apparat.

Nachdem er sich in Erinnerung gebracht hatte, sagte sie freundlich: »Ja, ja, ich weiß schon, Mr. Delaney, und ich wünsche Ihnen fröhliche Weihnachten!« Aha, ein verdeckter Rüffel. Er zwang sich, ihr seine Erregung zu verbergen, nichts wäre jetzt verkehrter, als das Mädchen zu beunruhigen.

»Das wünsche ich Ihnen auch, Miss Judd, und es tut mir leid, daß ich Ihnen ausgerechnet heute lästig falle, nur sind da ein paar Fragen aufgetaucht, die außer Ihnen kein Mensch zuverlässig beantworten kann. Darf ich Sie noch einmal heimsuchen?«

»Also im Moment geht es wirklich nicht.«

Aha, der Freund war also da!

»Oh, ich richte mich ganz nach Ihnen.«

»Hmmm... Wissen Sie, ich habe wieder einen Job.«

»Ach, das freut mich. Gratuliere. Wieder bei einem Psychiater?«

»Nein, bei einem Zahnarzt in der 57. Straße.«

»So? Na, ich weiß schon, wo der wohnt: Ecke 6. Avenue, stimmt's?«

»Genau. Sagen Sie bloß nicht, Ihr Zahnarzt hat da auch seine Praxis!«

»Nein, aber mein Orthopäde. Ich habe gute Zähne, nur leider schlechte Füße. Miss Judd, Sie haben mir schon so liebenswürdig geholfen, daß ich Sie gern zum Lunch ausführen möchte. Haben Sie mittags eine Stunde frei?«

»Ja, aber zeitig. So um zwölf.«

»Auf der 7. Avenue gleich bei der 57. Straße gibt es ein ausgezeichnetes Restaurant. Das ›English Pub‹. Kennen Sie es?«

»Nur von außen.«

»Das Essen ist vorzüglich. Und einen anständigen Drink bekommt man auch. Wollen wir uns morgen um Viertel nach zwölf da treffen?«

»Klar, ich freu mich schon drauf«, willigte sie munter ein.

Am 26. Dezember befand er sich pünktlich um zwölf im ›English Pub‹ und nahm einen Tisch für zwei, von dem aus er den Eingang im Auge behalten konnte. Carol Judd erschien um 12 Uhr 20 und schaute sich suchend um. Er winkte, und sie kam strahlend auf ihn zu. Er stand auf und schob ihr den Stuhl unter.

»Das Lokal ist wirklich Spitze«, lobte sie.

»Ja, man sitzt hier angenehm. Hier war übrigens immer ein Restaurant, solange ich zurückdenken kann. Möchten Sie etwas trinken?«

»Was nehmen Sie?«

»Einen Wodka-Gimlet.«

»Ich möchte lieber einen Daiquiri. Okay?«

Sie trug eine Art Kittel, der ihre Figur verbarg, das blonde Haar ringelte sich aber immer noch lustig, und sie war so aufgekratzt wie beim letzten Mal. Sie schwatzte munter über ihre neue Arbeit und davon, was alles so in einer Zahnarztpraxis vorkommt.

»Wir sollten vielleicht gleich bestellen, reden können wir auch beim Essen.« Er reichte ihr die Speisekarte.

»Einverstanden. Worauf haben Sie Lust?«

»Auf das Clubsandwich. Ich bin nämlich ein Sandwichfanatiker. Bestellen Sie, worauf Sie Appetit haben.«

»Dann einen Cheeseburger mit massenhaft Fritten. Und noch einen Daiquiri. Übrigens, wissen Sie, was passiert ist? Doc Simon hat mir 1 000 Dollar vermacht.«

»Davon habe ich gehört. Sehr nett von ihm.«

»Er war ein Schatz, schlichtweg ein Schatz. Den Scheck habe ich noch nicht, aber seine Anwälte haben mir geschrieben. Sobald das Geld anrollt, fahre ich mit meinem Freund auf die Bermudas oder die Bahamas, irgendwo in die Gegend da jedenfalls. Schließlich ist es gefundenes Geld – oder nicht?«

»Ja. Genießen Sie es.«

»Haben Sie den Kerl schon, der es getan hat?«

»Noch nicht. Aber wir machen Fortschritte.«

Das Essen wurde gebracht, und sie träufelte großzügig Ketchup auf die Fritten und den Cheeseburger. Delaney klatschte Mayonnaise auf sein Sandwich.

Dabei fragte er wie nebenbei: »Sagten Sie nicht, daß Sie für Doktor Ellerbee die Rechnungen ausgeschrieben haben, Carol?«

»Ja, das habe ich.«

»Wie wußten Sie denn, wer ihm wieviel Geld schuldete?«

»Ich habe ein Journal geführt. Da wurde jede Sitzung eingetragen. Die Rechnungen schickte ich monatlich raus.«

»Wußten Sie, daß das Journal weg ist? Verschwunden?«

Sie hatte den Mund aufgesperrt, um einen Happen zu nehmen, ließ nun aber die Gabel sinken.

»Das kann ich nicht glauben. Wer sollte es denn verschwinden lassen wollen?«

»Möglicherweise der Mörder. Wo bewahrten Sie diese Aufstellung auf?«

»In der obersten Schreibtischschublade.«

»Und das wußten alle – ich meine alle Patienten und wer sonst noch etwa in die Praxis kam?«

»Tja, das nehme ich an. Jedenfalls habe ich es nie irgendwie versteckt. Das wäre doch unnötig gewesen.«

»Das wäre es wohl. Letztes Mal erwähnten Sie, daß Doktor Ellerbee sich im vergangenen Jahr irgendwie verändert hatte, erinnern Sie sich? Daß er manchmal ausgelassen war, dann wieder depressiv.«

»Ja, das war er. Er war ... veränderlich sagt man im Wetterbericht.«

»Und er trug einmal sogar eine Blume im Knopfloch?«

»Nicht eigentlich im Knopfloch, denn er hatte keins in seinem Rockaufschlag. Die Blume war angesteckt.«

»Und das hatte er früher nie getan?«

»Stimmt. Ich habe ihn damit aufgezogen, und wir haben beide darüber gelacht. Es war einer von seinen guten Tagen.«

»Vielen Dank, Carol, damit haben Sie mir sehr geholfen. Können wir noch mal auf das Journal kommen – gab es Patienten, die gar nicht oder nur mit Verspätung zahlten?«

»Klar gab es die. Jeder Arzt hat solche Patienten.«

»Wie ist Doktor Ellerbee in solchen Fällen verfahren?«

»Ich habe Mahnungen rausgeschickt. Sehr höflich. Wir benutzten dazu einen Vordruck.«

»Und wenn dann immer noch kein Geld kam, hat er diese Patienten dann trotzdem weiterbehandelt?«

»Er hat nie einen abgewiesen.« Sie wischte sich den Ketchup von den Lippen. »Dazu war er viel zu gutmütig. Er sagte dann: ›Vermutlich eine vorübergehende Verlegenheit‹ und behandelte weiter. Man konnte ihn leicht ausnutzen.«

»Ja, so klingt es.« Delaney war fertig mit seinem Sandwich, auch mit der kleinen Portion Kohlsalat, die dazugehörte. Er lehnte sich zurück und holte tief Luft.

»Wissen Sie noch, welcher Patient ihm das meiste Geld geschuldet hat?«

»Aber gewiß doch.« Sie stopfte die letzten Fritten zierlich

mit den Fingern in den Mund. »Joan Yesell heißt sie, und sie schuldete ihm beinahe zehntausend Piepen.«

Delaney hielt mit Mühe an sich. »Joan Yesell? Zehntausend Dollar?«

»Ungefähr.«

»Das war mehr, als andere ihm schuldeten?«

»Sehr viel mehr.«

»Haben Sie ihr Mahnungen geschickt?«

»Anfangs schon, aber Doc Simon sagte dann, ich solle damit aufhören. Er meinte, sie kann es sich nicht leisten. Also behandelte er sie umsonst.«

»Ah ... möchten Sie einen Nachtisch, Carol?«

»Hm ... wollen doch mal sehen ...«

Der Himmel war stahlfarben, als er, eine teure Zigarre rauchend, heimwärts trabte. Er kam sich vor, als gehörte ihm die Welt. Nun, vielleicht nicht die ganze, aber doch ein guter Teil von ihr. Er war ein ganzes Stück weiter. Bloß: Welches war der nächste Schritt? Sein Haus lag still und verlassen. Die Frauen dürften in die Stadt gegangen sein, Geschenke umtauschen. Er klemmte sich hinter das Telefon im Arbeitszimmer. Es dauerte fast eine Stunde, bevor er Boone und Jason zu einer Besprechung herbeizitieren konnte, um 21 Uhr sollte die sein.

Als sie aber eingetroffen waren und er die Tür zum Wohnzimmer sorgsam geschlossen hatte, damit das Geschwätz der Frauen sie nicht störte, kamen ihm Zweifel daran, ob er imstande sein würde, ihnen seine eigene Gewißheit zu vermitteln. Was er zu sagen hatte, mochte ihnen dürftig erscheinen, auch wenn er selber ganz sicher war, auf dem richtigen Weg zu sein.

»Jetzt hört mir mal zu: Ich glaube fest daran, daß Doc Ellerbee in Joan Yesell verliebt war oder eine Affäre mit ihr hatte oder beides. Vier Frauen, darunter auch seine eigene, haben beobachtet, daß er sich in den letzten zwölf Monaten verändert hatte. Nur, wie diese Veränderung beschaffen war, darüber gehen die Meinungen auseinander. Mal war er obenauf, mal ganz im Keller, war mal dies, mal jenes. Typisches Verhalten eines Menschen, der nicht weiß, wo ihm der Kopf steht. Ferner: Yesell schuldete ihm Geld, und zwar um die zehntausend Dollar, ohne daß er auch nur den Versuch machte, seine Außenstände einzutreiben. Das habe ich heute mittag von seiner Praxishelferin erfahren.«

Boone und Jason hörten gespannt zu, und Delaney sah: Die beiden zu überzeugen, würde nicht schwerfallen, die wollten glauben.

»Das erklärt seine letztwillige Verfügung«, überlegte Boone laut. »Indem er allen Patienten ihre Schulden erließ, profitierte auch Yesell, unauffällig.«

»Ganz recht. Sie schuldete ihm sehr viel mehr als irgend sonst ein Patient. Aus seinem Terminkalender ist zu ersehen, daß sie in diesem Jahr elf Mal außer der Reihe gekommen ist, als späte Patientin sozusagen, und jedesmal freitags. Interessant ist in diesem Zusammenhang, daß die letzte derartige Eintragung vom April stammt. Was aber meiner Meinung nach nicht bedeutet, daß keine Sitzungen mehr stattfanden, sondern nur, daß er sie nicht mehr vermerkt hat.«

»Sie glauben, er hat's mit ihr getrieben, Sir?« fragte Jason.

»Sieht mir ganz so aus. Ein gesunder, gutaussehender Mann wie er, der hat sich von ihr nicht bloß die Karten legen lassen.«

Boone erinnerte die beiden anderen: »Doc Samuelson und die Witwe schwören Stein und Bein, daß er nicht fremdgegangen ist.«

»Kann sein, sie wissen davon nichts, Sergeant. Vielleicht haben sie gelogen, damit es keinen Skandal gibt. Es ist im Moment auch weiter nicht wichtig. Wichtig ist, daß die Yesell öfter freitags abends mit ihm in der Praxis zusammen war, während seine Frau schon nach Brewster hinausfuhr. Jedenfalls sehe ich das so. Außerdem berichtet Konigsbacher, daß Symington Doktor Ellerbee um 21 Uhr an einem Freitagabend allein in seinem Wagen auf der 1. Avenue gesichtet hat. Vermutlich hatte er gerade die Yesell heimgebracht und war unterwegs nach Brewster.«

»Die Yesell hat keinen eigenen Wagen«, nickte Jason, »also fuhr sie mit dem Bus oder einem Taxi zu Ellerbee. Und er fuhr stadtauswärts bei ihr vorbei und setzte sie ab. Paßt haarscharf.«

»Und es paßt auch, daß sie versucht hat, sich die Pulsadern zu öffnen, gleich nachdem wir sie befragten«, fügte Boone an.

»Und Mama lügt, was das Zeug hält, um sie zu decken«, setzte Jason hinzu. »Das sollte eigentlich ausreichen.«

Sie schauten einander an und verzogen verbittert die Gesichter, als ihnen klar wurde, daß dies kein ausreichendes Beweismaterial darstellte.

»Wir müssen uns die beiden Yesells nochmals vornehmen, und zwar intensiv. Bloß würde ich vorher gern noch einige Kleinigkeiten aufklären. Angenommen, sie ist die Mörderin, welches Motiv hatte sie? Kann sein, er hatte ihr versprochen, sich scheiden zu lassen und sie zu heiraten, und sich dann gedrückt. Das wäre Möglichkeit Nummer eins. Nummer zwei wäre, er hat sie angebufft.«

»Jesus Maria«, ächzte Boone, »sie angebufft?«

»Nicht auszuschließen. Diese Venable oder wie sie heißt, die steht sich doch angeblich gut mit der Yesell, die soll herausbekommen, ob die Yesell schwanger ist oder eine Abtreibung hatte. Und Sie, Jason, Sie stellen fest, wer ihr Hausarzt ist. Der wird Ihnen wahrscheinlich nicht das geringste erzählen, doch probieren können wir es. Boone, Sie gehen noch mal ins St.-Vincent-Hospital und versuchen herauszubekommen, ob jemand auf Yesells Krankenpapieren so was wie eine Schwangerschaft vermerkt hat. Hören Sie sich auch noch mal beim Personal um.«

»Da sehe ich schwarz«, murmelte Boone.

»Mit Recht. Trotzdem müssen wir es versuchen. Und dann müssen wir in den Eisenwarengeschäften in ihrer Nachbarschaft und in der Gegend ihres Arbeitsplatzes nachfragen, ob jemand, auf den ihre Beschreibung paßt, einen Treibhammer gekauft hat.«

Jason fragte neugierig: »Sie glauben also wirklich, Sir, daß sie Ellerbee erschlagen hat?«

»Ich glaube, sie war an jenem Abend dort und weiß mehr, als sie uns sagt. Wie auch immer, macht euch an die Arbeit, und morgen abend knöpfen wir sie uns zu dritt vor. Kann sein, ich nehme auch Venable mit, damit die Yesell nicht total durchdreht. Aber ausquetschen werde ich die junge Dame.«

»Man könnte sie auch verhaften?« schlug Boone vor.

»Auf was hin, bitte sehr? Wenn wir ihr nicht wenigstens nachweisen können, daß sie einen Hammer gekauft hat, haben wir nichts in der Hand. Unsere einzige Hoffnung ist, daß sie gesteht. Spaß wird mir das nicht machen, sie ist schließlich eine bejammernswerte Person, aber davon dürfen wir uns nicht beeinflussen lassen. Ich hab mal den Fall einer Frau bearbeitet, die war fast eine Zwergin, und gewogen hat sie keine 40 Kilo, aber sie konnte ihrem Freund mit einem Backstein den Schädel einschlagen, während er schlief. Manches Schäfchen hat es in sich. Also Sergeant«, und er schaute Boone scharf an, »was halten Sie davon?«

»Tja, Sir, wie Jason schon sagt, alles paßt zusammen. Joan Yesell und Ellerbee machen ei, ei. Bloß verstehe ich nicht, wieso? Er hatte doch ein Bild von einer Frau, dazu gescheit und reich – wieso in aller Welt setzt er das alles aufs Spiel, bloß um sich mit jemand wie der Yesell einzulassen, die verglichen mit seiner Frau doch sozusagen nichts ist?«

Delaney nickte. »Da berühren Sie einen wichtigen Punkt, Sergeant. Aber das ist weniger unwahrscheinlich, als man annehmen möchte. Ich habe darüber gründlich nachgedacht, und hier ist das Ergebnis: Diane hat bei Ellerbee studiert. Er sieht diese traumhaft schöne Person, die eigentlich weiter nichts sein will als schön, und er nimmt sich vor, sie dahinzubringen, daß sie auch ihren Verstand gebraucht. Sie folgt seinem Rat und ist in ihrem Fach bald sehr tüchtig. Sie erinnern sich, daß Samuelson von Pygmalion und Galatea sprach? Genau das war es. Jetzt, Jahre später, begegnet Ellerbee dieser Yesell, und auch in der sieht er ein Potential, das er entwikkeln möchte. Wissen Sie, woran er litt? An der fixen

Idee, seine Frauen zu ... na sagen wir, was aus ihnen zu machen, wozu sie allein nicht willens oder fähig waren. Solche Männer gibt es. Die lieben eine Frau nicht wegen dem, was sie ist, sie müssen sie erst verwandeln, so daß sie ihren eigenen Vorstellungen von dem entspricht, was so eine Frau sein könnte. Klingt das einigermaßen einleuchtend?«

»Ich habe einen Schwager«, erklärte Jason, »der ist auch so ein Typ. Dauernd mäkelt er an meiner Schwester rum, sie soll dies machen oder jenes, sich so anziehen oder anders. Er läßt sie nie in Frieden. Ich gebe den beiden noch ein, zwei Jahre, dann ist die Ehe kaputt.«

»Wir verstehen uns also«, sagte Delaney erfreut. »Aus eben solchen Gründen fühlte Ellerbee sich zu Joan Yesell hingezogen. Er wollte sie neu erschaffen. Und noch etwas, es ist Ihnen doch aufgefallen, daß alle, die wir befragten, Ellerbee als einen ausgesprochenen Glückspilz bezeichneten, weil er eine schöne Frau mit viel Geld an Land gezogen hatte. Jetzt frage ich euch: Wie lange kann man so etwas ertragen? Es muß einem doch zum Halse heraushängen, immer wieder dasselbe zu hören. Da könnte man leicht in Versuchung kommen, sich ein unscheinbares Mäuschen zuzulegen, das einen für den lieben Gott hält. Vielleicht war Ellerbee auch bloß auf Abwechslung aus. Oder die Yesell war im Bett die Größte, gleich nach Cleopatra. Mindestens besser als seine Diane. Wie auch immer, es gibt genügend Gründe, die dafür sprechen, daß Ellerbee fremdgegangen ist.« Delaney wakkelte bekümmert mit dem Kopf. »Der arme Mann, er hätte dringend psychiatrische Behandlung gebraucht.«

24

Obwohl alle Beteiligten sich die größte Mühe gaben, blieb das Ergebnis mager, und am 27. Dezember abends wußte Delaney kaum mehr als tags zuvor.

Helen Venable erbot sich, auf die Bibel zu schwören, daß

Joan Yesell weder schwanger war, noch es je gewesen sei, aber beweisen konnte sie nichts dergleichen. Jason flog aus der Praxis von Yesells Hausarzt heraus, ohne das geringste erfahren zu haben. Und die Ausbeute im St.-Vincent-Hospital war die gleiche: absolute Fehlanzeige. Die Nachforschungen in den Eisenwarenhandlungen brachten auch nicht mehr: Niemand erinnerte sich, jemandem, der Joan Yesell geähnelt hätte, einen Treibhammer verkauft zu haben. Der Hausmeister wußte nicht mal, was ein Treibhammer ist, davon, daß er einen besaß, nicht zu reden.

»Dann bleibt uns nichts weiter übrig, als selber mit Joan Yesell zu sprechen«, seufzte Delaney. »Da fällt mir ein, daß ich Thorsen gegenüber vor mehr als einer Woche die Vermutung geäußert habe, die Mama könnte möglicherweise lügen, um zu vertuschen, daß das Töchterchen eine Affäre hat. Das war ein Schuß ins Schwarze, bloß wer hätte damals vermutet, daß sie eine Affäre mit dem Ermordeten hatte?«

Sie fuhren zu dritt in Jasons Wagen zu Yesells und trafen sich vor dem Haus mit Helen Venable.

Die fragte als erstes: »Wollen Sie Joan verhaften?«

»Soweit sind wir noch nicht. Einen Haftbefehl haben wir nicht, und hinreichende Beweise auch nicht. Sollte sie gestehen, sieht die Sache allerdings anders aus. Ist sie zu Hause?«

»Beide.«

»Gut. Sprechen Sie mit ihr über die Haussprechanlage, und dann gehen wir gemeinsam hinauf.«

Als sie in die von Polstern überquellende Wohnung, man muß schon sagen, einmarschierten, blinzelten die beiden fetten Katzen nur unwillig, regten sich aber weiter nicht. Blanche Yesell reagierte da schon anders:

»Was erlauben Sie sich eigentlich, hier einfach so einzudringen?« Die Hochfrisur geriet in gefährliches Schwanken, und die streitbare Mutter bebte vor Wut. »Haben Sie uns nicht schon genug Ärger gemacht? Das ist die pure Schikane, und ich versichere Ihnen, daß ich mir das nicht bieten lasse.«

Delaney entschloß sich, jetzt gleich den Ton festzulegen, in dem die Befragung geführt werden sollte.

»Sie«, grollte er, »Sie haben sich das selbst zuzuschreiben. Sie haben uns belogen, und wenn Sie wollen, werde ich dafür sorgen, daß gegen Sie ein Verfahren eingeleitet wird wegen Verdunkelung! Wenn Ihnen daran nichts liegt, dann setzen Sie sich gefälligst hin und halten Sie den Mund, bis Sie gefragt werden!«

Der Drache klappte verblüfft den Mund zu, und Mutter und Tochter nahmen gleichzeitig Platz. Sie hielten sich bei den Händen und sahen ängstlich zu den Polizisten auf.

Delaney mäßigte seinen Ton nicht im geringsten, sondern knurrte die Mutter an: »Sie behaupten, am Abend, an dem Doktor Ellerbee ermordet wurde, hier zusammen mit Ihrer Tochter in der Wohnung gewesen zu sein. Das war eine vorbedachte Falschaussage! Haben Sie vielleicht den Wunsch, die jetzt richtigzustellen?«

»Ich ... es könnte sein, daß ich die Wohnung für kurze Zeit verlassen habe ...«

»So. Für kurze Zeit.« Und zu seinen Untergebenen: »Sie haben es gehört? Für kurze Zeit!« Und wieder zu Mrs. Yesell: »Sagen wir doch für zwischen drei und vier Stunden. Das geht aus den Aussagen der Damen hervor, mit denen Sie Bridge zu spielen belieben, Madam! Drei hervorragend beleumdete Zeuginnen überführen Sie der Falschaussage. Wollen Sie das leugnen?«

Sie war jetzt eingeschüchtert, aber aufgeben tat sie noch nicht.

»Meine Joan hat mit alledem nichts zu tun!« rief sie.

»Ach nein. Hat sie wirklich nichts damit zu tun? Und haben Sie uns belogen, weil Ihre Tochter nichts damit zu tun hat?« Er wandte sich an die mittlerweile totenblaß gewordene Tochter. »Jetzt zu Ihnen, Miss Yesell. Ist Ihnen bekannt, daß Doktor Ellerbee testamentarisch verfügt hat, die Schulden, die seine Patienten bei ihm hatten, sollen diesen erlassen werden?«

Diese Frage kam völlig unerwartet für sie, und die schüttelte verwirrt den Kopf.

»Wieviel waren Sie ihm schuldig?« fragte er streng.

»Ich ... genau weiß ich es nicht.«

»Sergeant Boone, wie hoch ist der Betrag, den Miss Yesell Doktor Ellerbee für vorgenommene, aber nicht honorierte Behandlungen schuldete?«

»Etwa zehntausend Dollar, Sir«, antwortete Boone.

»Zehntausend Dollar also«, funkelte Delaney die junge Frau an. »Sehr viel mehr als andere Patienten. Und Doktor Ellerbee bemühte sich überhaupt nicht darum, zu seinem Geld zu kommen. Wie erklären Sie sich das, Miss Yesell?«

»Er war ein sehr gütiger Mensch und wir ...« antwortete die Mutter, kleinlaut.

»Sie hätten zahlen können!« behauptete Delaney. »Ihre Tochter hat gut verdient. Wenn sie nur gewollt hätte, oder wenn er Sie gedrängt hätte, dann wäre es Ihnen durchaus möglich gewesen zu zahlen. Sergeant, wie sehen Sie das?«

»Ich sehe das so, daß zwischen den Beteiligten eine Liaison bestand, die bis Ende letzten Jahres zurückgeht. Im April etwa wurde es ernst zwischen den beiden. Von da ab vermerkte er ihre Besuche, die regelmäßig am Freitagabend stattfanden, nicht mehr in seiner Honoraraufstellung.«

»Richtig. Freitag abends. Wann immer er es einrichten konnte. Seine Frau fuhr dann voraus aufs Land, und Sie«, ein tadelnder Blick traf die Mutter, »Sie hatten ja Ihren Bridgeabend. Sehr hübsch ausgedacht. Hat er Ihnen versprochen, sich scheiden zu lassen und Sie zu heiraten?« herrschte er unvermittelt die Tochter an.

Die brach prompt in Tränen aus und schlug die Hände vors Gesicht. Helen Venable machte einen Schritt auf sie zu, gebot sich dann aber Einhalt. Ihr wurde klar, daß sie sich jetzt nicht einmischen durfte.

Delaney sagte nun ganz sanft: »Joan, wir wissen, daß Sie mit Doktor Ellerbee eine Affäre hatten. Wir sind im Bilde. Hat er gesagt, daß er Sie liebt?«

Sie nickte stumm, ohne aufzublicken.

»Nun ja, das ist auch meine Vermutung«, fuhr Delaney immer noch in sanftem Ton fort. »Er hat Ihnen versprochen, sich scheiden zu lassen und Sie zu heiraten. Nur hat er das immer wieder aufgeschoben. Darum haben Sie ... Jason, wo hat sie den Hammer hergehabt?«

»Den Kriegt man in jeder Eisenwarenhandlung, Sir. Wenn man ihn loswerden will, schmeißt man ihn in die nächste Mülltonne.«

»Nein, nein, nein!« kreischte Joan plötzlich. »So war es überhaupt nicht!«

»Hören Sie sofort auf!« verlangte die Mutter. »Lassen Sie das endlich, Sie machen ja meine Joan ganz krank!«

»Ich werde es nicht lassen, Madam«, widersprach Delaney schroff. »Ihre Joan hatte eine Affäre mit einem verheirateten Mann, der ermordet worden ist. Und wir werden die Wahrheit aus ihr herausholen, auch wenn es den ganzen Abend dauert. Sie waren also am Tatort, am Abend, als er ermordet wurde, nicht wahr?« verlangte er von Joan Yesell zu wissen.

Sie nickte, und die Tränen strömten von neuem.

»Wann kamen Sie in seine Praxis?«

»Kurz vor neun.«

»Weshalb so spät?«

»Ich bekam wegen des Regens kein Taxi. Also mußte ich den Bus nehmen.«

»Welchen?«

»Zur 1. Avenue.«

»Haben Sie Ellerbee angerufen und gesagt, Sie würden sich verspäten?«

»Ja.«

»Und?«

»Er sagte, er wolle warten.«

»Sie sind an der 84. Straße ausgestiegen und zu Fuß zu ihm gegangen?«

»Ja.«

»Wie waren Sie bekleidet?«

»Mit einem Regenmantel.«

»Überschuhe?«

»Ja, Galoschen aus Gummi. Und einen Regenschirm hatte ich auch.«

»Gut. Sie stehen jetzt vor seinem Haus. Weiter.«

»Unten war offen.«

»Welche Tür, die Haustür oder die ins Treppenhaus?«

»Beide. Die Haustür ist immer offen. Diesmal war aber auch die Tür zum Treppenhaus offen.«

»Wie weit? Sperrangelweit? Spaltbreit?«

»Spaltbreit.«

»Weiter.«

»Bevor ich ins Treppenhaus ging, klingelte ich bei ihm. Seine späten Patienten klingeln immer dreimal kurz. Das tat ich, aber der Summer wurde nicht gedrückt.«

»Sie gingen trotzdem – die Tür war ja offen.«

»Ja.«

»Sahen Sie auf dem Treppenläufer feuchte Fußabdrükke?«

»Darauf habe ich nicht geachtet.«

»Und?«

»Ich rief im Hinaufgehen seinen Namen, bekam aber keine Antwort.«

»Und als Sie in die Praxis kamen?«

Sie ließ wieder den Kopf sinken und erschauerte. Die Mutter legte einen Arm um ihre Schulter.

»Was war, als Sie in die Praxis kamen?« beharrte Delaney.

»Ich sah ihn. Er war tot.«

»Wo sahen Sie ihn?«

»Im Vorzimmer. Wo seine Sprechstundenhilfe sonst war.«

»Beschreiben Sie die Lage der Leiche.«

»Wie bitte?«

»Saß er? Lag er? Oder was!«

»Wissen Sie denn das nicht«, fiel die Mutter empört ein.

»Sie halten gefälligst den Mund«, blaffte Delaney.

»Er lag auf dem Boden, das Gesicht nach oben. Ganz blutig.«

»Was taten Sie daraufhin?«

»Ich schrie.«

»Und dann?«

»Lief ich weg.«

»Haben Sie dort irgendwas angefaßt?«

»Nein.«

»Haben Sie seinen Herzschlag gefühlt?«

»Nein, nein, nein!«

»Wie wollen Sie dann wissen, daß er tot war?«

»Ich wußte es einfach ... seine Augen ...«

»Warum haben Sie nicht die Polizei alarmiert?« fragte Sergeant Boone.

»Ich weiß nicht, ich hatte furchtbare Angst ... ich wollte nur weg von da ...«

»Wo ist das Journal?« fragte Delaney.

»Was für ein Journal?«

»Das Journal aus dem Schreibtisch der Praxishelferin, das sie mitgenommen haben.«

»Ich habe nichts angefaßt, nichts mitgenommen, ich schwöre es!«

»Was also taten Sie dann?«

»Ich rannte die Treppe runter und zum Haus raus.«

»Haben Sie im Haus jemanden gesehen?«

»Nein, niemanden.«

»Etwas gehört, beispielsweise Geräusche aus einem der anderen Räume?«

»Nein.«

»Irgendwas gerochen – einen exotischen Geruch?«

»Nein.«

»Weiter.«

»Ich rannte in die York Avenue. Es goß immer noch, aber ich bekam ein Taxi und fuhr heim.«

»Was für ein Taxi war das?« wollte Boone wissen.

»Eins von den großen, mit Klappsitzen.«

»Wann waren Sie wieder zu Hause?« fragte Delaney.

»Ich glaube, es war kurz vor zehn.«

»Und Sie, Madam?« wandte Delaney sich an Mrs. Yesell. »Wann kamen Sie nach Hause? Und diesmal die Wahrheit, wenn ich bitten darf.«

Sie sah ihn voll an. »Gegen Viertel nach elf.«

»Und Ihre Tochter erzählte, was vorgefallen war.«

»Ja. Meine Joan war ganz außer sich. In Tränen aufgelöst. Ich wollte eigentlich den Arzt kommen lassen.«

»Aber sie taten es nicht?«

»Ich gab ihr Aspirin und machte ihr Tee.«

»Und dann dachten Sie sich aus, wie Sie uns am besten hinters Licht führen könnten.«

»Ich kam gar nicht auf die Idee, wir könnten in Verdacht geraten. Mit dem Tode dieses ... dieses Mannes hat meine Joan nichts zu tun.«

Delaney hob resigniert die Schultern und blickte seine Untergebenen an. »Haben Sie das gehört? Sie meinte, man würde ihre Tochter nicht verdächtigen?« Und wieder zu Joan Yesell: »Gut. Nun das Ganze noch mal von vorne.«

Diesmal setzte er ihr mit Fragen nach Einzelheiten mehr zu als beim ersten Verhör – waren noch andere Fahrgäste in ihrem Bus? Könnte sie den Fahrer beschreiben? Hatte sie jemanden gesehen, als sie von der Bushaltestelle zum Haus ging? Wann hatte sie bei Ellerbee angerufen, um zu sagen, daß sie sich verspäten würde? Konnte sie eine Beschreibung des Taxifahrers geben, der sie nach Hause gebracht hatte?

Ferner: Wann war es zwischen ihr und Ellerbee ›ernst‹ geworden? Im März. Wie oft kamen sie zusammen? – So oft als möglich, zwei-, dreimal im Monat. Hatte er ihr versprochen, sich scheiden zu lassen und sie zu heiraten? – Ja. Wann sprach er das erste Mal von Scheidung? – Vor etwa drei Monaten. Gab er ihr Geld? – Nein. Aber er machte ihr Geschenke. Welcher Art? – Gelegentlich Schmuck, auch einen seidenen Schal. Dinge dieser Art.

Hatte ihre Mutter von dem Verhältnis gewußt? – Ja. Haben Sie Einwände dagegen erhoben, Madam? – Nicht eigentlich. Hat Ellerbee gesagt, daß seine Frau wußte, was vorging? – Nein. Aber, daß er sie um die Scheidung bitten wollte, hat er gesagt? – Ja. Ob er dies je wirklich getan hat, wissen Sie jedoch nicht? – Nein.

Delaney war während dieser Vernehmung in Hochform, er änderte seine Lautstärke und seinen Ton immer wieder überraschend, blaffte, säuselte, polterte, brüllte, brachte beide Frauen zum Weinen, ließ ihnen Zeit, sich wieder zu fassen. Geriet Joan an den Rand eines hysterischen Ausbruchs, nahm er sich die Mutter vor. Immer wieder überfiel er sie mit ganz unerwarteten Fragen.

Nachdem auf diese Art mehr als zwei Stunden verstrichen waren, in denen weder er noch seine Begleiter den Mantel abgelegt oder sich hingesetzt hatten, sagte er unerwartet: »Das reicht mir für heute. Halten Sie sich zur Verfügung, Miss Yesell. Es sind noch mehr Fragen zu beantworten. Und lassen Sie sich nicht einfallen, zu verreisen. Sie werden observiert.«

Und er machte sich zum Abgang bereit. Helen Venable fragte: »Darf ich noch hierbleiben, Sir?«

Delaney schaute sie nachdenklich an. »Ja, tun Sie das. Trinken Sie einen Tee mit den Damen.«

Jason fuhr, Delaney und Boone saßen hinten.

»Es stinkt nach Katze da drinnen«, beschwerte sich Boone. »Egal, wie oft man das Katzenklo säubert, wenn man Katzen in der Wohnung hat, stinkt es nach ihnen.«

Sie überlegten, wie die Angaben von Joan Yesell betreffend Bus und Taxi nachzuprüfen seien, und Delaney sagte: »Ihr schreibt beide noch heute abend jeder seinen Bericht. Ich schreibe meinen, zu dritt sollten wir imstande sein, uns an alles zu erinnern.«

Als Jason vor Delaneys Haus hielt, machte dieser keine Anstalten auszusteigen. »Laßt uns mal abstimmen«, schlug er vor. »Jason, Sie als erster. Hat sie die Wahrheit gesagt?«

»Ich glaube schon, Sir. Ich traue ihr weder die Kraft noch den Schneid zu, den Mann hinzumachen, den sie liebte.«

»Sergeant?«

»Ich glaube, sie hat die Wahrheit gesagt. Im zweiten Verhör ist sie von ihrer ersten Aussage keinen Zentimeter abgewichen. Entweder ist sie eine tolle Schauspielerin, oder sie hat die Wahrheit gesagt.«

»Ich fürchte, ihr habt beide recht«, sagte Delaney verdrossen.

»Kommt hinzu«, gab Boone zu bedenken, »daß Samuelson in Brewster ausdrücklich gesagt hat, er kennt keinen Fall, wo ein potentieller Selbstmörder einen Mord begangen hat.«

Delaney zuckte zusammen und blickte Boone an: »Mann, Mann, ich glaube fast, Sie haben da gerade eben die Zauberformel ausgesprochen.« Und ohne sich näher zu erklären, entstieg er dem Wagen und erklomm die Stufen zu seinem Haus. Er legte Hut und Mantel in der Garderobe ab und ging ins Wohnzimmer. Die Mädchen waren mit ihren Verehrern im Theater, aber immerhin war seine Frau da, die nicht nur dem Fernsehprogramm folgte, sondern zugleich eine Strichliste für die erhaltenen und abgesandten Weihnachtskarten auf den neuesten Stand brachte. Er küßte sie auf die Wange.

»Wie ist es gegangen?«

»Nicht schlecht«, sagte er. »Ich erzähl es dir später. Erst muß ich telefonieren und dann noch was raussuchen. Zeit haben wir im Moment leider so gut wie überhaupt keine mehr füreinander.«

»Und wer ist daran schuld, bitte sehr?«

Es verging fast eine halbe Stunde, bevor er den Polizeipsychiater Dr. Murray Walden ans Telefon bekam, der an einem Ball im ›Americana‹ teilnahm. Man mußte ihn erst ausrufen.

»Delaney«, meldete Dr. Murray sich drohend, »wenn Sie nichts wirklich Wichtiges haben, bringe ich sie um! Ich war eben dabei, den besten Tango seit Valentino aufs Parkett zu legen.«

»Es ist wichtig genug. Eine einzige Frage, und ich möchte ein ›Ja‹ oder ›Nein‹.«

»Na, na, Sie wissen, das kann ich nicht versprechen.«

»Schlimmer wie die Rechtsverdreher seid ihr! Also: Ich habe es mit einer Frau zu tun, die vier Selbstmordversuche hinter sich hat. Ist es wahrscheinlich, daß sie einen Mord begeht?«

Schweigen.

»Hallo! Sind Sie noch da, Walden!«

»Ja, ja, aber lassen Sie mich wiederholen: Ist es wahrscheinlich, daß ein potentieller Selbstmörder einen Mord begeht? Das meinen Sie doch? Die Antwort lautet: Nein. Womit nicht ausgeschlossen ist, daß so was vorkommt. Nur ich selber habe noch nie von einem solchen Fall gehört, das paßt im Grunde nicht zusammen.«

»Haben Sie schönsten Dank, Doc. Und tanzen Sie Ihren Tango zu Ende.«

Sodann suchte er bestimmte Schriftstücke aus seinen Aktenordnern heraus und legte sie fein säuberlich Kante neben Kante auf seinem Schreibtisch aus, betrachtete sie mit großer Genugtuung und stellte fest, daß dies die Stücke des Puzzles waren, die sich nunmehr zu einem Bild zusammenfügten. Er öffnete die Tür zum Wohnzimmer und sagte: »Könntest du mal einen Moment kommen, Monica?«

Sie blickte auf. »Aha, jetzt hast du Schuldgefühle, weil du mich vernachlässigst.«

»Sehr richtig. Ich brauche aber dein Urteil über gewisse Dinge.«

»Du siehst ja richtig feierlich aus, Edward«, sagte sie und setzte sich ihm gegenüber.

»Ernst vielleicht, aber doch nicht gleich feierlich. Übrigens kann es auch länger dauern als nur einen Moment.« Und er berichtete über die vorgefallenen Begebenheiten.

»Was meinst du dazu?« fragte er, nachdem er die Geschichte von Joan Yesell erzählt hatte.

»Das arme Ding. Bist du sehr rüde mit ihr umgegangen, Edward?«

»So rüde als nötig. Meinst du, sie hat die Wahrheit gesagt?«

»Glauben könnte ich es schon. So eine verletzliche Frau! Und jünger wird sie auch nicht. Ein gutaussehender Mann wie Ellerbee sagt ihr, daß er sie liebt. Edward, das muß eine Romanze gewesen sein, wie sie sie aus dem Fernsehen kannte. Vielleicht gar für sie die letzte Gelegenheit, ein inniges Verhältnis zu einem Mann anzuknüpfen. Abgesehen vom Sex, der gewiß eine große Rolle spielte. Hätte er sich geweigert, sich scheiden zu lassen und sie zu heiraten, würde sie das vermutlich hingenommen haben. Für sie war doch das Wichtigste, mit ihm zusammenzusein.«

»So sehe ich das ebenfalls. Man darf auch nicht vergessen, daß er als Arzt eine Art Vaterfigur war, noch dazu gütig und voller Anteilnahme.«

»Übertragung nennen die Psychofritzen das.«

»Meinetwegen. Jedenfalls glaube ich nicht, daß sie den Mord begangen hat, Boone und Jason übrigens auch nicht. Damit sind wir wieder am Anfang. Die Sache mit dem zweiten Satz Fußabdrücke ist auch noch unklar. Aber Boone hat heute abend etwas gesagt, was mich daran erinnerte, daß Samuelson neulich in Brewster behauptete, wer zu Selbstmord neige, eigne sich nicht zum Mörder.«

»Daran kann ich mich nicht erinnern.«

»Du warst in der Küche, als die Rede darauf kam. Vorhin rief ich unseren Polizeipsychiater an, einen gewissen Walden, und der bestätigte, was Samuelson meint.«

»Warum ist das so wichtig, Edward? Es wäre doch nur ein Hinweis mehr darauf, daß Joan Yesell es nicht gewesen ist?«

»Tja, mir ist aber eingefallen, daß Ellerbees Witwe, als sie mir die Liste mit den Namen der Patienten ihres Mannes gab, sagte, sie habe auch Joan Yesell aufgeführt, weil von der angenommen werden müsse, daß sie aufgrund mehrerer fehlgeschlagener Selbstmordversuche plötzlich gewalttätig, sprich mordlüstern werden könnte. Ich habe es eben rausgesucht.« Er hielt ihr ein Blatt Papier hin. »Sie hat sich wirklich so ausgedrückt, da steht es. Nun gilt Diane Ellerbee als sehr tüchtige Psychologin, warum also sollte sie eine solche Behauptung aufstellen, wenn sowohl Samuelson wie auch Walden das als ganz abwegig bezeichnen?«

Er betrachtete seine Frau genau und sah, wie ihre Miene sich veränderte, als ihr dämmerte, was das bedeuten konnte.

»Willst du damit andeuten ...«

»Ich deute gar nichts an, sondern ich sage es rundheraus: Diane Ellerbee hat ihren Mann ermordet.«

»Aber du hast ni ...«

»Moment mal! Bevor du mich für verrückt erklärst, will

ich dir noch einige Einzelheiten verraten. Ich fange am besten mit meiner eigenen Dummheit an – ich hätte es längst sehen müssen. Etwa 75 Prozent aller Morde werden von dem überlebenden Ehegatten begangen, von Verwandten oder Freunden des Opfers. Das weiß ich seit Ewigkeiten. In diesem Fall aber habe ich es nicht bedacht. Wie kommt das? Weil Diane Ellerbee mich so sehr beeindruckt hat, schön und gescheit, wie sie ist. Deshalb konnte ich sie nicht in der Rolle der brutalen, kaltblütigen Mörderin sehen.«

»Sie kann doch unmöglich ...«

»Laß mich erst mal ausreden. Daß ich die Statistik mißachtet habe, war aber nicht mein schlimmster Fehler. Ich habe mich auch über ganz Offenkundiges hinweggesetzt. Und in diesem Fall ist das ihre Behauptung, gegen 18 Uhr 30 aus Manhattan abgefahren und gegen 20 Uhr in Brewster angekommen zu sein. Wer behauptet das? Sie. Wer beweist es? Niemand. Und blöd, wie ich bin, habe ich keinen Moment daran gezweifelt, daß es so war. Ich habe ihre Behauptung nicht überprüft.«

»Das bedeutet doch noch nicht, daß sie die Mörderin war.«

»Nein? Dann laß mich dir mal ausmalen, wie ich mir den Ablauf vorstelle. Ellerbee hat tatsächlich was für die Yesell übrig, er macht ihr das nicht nur vor. Folglich bittet er seine Frau, in die Scheidung einzuwilligen. Ich schätze, das war so drei, vier Wochen vor seiner Ermordung. Kann auch sein, daß sie selber dahintergekommen ist, das ist einerlei. Daß er aber die Scheidung verlangt, das wirft sie um. Sie, die goldene Göttin, soll einer grauen Maus weichen? Das will sie nicht hinnehmen.

Am Freitagabend sagt sie ihm, sie will wie üblich schon nach Brewster vorausfahren, er soll kommen, wenn sein letzter Patient gegangen ist, der, wie sie sehr wohl weiß, Joan Yesell heißen dürfte. Sie holt den Wagen aus der Garage, bleibt aber in der Stadt. Mag sein, sie fährt eine Weile herum, ich glaube aber eher, daß sie auf der 84. Straße so parkt, daß sie ihre Haustür im Blick hat. Die Yesell verspätet sich an diesem Abend des Wetters wegen, aber der Ellerbee ist das egal. Ich glaube, sie hatte sich in einen furchtbaren Zorn gesteigert, und es ist meine feste Überzeugung, daß sie die beiden überraschen und alle beide umbringen wollte. Und zwar mit dem Hammer. Wo sie den her hat, weiß ich noch nicht, aber das kriege ich schon noch raus.

Wie auch immer, sie ist in einem Zustand brutaler Mordlust, und als die Yesell um halb neun immer noch nicht gekommen ist, denkt sie, hol sie doch der Geier, ich mache jetzt den Mann kalt, der mich betrogen hat. Und genau das tut sie. Die tödlichen Schläge wurden übrigens gegen seinen Hinterkopf geführt. Er hatte ihr den Rücken zugekehrt, weil er auf nichts Schlimmes von ihr gefaßt war. Als er tot ist, dreht sie ihn auf den Rücken und verstümmelt seine Augäpfel. Hier, ich hole dir was zu trinken, du bist ja ganz blaß.«

Er holte eine Flasche Frascati und zwei Gläser aus der Küche.

»Das war wohl ein bißchen zu realistisch, aber ich möchte, daß du mir sagst, ob du Löcher im Gewebe entdeckst. Ich finde, alles paßt zusammen, es ist sozusagen zwingend.«

»Das mag ja sein«, sagte sie widerstrebend, »ich frage mich bloß, warum? Nur, weil sie betrogen worden war?«

»Zum Teil wohl deshalb. Das war aber nicht alles. Ich habe diese Frau völlig falsch beurteilt. Ich hielt sie für kalt, für unerhört selbstbeherrscht, für jemand, der nichts Unüberlegtes tut. Jetzt bin ich der Meinung, daß hinter dieser Fassade alles mögliche brodelt.«

Er hätte ihr gerne auch noch seine Theorie darüber erklärt, weshalb Diane Ellerbee die Augen ihres Mannes verstümmelte, doch fand er, Monica habe für einen Abend genug blutrünstige Dinge zu hören bekommen, jedenfalls sah sie recht mitgenommen aus.

»Komm, laß uns fernsehen, vielleicht gibt es was Lustiges. Oder laß uns einfach still beisammen sitzen und über anderes reden. Wir haben lange keinen Abend mehr für uns gehabt.«

Sie lächelte matt. »Das haben wir wirklich nicht. Was wirst du jetzt machen, Edward? Willst du sie verhaften?«

Er schüttelte den Kopf. »Dafür reicht es nicht. Was ich dir erzählt habe, sind meine Mutmaßungen. Wir müssen stichhaltige Beweise sammeln. Vielleicht finden wir die, vielleicht auch nicht. Aber eines versichere ich dir heute schon: Diese Dame mit den blutigen Händen kommt mir nicht ungeschoren davon.«

25

Am 28. Dezember morgens, an einem Samstag, bestellte Delaney telefonisch Boone und Jason für 11 Uhr zu sich nach Hause. Als sie eintrafen, hatte er alles Material bereitgelegt, das seiner Meinung nach geeignet war, auf Diane Ellerbee als Täterin hinzudeuten. Er präsentierte es ihnen in etwa der gleichen Art, wie er es seiner Frau schon präsentiert hatte. Am Schluß sagte er: »Ich halte es für ausgeschlossen, daß wir beweisen können, daß sie am Freitagnachmittag wie behauptet nach Brewster gefahren oder nicht gefahren ist. Es sei denn, es meldet sich ein Augenzeuge, doch das ist sehr unwahrscheinlich. Gehen wir aber mal davon aus, daß sie die Gelegenheit hatte, die Tat auszuführen. Dann müssen wir noch ihr Motiv kennen und die Methode.«

»Das Motiv dürfte klar sein, Sir. Ich habe mehr als ein Dutzend Mordfälle aufgeklärt, in denen eine abgeschobene Ehefrau die Täterin war«, sagte Boone.

»Ich weiß, Sergeant, das kommt ja alle Tage vor. Nur ist hier noch was anderes im Spiel. Wenn Sie mir mal einen Moment zuhören wollen, auch wenn es klingt wie eine Abschweifung? Also, wir haben hier eine außergewöhnlich schöne junge Frau, die alles genießt, was schönen jungen Frauen geboten wird. Nun schreibt sie sich bei Ellerbee als Hörerin ein. Er erkennt ihre Möglichkeiten und sagt ihr rundheraus: Wenn sie nicht anfängt, ihren Kopf zu benutzen, bleibt sie ihr Lebtag nichts weiter als ein schönes Standbild. Anders ausgedrückt, er gibt ihr zu verstehen, daß ihre Schönheit allein nichts wert ist, es ist eben nur ein glücklicher Zufall, das sie schön geboren wurde. Ihre Schönheit beeindruckt ihn nicht, sagt er, beeindrucken tut ihn ihr Verstand, und er macht ihr klar, daß ihr Leben nur erfüllt sein kann, wen sie den gebraucht. Können Sie mir folgen?«

»Er will was aus ihr machen, das hatten wir ja unlängst schon, Sir.«

»Genau. Er setzt ihr auseinander, daß Schönheit etwas ist, das an der Oberfläche haftet. Sie sieht das ein, wird eine glückliche Ehefrau und außerdem eine anerkannte Kapazität auf ihrem Gebiet. Dann, plötzlich, erfährt sie, daß er anderen Frauen schöne Augen macht – achten Sie auf meine Worte: Er macht einer anderen Frau schöne Augen.«

»Deshalb hat sie ihm die zerschlagen, Sir?« fragte Boone.

»Es kann gar nicht anders sein. Er betrog sie nicht nur, er machte rückwirkend alles zunichte, was er ihr ehedem gesagt hatte. Und deshalb hat sie ihn geblendet, als er tot war. Das hieß übersetzt: Du Lumpenhund wirst jetzt nie mehr eine Frau ansehen, die schöner ist als ich.«

»Die muß doch verrückt sein«, staunte Jason.

»Kann sein, sie war nicht zurechnungsfähig, als sie das getan hat, aber sie ist dann sehr schnell wieder zu sich gekommen und hat ihre Spuren verwischt wie Einstein. Und uns hat sie mühelos an der Nase herumgeführt, die rachedurstige Witwe gespielt, die Polizei auf Trab gebracht, uns in jeder Weise demonstrativ geholfen. Das war alles wohlüberlegt, Schritt um Schritt geplant.«

»Das werden wir ihr nie anhängen können«, meinte Boone. »Was haben wir denn schon in der Hand?«

»Nichts als Indizien«, gab Delaney zu, »und reichlich dünne noch dazu. Die müssen wir ein bißchen anfüttern. Zu diesem Zweck macht ihr folgendes, und ihr könnt die Arbeit unter euch aufteilen, wie ihr wollt: Zunächst der Hammer. Stellt fest, ob in Ellerbees hiesiger Garage auch Reparaturen ausgeführt werden und, falls ja, ob den Leuten da in den vergangenen drei Monaten oder so ein Treibhammer abhanden gekommen ist. Falls dabei nichts herauskommt, sucht in Brewster nach der Werkstatt, in der Ellerbees den Jeep warten lassen, den sie da draußen haben, und fragt ebenfalls, ob ein Treibhammer fehlt. Ich selber will noch ein oder zwei Dinge aufklären, und wir können heute abend um neun hier zusammenkommen und prüfen, wo wir stehen. Boone, Sie sehen so skeptisch drein – glauben Sie nicht, daß die Witwe die Mörderin ist?«

»O doch, nachdem ich gehört habe, was die kleine Yesell zu sagen hat, steht die Witwe für mich ganz oben auf der Liste der Verdächtigen. Bloß sehe ich nicht, wie wir sie überführen können.«

»Jason?«

»Ich glaube ebenfalls, daß sie es gewesen ist, aber wie der Sergeant schon gesagt hat: Ihr das zu beweisen, das wird schwerfallen.«

»Warten wir ab«, entgegnete Delaney unerschüttert. »Warten wir ab.«

Als die beiden abgezogen waren, ging er in die Küche. Die Frauen waren beim Einkaufen und wollten anschließend das Weihnachtsspektakel in Radio City ansehen, so hatte er freie Bahn. Ganz besonders, was den Kühlschrank anging.

Er bereitete sich ein Supersandwich: dicke Scheiben geräuchertes Truthahnfleisch, gehackte saure Gurke und darüber eine neuentdeckte sogenannte Tigersauce auf sehr dunklem Roggenbrot. Die Sauce schmeckte zunächst süßsauer, aber gleich darauf entfaltete sie ihre Wirkung: Der Schweiß brach einem aus, und aus den Ohren quoll der Dampf. Dieses Sandwich und eine Flasche Tuborg nahm er mit an seinen Schreibtisch und verzehrte es bei der Arbeit.

Im Moment bewegte ihn am meisten die Frage, weshalb Mrs. Ellerbee auf erstes Befragen erklärt hatte, sie habe an ihrem Mann in jüngster Zeit keine Veränderung wahrgenommen, dann aber Tage später aus freien Stücken vorbeikam, um sich zu korrigieren. Doch, es sei ihr eine Veränderung in seinem Verhalten aufgefallen. Was mochte sie zu diesem Vorgehen bewogen haben?

Er brauchte eine gute halbe Stunde, um der Antwort näher zu kommen. Anhand seiner Protokolle stellte er fest, daß bei seinem ersten Telefongespräch mit der Praxishelferin Carol Judd dieser anheimgestellt hatte, sich durch einen Anruf bei Mrs. Ellerbee davon zu überzeugen, daß er, Delaney, wirklich mit den Ermittlungen in diesem Mordfall beauftragt worden war. Als er das Datum seines Besuchs bei Carol Judd mit dem von Mrs. Ellerbees Besuch bei ihm verglich, konnte er sich ausrechnen, was vorgegangen sein dürfte. Doch mußte er Gewißheit haben, und weil er ein abergläubischer Mensch war, sagte er sich, er wolle es als gutes Omen nehmen, wenn er Carol Judd jetzt gleich telefonisch zu Hause erreichte. Und tatsächlich meldete sie sich. Sie bedankte sich gleich überschwenglich für den großartigen Lunch im ›English Pub‹ und fragte, wann er sie wieder einladen wolle?

Er lachte: »Es sieht ganz so aus, als schuldete ich Ihnen eine Menge Einladungen. Für heute habe ich nur eine ganz kleine Frage: Sie erinnern sich, daß ich bei unserem ersten Telefonat vorschlug, Sie könnten bei Mrs. Ellerbee rückfragen, ob Sie mit mir sprechen sollten?«

»Klar erinnere ich mich. Ich habe sie gefragt, und sie sagte, okay, sprechen Sie ruhig mit ihm.«

»Jetzt kommt die Preisfrage: Hat sie später bei Ihnen angerufen und gefragt, was ich von Ihnen wissen wollte?«

Sie überlegte: »Da muß ich erst mal ... Wenn ich mich recht erinnere, hat sie am Tag darauf angerufen ... sie suchte ja einen Job für mich ... ja, richtig, darüber haben wir hauptsächlich gesprochen. Und dann ... Sie haben recht, sie hat gefragt, was Sie von mir hätten wissen wollen.«

»Und Sie sagten unter anderem, daß ich gefragt hätte, ob ihnen im Verhalten ihres Mannes eine Änderung aufgefallen sei? Und wiederholten die Auskunft, die Sie mir gegeben haben?«

»Das weiß ich wirklich nicht mehr, es ist aber anzunehmen. War das falsch?«

»Aber gar nicht, es war sogar sehr richtig! Und das mit dem nächsten Lunch meine ich ganz ernst. Darf ich Sie anrufen?«

»Jederzeit mit Vergnügen!«

Er legte auf und lächelte kalt. Eine gerissene Person. Nicht Carol Judd, sondern Diane Ellerbee. Die hatte sich offenbar gesagt, daß er nach einer Veränderung im Verhalten ihres Mannes nicht nur Carol Judd befragen würde, sondern auch Joan Yesell und Sylvia Otherton, und daß er darauf ähnliche Auskünfte erhalten würde wie von Carol Judd. Und da ging es einfach nicht an, daß sie, die ihrem Mann immerhin am nächsten stand, eine so auffallende Veränderung nicht wahrgenommen haben wollte. Deshalb suchte sie diesen Schönheitsfehler auszubügeln, indem sie ihn, Delaney, höchstpersönlich aufsuchte und gestand, eine falsche Antwort gegeben zu haben: Jawohl, ihr Mann sei im letzten Jahr zunehmend wechselnden Stimmungen unterworfen gewesen.

Delaney konnte ihren Gedankengang sehr gut nachvollziehen; sie hatte einen Fehler gemacht und wollte die Scharte auswetzen. Das war verständlich, schließlich hatte ja sie den Hals in der Schlinge. Aber es war auch ein deutlicher Hinweis auf ihr Schuldbewußtsein. Vor Gericht war damit nichts anzufangen, doch als ein Indiz mehr kam es Delaney durchaus zustatten.

Eine weitere Frage bedurfte einer Antwort, und die konnte nur Parnell geben, der Kollege, der sich mit Wirtschaftskriminalität befaßte. Den bekam Delaney allerdings erst nach einigem herumtelefonieren zu fassen. Er fragte ihn, ob er den Namen des Anwalts kenne, der Ellerbees Testament aufgesetzt und beim Nachlaßgericht hinterlegt habe.

»Ja, nicht nur den Namen, ich kenne den Burschen selber, wenn auch nur flüchtig. Was brauchen Sie denn?«

»Bloß das Datum, an dem Ellerbee sein Testament machte. Ich würde gerne wissen, wann er sich ausgedacht hat, seinen Patienten die ausstehenden Honorare zu erlassen.«

»Na, da will ich mal sehen. Der Bursche spielt samstags in seinem Club Squash, da kann ich ihn erreichen. Auf jeden Fall rufe ich Sie an, egal, wie es ausgeht.«

Delaney bedankte sich herzlich. Er sei den ganzen Tag daheim. Er holte eine zweite Flasche Tuborg aus der Küche und nuckelte gedankenverloren das Bier gleich aus der Flasche. Blieb noch zu klären, weshalb jemand, der Ellerbee so nahegestanden hatte wie Doktor Samuelson, nichts von einer Veränderung im Verhalten seines engsten Freundes bemerkt haben wollte.

Er las die entsprechende Stelle in Boones Bericht nach, und richtig, auf dessen diesbezügliche Frage hatte Samuelson wörtlich gesagt: »Nein, keinerlei Veränderung.«

Da stimmte doch was nicht. War es denkbar, daß Samuelson Beihilfe zu diesem Verbrechen geleistet hatte, gar Mittäter gewesen war? Das wollte ihm nicht in den Kopf. Immerhin ... Er rief den Arzt an, der auch gleich den Hörer aufnahm. Auf die Frage, wie er sich befinde, erwiderte Samuelson:

»Danke der Nachfrage, so lala. Heute früh hatte ich Patienten, und den Samstagnachmittag reserviere ich für die Lektüre von Fachzeitschriften und ähnlichem. Das ist Schwerarbeit.«

»Kann ich mir vorstellen. Ich meinerseits schwitze immer noch über der Mordsache Ellerbee, und in diesem Zusammenhang möchte ich Sie gerne noch etwas fragen. Morgen ist zwar Sonntag, aber ich möchte trotzdem, wenn Sie einverstanden sind, auf einen Sprung bei Ihnen vorbeikommen.«

»Das ginge ohne weiteres. Wann wollen Sie denn kommen?«

»Wäre zehn Ihnen recht?«

»Um zehn in meiner Praxis also.«

Das lief also auch. Delaney machte eine Schwenkung in seinem Drehstuhl. Er bedachte das Verhältnis zwischen Doktor Samuelson und Mrs. Ellerbee, vor allem im Lichte der Vorgänge, die er in Brewster beobachtet hatte. Und ihm fiel ein, daß Boones Frau auf der Rückfahrt gesagt hatte: »Ich glaube, er ist verliebt in sie.«

Hmmm. Man konnte das alles nachsehen. In Jasons Bericht über Samuelsons Hintergrund fand er, was er suchte: Der Arzt hatte vor einigen Jahren einen Zusammenbruch erlitten und war sechs Monate lang arbeitsunfähig gewesen. Daten anbei. Gott segne unseren Jason!

Das Datum der Eheschließung von Diane und Simone Ellerbee fand sich in deren Biographie. Samuelsons Zusammenbruch war fast genau zwei Wochen später erfolgt. Das war sehr interessant. Nichts, was als Gutschrift auf dem Konto erscheinen würde, aber immerhin, wieder ein kleines Stück des Puzzles, das mühelos an seinen Platz rutschte.

Er war noch immer in Gedanken mit der Beziehung zwischen Samuelson und Mrs. Ellerbee beschäftigt, als das Telefon klingelte, und bevor er sich noch melden konnte, hörte er schon Parnell lachen.

»Ich bin fündig geworden, Mr. Delaney. Der Bursche hatte gerade im Squash einen Gegner besiegt, auf den er es seit langem abgesehen hatte, und feierte das mit trockenen Martinis, er war also redseliger, als er hätte sein sollen. Was Sie interessieren dürfte, ist, daß Ellerbee sein Testament vor acht Jahren machte, daß aber die Klausel, seine Patientenhonorare betreffend, nachträglich eingefügt wurde, und zwar drei Wochen vor seinem Tod.«

»Glänzend. Parnell, Sie sind ein Schatz. Ich wünsche Ihnen und den Ihren ein gutes Neues Jahr.«

Wieder ein Stückchen vom Puzzle: Ellerbee erläßt Joan Yesell ihre Schulden drei Wochen vor seinem Tod – da dürfte der Zeitpunkt gewesen sein, an dem er seiner Frau eröffnete, er wolle sich scheiden lassen. War das nur Großmut gegenüber seiner neuen Geliebten, oder ahnte er schon, daß ihn diese neue Liebe das Leben kosten könnte?

Simon: »Diane, ich möchte mich scheiden lassen.«

Diane: »Eher bringe ich dich um!«

So etwa könnte es gegangen sein, die Frau war durchaus imstande, so zu antworten. Sie war auch imstande, glattzüngig zu lügen, wenn notwendig. Auf die Frage, ob sie von dieser speziellen Bestimmung im Testament ihres Mannes überrascht gewesen sei, hatte sie, ohne zu zögern, geantwortet: Nein, nicht im mindesten, der Inhalt des Testamentes sei ihr bekannt gewesen. Und das, so überlegte Delaney, war nun ganz gewiß gelogen.

Immer noch tief in Gedanken wanderte er in die Küche, band eine lange weiße Schürze vor, auf der man lesen konnte ›*Küßchen für die Köchin*‹, und machte sich daran, das Essen für die ganze Familie zu richten. An einem Samstagabend gab es wie üblich heiße Würstchen, weiße Bohnen mit einer Zwiebel und Pökelfleisch, dazu rohes und gekochtes Sauerkraut.

Gegen 21 Uhr ging es bei Delaneys zu wie auf dem Rummelplatz. Die ›jungen Herren‹ waren eingetroffen und brachten ein neues Würfelspiel mit, das auf den Namen ›*Liebe auf den ersten Blick*‹ hörte, und bei dem man vom ersten Feld – Rendezvous von Personen, die einander nicht kannten – bis zum letzten – glücklich verheiratet – vorrückte. Zugleich waren auch Jason und Boone eingetroffen, und die saßen nun bei geschlossener Tür mit Delaney in dessen Arbeitszimmer.

Delaney sagte entschuldigend: »Es ist nun mal die Zeit für Jubel, Trubel und Heiterkeit, und das geschieht derzeit bei uns nebenan. Bevor ihr berichtet, will ich selbst erzählen, was ich unterdessen angestellt habe.«

Es kam das Motiv hinter dem Besuch von Mrs. Ellerbee bei Delaney zur Sprache, ferner der Nachtrag zum Testament und die sonderbare Beziehung zwischen Samuelson und Diane Ellerbee.

»Mit dem bin ich für morgen vormittag verabredet, und ich habe mir vorgenommen, kräftig auf den Busch zu klopfen.«

»Möchten Sie, daß ich mitkomme, Sir?« fragte Boone.

»Vielen Dank, Sergeant, aber ich glaube, ein trautes Tête-à-tête dürfte ergiebiger sein. Er weiß außerdem, daß ich offiziell keine Befugnisse habe und sozusagen als Freund der

Familie erscheine. Mag sein, das macht ihn gesprächiger. Sie dürfen nicht vergessen, daß nichts, was ich bis jetzt vorweisen kann, einen Staatsanwalt hinter dem Ofen vorlocken könnte, trotzdem scheint mir alles dies zu bestätigen, daß wir auf dem richtige Wege sind. Und jetzt möchte ich hören, was ihr zu sagen habt, ihr seht ja beide aus wie Kater, die den Kanarienvogel verschluckt haben.«

Boone begann: »Als erstes waren wir in Ellerbees Garage, aber das ist weiter nichts als eben eine Tiefgarage, repariert wird da nichts. Die haben nicht mal einen Schraubenzieher, geschweige denn einen Treibhammer. Also fuhren wir raus nach Brewster, vorbei am Haus der Ellerbee, und da war munteres Treiben. Soweit wir sehen konnten, lauter Frauen. Vielleicht ist das der Hausfrauenverein gewesen oder so was. Ich rief dann von einer Zelle bei ihrem polnischen Gärtner an und stellte mich als neuer Automechaniker vor, der auf Kundenfang ist. Der Pole lehnte glatt ab. Ellerbees ließen ihre Wagen seit Jahren bei der Firma May warten und seien völlig zufrieden. So einfach ging das. Jason, machen Sie weiter.«

»Der Chef, Ernest May heißt er, ist ein echter Dickwanst. Wir also die Hundemarke raus und gefragt, ob ihm vielleicht ein Treibhammer fehlt?

Er glotzt wie ein Marsmensch – woher wir das wissen? Jawohl, seit drei Monaten ungefähr fehlt ihm sein geliebter Treibhammer, der einzige, den er besitzt, und er muß einen neuen anschaffen. Wann genau es war, weiß er nicht mehr, aber er meint, so Anfang Oktober könnte es gewesen sein. Sergeant?«

»Wir fragten, wer Zugang zu seiner Werkstatt hat, und er zeigte uns die Bude. Da kann jeder rein. Und überall liegt Werkzeug herum. Das kann einer von seinen Mechanikern klauen oder ein Kunde, der auf seinen Wagen wartet, oder ein Spaziergänger, der gerade vorbeikommt. Mehr haben wir leider nicht vorzuweisen, Sir, aber immerhin, in Brewster fehlt ein Treibhammer.«

Delaney zupfte an seiner Unterlippe. »Kennt dieser May unsere Diane Ellerbee persönlich?«

»Und wie. Sie ist eine gute Kundin, tankt mit allen Wagen bei ihm, nicht nur den Jeep. Vor kurzem hat er ihr am Jeep die Zündkerzen ausgewechselt. Wenn man ihn hört, muß man glauben, daß sie jedes Wochenende mal vorbeikommt und dies oder jenes kauft.«

»Wissen Sie, wo der Treibhammer in diesem Moment ist, Boone? Einmal dürfen Sie raten.«

»Am Grunde des Baches, der durch Ellerbees Grundstück fließt.«

»Bravo. Unter dem Eis. Und versinkt mehr und mehr im Schlamm.«

Jason meinte: »Ein Durchsuchungsbefehl und ein Froschmann?«

Delaney schüttelte den Kopf. »Schön wär's. Aber aufgrund unserer dürftigen Beweise unterschreibt kein Richter einen Durchsuchungsbefehl. Wir können zwischen der Ellerbee und dem Hammer keine zwingende Verbindung herstellen. Wir könnten jemand hinschicken, der sich als Umweltschutzbeauftragter oder irgend so was ausgibt und die Wasserqualität prüft. Aber selbst wenn der Hammer gefunden würde, es nützte uns nichts. Ich bezweifle stark, daß er nach zwei Monaten in fließendem Wasser noch Blutspuren oder Fingerabdrücke aufweist.«

»Aber er ist da, verflixt noch mal, ich bin überzeugt davon!« explodierte Boone.

»Ja, ja, Sie sind überzeugt, ich bin es und Jason auch. Aber hilft uns das, die Witwe hinter Schloß und Riegel zu bringen?«

»Heißt das, wir nehmen sie nicht fest, Sir?« fragte Jason erstaunt.

»Nicht jetzt«, sagte Delaney gedehnt. »Noch fehlt uns alles, was für Anklage, Verhandlung und Verurteilung ausreicht. Es muß eine Möglichkeit geben, sie zu erledigen, nur fällt mir im Moment nicht ein, wie ich das anstellen soll.«

»Und wenn wir ihr nun zu dritt auf den Pelz rücken, sie scharf ins Verhör nehmen? Würde sie nicht gestehen?«

»Nicht Diane Ellerbee. Wissen Sie nicht, was die sagen würde? ›Auf Ihre Fragen zu antworten, das habe ich gar nicht nötig‹. Und damit wäre sie noch dazu im Recht.«

»Also sind wir mattgesetzt«, stellte Jason fest.

»Noch nicht«, widersprach Delaney.

Gegen Mitternacht wurde es bei Delaneys ruhig: Jason und Boone waren abmarschiert, ebenso die jungen Leute. Die Mädchen waren oben, bürsteten die Haare und kicherten. Delaney als getreuer Hausvater machte die Runde prüfte die Türen. Dann schleppte er sich ermattet die Treppe rauf, setzte sich auf die Bettkante und sammelte Kraft, um sich zu entkleiden.

Monica saß am Frisiertisch und bürstete ihr Haar. Er sah ihr lange schweigend zu. Ohne sich umzudrehen, fragte sie: »Willst du erzählen?«

Er tat es.

»Verhaften willst du sie nicht?«

»Ich kann nicht.«

»Aber du bist davon überzeugt, daß sie es getan hat?«

»Völlig. Du nicht?«

»Ich muß es wohl. Nur fällt es mir schwer, das zuzugeben. Ich habe diese Frau bewundert.«

»Ich doch auch. Ich bewundere sie sogar immer noch. Bloß jetzt aus anderen Gründen. Sie hat alles sehr, sehr gut eingefädelt und bislang nur unbedeutende Fehler gemacht, keine, die ihr das Genick brechen können.«

»Du mußt an ihr etwas bemerkt haben, das mir völlig entgangen ist.«

»Es hat angefangen, als wir uns über schöne Frauen unterhalten haben und darüber, wie sie denken.«

Sie legte die Bürste hin und trat zu ihm ans Bett. »Zieh mal dein Hemd aus und setz dich bequemer hin.« Er gehorchte, und sie begann die Muskeln in seinen Schultern und im Nakken kräftig durchzukneten.

Er stöhnte. »Mach weiter so. Wie hoch ist dein Stundenlohn?«

»Das geht auf Rechnung des Hauses. Wie war das noch mit den schönen Frauen?«

»Sie können die Wirklichkeit nicht ertragen, zumindest nicht unsere Wirklichkeit. Sie bewohnen eine glitzernde Glaskugel. Du weißt schon, Briefbeschwerer mit einer Schweizer Landschaft, wenn man sie umdreht, fällt Schnee. Ein Märchenland. Da wohnen die schönen Frauen. Bewundert von aller Welt. Geliebt von reichen Männern. Ohne, daß sie den kleinen Finger rühren, gehen alle ihre Wünsche in Erfüllung.«

»Und so eine war Diane auch?«

»Bestimmt. Schönheit ist etwas Geniales, das läßt sich nicht bestreiten. Man hat sie oder hat sie nicht. Auftritt Simon Ellerbee, ihr Lehrer. Der macht ihr klar, daß sie nicht bloß schön ist, sondern auch gescheit. Die Kristallkugel, in der sie lebt, glänzt nun noch strahlender als früher.«

»Dann verlangt er die Scheidung?«

»Richtig. Ah, das ist gut. Ein bißchen weiter oben. So, ja. Also er will sich scheiden lassen, und ich wette meinen letzten Hosenknopf, das war die erste Niederlage ihres Lebens. Jeder muß lernen, mit solchen Sachen umzugehen. Jeder, ausgenommen schöne Frauen. Die leben ja in ihrer Glaskugel. Es muß ein furchtbarer Schlag für sie gewesen sein. Der Mann, der ihr gezeigt hat, daß sie auch klug ist, braucht sie überhaupt nicht mehr, weder ihre Schönheit noch ihre Intelligenz. Kannst du dir vorstellen, was das für ihr Selbstwertgefühl bedeutet hat?«

»O ja.«

»Wenn einen jemand verletzt, schlägt man zurück, so ist der Mensch nun mal. Nur war diese Verletzung ihren Empfindungen nach lebensgefährlich, und so reagiert sie denn auch, sie mordet. Ich sagte schon, ihre Wirklichkeit ist anders beschaffen als unsere. Als Ellerbee die Scheidung verlangte, fühlte sie sich nicht nur selbst vernichtet, sie sah ihre ganze Welt zerstört. Und das alles wegen einer grauen Maus ohne jedes Talent. Wenn so etwas möglich war, hatte ihre Realität keinerlei Substanz. Das leuchtet dir ein?«

»Ich sage doch, du siehst Dinge die ich übersehe.« Sie ließ von ihm ab und deckte ihr Bett auf.

»Soll ich das Fenster aufmachen?« fragte er.

»Ja, aber nur einen Spalt. Gegen Morgen soll es Frost geben.«

Er duschte, putzte die Zähne und stieg in seinen altmodischen Schlafanzug. Seine Frau hatte sich derweil im Bett aufgesetzt. »Heute mochtest du mich nicht sehr leiden, nicht war?« fragte er.

»Mit ›Leidenmögen‹ hat das nichts zu tun, Edward, aber manchmal fürchte ich mich vor dir.«

»Wie das?«

»Du weißt eine Menge über diese Frau. Wenn du sie auseinandernimmst, klingt das alles so logisch. Was hältst du eigentlich von mir?«

Er legte die Hand sanft gegen die Wange. »Für mich bist du eine großartige Person. Ich kann mir ohne dich ein Leben nicht vorstellen. Ich liebe dich, Monica. Das glaubst du mir doch?«

»Ja. Aber du hast etwas an dir, das ich nicht verstehe. Du bist manchmal so ... so streng. Wie Gottvater.«

»Nicht annähernd«, schmunzelte er. »Findest du denn, daß Diane Ellerbee ungeschoren davonkommen sollte?«

»Nein, selbstverständlich nicht.«

»Selbstverständlich nicht. Fragt sich, wie ich das anstellen soll.«

»Ja, wie, Edward?«

»Ich werde ihre Glaskugel auf den Kopf stellen und zusehen, wie der Schnee fällt«, sagte er kalt.

Er machte das Licht aus. »Und bitte, sage nicht wieder, daß ich dir angst mache. Das macht nämlich mir angst.«

»Es stimmt ja auch nicht. Angst macht mir eher, daß solche Fälle dich förmlich besessen machen.«

»Besessen? Ja, das ist wohl so. Vermutlich bringen nur Besessene wirklich etwas zuwege. Ich ertrage den Gedanken nicht, daß Mörder frei ausgehen. Das beleidigt mich. Ist das denn so schlimm?«

»Manchmal kannst du richtig rachsüchtig werden, Edward.«

»Ja«, sagte er, ohne zu zögern, »dessen bekenne ich mich schuldig.«

»Hast du kein Mitgefühl mit Diane Ellerbee?«

»O doch, sie ist schließlich ein Mensch.«

»Aber bedauern tust du sie nicht?«

»Auch das.«

»Trotzdem willst du sie zur Strecke bringen?«

»Unbedingt. Und das reicht jetzt. Reden wir lieber von uns.«

»Was gibt es über uns schon zu reden?«

»Sind wir noch gut Freund miteinander?«

»Rück mal näher. Ich zeig es dir.«

26

Delaney bereitete sich auf die Zusammenkunft mit Doktor Samuelson gewissenhaft vor, er studierte nochmals alle vorhandenen einschlägigen Unterlagen. Zu Jason und Boone hatte er gesagt, er wolle bei Samuelson kräftig auf den Busch klopfen, doch darunter konnte man alles mögliche verstehen, von mitfühlender Anteilnahme bis zu einer scharfen Vernehmung. Delaney glaubte, Einschüchterungsversuche würden bei dem Doktor das genaue Gegenteil dessen bewirken, was er sich wünschte; bessere Ergebnisse waren seiner Meinung nach zu erzielen, wenn er sich der Methode ›Ich brauche Ihre Hilfe‹ bediente.

Der Vormittag war kalt, es ging zwar kein Wind, doch lag Frost in der Luft, als Delaney sich auf den Weg zur Madison Avenue machte. Er war froh, daß er warme Unterhosen trug und einen Schal aus Wolle. Die Hände samt Handschuhen versenkte er in den Manteltaschen, doch durch die Schuhsohlen spürte er das eisige Straßenpflaster.

Samuelson begrüßte ihn mit einem, wie ihm schien, unsicheren Lächeln. Der zierliche Mann trug ausgelatschte Pantoffeln und eine Wolljacke. Unter dem Gewicht von Delaneys Mantel, den er ihm abnahm, schien er fast zu taumeln, hängte ihn jedoch mannhaft auf einen Haken und bot heißen Kaffee aus einer Thermosflasche an. Delaney akzeptierte dankbar.

»Sehr liebenswürdig von Ihnen, mich zu empfangen, Doktor«, begann Delaney das Gespräch eher beiläufig, »ich behellige Sie ungern, doch haben unsere Ermittlungen ein paar Fragezeichen ergeben, und ich kann nur schlecht auf Ihre Mithilfe verzichten.«

Samuelson machte eine Gebärde. »Was in meinen Kräften steht ...«

»Da ist zunächst einmal der Umstand, daß Doktor Ellerbee seit dem vergangenen Jahr eine Affäre mit einer seiner Patientinnen hatte, wie heißt sie doch gleich ...? Yesell. Richtig. Joan Yesell.«

Samuelson stierte ihn durch die dicken Augengläser an: »Das wissen Sie mit Bestimmtheit?«

»Ja, selbstverständlich. Miss Yesell hat das ausgesagt, und es gibt auch Zeugen, die das bestätigen. Sie selber waren doch wohl Ellerbees engster Freund, haben ihn oft in der Stadt getroffen, waren übers Wochenende in Brewster draußen, kurz, Sie kannten ihn sehr gut und sagten uns doch, daß sie ihn für absolut treu hielten, daß die Ehe ausgesprochen glücklich sei? Also hatten Sie keine Ahnung von diesem ... sagen wir mal Fehltritt?«

»Ja ..., einen winzigen Verdacht hatte ich wohl. Aber auf so was hin kann man einen Menschen unmöglich verurteilen. Außerdem ist der arme Simon nicht mehr am Leben, und welchen Sinn hätte es gehabt, ihn nachträglich durch einen, wie gesagt, nur sehr wagen Verdacht zu kränken? Spielt das übrigens bei Ihren Ermittlungen wirklich eine Rolle?«

»Eine erhebliche.«

»Soll das heißen, Sie halten es für möglich, daß die betreffende Patientin bei seinem Tod die Hand im Spiel hatte?«

»Immerhin steht sie unter Beobachtung.«

Samuelson schüttelte bekümmert den Kopf. »Wie

schlimm! Und wie töricht von ihm, sich mit einer Patientin einzulassen! Das ist nicht bloß ein schwerer Verstoß gegen jedes berufliche Ethos, es ist auch eine unentschuldbare Kränkung seiner Frau. Hat sie davon gewußt?«

»Sie sagt nein. Was glauben Sie?«

»Wie soll ich Ihnen darauf antworten, Mr. Delaney? Ich kann nicht Dianes Gedanken lesen.«

»Nun, nun ... Gedankenlesen ...mir ist einiges aufgefallen, um offen zu sein, Doktor. Erstens: Sie waren mit beiden Ellerbees vor deren Eheschließung bekannt. Zweitens: Zwei Wochen nach dieser Heirat erlitten Sie einen Nervenzusammenbruch. Drittens: Ihre Beziehung zu Mrs. Ellerbee ist unverändert eng. Wenn ich Sie jetzt frage, ob Sie so etwas wie Liebe für Mrs. Ellerbee empfinden, will ich Sie damit weder beleidigen noch Ihnen weh tun oder Sie in Verlegenheit bringen. Ich frage einzig, weil die Antwort von größter Bedeutung für die Aufklärung der Mordtat sein kann.«

Es sah aus, als habe den kleinen Mann der Schlag getroffen. Er ließ die Schultern hängen, der große Kopf auf dem mageren Hals sackte zur Seite, so als finde er nicht mehr die Kraft, ihn zu heben, die ohnehin graue Gesichtsfarbe wurde noch aschfarbener.

»Man merkt es also?« fragte er leise.

Delaney nickte.

»Nun denn ..., ja, ich liebe sie. Seit ich sie kenne. Damals war sie Hörerin bei Simon. Meine Frau war seit Jahren tot und ich bin einsamer Witwer. Was ich ja auch heute noch bin. Die Schönheit von Diane überwältigte mich, sie nahm mir den Atem.«

»Ja, das verstehe ich gut.«

»Ich glaube, jeder Mann findet sie schön. Und ihre Schönheit hat was Unirdisches. Sie scheint einer anderen Spezies anzugehören als unsereins. Jetzt erkennen Sie das ganze Ausmaß meiner hoffnungslosen Leidenschaft.« Er bemühte sich, mit Selbstironie zu sprechen.

»Warum hoffnungslos?« fragte Delaney.

»Sehen Sie mich an. Ein leibarmer Wicht. Zwanzig Jahre

älter als Diane. Denken Sie dagegen an Simon: Hochgewachsen, kräftig, gutaussehend, brillanter Wissenschafter und ihr im Alter erheblich näher. Ich sah doch, mit welchen Augen sie ihn betrachtete, ich wußte, ich hatte gar keine Aussichten. Macht all dies mich zum Hauptverdächtigen in diesem Mordfall?«

»Nicht im geringsten, Doktor«, schmunzelte Delaney.

»Nun, selbstverständlich habe ich es nicht getan, hätte es nie fertiggebracht. Gewalttätigkeit in jeder Form ist mir zuwider. Dazu kommt, daß ich Simon, wenn auch auf ganz andere Weise, fast ebenso sehr liebte wie Diane.«

»Sie kennen sie doch sehr gut, Doktor, waren oft mit ihr zusammen, sind es auch jetzt, nach dem Tode ihres Mannes. Würden Sie sie als sehr stolz bezeichnen?«

»Stolz? Hm, das würde ich eigentlich nicht. Selbstsicher käme eher hin.«

»Voller Selbstvertrauen?«

»Gewiß.«

»Hartnäckig?«

»Gelegentlich kann sie sich ausgesprochen in etwas verbeißen.«

»Könnte man es auch so ausdrücken: Sie setzt gern ihren Willen durch?«

Samuelson dachte darüber nach und sagte: »Ja, ich halte das für eine zutreffende Aussage. Sie setzt gern ihren Willen durch. Das ist nicht eigentlich eine Untugend, Mr. Delaney.«

»Da gebe ich Ihnen durchaus recht. Wir alle tun das mehr oder minder. Denken Sie jetzt bitte gründlich nach, bevor Sie antworten, Doktor, es ist wichtig. Haben Sie Diane vor dem Tod Ihres Freundes Simon angemerkt, daß sie von seinem Fehltritt wußte?«

Samuelson goß den restlichen Kaffee aus der Thermoskanne in die beiden Tassen, lehnte sich dann zurück und betatschte sein dichtes, gewelltes Haar; Delaney fragte sich wieder, ob das ein Toupet sei.

»Darauf kann ich, wenn ich gewissenhaft sein will, keine Antwort geben. Sehen Sie, gewisse Dinge, Reden- und Verhaltensweisen, die uns ganz normal vorkommen, nehmen eine völlig andere Färbung an, wenn man uns auffordert, sie unter dem Gesichtspunkt zu bewerten, ob sich darin Mißtrauen, Eifersucht, Verfolgungswahn, Depression oder was immer äußern. Man kann nämlich zuvor für ganz normal gehaltene Dinge meist auch völlig anders sehen. Verstehen Sie, was ich damit sagen will, Mr. Delaney? Die Äußerungen menschlicher Gefühle sind ungemein schwer zu analysieren. Sie können nahezu alles bedeuten, was man in sie hineinlegt; das eine Mal unverstellt und aufrichtig, das andere Mal tückisch und hinterlistig.«

»Ich verstehe Sie, Doktor, ich teile sogar Ihre Ansicht. Wenn wir das aber alles sehen und auch jeden Vorbehalt machen, könnten Sie dann noch sagen, Ihrer Meinung nach hatte Mrs. Ellerbee keinerlei Ahnung von dem Fehltritt ihres Mannes?«

»Nein, das könnte ich nicht.«

»Könnten Sie noch einen Schritt weitergehen und sogar sagen, Ihre Beobachtungen lassen eher den Schluß zu, sie könnte davon gewußt haben?«

»Ich schließe das nicht völlig aus«, sagte Samuelson vorsichtig.

Delaney seufzte, denn er wußte: Mehr bekomme ich aus ihm nicht heraus.

»Doktor, Mrs. Ellerbee macht auf mich den Eindruck einer sehr beherrschten Frau, die sich stets in der Gewalt hat. Stimmen Sie mir darin zu?«

»Unbedingt.«

»Haben Sie sie je unbeherrscht gesehen?«

»Ein einziges Mal. Und zwar einer Lappalie wegen. An einem Wochenende in Brewster im vergangenen Jahr. Es war im Herbst und schon ziemlich kühl. Simon nahm die Mahlzeiten gern im Freien und wollte im Patio Steaks grillen. Diane fand es draußen zu kalt, sie verlangte, daß drinnen gegessen werde. Das führte zu einem wütenden Streit, aus dem ich mich heraushielt, wie Sie sich vorstellen können. Sie gerieten sich ziemlich schlimm in die Haare und sprachen

Dinge aus, die sie später bestimmt gern zurückgenommen hätten. Schließlich packte Diane die Steaks und warf sie in den Bach. Das war das Ende unseres Steak-Essens. Immerhin war damit die Atmosphäre gereinigt, und wir konnten dann alle drei wieder lachen. Statt des Steaks aßen wir Thunfisch aus der Dose.«

»Drinnen oder draußen?«

»Drinnen. Das ist das einzige Mal, daß ich Diane wirklich die Beherrschung verlieren sah. Und ich gebe zu, ihr Jähzorn machte mir Angst.«

»Ich erinnere mich, daß sie auf die Frage, ob sie je von Patienten angegriffen worden sei, sagte, ihre Patienten seien meist Kinder, doch falls mal eines aggressiv werde, schlage sie zurück. Ist das in solchen Situationen üblich?«

Dr. Samuelson zuckte die Achseln. »Für mich wäre diese Technik ungeeignet, aber wenn sie hilft ..., Psychoanalyse ist keine exakte Wissenschaft ...«

»Das habe ich bereits gelernt. Noch eine letzte, sehr persönliche Frage, Doktor: Haben Sie Mrs. Ellerbee jemals gebeten, Sie zu heiraten?«

Samuelson schaute ihn befremdet an. »Ich glaube, Sie sind in der falschen Branche, Mr. Delaney. Sie sollten an meiner Stelle sitzen.«

»Sie haben meine Frage noch nicht beantwortet.«

»Die Antwortet lautet: Ja, ich habe sie gefragt und sie sagte, nein, sie will nicht.«

»Eine sehr unabhängige Frau«, bemerkte Delaney.

Samuelson nickte nur.

Auf dem Heimweg überlegte Delaney, was dieses Gespräch erbracht hatte. Ziemlich wenig. Die Geschichte von den ins Wasser geworfenen Steaks gefiel ihm: Vergangenen Herbst die Steaks, in diesem Herbst der Treibhammer.

Eine Frage allerdings hatte er noch nicht stellen dürfen, und das wurmte ihn; sie hätte gelautet: »Doktor Samuelson, glauben Sie, daß Diane Ellerbee ihren Mann erschlagen hat?« Samuelson wäre außer sich geraten und hätte Mrs. Ellerbee telefonisch gewarnt, kaum daß Delaney gegangen wäre. Noch war es besser, wenn sie sich in der Zuversicht wiegte, nicht unter Verdacht zu stehen. Um so größer würde dann der Schock sein.

Ihm wurde blitzartig klar, daß er jetzt das gesamte belastende Material beisammen hatte – mehr würde es nicht geben. Es war also an der Zeit, den letzten Zug zu tun. Nicht, weil Thorsen das Jahresende als letzten Termin bezeichnet hatte –, auch wenn dies bei seinen Überlegungen natürlich ebenfalls eine Rolle spielte –, sondern weil die Ermittlungen definitiv an ihr Ende gelangt waren. Es würde keine plötzliche, glatte Lösung des Mordfalles Ellerbee geben, der Mörder nicht gefaßt und überführt werden. Delaney würde sich mit einer halben Lösung begnügen müssen. Doch wäre dies keineswegs das erste Mal, überlegte er düster, und er würde es verwinden. Alles auf einmal ging nicht, und etwas war immerhin mehr als nichts.

Es kam nun darauf an, alle Beteiligten bei ihrem Eigeninteresse zu packen und sie in die richtige Ecke zu bringen. Man würde nicht unbedingt sagen können, daß am Ende die Gerechtigkeit klar triumphiert habe, doch wann geschah das schon einmal? Er betrat unterwegs zwei Geschäfte, und als er daheim anlangte, ging er schnurstracks in die Küche. Die Frauen waren wieder einmal abwesend. Er konnte sich also ungestört zwei Sandwiches machen, diesmal mit Rahmkäse, Scheiben von roten Zwiebeln und Kapern. Auf eines klatschte er noch eine Scheibe Lachs, auf das andere geräucherten Stör. Thorsen und Suarez ans Telefon zu bekommen, kostete ihn fast eine Stunde. Beide versprachen, sich um 21 Uhr 30 bei ihm einzufinden. Anrufe in der Praxis von Mrs. Ellerbee und ihrem Landhaus in Brewster blieben ergebnislos.

Den Nachmittag verbrachte er damit, seine Akten zu ordnen. Er schichtete alles ordentlich auf und behielt nur jene Unterlagen auf dem Schreibtisch, die er benutzen wollte. Dann entwarf er die Strategie für seine Unterredung mit Thorsen und Suarez, hielt seinen Schlachtplan in Stichworten fest. Dabei zweifelte er nicht mehr daran, daß alles so gehen würde, wie er sich das dachte – den beiden blieb gar nichts übrig, als auf seine Vorschläge einzugehen. Er lehnte sich nachdenklich im Sessel zurück, als er sah, wie nun alles dem Ende zuging. Es lag eine gewisse Befriedigung darin, aber auch so etwas wie Bedauern. Die Jagd war aufregend gewesen, hatte ihn belebt, und nun war sie vorüber.

Er ließ seine Bemühungen noch einmal im Geiste Revue passieren und fand nichts daran auszusetzen; anders und besser hätte er den Fall nicht bearbeiten können. Der eine Fehler, den er sich vorwerfen konnte, war der, daß er in einem relativ simplen Mordfall nach zu komplexen Verwicklungen gesucht hatte, die es in Wahrheit gar nicht gab. Es war wieder einmal der Fall einer verstoßenen Ehefrau. Man sollte eigentlich immer zunächst die naheliegenden Möglichkeiten durchchecken.

Delaney eröffnete das Spiel mit einem Volley. Er sagte zu Suarez: »Ich möchte, daß Sie Doktor Diane Ellerbee wegen Mordes an ihrem Ehemann verhaften, Chefinspektor.«

Thorsen faßte sich als erster. »Bei unserer letzten Unterhaltung haben Sie doch eine Patientin verdächtigt, Edward. Wie hieß sie gleich?«

»Joan Yesell. Die war es aber nicht. Sie war zwar an dem betreffenden Abend am Tatort, ist aber nicht die Täterin.«

»Es war also seine Frau? Und wir haben die Patienten gejagt? So einfach war das?«

»Einfach möchte ich es nicht nennen. Es ist eine längere Geschichte, fassen Sie sich in Geduld.«

Er ging im Zimmer auf und ab, während er seinen Vortrag hielt, dabei konsultierte er gelegentlich seine Notizen. Er begann mit der Affäre zwischen Ellerbee und Yesell, die fast ein Jahr gedauert hatte und die Mrs. Ellerbee vermutlich schon bald bekannt wurde, aber sich erst zum Drama zuspitzte, als Ellerbee etwa drei Wochen vor seinem Tode die Scheidung verlangte.

»Damit haben wir bereits das ausschlaggebende Motiv: Haß und Rache der verstoßenen Ehefrau.«

Er analysierte deren Persönlichkeit: Verwöhnt, behütet, sie hatte nie zuvor eine Niederlage erleiden müssen; als sie erfuhr, daß ihr Mann sie wegen einer in ihren Augen unbedeutenden Frau verlassen wollte, brach ihre Welt zusammen.

Er schilderte Joan Yesell, eine Frau, die erstmals in ihrem Dasein wirklich lebendig wurde, was sie ihrer Liebe zu Ellerbee verdankte. Gewiß hätte sie sich damit abgefunden, seine Geliebte zu bleiben, doch er versprach ihr die Ehe. »Das wäre also unser Dreieck, drei durch ihre Leidenschaft sehr verwirrte Akteure.«

Es folgte die Schilderung der Ereignisse am Abend der Tat: Ellerbee erwartete angeblich einen späten Patienten; seine Frau fuhr angeblich voraus nach Brewster; Joan Yesell kommt des Unwetters wegen sehr verspätet in die Praxis und findet Ellerbee bereits erschlagen vor.

»Die Ehefrau hatte das Motiv, sie hatte die Gelegenheit, und ausgeführt hat sie die Tat folgendermaßen …«

Die Tatwaffe, der Treibhammer, gestohlen aus der Werkstatt in Brewster, wo Ellerbees ihre Wagen warten ließen, lag jetzt mit an Sicherheit grenzender Wahrscheinlichkeit auf dem Grunde des Baches, der durch das Grundstück der Ellerbees floß; als weiteres Indiz führte Delaney die Klausel in Ellerbees Testament an, mit der er kurz vor seinem Tode Joan Yesell ihre Schulden erließ, und die irreführende Behauptung von Mrs. Ellerbee, Patienten mit Hang zur Selbsttötung neigten gelegentlich zu Gewalttaten gegen andere …

Und als er das alles dargelegt hatte, schloß er: »Jetzt bitte ich um Ihre Stellungnahme. Bestimmt haben Sie Einwände.«

»Das Journal, also die eigentliche Buchführung Ellerbees, ist und bleibt offenbar verschwunden. Wie können Sie beweisen, daß nicht andere Patienten auch so hoch bei Ellerbee in der Kreide standen wie die Yesell?«

Diese Auskunft, so Delaney, stamme von der Praxishelferin Ellerbees, welche die Rechnungen verschickt habe.

Weshalb Delaney eigentlich die Affäre Ellerbee-Yesell so

ernst nehme, das könne doch ebensogut nur ein kleines Techtelmechtel gewesen sein?

Delaney antwortete darauf mit einer Schilderung der letzten Befragung Yesells, dem Versuch der Mutter, ihrer Tochter ein falsches Alibi zu geben, Doktor Samuelsons Eingeständnis, daß er schon eine Weile vermutet habe, Ellerbee sei in eine Frauengeschichte verwickelt. Von der Blume am Rockaufschlag sagte Delaney vorsichtshalber nichts – diese Männer hätten das wohl kaum als Hinweis auf eine tiefere Verstrickung gelten lassen.

»Weshalb sollte Ellerbee sich eigentlich mit einer so unbedeutenden Person einlassen, die noch dazu nach nichts aussieht, wenn er daheim eine Schönheit sitzen hat, wie Sie sagen?« wollte Suarez wissen.

Darauf erwiderte Delaney, was er schon Boone und Jason erklärt hatte – zum einen litt Ellerbee an einem Pygmalion-Komplex, zum anderen war er es leid, unentwegt vorgehalten zu bekommen, daß er sich glücklich schätzen müsse, eine so schöne, noch dazu kluge Frau geheiratet zu haben. »Mag sein, ihm lag an einer Beziehung, in welcher eindeutig er derjenige war, der bewundert wurde. Mit einem Kunstwerk verheiratet zu sein, hat vermutlich seine Tücken.«

»Um noch einmal auf die Buchführung zurückzukommen: Wer von beiden hat das Journal Ihrer Ansicht nach mitgehen lassen, die Ellerbee oder die Yessel?«

»Selbstverständlich Mrs. Ellerbee. Einerseits wollte sie ihre Rivalin belasten und setzte deshalb ihren Namen auf die Liste der möglichen Täter. Andererseits wollte sie aber nicht, daß die Affäre mit ihrem Mann bekannt wurde. Diese Frau hat einen recht komplizierten Charakter, sie ist hin- und hergerissen zwischen ihrer Rachsucht und dem sehr starken Bedürfnis, ihre Selbstachtung zu bewahren.«

»Weshalb hat sie die Augen ihres Mannes verstümmelt?« fragte Thorsen, und da wußte Delaney, er hatte sie überzeugt.

Er erklärte, was diese Verstümmelung zu bedeuten hatte, wie er es schon Boone und Jason erklärt hatte:

»Ellerbee sollte niemals mehr einer anderen ›schöne Augen‹ machen.«

Danach herrschte Schweigen.

»Sonst weiter keine Fragen?«

Er ließ die beiden miteinander allein und machte sich in der Küche einen Drink zurecht – mochten die da drinnen in Ruhe miteinander beraten. Er trank das Glas genüßlich halb leer, machte auch seinen Gästen einen Drink und kehrte damit zurück ins Arbeitszimmer.

»Nun, meine Herren, habe ich Sie überzeugt? Halten Sie Mrs. Ellerbee für die Täterin?«

»Das muß ich leider«, sagte Suarez bekümmert. »So eine Frau, was für eine Schande!«

»Und Sie, Ivar?«

»Keine Frage, sie war es, aber Sie wissen selber, Edward, daß wir es ihr noch nicht nachweisen können.«

»Sie meinen, es fehlen die unwiderlegbaren Beweise. Stimmt. Und die werden wir auch nie bekommen. Aber die Ermittlungen weiterzuführen wäre sinnlos. Das hieße, leeres Stroh zu dreschen. Trotzdem will ich ihr den Mord an ihrem Mann anhängen.«

»Wozu denn das?« Thorsen sah ihn scharf an. »Keine zwei Stunden, und wir müssen sie wieder laufenlassen. Stellen Sie sich vor, was der Staatsanwalt dazu sagt!«

»Und ich sage Ihnen jetzt, wie ich mir die Sache vorstelle«, versetzte Delaney entschlossen. »Erstens wird jede Tageszeitung die Verhaftung als Schlagzeile bringen. Jeder Fernsehsender wird darüber berichten. Daß es nicht zu einer gerichtlichen Verurteilung kommt, können wir nicht verhindern, aber wir können sie öffentlich an den Pranger stellen. Und nach der allgemein beliebten Redensart, daß, wo es raucht, auch Feuer ist, wird es an ihr hängenbleiben. Damit ist sie ruiniert und auch ihre wissenschaftliche Laufbahn. Ich weiß, wir haben nicht genug Beweise, um eine Verurteilung nach dem Buchstaben des Gesetzes zu erreichen, wahrscheinlich nicht einmal eine Anklage, aber ungeschoren soll sie mir nicht davonkommen.

Was Sie beide angeht, fällt ja auch genügend ab: Schlagzeilen, in denen von der Verhaftung die Rede ist, eine amtliche Verlautbarung des Inhalts, daß der Mordfall Ellerbee aufgeklärt ist. Sie, Thorsen, gratulieren ihrem Kandidaten für den Posten des Chefinspektors im Angesicht der versammelten Presse- und Fernsehfritzen zu seiner ausgezeichneten Arbeit in einem ungemein schwierigen Fall. Und Sie glauben doch nicht, daß Ihrem Chef auch nur eine einzige Reportage, ein einziger Zeitungsartikel entgeht?«

Die beiden starrten einander an. »Ich weiß nicht recht ...«, zögerte Suarez, »... ob das ganze legal ist ...«

Delaney grunzte. »Es geht hier nicht um legal oder illegal. Wir reden von Gerechtigkeit. Mrs. Ellerbee ist eine Mörderin, und sie soll für ihre Tat büßen. Auf legalem Wege wird uns das nicht gelingen. Im übrigen ist das eine politische Entscheidung.«

»Herzlich willkommen im Club, Edward«, sagte Thorsen. »Was passiert aber, wenn sie eine Dienstaufsichtsbeschwerde einbringt und uns auf Schadenersatz verklagt?«

»Das wäre das beste!« rief Delaney. »Wenn sie es doch täte! Aber dazu ist sie zu gerissen. Denn sie müßte vor Gericht erscheinen, und dann ginge der Zirkus erst richtig los! Die Presse würde die Affäre Ellerbee-Yesell ausschlachten. Glauben Sie, daß sie das möchte? Und ihre Anwälte würden ihr nicht zuraten, die Behörde auf Schadenersatz zu verklagen, wenn sie sehen, was wir für Material haben. Fahrlässigkeit ließe sich da nämlich kaum nachweisen. Die werden ihr raten, sich still zu verhalten und in Deckung zu bleiben.«

Thorsen sagte nachdenklich: »Jemand zu beschuldigen und zu verhaften, wenn man genau weiß, man hat nicht die geringste Chance, eine Verurteilung zu erreichen, bleibt ein riskantes Unternehmen.«

»Ich sage doch, es ist eine politische Entscheidung. Noch zwei Tage, dann ist das Jahr herum. Wenn Sie den Schneid haben, können Sie es noch schaffen.«

»Mit gefällt das nicht, weil ich es beschämend finde«,

sagte Suarez, »andererseits sind wir ehrlich von der Schuld dieser Frau überzeugt...«

»Wann soll denn das stattfinden?« erkundigte sich Thorsen.

»Die Verhaftung? Morgen abend, wenn ich es verabreden kann.«

»Sollen Suarez und ich dabeisein?«

»Nein, das wäre nicht sehr klug. Sie halten sich heraus, bis alles gelaufen ist. Bereiten Sie aber Ihre Verlautbarungen vor, und setzen Sie eine Pressekonferenz an. Mann, Ivar, als ob Sie nicht besser wüßten als ich, wie man so was macht! Mit mir kommen nur Boone und Jason. Die haben verdient, beim großen Halali dabeizusein. Übrigens habe ich da eine Liste von Leuten, die sich bei den Ermittlungen ausgezeichnet haben.«

»Versteht sich«, erklärte Suarez mit großer Gebärde.

»Darauf werde ich Sie festnageln. Und jetzt zu den Einzelheiten.«

27

Montag vormittag – es war der 30. Dezember – erreichte Delaney sie endlich telefonisch. »Mrs. Ellerbee, wir sind bei der Suche nach dem Mörder Ihres Mannes fündig geworden und möchten Sie gern ins Bild setzen.«

»Sie haben den Mörder gefunden?«

»Ich möchte darüber am Telefon nicht gern sprechen. Können wir uns heute abend sehen?«

20 Uhr 30 wurde ausgemacht, in Ellerbees Haus in Manhattan. Delaney legte befriedigt auf und alarmierte Boone, um 20 Uhr wollte er abgeholt werden. »Und bringen Sie Jason mit. Beide in Uniform, wenn ich bitten darf.«

»Meine Uniform muß erst in die Reinigung, Sir.«

»Dann nichts wie hin damit, Boone. Sonst müssen Sie sie eben so anziehen, wie sie ist.«

»Verhaften wir sie?«

»Das erfahren Sie heute abend um acht.« Delaney machte solches Versteckspiel ebensoviel Spaß wie anderen Leuten.

Er hatte den Frauen einen exquisiten Lunch versprochen und führte sie zu ›Prunelle‹ auf der 54. Straße; alle waren sehr beeindruckt von der Art-deco-Ausstattung, und der Wandtäfelung aus Ahorn. Delaney gelang es, für ein Weilchen nicht an den Fall Ellerbee zu denken.

»Ab dem ersten Tag des neuen Jahres«, verkündete er, »beginne ich mit meiner sechstausendvierhundertachtundzwanzigsten Diät.«

»Also noch eine Eintagsdiät, wie?« fragte Monica stichelnd.

»Dabei hast du nichts dagegen einzuwenden, daß ich aussehe wie ein gestopfter Bär.«

»Ha!« schnaufte sie.

Der Lunch zog sich fast zwei Stunden lang hin, und im Anschluß daran wollten die Frauen Schaufenster ansehen auf der 5. Avenue, wo die Geschäfte sich auf den weihnachtlichen Ausverkauf vorbereiteten. Delaney trennte sich also vor dem Restaurant von ihnen, fest entschlossen, wenigstens einige Kalorien durch einen Fußmarsch loszuwerden.

Die Temperatur schwankte um den Gefrierpunkt, doch der Tag war angenehm, der Himmel klar, betupft mit kleinen weißen Wolken. Er marschierte entlang der Madison Avenue in nördlicher Richtung und staunte über die Unmenge von Galerien, Antiquitätenhändlern und Boutiquen, die sich hier etabliert hatten. Der Weg war lang, und er war froh, endlich daheim anzukommen, die Stiefel auszuziehen und sich eine Zigarre anzünden zu können. Halb im Sessel liegend und Rauchwölkchen ausblasend, malte er sich aus, wie er es mit Mrs. Diane Ellerbee aufnehmen würde.

Zunächst einmal der Anzug: weißes Hemd, schwarze Krawatte. Ein Anflug von einem Leichenbestatter. Als Requisit nichts weiter als eine Schreibtafel mit Federklemme, darunter einen Stoß beschriebenes Papier. Das bedeutete selbstverständlich nichts, doch würde es Eindruck machen.

Im übrigen bezweifelte er keinen Moment seine Fähigkeit, zu extemporieren und seine Reaktionen ihren Erwiderungen anzupassen. Er wartete nicht, daß sie etwas zugeben werde, nein, sie würde alles entschieden bestreiten. Als Zivilist war er jedoch in der Lage, ihr schärfer zuzusetzen, als ein Polizeibeamter im Dienst es hätte tun dürfen. Er wollte sie nicht von der Angel lassen. Zu diesem Zweck dürfte es das beste sein, sie gleich anfangs aus dem Gleichgewicht zu bringen, sie zu verwirren und dafür zu sorgen, daß diese Verwirrung nicht nachließ. Sie war eine intelligente Person mit hohem Selbstwertgefühl. Der gebotene Kurs dürfte sein, diese Panzerung zu durchbrechen und die geschlagene Bresche nach und nach zu erweitern.

Sie sollte sich fragen: »Kann mir das alles hier wirklich passieren?«

Er war von ihrer Schuld so felsenfest überzeugt, daß er kalt und mitleidlos ihr Verderben planen konnte. Seine eigenen Motive zog er keinen Moment in Zweifel. Hätte seine Frau ihn gefragt: »Mit welchem Recht tust du das?«, er hätte sie nur verständnislos angesehen. Denn nicht um sein Recht ging es dabei, er handelte vielmehr mit dem Rechtsanspruch der Gesellschaft.

Boone und Jason präsentierten sich pünktlich um acht in Uniform. Er gab ihnen einen knappen Abriß seiner Pläne.

»Heute abend verhaften wir sie. Das Reden überlassen Sie mir. Nur, falls ich was übersehen sollte, machen Sie mich ohne Bedenken darauf aufmerksam. Seien Sie nicht überrascht, wenn ich bloße Mutmaßungen für erwiesene Fakten ausgebe. Sie soll glauben, daß wir mehr haben, als das tatsächlich der Fall ist.«

»Was uns fehlt, ist zum Beispiel der Haftbefehl«, gab Boone zu bedenken.

»Das stimmt, es besteht aber begründeter Tatverdacht. Was wir ihr vorwerfen, ist keine bloß Übertretung, auch kein Vergehen, und die Schwere des Verbrechens würde uns in den Augen jeden Gerichtes rechtfertigen.«

Er erwähnte nicht, daß der Fall sehr wahrscheinlich niemals verhandelt werden würde, das konnten sie sich selber ausrechnen, gewitzte Polizisten, die sie waren.

»Sollte ich eine totale Bauchlandung machen, werden Sie davon keinen Schaden haben. In Ihren Personalakten wird dann nichts darüber vermerkt, daß Sie beteiligt waren. Das hat mir der stellvertretende Commissioner in die Hand versprochen. Klappt es wie geplant, wird das hingegen für Sie beide Pluspunkte geben, dafür steht mir Chefinspektor Suarez gerade. Noch Fragen? Nein? Also, dann ab!«

Sie legten den Weg in Jasons Wagen zurück. Delaney betrachtete sie alle drei im Spiegel in der Diele von Ellerbees Haus und war zufrieden mit dem, was er sah: drei bullige Männer, die allein schon durch ihre Erscheinung Respekt einflößten.

Oder einschüchterten. Er drückte auf die Klingel, und die Gegensprechanlage klickte.

»Wer ist da?«

»Delaney.«

»Bitte kommen Sie in den ersten Stock, Mr. Delaney, ich bin in meinem Sprechzimmer.« Und der Summer ertönte. Schweigend erklommen sie die Treppe. Mrs. Ellerbee erwartete sie an der Tür und schaute verwundert auf die Uniformen.

»Ein amtlicher Besuch, Mr. Delaney?« fragte sie, gezwungen lächelnd.

»Sie kennen bereits Sergeant Boone, Madam. Das ist Officer Jason, der, nebenbei gesagt, anwesend war, als die Leiche entdeckt wurde. Dürfen wir eintreten?«

Sie ging voran in ihr Sprechzimmer, und er bewunderte wieder einmal ihre prachtvolle Haltung – Kopf hoch, Schultern zurückgenommen, daran wirkte nichts steif, sie bewegte sich durch und durch anmutig. Die Haare waren zu Zöpfen geflochten und aufgesteckt. Make-up hatte sie fast keines aufgetragen, ihre Farben waren von Natur aus kräftig. Sie trug ein übergroßes lila und schwarz kariertes Hemd, in der Taille eng gerafft mit einer Herrenkrawatte. Dazu hautenge Hosen aus purpurrotem Wildleder.

Sie nahm am Schreibtisch Platz, stützte die Ellenbogen auf und legte die Fingerspitzen gegeneinander. Delaney zog einen der unbequemen Stühle heran und setzte sich ihr genau gegenüber.

Boone und Jasen setzten sich hinter ihn.

Alle drei hatten ihre Mäntel im Wagen gelassen. Delaney auch seinen Hut. Auf seine Anweisung hin behielten die Beamten die Dienstmütze auch im Hause auf. Sie saßen nun, die Mützenschirme tief in die Stirn gezogen, reglos hinter ihm wie steinerne Götzenbilder.

»Sie sagten, Sie seien bei der Suche nach dem Mörder meines Mannes fündig geworden, Mr. Delaney«, begann sie förmlich und kühl.

Delaney nahm absichtlich langsam das Brillenetui aus der Brusttasche, setzte die Lesebrille auf und rückte sie zurecht. Dann blickte er auf die Schreibtafel mit der Federklemme auf seinen Knien und blätterte demonstrativ in seinen Aufzeichnungen. Aufblickend schaute er Mrs. Ellerbee durchdringend an und sagte mit harter, tonloser Stimme: »Beginnen wir am Anfang. Seit etwas mehr als einem Jahr unterhielt ihr ermordeter Mann ein Liebesverhältnis zu einer Patientin namens Joan Yesell. Dies stellt nicht nur einen groben Verstoß gegen die ärztliche Ethik dar, es war auch ein Bruch seines ehelichen Treuegelöbnisses und eine schwere Kränkung Ihrer Person.«

Er beobachtete sie aufmerksam, konnte aber kein Zeichen von Überraschung oder Erschrecken in ihrem Gesicht entdecken. Nur die Hände ballten sich zu Fäusten, und die Knöchel schimmerten weißlich. Auch wurde sie um eine Spur blasser.

»Sie wollen doch nicht ...« ihre Stimme klang jetzt heiser und stockend.

»Dies alles ist bewiesen und unwiderlegbar«, unterbrach Delaney und blätterte mehrmals um. »Wir haben dafür die beeidigten Aussagen von Miss Yesell, von ihrer Mutter und von einem Augenzeugen, der gesehen hat, wie Ihr Mann Miss Yesell an einem Freitagabend im Wagen heimbrachte.

Ferner ist die Klausel im Testament Ihres Mannes, mit der er auf ausstehende Honorare verzichtete, eigens dafür gedacht, Miss Yesell zu begünstigen. Wollen Sie bestreiten, daß ihr Mann ein solches Verhältnis unterhielt?«

»Davon war mir nichts bekannt«, sagte sie schroff.

»O doch. Sie sind eine gescheite, gut beobachtende Person, Madam. Wir bezweifeln keinen Moment, daß Ihnen das Fehlverhalten Ihres Mannes bekannt war.«

Sie erhob sich. »Ich betrachte unsere Unterhaltung als beendet. Verlassen Sie bitte das Haus, bevor ich …«

Delaney ließ die flache Hand auf die Tischplatte niedersausen, und bei dem entstehenden Knall zuckte sie zusammen.

»Setzen Sie sich«, donnerte er. »Ohne Erlaubnis werden Sie gar nichts tun!«

Sie starrte ihn an und ließ sich wortlos auf ihrem Sessel nieder.

»Sehen wir, daß wir weiterkommen«, setzte Delaney fort. »Allzuviel Zeit sollte man an einen so abgeschmackten Mordfall nicht verschwenden.« Das traf, wie er befriedigt sah, und er blätterte wieder in seinen Papieren.

»Nun denn. Die beigebrachten Beweise lassen erkennen, daß Sie Ende vergangenen Jahres von der Affäre Ihres Mannes Kenntnis bekamen, vermutlich bald nachdem sie begann. Dies ist eine Vermutung von mir, doch ich nehme an, Sie ließen die Angelegenheit unerwähnt in der Hoffnung, es handele sich um eine vorübergehende Abirrung.«

»Ich brauche Ihre Fragen nicht zu beantworten.«

Delaney bleckte die großen gelben Zähne, was wohl ein Lächeln sein sollte. »Ich stelle gar keine Fragen, Madam. Lassen Sie mich fortfahren. Etwa drei Wochen vor seinem Tode hat Ihr Mann Ihnen eröffnet, er liebe Joan Yesell und wolle geschieden werden. Das war das Ende Ihrer Hoffnungen darauf, daß die erwähnte Abirrung temporärer Natur sei. Und es war für Ihre Selbstachtung ein bedrohlicher Schlag.«

»Sie sind ein fürchterlicher Mensch«, flüsterte sie.

»Sehr wahr«, gab er fast beglückt zu, »das bin ich. Erlauben Sie, daß ich Sie zur Abwechslung mal analysiere. Sie sind eine schöne, reiche Frau und haben Ihr Leben bis vor kurzem wohlbehütet, von der Wirklichkeit abgeschirmt verbracht. Was wissen Sie schon von den schmerzenden Füßen einer Kellnerin? Sie ahnen nicht, wie die Frauen der Unterschicht sich plagen müssen. Sie waren zeitlebens auf Rosen gebettet. Ihre Verwandten hinterließen Ihnen Geld und noch mehr Geld. Beruflich waren Sie ebenfalls erfolgreich, und das beste von allem, die Männer beteten Sie an. Das konnten Sie in ihren Blicken lesen, in ihrem Verhalten. Sie sind nie einem Mann begegnet, der Sie nicht begehrt hätte.«

»Hören Sie auf. Aufhören!«

»Niemals die kleinste Niederlage«, fuhr er unerbittlich fort, »nicht einmal eine Enttäuschung. Aber da kommt plötzlich Ihr Mann und sagt, ›Leb wohl, Schätzchen, ich will jetzt eine andere heiraten‹. Noch dazu eine graue Maus, ohne jeden Reiz. Etwas Schlimmeres konnte Ihnen gar nicht passieren. Wie man eine Niederlage verkraftet, haben Sie nie gelernt. Da fehlte Ihnen jede Erfahrung. Folglich empfanden Sie weiter nichts als Wut. Daß Ihr Mann seine Liebe einer Yesell zuwenden konnte, traf Sie nicht nur irgendwo, es zerstörte Ihre ganze Welt.«

Er machte eine Pause, um ihre Reaktion abzuwarten, und als die ausblieb, blätterte er wieder ein bißchen, bevor er aufsah.

»Nun, soweit meine Analyse. Ich nehme dafür kein Geld. Wir haben jetzt aber immerhin ein Motiv, das jeder Geschworenenbank einleuchten dürfte. Reden wir nun von der Mordwaffe, ein Treibhammer, mit dem der Schädel Ihres Mannes eingeschlagen und seine Augen verstümmelt wurden. Nach der Tatwaffe haben wir lange gesucht, Mrs. Ellerbee, aber dann zeigte sich, daß im Oktober in Mays Werkstatt in Brewster einer abhanden gekommen ist, wo Sie Ihre Wagen warten ließen. Den Hammer könnten Sie gestohlen haben, das ist eine Möglichkeit, nicht wahr? Und wo mag dieser Hammer jetzt wohl sein? Nun, am Grunde des Baches, der durch Ihr Grundstück fließt. Wir werden ihn dort suchen lassen.

Und wenn wir ihn finden? Dann haben wir vermutlich Fingerabdrücke und Blutspuren. Sie würden erstaunt sein, wenn Sie wüßten, was man heutzutage im Labor alles nachweisen kann.«

Sie konnte nicht mehr stillsitzen, bewegte den Kopf. Delaney wurde an die großen Raubkatzen erinnert, die er im Zoo im Central Park hinter Gittern gesehen hatte, die den Kopf ruhelos drehen und unentwegt hin und her gingen, hin und her, getrieben von dem Verlangen auszubrechen.

»Wir sind gleich am Ende«, grollte er, »Sie konnten Ihren Zorn nicht bezwingen. Sie machten einen Plan, und Sie verschafften sich eine Mordwaffe. Ein Freitagabend mußte es sein, denn freitags kam Joan Yesell und schlief hier mit Ihrem Mann, auf dem schwarzen Ledersofa, nicht wahr? An jenem Abend, als es wie aus Kübeln schüttete, fuhren Sie nicht nach Brewster, nicht wahr?«

»Doch! Ich bin nach Brewster gefahren!«

»Spielen Sie nicht mit mir herum!« Er tippte auf seine Unterlagen. »Hier sind die Beweise dafür, daß Sie nicht hinausgefahren sind. Statt dessen blieben Sie in Manhattan, beobachteten Ihr Haus und warteten darauf, daß Joan Yesell kommen sollte. Sie verspätete sich jedoch, und das steigerte nur Ihre Wut, bis Sie schließlich nicht mehr warten konnten, ins Haus gingen und Ihren Mann ermordeten. Und weil er die Frechheit besessen hatte, anderen Frauen schöne Augen zu machen, verstümmelten Sie auch noch die Augen des Toten!«

Sie starrte ihn entsetzt und verblüfft an.

»Warum tun Sie mir das an? Warum?«

Er sprang auf und knallte die Faust auf den Tisch, ein Krach, der alle im Raum erschrecken ließ. Dann lehnte er sich weit vor, so daß er fast über sie gebeugt stand, und stieß heiser hervor:

»Warum? Warum? Weil Sie es gewagt haben, mein Haus zu betreten, weil Sie uns zu sich eingeladen, uns eine Mahlzeit vorgesetzt haben! Weil Sie es wagten, uns an Ihren Tisch zu bitten und die Gastgeberin spielten! Weil Sie uns Blumen schickten! Was übrigens der verhängnisvollste Fehler war, nur können Sie das nicht wissen! Während all dieser Zeit haben Sie sich über mich lustig gemacht, mich zum Narren gehalten, und das war unverzeihlich! Darum. Darum tue ich Ihnen das an.«

Sein Zorn verrauchte, und er setzte sich wieder. Sie blickte ihn verständnislos an. Boone und Jason begriffen sehr gut, doch schwiegen sie.

Das Schweigen dauerte an. Er ließ ihr Zeit, beobachtete ihr Mienenspiel. Er ahnte, was in ihrem Hirn vorging, sah, wie ihr Selbstvertrauen allmählich zurückkehrte, als sie im Geist alles rekapitulierte, was er ihr vorgeworfen hatte. Sie richtete sich auf und prüfte mit einer Hand, ob ihre Frisur noch in Ordnung war.

»Daß ich bei May einen Hammer gestohlen habe, ist reine Vermutung. Beweisen können Sie das nicht«, sagte sie endlich.

»Sehr wahr«, nickte Delaney.

»Sie können auch nicht beweisen, daß ich an jenem Abend in Manhattan geblieben bin.«

Wieder nickte er.

»Nicht einmal, daß ich von der jämmerlichen Affäre meines Mannes gewußt habe, können Sie beweisen«, schloß sie triumphierend. »Mit einem Wort, Sie haben nichts gegen mich in der Hand.«

Wieder bleckte er die Zähne.

»Dafür haben wir Sie, Madam.«

Das war ein Schlag für sie, denn sie erwartete, daß er nun den unwiderlegbaren Beweis ihrer Schuld führen würde. Statt dessen saß dieser bärenhafte Mensch ihr reglos gegenüber und starrte sie über die Lesebrille hinweg an.

»Hören Sie endlich auf, mich mit ›Madam‹ zu titulieren. Mrs. Ellerbee reicht völlig aus«, beklagte sie sich schmollend.

Er lehnte sich etwas vor und sagte liebenswürdig: »Schluß jetzt mit dieser ganzen Scheiße« – die Wortwahl war beabsichtigt –, »Sie gehen aus dieser Morduntersuchung rein wie ein Engel hervor. Falls Sie es noch nicht wissen sollten, werden Ihre Anwälte Sie darüber aufklären.«

»Weshalb dann all dieser Wirbel?«

»Nun, ganz folgenlos wird der nicht bleiben. Wenn es nach mir ginge, würden sie die nächsten zehn bis zwanzig Jahre hinter Gittern verbringen, aus dem Blechnapf fressen und sich nicht mal trauen, die Seife im Duschraum des Gefängnisses zu benutzen. Da ich das aber nicht haben kann, gebe ich mich mit der zweitbesten Strafe zufrieden.« Er steckte die rechte Hand von sich und schloß die Finger demonstrativ zur Faust. »Ich werde Sie zermalmen, Madam, gerade so.«

Sie schaute ihn an, dann die beiden uniformierten Polizisten, die wie Steinbilder hinter ihm saßen und unbewegt ihren Blick erwiderten.

»Ich will es Ihnen beschreiben, damit Sie wissen, was Ihnen bevorsteht.« Er rückte näher an den Tisch und legte die Unterarme mit den gefalteten Händen auf die Platte.

»Wir machen aus dieser Sache das, was man ein Medienereignis nennt. Wir verhaften Sie und beschuldigen Sie des vorsätzlichen Mordes an Ihrem Ehemann Doktor Simon Ellerbee. Man wird Sie aufs nächstgelegene Polizeirevier bringen und dort erkennungsrechtlich behandeln. Anschließend dürfen Sie ein, ich wiederhole, ein Telefongespräch führen, mit Ihrem Anwalt. Bis der kommt, werden Sie in einen Käfig gesperrt. Das wird Ihnen nicht gefallen. Nun, lange wird es nicht dauern, nach ein paar Stunden, spätestens am nächsten Tag sind Sie frei. Unterdessen sind die Medien informiert worden, die Presse und die Fernsehreporter. Und dann beginnt der Zirkus. Die Schlagzeilen können Sie sich ausmalen: ›*Ehefrau brutale Mörderin Ihres Gatten*‹. Die Medien werden sich alle Finger danach lecken. ›*Prominentes Paar mit Stadthaus in Manhattan und Herrschaftshaus auf dem Lande*‹. ›*Stinkreiche Psychiater*!‹ Und ›*Die andere Frau – eine Patientin*‹. Gibt es von Ihnen ein Foto im Bikini? Glauben Sie mir, die Reporter werden es auftreiben, und Sie können sich auf der ersten Seite sehen!«

»Das wagen Sie nicht!« ächzte sie, und ihr Kopf glich plötzlich einem Totenschädel.

»Da irren Sie sehr, Madam! Ich wage noch viel mehr! Die Presse wird von der Affäre Ihres Mannes erfahren. Joan Yesell wird ihre Story an eine große Illutrierte verkaufen – schließlich hat sie das Recht auf einen kleinen Profit!«

»Ich werde Sie verklagen, Sie allesamt!« kreischte sie.

»Das wäre ganz reizend von Ihnen«, lächelte er kalt. »Strengen Sie einen Prozeß an, dann sind Ihnen die Schlagzeilen für lange Zeit sicher. Unterdessen ist hier wohl Schluß mit der Praxis. Keine kleinen Patienten mehr. Und wo Sie auch hingehen, für den Rest Ihres Lebens wird man mit Fingern auf Sie zeigen, und sagen: ›Das ist die Frau, die ihren Mann mit einem Hammer erschlagen hat.‹ Daran wird sich nie etwas ändern.«

»Sie sind brutal! Brutal und gemein!« kreischte sie.

»Ich brutal? Und wie nennen Sie jemanden, der einen Mitmenschen totschlägt und obendrein seine Augen verstümmelt? Ich bin brutal, sie aber nicht – sieht es so in Ihrem Kopf aus? Sie haben doch nicht wirklich glauben können, Sie kämen ohne einen Kratzer dabei weg? Ich gebe zu, die Welt ist unvollkommen, unfair, wenn Sie wollen, aber wer sündigt, bezahlt dafür, so oder so. Und heute ist Zahltag für Sie.«

»Ich habe es nicht getan«, schrie sie verzweifelt, »ich schwöre, ich war es nicht!«

»O doch, Sie waren es. Sie selber wissen es, ich weiß es, die beiden Herren hinter mir wissen es, und im Präsidium weiß man es ebenfalls. Und bald schon weiß es die ganze Stadt. Sie werden das Wunder des Tages sein, Mrs. Ellerbee. Vielleicht fällt einem erfindungsreichen Textdichter ein hübscher Song ein, nach dem Vorbild, ›Warte, warte nur ein Weilchen …‹ Das können Sie dann singen und werden ein Superstar!«

Sie bewegte sich so blitzschnell, daß keiner der drei Männer reagieren konnte. Statt um den Tisch herumzulaufen, warf sie sich vorwärts über die Platte hinweg auf Delaney, die Nägel wie Krallen in sein Gesicht schlagend. Er fuhr zurück, sein Stuhl fiel um, er zog sie mit sich zu Boden und hoffte dabei, seine Brille möge heil bleiben.

Boone und Jason zerrten sie von ihm weg. Sie wehrte sich wie wild, und gewaltsam drückten die beiden sie auf ihren Sessel und hielten sie da fest.

Delaney kam mühelos auf die Füße, stellte seinen Stuhl auf, prüfte die zum Glück nicht beschädigte Lesebrille und betastete die brennenden Krallenspuren in seinem Gesicht. Als er sah, daß seine Finger blutig wurden, betupfte er das Gesicht mit dem Taschentuch.

Er nickte den beiden Beamten zu. »Sie sehen, das ist der Jähzorn. Unbeherrschbar. Wie damals, als sie ihren Mann umbrachte. Sergeant, sehen Sie mal aus dem Fenster, ob die Herren von der Presse gekommen sind.«

Boone schaute auf die 84. Straße hinaus. »Alle da. Fotoreporter und Kameraleute vom Fernsehen.«

»Pünktlich. Sehr lobenswert. Mrs. Ellerbee, ich mache Sie darauf aufmerksam, daß Sie, da Sie eines Kapitelverbrechens wegen verhaftet werden, Handschellen tragen müssen.«

Sie blickte nicht auf, hatte die Arme vor der Brust verschränkt und war in sich hineingekrochen, als fröre sie.

»Begreifen Sie endlich, was Sie getan haben«, sagte Delaney sanft und drückte das Taschentuch gegen sein Gesicht. »Sie haben einem Menschen das Leben genommen. Ihr Mann hat Sie betrogen, ja, aber war das ein Grund, ihn zu ermorden? Boone, sagen Sie Ihren Spruch auf.«

Der Sergeant trat heran und begann: »Sie haben das Recht, die Aussage zu verweigern ...«

Delaney blieb sitzen, als sie abgeführt wurde. Lust, vom Fenster her dem Auftritt auf der Straße zuzusehen, verspürte er keine. Doch erhellten die Blitzlichter das Zimmer, und er hörte den Aufruhr. Der stellvertretende Commissioner Thorsen hatte seinen Part erfüllt.

Er wartete, bis es draußen ruhig wurde; das alles ging ihn nichts mehr an. Mochten Thorsen und Suarez den Rest übernehmen. Sein Auftrag war erledigt, und wenn das Ergebnis auch nicht so war, wie er es gewünscht hätte, sie hatten immerhin, was sie wollten.

Er betastete seinen Hinterkopf, der auf dem Fußboden aufgeschlagen war, als der Stuhl umfiel. Da würde er wohl eine Beule davontragen. Für diese Art Kindereien war er allmählich zu alt, das gestand er sich ein.

Es war nicht so sehr körperliche Erschöpfung, die ihm zu schaffen machte, und doch fühlte er sich ausgepumpt. Er brachte die Energie nicht auf, jetzt den Heimweg anzutreten, zurück zu seiner Frau und den Mädchen. Er nahm die Lesebrille ab und blieb einfach so sitzen, die Daumen in den Westentaschen und grübelte.

Barbara, seine erste Frau, hatte ihm einmal vorgeworfen, er führe sich auf wie Gottes Stellvertreter auf Erden. Das fand er nicht ganz gerecht. Es war von seiner Seite keine Hybris im Spiel, dessen war er gewiß, Pflichtgefühl war es im Grunde, was ihn vorantrieb. Aber wem er diese Pflicht schuldete, das hätte er nicht sagen können.

Obwohl er Mrs. Ellerbee vorgeworfen hatte, ihn zum Narren gehalten zu haben, empfand er ihr gegenüber mehr Mitleid als Wut. Wer wie sie ein so wohlbehütetes Leben geführt hatte, wußte einfach nicht, wie man sich bei Schicksalsschlägen verhält. Entschuldigungen ließen sich jede Menge finden, aber für ihn als altgedienten Polizisten gab es nur eine Richtschnur: Sie hatte gemordet, und dafür verdiente sie die gerechte Strafe.

Er rappelte sich hoch und machte, als wäre dies sein eigenes Haus, eine Runde durch die Räume, prüfte, ob Türen und Fenster gesichert waren. Dabei fiel ihm ein, daß weder sein Hut noch sein Mantel da waren, sondern in Jasons Wagen, der jetzt wohl vor dem Revier stand. Doch im Erdgeschoß fand er beides vor, sorgsam zusammengelegt auf einem Tischchen mit Marmorplatte. Die guten Jungens …

So trabte er denn nach Hause, gesenkten Kopfes, die Hände in den Manteltaschen. Wieviel von dem, was vorgegangen war, sollte er seiner Frau erzählen? Und er beschloß: Alles. Schließlich mußte er die Kratzwunden in seinem Gesicht erklären. Wenn sie ihn dann für eine brutale und rachsüchtige Bestie hielt – nun, das mußte er ertragen. Er hatte keine Lust, jetzt noch anzufangen, ihr was vorzumachen. Im übrigen würde sie ohnhin alles wissen.

Er blickte einmal auf und sah jenseits des Lichtdoms über der Stadt die Sterne funkeln. Wie klein sind wir doch, dachte er, da wimmeln wir hier herum in einem Dasein, nach dem es uns nicht verlangt hat, reiben uns auf, nur um zu überleben. Die Philosophen hielten dafür, daß man entweder darüber lachen oder weinen müsse. Delaney bevorzugte aber eine Haltung, die dazwischen lag, den Kampf mit einer Prise Humor, der einen erkennen ließ, daß man im Grunde keine Chance hatte und gleichwohl nicht aufgeben mußte. Und machten es nicht viele so? Die Spielkasinos in Las Vegas florierten immerhin.

In seinem Haus waren alle Lichter an, über der Tür hing noch die Weihnachtsdekoration. Und da drinnen erwarteten ihn eine liebevolle Frau, ein heißer Grog, eine gute Zigarre, und später das warme Bett und ein gesegneter Schlaf.

»Dafür muß ich Gott danken«, sagte er laut und erklomm die Vortreppe.

28

Delaney wollte nicht, daß die Mädchen am Silvesterabend ausgingen.

»Das ist die Nacht der Amateure«, sagte er zu seiner Frau. »Leute, die das ganze Jahr über keinen Tropfen trinken, meinen plötzlich, sie müssen mal richtig einen draufmachen. Dann pöbeln sie einen an oder sie steigen ins Auto und fahren jemand tot. Am sichersten sind wir zu Hause bei verschlossenen Türen.«

Heulen und Tränen bei Sylvia und Mary. Dann der Kompromiß: Eine Silvesterparty daheim, zu der die beiden Verehrer eingeladen wurden. Man würde den Teppich aufrollen und tanzen, die Damen im großen Abendkleid, die Herren im Smoking.

»Ich bitte, ausgenommen« protestierte Delaney. »Mein Smoking hängt auf dem Speicher, wahrscheinlich ist er verschimmelt, und selbst, wenn er das nicht sein sollte, reinpassen tue ich auf keinen Fall mehr, denn ich habe ein paar Gramm Fett angesetzt.«

Monica blieb aber fest: »Kein Smoking, keine Party, und die Mädchen gehen aus.«

Also kroch er knurrend auf den Speicher und grub den Smoking aus seinem Mottenkugelgrab aus. Wie neu sah er nicht gerade aus, doch Monica richtete ihn her. Die Jacke paßte, wenn er sie offen trug, und niemand würde sehen, daß die oberen Hosenknöpfe nicht geschlossen waren, wenn er den breiten Gürtel darüber trug. Immer noch knurrend machte er sich auf den Weg, die für eine Party nötigen Dinge zu besorgen, wobei er ein Einkaufswägelchen vor sich herschob. Mit dem Wägelchen und dem schwarzen Homburg bot er einen wenig würdigen Anblick. Zum Glück begegnete er keinem Bekannten.

Heimgekehrt stellte er fest, daß alle möglichen Leute unterdessen angerufen hatten. Als erstes rief er Sergeant Boone zurück.

»Wie ist es gegangen, Sergeant?«

»Ziemlich genau so, wie Sie es ihr ausgemalt haben, Sir. Sie ist unterdessen auf freiem Fuß, in ihrem Haus in Manhattan.«

»Waren viele Reporter da?«

»Reporter, Fotografen und das Fernsehen. Das hat sie nicht ausgehalten.«

»Was heißt nicht ausgehalten?«

»Sie hat hysterische Weinkrämpfe bekommen.«

»Das tut mir leid. Ich hätte sie für stabiler gehalten.«

»Nein. Sie löste sich in Tränen auf, und wir hatten alle Hände voll zu tun. Zum Glück brachte ihr Anwalt Doc Samuelson mit, und der gab ihr was, um sie zu beruhigen. Als sie abzog, sah sie nicht mehr ganz so schön aus wie sonst.«

»Nein«, versetzte Delaney grimmig, »ihr Mann bot auch keinen schönen Anblick, als er da tot auf dem Teppich lag. Boone, ich möchte Ihnen ausdrücklich danken, und sagen Sie auch Jason und den anderen meinen Dank.«

»Mache ich, Sir. Und ich wünsche Ihnen und Ihrer Familie ein gutes Neues Jahr.«

»Ihnen und Rebecca ebenfalls. Grüßen Sie sie ganz herzlich von uns.«

»Gern. Und ich hoffe, wir haben mal wieder einen Fall miteinander zu knacken, Sir.«

»Das würde mich nicht überraschen.«

Der nächste Anruf galt Thorsen, der sehr redefreudig, möglicherweise eine Spur beschwipst klang. »Alles läuft wie geschmiert, Edward. Die Morgenausgabe der Tageszeitungen haben wir zwar verpaßt, aber dafür berichten die Abendzeitungen. Und vier Fernsehstationen. Anrufe von den Agenturen und der überregionalen Presse. Offenbar glaubt man überall, wir hätten den Fall gelöst.«

»Das haben Sie sich doch gewünscht?«

»Und wie! Der Chef strahlt, und Suarez kriegt jede Menge Glückwünsche. Riordan weiß wohl schon, daß er der Verlierer ist. Suarez hat die besten Aussichten, als Chefinspektor bestätigt zu werden.«

»Freut mich zu hören. Ich mag ihn gut leiden. Ich wünsche Ihnen ein gutes Neues Jahr, Ivar.«

»Ihnen und Monica auch. Geben Sie ihr einen Kuß von mir. Ihre Kiste Whisky trudelt demnächst ein, aber das ist längst kein Äquivalent für den Dank, den ich Ihnen schulde.«

»Dann schicken Sie eben zwei!« schlug Delaney vor.

Einer Eingebung folgend, rief er bei Doktor Samuelson an. Der war nicht in seiner Praxis. Im Gedanken, Samuelson könnte sich noch um Diane Ellerbee bemühen, rief er dort an, entschlossen, sogleich aufzulegen, sollte sie selbst sich melden, doch war der Anschluß besetzt. Er versuchte es mehrmals, kam aber nicht durch. Womöglich hatte sie den Hörer abgenommen. Aber endlich hatte er doch Glück.

»Ja? Wer spricht?« hörte er die bekannt quiekende Stimme.

»Doktor Samuelson? Hier Delaney.«

»Ach.«

»Wie geht es Mrs. Ellerbee?«

»Im Moment schläft sie. Ich habe ihr was gegeben. Das alles hat sie total vernichtet.«

»Kann ich mir vorstellen, Doktor. Eines möchte ich Sie noch fragen. Sie dürfen mich zum Teufel wünschen, wenn Sie nicht antworten wollen: Wußten Sie, was sie getan hat?«

»Scheren Sie sich zum Teufel«, quiekte der kleine Mann und legte auf.

Die vier Delaneys nahmen ein aus Resten bestehendes Abendbrot ein, dekorierten das Wohnzimmer und rollten den Teppich auf. Dann wachsten und bohnerten Sie den Fußboden und bereiteten den mitternächtlichen Imbiß vor. Anschließend gingen sie hinauf, sich umzukleiden.

»Das Luder hat mich ziemlich drangekriegt«, bemerkte Delaney vor dem Badezimmerspiegel, »rasieren ist die reinste Qual.«

»Soll ich dir das Gesicht verpflastern?«

»Nein, an der Luft heilen die Kratzer am schnellsten. Hast du den Mädchen erklärt, weshalb ich so aussehe?«

»Bloß, daß du bei der Festnahme eines Handtaschendiebes geholfen hast. Damit gaben sie sich zufrieden.«

»Wann kommt die Jugend?«

»Gegen neun wollten sie da sein.«

»Was ziehst du an?«

»Was würde dir denn gefallen, Edward?« fragte sie kokett.

»Das kurze Schwarze mit dem bloßen Rücken«, sagte er prompt, »darin siehst du aus wie ein modischer Springinsfeld aus den zwanziger Jahren.«

»Nun, dann ziehe ich es an, mein armer verwundeter Held.« Sie strich zärtlich über seine Wange.

Während sie sich ankleideten, fragte sie, ohne ihn anzusehen: »Du bist deiner Sache absolut sicher, Edward, sie war es?«

»Absolut sicher. Du hast Zweifel?«

»Es ist doch schwer zu glauben – eine so schöne, so gescheite Person.«

»Loeb und Leopold waren Genies. Intelligenz schließt Tötenwollen nicht aus.«

»Wenn sie wirklich schuldig ist, wie du behauptest, dann verstehe ich nicht, weshalb sie nicht vor Gericht kommt.«

»Das Gericht verlangt dafür mehr Beweise, als wir haben«, sagte er knapp. »Aber bezahlen wird sie.«

»Und das findest du genug?«

»Es ist ein Kompromiß. Ich gebe dir recht – eine lange Gefängnisstrafe wäre angemessener. Aber weil das ausgeschlossen ist, habe ich getan, was in dieser Situation möglich ist. Jeder muß Kompromisse machen, so oder so. Wer bekommt schon, was er sich erträumt? Wir gehen durchs Leben, hoffen das Beste und wissen doch, daß wir uns bescheiden müssen. Schön ist das nicht, aber so geht es nun mal. Ich denke gern, das Plus überwiegt das Minus, so wie hier heute abend. Du siehst hinreißend aus.«

Peter und Jeffrey erschienen pünktlich und brachten eine Flasche ›Dom Perignon‹ mit, die nach allgemeiner Ansicht erst Schlag Mitternacht geöffnet werden sollte. Bis dahin gab es Delaneys ›Korbel brut‹, und damit kam die Party rasch in Schwung.

Delaney allerdings ließ sich erst nach dem dritten Glas Champagner dazu erweichen, mit seiner Gattin und den Stieftöchtern zu tanzen. Er rutsche vorsichtig über den glatten Fußboden, anmutig wie ein Gorilla auf Stelzen, aber nach je einem Tanz durfte – Durfte? Mußte! – er sich ausruhen, zusehen und für neue Getränke sorgen.

Um 23 Uhr 30 wurde die Tanzerei vorübergehend unterbrochen, und sie genossen das Mitternachtssouper: Kaviarbrötchen mit gehackten Zwiebeln und hartgekochten Eiern, saurer Sahne, Kapern, Zitrone – alles gefällig auf Salatblättern angerichtet.

Monica und Delaney balancierten die Teller auf den Knien, die jungen Leute hingegen ließen sich auf dem Fußboden nieder. Im Fernsehen wurde das mörderische Gedränge auf dem Times Square übertragen.

Um zehn vor zwölf klingelte das Telefon. Delaneys sahen einander fragend an. »Wer kann das denn jetzt sein«, murrte er und stellte den Teller beiseite. Er ging ins Arbeitszimmer und zog die Tür hinter sich zu.

»Mr. Delaney, hier spricht Brian Estrella. Entschuldigen Sie die späte Störung, aber ich habe Ihnen dringend etwas mitzuteilen.«

»Ja?«

»Ich bin in der Wohnung von Miss Otherton, und wir haben das Ouija-Brett befragt. Ich habe darüber früher schon berichtet, Sir.«

»Ja.« Delaney verdrehte verzweifelt die Augen. »Ich habe es gelesen.«

»Dann erinnern Sie sich, daß das Brett auf die Frage, wer der Mörder sei, ›blind‹ buchstabierte. Und als wir fragten, ob es ein Fremder gewesen sei, antwortete es ›ni‹.«

»Ich erinnere mich«, sagte Delaney geduldig, »sehr interessant, aber was soll das alles?«

»Nun, Sir, heute abend haben wir den Geist von Simon Ellerbee gefragt, ob es ein Mann war, der ihn tötete, oder eine Frau, und dabei kam ›wiman‹ heraus. Das war unerklärlich, bis ich dahinterkam, daß das Brett defekt ist und statt ›o‹ immer ein ›i‹ anzeigt. Wenn man das berücksichtigt, dann war der Mörder nicht ›blind‹, sondern ›blond‹, und die Antwort auf die Frage, ob es ein Fremder war, lautete nicht ›ni‹, sondern ›no‹. Schließlich bedeutet das, daß der Mörder eine Frau war: ›woman‹ statt ›wiman‹. Wir suchen also eine blonde Frau, die dem Verstorbenen nicht fremd war.«

»Besten Dank, Estrella«, sagte Delaney sehr ernst.